ULRIKE SCHWEIKERT

Die Dirne und der Bischof

BUCH

Ein sinnlicher historischer Roman um eine faszinierende Frau im deutschen Mittelalter

Würzburg um 1430. Zwei Betrunkene finden in einem Wassergraben der Vorstadt den leblosen Körper einer jungen Frau. Sie ist bewusstlos und lebensgefährlich verletzt. Also bringen sie sie in das nächstgelegene Haus. Die »Eselswirtin« pflegt die Unbekannte, die ihr Gedächtnis verloren hat, gesund. Doch für Pflege und Medizin fordert sie einen hohen Preis: Elisabeth soll für sie arbeiten – im Dirnenhaus der Stadt muss sie den Freiern zu Diensten sein. Mehr als ein Jahr wird sie dort verbringen, bis eines Tages der verschwenderische und wollüstige Landesherr, Bischof Johann von Brunn, die schöne Dirne zu sich ruft. Im Schatten der Nacht wird Elisabeth von den Gesandten des Bischofs abgeholt und auf die Marienveste gebracht. Und dort, im Schlafgemach des Landesherrn, kehrt ihre Erinnerung schlagartig zurück ...

»Die Autorin beweist ein besonderes Geschick beim Beschreiben der Charaktere: Alle, bis in die kleinste Nebenfigur, haben mich als Menschen aus Fleisch und Blut überzeugt.« *Brigitte*

AUTORIN

Ulrike Schweikert arbeitete nach einer Banklehre als Wertpapierhändlerin und studierte Geologie und Journalismus. Seit ihrem fulminanten Romandebüt *Die Tochter des Salzsieders* ist sie eine der erfolgreichsten deutschen Autorinnen historischer Romane. Ihr Markenzeichen sind faszinierende, lebensnahe Heldinnen, was sie in diesem Buch mit der Figur der Elisabeth erneut unter Beweis stellt. Ulrike Schweikert lebt und schreibt in der Nähe von Stuttgart.

AUSSERDEM LIEFERBAR:

Das Siegel des Templers (36992) · Die Herrin der Burg (37239) · Das Kreidekreuz (37240)

ULRIKE
SCHWEIKERT

Die Dirne und der Bischof

Roman

blanvalet

FSC
Mix
Produktgruppe aus vorbildlich
bewirtschafteten Wäldern und
anderen kontrollierten Herkünften

Zert.-Nr. SGS-COC-001940
www.fsc.org

Verlagsgruppe Random House FSC-DEU-0100
Das FSC-zertifizierte Papier *Holmen Book Cream*
für dieses Buch liefert Holmen Paper, Hallstavik, Schweden

5. Auflage
Taschenbuchausgabe Mai 2010 bei Blanvalet, einem Unternehmen
der Verlagsgruppe Random House GmbH, München.

Umschlaggestaltung: HildenDesign, München, nach einer Vorlage
von bürosüd°, München; Fotos: © akg-images
NB · Herstellung: sam
Druck und Einband: GGP Media GmbH, Pößneck
Printed in Germany
ISBN: 978-3-442-37453-3

www.blanvalet.de

Für meine Freundin Sybille Schrödter
und für meinen geliebten Mann Peter Speemann

Prolog

Nebel stieg vom Main her auf und hüllte den Fuß des Marienberges ein. Nur die Festung ragte noch aus dem Meer weiß wirbelnder Wogen und starrte aus dunklen Fenstern über das weite Land Bischof Johanns II. von Brunn. Der Fluss, den die steinerne Brücke in weiten Bögen überspannte, schien verschwunden, und auch von der Vorstadt am Fuß des Berges mit seinen drei Klöstern und den Kirchtürmen war nichts mehr zu sehen.

Die beiden Männer fluchten. Sie zerrten den schweren Sack die Uferböschung hinauf und trugen ihn zwischen den im Nebel verschwimmenden Holzstapeln hinüber zur Pforte in der Stadtmauer. Normalerweise hätte sie um diese Zeit verschlossen sein müssen, doch nach einem kräftigen Stoß mit der Schulter schwang sie mit einem Quietschen zurück.

»Was hast du vor?«, flüsterte der Kleinere der beiden und lud sich mit einer Grimasse den Sack wieder auf die Schultern. »Was suchen wir hier?«

»Einen sicheren Ort für unsere Fracht. Schon vergessen?«, grummelte der andere.

»Nein, wie sollte ich das vergessen?«, schimpfte der Erste und rückte den Sack zurecht. »Aber warum haben wir sie nicht einfach in den Main geworfen? Ist das nicht der rechte Platz für so etwas?«

Der Größere spuckte auf den Boden und ging voran durch die nächtliche Gasse der Vorstadt. Er bemühte sich, leise aufzutreten, und ließ den Blick aufmerksam umherhuschen, um zu erkunden, ob nicht ein Licht oder ein Geräusch das Nahen der Scharwächter anzeigte.

»Der rechte Platz vielleicht schon, aber nicht das, was er sich vorstellt. Er hat gesagt, sie soll verschwinden – für immer verschwinden. Und er hat ganz genaue Anweisungen gegeben, wie das zu passieren hat!«

Der Kleinere mühte sich, mit ihm Schritt zu halten und in der Dunkelheit nicht zu stolpern.

»Und jetzt willst du sie vergraben, oder was?«, fragte er spöttisch und sah erstaunt, dass der andere nickte.

»Ja, die Toten gehören unter die Erde.«

»Du willst sie auf dem Kirchhof verscharren?«, fragte sein Begleiter ungläubig und sah zu dem vor ihnen aufragenden Turm von St. Gertraud hinüber, aber der andere ging ohne ein Wort zu sagen weiter. Sie passierten den Kirchhof, ohne dass der Größere anhielt. Die Bebauung wurde spärlicher. Gärten wechselten sich mit Hütten und Häusern ab. Zu ihrer Rechten konnten sie den Graben mit der Kürnach und dahinter die aufragende Stadtmauer erahnen, die die Vorstadt Pleichach vom alten Stadtkern trennte. Da ging dem Kleineren ein Licht auf.

»Du willst sie zwischen den Juden verscharren! Hat er das befohlen?« Er pfiff leise durch die Zähne. »Er muss sie gehasst haben. Dagegen wäre ein Grab draußen zwischen den Weinbergen gnädig!«

Der andere nickte und ließ den Sack zu Boden gleiten. »Wir sollten sie vorher ausziehen. Sicher ist sicher.«

Er zog seinen Dolch vom Gürtel und schlitzte den Sack auf. Grob riss er an den Gewändern. Der Kleine half ihm.

»Du machst ja die Kleider kaputt«, schimpfte er. »So können wir sie nicht mal mehr verkaufen.«

»Verkaufen? Dummer Kerl! Willst du dein eigenes Grab schaufeln? Wir werden sie verbrennen!«

Bevor der andere etwas erwidern konnte, ließ ein Geräusch die beiden Männer herumfahren. Ein Lichtschein näherte sich von der Kirche her, und sie ahnten den Klang von Schritten.

Der Große fluchte lästerlich und sah sich gehetzt um. Dann

packte er den nackten, weiblichen Körper und warf ihn über die Böschung, dass er bis in das trübe Wasser der Kürnach hinunterrollte. Ohne zu zögern raffte er Kleider und Sack zusammen und rannte geduckt über den alten Judenfriedhof davon. Der andere folgte ihm. Sie liefen bis ins Hauger Viertel hinüber und ließen sich dann schwer atmend in einem Garten ins dichte Gebüsch fallen. Eine Weile lauschten sie ängstlich, konnten aber nichts hören, was nicht zu den gewohnten Geräuschen der Nacht gehörte.

Nach einer Weile wagte der Kleinere die Stille zu durchbrechen. »Ich glaube, die Scharwächter haben uns nicht gesehen.«

»Hoffentlich nicht«, erwiderte der andere und fluchte noch einmal.

»Und was machen wir jetzt?«, fragte sein Begleiter unsicher, nachdem sie wieder eine ganze Weile geschwiegen hatten. Er kratzte sich. Ein Büschel Nesseln hatte ihm die nackten Waden verbrannt.

»Was wohl? Wir gehen zurück und sagen, dass wir den Auftrag wie befohlen ausgeführt haben. Dann nehmen wir unseren Beutel und sehen zu, dass wir lange Zeit dem Würzburger Land nicht mehr zu nahe kommen.«

»Wir begraben sie nicht auf dem Judenfriedhof?«, wagte der Kleinere nachzuhaken und rückte ein Stück von den Nesseln weg.

»Hast du nicht gesehen? Ich habe sie in die Kürnach gestoßen! Meinst du, ich taste nun im Schlamm nach einer Leiche, bis mich die Scharwächter herausziehen und mir ein schönes Quartier in einem der Türme anbieten? Nein! Der Körper wird dort im Schlamm verrotten. Und wenn nicht, dann finden sie ihn erst, wenn wir schon weit weg sind. Wir haben unseren Teil getan, und wir werden uns unseren Lohn dafür holen.«

»Du hast also nicht vor, von unserem ... äh ... Missgeschick zu berichten?«

Der Große schnaubte durch die Nase. »Hältst du mich für dämlich? Ich hänge am Leben und will es noch eine Weile genießen! Und das werde ich – und du auch, wenn wir uns nicht ganz dumm anstellen.«

»Möge Sankt Kilian geben, dass du recht behältst!«, seufzte der Kleine und bekreuzigte sich.

Der Große lachte rau. »Seit wann ist Sankt Kilian der Schutzherr der Taugenichtse und Mörder?«

»Ich bin kein Mörder!«, widersprach der Kleine, »und du auch nicht.«

»Nein«, stimmte ihm sein Begleiter zu, während sie auf die unbewachte Pforte zugingen, die sie aus der Stadt brachte. »Manches Mal kann man das den feinen Wamsträgern überlassen.«

Der Kleinere wandte sich noch einmal um und sah in die Richtung, in der irgendwo der Bach an den alten Judengräbern vorbeifloss. Er bekreuzigte sich. »Die Kürnach hat sie verschlungen. Möge der Herr ihrer Seele gnädig sein«, flüsterte er.

Er irrte sich in zwei Dingen. Erstens hatte die Kürnach den Körper nicht verschlungen. Er war an einem der zahlreichen Querdämme hängen geblieben, die das Wasser des Baches aufstauten, sodass der gesamte Graben um die Stadt bis zum Main hinunter stets mit Wasser gefüllt war. So ragte der weiße Frauenleib nun halb aus dem Wasser. Nur die Beine und einer der Arme waren von der schlammigen Flut bedeckt. Und zweitens war die Frau nicht tot. Noch war ihre Seele nicht von ihr gewichen. Auch wenn sie schon stundenlang durch die Tiefen der Finsternis taumelte.

Und in noch einem Punkt hatten sich die beiden Männer mit ihrer verbotenen Last geirrt: Es war nicht die Scharwache gewesen, die sie aufgescheucht und bei ihrem Auftrag gestört hatte.

Kapitel 1

Wilhelm, was ist denn nun schon wieder?«, rief der Mann mit schwerer Zunge, schob sich den Hut in den Nacken, der schon wieder in seine Stirn gerutscht war, und blieb schwankend auf unsicheren Beinen stehen.

»Ich muss pissen«, rief der Kumpan zurück, der auf die Böschung der Kürnach zustakste. Er war offensichtlich genauso betrunken wie der andere, der nun den Kienspan etwas höher hielt.

»Muss das hier sein? Das kannst du auch hinter der Eselsstube machen. Ich will endlich etwas trinken, und ich will ein Weib!«

Wilhelm kicherte. »Erstens hast du schon genug getrunken – ich übrigens auch«, er rülpste vernehmlich, »zweitens kriegst du eh keinen mehr hoch, und drittens muss ich jetzt pissen, sonst passt nichts mehr in mich rein!« Er nestelte an seinen Hosen.

»Robert, komm her, und leuchte mir!«, befahl er.

Der Gerufene schwankte heran. »Zu Befehl, mein Hauptmann«, lallte er und lachte.

Wilhelm ließ sein Wams sinken und vergaß den Druck auf seiner Blase. Seine Stimme hörte sich fast nüchtern an. »Leuchte mal dort drüben. Was ist das?« Gehorsam ging Robert ein paar Schritte in die ihm gewiesene Richtung. Der Feuerschein der Fackel wanderte über den Boden und erhellte kniehohes Unkraut, kleine Büsche und so manchen Unrat. Als der Feuerschein ihn nicht mehr blendete, hieß Wilhelm seinen Freund stehen bleiben. Er betrachtete das niedergedrückte

Gras, das sich bereits wieder aufzurichten begann. Sein Blick wanderte über das Unkraut die Böschung hinunter, wo etwas Großes, Helles aus dem Wasser ragte. Er ließ es nicht aus den Augen, während er langsam näher trat. Nach und nach erfasste er einen Bauch, zwei feste Brüste und einen Arm, der sich um den Kopf gelegt hatte, der von langem, honigblondem Haar verhüllt wurde.

»Ein Weib«, stotterte Robert und starrte auf den Körper hinunter. »Ein junges Weib.«

Wilhelm trat noch ein Stück näher. »Ja, und wie es scheint, ein junges, totes Weib.«

Robert wich zurück. »Mir sind sie lebendig lieber. Komm, lass uns gehen. Im Eselshaus ist es warm und lustig, und wir bekommen was zu trinken.«

Doch Wilhelm hörte nicht auf ihn, sondern stieg die Böschung hinunter, bis seine Schuhspitzen vom schlammigen Wasser umspült wurden. Er ging in die Hocke und schob mit dem Zeigefinger die blonden Locken zur Seite.

»Ein hübsches, junges, totes Weib«, sagte er.

»Das nützt jetzt auch nichts mehr«, erwiderte sein Freund und schwenkte die Fackel. »Also, komm jetzt!«

Wilhelm ignorierte das Drängen. »Seltsam«, murmelte er, »warum liegt sie hier?«

Rudolf seufzte und kam nun auch die Böschung herunter. »Vermutlich, weil sie hier gestorben ist«, sagte er. »Warum auch sonst? Und nun lass sie. Vielleicht war es das Fieber oder die Pest! Also rühr sie um Gottes willen nicht an.«

»Und wo sind ihre Kleider?«, wollte Wilhelm wissen.

Robert hob die Schultern und ließ sie dann wieder fallen. »Woher soll ich das wissen?« Er sah sich suchend um. »Hier sind sie jedenfalls nicht. Vielleicht hat sie sich vorher ausgezogen, oder jemand anderes hat es getan und die Kleider mitgenommen.«

»Genau!«, rief sein Freund. »Jedenfalls wird sie sich kaum selbst ausgezogen und zum Sterben hierher gelegt haben!«

Roberts Gesicht zeigte Unbehagen. »Aber dann ist das vielleicht eine Sache für den Schultheiß und den Rat. Ganz sicher geht es uns nichts an.« Er begann die Böschung wieder zu erklimmen. »Und nun komm! Mein schöner Rausch ist schon fast verflogen, weil du so rücksichtslos bist, mich mit toten Leichen zu belästigen. Dafür bist du mir einmal huren und einen Humpen Wein schuldig.« Er drehte sich um und grinste seinen Freund entwaffnend an. »Ich habe eh keine einzige Münze mehr, mit der ich bezahlen könnte – und du bist schließlich mein Freund und kannst nicht zulassen, dass ich darben muss, während du dich deinen Freuden hingibst.«

»Du bist ein Schuft, Robert, ein ganz hinterhältiger Schuft!«, schimpfte Wilhelm, erhob sich und betrachtete seine nun schlammigen Schuhspitzen mit einem Seufzer. Sein Freund lachte gackernd.

»Du wirst es mir nicht abschlagen. Das kannst du gar nicht!«, bettelte er sehnsuchtsvoll.

»Vermutlich sollte ich das aber«, begann Wilhelm und brach dann mitten im Satz ab. Er stützte die Handflächen auf die Oberschenkel und beugte sich nach vorn.

»Was ist?«

»Komm näher, ich brauche Licht!«

Robert schüttelte übertrieben heftig den Kopf. »Nein, nein, nein«, quengelte er. »Ich mag keine Leichen.«

»Nein, da ist etwas, dort im Wasser. Es glitzert wie Gold!«

Schon stand Robert an seiner Seite.

»Wo? Ich kann nichts erkennen.« Er beugte sich herab und ließ den Schein der Fackel übers Wasser gleiten.

Wilhelm ließ es zu, dass der Schlamm sich noch einmal schmatzend an seine Sohlen saugte. »Da drüben, ein wenig weiter nach links!«

»Ja, nun sehe ich es!«, jauchzte Robert. Ohne auf Beinlinge und Schuhe Rücksicht zu nehmen, watete er zwei Schritte ins Wasser, bückte sich und angelte eine goldene Kette an die Oberfläche, an deren Ende ein flaches, ovales Medaillon hing.

Ein tropfenförmiger Rubin, der von einem Ring kleiner Perlen umgeben war, glitzerte im Flammenschein. Robert pfiff durch die Zähne.

»Dann ist heute ja doch mein Glückstag!« Feierlich reckte er sich und zog das Wams über seiner Brust glatt.

»Mein Freund, ich spendiere dir heute so viele Huren, wie du schaffen kannst.«

Wilhelm feixte. »Ich denke, die alte Frauenhauswirtin hat nur sechs Mädchen im Angebot.«

Robert schnaubte. »Ach, und du meinst, du könntest die alle bedienen? Noch heute Nacht? In deinem Zustand?«

Der Freund sah ihn empört an. »Was soll das heißen, in meinem Zustand? Ich bin wieder völlig nüchtern und im Besitz all meiner Kräfte.«

Robert lachte hell auf und hakte sich bei ihm unter. »Dann will ich aber was sehen!«

Sie hatten den bleichen Körper dort am Ufer bereits vergessen, noch ehe sie sich zwei Schritte von ihm entfernt hatten, als ein leises Seufzen und eine Bewegung, die er im Augenwinkel erhaschte, Wilhelm innehalten ließen.

»Hast du eben den Seufzer getan?«

Robert schüttelte den Kopf. »Nein, warum sollte ich? Obwohl, warum nicht? Aus Vorfreude auf die Brüste, die ich gleich zwischen den Fingern haben werde?«

»Blödsinn!«, fauchte Wilhelm und drehte sich zögernd um. Er starrte auf den weißen Frauenkörper, der still und bewegungslos halb im Wasser lag. Er hatte sich getäuscht. Natürlich hatte er sich getäuscht! Leichen seufzten und bewegten sich nicht. Erleichterung durchflutete ihn, aber noch ehe er sich abwenden konnte, zuckte der Leib und warf einen Ring kleiner Wellen auf, die sich träge nach allen Seiten ausbreiteten. Auch Robert hatte die Bewegung gesehen.

»Meinst du, die lebt etwa noch?«

Zögernd beugte sich Wilhelm herab und legte seine Hand an ihren Hals. Die Haut unter seinen Fingern war kalt, aber er konnte deutlich ein Pochen im Innern spüren. Und dann zuckten ihre Lippen, und ein zweiter Seufzer entwich in die Nacht.

»Ja, sie lebt!«, verkündete Wilhelm.

»Und was machen wir nun mit ihr?«, fragte Robert. »Ich kenne mich da nicht aus. Ich habe noch nicht allzu viele nackte Weiber im Stadtgraben gefunden.«

Wilhelm kaute auf seiner Lippe. »Vermutlich wäre es richtig, den Schultheiß zu holen oder zumindest die Scharwächter.«

Robert, der die Freuden der Nacht schwinden sah, seufzte tief. »Ade, du lustiges Frauenhaus«, lamentierte er, dann ruckte sein Kopf nach oben. »Glaubst du, dass sie eins der Mädchen der alten Eselswirtin ist? Das würde alles erklären. Sie ist mit einem Besucher hinausgegangen – und dann wurde sie ohnmächtig, und er bekam es mit der Angst zu tun, weil er dachte, sie wäre tot. Und dann hat er sie hier liegen lassen und sich davongemacht.« Er strahlte. »Na, wie habe ich das Rätsel gelöst?«

Wilhelm wiegte den Kopf hin und her. »Das wäre eine Möglichkeit. Dann sollten wir sie zurückbringen. Die Buhlerin wird schon wissen, was mit ihr zu tun ist.« Wilhelm packte die beiden Handgelenke. »Los, fass mit an!«

Froh, dass sie nun doch noch zum Frauenhaus gingen, fasste Robert die Beine der Bewusstlosen und half seinem Freund, sie die Böschung hinaufzutragen. Die Vorstadt lag in der Dunkelheit der Nacht, doch aus dem niederen Haus vor der Mauer, die den Judenfriedhof begrenzte, drang trübes Licht durch die Pergamentscheiben. Die beiden Männer schleppten die junge Frau auf das Frauenhaus zu. Zweimal stolperten sie, und einmal rutschte ihnen der Körper gar aus den Händen und fiel auf den mit Unkraut bedeckten Boden, aber die Frau erwachte nicht. Nicht einmal ein Stöhnen entrang sich ihren Lippen. Sie schien dem Tod näher als dem Leben.

Der freundliche Gruß blieb der Eselswirtin im Hals stecken, als ihr Blick auf die leblose, nackte Gestalt fiel, die die beiden jungen Männer hereintrugen. Sie sahen sich suchend um und legten den Körper dann auf den Tisch, der rechts der Tür stand. Ein Tonbecher fiel herab und ging zu Bruch. Die vier leicht bekleideten Frauen, die mit zwei Kunden auf der anderen Seite an einem zweiten Tisch saßen, verstummten und starrten zu ihnen hinüber. Nun waren nur noch die Geräusche der beiden Paare zu hören, die hinter einem Wandschirm eindeutig der Sache nachgingen, zu deren Zweck die Eselswirtin ihre Frauen beschäftigte.

»Was bringt ihr mir da?«, fragte die Wirtin leise und trat zögernd näher. Sie strich der Bewusstlosen die Haare aus dem Gesicht. »Was habt ihr mit dem Mädchen getan?«

»Wir?«, entrüstete sich Robert. »Was unterstellst du uns, Buhlerin! Wie kannst du es wagen!«

Die Wirtin des Frauenhauses wehrte ab. »Ich unterstelle gar nichts. Ich frage nur, und das wird ja wohl erlaubt sein, wenn ihr mir eine Leiche in mein Haus schleppt!«

Die Geräusche hinter dem Wandschirm ebbten ab. Else wusste nicht, ob die Männer fertig waren oder ob ihre Worte sie aus dem Rhythmus gebracht hatten. Jedenfalls schien jeder aufzuhorchen, der sich in dem einen großen Raum des Frauenhauses befand, der sich von der Eingangstür bis zur rückwärtigen Wand erstreckte.

»Und außerdem ist sie nicht tot«, stellte Wilhelm richtig. »Jedenfalls noch nicht.«

Die Wirtin legt ihre Hand erst an den Hals, dann zwischen die Brüste der jungen Frau. Sie nickte.

»Jeanne, hol eine Decke«, rief sie einem der Mädchen am anderen Tisch zu. Die mollige Französin beeilte sich, den Befehl auszuführen.

»Ist sie eine von deinen Mädchen?«, wollte Robert wissen.

Die Eselswirtin wich seinem Blick aus. »Könnte schon sein«, murmelte sie. »Warum?«

»Na ja, wir müssen doch wissen, ob wir sie bei dir lassen können oder was sonst zu geschehen hat.«

»Und außerdem würde uns interessieren, was mit ihr passiert ist. Ist sie mit einem Gast rausgegangen? Weißt du, mit wem sie zuletzt zusammen war?«, mischte sich Wilhelm ein.

»Ihr wollt mir also sagen, dass nicht ihr es wart, die ihre Hände als Letzte auf diese Haut gelegt haben?«

»Nur, um sie aus der Kürnach zu ziehen und hierher zu tragen«, bestätigte Wilhelm.

Die Wirtin, die eigentlich Else Eberlin hieß, aber meist Buhlerin oder Eselswirtin genannt wurde, betrachtete die beiden jungen Männer. Sie kannte sie seit Langem, genauso wie ihre Väter, von denen der eine ein Metzger war, der im Rat saß, und der andere eine gutgehende Silberschmiede besaß. Sie waren leichtsinnig, dem Wein, den Würfeln und den Weibern zugetan, aber sie waren nicht bösartig. Else glaubte ihnen.

Ein Mann trat hinter dem Wandschirm hervor und ordnete seine verblichene Kutte. Die Eselswirtin wünschte dem Vikar eine gute Nacht. Kurz darauf war auch der zweite Kunde so weit, dass er sich sein Wams wieder schnüren ließ. Der Gerber, der mit Weib und vier Kindern hier in der Pleichacher Vorstadt wohnte, ging gähnend hinaus. Die Wirtin wandte sich wieder an die beiden Freunde.

»Nun, ihr beiden, wenn ihr schon einmal hier seid, dann kann ein wenig Entspannung nach dieser Unannehmlichkeit nicht schaden.« Robert nickte zustimmend.

»Wein? Ein wenig Wurst und Brot? Ein kleines Würfelspiel oder eines der Mädchen?«

»*Ein* Mädchen?«, rief Robert übermütig. »Wir wollen *alle!* Und ein ganzes Dutzend Krüge Wein dazu!« Er warf die Kette mit dem Medaillon auf den Tisch, dass es neben den nassen, schlammigen Füßen der Bewusstlosen liegen blieb. Die Eselswirtin griff danach, rückte eine Öllampe näher und betrachtete das Schmuckstück mit gierigem Blick. Dann sah sie misstrauisch den jungen Mann an.

»Ist das dein Eigen? Ich will nicht hoffen, dass, wenn ich es annehme, mir morgen ein wütender Vater die Tür eindrückt oder gar der Schultheiß mein Haus nach gestohlenem Gut durchsucht.«

»Willst du mich beleidigen, elendes Kupplerweib?« Robert stemmte drohend die Hände in die Hüften.

Die Augen der Wirtin blitzten, dennoch senkte sie demütig den Blick. »Nein, nichts läge mir ferner. Nehmt euch heute Nacht, was ihr haben wollt.«

Robert klatschte erfreut in die Hände und winkte seinem Freund zu. »Nun dann, lass deinen großen Worten auch große Taten folgen. Ich warte gespannt!«

Wilhelm grinste zurück. »Nun gut, ich fange mit Mara und Gret an. Kommt her, meine Schönen, und lasst uns zuerst einen Becher Wein zusammen leeren.«

Die beiden Dirnen ließen sich nicht lange bitten. Mara holte einen Krug, dann zogen sie den jungen Mann auf eine strohgefüllte Matratze, die von schmuddeligen Decken und Kissen bedeckt war. Bevor Wilhelm Grets Küsse erwiderte, warf er noch einen Blick zu der Wirtin, die auf die nun von einer Decke verhüllte Gestalt niederblickte.

»Was wird mit ihr geschehen?«, wollte er wissen.

»Ich lasse den Bader holen, vielleicht wacht sie wieder auf. Denk nicht mehr daran, und überlass dich deinen wohlverdienten Freuden.«

Wilhelm nickte und ließ sich von Mara auf die Kissen niederdrücken. Er sah noch, wie Robert mit den anderen beiden hinter dem Wandschirm verschwand. Die Männer, die am Tisch gesessen hatten, verabschiedeten sich, drückten die geforderten Münzen in die vorgestreckte Hand der Wirtin und verließen dann das Frauenhaus.

Else wartete, bis die beiden jungen Männer sich nur noch um die Mädchen und den Wein kümmerten, dann schob sie den Arm unter den Nacken der Bewusstlosen.

»Anna, nimm ihre Füße!«, befahl sie der Dirne, die den Vikar bedient hatte.

Sie trugen die Reglose um einen zweiten Wandschirm herum

und legten sie auf eines der beiden Betten, die dahinter standen. Die Laken waren fleckig und rochen nach Schweiß und vergossenen Körpersäften. Else rückte eine Lampe heran.

»Meisterin, erkennst du sie?«, fragte Anna und beugte sich, die Stirn gerunzelt, über das bleiche Gesicht.

Die Wirtin schüttelte den Kopf. »Du etwa?«

Anna verneinte. »Sie kann nicht von hier sein. Zumindest nicht von der Pleichach.«

Else stimmte ihr zu. »Aber wo kommt sie dann her? Und was hat sie nackt in unserem Stadtgraben verloren?«

»Das kann sie uns erzählen, wenn sie aufwacht. – Sie wird doch wieder aufwachen?« Die kleine Frau mit dem unscheinbaren mausbraunen Haar sah fragend auf. Else zuckte mit den Schultern.

»Kann ich nicht sagen.« Sie schob die Decke ein Stück zur Seite. »Sieh dir die Flecken am Hals und an der Schläfe an. Und dort im Haar ist ein Riss in der Haut. Es ist noch völlig mit Blut verschmiert. Jemand hat sie gewürgt, und sie hat mindestens zwei Schläge auf den Kopf bekommen.«

»Soll ich den Bader holen?«, fragte Anna.

Die Frauenhauswirtin überlegte. Der Bader tat nichts umsonst. Schon gar nicht nachts nach einem halb erwürgten und niedergeschlagenen Mädchen sehen. Andererseits, vielleicht war sie noch zu retten. Sie war jung und schön. Sie konnte ihre Schulden abarbeiten. Wenn sie überlebte.

Else nickte. »Ja, hol ihn her.«

Kaum war Anna verschwunden, zog die Wirtin die Decke herab. Sie betrachtete den reglosen Körper genau, betastete die Füße und Hände, ließ das Haar durch ihre Finger gleiten und schob dann die Beine ein wenig auseinander, um die Scham zu untersuchen. Ein harsches Klopfen an der Tür ließ sie zusammenfahren. Hastig warf sie die Decke wieder über das Mädchen und eilte zur Tür.

Der Mann, der mit einer Fackel in der Hand draußen vor der Tür stand, war groß, mit breiten Schultern und kurzem, grauem Haar. Sein scharf geschnittenes Gesicht war sorgfältig rasiert. Er hielt sich auffällig gerade und neigte nur leicht den Kopf, als die Eselswirtin ihm öffnete.

»Welch angenehme Überraschung«, sagte sie ohne Freude in der Stimme und trat zurück, um ihn eintreten zu lassen. »Was verschafft uns die Ehre?«

Er musste sich ein wenig ducken, damit sein Hut nicht an den Türbalken stieß. Er steckte den Kienspan erst in einen der Halter in der Wand, ehe er ihr antwortete.

»Else, versuche nicht, mir Honig um den Mund zu schmieren, du müsstest inzwischen wissen, dass das bei mir nichts nutzt. Außerdem brauchst du nicht so zu tun, als würde dich mein Kommen erfreuen.«

Sie seufzte. »Du weißt, dass ich nichts gegen dich habe, aber wer will schon den Henker im Haus? Nicht einmal für mich ist das gut.«

Meister Thürner neigte zustimmend den Kopf. »Und doch ist es an mir, dafür zu sorgen, dass im Frauenhaus die Dinge so laufen, wie sie sollen.«

Else verschränkte trotzig die Arme vor ihrem schlaffen Busen. »Es ist alles so, wie es sein soll.«

»So?« Der Henker hob seine grauen Augenbrauen. »Was denkst du, wie lange ist es her, dass die Weinglocke geläutet wurde, um die Leute zu mahnen, dass es nun an der Zeit ist, nach Hause zu gehen?«

»Ich weiß es nicht«, wich sie aus. »Ich habe sie nicht gehört. Aber du weißt genau, dass ich meine Gäste um diese Zeit noch nicht wegschicken kann. Wann sollen sie denn hierherkommen, um sich von ihrer Mühsal zu entspannen? Wenn die Sonne am Himmel steht, müssen sie ihrer Arbeit nachgehen – oder es ist Sonntag oder Feiertag, dann müssen sie in der Kirche beten. Für uns bleibt nur die Nacht. Ich bin für die Mädchen verantwortlich. Wie soll ich sie ernähren und kleiden, wenn sie nichts verdienen?«

Der Henker hob den Zeigefinger. »Ah, du lieferst mir das

rechte Stichwort. Sonntag! Wann fängt der Sonntag wohl an? Wenn die Sonne aufgeht?«

»Nein«, brummte die Wirtin mürrisch. »Wenn es zur Mitternacht läutet. Ist es wirklich schon so spät?«

Der Besucher nickte und deutete auf den Wandschirm, hinter dem ein verzücktes Kichern erklang. »Wen hast du noch da?«

»Keine Pfaffen, keine Ehemänner, keine Juden«, fauchte Else, »nur zwei ehrliche, ledige Handwerkssöhne, die ein wenig Vergnügen suchen.«

Der Henker nickte beifällig. »Gut, ist mir recht, wenn ich dir keine Strafe aufbrummen muss. Es ist das Gesetz des Bischofs und des Rats, nicht meins.«

»Ha, der Bischof!«, stieß Else erbost aus. »Der soll sich bloß nicht so aufspielen. Mir Vorhaltungen machen, wie ich hier meine Mädchen führe, während er sich dort auf seiner Festung mit seinen Mätressen im Bett herumwälzt!«

»Vorsicht, Else, du betrittst gefährlichen Boden«, mahnte der Henker.

Die Frauenhauswirtin schnaubte durch die Nase. »Ach ja? Darf man in diesem Land nicht sagen, was wahr ist?«

»Manchmal ist es klüger, es nicht zu tun«, riet der Henker.

Else grinste. »Also streitest nicht einmal du ab, dass unser Bischof und Landesvater ein geiler Hurenbock ist.«

»Ich würde es nie so ausdrücken«, widersprach der Henker, doch um seine Mundwinkel zuckte es.

»Ich möchte mal wissen, wie viele seiner Bastarde auf dem Marienberg herumlaufen. Jedenfalls ist es kein Geheimnis, dass er seinen Mätressen das Geld in den Rachen stopft, das er uns anständigen Bürgern in immer neuen Steuern abpresst.«

Der Henker nickte nachdenklich. Er protestierte nicht dagegen, dass sich Else zu den anständigen Bürgern zählte.

»Ja, und nicht nur das. Er verkauft und verpfändet alles, was ihm Geld bringt. Die Domherren wissen nicht, wie sie ihm Einhalt gebieten können. Man hört sie Worte im Munde führen wie: ›den Bischof absetzen, bevor er das ganze Land verschleudert hat‹. Der Bischof andererseits lässt Büchsen gießen und auf den Marienberg bringen.«

»Da steht das Kapitel schlecht da, wenn er seinen Stuhl mit Bewaffneten verteidigt«, sagte die Wirtin.

Der Henker wiegte den Kopf hin und her. »Die Stadt wird sich entscheiden müssen, auf welcher Seite sie steht. Und wir wissen beide, dass kein Bürger oder Hintersasse sich freiwillig für diesen Bischof schlagen würde. Tja, und dann bleibt uns nur, gegen seine Kanonen anzugehen.«

»Du meinst, es wird wieder einen großen Krieg geben?«, keuchte die Wirtin. »Heilige Jungfrau, nicht schon wieder. Ich habe Bergtheim nicht vergessen!«

»Ich auch nicht«, schüttelte der Henker den Kopf. »Aber ich fürchte, es wird wieder zu einem Kräftemessen kommen, und dann gnade uns Gott, wenn wieder die Bischöflichen siegen.«

»Ach, bei manch einem Ratsherrenkopf wäre es nicht so schlimm, wenn er zu seinen Füßen rollte«, sagte Else wegwerfend.

»Das ist aber nicht das Einzige, was die Stadt verlieren kann und verlieren wird, wenn wir gegen Bischof von Brunn die Waffen ziehen und verlieren.«

Die Wirtin seufzte. »Ja, das weiß ich, und ich kann nur hoffen, dass es nicht so weit kommt. Soll er sich doch auf seiner Festung mit seinen Dirnen vergnügen und uns hier unten in Frieden lassen.«

Das erinnerte den Henker wieder an den Grund seines nächtlichen Besuches. »Also sieh zu, dass deine Gäste fertig werden und sich auf den Heimweg machen. Ich möchte heute Nacht nicht noch einmal kommen müssen. Ein paar ungestörte Stunden in meinem Bett sind mir lieber.«

»Nun, dann wünsch ich dir eine freudvolle Nacht, und grüß dein zärtliches junges Weib von mir!« Sie grinste ein wenig boshaft.

»Reiz mich nicht!«, schnaubte der Henker, doch dann grinste auch er. »Freches Weibsstück«, schimpfte er und ging zur Tür. »Dir täte eine Tracht Prügel auch nicht schaden.«

Else knickste spöttisch. »Und wer sollte mir die verpassen? Du vielleicht? Das gehört nicht zu deinen Aufgaben!«

»Dass du dich da nur nicht täuschst«, brummte er und öffnete die Tür. Draußen stieß er fast mit Anna zusammen, der der Bader mit seiner dicken Utensilientasche folgte. Überrascht blieb der Henker stehen.

»Was führt dich zu dieser Stunde hierher?«

»Jedenfalls nicht mein Vergnügen«, brummte der Bader, nickte ihm zu und schob sich durch die Tür. Der Blick des Henkers wanderte vom Bader zu Else.

»Geht es um etwas, das ich wissen sollte?«

Die Wirtin hob lässig die Schultern. »Nein, warum? Er soll sich eins meiner Mädchen ansehen. Ist da etwas dagegen einzuwenden?«

»Mitten in der Nacht?«

»Na und? Sie hatte halt… einen Anfall oder so was. Ich möchte lieber gleich wissen, womit ich zu rechnen habe.«

»Wer ist es?«

»Geht dich das etwas an? Es sind meine Mädchen!«

Anna schob sich an der Wirtin vorbei und führte den Bader um den Wandschirm herum. Nun stand Else alleine mit dem Henker vor der Tür.

»Pass auf, dass du dich nicht in Schwierigkeiten bringst«, sagte er leise und wandte sich ab. »Falls du deine Meinung ändern solltest und zu dem Schluss kommst, dass es mich doch etwas angeht, dann weißt du ja, wo du mich findest«, rief er über die Schulter zurück. Dann verschwand er in der Nacht. Die Wirtin trat zurück ins Haus und warf die Tür hinter sich zu.

»Mara, Gret, seht zu, dass ihr fertig werdet, und bringt die Gäste hinaus!«, rief sie und trat zu Bader Wander und Anna. Sie schickte das Mädchen weg.

»Geh schlafen. Du musst heute Nacht mit Mara das Lager teilen. Hier kannst du nicht schlafen!«

Anna zog schmollend die Lippe hoch, widersprach aber nicht und trollte sich. Die Wirtin hörte, wie die anderen die beiden jungen Männer hinauskomplimentierten, dann wurde es still. Es war ihr bewusst, dass die Frauen auf ihren Betten saßen und gespannt lauschten, was hinter dem Wandschirm vor sich ging. Else trat näher an den Bader heran, der die Decke heruntergezogen hatte und den noch immer reglosen Frauenkörper betrachtete.

»Kannst du ihr helfen?«, frage sie nach einer Weile, nachdem der Bader immer noch schwieg.

»Ich weiß es nicht. Was ist mit ihr geschehen?«

»Ich war nicht dabei«, wehrte die Eselswirtin brüsk ab. »Woher also soll ich das wissen?«

Der Bader betastete die Wunden am Kopf und die verfärbten Stellen am Hals. Ansonsten fand er nur ein paar harmlose Schürfwunden und ein paar blaue Flecken. Er begann die Kopfwunde auszuwaschen.

»Ihr Herz schlägt kräftig«, sagte er. »Und der Atem ist regelmäßig, wenn auch flach. Halte sie warm, und versuche, ihr ein wenig Wein einzuflößen. Mehr kann man im Moment nicht tun.«

»Wird sie wieder erwachen?«

Der Bader packte seine Utensilien wieder in seine Tasche. »Das weiß nur Gott alleine. Ich komme morgen nach der Messe noch einmal vorbei.«

»Ist das denn nötig?«, brummte die Wirtin. In Gedanken zählte sie die Münzen, die sie würde bezahlen müssen, wenn das Mädchen starb. »Wenn du eh nichts für sie tun kannst? Abwarten können wir auch alleine!«

Der Bader schürzte missbilligend die Lippen. »Nun, wenn du nicht willst, dann komme ich eben nicht.«

Else versuchte sich an einem versöhnlichen Lächeln. »So habe ich das nicht gemeint, Bader Wander. Wenn sie aufwacht und deiner Hilfe bedarf, schicke ich Anna zu dir herüber. Ansonsten wird es nicht nötig sein, deine Sonntagsruhe zu stören.«

Er neigte den Kopf und nahm den Becher mit saurem Wein entgegen, den Else ihm entgegenstreckte.

»Nun denn, Eselswirtin, eine gesegnete Nacht«, wünschte er zum Abschied und ging hinaus. Else warf einen Blick zu den Lagern ihrer Frauen, die sich alle schlafend stellten, und kehrte dann zu der Bewusstlosen zurück. Sie hatte gerade entschieden, dass es nicht lohne, bei ihr zu wachen, als ein Seufzer sich den halb geöffneten Lippen entrang und die junge Frau die Augen aufschlug.

Kapitel 2

Um sie herum war es dunkel. Sie schwebte. Sie konnte ihren Körper nicht mehr fühlen. Wo war sie? Was war mit ihr geschehen? Sie konnte sich nicht mehr daran erinnern. Wer war sie überhaupt? Verschiedene Namen und Gesichter huschten durch ihren Geist, doch keiner davon löste ein besonders intensives Gefühl aus. Vielleicht war sie gar kein Mensch, kein lebendes Wesen, nur ein Gedanke in der Leere, bevor Gott die Welt schuf? Diese Vorstellung löste ein Gefühl von Frieden in ihr aus. Die Finsternis verlor ihren Schrecken. Sie musste sich nicht länger mühen, diesen Ort hinter sich zu lassen. Alles lief nach Gottes Plan, und sie würde so lange hier in der Dunkelheit schweben, bis der Schöpfer sich ans Werk machte und »Es werde Licht!« rief.

Es wurde Licht! Erst war es nur ein schwacher, rötlicher Schimmer, den man für eine Täuschung der Sinne halten konnte, doch dann wurde er stärker und brannte sich schmerzhaft in den losgelösten Geist. Und plötzlich gab es auch Geräusche dort irgendwo hinter dem roten Schein. Es war keine Musik. Es waren Stimmen. Verschiedene Stimmen. Ein Mann und eine Frau und dann noch jemand. Sie sprachen irgendwelche Worte, und ihre Stimmen störten die göttliche Harmonie, die so kurz vor Beginn der Schöpfung herrschte. Wie konnten sie es wagen, sich vorzudrängen? Warum warteten sie nicht einfach, bis sie an der Reihe waren? Sie hatte das Bedürfnis, ärgerlich die Stirn zu runzeln, doch wie sollte das gehen ohne einen Körper? Als wolle ihr Leib sie vom Gegenteil überzeugen, zuckte Schmerz durch sie hindurch. Er begann im Kopf, wand sich über Rücken und Schultern und fuhr ihr dann bis in die Beine. Fast enttäuscht musste sie sich eingestehen, dass sie nicht nur ein körperloser Gedanke war. Nun verstand sie auch einige der Worte, die um sie herum gesprochen wurden. Der Mann stand links von ihr, die Frau auf der rechten Seite. Dann erklang noch eine dritte Stimme von einer weiteren Frau, die jünger sein musste als die erste. Eine Hand griff nach ihrem Arm, dann tasteten Finger über ihren Hals. Ein kalter Lufthauch strich über ihre nackte Haut.

Ihr Geist ließ ein Seufzen durch den Raum ihrer Gedanken hallen. Es wurde Zeit, die Augen zu öffnen. Noch ehe sie sich im Klaren war, ob sie dem zustimmen sollte, zuckten ihre Lider, und Licht fiel in einem grellen Streifen in ihre Augen. Ein feistes Männergesicht beugte sich über ihren nackten Leib. Eine fleischige Hand hielt eine Öllampe. Der Schmerz schoss wie ein Blitz durch ihren Kopf, und sie kniff die Lider hastig wieder zu. Obwohl sie kein Verlangen spürte, den Versuch zu wiederholen, öffnete sie nach einer Weile noch einmal die Augen. Nun war es ruhig, die Stimmen und Schritte waren verklungen, das Licht gedämpft. Der Schmerz hielt sich in Grenzen, und sie blinzelte ein paar Mal, bis das verschwommene Bild so weit an Schärfe gewann, dass sie etwas erkennen konnte.

Von Alter und Ruß geschwärzte Dachbalken, die Sparren mit Stroh gedeckt. Es roch feucht und modrig, aber auch seltsam süßlich. Alles kam ihr fremd vor. So fremd wie ihr eigener Körper, der sich nun mit immer schärferen Wellen von Schmerz in ihr Bewusstsein zurückmeldete. Sie versuchte, sich wieder auf ihre Umgebung zu konzentrieren.

Sehr weit entfernt schien die Decke nicht zu sein. Wenn sie aufstehen würde, könnte sie sie bestimmt mit den Fingerspitzen erreichen. Wenn sie in der Lage gewesen wäre, aufzustehen – ja sich überhaupt zu rühren! Immerhin gehorchten ihr die Augenlider schon ganz gut, und so versuchte sie nun die Lippen und die Zunge zu bewegen.

Das faltige Gesicht einer älteren Frau drang in ihr Blickfeld. Sie hob eine Lampe hoch und sah auf sie herab. Das Mädchen kniff rasch die Augen zu, doch der erwartete Schmerz blieb aus. Zögernd öffnete sie die Lider wieder.

»Du bist also erwacht«, stellte die Frau fest. Es klangen weder Freude noch Erleichterung aus ihrem Tonfall. Ihre Wangen waren gerötet, ein Rußfleck prangte auf ihrem Kinn. Sie trug eine schmuddelige Haube, unter der ein paar graue Haarsträhnen hervorlugten. Ihre Lippen hatte sie rot gefärbt, was sie aber nicht hübscher aussehen ließ. Als sie sich vorbeugte, konnte das Mädchen die faltige Haut ihrer schlaffen Brüste sehen.

»Wer bist du? Kannst du mich hören? Dann sag mir deinen Namen und woher du kommst.«

Die Augen zu öffnen, war eine Sache. Sich jedoch zu erinnern, wer sie war, oder das gar laut auszusprechen? Die Alte mit den schlaffen Brüsten verlangte Unmögliches von ihr! Die junge Frau wollte wieder zurück in die tröstliche Dunkelheit, in der sie nur ein Gedanke Gottes gewesen war!

Die Frau beugte sich vor und kniff das junge Mädchen fest in die empfindliche Haut ihrer Seite.

»Au!«, stieß sie empört aus und zuckte zusammen. »Was fällt dir ein?« Ihre Stimme war rau und fremd und brannte in der Kehle.

Die Alte verzog die geschminkten Lippen zu einem Grinsen. »Stumm bist du also nicht, mein Täubchen. Aber du hörst dich an, als könntest du einen Schluck vertragen.«

Eine Gestalt mit üppigem kastanienbraunem Haar huschte aus den Schatten und trat neben die Alte. »Meisterin, soll ich Wein holen?«

»Mara! Was habe ich befohlen?« Die Alte hob die Hand, als wolle sie ihr eine Ohrfeige geben, aber die zierliche Frau wich zurück und duckte sich. Die Wirtin ließ die Hand sinken. »Nun gut, hol den gebrannten Heidelbeerwein. Ich denke, sie braucht etwas Kräftiges.«

Else schob ihren Arm unter den Kopf der jungen Frau, hob ihn an und drückte den Hals der Tonflasche an die aufgeplatzten Lippen. Sie trank zwei Schlucke. Röte schoss in ihre Wangen. Sie riss die Augen auf. Ihr Körper bäumte sich auf. Die Decke rutschte von ihrem nackten Oberkörper. Sie hustete krampfhaft, Tränen rannen über ihre Wangen, ihre Brust wölbte sich und ließ die Luft dann in einem Stoß entweichen. Die Wirtin grinste und nickte.

»So, jetzt können wir uns unterhalten. – Mara, mach, dass du in dein Bett kommst!«

»Ach Meisterin, bitte«, flehte die junge Frau, »wir kommen um vor Neugier und wollen auch wissen, was geschehen ist.«

Else wiegte den Kopf hin und her, aber ihre Miene war nicht unfreundlich. Sie sah zu der blonden Frau auf dem Bett, die sie aus großen Augen anstarrte, die Decke mit beiden Händen umklammert und schamhaft über ihre Brust gezogen. »Nun gut«, stimmte sie zu, dann hol unserem Gast ein Hemd und einen Becher Wein, und sieh nach, ob noch Mus im Kessel ist. Vielleicht kann sie schon etwas essen.«

»Danke, Meisterin!« Mara wandte sich um und eilte davon. Üppig fiel ihr kastanienbraunes Haar in leichten Wellen über den Rücken herab. Bevor sie mit dem Hemd zurückkam, lösten sich weitere Schatten aus der Dunkelheit des Hauses, brachten Weinkrug und Becher und eine Schale mit kaltem Mus und ließen sich dann in einigem Abstand in den Binsen nieder. Die Wirtin ließ den Blick schweifen und seufzte.

»Das hätte ich mir denken können. Ihr habt mal wieder gelauscht, statt mir zu gehorchen. Ich ziehe euch allen einen Schilling von eurem Lohn ab!«

Die Frauen nahmen es gelassen. Die meisten mussten sowieso noch etliche Schulden bei Else abarbeiten. Es gab verschiedene Gründe, warum sie hier gestrandet waren, doch keine der hier versammelten Frauen gab sich der Illusion hin, es läge in ihrer Hand, das Frauenhaus in der Pleichacher Vorstadt von Würzburg gegen ein besseres Heim tauschen zu können. Und so schlecht war es hier gar nicht. Die Meisterin sorgte für eine warme Mahlzeit am Tag und ab und zu ein neues Gewand, sie hatten ein Dach über dem Kopf, wenn sie sich zum Schlafen niederlegten, und eine warme Wolldecke, um sich zuzudecken, wenn der Wind durch die Ritzen des altersschwachen Hauses pfiff. Dafür mussten sie den Männern, die hier Zerstreuung suchten, zu Diensten sein. Meist forderten sie nichts Unerträgliches, und die Wirtin achtete darauf, dass kein Gast ihre Mädchen quälte. Ja, wenn sie Prügel bekamen, dann meist von der Wirtin selbst. Die Frauen – jede für sich – hatten schon schlimmere Zeiten erlebt als die hier unter Else Eberlins wachsamen Augen. Natürlich freuten sich die Frauen, wenn die Meisterin ihnen von den Münzen, die sie von den Kunden forderte, ihren Anteil gab und sie sich ein wenig billigen Tand bei den Krämern der Stadt oder Süßigkeiten an einem der Bäckerstände kaufen konnten, aber nun waren sie alle gern bereit, einen Schilling für eine spannende Geschichte zu geben und mit dabei zu sein, wenn die fremde blonde Frau zu erzählen beginnen würde.

Die Wirtin wartete, bis Mara ihr in das verschlissene Hemd geholfen hatte, dann fragte sie noch einmal: »Wer bist du? Wie ist dein Name?«

Die Blonde starrte erst sie und dann die anderen Frauen an, die im Kreis auf dem Boden kauerten und erwartungsvoll zu ihr aufsahen, doch sie blieb stumm und schüttelte nur den Kopf.

Ein ärgerlicher Zug trat in die Miene der Wirtin. Ein paar der Frauen zogen die Köpfe zwischen die Schultern. Sie alle wussten, dass es nicht ratsam war, Else zu reizen. Sie konnte sehr wohl großzügig und aufgeräumter Stimmung sein, doch nur allzu schnell schlug ihre Laune um, und dann brach ein Gewittersturm über denjenigen herein, der so leichtsinnig gewesen war, ihren Zorn zu entfachen.

»Sag uns deinen Namen!«, forderte sie noch einmal in strengem Ton, doch die Frau auf dem Bett starrte sie nur aus ihren weit aufgerissenen Augen an und schüttelte noch einmal den Kopf.

Die Frauenhauswirtin hob die Rechte – alle zuckten zurück, nur nicht die junge Frau, die sie unverwandt aus ihren graugrünen Augen anstarrte. Die Hand traf sie hart ins Gesicht. So viel Kraft würde man einem Weib diesen Alters gar nicht zutrauen! Die Blonde schrie auf und wankte. Fast wäre sie hinten übergekippt und aus dem Bett gefallen, aber sie fing sich noch und richtete sich wieder auf. Tränen tropften auf die schmierige Decke.

»Nun, willst du mir jetzt antworten? Sag uns deinen Namen!«

Ein Name! Ja, natürlich, sie musste einen Namen haben, mit dem die anderen Menschen sie gerufen hatten. Die junge Frau tastete in ihrem Geist umher, doch je mehr sie sich anstrengte, desto undurchdringlicher wurde die Finsternis. Er ließ sich nicht fassen. Sie konnte Gestalten erahnen, die durch die Schatten huschten und Worte murmelten, doch wenn sie sie zu greifen suchte, entflohen sie und zogen sich in Räume zurück, die ihr Bewusstsein nicht betreten konnte.

»Ich – ich weiß ihn nicht«, antwortete sie. Ihre Stimme war nun nicht mehr so heiser und rau. Man konnte den hellen Klang erahnen, den sie normalerweise hatte. Und man hörte ihr Erstaunen.

Die Wirtin, die bereits die Hand zu einer zweiten Ohrfeige erhoben hatte, ließ sie wieder sinken. »Du weißt nicht, wie du heißt?«

Die Blonde schüttelte den Kopf.

»Und auch nicht, wo du herkommst?«

Sie überlegte einige Augenblicke, dann schüttelte sie wieder den Kopf.

»Hm.« Die Eselswirtin kaute auf ihrer Unterlippe. »Kannst du dich daran erinnern, was dir zugestoßen ist? Jemand muss dich gewürgt und niedergeschlagen haben.«

»Nein, ich kann mich an gar nichts erinnern«, klagte die junge Frau und sah flehend in die Runde, als hätte eine der anderen Frauen ihr helfen können. Die Wirtin folgte ihrem Blick.

»Nun, kann eine von euch uns weiterhelfen? Habt ihr sie schon einmal gesehen? Strengt euer Hirn an! Ihr habt euren Kopf nicht nur, damit die Läuse ein Zuhause finden!«

Jeanne, die kleine, schwarzhaarige Französin, kicherte und ließ ihre Zahnlücke sehen. Die anderen schüttelten nur einmütig die Köpfe.

»Was wird nun mit ihr geschehen?«, wollte Gret wissen. Sie war groß und hager, ihr Gesicht von Sommersprossen übersät und ihr Haar lodernd rot wie die Flammen des Kaminfeuers.

»Sollen wir sie zum Spital bringen?«, fragte Mara.

»Sie kann bei uns bleiben«, schlug Anna, die jüngste der Frauen, vor.

Die hübsche blonde Marthe schnaubte mürrisch. »Ich teile mein Bett nicht mit ihr. Schlimm genug, dass ich manchmal Mara unter meine Decke lassen muss, aber sie ist wenigstens klein und zappelt nachts nicht so herum.«

»Sie kann zu mir ins Bett kommen«, bot Ester an.

»Natürlich, unsere barmherzige Seele, unsere gute Schwester des Hauses«, keifte Marthe.

»Lass sie in Ruhe!«, zischte Gret und zog Marthe an ihrem goldblonden Haar.

»Nimm deine Finger weg, Feuerdämon!«, kreischte Marthe.

Die Wirtin war wie ein Blitz über ihnen und verpasste beiden Frauen eine Ohrfeige. »Ruhe!«, donnerte sie.

Die beiden ließen voneinander ab, warfen sich jedoch noch giftige Blicke zu. Die junge Frau auf dem Bett starrte sie entsetzt an.

»Was glotzt du so?«, fauchte Marthe.

Else hob die Augenbrauen. »Hast du noch nicht genug? Ich kann auch den Riemen holen, wenn du das mal wieder nötig hast.«

Die schöne Blonde senkte den Blick. »Nein, Meisterin, das ist nicht nötig«, murmelte sie. Gret verbarg ein Grinsen hinter ihrer Hand. Auch sie war mit Sommersprossen bedeckt.

Else wandte sich wieder dem Bett zu. »Ja, was machen wir

mit dir? Als Erstes werde ich dir ein paar Kleider heraussuchen. So kannst du ja nicht herumlaufen. Und Schuhe brauchst du auch. Dann bekommst du ein Linnen und eine Decke. Sieh zu, dass du sie sauber hältst. Jeder ist für seine Wäsche selbst verantwortlich. Wenn du sonst noch etwas benötigst, dann wende dich an mich. Wir essen zweimal am Tag gemeinsam. Morgens gibt es Milchsuppe oder Mus, abends einen warmen Eintopf und Brot. Der gute Wein ist nur für die Gäste. Die Mädchen zeigen dir, welches euer Fass ist. Fürs Erste kannst du allein in diesem Bett schlafen. Wenn es dir besser geht, können wir die Betten neu verteilen.«

Die namenlose Frau lächelte und sagte warm: »Du hast ein christlich gutes Herz, ich danke dir! Wie kann ich dir das jemals vergelten?« Die anderen Frauen warfen einander Blicke zu.

Die Wirtin mied die graugrünen Augen. »Das werden wir dann sehen«, murmelte sie nur und scheuchte dann ihre Frauen davon. »Nun aber marsch in eure Betten, sonst werdet ihr meinen Zorn erleben!«

Die Frauen erhoben sich und klopften sich die Binsen aus den Hemden.

»Wie sollen wir sie denn nennen, wenn wir ihren Namen nicht wissen?«, wollte die mollige Jeanne wissen.

»Wir müssen ihr einen Namen geben«, stimmte Gret zu.

Die Wirtin nickte. »Ja, das ist eine gute Idee. Hast du einen Vorschlag?«

Die Rothaarige zuckte mit den Schultern. »Ich weiß nicht recht. Vielleicht Maria? Oder Susanne? Oder Afra?«

Sie sah zu der jungen Frau im Bett, doch die zuckte nur hilflos mit den Schultern.

»Barbara? Johanna? Margret?«, schlug Anna vor, doch auch diese Namen lösten keine Reaktion aus.

»Was ist?«, drängte die Wirtin. »Entscheide dich, oder wir suchen einen für dich aus.«

»Ursula oder Margarete?«, fuhr Gret fort. »Vielleicht Luzia? Brigitta oder Elisabeth?«

Die Frau im Bett zuckte zusammen. Elisabeth. Ein warmes Gefühl durchflutete sie.

Sie sah in ihrem Geist ein kleines Mädchen mit strengen, blonden Zöpfen auftauchen. Es saß im Heu, ein kleines Kätzchen an die Brust gedrückt. Wie wunderbar frisch das Heu roch!

»Elisabeth! Wo bist du?« Eine Frauenstimme durchbrach den Frieden. Das Kind duckte sich hinter den Heuberg, doch da hörte es eine Tür quietschen, und helles Sonnenlicht flutete herein. Schwere Schritte näherten sich. Ein geschürzter Rock mit schmutzigem Saum tauchte in ihrem Blickfeld auf und ein paar geschwollene Füße, die in ausgetretenen Schuhen steckten. Sie hörte den keuchenden Atem der dicken Frau.

»Elisabeth! Hast du mein Rufen nicht gehört?«

Der Vorwurf war nicht zu überhören. Das Kind ließ den Blick weiter auf Saum und Schuhe gesenkt und schüttelte den Kopf, obwohl es den Ruf natürlich deutlich vernommen hatte.

Mit einem Stöhnen beugte sich die Dicke herab und wand das Kätzchen aus ihren Händen. Die Finger schlossen sich um den dünnen Kinderarm.

»Komm jetzt! Dein Vater kann jeden Augenblick zurückkommen!«

Sie zerrte das Mädchen auf die Beine und zog es hinter sich her ins grelle Sonnenlicht hinaus.

»Ja, er kommt. Die ersten Boten sind schon am frühen Morgen eingetroffen. Der Feldzug ist vorüber. Das Heer kehrt zurück. Dein Vater ist wohlauf.«

»Hat das fränkische Heer denn gesiegt?«, wollte das Mädchen wissen, während es neben der Dicken herstapfte.

Sie brummte unwillig. »Über so etwas weiß ich nicht Bescheid. Ich bin nur eine einfache Magd und froh über jeden Mann – sei er nun Bürger oder Ritter –, der unbeschadet aus Böhmen zurückkehrt und dem diese Ketzer nicht den Bauch aufgeschlitzt haben.«

»Was ist?«, drängte die Rothaarige mit den Sommersprossen und holte die junge Frau in die Wirklichkeit zurück. Sie lächelte Gret zu und nickte.

»Ja, wir nennen sie Elisabeth«, rief Ester. »Das ist gut. Hieß das Haus nicht so, als es einst für zehn arme Frauen gestiftet wurde, die hier Kost und Kleidung bekommen sollten?« Die anderen nickten zustimmend.

»Gut, dann ist das abgemacht.« Wirtin Else klatschte in die Hände. »Also, ab in eure Betten, und ich will kein Gerede mehr hören!«

»Elisabeth«, flüsterte die Frau im Bett und lauschte dem Klang. Ja, das war gut so. Auch wenn sie sich nicht sicher sein konnte, ob sie selbst das Mädchen gewesen war. War es überhaupt eine echte Erinnerung? Wenn ja, wo waren all die anderen, die sie im Laufe ihres Lebens aufgesammelt haben musste? Doch so sehr sie auch suchte, außer diesem einen bunten Fetzen war rund herum nur düsterer Nebel in ihrem Geist zu finden. So konzentrierte sie sich auf diese eine Begebenheit und beschloss, sie wie einen Schatz zu hüten. Erschöpft schloss Elisabeth die Augen. Das kleine Mädchen lächelte ihr zu.

Else wartete, bis Ruhe eingekehrt war, dann löschte sie die Lampe. Die Wirtin ging hinaus und zog die Tür hinter sich zu. Der große Schlüssel knirschte im Schloss. Ein paar Sterne leuchteten ihr den Weg zu ihrem Haus. Nun ja, es war mehr eine Hütte denn ein Haus, klein und niedrig, mit lehmbestrichenen Flechtwänden und einem durchhängenden Strohdach, dennoch konnte sie es ihr Eigen nennen, und es hatte alles, was sie brauchte: Eine Feuerstelle mit einem Kessel darüber, einen Tisch, eine Holzbank und zwei Hocker und ein Wandbord, auf dem sie ihr Tongeschirr und Lebensmittel aufbewahrte. Ein zweiter, winziger Raum wurde von einer schulterhohen Flechtwand abgetrennt. Der vorherige Besitzer hatte dort in der Ecke sein Vieh gehalten, ein Schwein, eine Ziege und ein paar Hühner, aber Else hatte den Verschlag gesäubert, mit frischen Binsen bestreut und ihre Bettstatt dort eingerichtet. Dort stand auch ihr größter Stolz: Eine eisenbeschlagene Truhe mit einem Schloss, in der sie ihre Kleider, das eingenommene Geld und all ihre anderen wertvollen Habseligkeiten aufbewahrte.

Else trat an den Herd und schob die Asche auseinander. Darunter glühten noch ein paar verkohlte Scheite. Sie zündete ein Binsenlicht an und stellte es auf den Tisch. Schwerfällig ließ sie sich auf die Bank sinken. Sie griff unter ihre Röcke und zog das Medaillon hervor, das der Handwerksbursche ihr als Bezahlung gegeben hatte. Die goldene Oberfläche schimmerte im Licht der Flamme, der große Edelstein und die Perlen blitzten. Das war kein billiger Tand! Dieses Schmuckstück hatte ein kunstfertiger Goldschmied hergestellt, und sie war bereit, jede Wette einzugehen, dass der Stein und die Perlen so wertvoll waren, wie sie ihr im warmen Licht der Lampe erschienen.

»Junger Narr«, murmelte die Wirtin und ließ das Kleinod an seiner Kette hin und her schwingen. Dann wickelte sie es sorgsam in ein Tuch und verstaute es unter Hemden und Strümpfen in ihrer Truhe. Ein zufriedenes Lächeln spielte um ihre Mundwinkel, als sie unter ihre Federdecke schlüpfte und sofort einschlief.

Elisabeth lag im Dunkeln. Es machte keinen Unterschied, ob sie die Augen öffnete oder geschlossen hielt. Fast könnte sie meinen, sie wäre wieder in ihre Ohnmacht zurückgeglitten, wenn nicht verschiedene Geräusche an ihr Ohr gedrungen wären. Sie konnte die Frauen atmen hören, eine von ihnen schnarchte leise, eine andere murmelte etwas im Schlaf. Dann raschelte das Stroh einer Matratze, als sich jemand auf seinem Lager herumdrehte. Draußen tropfte irgendwo Wasser. Ein Hund jaulte. Sie konnte auch den Wind hören, der um die Häuserecken strich.

»Elisabeth«, flüsterte sie und lauschte dem Klang des Namens. War sie das wirklich? Von nun an ja, aber wer war sie gewesen, bevor die Finsternis sie umfangen hatte? Gehörte sie hierher oder war ihr ein anderes Leben bestimmt gewesen?

Was hatte sie dort herausgerissen? Sie schickte ihre Gedanken auf die Suche nach ihrer Vergangenheit, fand aber nur Leere. Es war, als habe Gott sie in dieser Stunde erst – jungfräulich und nackt – auf die Erde gesandt. War das möglich? Sie wusste es nicht. Und was war dann mit der Erinnerung an das kleine Mädchen und die dicke Frau? Sie hatte von ihrem Vater gesprochen. Es gab dort draußen also eine Familie, die vielleicht in diesem Augenblick nach ihr suchte und sich Sorgen machte, was mit ihr geschehen sei. Ein Vater und vielleicht auch eine Mutter und Geschwister. Oder gar ein Ehemann? Elisabeth lauschte in sich hinein. Eher nicht. So alt war sie sicher noch nicht. Sie legte ihre Hände auf ihren Leib. Wenigstens war sie sich ziemlich sicher, dass sie noch kein Kind geboren hatte. Plötzlich blitzte das Bild eines kleinen Jungen auf, der sie gegen das Schienbein trat und ihr an den Zöpfen zog.

Das blonde Mädchen, das ihn kaum um einen Zoll überragte, schrie auf und schlug ihm ins Gesicht.

»Aua!«

Der Junge blinzelte die Tränen weg und hielt sich die gerötete Wange.

»Du blöde Ziege«, schrie er erbost. Dann wandte er sich um und rannte davon. »Elisabeth ist ein blöde Ziege!«

Das hörte sie ihn noch rufen, ehe das Bild verblasste und der Nebel ihre Erinnerungen wieder verhüllte.

»Ich bin Elisabeth!«, sagte sie leise, dann schlief sie ein.

Ein Kichern nahe ihrem Ohr weckte sie. Dann legte sich eine Hand auf ihre Schulter und schüttelte sie leicht.

»Wach auf! Es ist schon lange Tag. Willst du den ganzen Sonntag verschlafen? Wir waren schon in der Frühmesse. Müßiggang ist eine Sünde, sagt der Pfarrer!«

Die junge Frau hob die Lider und rieb sich die Augen. Fremde Gesichter starrten sie an. Eine Weile brauchte sie, um sich zu erinnern. Richtig, sie war aus der Finsternis geboren worden und in diesem Haus aufgewacht mit all diesen Frauen, die sie Elisabeth genannt hatten. Nein, korrigierte sie, sie war Elisabeth und hatte als Kind ein Kätzchen gehabt und einen Jungen gekannt, der sie an den Zöpfen gezogen hatte! Erleichterung durchflutete sie, dass die Nacht weder das Kätzchen noch den frechen Knaben mit sich genommen hatte. Elisabeth richtete sich auf und lächelte in die Runde.

»Ich bitte um Verzeihung. Ich wollte keine Unannehmlichkeiten bereiten.« Die Frauen lachten.

»Wie sie spricht!«, sagte die Mollige mit dem mausbraunen Haar und presste kichernd die Hand vor den sinnlichen Mund. Sie schien die jüngste der Frauen zu sein.

»Du hast keine Unannehmlichkeiten gemacht. Die Meisterin hat gesagt, wir sollen dich schlafen lassen«, beschwichtigte sie die große Frau mit dem roten Haar und den Sommersprossen.

»Aber jetzt steh auf«, ergänzte die Schwarzhaarige mit den dunklen Augen. Sie schien nicht aus der Gegend zu sein, so wie sie die Worte betonte. Eher weich und singend. Sie streckte Elisabeth einen einfachen, dunklen Rock, den man unter der Brust schnüren konnte, und eine Haube entgegen. »Hier, das hat mir die Meisterin für dich gegeben. Das müsste dir passen. Ich bin übrigens Jeanne.« Sie lächelte und ließ gerade Zähne sehen, in deren Reihe allerdings eine Lücke klaffte. »Der Feuerkopf neben mir heißt Gret, die Kleine mit dem Haar wie Kastanien heißt Mara, unsere Jüngste mit den weichen Formen ist Anna. Die gute Seele, die Gott mit einem Pferdegesicht gestraft hat, heißt Ester. Die Narben hat sie allerdings von ein paar Männern. Und die, die entweder verkniffen oder zornig dreinschaut und uns das Leben hier zur Hölle macht – wenn die Männer es gerade nicht tun – ist Marthe.«

Die Letztgenannte zog Jeanne an den Haaren und zischte: »Halt dein französisches Schandmaul. Man sollte dich dahin zurückschicken, wo du hergekommen bist. Ich warne dich! Fordere nicht meinen Zorn heraus!«

Jeanne schien sich nichts daraus zu machen. Sie schob sich außer Reichweite von Marthes Händen und grinste Elisabeth an. »Da hörst du es! Vor ihr musst du dich in Acht nehmen. Aber nun komm!«

Sie schlug die Decke zurück, zog Elisabeth das Hemd über den Kopf und begann die junge Frau mit warmem Wasser abzuwaschen. Errötend nahm ihr Elisabeth den Lappen aus der Hand. »Danke, das kann ich selbst.« Sie senkte den Blick. Es war ihr unangenehm, dass die Frauen noch immer dastanden und sie anstarrten. Jeanne half ihr, sich mit einem Laken abzutrocknen und das Hemd wieder anzuziehen.

»Darf ich dir das Haar waschen? Es muss wunderschön sein, wenn es erst einmal von dem ganzen Schlamm und Moder befreit ist.«

Elisabeth nickte und ließ es auch zu, dass Jeanne ihr anschließend in den Rock half und ihn unter der Brust zuschnürte. Er war tief ausgeschnitten und hatte nur halblange Ärmel, sodass über der Brust und an den Armen das helle Hemd zu sehen war. Zuletzt band Jeanne ihr eine Haube um das nasse Haar. Inzwischen waren Mara und Anna hinausgegangen und kamen nun mit einem Kessel zurück, den sie auf den Tisch wuchteten. Ester holte Schalen und Becher vom Wandbord. Die Frauen setzten sich um den größeren der beiden Tische, aßen heißen Haferbrei und tranken mit Wasser verdünnten, sauren Wein. Sie lachten und scherzten, sodass die Beklemmung, die Elisabeth in der fremden Umgebung empfand, von ihr abfiel. Vielleicht gehörte sie ja hierher? Vielleicht hatte sie ihre Familie schon vor langer Zeit verloren, und dies war nun ihr Zuhause? Sie ließ den Blick über die Gesichter schweifen. Sie waren alle so freundlich – bis auf Marthe. Fast wie eine liebende Familie. Da machte es ihr auch nichts aus, dass alle sie jetzt kurz Lisa nannten, auch wenn ihr Elisabeth irgendwie vertrauter erschien.

»Was ist? Warum schaust du uns so an?«, wollte Anna wissen.

»Es ist so friedlich hier, dass ich fast glauben könnte, heimgekehrt zu sein. Ich danke euch.«

Die Frauen tauschten Blicke und murmelten unverständliche Worte. Nur Jeanne sah ihr in die Augen. In ihrem Blick lag eine Traurigkeit, die Elisabeth nicht verstand. Sicher hatte das Schicksal ihnen allen eine Bürde auferlegt, die sie jedoch überwunden hatten, denn nun lebten sie hier zusammen, hatten es warm, waren satt und geborgen. Was hatte Ester heute Nacht gesagt? Das Haus hieß wie sie, Elisabeth, und war für zehn Frauen gestiftet worden, die hier Kost und Kleidung bekommen sollten. Die hier wie ein Familie zusammenleben konnten!

Die Frauen hatten den Kessel fast geleert, als die Tür aufging und ein Mann in einer verschlissenen Kutte eintrat.

»Guten Morgen und Gottes Segen, Pater Thibauld«, grüßten die Frauen höflich. Anna kicherte. Der Pater war vielleicht um die fünfzig, hatte nur noch spärlich Haar auf dem Kopf, und sein faltiges Gesicht war mager. Er ließ sich neben Jeanne auf die Bank fallen und nahm dankend den Becher, den Gret ihm hinüberschob. Sie füllte ihn nicht aus dem Krug, von dem die Frauen tranken, sondern holte einen anderen, der auf dem Kaminsims stand. Der Pater trank, rülpste und seufzte erleichtert. Er legte Jeanne den Arm um die Taille und rutschte ein Stück näher. Sein Blick schweifte durch die Runde und blieb dann an Elisabeth hängen.

»Ah, sieh an, ein neues Gesicht«, freute er sich. Er deutete eine Verbeugung an. »Ich bin Vikar Thibauld vom Stift Haug«, sagte er. »Und wie ist dein Name, schönes Kind?« Die junge Frau starrte ihn nur mit offenem Mund an.

»Sie heißt Lisa… äh… eigentlich Elisabeth«, half Gret nach.

»Könnte ich, ich meine, würde sie…« Der Geistliche leckte sich die Lippen, ohne den Blick von ihr zu wenden. Elisabeth rutschte ein Stück von ihm weg. Ein Gefühl von Scham breitete sich in ihr aus, während seine Augen sie ungeniert anstarrten. Die anderen Frauen tauschten unbehagliche Blicke. Erleichterung trat in ihre Gesichter, als sich die Tür ein zweites Mal öffnete und die Meisterin einließ.

»Ach, Ihr, Vikar Thibauld«, grüßte sie den Kirchenmann, ohne sich Mühe zu geben, ihre säuerliche Miene zu verbergen. »Was wollt Ihr schon wieder hier?«

»Ach, ein wenig Ruhe und Entspannung, gute Wirtin. Ich habe heute schon drei Seelenmessen gelesen!«

»Das ist Eure Aufgabe«, gab sie mitleidlos zurück.

»Ja, schon, aber es ist nicht einfach, sein Leben Gott zu widmen. Man muss sich zwischendurch auch ein paar Freuden des Gaumens und des Fleisches gönnen. Sonst verlässt einen die Kraft, Gott zu dienen.« Sein begehrlicher Blick kehrte wieder zu Elisabeth zurück.

»Eselswirtin, ist es möglich – nur für ein Stündchen –, den neuen, blonden Engel zu beglücken?«

»Es ist Sonntag!«, schimpfte Else.

Der Vikar wand sich. »Ja, ich weiß, der Herr hat es verboten – oder zumindest der Bischof«, verbesserte er sich. »Wie können wir wissen, was der Herr im Himmel denkt?«

Die Meisterin stemmte die Hände in die Hüften. »In diesem Fall ist es mir wichtiger, was der Bischof denkt oder der Schultheiß, denn der wird mir auf alle Fälle Ärger bereiten, wenn ich Euch heute in meinem Haus gegen die Gebote des heiligen Feiertags verstoßen lasse! Was glaubt Ihr wohl, was hier los ist, wenn Ihr Euch auf meinem Lager wälzt und der Henker hereinkommt?«

Der Vikar sah sie flehend an. »Bitte, Frau Wirtin. Ich bin auch bereit, mehr als den üblichen Preis zu bezahlen.« Er kramte in seinem Beutel und hielt ihr zwei Münzen entgegen, die verführerisch glänzten. Der Schein des Metalls schien sich in den Augen der Meisterin widerzuspiegeln. Elses größte Schwäche waren Geld und Geschmeide. Ihre Hand schnellte vor und riss dem Gottesmann die Münzen aus der Hand.

»Also gut, aber beeilt Euch. Ihr geht in mein Haus hinüber.«

»Kann ich das blonde Kind …?«

»Nein! Mara, geh du!«

Die zierliche Frau löste ihre Haube und ließ ihr kastanienbraunes Haar über den Rücken wallen, dann erhob sie sich und ging mit wiegenden Hüften auf den Vikar zu. Sie griff nach seiner Hand und zog ihn von der Bank hoch.

»Kommt mit mir, mein guter Pater, Ihr werdet Eure Sünde nicht so schnell bereuen! Und später könnt Ihr ja immer noch beichten.«

Der Vikar warf Elisabeth noch einen bedauernden Blick zu, dann folgte er Mara hinaus. Elisabeth starrte ihnen mit offenem Mund nach. Was ging hier vor sich? War das nicht das Haus einer Gemeinschaft gottesfürchtiger Frauen? So sehr sie sich auch bemühte, ihr fiel keine harmlose Rechtfertigung für das ein, was sie eben gehört und gesehen hatte. In was für einem Haus war sie hier? Sie hob den Blick zu Else, doch die wandte sich ab, statt eine Erklärung zu bieten.

Die Meisterin scheuchte die Frauen, den Tisch abzuwischen und die Schalen auszuspülen. Elisabeth half stumm und mit gesenktem Blick. Sie traute sich nicht, die anderen Frauen zu fragen. Noch ehe sie unter der strengen Aufsicht der Wirtin die schmutzigen Binsen hinausgekehrt und in die Abortgrube geworfen hatten, kam Mara zurück und half dabei, die frischen Binsen zu verteilen. Der Vikar war nirgends zu sehen. Vermutlich war er zum Stift Haug zurückgekehrt. Ein paar Mal war Elisabeth versucht, Mara zu fragen, was zwischen ihr und dem Kirchenmann vorgefallen war, doch sie fürchtete sich zu sehr vor der Antwort. Wie sollte sie ihr in die Augen sehen, wenn sie von solchen Dingen sprach? Dafür beobachtete sie Mara eine Weile verstohlen. Sie schien noch so unbeschwert wie zuvor, lachte und zankte gutmütig mit den anderen. Wie konnte das sein? Die Beklemmung in Elisabeths Brust ließ ein wenig nach. Es musste eine andere Erklärung geben, die ihr nicht die Schamesröte ins Gesicht treiben würde! Ihr fiel nur keine ein. Aber bald schon würden die anderen ihr davon erzählen.

Den Rest des Tages verbrachten die Frauen müßig im Schatten eines Birnbaumes im Gras. Es war ein schöner Frühlingstag. Sie plauderten oder dösten, bis die Meisterin zwei von ihnen rief, die Abendsuppe zu kochen. Als die Dunkelheit herabsank, aßen sie gemeinsam dicken Eintopf von Kohl, Rüben und Zwiebeln mit ein wenig geräucherter Wurst. Dann schickte Else die Frauen ins Bett und nahm die Lampe mit. Elisabeth verbrachte ihre zweite Nacht im Haus der Eselswirtin. Als sie einschlief, fühlte sie sich warm und geborgen, als würde sie hierhergehören. Sie ahnte nicht, wie schnell das Gefühl verfliegen sollte.

Kapitel 3

Der Montag verflog mit häuslichen Arbeiten und Geplauder. Die Frauen zogen die schmuddeligen Tücher von den Betten und legten frische über die durchgelegenen Strohmatratzen. Dann schleppten sie Wassereimer vom Brunnen heran, gaben frische Lauge dazu und wuschen Laken und Decken in großen Bottichen vor dem Haus. Gret warf ihre Schuhe von sich, stieg in eine ovale Wanne und trat die eingeweichten Decken mit den Füßen. Anna und Mara spülten sie aus, während Jeanne sie anschließend mit Elisabeths Hilfe auswrang. Marthe brummelte vor sich hin, während sie die ersten Tücher über einer abbröckelnden Mauer ausbreitete.

Die sonnigen Tage waren zwar vorüber, doch trotz der Wolken, die der Wind heute über den Main trieb, war es warm genug, dass sie gern auf der Wiese arbeiteten statt in der Düsternis des stickigen Hauses. Anna stimmte ein Lied an, und die anderen Frauen sangen mit – außer Marthe, die das Lied hirnlos und dumm nannte und sich weigerte mit einzustimmen.

Später ging die Meisterin los, um die Weinvorräte aufzufüllen. Sie nahm Gret mit und kam erst am späten Nachmittag zurück. Der Schröter brachte die beiden Fässer, die sie erworben hatte, und rollte ihnen eines ins Haus, das andere in den Bretterverschlag, der hinten angebaut war. Er plauderte noch ein wenig mit der Wirtin, ehe er sich verabschiedete und mit seinem Eselskarren davonzog. Else verteilte die Aufgaben für den Nachmittag. Jeanne sollte einkaufen gehen. Sie entschied sich, Elisabeth mitzunehmen. Die Meisterin wollte nicht, dass sich eine ihrer Frauen alleine in der Stadt herumtrieb. Sie runzelte zwar die Stirn, als Jeanne verkündete, das neueste Mitglied ihrer Gemeinschaft mitnehmen zu wollen, nickte dann aber und ließ die beiden Frauen ziehen.

»Wohin gehen wir?«, erkundigte sich Elisabeth, die sich neugierig umsah. Jedes Haus, jeden Hof, jeden Strauch starrte sie an, ob sie ihn nicht vielleicht wiedererkennen würde, doch nichts regte sich in ihrem von düsterem Nebel erfüllten Gedächtnis.

»Auf den Markt. Dort drüben unter dem Turm ist das Tor, durch das wir in die innere Stadt kommen.« Elisabeth legte den Kopf in den Nacken und betrachtete den Turm, sah sich die Brücke und das Tor an, vor dem die beiden Wächter standen. Nichts. Nur Dunkelheit. Vielleicht war sie hier zuvor noch nicht gewesen? Und doch schwang da etwas in ihrer Seele, als sie durch die Gassen ging, den Blick an den Häuserfassaden entlanggleiten ließ und dem Strom der geschäftigen Menschen auswich.

Bald erreichten die beiden Frauen den Markt, dessen Stände sich die Domstraße entlang bis in die engen Quergassen zu beiden Seiten erstreckten. Sie kauften Gemüse und Äpfel, schlenderten über den Eiermarkt und erstanden noch ein Stück Speck, der heute unter das Gemüse des Eintopfs geschnitten werden würde.

Jeanne plapperte die erste Stunde ohne Unterlass. Immer wieder stellte sie Fragen, auf die sie aber nur einsilbige Antworten erhielt.

»Sehr gesprächig bist du nicht gerade«, sagte sie, als sich die beiden Frauen bereits wieder dem inneren Pleichacher Tor näherten.

Elisabeth seufzte. »Was soll ich dir sagen? Es ist ein seltsames Gefühl, erwachsen und doch neu geboren zu sein. Ihr alle habt eine Geschichte und Erinnerungen. In meinem Kopf wallen – bis auf ein paar vereinzelte Bilder – nur finstere Nebel, die ich nicht durchdringen kann. Ich weiß nichts! Du nennst mich Elisabeth, und vermutlich habe ich auch vorher so geheißen, aber ganz sicher bin ich mir nicht. Auch wenn ihr alle sehr freundlich zu mir seid, ist das Leben hier bei euch wie ein Gewand, das für jemand anderen genäht wurde und nun an der einen Stelle zu weit und an der anderen zu eng ist. Ich bin ein Baum, der seine Wurzeln verloren hat und umgestürzt ist. Ich habe mit meinen Erinnerungen auch meine Familie und mein Heim verloren, in das man zurückkehren und wo man sich geborgen fühlen kann.«

Jeanne blieb stehen, drehte sich zu ihr um und tätschelte mitleidsvoll ihren Arm. »Das Frauenhaus ist jetzt dein Heim, und wir werden dir eine Familie sein.« Sie lächelte schelmisch. »Und wie in jeder Familie liebt man den einen mehr, den anderen weniger, man zankt sich ab und zu und rauft sich die Haare aus. Und die Meisterin ist unser aller Mutter. Streng und unnachgiebig, aber auch gerecht. Wir müssen hart für sie arbeiten, dafür hat sie ein wachsames Auge auf alles, was vor sich geht, und sie scheut sich nicht, selbst Ritter oder Ratsherrn zur Ordnung zu rufen, wenn sie über die Stränge schlagen. Zweimal hat sie sogar nach dem Henker geschickt, als sich eine Gruppe Betrunkener gar nicht zügeln ließ. Ja, und als die Sache mit Ester passiert ist…« Ihre Miene verdüsterte sich.

Nun hätte sie Jeanne fragen müssen, doch Elisabeth fand nicht den Mut, sich auch noch den Rest an Illusion zu rauben, die sie nur noch mühsam aufrechterhalten konnte. Und dann war der Augenblick auch schon vorbei, und Jeanne strahlte wieder zu Elisabeth hoch, die sie um einen Kopf überragte.

»Du wirst sehen, es ist nicht so schlecht hier. Viele von uns haben schon schlimmere Zeiten erlebt und hier bei der Eselswirtin Frieden gefunden.«

Elisabeth nickte nur stumm. Sie fand Jeanne sympathisch, und auch mit den anderen Frauen ließ sich sicher auskommen – wobei sie ein wenig Angst vor der Meisterin verspürte, doch was war das für ein Leben hier? Sie hatte nur eine vage Vorstellung davon, was in einem Frauenhaus vor sich ging, doch trotz ihres Gedächtnisverlustes konnte sie sich nicht länger der Wahrheit verschließen, dass das Leben zu der Zeit, als das Haus für bedürftige Frauen gebaut worden war, sich deutlich von den jetzigen Zuständen unterschieden haben musste. Dies war keine fromme Gesellschaft lediger Frauen mehr, wie beispielsweise die der Beginen, die sich für ihre Nächsten aufopferten. Schon allein, dass der Henker hier für Ordnung zu sorgen hatte, zeugte von der Sünde, die hier Einzug gehalten hatte. Tief in sich spürte Elisabeth, dass das nicht ihr rechter Platz auf dieser Erde war.

Im Frauenhaus angekommen, fanden sie die anderen in ihren Betten vor. Die meisten schliefen.

»Du solltest dich auch noch ein wenig hinlegen. Die nächtliche Ruhe ist hier nur kurz, und wenn die ersten Gäste kommen, ist es zu spät, an Schlaf zu denken.«

Elisabeth fühlte sich nicht müde, dennoch legte sie sich auf das Linnen. Die Decke hing noch draußen zum Trocknen. Was hätte sie sonst in dem großen, trüben Raum machen können, den die kleinen, mit Pergament bespannten Fenster selbst bei Tag kaum erhellten?

Es ist so düster, dass man nicht einmal lesen kann, dachte Elisabeth und wunderte sich über ihren Gedanken. Lesen? Konnte sie das überhaupt? Sie dachte an große Fenster mit bleigefassten Glasscheiben, die grünlich schimmerten, wenn die Sonne hindurchschien. Sie sah ein dickes, in Leder gebundenes Buch, doch als sie das Bild fassen und ihr Gedächtnis zwingen wollte, das dazugehörige Zimmer, ja das ganze Haus freizugeben, verschwand alles im Nebel.

Sie musste wohl doch eingeschlafen sein, denn ein plötzlicher Lärm ließ Elisabeth hochfahren. Die meisten anderen Frauen waren schon wach. Öllampen brannten nun in ihren Haltern an den Wänden, obwohl von draußen noch ein Rest an Tageslicht durch die Fenster schimmerte. Elisabeth sah sich verwundert um. Eine seltsame Geschäftigkeit vibrierte in dem einen großen Raum des Frauenhauses, der durch zwei Wandschirme aus Weidengeflecht notdürftig unterteilt werden konnte.

Nun waren sie beide an die Wand zurückgeschoben, sodass Elisabeth den ganzen Raum überblicken konnte. Sie zählte drei Betten und zwei Strohmatratzen in der hinteren Hälfte, rechts und links der Tür standen die beiden Tische mit je zwei Bänken und ein paar Hockern. Links neben der Tür war die Feuerstelle, in der Marthe gerade die Glut schürte. Anna schob Krüge mit Gewürzwein und Met heran, um sie zu wärmen. Ester zerschnitt einen riesigen Brotlaib und warf die Stücke in einen Korb. Mara saß auf einem der Betten, auf dem prall gefüllte Kissen lagen, und ließ sich von Jeanne ihr Mieder schnüren. Im Gegensatz zum vorherigen Tag trug sie nun ein weit ausgeschnittenes Hemd, das ihren Busen mehr freiließ als ihn zu bedecken, und auch ihre Arme waren fast nackt! Auch die anderen trugen nun Gewänder aus farbigen Stoffen, die sicher nicht züchtig zu nennen waren. Gret hatte ihren Rock so hoch geschürzt, dass man ihre Waden sehen konnte, Annas Ausschnitt ließ gar die Brustwarzen sehen, sobald sie sich vorbeugte. Außerdem hatten sie sich die Lippen rot gefärbt. Maras Augen waren von Kohle schwarz umrandet, und Marthe hatte sich das Gesicht weiß gepudert, die Wangen dafür mit einer rötlichen Substanz bemalt. Selbst die Meisterin hatte sich einen auffällig bunten Rock übergezogen, sich eng geschnürt und ihr Gesicht geschminkt. Eine schwere Kette hing auf ihren schlaffen Busen herab, goldene Armreife klingelten bei jeder Bewegung. Sie stand hoch aufgerichtet mitten im Raum und ließ ihren wachsamen Blick über ihre Schützlinge schweifen.

Reglos blieb Elisabeth in ihrem Bett sitzen, das ein wenig abseits an der Wand stand, und starrte die Frauen an, die sich so verändert hatten.

Der Lärm, der sie geweckt hatte, war von der Haustür gekommen, gegen die jemand gehämmert hatte und die nun so schwungvoll geöffnet wurde, dass sie mit einem Schlag gegen die Wand krachte. Drei Männer traten ein und grüßten die Frauen laut und überschwänglich. Sie schienen ausgelassener

Stimmung. Vermutlich hatten sie bereits Wein getrunken. Der eine herzte Marthe, die ihm ein süßes Lächeln schenkte und plötzlich wunderschön aussah, nun, da sie die verdrießliche Miene abgelegt hatte. Der zweite legte seine Arme um Annas üppige Mitte und zog sie an sich. Anna verlor das Gleichgewicht und fiel nach hinten gegen seine Brust. Der Krug entglitt ihren Händen und zerschellte auf dem Boden. Roter Wein floss in die Binsen. Die Männer lachten, Anna fluchte und warf der Meisterin einen ängstlichen Blick zu. Deren Stirn hatte sich umwölkt, ihre Stimme klang jedoch betont freundlich.

»Nun, nun, meine Herrn, nicht so stürmisch. Setzt Euch erst einmal, und trinkt etwas. Das Brot ist ganz frisch. Wollt Ihr auch Käse und Speck? Ein kleines Würfelspiel vielleicht?«

Die Männer setzten sich auf die Bänke und ließen sich Wein ausschenken. Gret reichte ihnen Käse und Speck. Jeanne brachte zwei Lederbecher mit Knochenwürfeln und setzte sich zu ihnen. Die Besucher waren alle drei im besten Mannesalter und vornehm gekleidet. Sicher keine kleinen Handwerker aus einer der Vorstädte. Diese Herren hier besaßen vermutlich befestigte Höfe, von denen manche mit Turm und Tor eher kleinen Burgen als Stadthäusern glichen, im Bastheimer oder Gänsheimer Viertel der inneren Stadt, wo auch viele Domherrenhöfe standen. Elisabeth wunderte sich über ihre Gedanken und fragte sich gerade, woher sie das alles wusste, als der Blick der Meisterin auf sie fiel. Die Augenbrauen zusammengeschoben, kam sie zu ihr herüber.

»Wie siehst du denn aus? Nein, so geht das nicht! Da könnte ja jemand auf den Gedanken kommen, ich hätte einer entlaufenen Betschwester Unterkunft gewährt.«

»Wieso? Das sind die Kleider, die ich gestern bekommen habe«, wunderte sich Elisabeth. Sie sah an sich herunter und konnte nichts Anstößiges erkennen. Nun ja, die Kleider waren ein wenig verwaschen und an manchen Stellen fadenscheinig geworden, aber sonst?

Else brummte. »Gestern war Sonntag! Dafür sind sie in Ordnung, aber nicht für heute und nicht für die anderen Nächte, in denen wir unsere Arbeit tun müssen.«

Sie sah zum Tisch hinüber, wo die Männer unter großem Gejohle die Würfel rollen ließen. Die Frauen klatschten begeistert in die Hände, wenn ein Wurf gelang, und trösteten die Verlierer mit einem Kuss. Hier wurde die Wirtin offensichtlich gerade nicht gebraucht.

»Komm mit mir, ich will sehen, ob ich dich nicht ein wenig herrichten kann«, forderte die Eselswirtin ihren neuen Schützling auf. Gehorsam folgte ihr Elisabeth nach draußen und in das kleine Häuschen hinüber, das kaum zwanzig Schritte entfernt am Rand des alten Judenfriedhofs zwischen ein paar knorrigen Apfelbäumen stand. Brombeeren rankten sich an bröckeligen Lehmwänden empor. Else schob die junge Frau auf einen Schemel und eilte um die Flechtwand herum. Sie öffnete ihre Truhe, wühlte zwischen Hemden, Röcken und Miedern. Einen Moment wog sie das Medaillon in den Händen, das die beiden Männer, die Elisabeth gefunden hatten, ihr überlassen hatten. Dann verstaute sie es wieder sorgfältig. Mit einem farbigen Kleiderbündel unter dem Arm kam sie in die Hauptkammer zurück.

»Hier, das ist dein Gewand, das du von nun an abends anziehen wirst. Pass darauf auf, und sieh zu, dass es dir nicht gleich zerrissen wird!«

Warum sollte sie ihre Gewänder zerreißen? Sie war doch kein Kind mehr, das sich in Scheunen herumtrieb oder auf Bäume kletterte! Die Worte des Protestes lagen ihr schon auf den Lippen, doch dann schwieg Elisabeth lieber und ließ sich von der Wirtin aus ihrem einfachen Rock und dem langen Leinenhemd helfen. Dafür zog Else ihr ein gelbes aus dünnem Stoff an, das kaum bis zu den Knien reichte. Die Ärmel bauschten sich um die Ellenbogen. Vorn fiel der geschlitzte Stoff auseinander und entblößte das weiße Dekolleté. Elisabeth raffte errötend den Stoff zusammen. »Hast du vielleicht einen Fürspan oder eine Fibel für mich?«

Die Wirtin schüttelte den Kopf. »Das ist nicht nötig. Nun bück dich, dass ich dir in den Rock helfen kann.«

Sie warf das Gewand aus einem bestickten, grünen Stoff über ihren Kopf. Der Rock war noch tiefer ausgeschnitten als das Hemd, und man konnte ihn unter dem Busen schnüren, was die Wirtin auch tat, und zwar so eng, dass Elisabeth aufstöhnte. Ihre Brüste bildeten nun zwei pralle Hügel, von gelbem Stoff und einer bestickten Borte umrahmt, als wären sie ein Präsent, das besonders geschmückt dargeboten wurde. Der Rock fiel in reichen Falten bis zu den Knöcheln, die Ärmel dagegen waren eng und kurz, sodass sich der gelbe Stoff des Hemdes über den Oberarmen aufbauschte.

»So kann ich nicht gehen!«, entrüstete sich Elisabeth und sah erst auf ihren Busen und dann auf ihre nackten Unterarme und die ebenfalls entblößten Knöchel herab.

»Doch, das ist genau richtig«, sagte die Meisterin bestimmt und rückte eine Lampe heran. »Und nun halte still, dass ich ein wenig Farbe in dein blasses Gesicht bringen kann.«

In Elses Häuschen gab es keinen Spiegel, doch Elisabeth hatte die anderen Frauen gesehen, und so wollte sie nicht aussehen! Das war nicht richtig – nicht anständig!

»Bitte nicht«, wehrte sie schwach ab.

Die Wirtin umfasste Elisabeths Handgelenke so hart, dass es schmerzte. »An eines kannst du dich gleich gewöhnen«, herrschte sie die junge Frau an. »In meinem Haus wird das getan, was ich sage, und zwar ohne Widerworte. Solange du hier wohnst und an meinem Tisch isst und Kleider aus meiner Truhe trägst, wirst du dich danach richten. Und nun halt still! Ich kann nicht ewig die Zeit mit dir vertrödeln. Wer weiß, ob es drüben nicht schon wieder drunter und drüber geht, wenn ich nicht da bin!«

Stocksteif saß Elisabeth da, während Else ihre Lippen und Wangen rötete, dann folgte sie der Wirtin zum Frauenhaus zurück. Drüben ging es nun hoch her. Elisabeth zählte sechs Männer, die am Tisch saßen, tranken und würfelten. Von den

Frauen konnte sie aber nur Jeanne, Ester und Gret entdecken. Dann fiel ihr Blick auf die Matratzen, die jemand auf dem Boden zusammengeschoben hatte. Darauf kauerte Anna auf allen vieren. Von dem Mann, der sich hinter ihr ebenfalls auf die Knie niedergelassen hatte, sah man nur die in enge Hosen gehüllten Beine bis zur Schamkapsel und den Saum seines Wamses. Der Rest war unter Annas Röcken verschwunden. Sie hatte die Knie gespreizt und wiegte den Hintern hin und her. Sie kicherte und stieß immer wieder kleine Schreie aus. Seltsame Geräusche drangen durch den Stoff ihrer Röcke. Elisabeth fühlte, wie ihre Knie weich wurden. Sie ließ sich auf einen Schemel sinken. Obwohl sie nicht weiter hinsehen wollte, konnte sie den Blick auch nicht senken. Ihre Wangen brannten. Sicher wären sie nun auch ohne die Farbe der Wirtin rot genug.

»Ruhe dahinten«, rief einer der am Tisch Sitzenden. »Du bringst mich mit deinem Geschlürfe ja ganz raus! Wie soll ich mich da aufs Würfeln konzentrieren?« Die anderen lachten. Nun erklang von Elisabeths Bett, das jetzt hinter einem Wandschirm verborgen war, rhythmisches Stöhnen und von der anderen Seite ein Kichern und Ächzen.

»Ja, mir ist es inzwischen auch schon ganz heiß an den Lenden«, stimmte ein anderer Gast zu. »Und schmerzhaft eng wird es ebenfalls!«

Die Meisterin legte dem offensichtlich reichen Bürger die Hand auf die Schulter. »Dann solltet Ihr Euch Erleichterung verschaffen. Darf ich Euch Gret mit dem feurigen Haar anbieten oder lieber Jeanne mit dem feurigen Temperament?« Die Frauen lächelten dem Bürger zu.

Der Mann in den engen, farbigen Beinlingen und dem kurzen mit Pelz verbrämten Brokatrock sah zu der blonden Frau auf dem Hocker hinüber.

»Was ist mit der? Sie ist neu, nicht? Kann mich nicht erinnern, sie schon mal gesehen zu haben.«

Elisabeth spürte, wie ihr schlecht wurde. Sie presste die Hand auf den Leib, sprang auf und rannte hinaus.

»Oh, ist sie krank?«, wollte der Bürger wissen und beäugte misstrauisch die beiden Dirnen, die an seine Seite getreten waren.

»Nichts Schlimmes«, wehrte die Meisterin ab. »Nur ein verdorbener Magen. Sie wäre eh nichts für Euch. Also, wen darf ich Euch geben? Ihr wisst, für die übliche Summe könnt Ihr auch beide nehmen.«

»Übernimm dich aber nicht«, lachte sein Nebenmann, dem das Glück gerade hold war und der drei Würfe hintereinander gewonnen hatte. Sein Gegenüber schob ihm mit betrübter Miene einen Stapel Pfennige herüber.

»Wenn du dich zu sehr verausgabst, kannst du deinem Weib keinen Knaben mehr machen, und den hätte sie dringend nötig!«

Alle lachten. Sie wussten, dass der reiche Bäcker bisher nur mit vier Töchtern gesegnet worden war und sich in weinseliger Stimmung deswegen die Haare raufte.

Bäcker Ecken zeigte seine schlechten Zähne. »Mir reicht eine, danke Eselswirtin. Nicht dass meine Männlichkeit dem nicht gewachsen wäre«, betonte er, »aber man muss doch seine Münzen ein wenig zusammenhalten! Was können mir zwei Weiber bieten, was ich nicht auch bei einer für die Hälfte bekommen kann?«

»Wie ein braver Bürger gedacht!«, wieherte der Gerber, der am Eck saß, und schlug sich auf die Schenkel. »Dein Weib kann stolz darauf sein, so einen sparsamen Gatten abbekommen zu haben, der ein paar Pfennige wieder mit nach Hause bringt.«

»Ich dachte eher an einen großen Humpen Wein hinterher«, gab der Bäcker ein wenig verlegen zu. Wieder lachten alle.

»Und?«, drängte ihn die Wirtin und hob die Augenbrauen.

Der Bäcker sah sich noch einmal die beiden Frauen an, die auf seine Entscheidung warteten, und deutete schließlich auf Gret. »Dann nehme ich den Feuerschopf.«

Gret knickste und führte ihn zum nächsten freien Lager.

Dort kniete sie vor ihm nieder und half ihm, Schamkapsel und Beinlinge loszunesteln. Die anderen vertieften sich wieder in Wein und Würfelspiel.

Obwohl der Bäcker sich eben noch gebrüstet hatte, er könne durchaus auch zwei Frauen beglücken, musste Gret mit ihren Händen erst ein wenig nachhelfen, bis sich seine Männlichkeit so aufrichtete, dass sie einer Eroberung standhalten würde. Vielleicht hatte er zu viel getrunken. Gret kümmerte das nicht. Hauptsache, er kam schnell zum Ende und sie konnte die Münzen an Else abliefern. Je mehr Kunden sie in der Nacht bediente, desto kleiner würde die Zahl auf ihrem Schuldbrief. So jedenfalls hatte Else es ihr erklärt.

Lange saß Elisabeth vor dem Frauenhaus im Gras und lauschte den gedämpften Geräuschen, die zu ihr herausdrangen. Der Nachtwind wurde mit jeder Stunde kühler. Sie holte sich eine der inzwischen getrockneten Decken von der Leine und legte sie sich um die Schulter. Ihr Kopf war leer. Vielleicht wollte sie gar nicht darüber nachdenken, was sie heute Abend hier gesehen, gehört und gerochen hatte. Ab und zu öffnete sich die Tür, wenn ein Gast sich auf den Heimweg machte oder neue Gäste kamen und mit großem Hallo begrüßt wurden. Dann wurde das Haus leerer und ruhiger. Die Glocke von St. Gertraud hatte vor langer Zeit bereits Mitternacht geläutet, als die Meisterin endlich Zeit fand, nach ihrem verloren gegangenen Schützling zu sehen.

»Ach, hier bist du. Komm herein, oder willst du dir den Tod holen?«

Elisabeth verschränkte abwehrend die Arme vor der Brust. »Ich habe eine Decke, danke, mir ist nicht kalt. Sind die Männer jetzt alle weg?«

Der Laut, den die Eselswirtin ausstieß, klang gereizt. »Es sind noch zwei da, aber die werden dich nicht fressen, also steh auf, und ruiniere mir nicht weiterhin den Rock mit Grasflecken!« Widerstrebend erhob sich die junge Frau.

»Los, komm, es ist spät geworden. Ich muss zusehen, dass ich die beiden loswerde, ehe der Henker wieder vorbeisieht.«

Elisabeth folgte ihr und blieb dann nahe der Tür stehen. Die Wirtin mahnte die letzten Besucher zum Aufbruch, doch es dauerte noch eine ganze Weile, bis die Männer endlich ihre Kleider in Ordnung gebracht und ihre Weinbecher geleert hatten. Else trieb die letzten Münzen ein und ließ sie in ihren Beutel gleiten, dann schickte sie die Frauen zu Bett. Ester ging hinaus, um ihre Decken zu holen. Die anderen begannen, wo sie saßen oder standen, ihre Bänder und Haken zu lösen, und ließen Röcke und Hemden in die Binsen fallen. Gähnend sanken sie auf ihre Matratzen und zogen sich die Decken bis über die Ohren.

Elisabeth blieb vor ihrem zerwühlten Lager stehen. Es war noch warm von den fremden Körpern, und ein unangenehmer Dunst stieg von ihm auf. Zwei feuchte Flecken verdunkelten das Laken. Es graute ihr davor, sich dort hineinlegen zu müssen.

»Ich habe gesagt, marsch ins Bett! Das gilt auch für dich, Elisabeth! Oder willst du spüren, wie hart meine Hand sein kann?«

Grob löste ihr die Meisterin die Schnürungen und zerrte den Rock herunter. Sie gab der jungen Frau einen Stoß in den Rücken, dass sie das Gleichgewicht verlor. Elisabeth kauerte sich an den Rand des Bettes und zog die Decke bis an die Brust. Die Frauenhauswirtin machte noch einmal die Runde und sah nach all ihren Schützlingen, von denen ein paar anscheinend schon eingeschlafen waren. Sie stellte noch einen Eimer neben die Tür für den Fall, dass eine von ihnen in der Nacht ihre Notdurft würde verrichten müssen, dann ging sie hinaus und schloss die Tür hinter sich ab.

Während eine nach der anderen einschlief und die Geräusche der Nacht sich zu dem gewohnten Teppich aus Schnarchen, Rascheln und gemurmelten Worten verwoben, konnte Elisabeth keine Ruhe finden. Das Stroh pikste, und ihre verkrampften Glieder begannen zu schmerzen, doch es ekelte sie davor, sich in dem Bett herumzudrehen. Die Bilder brannten hinter ihren Augen, und die Geräusche des Abends dröhnten in ihrem Sinn. Nein, wie schrecklich! Gott musste sich mit Grauen von diesem Ort der Sünde abwenden. Und die Heilige Jungfrau erst! Bei dem Gedanken, die Muttergottes könne an diesem Abend auf das Treiben herabgesehen haben, glühten ihre Wangen wieder vor Scham. Sie musste weg von hier! Sie konnte und wollte so etwas nicht noch einmal ertragen. Elisabeth beschloss, noch vor dem nächsten Abend das Frauenhaus zu verlassen. Sie wusste zwar nicht, wohin sie gehen und an wen sie sich wenden sollte, aber hier würde sie nicht bleiben!

In der Nacht träumte sie. Sie stand auf dem Absatz einer gewundenen Treppe. Es war dunkel um sie her, und doch konnte sie weiter vorn in einem Gang einen feinen Lichtstreifen ausmachen. Elisabeth bückte sich und zog ihre Schuhe aus. Langsam ging sie auf nackten Sohlen weiter. Der Stein war kalt unter ihren Füßen. Sie folgte einem steinernen Korridor. Eiserne Halter mit erloschenen Fackeln hingen an den Wänden. Sie wollte schneller gehen, wollte das Ende des Ganges erreichen, wo der Spalt am Boden golden schimmerte, doch je mehr sie sich abmühte, desto weiter schien die Tür ihr zu entgleiten. Etwas hielt ihre Füße fest, ihre Beine wurden immer schwerer. Sie reckte die Arme nach vorn. Sie wusste, alles kam darauf an, dass sie diese Tür erreichte. Schweiß drang ihr aus allen Poren. Ihr Atem wurde immer lauter. Nein! Sie musste leise sein. Ihr Herzschlag schwoll zu einem Trommelwirbel an.

Kapitel 4

»Meisterin, ich möchte mich von dir verabschieden.« Elisabeth sprach die Wirtin am nächsten Tag nach dem morgendlichen Mus an.

»Verabschieden?« Else hob die Brauen. »Was soll denn der Unsinn? Wohin willst du gehen?«

Elisabeth hob die Schultern und machte eine klägliche Miene. »Das weiß ich noch nicht, aber hier kann ich nicht bleiben.« Sie sah, wie die anderen Frauen in ihren Arbeiten innehielten und zu ihr herüberstarrten.

»Du kannst nicht bleiben?«, wiederholte Else. »Ich denke eher, du kannst nicht gehen!«

»Warum?«

»Das werde ich dir zeigen. Bleib hier sitzen, und rühr dich nicht vom Fleck!«

Die Meisterin ging hinaus und folgte dem Trampelpfad zu ihrem Häuschen. Elisabeth sah ihr erstaunt nach, wagte aber nicht, gegen Elses Befehl zu verstoßen. Sie musste nicht lange warten, bis die Meisterin zurückkehrte, einen Stapel Pergamentblätter in den Armen. Sie ließ die beschriebenen Seiten auf den Tisch fallen. Einige waren an den Rändern eingerissen, andere fleckig, aber auf allen standen Kolonnen von Zahlen, und über jedem Blatt stand ein Name.

»Weißt du, was das ist?«

Elisabeth schüttelte den Kopf und beugte sich etwas vor, um in dem schlechten Licht etwas erkennen zu können. Else drückte ihren Zeigefinger mit dem schmutzumrandeten Fingernagel auf das oberste Blatt, das den Namen »Gret« trug.

»Das sind Schuldblätter, auf denen ich alles eintrage, was

jede von euch von mir bekommen hat und was ihr mir zurückbezahlen müsst, bevor ihr ohne meine Zustimmung irgendwohin geht.«

Elisabeth las: ein Paar Schuhe – vierzig Pfennige, ein neues Hemd aus gelbem Stoff – zweiundzwanzig Pfennige, Beinlinge, warm für den Winter – zwölf Pfennige. So ging die Liste scheinbar endlos weiter. Es waren auch Mahlzeiten für jede Woche, das Bett und manches Mal ein Stück Fleisch oder Honig erwähnt und einmal der Besuch des Baders. Daneben waren Pfennige aufgelistet, die Gret anscheinend verdient hatte und die von den Schulden abgezogen wurden. Elisabeths Finger glitt die Spalten herab. Die anderen Frauen kamen heran und bildeten neugierig einen Kreis um den Tisch.

»Ein Hemd zweiundzwanzig Pfennige? Und ein Paar Schuhe vierzig?« Verwundert hob Elisabeth die Brauen. »Diese Schuhe?«, fragte sie und deutete auf die einfachen Schlupfschuhe, die Gret trug.

Die Meisterin nickte und versuchte der jungen Frau das Blatt aus der Hand zu reißen, doch Elisabeth rutschte auf der Bank ein Stück weiter von ihr weg und war nun außerhalb ihrer Reichweite.

»Das ist aber teuer. Die Schuhe sind nicht mehr wert als zwanzig, höchstens fünfundzwanzig Pfennige, und ein Hemd, wenn es nicht gerade aus Seide ist, darf nicht mehr als fünfzehn Pfennige kosten!«

»Ach, du scheinst ja sehr gut Bescheid zu wissen, dafür, dass du dich an nichts mehr erinnern kannst!«, fauchte die Wirtin.

Seltsamerweise war sich Elisabeth sicher, dass ihre Feststellungen richtig waren, auch wenn sie nicht sagen konnte, woher sie das wusste.

Mara neben ihr nickte zustimmend, und Jeanne sagte leise: »Das habe ich immer gesagt, doch was hilft es?«

»Und hier hast du dich verrechnet: Sechsundzwanzig Pfennige abzüglich zwölf ergeben eine Restschuld von vierzehn, nicht von achtzehn Pfennigen!« Sie tippte auf das Blatt. »Und hier: wenn du drei Schillinge in Pfennige umrechnest, dann ergeben sich achtzehn Pfennige Schuld und nicht zweiundzwanzig!«

»Sie kann lesen«, hauchte Anna.

»Und sogar rechnen«, stieß Jeanne beeindruckt hervor.

»Ich hab immer gewusst, dass da etwas nicht stimmt«, schimpfte Marthe.

Else bekam das Blatt zu fassen und riss es Elisabeth aus der Hand. »Sprich nicht über Dinge, von denen du keine Ahnung hast!«, keifte sie. »Und wage es nicht, Unruhe unter meinen Mädchen zu stiften. Ich führe die Schuldblätter, und was ich eintrage, das stimmt!«

Sie durchwühlte den Stapel und zog ein Blatt hervor, das weniger verfleckt und zerknittert wirkte als die anderen.

»Hier, viel wichtiger für dich ist, was auf diesem Pergament steht, denn das sind deine Schulden, die du bei mir abarbeiten musst. Wenn du dich weigerst, dann übergebe ich dich dem Henker. Der wird dich dann eine Weile im Turmverlies schmoren lassen, bis du es dir anders überlegst.«

Mit einem mulmigen Gefühl im Magen zog Elisabeth das Blatt zu sich und sah auf die Liste herab, die trotz der kurzen Zeit schon erstaunlich lang war. Hemd und einfacher Rock, die Kleider, die sie am vergangenen Abend getragen hatte, Beinlinge und Schuhe, Essen, ihr Anteil an Fackeln und Ölleuchten, das Bett und natürlich die Münzen, die der Bader gefordert hatte, wobei sie sich nicht vorstellen konnte, wofür er so viel verlangt haben sollte.

Langsam sah sie auf und betrachtete das Gesicht der Meisterin, die siegessicher dreinblickte.

»Ich werde dir dein Geld zurückgeben, das verspreche ich! Ich werde schon einen Weg finden, es aufzutreiben. Du kannst auf mein Wort vertrauen.«

Else lachte spöttisch. »Das Wort eines Wesens, das nicht einmal eine Familie oder eine Vergangenheit hat? Das ist ein bisschen wenig. Nein, mein Täubchen, du wirst schon hierbleiben müssen, bis du deine Schulden beglichen hast. Dann kannst du tun und lassen, was du willst.«

Else raffte die Papiere zusammen und trug sie in ihr Häuschen zurück. Niedergeschlagen blieb Elisabeth am Tisch sitzen, den Kopf in beide Hände gestützt.

Je näher der Abend kam, desto stürmischer klopfte ihr Herz. Ihre Hände fühlten sich schweißig an, und sie merkte, dass auch ihr Hemd unter den Achseln feucht wurde. Die Angst schien sie wie Nebel einzuhüllen. Gehetzt sah sich Elisabeth um, als die Frauen begannen, ihre Gewänder für die Nacht anzulegen. Gret trat zu ihr, die farbigen Kleider in der Hand.

»Zieh es an«, sagte sie. »Es ist nicht ratsam, die Meisterin zu verärgern. Noch hat sie dich geschont, aber ich fürchte, ihre Geduld wird bald ein Ende haben.«

Elisabeth zögerte, entschied sich dann aber doch zu gehorchen und überließ sich Grets Händen, die kraftvoll, aber nicht grob waren. Jeanne kam herüber, kämmte ihr Haar und bemalte ihre Lippen.

»Du bist wunderschön«, sagte sie voller Bewunderung, und obwohl sich Elisabeth dagegen sträubte, fühlte sie sich dennoch geschmeichelt.

Bald schon trafen die ersten Männer ein. Die Stimmung und die Wärme stiegen. Wie gestern versorgten die Frauen die Gäste mit Wein und Brot, scherzten und würfelten mit ihnen und zogen sich immer mal wieder mit einem von ihnen auf ein Bett oder die Matratzen zurück. Ein fetter Kerl, der beim Würfeln ständig verlor, zog Mara rittlings auf seinen Schoß. Er schob ihre Röcke und seinen Wams hoch und öffnete die Bruech. Elisabeth konnte sein aufgerichtetes Geschlecht sehen, ehe er Maras nacktes Hinterteil darüberschob. Sie bewegte sich sacht hin und her. Er trank seinen Becher leer, dann schloss er die Augen und grunzte. Der leere Becher fiel in die Binsen.

Elisabeth saß im dunkelsten Eck auf einem Schemel und versuchte, ihren Blick starr auf den Boden gerichtet zu halten und weder auf die Worte noch auf die Geräusche um sich zu achten. So wäre ihr beinahe entgangen, wie einer der Gäste, der ein wenig nachlässig gekleidet war, den die Meisterin jedoch mit »Junker« ansprach, zu Else trat und auf die blonde Frau im tiefen Schatten deutete.

»Gib mir die Neue dort mit dem honigblonden Haar, sie scheint ein wenig trübsinnig zu sein. Es gelingt mir bestimmt, sie aufzuheitern!« Er kramte in seinem Beutel. Die Meisterin wiegte zögernd den Kopf hin und her.

»Ich weiß nicht, ob sie etwas für Euch ist.«

»Warum?«

»Sagen wir, sie ist zu jung.«

Der Junker sah erstaunt in Elisabeths Richtung. »Mir scheint, sie hat schon mehr Sommer gesehen als Anna, und ich versichere dir, unser gut genährtes Mäuslein schafft es durchaus, einem Mann einzuheizen.«

»Nun, ja, ich meine …« Else suchte nach Worten. »Was, wenn sie noch von keinem Mann berührt worden wäre?«

Der Junker grinste. »Eine Jungfrau in deinem Haus? Du machst mir Spaß, Else!«

»Ich schwöre es, Ritter von Thann! Als ich am Sonntag nachsah, war sie es noch, und seitdem habe ich sie gehütet wie meine Geldschatulle.«

Der Ritter neigte den Kopf. »Dann konnte nicht einmal ein unsichtbarer Dämon Hand an sie legen! Aber sag mir, Meisterin, ist es dir nicht untersagt, Jungfrauen feilzubieten?«

»Habe ich sie Euch angeboten? Ich kann mich nicht erinnern. Ihr begehrt sie, aber ich habe nicht zugesagt«, stellte die Wirtin richtig.

Das Grinsen des Mannes wurde breiter. »Ach Else, wir wissen beide, wo man graben muss, um deine Schwachstelle zu finden, nicht wahr?« Er öffnete das Band seines Geldbeutels und ließ die Münzen klirren.

»Wie viel? Aber bedenke, ich tue dir damit einen Gefallen.

Danach hast du keine Jungfrau mehr in deinem Haus und kannst dem nächsten Besuch des Henkers gelassen entgegensehen.«

Die Meisterin zog spöttisch die Oberlippe hoch. »Ach ja, und Euch wäre es eine unangenehme Last, die Ihr nur übernehmen würdet, um mir zu Gefallen zu sein?«

Der Junker schüttelte den Kopf. »Nein, das sage ich nicht. Ich würde nicht wagen, so dreist zu lügen. Die Liste der Verfehlungen, die ich am Sonntag zu beichten habe, ist bereits lang genug. Da muss ich mir nicht noch eine Lüge aufhalsen. Also, zier dich nicht länger, sondern nenn mir den Preis!«

»Drei Schillinge«, stieß Else hervor.

Der Edle schnitt eine Grimasse. »Du bist ein geldgieriges Weib. Zwei Schillinge und zwei Pfennige, und keinen Pfennig mehr!«

»Wenn Ihr drei zahlt, könnt Ihr mit ihr in mein Haus gehen«, bot Else dem Ritter von Thann an. »Dort seid Ihr ungestört, und ich verspreche, dass ich nicht nach einer halben Stunde drängen werde, Ihr möget zum Ende kommen.«

Der Mann griff in seinen Beutel, holte drei Schillinge heraus und drückte sie der Meisterin in die Hand. »Und lass mir einen Krug ordentlichen Wein rüberbringen«, sagte er und wandte sich ab.

Elisabeth presste sich gegen die Wand, aber das half ihr nichts. Der Junker nahm ihre Hand.

»Nun komm und zier dich nicht«, sagte er nicht unfreundlich und zog sie hinter sich her zum Haus der Meisterin.

Elisabeth fühlte sich wie gelähmt. Das Blut pochte ihr in den Ohren, und nur ein einziger Gedanke schallte durch ihren Geist: Das ist nicht richtig! Das darf nicht sein! Hölzern wie eine Puppe tappte sie den erdigen Trampelpfad entlang. Ritter Philipp von Thann öffnete die Tür und zog Elisabeth mit sich in Elses Häuschen. Ein kleines Binsenlicht stand auf dem Herd. Der Mann ließ sie los, entzündete den Docht einer Öllampe und trug sie um die Trennwand herum, wo das Bett stand. Er hängte die Lampe an einen Haken und ließ sich dann auf die Matratze fallen.

»Ah, die Wirtin schläft bequem«, sagte er und sah zu Elisabeth auf, die sich noch nicht gerührt hatte.

»Komm her, nicht so schüchtern.«

Elisabeth zuckte nicht einmal mit den Wimpern. Ihre Augen waren weit aufgerissen. Im Licht der Flamme waren sie wie das grüne Wasser eines Waldsees. Der Junker seufzte, erhob sich und trat zu ihr. Er legte die Arme um ihre Taille.

»Nun komm schon, ein wenig nett könntest du zu mir sein. Es kostet mich drei Schillinge!« Er küsste sie auf den Mund und versuchte seine Zunge zwischen ihre Zähne zu schieben. Elisabeth biss zu. Der Junker stieß einen Schmerzensschrei aus und sprang zurück, Elisabeth schrie ebenfalls. Sie wich zur Wand zurück und kreischte, dass es in den Ohren gellte.

»Sei still, du blödes Weib«, rief der Junker und presste sich wieder die Hand vor den Mund. Er schmeckte Blut. Elisabeth schrie weiter.

»Sei endlich ruhig«, brüllte er über ihre Schreie hinweg. Er gab ihr eine Ohrfeige, aber sie schrie weiter.

In diesem Moment ging die Tür auf, und die Eselswirtin trat mit einem Krug Wein ein. »Ich wollte sehen, ob hier …« Sie verstummte. »Nun, offensichtlich ist hier nicht alles in Ordnung!«

Ritter von Thann ließ sich auf das Bett fallen und hielt sich die Ohren zu, Elisabeth schrie noch immer.

Die Meisterin stellte den Wein behutsam auf dem Tisch ab, ehe sie sich drohend vor der jungen Frau aufbaute.

»Du hörst sofort mit diesem Geschrei auf«, zischte sie. Elisabeth klappte den Mund zu und starrte die Hausherrin an, als sei sie eben aus einem Albtraum erwacht.

»Was fällt dir ein?«, zeterte Else.

»Sie hat mir die Zunge blutig gebissen!«, beschwerte sich der Junker. »Auf solche Überraschungen verzichte ich gern!«

Else nahm einen Riemen von der Wand. »Ritter von Thann,

wollt Ihr sie strafen?«, fragte sie den Mann. Der schüttelte den Kopf.

»Das überlasse ich dir. Ich bin gekommen, um mich auf ein weiches Weib zu legen, nicht um einen Rücken blutig zu schlagen, also schick mir etwas, das mich nicht beißt oder mir in die Eier tritt!«

Else verbeugte sich. »Ja, Herr Junker, es tut mir sehr leid, dass Ihr Unannehmlichkeiten hattet. Ich werde es in Ordnung bringen und dafür sorgen, dass Ihr diese Nacht doch noch in guter Erinnerung behalten werdet.«

»Das hoffe ich, für mich und für dich, Eselswirtin!«, erwiderte er, und Else war nicht so dumm, die Drohung in diesen Worten nicht zu hören.

»Nur einen Augenblick. Trinkt so lange, das wird Euch Eure schmerzende Zunge vergessen lassen. Ich lasse Euch noch mehr von diesem Tropfen bringen. Er ist an den sonnigsten Hängen über Würzburg gereift.«

Sie packte Elisabeth an den Handgelenken und zerrte sie grob mit hinaus. »Warte hier auf mich, und wage es nicht, dich auch nur einen Schritt fortzubewegen. Ich muss erst sehen, wie ich deine Dummheit aus dir rauskriegen kann.« Sie lief mit gerafften Röcken zum Frauenhaus zurück. Elisabeth hörte sie mit schriller Stimme nach Gret und Marthe rufen.

»Seht zu, dass er zufrieden ist und nicht hinterher seine Münzen zurückhaben will. Er könnte mir die Büttel auf den Hals hetzen, wenn es ihm danach wäre! Marthe, setz dein Lächeln auf, dann bist du so hübsch wie Lisa. Anscheinend bevorzugt er blonde Frauen. Gret, du siehst zu, dass er diesen Vorfall vergisst. Ich verlasse mich auf euch!«

Else schob ihre beiden Dirnen durch die Tür und schloss sie hinter ihnen. Dann wandte sie sich Elisabeth zu. In ihrer Rechten hielt sie immer noch den Riemen.

»Und nun zu dir, du undankbares Geschöpf. Was denkst du dir eigentlich, einen solch edlen Herrn zu beleidigen und zu verletzen? Ich habe dich halb tot aufgenommen, gekleidet, dir zu essen und ein Bett gegeben, und dafür willst du mich ruinieren? Es wird Zeit, dass du das in deinem Kopf behältst: Du hast genau zwei Möglichkeiten: den Henker und den Turm oder ein Leben unter meinem Dach, bei dem du dich ordentlich aufführst und meine Anweisungen befolgst. Man bekommt im Leben nichts geschenkt, und deshalb wirst auch du für deine Münzen arbeiten.«

»Er hat mich geküsst und – es war so ekelhaft!«, wimmerte Elisabeth.

»In deiner Lage kannst du dir solche Zimperlichkeiten gewiss nicht leisten. Gefühle wie Ekel und Abscheu gewöhnst du dir am besten sofort ab. Das macht es für alle Seiten leichter. Der Gast muss zufrieden sein und gerne wiederkommen. Das ist deine Aufgabe, die du so gut wie möglich zu erfüllen hast. Hast du das verstanden?« Elisabeth nickte stumm.

»Nun, damit du das nicht bei der nächsten Gelegenheit gleich wieder vergisst, werde ich es dir ein wenig nachdrücklicher ins Gedächtnis schreiben.« Sie griff nach den Bändern des Rockes und löste die Schnürung. Else zog Rock und Hemd so weit herunter, dass Elisabeth mit nacktem Oberkörper dastand.

»Dreh dich um!«

Der Riemen sauste durch die Luft und klatschte auf ihren Rücken. Elisabeth wimmerte, Tränen rannen über ihre Wangen. Sie biss sich die Lippen blutig. Es kam ihr wie eine Ewigkeit vor, bis die Meisterin den Riemen endlich sinken ließ.

»Ich hoffe, das hat sich dir nun nachhaltig eingeprägt. Es wird eine Weile wehtun, aber du wirst keine Narben davontragen. Die Haut ist nur an wenigen Stellen aufgeplatzt. Jeanne kann dir auf diese Striemen eine Salbe auftragen. Ich achte stets darauf, meine Mädchen nicht zu verletzen, wenn ich sie strafe. Weder Bürgersmänner noch Junker wollen vernarbte Körper in ihrem Bett. Und auf diejenigen, die sich an so etwas aufgeilen, lege ich keinen Wert. Solche Männer sind wie ein Fass Pulver, neben dem eine Fackel brennt. Ehe man sich's versieht, machen sie einem richtig Schwierigkeiten.«

Elses Hand wies zur Tür des Frauenhauses. »Du legst dich nun in dein Bett und rührst dich bis morgen nicht von der Stelle. Und morgen Abend will ich dich gefälliger antreffen!«

Elisabeth zog sich mit steifen Bewegungen Hemd und Rock hoch und wankte zum Frauenhaus zurück. Else warf noch einen Blick in ihre Schlafkammer und folgte ihr dann mit zufriedener Miene. Anscheinend stand in ihrem Bett alles zum Besten, und Marthe und Gret erledigten ihre Arbeit ordentlich.

Elisabeth schlich zu ihrem Bett, das einer der Wandschirme vor den Blicken der Gäste verbarg. So, wie sie war, legte sie sich auf den Bauch und zog die Decke bis über den Kopf. Niemand sollte sehen, dass sie weinte, vor Schmerz und Scham, vor Verwirrung und Einsamkeit.

Den ganzen nächsten Abend und die Nacht, bis die letzten Gäste sich verabschiedet hatten, erwartete und fürchtete Elisabeth, dass die Meisterin zu ihr treten und sie zu einem der Männer führen würde, aber nichts geschah. Ihr Rücken schmerzte nur noch leicht von den Schlägen, dafür waren ihre Schultern nun völlig verkrampft, und in ihrem Schädel pochte es. Bleich war sie und hatte Ringe unter den Augen, als sie mit den Frauen am nächsten Tag am Tisch saß.

»Du siehst scheußlich aus«, sagte Marthe und warf mit einer herausfordernden Bewegung ihr langes, blondes Haar auf den Rücken. »Noch ein paar Tage, und dich würde nicht einmal mehr ein Blinder wollen.«

»Ach, höre ich Erleichterung in deinem Ton? Hat da jemand Angst, vom Thron der Schönsten im Haus gestoßen zu werden?«, stichelte Gret.

»Dummes Geschwätz«, fauchte Marthe. »Von der da bestimmt nicht!«

»Ich finde, sie ist schön«, verteidigte Jeanne ihre Banknachbarin und strich ihr über die stumpfen, verklebten Locken. »Sie wird sich schon noch eingewöhnen, nicht wahr, Lisa? Ich wasche dir nachher dein Haar, und wenn wir heute Abend etwas Puder unter die Augen legen, dann wird keiner mehr dieses gehässige Geschöpf dort drüben auch nur beachten!« Sie streckte Marthe die Zunge heraus. Diese trat wütend unter dem Tisch nach Jeannes Schienbeinen, doch die Französin kannte ihre Gegnerin und hatte ihre Beine längst in Sicherheit gebracht. Elisabeth lächelte schwach. Sie wollte gar nicht schön sein und würde alles darum geben, wenn die Männer Marthe statt ihr alle Aufmerksamkeit schenkten, aber da sie die freundliche Jeanne nicht kränken wollte, ließ sie es zu, dass sie ihr Haar von Schmutz befreite und nach dem Trocknen liebevoll kämmte, bis die Locken glänzten.

Es war schon fast Mitternacht, als der Junker von Thann wieder ins Frauenhaus kam. Else begrüßte ihn strahlend.

»Nun, verehrter Ritter, wollt Ihr es noch einmal versuchen? Ich habe sie für Euch aufgehoben.«

Er zögerte und sah zu Elisabeth hinüber, die, wenn es ihr möglich gewesen wäre, sich unsichtbar gemacht hätte. Der Flammenschein der Lampe an der Wand schmeichelte ihrem Teint und ließ ihr Haar golden schimmern. Ihre Figur wirkte zerbrechlich, die grünen Augen waren weit aufgerissen.

Der Junker zögerte. »Fehlt mir dann nachher ein Ohr oder Schlimmeres?«

»Aber nein, Ritter von Thann, sie wird Euch heute eine reine Freude sein.« Dabei sah sie Elisabeth prüfend an, ob die ihre Worte hörte.

»Nun gut, Wirtin, aber dieses Mal bezahle ich erst hinterher. Und ich sage dir, wenn es mir nicht gefällt, dann geht das aufs Haus!«

Else gelang es nicht, ihre säuerliche Miene zu verbergen. So weit kannte Elisabeth die Meisterin inzwischen, dass ihr klar war, dass Else Eberlin solche Worte am wenigsten zu hören wünschte. Und ihr war klar, sollte sich der Junker hinterher über sie beschweren und ohne zu bezahlen davongehen, würde sie selbst es sein, die dafür zu büßen hatte und nicht der feine Adelsmann. Dann wäre Elses Wut vielleicht so groß, dass sie nicht mehr darauf achten würde, ihre Haut unversehrt zu lassen. Elisabeth schluckte trocken, knickste und reichte dem Junker die Hand.

»Wirst du mich wieder beißen, wenn ich dich jetzt küsse?«, fragte er, als er mit ihr vor Elses Bett stand. Elisabeth schüttelte den Kopf. Es würgte sie zwar fast, doch sie zwang sich, den Mund offen zu halten, während seine Lippen sich auf ihren bewegten und seine Zunge die ihre abtastete. Seine Hände drückten gegen ihren Rücken und wanderten dann tiefer.

»Du schmeckst herrlich«, seufzte er. »Es wäre eine Sünde, dir nur kurz die Röcke zu heben und dem Druck abzuhelfen. Ich weiß nicht, ob ich der Wirtin heute noch ihr Bett überlassen kann.« Er lachte. Elisabeth brannten Tränen hinter den Lidern, aber sie schluckte sie tapfer hinunter. Um sich abzulenken, betrachtete Elisabeth den fremden Mann, der sich nun an ihren Bändern zu schaffen machte und sie zu entkleiden begann.

Der Junker war vielleicht um die dreißig und hatte sicher ein Weib und Kinder im heimischen Stadthaus oder in seiner Burg oder wo er sonst lebte. Seine Augen waren grau, Kinn und Wangen gründlich rasiert. Seine Nase neigte sich ein wenig nach rechts, und seine Lippen waren rissig und schmal, aber er sah nicht abstoßend aus. Sein braunes Haar hing ihm nun glatt auf die Schultern herab, nachdem das Band, mit dem er es gebändigt hatte, zu Boden gefallen war.

Nackt stand sie nun vor ihm. In seinen Augen schimmerte eine wachsende Gier, die zu ertragen Elisabeth all ihre Kraft abverlangte, um nicht zurückzuweichen. Hastig riss er nun auch seine Kleider vom Leib. Sicher übte er sich regelmäßig im Schwertkampf, wie seit Jahrhunderten bei den Rittergeschlechtern üblich, denn an Armen und Beinen zeichneten sich deutlich seine Muskeln ab, und sein Bauch wurde nicht von weichen Speckringen verunziert. Die Brust war nur wenig behaart, dafür ragte sein aufgerichtetes Glied aus einem Busch von braunem Kraushaar. Er drückte seinen glühend heißen Körper gegen sie, küsste ihre Ohren und den Hals. Dann beugte er sich herab und nahm eine ihrer Brustwarzen zwischen die Zähne. Elisabeth wurde steif vor Angst. Sie befürchtete, er würde zubeißen. Wollte er sich nun für die ihm zugefügte Verletzung rächen? Doch er spielte nur mit seiner Zunge und seinen Zähnen, während sein Atem immer schneller ging.

»Ich halte das nicht länger aus«, stöhnte er. »Du bist ein prächtiges Weib. Ich muss dich haben!«

Seine Hände griffen nach ihren Hüften und schoben Elisabeth zum Bett. Er drückte sie darauf nieder und ließ sich neben sie fallen.

»Zeig mir deine jungfräuliche Grotte, bevor ich sie mir nehme«, keuchte er.

Selbst wenn sie versucht hätte, ihre Schenkel zusammenzupressen, gegen diese kräftigen Männerhände hätte sie keine Chance gehabt. Mit Leichtigkeit spreizte er sie auseinander. Elisabeths Hände krallten sich in die Federdecke. Sie kniff die Augen zu und hielt vor Angst die Luft an. Seine Hand strich über die Innenseite ihres Schenkels und näherte sich ihrer Scham.

»Welch zartes, blondes Haar!«, seufzte er, während seine Finger die krausen Locken zerwühlten. Daumen und Zeigefinger spreizten ihre Schamlippen. Sie spürte, wie er sich aufrichtete und sich über ihren Schoß beugte.

»Da ist er, der Schatz der Jungfrauen, der so eifrig behütet wird.«

Rau, feucht und heiß glitt es zwischen ihren Lippen hindurch. War das etwa seine Zunge? Elisabeth wagte nicht die Augen zu öffnen. Sie versuchte gleichmäßig ein- und auszuatmen. Ihr Magen rumorte und schlingerte. Oh Gott, sie durfte sich nun nicht übergeben. Das würde er ihr sicher nicht verzeihen, und dann würde er nicht bezahlen und sich bei der Meisterin beschweren, und dann würde diese toben und sie bestrafen.

Sie merkte nicht, dass er sich wieder aufrichtete, bis sein

Flüstern warm um ihr Ohr wehte. Seine Lippen pressten sich wieder auf die ihren, dann schwang er sich auf sie. Die Matratze bog sich unter dem Gewicht durch. Seine Knie stützten sich zwischen ihre leicht gespreizten Beine. Er schob sie ungestüm noch ein wenig weiter auseinander und drang dann mit einem einzigen Stoß in sie. Er stöhnte auf. Der jungen Frau unter ihm entrann ein Schrei, und sie riss die Augen auf. Sein Gesicht war dicht über dem ihren, er bedeckte es mit Küssen, während er in schnellen Bewegungen seine Hüfte gegen die ihre stieß. Es brannte wie glühende Kohlen in ihrem Schoß, und sein Gewicht schien sie jeden Moment zu zerbrechen.

»Ah, ich halte das nicht aus«, stöhnte er und bäumte sich auf. Sie spürte sein Glied in ihr zucken, dann erschlaffte sein ganzer Körper. Der Junker ließ sich auf sie fallen und seufzte befriedigt.

So lag er eine ganze Weile. Elisabeth fürchtete zu ersticken, so tief presste er sie mit seinem Gewicht in die Matratze. Schlief er? War das normal? Ihre Lunge schmerzte, aber sie wagte nicht, ihn von sich zu stoßen – falls sie das überhaupt geschafft hätte.

Plötzlich kam wieder Leben in den Ritter, und er wälzte sich von ihr herunter. Er stützte den Kopf in seine Hand und betrachtete die junge Frau. Seine Miene war entspannt.

»Ich fürchte, ich werde meine Münzen entrichten müssen«, sagte er und grinste.

Elisabeth räusperte sich. »Dann… dann wart Ihr mit mir zufrieden?« Ihre Stimme klang dünn und höher als sonst.

»Nun ja, für den Anfang…«

Elisabeth griff nach ihrem Hemd, aber er hielt ihr Handgelenk fest. »Nein, bleib so. Du bist ein schöner Anblick.« Er stand auf. Seine Männlichkeit war nun klein und hing verschrumpelt herunter.

»Möchtest du Wein?« Er goss einen Becher voll, trank einen Schluck und reichte ihn ihr dann. Elisabeth fiel es schwer zu schlucken. Ihre Scham brannte noch immer. Sie schaute an sich herab. Auf dem Deckbett waren zwei Flecken von Blut und einer weißlich schmierigen Substanz. Auch zwischen ihren Schenkeln rann ein rötliches Rinnsal herab.

Elisabeth wurde blass. »Oh nein, sie wird wütend sein. Was soll ich nur tun?«

Der Junker winkte ab. »Nun reg dich nicht auf. Die Wirtin wird das nicht kümmern. Wäre kein Blut geflossen, dann müsste sie sich Gedanken machen.«

»Darf ich jetzt gehen?«, wagte Elisabeth zu fragen, ohne den Junker anzusehen.

»Gehen? Aber nein. Nun lass uns noch ein wenig Wein zusammen trinken. Ich merke schon, wie es sich wieder in mir regt. Ich will dich noch einmal haben. Dieses Mal werde ich dich von hinten nehmen! – Ah ja, der Tisch eignet sich vorzüglich.«

Sie öffnete tonlos den Mund und schloss ihn wieder. Widerstandslos ließ sie sich um die Flechtwand herum in die Küche ziehen. Seine Hand in ihrem Rücken drückte ihren Busen auf die Tischplatte. Dann kamen der Schmerz und das Gefühl, er würde sie in Stücke reißen. Sie konnte es nicht verhindern, dass Tränen ihre Wangen herabrannen. Dieses Mal fing er mit kreisenden Bewegungen an, die mit seinem schneller werdenden Atem zu immer tieferen Stößen wurden. Seine Hände umfassten ihren nackten Hintern. Bei jedem Stoß rutschte ihr Bauch über der rauen Tischplatte vor und zurück. Sicher war er bereits von Holzspreißeln gespickt.

Wie lange das noch so gehen würde? Dieses Mal brauchte er viel länger, bis er zuckte und erschlaffte. Er zog sich zurück, beugte sich vor und küsste ihre Pobacken.

»Prachtweib! Ich schwöre dir, das ist nicht das letzte Mal, dass wir Spaß miteinander hatten.«

Das war zu viel! Ein ersticktes Schluchzen schüttelte sie. Zum Glück kam in diesem Augenblick die Meisterin herein und drückte dem Junker einen vollen Becher Wein in die Hand.

»Nun, Ritter von Thann?«, sagte sie strahlend. Ungeniert stand der Adelsmann nackt vor ihr und trank Wein.

»Ja, auch wenn es mir um meine Münzen leid tut«, sagte er. »Ich werde sie dir wohl geben müssen.«

Else grinste und nickte Elisabeth zu, die sich verstohlen die Tränen von den Wangen wischte.

»Geh und hol deine Kleider, und dann schnell in dein Bett.« Zu dem Ritter gewandt machte sie eine entschuldigende Geste. »Der Henker war schon wieder da, mich zu mahnen, dass um diese Zeit keiner mehr von seiner eigenen Stube fern sein sollte. Ihr seid der letzte Gast, und ich muss Euch bitten, nun auch zu gehen.«

Philipp von Thann wusste, dass der Oberrat strenge Regeln für das Frauenhaus erlassen hatte und dass der Henker dafür sorgte, dass diese eingehalten wurden. Er traute es sich zwar zu, es mit der streitbaren Wirtin aufzunehmen, mit dem Henker jedoch wollte er nichts zu tun haben. Einerseits weil es nie ratsam war, einem Mann, den die Unehrlichkeit umgab, zu nahe zu kommen. Schließlich konnte allein die Berührung des Henkers einen Bürger oder Junker seiner Ehre berauben. Aber auch, weil er den Henker kannte und wusste, dass niemand so dumm war, mit diesem Mann leichtfertig einen Streit vom Zaun zu brechen. Wider Willen empfand er Respekt vor dem ausführenden Diener des Blutgerichts. Wäre dieser Mann nicht in eine Henkersfamilie hineingeboren worden, wer weiß, vermutlich wäre er dann heute ein einflussreicher Ratsherr im Oberrat des Bischofs.

Gemächlich zog sich der Junker an, legte der Wirtin drei Schillinge in die ausgestreckte Hand, nickte ihr zu und verschwand in der Nacht.

Else ging hinüber ins Frauenhaus, um noch einmal nach dem Rechten zu sehen, die Lampen zu löschen und die Tür zu verschließen. Die meisten der Frauen schliefen bereits. Wie gewöhnlich herrschte auf dem Boden ein wildes Durcheinander von achtlos fallen gelassenen Kleidungsstücken, Kissen und leeren Weinbechern. Die Wirtin stieg darüber hinweg. Es kümmerte sie nicht. Die Frauen würden am Morgen alles säubern müssen.

Else trat an das letzte Bett an der Wand. Elisabeth saß aufrecht auf der Bettdecke und starrte geradeaus. Sie schien nichts Bestimmtes zu sehen. Ihr Blick verlor sich in der Leere des Raumes. Mit einem unterdrückten Seufzer setzte sich die Meisterin neben sie.

»Man kann die Dinge immer von verschiedenen Seiten betrachten«, sagte sie. Elisabeth reagierte nicht, aber Else war sich sicher, dass sie ihr zuhörte. »Du kannst nun mit deinem Schicksal hadern und dich in deiner unglücklichen Seele suhlen wie die Schweine der Bäcker im Schlamm der Gassen. Beweine dich nur! Bald werden deine Züge sich verhärmen, und dein Geist wird sich trüben. Doch dann denke daran: Du bist es, die sich für diesen langsamen Tod entschieden hat. Dann zerbrichst du und stirbst, lange bevor dein Körper aufhört, sich zu regen. Du kannst aber auch den Platz annehmen, an den dich Gott geführt hat. Nichts geschieht ohne seinen Willen! Dann wirst du die unangenehmen Dinge ohne Gejammer ausführen und deine Arbeit tun, wie jeder Handwerker oder jede Magd auch. Sieh die anderen Frauen an. Sie lachen und zanken und hadern nicht mit Gott und dem Schicksal. – Du hast die Wahl! Lass es dir von einer alten Frau sagen, die schon mehr Jahre hier verbracht hat, als du auf dieser Welt weilst: Der Schmerz vergeht, und du wirst dich daran gewöhnen, wenn du es zulässt.«

Sie tätschelte kurz Elisabeths Hand, erhob sich schwerfällig und ging zur Tür. Die letzte Lampe erlosch. Der Schlüssel knarzte im Schloss, das Frauenhaus versank in Dunkelheit. Wider Willen hallten die Worte der Meisterin in Elisabeths Geist wider:

Stirb oder lebe, zerbrich oder gewöhne dich daran – du hast die Wahl!

Kapitel 5

Die Meisterin sollte zumindest zum Teil recht behalten. Als der Frühling sich dem Ende zuneigte, hatte sich Elisabeth an ihr Leben im Frauenhaus gewöhnt. Sie konnte ihren Dienst an den Gästen zwar nicht mit demselben Gleichmut ausüben wie die anderen Frauen oder gar an den Männern und ihrer Behandlung Freude empfinden, doch sie ekelte sich auch nicht mehr so sehr vor deren Berührungen, und der Geruch ihrer klebrigen Körpersäfte brachte sie nicht mehr zum Würgen. Sie konnte sich küssen und über den Busen streicheln lassen und eine freundliche Miene bewahren. Ja, sogar zu lächeln verstand sie inzwischen, auch wenn es kein Lächeln war, das ihr eigenes Herz und ihre Seele erwärmte. Sie tat, was die Meisterin ihr befahl, und es bereitete ihr nur noch selten Schmerzen, wenn die Männer in sie stießen. Zum Glück musste Elisabeth zumeist nur einem Gast am Abend dienen. Es gab Nächte, in denen manche der anderen Frauen drei- oder gar viermal die Gier eines Mannes über sich ergehen lassen mussten. Dann waren sie oft wund und klagten am anderen Tag über Schmerzen, wenn sie sich zum Frühmahl auf die Bank setzten. Else verteilte Salbe und hörte sich eine Weile die Klagen an, dann rief sie ihre Schützlinge barsch zur Ordnung.

»Das ist euer Platz, an dem ihr eure Aufgabe erledigen müsst. Glaubt ihr, die Arbeit der Handwerker oder Häcker wäre ein Zuckerschlecken? Die der Waschfrauen und Mägde? Glaubt ihr, sie leiden keine Schmerzen? Viele bekommen einen krummen Rücken und werden nicht einmal satt! Ihr habt genug zu essen, ein Dach über dem Kopf und müsst nicht frieren, also hört auf zu jammern!«

Bereits am zweiten Abend hatte die Wirtin Elisabeth zu sich gerufen und ihr ein Schwämmchen und ein verkorktes Tonfläschchen gereicht.

Elisabeth entfernte den Korken. Es roch scharf nach Essig und Kräutern. Der Geruch kam ihr irgendwie bekannt vor. »Was ist das?«

»Das wird hoffentlich dafür sorgen, dass du kein Kind bekommst.«

»Was?« Daran hatte sie noch gar nicht gedacht, doch jetzt drängte sich ihr die Erkenntnis geradezu auf. Das war die Sünde, gegen die die Pfarrer von der Kanzel wetterten – und die bei Fruchtbarkeit dazu führte, dass die Menschen sich mehrten! Warum sollte es bei den Menschen anders sein als bei den Tieren? Nur weil sie die Krönung der Schöpfung Gottes waren?

»Du träufelst jeden Abend etwas davon auf den Schwamm und steckst ihn in deine Scham, so tief es geht.« Tränen traten Elisabeth in die Augen.

»Das ist nichts zum Heulen! Sei froh, wenn sich erst gar kein Kind in dir regt, denn sonst wird alles viel schwerer und auch gefährlich für dein Leben. Ich bin für dich und die anderen Mädchen verantwortlich und muss dafür sorgen, dass euch nichts geschieht. Willst du etwa von einem dieser Männer geschwängert werden?«

Elisabeth wischte sich mit dem Handrücken über das Gesicht und schniefte. »Nein«, sagte sie leise.

»Also, dann halte dich an meine Anweisungen, und vergiss es nicht. Bevor du zu Bett gehst, kannst du das Schwämmchen entfernen und auswaschen. Verstanden?«

Elisabeth nickte, auch wenn ihr allein bei dem Gedanken übel würde. Jetzt wusste sie auch wieder, woher ihr der Geruch bekannt war. Es war das Erste, was sie gerochen hatte, als sie im Frauenhaus erwacht war. Die alten Laken hatten den Geruch aufgenommen. Und auch beim Waschen der Decken und Tücher war er ihr in die Nase gestiegen – vermischt mit den anderen Gerüchen, die die fremden Männer mit sich brachten.

Rasch verschloss sie das Fläschchen wieder. Mit angewiderter Miene drehte Elisabeth das Schwämmchen in den Händen und räumte es dann in die kleine Kiste, die die Meisterin ihr für ihre Habseligkeiten gegeben hatte.

Else tätschelte ihr die Wange. »Kopf hoch, mein Kind, es ist alles nicht so düster, wie es dir im Augenblick erscheint. Und nun lächle einmal, und lass dir von Jeanne deine Wangen ein wenig röten. Du sollst nicht aussehen wie der Tod, wenn unsere Gäste gleich kommen. Ich werde dir schon einen aussuchen, der dich nicht zu sehr fordert. Du schaffst das schon!«

Die Meisterin war so schlau, Elisabeth nicht zu zerbrechen. Sie behielt sie im Auge und teilte ihr keinen der Männer zu, von denen sie wusste, dass sie außergewöhnliche Vorlieben pflegten. Ihr war klar, wenn sie es zu weit trieb, dann würde sich ein Teil von Elisabeths Wesen in eine verborgene Kammer zurückziehen und nur eine schöne, weibliche Hülle übrig bleiben, die bereit war, Befehle auszuführen, die aber nicht mehr richtig lebte. Das war nicht das, was die Männer hier suchten. Teilnahmslose Weiber im Bett, die mit trübem Blick zur Decke starrten, hatten so manche von ihnen in der heimischen Schlafkammer. Wenn sie nach einem anstrengenden Arbeitstag hierher ins Frauenhaus kamen, dann wollten sie trinken und spielen, lachen und scherzen, ein wenig übermütig wie die Knaben sein und – wenn sie ihre Lust auslebten – sich einreden können, dass sie auch den Weibern Wolllust bereitet hatten und es sich gelohnt hatte, die acht Pfennige dafür auszugeben.

Elisabeth betrachtete die Meisterin bald mit Respekt und ohne Groll. Sie hatte ihre Stärken und ihre Schwächen kennengelernt und wusste die Dinge zu meiden, die sie in Zorn versetzten, denn dann saß ihre Hand locker – und war sie einmal in Wut, fehlte nicht viel, dass sie zu einem Riemen oder der Peitsche griff. Andere Strafen waren die Streichung von Mahlzeiten oder eine Nacht ohne Decke in den Binsen. Allerdings war Else so weitsichtig, diese Strafe nicht in den eisigen Nächten des Winters zu verhängen. Was würde ihr eine kranke Dirne noch nützen?

Ritter Philipp von Thann, der Elisabeth die Jungfräulichkeit geraubt hatte, kam immer wieder zu ihr, wenn er in der Stadt weilte. Manches Mal saß er, nachdem er sich an ihr befriedigt hatte, noch lange bei einem Becher Wein mit ihr zusammen und erzählte ihr von seinen Schwierigkeiten mit den zahlreichen Gläubigern, von den Streitereien in der Familie und von der Burg, in der er aufgewachsen war.

»Man sollte nicht meinen, dass ich mich noch immer wie ein einfältiges Mädchen nach diesen alten Mauern von Burg Meinungen sehne«, sagte er eines Abends. Elisabeth zog sich ihr Hemd über den Kopf und setzte sich dann mit einem Becher neben ihn.

»Warum seid Ihr von Meinungen fortgegangen? Könnt Ihr nicht zurückkehren, wenn Ihr wisst, wohin Euch Euer Herz zieht?« Sie seufzte tief. Wenn sie nur wüsste, wonach sich *ihr* Herz sehnte! Sie würde keinen Augenblick zögern.

Der Junker lachte auf. Er legte den Arm um sie und küsste ihren Hals. Elisabeth zuckte nicht zurück.

»Ach, du bist so ein unschuldiges Lämmlein. Ich kann nicht zurück, weil uns Burg und Stadt heimtückisch geraubt wurden.«

Elisabeth riss die Augen auf. »Was? Wisst Ihr, von wem? Ich habe schon gehört, dass sich ehrlose, räuberische Ritter in unserem Land mit Strauchdieben verbünden, um Kaufleute und Junker zu überfallen. Könnt Ihr denn nicht zum Bischof gehen und ihn um Hilfe bitten?«

Der junge Mann gluckste und küsste sie noch einmal. »Wie kommt eine solch kindliche Seele in dieses Haus?«, rief er. »Der Raubritter ist unser Herr Bischof höchstpersönlich, und seine Strauchdiebe heißen von Thüngen und von Castell, sind Grafen von Henneberg und von Wertheim.«

»Der Bischof hat Euch aus Eurer eigenen Burg vertrieben?«

»Ja, also nicht aus unserem Erblehen«, gab der Junker zu. »Die drei Burgen über Dahn sind noch in der Familie, doch wir saßen durchaus zu Recht auch auf Burg Meinungen, und hätte der Bischof auch nur einen seiner Verträge eingehalten, dann hätten die Bürger von Meinungen nicht beschlossen, ihm ihren Gehorsam aufzukündigen! Bischof Johann bezichtigte uns, wir hätten ihm widerrechtlich die Stadt entrissen. Wir, die Herren von Thann, Junker des ältesten fränkischen Adels! Mein Ahn hat bereits unter Friedrich Barbarossa als Hofmeister gedient, und da kommt dieser Bischof aus einer armseligen elsässischen Familie und behauptet, wir hätten ihm Burg und Stadt entrissen! Dabei hat er die Rechte des Bistums verpfändet und das Geld bei seinen Jagden und Banketten verschleudert. Nicht einmal seine Zinsen begleicht er. Wie kann er da weiterhin Gehorsam verlangen?«

Seine Stimme war mit jedem Satz lauter geworden. Die Erregung trieb ihm die Röte ins Gesicht. Elisabeth wusste nicht, was sie sagen sollte. Wie konnte sie entscheiden, wer im Recht und wer im Unrecht war? Urteilte der Junker aus Verbitterung nicht ein wenig hart über den Landesherrn Johann von Brunn? Sie schenkte ihm seinen Becher mit dem guten Wein noch einmal voll und setzte sich wieder neben ihn.

»Wie hat der Bischof es angestellt, ich meine, wie hat er Euch die Burg weggenommen?«

Der Junker trank und schnaubte dann abfällig. »Na, wie wohl? Er hat ein Heer von Kriegsknechten gesammelt und nach Burg Meinungen geschickt, während ich mit einer Anzahl meiner Mannen nicht da war. Bei Nacht ließ er die Mauern ersteigen und das Tor öffnen. Die Männer des Bischofs nahmen meinen Vetter Burkhard, seine Frau und die Kinder gefangen und auch meine Schwester, die mit ihrem Gemahl gerade auf der Burg weilte. Dann zogen sie weiter nach Meinungen und zwangen den Rat, die Tore zu öffnen und die Schlüssel herauszugeben.«

Nun war es Elisabeth, die nach seiner Hand griff und voller Besorgnis fragte: »Sind Eure Angehörigen wieder freigekommen?«

Philipp von Thann nickte. »Ja, es ist ja schon einige Jahre her. Die Frauen und Mädchen ließ er bald darauf gehen, für die Männer und Knaben hat er uns eine ordentliche Summe abgepresst. Und Meinungen mit Burg und Stadt hat der Bischof noch immer fest im Griff.« Er trank seinen Becher leer und erhob sich. Mit beiden Armen umschlang er Elisabeths Leib und drückte sie an sich.

»Wir werden uns eine ganze Weile nicht sehen. Ich breche schon in den Morgenstunden nach Geißberg auf.« Er zog eine Grimasse. »Die älteren Brüder haben zum großen Familienrat gerufen. Ich glaube, sie haben nun auch endlich eine Braut für mich gefunden, die ihrer Meinung nach genug mitbringt und deren Familie nichts gegen einen jüngsten Sohn einzuwenden hat.«

Er küsste sie sanft auf den Mund, und Elisabeth fühlte fast so etwas wie Bedauern. »Behalte dir die Unschuld in deinem Blick, bis wir uns wiedersehen«, sagte der Junker zum Abschied.

In der Nacht träumte Elisabeth wieder von dem steinernen Gang mit den erloschenen Fackeln an den Wänden und von der Tür mit dem Lichtstreifen. Sie beschloss, ganz langsam zu gehen und keinen Laut von sich zu geben, doch auch dieses Mal kam sie nicht recht vorwärts. Es war zum Verrücktwerden! Je mehr sie sich abmühte, desto schwerer wurde es. Dann würde sie es eben lassen. Sie war müde und erschöpft. Ihr warmes Bett sollte sie umhüllen und in den Schlaf wiegen.

Nein, sie wollte zu dieser Tür! Stück für Stück schob sie sich vorwärts. Zuerst hörte sie nur ihren eigenen Atem, doch dann drangen Stimmen an ihr Ohr, gedämpfte, raunende Stimmen.

Elisabeth streckte die Arme aus. Ihre Handflächen berührten das Holz der Tür. Die war alt und rau, ihre Finger glitten über einen eisernen Ring. Diese Stimmen. Sie lockten sie und trieben ihr dennoch den Angstschweiß auf die Stirn. Es waren keine Worte zu verstehen. Nur ein Rauschen und ein gleichmäßiger Singsang wie von einem fernen Vogel in den Zweigen. Die junge Frau presste das Ohr an das Holz. Aber nein, da war kein Holz mehr. Was geschah um sie? Alles löste sich in Nebel auf. Sie fiel. Der Traum entglitt ihr und verwehte.

»Möchtest du mich in die Domstraße begleiten?«, fragte Jeanne am anderen Morgen in ihrer singenden Art, mit der sie die Worte betonte.

»Gern, wenn die Meisterin nichts dagegen hat.« Elisabeth hob den Blick und sah Else fragend an, die mit den Frauen draußen auf der Bank saß und ein Hemd flickte. Auch die anderen hatten sich Nadel und Faden geholt. Es gab immer etwas auszubessern. Und wenn nicht, dann konnte man Ärmel und Säume besticken.

»Ich gehe mit!«, rief Marthe. Sie warf mit einer heftigen Bewegung das Hemd, das sie gerade gesäumt hatte, auf den Tisch. »Das war so ausgemacht!«

»Vielleicht will Jeanne aber lieber die sanfte Lisa an ihrer Seite haben als dein keifendes Maul«, sagte Gret. Anna kicherte. Marthe zog Anna an ihren mausbraunen Zöpfen und trat nach Gret, die dem Tritt auswich, ohne auch nur von ihrer Näharbeit aufzusehen.

»Wenn du dich weiterhin so aufführst, dann gehst du heute nirgendwo hin«, herrschte die Wirtin Marthe an. »Ich lasse dir viel durchgehen, weil du meine schöne Stute im Stall bist, aber auch von dir lasse ich mir nicht auf der Nase herumtanzen! Hast du das verstanden?«

Marthe warf ihr einen wütenden Blick zu, doch dann senkte sie die Lider und sagte mit zitternder Stimme: »Ja, Meisterin.«

»Jetzt muss sie lernen, ihre Zunge zu hüten«, raunte Anna in Esters Ohr, sodass Elisabeth, aber sicher auch Marthe es hören konnten. »Die Schönste ist sie jetzt nämlich nicht mehr. Das ist Lisa! Achtet nur darauf, wie die Männer sie jeden Abend ansehen!«

Das war richtig. Und obwohl Elisabeth sicher nicht so hässlich sein wollte wie Ester, war ihr dieses Kompliment unangenehm. Weder strebte sie danach, den Männern zu sehr zu gefallen, noch wünschte sie sich Marthes Eifersucht, die offensichtlich mit jedem Tag wuchs. Keine Gehässigkeit ließ Marthe aus, kein noch so kleiner Patzer Elisabeths entging ihr, auf dem sie mit böser Zunge herumreiten konnte. Und natürlich vergaß sie nie, jede Verfehlung wie zufällig vor der Meisterin zu erwähnen! Nein, auf das Privileg, die schönste Dirne des Frauenhauses zu sein, hätte Elisabeth gerne verzichtet!

»Ihr könnt zu dritt gehen«, unterbrach die Meisterin ihre Gedanken. Jeanne zog ein enttäuschtes Gesicht.

»Haltet euch nicht zu lange auf, und vergesst nichts!«, sagte sie wie jedes Mal, ehe sie ihre Schützlinge entließ. Die drei nickten gehorsam, dann klemmte sich jede von ihnen einen Weidenkorb unter den Arm, ehe sie eilig über die Wiese davongingen. Wie herrlich war es doch, dem wachsamen Auge der Meisterin eine Weile zu entgehen! Es war ein schöner Frühsommertag. Die Sonne schien vom blauen Himmel. Die Frauen rafften ihre Röcke und schritten weit aus. Während Jeanne und Elisabeth sich ihre Hauben umgebunden hatten, ließ Marthe ihr schönes Haar offen über den Rücken fallen. Für ihren Ausflug in die Domstraße trugen die Frauen nicht die bunten, unzüchtigen Gewänder, mit denen sie abends den Männern zu gefallen suchten. Ihre Kleider und Hauben waren schlicht, denn der Rat hatte ihnen in der Öffentlichkeit allen Schmuck verboten.

Für Frauen, die öffentlich Unzucht treiben, gilt, sie sollen sich von ehrbaren Frauen unterscheiden und daher keine prächtigen und geschmückten Kleider tragen, keine hochge-

türmten Schleier, keine Korallen und Goldstickerei, keinen Silberschmuck.

Auch Schleppen und lange Mäntel waren verboten. Und damit jeder Zweifel ausgeschlossen war, mussten sich die Dirnen seit einiger Zeit ein gelbes Band an den Saum ihrer Röcke nähen. So war für jeden anständigen Bürger gleich erkennbar, um was für Frauen es sich hier handelte. Es war daher nicht verwunderlich, dass die meisten Bürger, denen sie begegneten, sie anstarrten. Während die Frauen zurückwichen und miteinander tuschelten, betrachteten die Männer sie oft mit begehrlichen Blicken oder riefen ihnen anzügliche Scherze hinterher. Auch die Wächter am Pleichacher Tor winkten ihnen zu. Einen von ihnen hatte Elisabeth schon ein paar Mal im Frauenhaus gesehen. Es war ein vierschrötiger Mann mit einer roten Nase, die sicher einmal gebrochen gewesen war. Er vertrat Marthe den Weg und legte ihr den Arm um die Taille.

»Gib mir einen Kuss, meine Schöne, sonst kann ich dich nicht passieren lassen.«

»Lass mich los, sonst muss ich dir zwei Pfennige berechnen«, entgegnete Marthe, doch sie lächelte zu ihm hoch, und ihre Stimme klang schelmisch. Sie behielt den strahlenden Ausdruck bei, bis sie sich von ihm abgewandt hatte, dann fiel er von ihr ab und machte wieder der mürrischen Miene Platz, die sie üblicherweise zur Schau trug. Die Verwandlung war verblüffend.

»Es ist, als würde die Sonne plötzlich von einer düsteren Wolke verschluckt und ihr Strahlen und ihre Wärme sind von einem Augenblick auf den anderen verschwunden«, sagte Elisabeth leise zu Jeanne.

Die Französin nickte. »Ja, für uns hat sie nur ihr Gekeife übrig. Wenn es aber ums Geschäft geht, wird sie im Handumdrehen zur huldvollen Königin. Sie könnte sich jederzeit einer Gauklertruppe anschließen und mit ihnen ihre Schauspiele darbieten!«

Marthe runzelte die Stirn, und ihr Ausdruck wurde noch finsterer. »Was habt ihr da zu tuscheln? Verbreitet ihr wieder Lügen über mich?«

Jeanne schüttelte den Kopf. »Nein, keine Lügen, das könnten wir mit unserem Gewissen nicht vereinbaren. Wie sprechen nur die Wahrheit!« Sie grinste, dass man ihre Zahnlücke sehen konnte. Marthe hob drohend die Hand, doch Jeanne wich hinter Elisabeth zurück.

»Danke, meine Wangen sind gerötet genug!«

Marthe wandte sich wieder ab und ging nun mit schnellen Schritten vor ihnen her. Die anderen beiden Frauen ließen sich ein wenig zurückfallen.

»Mir kommt es vor, als würde sie mit jedem Tag noch sauertöpfischer«, sagte Jeanne mit einem Seufzer. »Und ihre Hand sitzt lockerer denn je.«

Elisabeths Blick ruhte auf Marthes schmalem Rücken. »Ich kenne sie nicht so gut wie ihr, doch wenn ich sie ansehe und ihr Gezänk höre, dann empfinde ich Mitleid mit ihr.«

»Was?«, rief Jeanne ungläubig. »Mitleid? Ich glaube, sie hat dir noch nicht oft genug eine Ohrfeige gegeben oder ist dir mit ihren Krallen durch die Haare gefahren.«

»Doch, schon, aber ich denke, es muss einen Grund für ihr Verhalten geben.«

»Vielleicht liegt es daran, dass sie eine undankbare, streitsüchtige Schlampe ist?«, schlug Jeanne vor.

Elisabeth lächelte, obwohl sie eher Traurigkeit empfand. »Nein, ich glaube, etwas quält sie, und sie lässt nur ihre Ängste oder Schmerzen an uns aus. Die vergangenen Tage hat sie auch nur wenig geschlafen.«

Jeanne fragte nicht, woher Elisabeth das wusste. »Wie du auch«, sagte sie leise. »Du hast dich immer noch nicht ganz bei uns eingelebt.«

Elisabeth seufzte. »Vielleicht will ich das gar nicht?«

Marthe hatte inzwischen den Judenplatz erreicht und war stehen geblieben. Mit in die Hüften gestützten Händen stand sie da und sah die beiden Nachkömmlinge mit sauertöpfischer Miene an.

»Kommt ihr heute auch noch? Die Meisterin hat gesagt, wir sollen nicht trödeln.«

»Ja, aber es gibt auch keinen Grund zu hetzen und früher als nötig zurück zu sein«, widersprach Jeanne.

»Es ist ein so schöner Sommertag«, fügte Elisabeth hinzu, aber auch das konnte kein Lächeln auf Marthes Gesicht zaubern. Das gelang nur den Männern, die mit Münzen dafür zu zahlen bereit waren.

Jeanne wandte sich demonstrativ von Marthe ab und betrachtete die Baustelle der Marienkapelle zu ihrer Linken. Für eine Kapelle würde es ein überaus großes Gotteshaus werden. Immerhin wurde schon seit fünfzig Jahren an der Kirche für die Bürger Würzburgs gebaut, die den sündigen Fleck tilgen sollte, den die Synagoge hier hinterlassen hatte – so jedenfalls hatte der Rat es einst formuliert. Heute waren nur wenige Arbeiten im Gange, und die von Gerüsten gesäumten Wände und Bögen boten nichts Spannendes zu sehen. Ja, seit das große Portal vollendet worden war und die Bildhauerwerkstatt Würzburg verlassen hatte, ging es nur noch zäh voran.

Jeanne wandte sich den halb verfallenen Häusern auf der anderen Seite des Platzes zu. Ein Windstoß trieb eine Wolke übler Gerüche vom Rigol herüber, einem lang gezogenen Tümpel, der mit einem Arm der Kürnach verbunden war, und in dem allerlei Abfall entsorgt wurde.

»Der Ratsherr, der gestern bei mir gelegen hat, hat gesagt, die alten Judenhäuser sollen nun alle abgerissen werden, sodass um die Marienkapelle ein freier Platz entsteht. Viele Juden wohnen ja eh nicht mehr in der Stadt. Außerdem hat der Bischof den Judenfriedhof bei uns draußen an Metzger Wentzel und seine Frau Agnes verkauft.«

Elisabeth sah sie an. »Was? Er hat den Friedhof der Juden einfach so verkauft? Aber warum denn? Wie konnte er nur!«

Jeanne zuckte mit den Schultern. »Der Bischof soll neunhundert Gulden Schulden bei den Wentzels gehabt haben und hat sie dadurch abgetragen. Er verpfändet allerlei Dörfer, Mühlen, Zollrechte und was weiß ich noch. Warum sollte er dann nicht auch einen Judenfriedhof hergeben, den er nicht braucht?«

»Und doch ist es nicht recht«, beharrte Elisabeth.

Jeanne nickte. »Man tut ihnen immer unrecht. Das war schon immer so. Erst versprechen die Herrscher ihnen ihren Schutz, und dann beuten sie sie nach Belieben aus.«

Etwas regte sich in Elisabeths Geist. Wut stieg in ihr auf. Sie sah sich mit langen Schritten in einer Halle auf und ab gehen. Ihre Hände gestikulierten wild, das aufgelöste Haar schwang ihr ins Gesicht. Und dann sah sie ihn. Seine Gestalt trat aus dem Nebel. Er trug eng anliegende Beinlinge aus Seide, sein kurzes Gewand war nach der höfischen Mode in zahlreiche Falten gelegt und mit einem goldverzierten Gürtel in der Taille zusammengerafft. Er hob seine Hände und legte sie auf ihre erhitzten Wangen. Sie fühlten sich kühl an, doch sie konnte sein Gesicht nicht erkennen. Seine Stimme hörte sie dafür umso deutlicher.

»Mein kleiner Hitzkopf«, sagte er mit Zärtlichkeit in der Stimme. *»Du bist der Racheengel der Armen, der Unterdrückten und Entrechteten. Du wirst sicher eines Tages heilig gesprochen und wirst einst im Himmel neben der Heiligen Jungfrau sitzen.«*

»Spotte nicht«, ereiferte sich Elisabeth. *»Es ist einfach Unrecht!«*

»Das mag schon sein«, bestätigte der junge Mann. *»Doch du musst begreifen, dass es kein für alle gerechtes Paradies hier auf Erden geben kann. Das Geld wurde für den Feldzug nach Böhmen gebraucht. Der König hat Männer gefordert, Waffen, Pferde und Trosswagen. Wäre es gerecht, den Tatz für die Bürger Würzburgs wieder zu erhöhen? Die Zölle auf Wein? Die Märkte zu besteuern? Oder jede Herdstatt? Noch weitere Dörfer und Burgen zu verpfänden und die Zinslast des Stifts noch mehr in die Höhe zu treiben? Was ist recht? Ich sage*

nicht, dass er ein weitsichtiger und guter Herrscher ist, doch er ist der vom Kapitel gewählte Bischof, und alle müssen sich seinen Entscheidungen beugen.«

Elisabeth sah die beiden Frauen an, die mit ihr auf dem Judenplatz standen. »Ja, auch unser Bischof Johann hat sein Wort gebrochen. Er hat allen Juden im Bistum einen Freibrief ausgestellt, aber nichts getan, als König Sigismund nur ein Jahr später einen Gulden von jedem Juden forderte. Und dann, als er von seinem Zug gegen die Hussiten zurückkehrte, ließ er seine Würzburger Juden gar gefangen nehmen, um ihnen sechzigtausend Gulden abzupressen!« Ihre Stimme war lauter geworden. Nun ließ sie die erhobenen Hände wie erschöpft sinken. Die Gestalt des jungen Edlen stand ihr noch immer deutlich vor Augen. Wer war er? Wo hatte sie ihn getroffen? Hatte er irgendetwas mit diesem Traum von dem steinernen Gang zu tun, der sie immer öfter heimsuchte? Gehörte er zu den Stimmen hinter der Tür, die sie nicht erkennen konnte, so sehr sie sich auch jedes Mal bemühte?

»Woher weißt du das?«, fragte Jeanne verblüfft.

Marthe betrachtete sie mit einer Mischung aus Interesse und Misstrauen. »Ja, ich dachte, du hättest dein Gedächtnis völlig verloren und wüsstest nicht einmal, wer du bist?«

Elisabeth senkte den Kopf und nickte. »Ja, das stimmt. Ich weiß auch nicht, wie mir das nun plötzlich in den Sinn kommen konnte, aber ich bin mir sicher, dass es sich so zugetragen hat.«

Jeanne strahlte sie an und hakte sich bei ihr unter. »Das stimmt! So war es. Es ist sicher ein gutes Zeichen, dass du dich an manches zu erinnern beginnst. Bald weißt du wieder alles!«

»Ja, vielleicht«, antwortete Elisabeth bedrückt. Vielleicht wollte sie sich gar nicht an alles erinnern. Es war ihr, als lauere ein fürchterliches Ungeheuer dort hinter der Grenze der Schatten auf sie, und eine Stimme flüsterte ihr zu: *»Eines Tages wirst du dich nach dem Frieden der Unwissenheit zurücksehnen!«*

Die drei Frauen gingen weiter zum Brothaus und kauften

ein Wastel zu drei Pfennigen und zwei Flecken. Die Semmler boten Wecken aus weißem Weizenmehl feil. Gebacken wurde hier in der inneren Stadt allerdings schon lange nicht mehr. Nur die Bäckerei des Domkapitels war im Besitz einer Ausnahmegenehmigung. Alle anderen Bäckeröfen waren mit Hinweis auf die Feuergefahr in die Hauger Vorstadt oder in die Pfistergasse der Vorstadt Sand verlegt worden.

Wie ihnen aufgetragen, erstanden die Frauen Kohl und Zwiebeln auf dem Gemüsemarkt, holten Elses Stiefel beim Altreußen ab und erstanden auf dem Rückweg in der Häfnergasse zwei tönerne Krüge und ein paar einfache Becher als Ersatz für die, die in den vergangenen Nächten zu Bruch gegangen waren. Jeanne konnte es sich nicht verkneifen, eine ihrer wenigen Münzen für ein Stück Zimtgebäck auszugeben. Sie brach ein Stück ab und gab es Elisabeth.

»Danke, du bist lieb, aber du musst nicht dein schwer verdientes Geld für mich ausgeben«, wehrte sie ab.

Jeanne schüttelte den Kopf, dass ihre Haube verrutschte. »Nein, muss ich nicht. Aber wie kann ich es besser ausgeben als dafür, mit einer Freundin was Süßes zu genießen?«

Elisabeth standen Tränen in den Augen, als sie nach dem Gebäck griff. Jeanne biss ein Stück ab, schloss die Augen und kaute genießerisch. Bevor sie ein zweites Mal abbiss, wanderte ihr Blick zu Marthe, die mit verschränkten Armen und abweisender Miene ein Stück entfernt stehen geblieben war. Jeanne seufzte leise, dann brach sie noch ein Stück von ihrem Zimttaler und hielt es Marthe hin, doch die rührte sich nicht.

»Behalte es«, fauchte sie. »Ich brauch deine angebissenen Almosen nicht. Wenn ich was Süßes essen will, dann habe ich selbst Münzen!« Mit einem Ruck wandte sie sich ab und stapfte in Richtung der Fleischbänke davon. Dort hatte sie bereits Knochen und Speck gekauft, als die anderen beiden sie einholten. Jeanne leckte sich die klebrigen Finger ab.

»Gott muss wirklich einen schlechten Tag gehabt haben, als er dich erschuf!«, sagte sie.

Elisabeth dachte, nun würde Marthe wieder wüste Worte in den Mund nehmen und Jeanne eine Ohrfeige verpassen, doch stattdessen war sie für einen Moment wie erstarrt. Ihre Augen glänzten feucht.

»Wahrscheinlich ist das so«, murmelte sie. »Vermutlich hat er nicht einmal hingesehen.«

Elisabeth und Jeanne sahen einander unbehaglich an. Doch ehe Elisabeth auf Marthe zugehen konnte, hatte sie sich bereits abgewandt und sagte in ihrem üblichen barschen Ton: »Und nun kommt endlich, ihr Trödelliesen. Die Meisterin wird uns alle ausschimpfen, und ihr seid schuld daran!«

Damit hatte sie allerdings nicht ganz unrecht. Kaum ließen sie die letzten Häuser hinter sich, die sich um St. Gertraud scharten, sahen sie die Meisterin bereits mit vor der Brust verschränkten Armen vor der Tür stehen.

»Es war unheimlich viel los in der Stadt«, rief Jeanne, noch bevor sie in Reichweite der kräftigen Hände kam. »Man sollte es nicht glauben!«

»Ja, man sollte es nicht glauben!«, wiederholte Else und machte ein grimmiges Gesicht. »Los, rein jetzt, ihr drei. Habt ihr alles bekommen, was ich euch aufgetragen habe?«

Sie nickten brav und zeigten der Wirtin ihre Körbe. »Wie viel habt ihr ausgegeben?«

Egal, welche Summe sie genannt hätten, das Ergebnis wäre jedes Mal das Gleiche gewesen. Else stöhnte dramatisch, jammerte über die hohen Preise und zählte das Wechselgeld, das Marthe ihr reichte, bis auf den letzten Pfennig nach. Die Frauen wollten schon an ihr vorbeischlüpfen, als die Meisterin wieder aufblickte.

»Es fehlt ein Pfennig. Wo ist er?« Sie sah Marthe an, die ihr das Geld gereicht hatte. Elisabeth und Jeanne tauschten unbehagliche Blicke. Wenn es um Geld ging, kannte die Eselswirtin keinen Spaß. Selbst für einen Pfennig konnte sie unangenehm werden.

Marthe kniff die Augen zusammen. »Woher soll ich das wissen? Was siehst du mich so an? Ich habe ihn nicht genommen! Frag doch die anderen.«

»Du undankbares, freches Biest!«, ereiferte sich Else. »Ich geb dir zu essen und kleide dich und sorge dafür, dass du Arbeit hast, und du kommst mir so daher!«

»Ach ja? So kann man es auch sehen. Ich würde sagen, du hältst uns wie Sklaven, verkaufst uns und füllst deinen Beutel, und wenn wir verrecken, ist es dir egal.«

Die Wirtin schnappte nach Luft, Elisabeth und Jeanne zogen die Köpfe ein. Was um alles in der Welt war mit Marthe los?

»Wie sprichst du denn mit mir?«, schrie die Wirtin zurück und schlug ihr rechts und links ins Gesicht.

Marthe kramte in ihrer Gürteltasche und zog einen Pfennig hervor. Sie schleuderte ihn der Wirtin vor die Füße und stürmte dann ins Haus. Dort warf sie sich auf ihr Bett und zog die Decke über den Kopf.

Die Wirtin sah ihr mit offenem Mund nach, wirkte nun aber eher erstaunt als verärgert. »Nun, sie wird ihre unreinen Tage bekommen. Wird auch Zeit!«

Damit ließ sie es auf sich beruhen. Sie befahl Jeanne und Elisabeth, das Gemüse für die Suppe vorzubereiten und den Wasserkessel mit den Knochen und Kräutern schon einmal aufzusetzen. Dann ging sie zu ihrem eigenen Häuschen davon.

Kapitel 6

Marthe, das Frühmahl ist fertig!«

»Du brauchst mir nicht alles dreimal zu sagen«, fauchte Marthe und warf sich in ihrem Bett auf die andere Seite, die Decke noch immer über den Kopf gezogen. »Ich will nichts. Ich habe keinen Hunger.«

Sie hatte auch am Abend zuvor kaum etwas gegessen, doch Elisabeth verzichtete darauf, es zu erwähnen. Sie aß ihre Schüssel Mus leer und half dann beim Abspülen. Als sie die Schalen wieder auf das Regalbrett stellte, hatte Marthe das Bett immer noch nicht verlassen. Else war schon früh aufgebrochen. Sie hatte den Frauen nicht gesagt, was sie vorhatte, denn das ging sie nichts an, nur dass ihre Geschäfte sie bis Mittag fernhalten würden und die Frauen zusehen sollten, dass alles ordentlich wäre, bis sie zurück sei.

Elisabeth betrachtete den Deckenberg, der zu zittern schien.

»Vielleicht ist sie krank«, raunte Jeanne. »Das würde auch erklären, warum sie gestern so seltsam war.«

Elisabeth nickte. »Ja, dann müssen wir uns um sie kümmern, bis die Meisterin zurückkommt.« Doch was sollten sie tun? Elisabeth war ratlos. Mit Krankheiten kannte sie sich nicht aus.

»Wenn sie Fieber hat, muss sie zur Ader gelassen werden«, sagte Gret, die zu ihnen getreten war. »Das hilft immer – sagt zumindest der Bader.«

Die drei Frauen sahen einander an. Offensichtlich wollte sich keine Marthes Zorn aufs Haupt laden. Schließlich trat Elisabeth vor und legte sanft die Hand auf die Decke, wo sie Marthes Kopf vermutete.

»Was ist denn mit dir? Bist du krank? Sollen wir den Bader holen?«

Mit einer heftigen Bewegung schlug Marthe die Decke zurück, sodass sie Elisabeth ins Gesicht peitschte.

»Verschwindet, ich bin nicht krank. Lasst mich einfach in Ruhe, ehe ich es bei eurem Anblick noch werde!«

»Wer noch so viel Gift versprüht, der kann nicht krank sein«, sagte Gret mit einem Schulterzucken und ging zu ihrem Lager zurück, um noch ein wenig zu schlafen. Sie hatte eine anstrengende Nacht hinter sich.

»Was ist? Was glotzt ihr mich so an?«, schimpfte Marthe.

»Du siehst nicht gut aus«, sagte Ester vorsichtig, die nun ebenfalls ans Bett getreten war.

»Das sagt die Richtige! Um so schrecklich auszusehen wie du, müsste ich mich schon sehr anstrengen!«

Ester verzog keine Miene, dennoch spürte Elisabeth, dass sie gekränkt war. Doch fand Ester wie immer eine Rechtfertigung für Marthes schlechtes Benehmen.

»Sie hat es nicht leicht. Sie muss am meisten von uns arbeiten, weil sie so hübsch ist«, war die übliche.

»Ich bring dir etwas zu essen«, sagte Ester entschlossen, trat zum Kessel, füllte den Rest Mus mit Zwiebeln und Äpfeln in eine Schale und brachte sie Marthe ans Bett, doch statt ihr zu danken, schoss Marthe hoch, schlug Ester die Schüssel aus der Hand und erbrach sich über deren frischen Rock.

Jede andere der Frauen hätte wüst geflucht und Marthe ausgezankt, doch Ester nahm ein Tuch, wischte Marthe den Mund ab und drückte sie in die Kissen zurück, ehe sie sich daran machte, die stinkende Bescherung zu beseitigen.

»Ich koche dir gleich einen Kräutersud. Ich muss mir nur rasch einen anderen Rock anziehen.«

Marthe sagte nichts. Sie zog die Knie bis an die Brust und drückte das Gesicht gegen den groben Stoff ihres langen Hemdes. Die anderen Frauen sahen einander betreten an. Inzwischen waren alle um Marthes Bett versammelt. Auch Gret hatte sich wieder von ihrem Lager erhoben.

»Sie hat sich den Magen verdorben«, sagte Anna. »Das Mus gestern war vielleicht zu alt.«

»Oder sie hat zu viel Wein getrunken«, schlug Mara vor.

»Der erste Kerl, den sie gestern hatte, sah gar nicht gesund aus«, fügte Jeanne düster hinzu. »Sicher hat sie sich von ihm ein Fieber geholt.«

»Es war die Nachtluft!«, beharrte Ester. »Jeder weiß doch, dass so was Gift für den Körper ist, aber sie war eine Ewigkeit draußen.«

Es kamen noch ein paar Vorschläge, doch niemand wagte das auszusprechen, was sie alle dachten. Bis die Meisterin ins Haus trat.

»Was hat das zu bedeuten?«, fragte sie in scharfem Ton. Die Frauen schwiegen, bis sich Ester zu einer Antwort aufraffte.

»Marthe ist krank«, sagte sie und deutete auf das Bett.

»Das ist nicht wahr«, protestierte diese und schlug die Decke zurück. »Ich hatte nur keine Lust aufzustehen.«

Sie schwang sich so schnell aus dem Bett, dass sie gegen Ester taumelte. Ester legte den Arm um sie, doch Marthe stieß sie weg. »Lass mich in Ruhe! Ich sagte doch schon: Ich bin nicht krank!«

»Komm hierher ins Licht«, befahl die Meisterin, und als Marthe nicht sogleich gehorchte, griff sie nach ihrem Arm und zerrte sie zu der noch offenen Tür.

»Hast du inzwischen deine unreinen Tage?« Als Marthe zögerte, fügte sie scharf hinzu: »Wage nicht, mich anzulügen!«

»Nein«, hauchte Marthe, was wohl eine Antwort auf beides war.

Die Meisterin begann die Tage an den Fingern abzuzählen. »Das ist noch nicht weiter schlimm«, sagte sie. »Mich wundert nur, dass du jetzt schon aussiehst wie der Tod.«

»Übergeben hat sie sich auch«, wagte Mara zu sagen.

»Was?«

Die Meisterin packte Marthe am Arm und schüttelte sie. »Wie oft schon?«

»Ein paar Mal. Ich habe nicht mitgezählt«, gab Marthe kläglich zu.

»Lass mich deine Brüste sehen!« Else gab ihr eine Ohrfeige, als Marthe die Arme schützend vor ihrem Leib verschränkte, und zerrte ihr dann das Hemd herunter. Sie tastete über die großen Brüste und über ihren Bauch und schüttelte verwirrt den Kopf.

»Das begreife ich nicht.« Sie gab ihr das Hemd zurück. Rasch schlüpfte Marthe wieder hinein und zog es bis zu den Waden herunter.

»Wie viele Tage bist du jetzt drüber?«

»Ich weiß es nicht«, hauchte Marthe und starrte auf ihre nackten Füße herab.

»Es können doch nur vier oder fünf sein.«

»Wenn du es sagst«, lautete die ungewöhnlich demütige Antwort.

Elses Miene entspannte sich ein wenig. Sie trat auf Marthe zu und tätschelte ihr die Hand. »Das kriegen wir schon wieder hin. Ich mache dir einen kräftigen Sud, der deine Säfte fließen lässt, und schon fühlst du dich wieder besser. – Du hast doch das Schwämmchen immer benutzt?« Marthe nickte.

»Gut, tu das weiterhin. Es ist gut, auch wenn manches Mal trotzdem was passiert.« Ungewöhnlich sanft fasste sie Marthe am Arm und zog sie wieder zu ihrem Bett.

»Ich mach mich gleich ans Werk, und du sagst mir, wenn das Blut anfängt zu fließen.« Marthe nickte noch einmal und verkroch sich dann wieder unter ihrer Decke.

»Und dennoch ist es seltsam«, murmelte die Meisterin, als sie zu ihrem Häuschen hinübereilte, um den Sud anzusetzen, der die Säfte bei verstockter Mensis wieder zum Fließen brachte. Sie kochte Frauenminze und Beifuß auf kleiner Flamme und gab noch ein wenig Frauenmantel bei. Sie war keine Heilerin und hatte keine so große Erfahrung wie die alte Hebamme, die im Schatten der Gertraudenkirche wohnte, doch wenn die Essigschwämmchen versagten, konnte sie sehr gut selbst etwas unternehmen, damit alles wieder seinen gewohnten Gang ging und das Leben ihres Schützlings nicht zu sehr gefährdet wurde. Als der Sud ein wenig abgekühlt war, brachte sie Marthe den Becher und blieb neben ihrem Bett stehen, bis sie ihn leergetrunken hatte.

»Du kannst heute Abend im Bett bleiben. Die anderen sollen es dort an die Wand schieben und den Schirm herum aufstellen. Du sagst mir Bescheid, wenn die Krämpfe beginnen!«

Marthe blieb stumm. Sie stand auf, tappte neben den anderen her, die das Bett verschoben, und verkroch sich dann wieder unter der Decke. Den ganzen Tag sprach sie mit niemandem ein Wort und rührte sich nur, wenn sie ihre Notdurft verrichten musste. Esters Versuche, sie zum Essen zu überreden oder zumindest zu einem Becher Wein, ignorierte sie.

Else kam alle paar Stunden vorbei. »Noch nichts?«

Marthe blieb stumm und schüttelte den Kopf. Am nächsten Morgen musste sie sich noch zweimal übergeben, und sie hatte offensichtlich auch Bauchschmerzen, aber die Blutungen blieben aus.

»Ich verstehe das nicht.« Else wurde immer gereizter, und die Frauen hüteten sich, der Meisterin in die Quere zu kommen. Sie gingen ihrer Arbeit nach, hielten die Gäste bei Laune, verleiteten sie zu möglichst viel Weingenuss und versuchten sie anschließend in jeder sonstigen Weise zufriedenzustellen. Mit grimmiger Miene sammelte die Wirtin die Münzen ein. Nicht einmal das Klimpern in ihrem Geldsack entlockte ihr an diesem Abend ein Lächeln.

Am folgenden Tag stand die Wirtin ungewöhnlich früh an Marthes Bett. »Immer noch nichts? Dann muss ich mir etwas anderes überlegen. Ich verstehe das nicht!«

Marthe begann zu weinen. Die anderen sahen betreten zur Seite. »Ich habe das nicht gewollt«, schluchzte sie.

»Natürlich hast du das nicht gewollt«, gab die Wirtin ungeduldig zurück. »Und wenn du dein Schwämmchen benutzt hast, dann ist dir auch kein Vorwurf zu machen.«

»Ich habe mir immer wieder eingeredet, dass alles wieder gut wird«, weinte sie.

»Ja, ja, nun beruhige dich. Es sind ja erst ein paar Tage.«

Marthe schniefte, sagte aber nichts.

Die Meisterin sah sie scharf an. »Das ist doch richtig? Deine Unreinheit ist noch keine zehn Tage zu spät?« Die junge Frau starrte zu Boden.

Die Stimme der Wirtin wurde hart. »Marthe, wann hast du das letzte Mal geblutet?«

»Ich weiß es nicht mehr so genau. Ich habe immer gedacht, es kommt schon wieder.«

»Ich habe dich aber jedes Mal gefragt, und du hast gesagt, alles sei in Ordnung!«

Marthe heulte auf.

»Du hast mich angelogen!«, rief Else voller Entsetzen. Sie packte Marthe an beiden Armen und schüttelte sie, dass ihre Zähne aufeinanderschlugen. »Wie oft sind deine unreinen Tage schon ausgeblieben? Sag mir die Wahrheit, wenn dir dein Leben noch etwas wert sein soll!«

»Das ist jetzt das dritte Mal«, hauchte sie, sodass die Meisterin sich vorbeugen musste, um die Worte zu verstehen. Die anderen, die der Unterhaltung aufmerksam folgten, wurden nicht lange im Unklaren gelassen.

»Dreimal? Bist du denn des Teufels? Und du hast mich jedes Mal angelogen?«

Sie brauchte keine Antwort. Marthes jämmerliches Weinen war Zustimmung genug. Die Meisterin gab ihr eine kräftige Ohrfeige, doch dann verrauchte ihr Zorn, und sie begann grübelnd auf und ab zu gehen.

»Und was wird nun?«, wagte Ester zu fragen. »Soll sie das Kind bekommen?«

»Haltet euch da raus, und kümmert euch um eure eigenen Angelegenheiten«, schimpfte Else. »Natürlich wird sie das Kind nicht bekommen. Was ist das für eine dumme Frage? – Da brauchst du gar nicht so enttäuscht zu gucken!«

Rasch wandten sich die anderen ab und taten so, als würde sie das Geschehen rund um Marthes Lager nicht mehr interessieren.

»Bleib im Bett«, herrschte die Wirtin Marthe an. »Ich werde mir etwas überlegen.«

Die Stirn in Falten gelegt ging sie weiter auf und ab, dann verließ sie das Haus, jedoch nicht, ohne den Frauen genaue Anweisungen zu hinterlassen. Es könnte spät werden, bis sie zurückkomme. Sie übertrug Ester die Verantwortung und die Aufgabe, die Münzen einzusammeln und für sie aufzubewahren. Sie werde jeden Pfennig überprüfen, drohte die Meisterin noch, dann ging sie eilig davon.

Ester machte ein entsetztes Gesicht. »Bei der heiligen Jungfrau, hoffentlich kommen nicht so viele Gäste. Ich kann nicht rechnen und auch nicht so schnell zählen.« Sie warf den anderen Frauen einen flehenden Blick zu, bis er zuletzt an Elisabeth hängen blieb. »Du kannst doch Zahlen zusammenrechnen! Ich weiß noch genau, wie du die Schuldzettel gelesen und die Zahlen nachgerechnet hast!« Bewunderung schwang in ihrer Stimme. »Könntest du nicht … ?«

Elisabeth legte der Frau mit dem hässlich vernarbten Gesicht den Arm um die Schulter.

»Natürlich werde ich dir helfen. Ich gebe Acht, dass keiner betrügt und jeder die richtige Summe bezahlt für Wein, Käse und Brot und für – nun, was die Männer hier sonst noch gegen Geld bekommen.« Sie fühlte, wie sie errötete.

Ester lächelte sanft. »Du bist so lieb. Und voller Unschuld bist du immer noch. Du gehörst hier nicht her!«

Elisabeth sah sie traurig an, sagte aber nichts. Nein, sie gehörte nicht hierher. Sie hatte ein anderes Leben gehabt, aus dem irgendetwas oder irgendjemand sie herausgerissen hatte. Doch welche Chance hatte sie, jemals wieder in dieses Leben zurückzukehren? Nachdem sie bereits Monate im Frauenhaus zugebracht und alles mit den anderen Dirnen geteilt hatte? Wenn sie ehrlich zu sich war – und das gestand sie sich nicht oft zu, zu sehr schmerzte die Erkenntnis – dann musste sie sich eingestehen, dass es keine Hoffnung mehr gab, selbst wenn sie sich eines Tages wieder erinnern sollte. Die Regeln der Gesellschaft waren klar und hart. Wer einmal in Sünde gefallen war, der musste in seinem Pfuhl bleiben. Die Bürger der Stadt würden so jemanden nicht wieder in ihre Reihen aufnehmen!

Die Ankunft der ersten Gäste unterbrach ihre Grübeleien, und darüber war sie ausnahmsweise recht froh. Ester begrüßte die Männer, so wie die Wirtin es sonst tat, bot ihnen den guten Wein und etwas zu essen an und fragte nach ihren sonstigen Wünschen. Ratsherr Schlunt wollte Gret und zog sich mit ihr hinter den Wandschirm zurück. Nein, für einen Krug Wein habe er keine Zeit. Er wolle sich später mit den Ratskollegen noch im *Grünen Baum* besprechen.

Der Metzger Meder entschied sich für Elisabeth, wollte aber durchaus noch einen Becher vorher leeren und bot ihr an, den süßen Wein mit ihm zu teilen. Im Gegensatz zu vielen seiner Zunftgenossen war er ein langer, hagerer Mann mit dünnem Haar und unrasierten Wangen. Elisabeth versuchte sich an einem Lächeln und setzte sich zu ihm auf die Bank. Noch immer fiel ihr Herz aus seinem geregelten Rhythmus, und ihr Magen sandte leichte Wellen der Übelkeit aus, wenn die Männer sie berührten und an sich zogen, doch sie hatte gelernt, eine Miene des Gleichmuts zu bewahren, und so gelang es ihr weiterhin zu lächeln, als er sie auf seinen Schoß zog und ihre Brüste befingerte. Sie trank Wein mit ihm und plauderte harmlos, bis er bereit war. Dann führte sie ihn zu ihrer Strohmatratze. Er hatte zum Glück keine ausgefallenen Wünsche. Es genügte ihm, dass Elisabeth die Röcke hob und sich breitbeinig auf das Bett legte. Mit einem zufriedenen Grunzen legte er sich auf sie und stieß in sie hinein. Er brauchte nicht lange, bis er befriedigt war. Er gab der Dirne noch einen schmatzenden Kuss auf den Mund, dann erhob er sich, zog seine engen

Hosen wieder hoch und band sie an seinem Wams fest. Elisabeth griff nach einem zerknüllten Leinentuch und wischte sich seine klebrige Hinterlassenschaft ab, ehe sie ihre Röcke wieder ordnete und den Metzger zu Ester begleitete, um zu überprüfen, ob er auch die richtige Anzahl Münzen aus seinem Beutel zog. Er versuchte, zwei Pfennige am Wein zu sparen, doch Elisabeth blieb hart.

»Ihr seid echte Schülerinnen unserer Eselswirtin«, grollte er.

Elisabeth lächelte ihn an. »Ja, denn wir werden ihr später Rechenschaft ablegen müssen.«

So etwas wie Verständnis huschte über das hagere Gesicht des Metzgers. Er tätschelte Elisabeth zum Abschied die Wangen. »Hast schon recht, Kindchen. Alles im Leben hat seinen Preis.« Seine Hand wanderte schon zu Ester, um sich auch von ihr auf diese Weise zu verabschieden, doch sein Blick blieb an den Narben in ihrem Gesicht hängen, und so ließ er die Hand auf halbem Weg wieder sinken.

»Also, wir sehen uns sicher bald wieder«, sagte er ein wenig verlegen. Dann eilte er davon.

Es war schon recht spät, als die Eselswirtin mit einem Bündel unter dem Arm zurückkehrte. Als Erstes ließ sie sich berichten, was in ihrer Abwesenheit vorgegangen war, und sich die Münzen von Ester in die Hand zählen. Elisabeth bestätigte, dass alles seine Ordnung habe, und die Meisterin nickte zufrieden. Sie ließ den Blick über die wenigen Gäste schweifen und winkte dann Elisabeth, mit ihr zu kommen. Drüben in ihrem Häuschen zündete sie eine Lampe an und schürte das Feuer, ehe sie das Bündel auspackte, das sie mitgebracht hatte. Elisabeth erkannte zwei Bündel Petersilie und einige Stängel Poleiminze.

»Und was ist das?«, fragte sie und deutete auf ein Gewächs mit verzweigten Blättern und kleinen gelben Blüten.

»Weinraute«, sagte die Wirtin grimmig. »Dort, wo Jeanne herkommt, wächst es wild, und man nennt das Kraut ›herbe à la belle fille‹ – Kraut der schönen Mädchen. Hier gibt es die

Pflanze nur in den Klostergärten. Sie soll auch bei Leiden der Augen und gegen Würmer in den Gedärmen helfen. Und das ist eine Zaunrübe. Sie wird dem Ganzen einen ekelhaften Geschmack geben, aber es soll ja kein Honigschlecken für Marthe werden, nicht wahr?«

Die Wirtin wies Elisabeth an, die Kräuter und Wurzeln in kleine Stücke zu schneiden, während sie in der Feuerstelle Holz nachlegte und den Wasserkessel aufsetzte.

»Wird der Sud ihr helfen?«, fragte Elisabeth. Der Geruch der Kräuter stach ihr in der Nase.

»Er wird die Leibesfrucht austreiben, ja, und Marthe hoffentlich nicht das Leben kosten.«

»Es ist eine Todsünde«, murmelte Elisabeth, doch so leise, dass es die Meisterin nicht hörte. Sie nahm sich vor, für Marthe zu beten. Die hübsche Dirne war meist mürrisch und zu Elisabeth oft voller Bosheit gewesen, und dennoch verdiente sie es nicht, auf diese Weise sterben zu müssen. Keine Frau verdiente solch ein Schicksal! Elisabeth überlegte. Die heilige Agnes, die die Jungfrauen und ihre Keuschheit schützte, würde sich einer gefallenen Frau in Nöten nicht annehmen. Und auch die heilige Dorothea, die sich der Wöchnerinnen annahm, würde diese Tat sicher nicht befürworten. Vielleicht Genoveva? Sie war eine Schutzpatronin aller Frauen und wurde außerdem zur Abwehr von Krieg, Seuchen und allerlei Unglück angerufen. Und ein Unglück war es doch, das Marthe widerfuhr! Schließlich entschied sie sich für die heilige Margareta, die zu den zwölf Nothelfern gehörte, und die heilige Klothilde, die Patronin der Frauen. Elisabeth unterdrückte einen Seufzer. Durfte man in so einem Fall überhaupt eine Heilige anflehen, Marthes Leben zu verschonen und nur die noch winzige Leibesfrucht zu sich zu nehmen? Sie konnte sich nicht vorstellen, dass eine der Heiligen für Marthes Lage Verständnis aufbringen und diese furchtbare Sünde billigen würde.

»Es ist nicht Marthes Schuld«, sagte sie bestimmt und rückte der Zaunrübe mit dem Messer zu Leibe.

»Bist du so weit?« Else durchbrach ihre Gedanken. »Dann lass uns den Trank fertig machen. Es ist schon spät, und die Gäste müssen sich bald auf den Heimweg machen.«

Elisabeth nickte stumm. Sie ging der Eselswirtin zur Hand, schöpfte dann einen Becher voll und brachte ihn, als der Trank ein wenig abgekühlt war, zu Marthe. Die protestierte und schimpfte über den widerlichen Geschmack, trank das Gebräu jedoch bis zum letzten Tropfen. Elisabeth glaubte Angst in ihrem Blick zu erkennen, als sie ihr den leeren Becher wieder aus der Hand nahm.

»Es wird schon gut gehen«, sagte sie tröstend und umschloss die langen, schmalen Finger der hübschen Frau. »Ich habe für dich gebetet.«

Marthe stieß einen fauchenden Laut aus und entriss ihr die Hand.

»Spar dir deine falschen Beteuerungen. Ich weiß sehr wohl, dass ihr euch alle heimlich ins Fäustchen lacht, weil es mich erwischt hat. Ihr könnt es doch gar nicht erwarten, bis ihr mich endlich losgeworden seid. Dann bist du die Schönste hier und alle Männer werden nur Augen für dich haben.«

Elisabeth schüttelte den Kopf. »Ach, Marthe, ich hoffe, du weißt, was für einen Unsinn du redest. Niemand will dich loswerden – und ich möchte alles andere lieber, als von den Männern begafft und befingert zu werden.« Sie wandte sich ab, ohne eine Antwort abzuwarten.

Den ganzen nächsten Tag hielten sich die Frauen in der Nähe von Marthes Bett auf und beobachteten sie mit verstohlenen Blicken. Begann der Trank die erhoffte Wirkung zu zeigen? Dass der Kampf in ihrem Körper begonnen hatte, zeigte sich schon in der Nacht. Sie musste sich noch häufiger als sonst erbrechen, und ihre Eingeweide protestierten mit lautem Getöse. Sie klammerte sich an dem Eimer vor ihrem Bett fest, während sich ihre Gedärme entluden. Der Gestank war unerträglich, doch trotz Geschimpfe und Drohungen der Meisterin war Marthe nicht in der Lage, bis zur Grube hinter dem

Haus zu gehen. Mit finsterer Miene befahl die Wirtin, Marthe am Abend in ihrem Häuschen vor den Ofen zu betten, bis die letzten Kunden wieder gegangen waren.

»Ich schreibe es auf deine Schuldenliste, wenn deinetwegen die Gäste vergrault werden«, schimpfte sie. Marthe weinte. Die anderen Frauen versuchten den Gestank mit frischen Kräutern zu vertreiben. Ausnahmsweise ließ die Meisterin die Tür des Frauenhauses in dieser Nacht offen stehen. Ester jammerte zwar, dass die kühle Nachtluft ihnen schaden würde, doch die anderen waren alle dafür, die Tür offen zu halten.

Der nächste Tag brachte keine Änderung. Noch immer floss kein Blut, und obwohl Marthes Leib sich verkrampfte und keine Nahrung mehr bei sich behalten wollte, umklammerte er die noch winzige Leibesfrucht und war nicht bereit, sie herauszugeben. Das Gesicht der Meisterin wurde immer verkniffener, und die Frauen machten mit gesenktem Blick einen großen Bogen um sie. Wehe dem, die sie ansprach oder ihr in den Weg trat! Ihre Hand saß locker in diesen Tagen, und ihr Schlag war hart und unbeherrscht. Am vierten Abend verschwand sie noch einmal, um mit einem kleinen Fläschchen zurückzukommen, aus dem ein unangenehmer Geruch aufstieg, als sie den Korken entfernte.

»Was ist das?«, hauchte Marthe. Die anderen Frauen spitzten die Ohren.

»Das ist Sadebaumöl«, sagte die Meisterin. Ihre Stimme klang grimmig. Sie ließ vier Tropfen in einen Becher mit Wein fallen. »Da, trink es. Ich habe es von jemandem gekauft, der sich damit auskennt, um das Risiko nicht unnötig zu vergrößern. Es war teuer, aber es wird seine Wirkung tun!«

»Danke, Meisterin.« Marthe würgte den Wein herunter und ließ sich dann in ihre Kissen zurücksinken.

Die Wirkung ließ nicht lange auf sich warten. Marthe schlang die Arme um den Leib und schrie. Ihr Körper krampfte sich zusammen. Blut strömte an ihren Beinen herab. Sie bäumte sich auf. Krämpfe schüttelten sie. Ester wich nicht von ihrer Seite, säuberte sie von Blut und Erbrochenem und ertrug ihr Gezeter mit Gleichmut. Am Abend wurden Marthes Schreie leiser. Ihre Stirn glühte, dann wieder bedeckte kalter Schweiß ihren Körper. Sie brabbelte wirres Zeug vor sich hin und schien die anderen nicht mehr zu erkennen.

»Müsste das Blut nicht wieder aufhören zu fließen?«, fragte Ester zaghaft, die einen ganzen Berg blutiger Leinenstreifen in einem Eimer auswusch.

Elisabeth fühlte ihre Stirn. »Sie ist viel zu heiß«, sagte sie und sah besorgt auf den in wenigen Tagen abgemagerten Körper herab, der immer häufiger von Krämpfen geschüttelt wurde. Hilflos standen die Frauen um Marthes Bett.

»Sie wird sterben«, sagte Anna. Tränen rannen über ihre Wangen.

»Unsinn!«, wandte die Meisterin ein, die zu ihnen getreten war, doch ihrer Stimme fehlte es an der gewohnten Überzeugungskraft. Sie hob die Decke und ließ sie dann schnell wieder über den zuckenden Körper fallen.

»Was ist hier los?«

Beim Klang der Männerstimme fuhren die Frauen herum. Keine hatte den Henker bemerkt, bis er nun mit schweren Schritten eintrat und sich dem Bett näherte, vor dem sich die Frauen wie eine schützende Mauer aneinanderdrängten.

»Was ist los?«, fragte er noch einmal.

»Gar nichts!«, gab die Eselswirtin mit unnatürlich hoher Stimme zurück.

»Else, lüg mich nicht an! Geht zur Seite, Mädchen!«

Die Frauen wagten nicht, dem Befehl des Henkers zuwiderzuhandeln. Scheu wichen sie zu beiden Seiten und gaben den Blick auf die nun totenbleiche Marthe frei, deren Körper noch immer unter den Krämpfen zuckte. Meister Thürner betrachtete sie einige Augenblicke aufmerksam, ehe er die Decke wieder fallen ließ. Nichts schien seiner Aufmerksamkeit zu entgehen. Dann hob er die Lider, bis seine blauen Augen auf die grauen der Wirtin trafen. Sein Blick war hart.

»Nun Else, willst du mir nicht sagen, was das zu bedeuten hat?«

Die Wirtin zuckte mit den Schultern. »Eine kranke Dirne. Das Geschrei nicht wert, das du hier machst. Also geh, und lass mich meine Arbeit tun.«

Die grauen Augenbrauen des Henkers wanderten ein Stück nach oben. Nun lag so viel Kälte in seinem Blick, dass Elisabeth unwillkürlich ein Stück zurückwich. Fast musste sie die Meisterin bewundern, dass sie die Lider nicht senkte und ihr Rücken aufgerichtet blieb.

»Offensichtlich hast du deine Arbeit schon gründlich genug getan«, sagte der Henker sarkastisch und deutete auf den Haufen blutiger Leinenstücke. »Du sehnst dich wohl nach einem meiner Türme? Wehe, wenn deine Dirne stirbt! Ich kann dich beim Rat des Mordes anklagen.«

Else wurde weiß im Gesicht, hielt sich aber noch immer gerade. Ihre schlaffen Falten ließen sie in diesem Augenblick noch älter erscheinen.

»Du kannst mir gar nichts beweisen. Wenn sie etwas genommen hat, dann war das ganz alleine ihre Entscheidung.«

Der Henker schnaubte. »Ach, und dein größtes Streben ist es, sie am Leben zu erhalten und ihre Gesundheit wiederherzustellen?«

»Ganz recht!« Sie musterten einander mit grimmiger Miene.

»Schön«, sagte der Henker schließlich, »dann ist es ja in deinem Interesse, wenn wir alles tun, damit dein Schützling schnell wieder auf die Beine kommt.« Er wandte sich zum Gehen, doch die Meisterin hielt ihn zurück.

»Was hast du vor?«

»Dir bei deinen Bemühungen Unterstützung teil werden zu lassen. Ich verstehe zwar etwas von Knochenbrüchen und Wunden, doch nicht genug, um in solch einem Fall von Hilfe zu sein. Aber ich weiß jemanden, der es kann, und den werde ich dir jetzt vorbeischicken!«

Else sank in sich zusammen, als habe jemand mit einer Nadel in eine pralle Schweineblase gestochen.

Elisabeth sah fragend zu Jeanne, doch auch sie hob nur die Schultern. Die Meisterin zu fragen, traute sich keine der Frauen, und so warteten sie gespannt, wen der Henker schicken würde.

Sie brauchten nicht lange zu warten. Es verging keine Stunde, da kehrte der Henker zurück und brachte ein Weiblein mit, das neben seiner Statur zuerst wie ein Kind wirkte. Als sie in den Lampenschein trat, sahen die Frauen jedoch, dass sie zwar einen Kopf kleiner als ihre Meisterin war, doch vermutlich doppelt so alt. Ihre Haut wirkte wie zerknittertes Pergament, und die dunklen Augen waren tief in ihre Höhlen gesunken. Sie reckte eine klauenartige Hand unter dem weiten Umhang hervor und fuchtelte Else vor dem Gesicht herum.

»Was hast du nun wieder angestellt?«, nuschelte die Alte. Vermutlich hatte sie kaum mehr einen Zahn im Mund.

Elisabeth sah, wie schwer es der Meisterin fiel, ruhig zu antworten. Sie warf einen Blick auf den Henker, der mit verschränkten Armen unter der Tür stehen geblieben war. Dann sagte sie leise. »Es waren nur vier Tropfen vom Sadebaumöl.«

»Vier Tropfen?«, wiederholte die Alte lauter, als es der Eselswirtin lieb sein konnte. »Fünf hätten sie vermutlich sofort getötet, und mit sechs hättest du auch die Dicke dort drüben umbringen können.«

»Ich habe nicht gesagt, dass ich es ihr gegeben habe«, wehrte Else ab, doch das Hutzelweibchen machte eine wegwerfende Handbewegung.

»Das interessiert mich nicht. Ihr lebt in Todsünde, und auch die Frucht in euren Leibern wäre des Teufels. Macht mit euren Seelen, was ihr wollt, mich kümmert das schon lange nicht mehr.«

»Aber du wirst ihr doch helfen? Gertrud, bitte!«, stieß Ester hervor. Sie kaute nervös auf ihren Fingernägeln.

Das Weiblein starrte in Esters vernarbtes Gesicht. Ein weicher Schimmer huschte über das runzelige Antlitz, und so etwas wie ein Lächeln teilte die spröden Lippen. Mit ihrem Zeigefinger fuhr sie die Linien der Narben nach. Ester zuckte nicht.

»So, du erinnerst dich noch an meinen Namen.«

»Du hast mich gerettet«, murmelte Ester.

Die Alte nickte. »Ja, doch ich konnte nicht verhindern, dass du für immer gezeichnet bist.«

Ester ging nicht darauf ein. »Kannst du auch Marthe helfen? Es ist nicht ihre Schuld!«

Die Alte wiegte den Kopf hin und her. Sie zog das Tuch von Marthes Körper und fuhr mit ihren langen Fingernägeln über die fleckige Haut, die sich über die deutlich hervortretenden Rippen spannte.

»Über Schuld und Unschuld werden wir heute nicht sprechen. Ich will sehen, was ich tun kann. Versprechen kann ich nichts. Sie ist schon sehr schwach, und ihr Herz springt wie ein flüchtender Hase. Fragt mich morgen noch einmal, aber nun geht, und starrt mir nicht über die Schulter. Das kann ich nicht leiden! Und wagt es nicht, in meiner Gegenwart eurem sündigen Treiben nachzugehen!«

Die Frauen zogen sich mit gesenkten Köpfen zurück. Else schluckte und versicherte dann mit bebender Stimme, dass heute am heiligen Sonntag kein Kunde das Frauenhaus aufsuchen würde. Dann stürmte sie hinaus, die Hände zu Fäusten geballt.

»Wer ist denn die?«, wollte Jeanne wissen, als sich die Frauen draußen auf der alten Mauer zum Judenfriedhof niedergelassen hatten. Alle starrten Ester an, die jedoch ihre Blicke mied.

»Sie ist eine gute Hebamme«, sagte Elisabeth, ehe sie darüber nachgedacht hatte.

»Ja«, sagte Gret und sah Elisabeth erstaunt an. »Sie war viele Dutzend Jahre die erste Stadthebamme von Würzburg. Jetzt arbeitet sie eigentlich nicht mehr, aber man holt sie noch immer bei schwierigen Geburten. Wenn es Zwillinge werden oder das Kind verkehrt liegt. Woher weißt du das?«

Elisabeth hob die Schultern. »Ich dachte es mir nur, so wie sie gesprochen hat. Sie muss uns und unsere Arbeit verdammen, wenn es doch ihre Aufgabe ist, den Wöchnerinnen und ihren Kindern zur Seite zu stehen.«

»Das ist kein Grund, uns so zu behandeln«, widersprach Jeanne.

Gret nickte zustimmend. »Was glaubst du wohl, wie vielen Frauen und Mädchen Gewalt angetan würde, wenn es uns nicht gäbe? Denkst du, die Männer würden einfach nur ruhig abwarten, wenn sie nicht zu ihrer Ehefrau dürfen, weil die gerade ihre unreinen Tage hat? Und den Wöchnerinnen verschaffen wir die Ruhe, die sie in den ersten Wochen nach der Geburt dringend brauchen.«

»Oder all die Männer, die noch nicht heiraten können«, ergänzte Mara. »Sie würden viele anständige Mädchen ins Unglück reißen.«

»Wir nehmen also das Unglück vieler anderer auf uns«, sagte Anna und lächelte zufrieden. »Und wir bekommen Geld dafür.«

Elisabeth dachte über die Worte der Frauen nach. Hatten sie recht? Musste es Dirnen geben, weil die Männer zu schwach waren, um ihre Gelüste zu unterdrücken, und zu stark, als dass eine Frau sich gegen sie zur Wehr setzen konnte? Würden die anderen Frauen sonst noch mehr Gewalt und Demütigung erdulden müssen? Und doch sollte der Mann die Krönung der Schöpfung Gottes sein. Und die Frau? Die Gefährtin des Mannes?

»Woran denkst du?«, wollte Jeanne wissen. Sie lehnte sich an Elisabeth und kuschelte sich an ihre Schulter. Elisabeth versuchte der kleinen Französin ihre Gedanken zu erklären. Sie dachte schon, der Versuch wäre ihr missglückt, da Jeanne lange schwieg, doch dann nickte sie und sagte:

»Ich habe mich auch schon gefragt, ob Gott nicht von Anfang an einen Groll gegen uns Frauen gehegt hat, auch ohne Evas Ungehorsam. Aber weißt du, als die heilige Jungfrau in den Himmel kam, um für uns zu bitten, war es lange schon zu spät. Die Welt war erschaffen und bevölkert, und seit Generationen hatten die Frauen bereits unter der Gier und der Gewalt der Männer gelitten.«

»Und du meinst, sie hat zumindest versucht, sich für uns einzusetzen?« Elisabeth schwankte zwischen Belustigung und Traurigkeit. Was für ein seltsames Gespräch. Die Kirchenmänner hätten solche Gedanken sicher als Blasphemie verdammt.

Jeanne sah sie mit ernster Miene an. »Ja, das glaube ich«, sagte sie feierlich. »Wie sonst könnte ich jeden Abend zu ihr beten und darauf vertrauen, dass sie irgendwann noch ein anderes Leben für uns bereithält – und sei es unter ihrer Obhut im Himmel?«

Kapitel 7

Es dauerte vier Wochen, bis Marthe wieder vollständig genas. Der Juni kam und ging. Fast drei Tage war sie ohne Bewusstsein, und ihre Glieder zuckten unkontrolliert, doch die alte Hebamme gab es nicht auf, der Kranken Kräutertränke einzuflößen, bis sie sich nicht mehr erbrach. Vom Aderlass, den der Bader in dieser Lage sicher für unabdingbar gehalten hätte, hielt sie nichts.

»Was für schlechtes Blut sollte denn in diesem Körper noch sein, das man ihr abzapfen könnte?«, schimpfte sie. »Wenn hier etwas schlecht ist, dann ist es die Seele! Und die kann ich ihr ja kaum herausziehen, wenn ich sie am Leben halten soll.«

Elisabeth protestierte. »Sie hat keine schlechte Seele!«

»Ach nein? Dann soll sie Buße tun, wenn sie erwacht, und fortan nicht mehr sündigen!«, fauchte die Alte. Ihre Berührungen, mit denen sie Marthe umsorgte, waren allerdings sanft.

»Wie könnte sie das tun?«, widersprach Elisabeth.

»Hat Gott uns nicht einen freien Willen gegeben, um uns von den Tieren zu unterscheiden?«

»Ja, das hat Gott der Herr, doch der Bischof und der Rat haben uns keine Möglichkeit zur Umkehr gelassen, um auf andere Weise unseren Lohn zu verdienen und von den Menschen, die sich für anständig halten, wieder aufgenommen zu werden.« Die Zähne fest zusammengebissen, hielt sie dem Blick der Alten stand.

Die dunklen Augen blitzten. »Ein erstaunlich heller Geist in diesen Niederungen der Sünde. Wo kommst du her, Mädchen?«

»Ich weiß es nicht.«

Die Alte runzelte die eh schon zerfurchte Stirn. »Du weißt es nicht? Was soll das heißen?«

»Ich wurde gefunden und hierher gebracht, kann mich aber nicht erinnern, wo ich früher gelebt habe und wer ich war«, fügte sie hinzu.

Die Alte legte ihre krallenartigen Finger um Elisabeths Arm und zog sie ins Licht der offenen Tür. »Lass dich einmal anschauen. Du erinnerst mich an jemanden, aber nein, das ist nicht möglich.« Sie ließ sie los und kehrte an Marthes Bett zurück. Dieses Mal war es Elisabeth, die nach dem Arm der anderen Frau griff.

»An wen erinnere ich dich?«, drängte sie. »Du kennst so viele Menschen – ja vielleicht sogar alle Familien in Würzburg und den Vorstädten. Meine Familie muss mich doch vermissen. Hast du nichts gehört?«

Die Alte schüttelte energisch den Kopf. »Es verschwinden täglich Menschen. Viele junge Leute machen sich auf und davon, um ihr Glück woanders zu suchen. Narren! Doch um deine Frage zu beantworten: Nein! Ich kenne niemanden in der Stadt, der dich vermissen könnte.«

Elisabeth sackte ein wenig in sich zusammen. Sie fühlte Tränen hinter ihren Lidern brennen und schloss für einen Augenblick die Augen.

»Nun werde nicht jämmerlich. Du hast es selbst gesagt. Der Bischof und der Rat haben es nicht vorgesehen, dass eine wie du das Haus der Sünde jemals wieder verlässt, wenn sie es einmal betreten hat. Was würde es dir also nützen, wenn du deine Herkunft wüsstest? Verzehren würde es dich! Und nun fass mit an, und lass uns sehen, ob die Blutung endlich aufgehört hat.«

Elisabeth tat, wie ihr geheißen, doch sie dachte: Auch die Ungewissheit verzehrt mich! Wie kann das Wissen noch schlimmer sein?

Am nächsten Tag wachte Marthe endlich wieder auf. Sie lächelte schwach und war noch nicht wieder in der Lage, irgendjemanden zu beschimpfen. Jeanne hielt das für ein schlechtes Zeichen und prophezeite, sie werde es nicht schaffen. Doch mit jedem Tag kehrte ein Stück ihrer Kraft – und ihrer Wortgewandtheit zurück. Gertrud kam noch immer jeden Tag vorbei, zankte sich mit der Eselswirtin und flößte Marthe ihren Kräutersaft ein. Als Marthe zwei Tage später Anna anfauchte, sie sei ein fetter Trampel, grinste diese nur und erzählte allen, Marthe würde wieder gesund werden. Ester weinte ein paar Tränen der Erleichterung, die anderen gebärdeten sich weniger überschwänglich, auch wenn sie natürlich alle froh waren, dass sie es schaffen würde.

»Obwohl ich die Zeit ohne ihre scharfe Zunge durchaus genossen habe«, sagte Gret.

»Vielleicht hat sie der nahe Tod milder gemacht«, meinte Ester.

»Ach ja? Das glaubst du?«, mischte sich Jeanne ein. »Dann bist du das größte Schaf, das ich kenne!«

»Ihr seid alle so hart«, beschwerte sich Ester.

Gret zog eine Grimasse und legte der hässlichen Frau den Arm um die Schulter. »Ja, und du bist viel zu gut und zu weich!«

»Ein gutes, weiches Schaf«, gluckste Jeanne und drückte einen schmatzenden Kuss auf die vernarbte Wange.

An einem heißen Sommerabend legte sich Marthe zum ersten Mal wieder zu einem Kunden, und die Miene der Meisterin entspannte sich endlich. Auch die anderen atmeten auf, schließlich waren in den vergangenen Wochen die Launen der Eselswirtin noch unberechenbarer gewesen. Vielleicht war ihre zurückkehrende Ausgeglichenheit auch der Tatsache zuzuschreiben, dass Gertrud dem Frauenhaus den Rücken gekehrt hatte und der Henker keine Anstalten machte, die Verfehlung vor den Rat zu bringen. So kehrte der Alltag wieder ein, und die Frauen taten ihr Bestes, um die Kunden zufriedenzustellen und sie dazu zu verleiten, viel vom teuren Wein zu trinken.

»Lisa, der Ratsherr hat nach dir verlangt. Beeil dich!«

Sie ließ sich von Jeanne das Mieder noch ein wenig enger schnüren und trat dann mit wiegenden Hüften zu dem Mann, der alleine am Ende des Tisches saß und sich nicht an dem Würfelspiel beteiligte, das zwischen Bäcker Ecken, einem fremden Geharnischten und dem Krämer Wilhelm Mor ausgetragen wurde. Gret saß auf dem Schoß des Bäckers und feuerte ihn an, während Anna dem Geharnischten Glück zu bringen suchte. Der reiche Krämer bestand mal wieder auf die Gesellschaft zweier Frauen und hatte sich Marthe und Jeanne gewählt.

»Ratsherr Maintaler, Ihr habt nach mir verlangt? Womit kann ich Euch Freude bereiten?«

Es dauerte eine Weile, ehe der Mann aufblickte. Seine Augen waren rot gerändert. Er hatte dem Wein offensichtlich schon mächtig zugesprochen.

»Ich? Nach dir? Oh ja, das stimmt, sonst hat immer Jeanne meinen Kummer vertrieben, doch wie ich sehe, ist sie beschäftigt, und ich kann nicht länger warten. Da dachte ich, du machst einen hübschen Eindruck, und ich möchte dich kennenlernen.« Er trank seinen Becher leer und ließ sich noch einmal einschenken.

»Ihr habt gut gewählt«, hörte sich Elisabeth mit dieser fremden Stimme sagen, die sie sich den Gästen gegenüber angewöhnt hatte. In ihren Ohren klang sie wie das falsche Geschnurre einer Katze, doch den Männern schien es offensichtlich zuzusagen. »Ich bin sehr gut darin, Kummer zu vertreiben. Erzählt mir, was bedrückt Euch und womit kann ich die dunklen Wolken vertreiben?«

Er seufzte und trank noch einen Becher leer. Er würde ein leichter Gast werden. Manche der Besucher waren sogar so betrunken, dass sie es nicht einmal mehr schafften, völlig einzudringen, ehe sich der Druck bereits entlud, doch das war dann ihr eigenes Problem. Die Meisterin ließ da nicht mit sich handeln. Der Preis stand fest!

»Er wird bald zurückkehren«, sagte der Ratsherr düster.

»Wer wird zurückkehren?«, erkundigte sich Elisabeth mit gespieltem Interesse und sorgte dafür, dass ihm der Wein nicht ausging.

»Unser edler Herr Bischof mit seinem Gefolge!« Er spuckte die Worte geradezu aus. »Du weißt doch, dass er gegen die Hussiten gezogen ist, oder? Oh ja, der edle Verteidiger des rechten Glaubens, nur dass am Ende wieder wir die Zeche bezahlen müssen!«

Etwas regte sich in der Düsternis ihres Gedächtnisses. Da war wieder die Stimme des jungen Mannes, die sie auf dem Judenplatz zu hören geglaubt hatte. Seine wohlgeformten Beine wurden von den engen, strumpfartigen Hosen gut zur Geltung gebracht. Sein Rock war kurz und aus edlem Brokat. Ein Schwert lag über seinen Knien. Doch nun konnte sie auch seine Züge erkennen. Schöne, aristokratische Züge! Seine Haut schimmerte in einem warmen, leicht gebräunten Ton, das Haar hatte die Farbe dickflüssigen Honigs. Sein Gesicht war glatt rasiert, und das durch die grünlichen Scheiben hereinfallende Licht betonte die Linie seines Kinns.

»Einen edlen Verteidiger des rechten Glaubens nennst du ihn? Ich bitte dich! Du weißt so gut wie ich, dass es hier um ganz andere Dinge geht, also habe auch den Mut, sie auszusprechen!«

Ein anderer Mann trat in ihr Blickfeld. Er war älter, das Haar dunkler, und seine Züge waren nicht so harmonisch, dennoch sah er dem jungen Mann ähnlich. Er trug jedoch ein langes, wertvolles Gewand, wie die, in denen die Stiftsherren sich in der Stadt zu zeigen pflegten. Der Mann beugte sich zu dem jüngeren herab.

»Es geht hier nicht um Mut! Dies hier ist nicht der Turnierplatz, wo sich ein paar junge Gecken die Köpfe einrennen. Es geht hier um den Schauplatz der großen Politik und darum, wer sich dort am Ende behaupten wird.«

»Ah, du sagst es, Bruder! Es geht darum, wer am Ende die

größte Macht in Händen hält – sei es als Krone oder als Bischofsstab. Und das Gerede über ketzerischen Glauben, den man um Gottes willen auszulöschen habe, ist nur Geschwätz! Böhmen hat es gewagt aufzubegehren, und nun muss es bestraft und wieder an den festen Zügel genommen werden.«

»Und wenn er zurück ist, geht der Tanz von Neuem los!«, sagte der Ratsherr.

»Was?« Elisabeth schreckte aus ihren Erinnerungen hoch. Anscheinend hatte der Gast nichts bemerkt, denn er redete weiter.

»Die Stiftsherren und der Rat werden wieder Ermahnungen schreiben, erst freundlich, dann immer schärfer formuliert, und der Bischof wird weiterhin seine Feste feiern, Turniere geben und Bankette, Gaukler und Huren in Scharen auf ›Unser Frauenberg‹ holen. Mal wird er sich einsichtig zeigen, mal wird er uns drohen, doch er wird nicht aufhören, alles zu verschleudern, was uns und dem Land lieb und teuer sein müsste. Und dann kommt die Kriegsrechnung, und ich sage dir, dieses Mal werden wir sie auf die saure Weise bezahlen müssen!«

»Dieses Mal sind keine Juden mehr da, denen man das Geld abpressen könnte«, entschlüpfte es Elisabeth, bevor sie es verhindern konnte. Der Kopf des Ratsherrn ruckte hoch, und er sah plötzlich gar nicht mehr so betrunken aus wie zuvor.

»Ach, du weißt davon? Ich dachte, du seist noch nicht lange hier. Nun ja, es stimmt, die Juden haben den Löwenanteil des letzten großen Kriegszuges getragen, aber glaube ja nicht, wir Bürger seien ungeschröpft geblieben! Er wird Mittel und Wege finden, uns alle zu ruinieren. Er würde nicht zögern, uns dem Hungertod preiszugeben, ehe er daran dächte, sich ein wenig zu bescheiden und keinen Hof zu führen wie der Kaiser und der Papst nicht einmal zusammen! Ich sage dir, es kommen schlimme Zeiten auf uns zu!« Sein Blick verschleierte sich wieder. Tränen glänzten in seinen Augen.

Elisabeth legte ihm tröstend den Arm um die Schultern. »Vielleicht seht Ihr es zu schwarz.«

»Ach, wie du das sagst, könnte ich fast glauben, meine Teresa wäre noch am Leben. Sie hat mir immer so zugehört wie du jetzt, hat mich getröstet und mir neuen Mut gegeben, wenn ich so verzagt war. Sie war eine kluge Frau und wusste in vielen Dingen Rat, nicht nur in denen des Haushalts und mit den Kindern! Selbst die Machenschaften bei Hof und im Stift konnte sie oft klarer erkennen als ich. Doch nun ist meine Teresa nicht mehr, und wenn ich heimkomme, sehen mich die Kinder mit diesen traurigen Augen an. Natürlich bin ich ihr starker Vater, der ihnen sagt, wie es weitergeht, und der als Ratsherr stets weiß, was das Beste ist – für unsere Familie und für die ganze Stadt.«

Tränen rannen über seine Wangen, als er sich an Elisabeths Brust ziehen ließ.

»Es wird alles wieder gut«, sagte sie, streichelte sein Haar und kam sich schrecklich einfältig vor.

Der Ratsherr befreite sich aus ihrer Umarmung und richtete sich auf. »Ach ja? Niemand kann uns Teresa zurückgeben, und der Bischof wird sich nicht ändern! Oh nein, diese Hoffnung habe ich schon zu häufig gehegt. Weißt du, was das Erste war, das er in seiner Amtszeit getan hat?«

Elisabeth schüttelte den Kopf. Hans Maintaler wischte sich energisch die Tränen von den Wangen.

»Unser Bischof erfuhr, dass Ritter Hans von Hirschhorn eine größere Summe Gold zu verleihen habe. Wäre es da nicht wunderbar, wenn das Bistum den verpfändeten Anteil von Kitzingen auslösen könnte? So ging der Bischof zum Kapitel und brachte die Domherren dazu, eine gemeinschaftliche Schuldverschreibung aufzusetzen. Auch wir, ja wir, die Gemeinden der Stadt, haben uns mit verbürgt und unterschrieben. Doch als Bischof Johann von Brunn die fünfzehntausend Gulden in Händen hatte, da löste er nicht die Stadt Kitzingen davon aus, oh nein! Er gab sie seinen Mätressen, seinen Freunden und Verwandten, baute ihnen ihre eigenen Paläste und verschleuderte die Gulden mit riesigen Banketten und Turnieren! Und du glaubst doch nicht etwa, der Bischof hätte seither auch nur einen Pfennig an Zinsen bezahlt! Die Herren von Hirschhorn bedrängen uns zu Recht und drohen uns mit einer blutigen Fehde! Doch woher sollen wir das Geld nehmen?« Ein trotziger Zug trat in seine Miene. »Und außerdem haben nicht wir den Vertrag so schändlich missbraucht. Es ist seine Aufgabe, Zins und Tilgung zu leisten!«

Es klopfte bereits zum dritten Mal. Normalerweise scheuten sich die Besucher des Frauenhauses nicht, nach dem ersten Klopfen die Tür selbst zu öffnen, oder sie verzichteten ganz auf solche Höflichkeiten und traten sofort ein. Es schien sich also nicht um einen der üblichen Besucher zu handeln. Elisabeth warf einen Blick in die Runde. Die anderen Frauen waren alle beschäftigt, die Meisterin gerade nicht zu sehen. So entschuldigte sie sich beim Ratsherrn Maintaler und ging zur Tür, um sie zu öffnen.

Ein junges Mädchen von vierzehn oder fünfzehn Jahren stand draußen, ein langes Umschlagtuch wie zum Schutz eng um sich geschlungen. Statt in den Lichtschein zu treten, der nun aus dem Frauenhaus in die Nacht flutete, zog sie sich, als die Tür geöffnet wurde, rasch zwei Schritte zurück. Mit einem Blick erfasste Elisabeth, dass diese ungewöhnliche Besucherin aus gutem Hause stammte. Alles an ihr strahlte Wohlstand aus: das ordentlich aufgesteckte Haar mit der kleinen Haube, der teure Stoff von Tuch und Rock und die stolze Haltung. Dennoch sprach aus ihrem Blick Unsicherheit, und sie fühlte sich hier an diesem Ort sichtlich unwohl, auch wenn ein wenig Neugier in ihrem Blick stand.

»Womit kann ich Euch dienen?«, fragte Elisabeth ein wenig verwirrt, als sie ihre Musterung beendet hatte. Dieses Mädchen kam sicher nicht, um hier nach Arbeit zu fragen.

»Ich bin auf der Suche nach meinem Vater. Man sagte mir, er sei hier zu finden«, sagte das Mädchen, mied aber Elisabeths Blick, als sei es für ihre Tugend bereits gefährlich, eine Dirne anzuschauen. Nun, vielleicht ist es das ja auch, dachte

Elisabeth mit einem Blick auf ihren hochgeschnürten Busen und das freizügige Dekolleté.

»Wer ist denn Euer Vater? Das solltet Ihr mir verraten, wenn ich Euch bei Eurer Suche behilflich sein soll.«

»Oh, ja«, das Mädchen errötete. »Es ist Ratsherr Maintaler, den alle den Tuchscherer nennen. Ich bin Otilia, seine Erstgeborene.«

Elisabeth nickte. »Ja, er ist hier.« Für einen Moment erwog sie, das Mädchen hereinzubitten, doch dann sagte sie: »Wartet hier. Ich bringe ihn gleich zu Euch.«

Das Mädchen nickte. Elisabeth eilte zu ihrem Kunden zurück und half ihm, sich von der Bank zu erheben. Das war nicht leicht, denn inzwischen hatte er noch zwei weitere Becher Wein geleert. Er schien ihre Worte nicht recht zu begreifen.

»Was? Wer? Otilia? So heißt auch meine älteste Tochter.«

»Es ist Eure Tochter, und sie ist gekommen, um Euch nach Hause zu bringen.«

Der Ratsherr zog die Stirn kraus. Er betrachtete Elisabeth. »Aber du bist eine Dirne, und das ist das Frauenhaus.«

»Ja, Herr«, bestätigte Elisabeth.

Der Ratsherr überlegte. »Dann kann meine Tochter nicht hier sein«, schloss er nach einer Weile. »Das würde sich ganz und gar nicht schicken, und sie ist eine wohlerzogene Tochter, die ihren Eltern stets Ehre macht.«

Er wankte und wäre fast ihrem Griff entglitten, doch sie fing ihn auf und dirigierte ihn zur Tür. Elisabeth stieß sie mit dem Fuß auf und hielt sie mit der Schulter offen.

»Das ist eine Ausnahme, Herr Ratsherr. Es ist sicher nichts Verwerfliches daran, den eigenen Vater nach Hause zu bringen.«

Hans Maintaler wollte ihr gerade widersprechen, da fiel sein Blick auf das Mädchen. »Was fällt dir ein, dich an solch einem Ort herumzutreiben, und dazu noch in nächtlicher Dunkelheit?«, fuhr er seine Tochter mit schwerer Zunge an. »Ich bin zutiefst von dir enttäuscht!«

Das Mädchen ließ sich nicht einschüchtern. Trotzig hob es das Kinn. »Auch Ihr solltet nicht hier sein, Vater. Die anderen Kinder ängstigen sich. Ihr arbeitet so viel und seid am Tage nie daheim, da solltet Ihr wenigstens am Abend bei ihnen sein – jetzt, da sie die Mutter so schmerzlich vermissen.«

Otilia war Teresas Tochter! So wenig Elisabeth an diesem Abend über die verstorbene Ratsherrenfrau erfahren hatte, ihre Klugheit und den starken Willen schien sie an ihre Tochter weitergegeben zu haben. Der Ratsherr versuchte sich zwar an einer strengen Miene und wies seine Tochter halbherzig zurecht – so könne sie nicht mit ihrem Vater sprechen –, dennoch schien er beschämt und war bereit, ihr nach Hause zu folgen. Elisabeth überließ Otilia den Platz an ihres Vaters Seite, doch dessen klare Momente schienen nun für diese Nacht endgültig vorbei zu sein. Er hing schwer in den Armen des zierlichen Mädchens und drückte es in die Knie.

»So schaffe ich das nicht«, sagte sie, und Elisabeth musste ihr beipflichten.

»Könntest du mir nicht helfen, ihn nach Hause zu bringen?«

»Was, ich?« Das war ein ungewöhnlicher Auftrag. Was würde die Meisterin dazu sagen, wenn sie sich jetzt entfernte? Womöglich kam noch ein Kunde, der dann nicht bedient werden konnte.

»Ich bezahle dich dafür. Was willst du? Ich gebe dir drei Pfennige – oder vier, aber bitte komm mit! Alleine schaffe ich es nicht.«

Elisabeth zögerte. Das war der halbe Preis für ihren Körper, nur dafür, dass sie half, einen Betrunkenen durch die Stadt zu führen. Wenn sie ablehnte und kein Kunde mehr käme, dann würde sie in dieser Nacht gar keine Münzen mehr verdienen.

»Was ist hier los?« Else Eberlin trat aus der Tür. Die Hände in die fleischigen Hüften gestemmt, wanderte ihr Blick von ihrer Dirne über den betrunkenen Ratsherrn zu seiner Tochter. Elisabeth beeilte sich, ihr die Lage zu erklären.

»Hat er für den Wein und die Dienste schon bezahlt?«

Elisabeth schüttelte den Kopf. Sie wagte nicht zu sagen, dass er es gar nicht bis zu ihrem Lager geschafft hatte.

Else rechnete. »Also, ich bekomme zwei Schillinge und drei Pfennige für den Abend hier und dann noch die vier für den Heimweg.« Sie streckte die offene Handfläche vor. Elisabeth legte sich wieder den Arm des Ratsherrn über die Schulter, während seine Tochter die Geldbörse des Vaters aufschnürte und Else die Münzen in die Hand zählte. Sie sagte nichts, doch Elisabeth sah das wütende Funkeln in ihren Augen. Es würde sie nicht wundern, wenn es dieser Tochter gelänge, ihren Vater auf Dauer vom Frauenhaus fernzuhalten.

Sie machten sich mit der schweren Last zwischen sich auf den Weg. Am Tor übernahm Otilia auch die Heller für das Öffnen des Törleins, das sie in die schlafende Stadt führte. Zuerst schwieg Otilia und sah eisern in die andere Richtung, doch dann gewann ihre Neugier die Oberhand. Ohne den Blick zu heben, sprach sie Elisabeth an, und schon nach wenigen Sätzen verlor sie die Befangenheit, in die die Aura des Frauenhauses sie gezogen hatte. Sie gewann die Selbstsicherheit zurück, die sie auch ihrem Vater gegenüber gezeigt hatte. Elisabeth mied alle Themen, die das junge Mädchen in Verlegenheit hätten stürzen können. Hans Maintaler sagte gar nichts. Obwohl er brav einen Fuß vor den anderen setzte, hatte Elisabeth den Verdacht, dass er bereits in der Welt der Träume weilte.

Das prächtige Haus der Ratsherrenfamilie lag gleich hinter der Münze. Otilia stieß mit der Schulter die Tür auf und bat, ihr zu helfen, den Vater auf das Ruhebett in der großen Stube zu legen. Sie durchquerten die große Halle, in der Bündel und Kisten mit Waren lagerten, und mühten sich dann ab, den Betrunkenen die Treppe hochzuziehen. Endlich konnten sie ihn auf das Polster sinken lassen. Hans Maintaler grunzte zufrieden und kringelte sich wie ein Tier in seiner Höhle zusammen. Die beiden sahen auf ihn herab.

»Geschafft«, sagte Elisabeth und lächelte. »Hier kann er seinen Rausch ausschlafen.«

»Ja, das kann er. Und ich hoffe, dass ich ihn bis zur Sitzung am Morgen wach bekomme und es mir gelingt, ihn in einen Zustand zu versetzen, in dem er sich vor den anderen Ratsmitgliedern präsentieren kann, ohne der Familie Schande zu bereiten.« Sie schlug sich die Hand vor den Mund. »Oh nein, das hätte ich natürlich nicht sagen dürfen. Manches Mal geht meine Zunge einfach mit mir durch.«

»Ich habe nichts gehört!«

Otilia sah Elisabeth offen an. »Danke!« Anscheinend sah sie nun nur noch die junge Frau, die ihr geholfen hatte, nicht die Dirne, die in diesem Haus seltsam fehl am Platz wirkte. Elisabeth sah sich neugierig um. Alles war fremd und doch auch vertraut. Es standen nicht übermäßig viele Möbel in der Stube, nur die, die eine Familie benötigte, und diese waren solide gefertigt und mit so viel Schmuck versehen, dass man die wichtige Stellung der Familie in der Stadt herauslesen konnte. Das Zinngeschirr auf einem Regal enthielt wertvolle Taufgeschenke und Präsente von anderen wichtigen Festen im Leben eines Bürgers. Ein bestickter Wandteppich verlieh dem Raum mit dem dunklen Dielenboden und der Balkendecke ein wenig Farbe.

»Das ist eine schöne Arbeit«, sagte Elisabeth und trat näher, um den Gang der Garne zu betrachten. »So einen habe ich schon einmal gesehen, doch es war eine andere Szene dargestellt.«

»Ach ja? Es gibt nicht viele davon. Vater sagt, es ist ein seltenes Stück.«

Elisabeth antwortete nicht. Hatte sie wirklich schon einmal solch einen Wandteppich gesehen? Vage Bilder huschten vorbei. Wo war das gewesen? In einem reichen Bürgerhaus so wie diesem? Stumm standen sie einander gegenüber. Vom Ruhebett drangen gleichmäßige Schnarchtöne herüber. Die Befangenheit kehrte zurück. Sie waren einander nicht gleichgestellt, und Elisabeth hatte in so einem Haus nichts verloren! Und doch scheute sie sich, sich zu verabschieden und dieses Zimmer altehrwürdiger Zuflucht zu verlassen.

»Willst du vielleicht noch etwas zu essen?«, fragte Otilia. Elisabeth starrte sie an.

»Äh, ich meine, wenn du Hunger hast, dann kann ich dir aus der Küche etwas mitgeben.«

Elisabeth wollte ablehnen, doch in diesem Moment knurrte ihr Magen vernehmlich, und die beiden mussten lachten.

»Komm mit«, sagte Otilia und zündete eine Lampe an. Mit verschwörerischer Miene winkte sie Elisabeth, ihr die Treppe hinunter zu folgen bis zur Küche, die im hinteren Teil des Hauses lag. Sie hatte eine große Feuerstelle, auf der man gleich mehrere Kessel erhitzen oder auch ein ganzes Wildschwein braten konnte.

»Sei leise«, mahnte das Mädchen. Es öffnete eine Tür und zeigte in die von dicken Steinen kühl gehaltene Vorratskammer, die etwas tiefer als die Küche lag.

»Na, was willst du?« Sie kicherte und sah nun so jung aus, wie sie vermutlich war.

»Speck? Käse? Oder schwarze Wurst?« In diesem Moment war sie nur ein Mädchen, das etwas in der Vorratskammer stibitzte. Die tote Mutter und der betrunkene Vater waren aus ihren Gedanken verdrängt.

»Nun sag schon!«

»Dann die kleine Wurst dort drüben und ein Stück von dem Käse«, bat Elisabeth. Otilia nickte und schnitt mit einem Messer ein mächtiges Stück Käse ab. Draußen klappte eine Tür. Schritte näherten sich durch die Halle. Otilia blies die Lampe aus und klammerte sich an Elisabeths Arm.

»Still«, wisperte sie ihr ins Ohr. Ein Lichtschein kroch durch die Küche auf sie zu, erfasste ihre Schuhspitzen und die Röcke und wanderte dann bis zu ihren Gesichtern empor.

»Otilia, was hat das zu bedeuten?«, kam eine scharfe Stimme aus der Dunkelheit. Elisabeth blinzelte. Undeutlich nahm sie ein langes, weißes Hemd wahr, unter dem nackte Füße hervorlugten. Das Mädchen seufzte dramatisch.

»Es ist nichts. Ich wollte dich nicht wecken. Vater ist zurück und schläft in der großen Stube.«

»Ja, ich habe ihn gesehen.« Ein Schnauben erklang, und dann wurde die Küche in warmes Licht getaucht, als die Blenden von den Seiten der Laterne genommen wurden. Elisabeth musterte die knochige Frau mit dem verhärmten Gesicht. Unter einer zerschlissenen Haube hingen ein paar graue Strähnen hervor. Strenge Augen musterten sie. Der Mund wurde immer schmaler.

»Was hat das zu bedeuten?«, fragte die Frau noch einmal. »Ich dachte, es sei irgendwelches Gesindel ins Haus eingedrungen. Und anscheinend hatte ich mit diesem Verdacht nicht unrecht!«

Ob sie eine Magd war oder eine arme Verwandte? Jedenfalls jemand, der schon lange im Haus war und eine gewisse Autorität über die Kinder hatte. Otilia zog einen Schmollmund.

»Margret, das geht dich nichts an. Ich habe nur ein wenig Wurst und Käse aus der Kammer gehohlt, und das darf ich ja wohl als älteste Tochter des Hauses.« Sie reckte sich ein wenig, wirkte aber gegen die knochige Gestalt noch immer wie ein Kind.

»Ja, dagegen ist nichts einzuwenden, aber ich wüsste gern, wer diese Person hier ist, denn wenn ich sie mir so ansehe, dann würde ich sagen, sie hat in diesem Haus absolut nichts zu suchen!«

Der Blick, mit dem sie den Eindringling in die wohlanständige Bürgerlichkeit musterte, war so voller Verachtung, dass Elisabeth die Wangen glühten. Sie wäre am liebsten davongelaufen, aber Otilia griff nach ihrem Ärmel.

»Ich habe sie mit hergebracht!«

Die Knochige schnappte nach Luft. »Lüg mich nicht an. Ich weiß nicht, was du dieser Person zu schulden glaubst, doch du liegst völlig falsch, wenn du sie schützt. Was hat sie dir vorgelogen, dass du so etwas sagst? Ist sie hier eingedrungen, um deinen Vater zu bestehlen, und du hast sie ertappt? Wie hat sie sich dein Mitleid erschlichen?«

Das Mädchen lächelte grimmig. Offensichtlich begann ihm der Disput Spaß zu machen.

»Nein, Lisa ist nicht hier eingedrungen. Sie hat mir einen Gefallen getan, und ich wollte ihr noch eine Wegzehrung mitgeben, ehe sie sich auf den Heimweg macht.«

Margret wand sich. Elisabeth sah, wie sie die nächsten Worte wohl überlegte. »Du weißt in deiner Unschuld sicher nicht, was du da ins Haus gelassen hast«, begann sie, als ihr das Mädchen das Wort abschnitt.

»Du brauchst nicht drum herumzureden. Lisa ist eine Dirne aus dem Frauenhaus am Judenfriedhof.« Margret schnappte nach Luft, doch Otilia fuhr fort. Von der Verlegenheit, die sie selbst bei ihrer ersten Begegnung ausgestrahlt hatte, war nichts mehr zu merken.

»Sie ist die Dirne, die mein Vater aufgesucht hat und bei der er sich so betrunken hat, dass er ohne unsere Hilfe den Weg nicht mehr zurückgeschafft hätte.«

»Otilia!«

»Es ist die traurige Wahrheit«, sagte das Mädchen leise.

Auch die andere Frau wirkte nun eher traurig als entrüstet. »Es ist alles so anders geworden, seit die gnädige Frau so plötzlich von uns gegangen ist«, schniefte sie. Otilia nickte.

»Ja, früher hat er so etwas nicht getan – oder ich habe es nicht mitbekommen«, fügte sie hinzu.

»Trotzdem hättest du die nicht mit hierherbringen dürfen. Es muss doch eine andere Möglichkeit gegeben haben!«

»Welche? Hätte ich einen der Scharwächter fragen sollen?«

»Ja! – Nein, vielleicht besser nicht. Sie hätten ihn womöglich dem Schultheiß gemeldet, und das würde auch kein gutes Licht auf die Familie werfen.«

»Siehst du! Ich habe nur getan, was notwendig war.«

Elisabeth befreite ihren Ärmel aus Otilias Griff und nahm sich die Wurst und das Stück Käse.

»Danke, ich gehe dann jetzt besser.«

Das junge Mädchen nickte. Trotz Margrets Protest begleitete es Elisabeth zur Tür und steckte ihr noch den Heller für das Stadttor zu. Dann schloss sich das schwere Portal zu dem Stadthaus der Ratsfamilie und ließ Elisabeth allein in der nächtlichen Gasse zurück.

Langsam ging sie durch die Gassen zum Tor und dann durch die Vorstadt zum Frauenhaus. Alles war so ruhig und friedlich. Nur ein paar Katzen huschten an ihr vorüber. Als sie die Tür zum Frauenhaus aufstieß, war es ihr fast, als wäre sie für ein paar Stunden in ein anderes Leben entflohen gewesen.

Es verging kaum eine Woche, da sah Elisabeth den Ratsherrn und seine Tochter Otilia bereits wieder. Die Meisterin hatte sie zusammen mit Jeanne für ein paar Besorgungen in die Domstraße geschickt. Wie immer, wenn sie tagsüber in diesem Bereich der Stadt unterwegs waren, trugen sie unauffälligere Kleider als abends im Frauenhaus, waren durch die gelben Bänder an den Säumen jedoch unzweifelhaft zu erkennen. Jeanne schwatzte über die Besucher der vergangenen Nacht und machte sich über einen zugereisten Kaufmann lustig, der zweimal über seine eigenen Hosen gestolpert und so unglücklich kopfüber in die Binsen gefallen war, dass er sich die Nase blutig geschlagen hatte.

»So musste ich ihm erst einmal seine Nase versorgen und das Blut stillen, ehe ich mich wieder anderen männlichen Körperteilen zuwenden konnte. Und ich sage dir, so ein Schlag auf die Nase kann einem Mann die schönste Lust vergällen.« Sie kicherte, und Elisabeth lachte pflichtschuldig mit ihr.

Da sah sie die beiden. Als Erstes erkannte sie den Ratsherrn, der mit zwei anderen Männern vor dem *Grünen Baum* in ein eifriges Gespräch vertieft war. Jetzt, da er frisch gekleidet und rasiert mit einem feinen Hut auf dem Kopf in der Nähe des

Rathauses stand, wirkte er entschlossen und imponierend und hatte nicht viel mit dem weinseligen Mann in Elisabeths Armen zu tun. Eine modisch gekleidete junge Frau trat an seine Seite. Ihr Kleid war mit Pelz besetzt, und eine schwere Kette ruhte auf ihrer Brust. Perlenschnüre schimmerten in ihrem aufgedrehten Haar. Es war Otilia. Sie wandte sich an ihren Vater, doch der hob abwehrend die Hand. Den Mund schmollend aufgeworfen, wandte sie sich ab und ließ ihren Blick gelangweilt über das Markttreiben in der Domstraße schweifen, bis er an Elisabeth und ihrer Begleiterin hängen blieb. Ein Lächeln des Erkennens erhellte ihre Miene.

Ehe sie darüber nachgedacht hatte, hob Elisabeth grüßend die Hand. In diesem Moment drehte sich der Ratsherr zu seiner Tochter um. Sie sagte etwas zu ihm, und er sah zu Elisabeth hinüber. Die Kälte in seinem Blick fuhr ihr wie eine Klinge durch die Seele. Ihre Hand fiel herab.

»Wen hast du da gegrüßt?«, wollte Jeanne wissen und sah zum Platz vor dem Rathaus hinüber. »Doch nicht etwa den Ratsherrn Maintaler?«

»Seine Tochter«, gab Elisabeth kläglich zu.

»Oh, und dabei dachte ich, Ester sei unser dummes Schaf. Komm, lass uns von hier verschwinden.« Sie zog Elisabeth mit sich. »Was hast du dir nur dabei gedacht? Solche Herren genießen unsere Vorzüge nur im Schutz der Nacht. Bei Tag existieren wir für sie gar nicht! Und für ihre Familie gibt es uns überhaupt nicht auf dieser Welt!«

»Ich weiß selbst, dass sich das nicht schickt, aber ich habe nicht darüber nachgedacht.«

Ein Schatten fiel auf sie, dann versperrte eine Gestalt ihren Weg. Die beiden Frauen wichen zurück. Es war Ratsherr Maintaler, doch so, wie er dreinschaute, hätte er auch ein Racheengel sein können.

»Dann solltest du in Zukunft über deine Handlungen nachdenken!«, donnerte er. Offensichtlich hatte er ihre letzten Worte gehört. Er griff nach ihrem Arm. »Wie kannst du es wagen, meine Tochter zu grüßen? Was wolltest du noch alles tun? Die Straße queren und mit ihr plaudern?«

Elisabeth wurde rot. Scham und Wut mischten sich in ihr. Sie ballte die Fäuste, senkte aber den Blick.

»Nein, das wäre mir nicht in den Sinn gekommen. Es war nur eine unbedachte Erwiderung auf die Freundlichkeit Eurer Tochter. Es wird nicht wieder vorkommen, Herr Ratsherr.«

Er ließ sie los und trat einen Schritt zurück. Hastig sah er sich um, ob nicht einer der Passanten stehen geblieben war, um die Auseinandersetzung zwischen der Dirne und dem Ratsherrn zu beobachten, doch die Menschen waren mit ihren eigenen täglichen Problemen beschäftigt und gingen ihren Geschäften nach, ohne sich um die drei zu kümmern. Die Gesichtszüge des Ratsherrn entspannten sich ein wenig. Fast wirkte er ein wenig verlegen.

»Gut, dann haben wir das geklärt, und du wirst dir das hoffentlich merken. Versteh mich nicht falsch, ich halte dich für eine im Kopf erstaunlich helle und auch herzensgute Frau, aber du bist – nun ja, du bist, was du bist.«

»Eine Dirne«, sagte Jeanne leise, als er sich abwandte und zum Rathaus zurückeilte. »Die man bezahlt und dann getrost vergessen darf.« Sie legte den Arm um Elisabeth. »Mach dir nichts draus. Er ist im Recht, wenn er dich für deine Fehler rügt.«

»Ja, ich weiß, und es ist auch nicht die Rüge, die mich quält«, gab Elisabeth zu. »Was dann?«

»Dass es eben so ist und dass keine Macht dieser Welt es ändern wird.«

Kapitel 8

Am nächsten Abend fand sich eine lustige Runde von Scharwächtern im Frauenhaus ein. Sie hatten gelost. Die, die das Pech hatten, die erste Hälfte der Nacht durch die Gassen streifen zu müssen, machten sich grummelnd an ihre Arbeit. Die anderen ließen sich Wein einschenken und riefen nach den Frauen. Am vergangenen Tag hatte der Rat ihnen ihren Sold ausgezahlt, und so wollten sie den Abend nutzen, solange sie noch Münzen in den Taschen hatten. Sie waren leichtsinniger Stimmung, und das war der Meisterin gerade recht. Bis auf einen älteren Vikar, den Gret übernahm, und einen Waffenschmied aus der Vorstadt Sand, der eine Stunde bei Anna weilte, blieben die Wachtleute heute unter sich. Es war ein derbes Volk, und ihre Sprüche brachten Elisabeth zum Erröten, aber dennoch wurde auch sie in dieser Nacht immer ausgelassener. Vielleicht lag es daran, dass Elisabeth mehr Wein trank als sonst. Ihr Becher war stets gefüllt, und den jungen Mann neben ihr, obwohl von einfachem Schlag, empfand sie nicht als unangenehm.

Es war schon recht spät, als ein Mann in abgerissener Kleidung das Frauenhaus betrat. Ein langer Dolch steckte in seinem Gürtel. Haar und Bart waren schmutzig und nur nachlässig gestutzt. Eine gezackte Narbe lief wie eine Schneise im Wald quer über seine Wange. Sein rechter Arm endete in einem Stumpf. Aber er lächelte, als er eintrat und sich umsah. Offensichtlich war er hier kein Unbekannter, denn die Meisterin begrüßte ihn mit seinem Namen.

»Wenn das nicht der Stefan Spießhemmer ist«, rief sie aus und ging ihm entgegen. »Es ist lange her, dass du dich hier hast blicken lassen. Dann sind die Truppen also wieder aus Böhmen zurück?«

Das Lächeln des Mannes wich einer grimmigen Miene. Er warf den Scharwächtern einen Blick zu und ließ sich dann am Nebentisch auf die Bank fallen.

»Woher soll ich das wissen? Ich habe jedenfalls nicht gehört, dass sie schon zurück wären.«

»Was?« In Elses Stimme schwang Erstaunen. »Du warst gar nicht mit auf dem Zug?«

»Wäre ich ja, wenn beim ersten Kriegszug nicht meine Hand in Böhmen geblieben wäre.« Er hob den vernarbten Armstumpf.

»Und deshalb hast du dich schmollend in deiner Kammer verkrochen? Das kann ich nicht glauben. Du kannst mit der Linken bestimmt genauso schnell zustechen«, wandte die Wirtin ein.

Er zog eine Grimasse. »Das kann ich, ja, aber das hat den Hauptmann nicht interessiert. Er sagte, ich würde für den Kriegsdienst nicht mehr taugen. Der Bischof habe dem König ein Kontingent ganzer Männer zugesagt, und dazu könne er mich nicht mehr zählen!« Er redete sich immer mehr in Fahrt. Die wenigen Stellen Haut an Gesicht und Hals, die nicht von Bartwuchs bedeckt waren, röteten sich. Else winkte Elisabeth heran und schob dem Kriegsknecht einen vollen Krug hin.

»Reg dich nicht auf! Da, trink, der wird dir schmecken.«

Doch das schien ihn nicht zu beruhigen. Im Gegenteil, seine Stimme wurde noch lauter, sodass die Scharwächter wachsam zu ihm herübersahen. Einige legten sogar die Finger um den Griff ihres Holzknüppels oder ihres Dolches.

»Ich soll mich nicht aufregen? Ich bin für den Bischof nach Prag gezogen, habe für ihn und den König Kuttenberg und Königgrätz erobert und das Hussitenpack bekämpft und dann, als das Blatt sich wendete, mit den anderen dafür gesorgt, dass die hohen Herren ihre Haut sicher außer Landes bringen konnten. Meine Hand und mein Blut habe ich ihnen geopfert, und nun wollen sie mich nicht mehr – oder wenn, nur für den halben Preis, denn ich sei ja auch nur noch ein halber Mann!« Sein Kopf wandte sich mit einem Ruck zur Seite, seine hellen Augen fixierten die junge Frau.

»Glaubst du auch, dass ich nur noch ein halber Mann bin? Soll ich dir das Gegenteil beweisen?« Elisabeth schüttelte hektisch den Kopf. Das ging in keine Richtung, die ihr gefiel. Sein Arm schoss nach vorn, und seine Finger packten sie grob. »Ich bin sehr wohl noch in der Lage, meinen Mann zu stehen – auf dem Schlachtfeld und bei den Weibern!«

Nun nickte sie eifrig. Wenn er sie doch loslassen würde. Er war erstaunlich kräftig, und sie hätte sich nicht gewundert, wenn ihr Arm unter seinem Griff gebrochen wäre. Else trat heran und legte dem Söldner beschwichtigend die Hand auf die Schulter.

»Stefan, beruhige dich, und lass mein Mädchen los. Sie hat dir nichts getan, und du tust ihr weh.«

Seine Finger entspannten sich. Er zog die Hand zurück. Elisabeth seufzte erleichtert und rieb sich ihren schmerzenden Arm.

»Entschuldige, das wollte ich nicht«, sagte er und hielt ihr seinen Becher entgegen. Sie trank gehorsam und gab ihn dann zurück.

»Weißt du, es ist nicht leicht, so einfach abgeschoben zu werden, nachdem man für die Herren mehr als einmal Kopf und Kragen riskiert hat.«

Elisabeth setzte eine verständnisvolle Miene auf und fragte mit weicher Stimme: »Willst du mir von deinem ersten Zug berichten? Wie war es bei den Hussiten?«

Seine Miene entspannte sich. »Wenn du willst, dann erzähle ich dir, wie wir nach Königgrätz gezogen sind – siegesgewiss und in einem seltsamen Taumel von Vorfreude.« In seiner Stimme schwang zwar immer noch ein sarkastischer Unterton, doch er schien sich wieder im Griff zu haben. Else beobachtete die beiden noch eine Weile, dann zog sie sich zurück, um ein

Auge auf die anderen Gäste zu haben, die sich nun nach und nach mit den Frauen auf die Matratzen zurückzogen.

»Der Papst hatte also mit seiner Bulle dazu aufgerufen, ein Kreuzheer gegen die Ketzer zu sammeln. Wie seinerzeit die heiligen Stätten Jerusalems von den muselmanischen Heiden befreit worden waren, sollten wir Böhmen mit dem Schwert von diesem neuen Unkraut erlösen. Manche haben da ja unterschieden, zwischen denen, die nur friedlich den Lehren des verbrannten Hus folgen und mit dem König in Frieden leben wollten ...«

»Den Ultraquisten«, murmelte Elisabeth abwesend, doch der Söldner hatte sie vermutlich nicht gehört, denn er sprach weiter: »Und dann den Anhängern dieses Zeli ..., ach, der Name will mir nicht über die Zunge kommen. Der jedenfalls, der die ganze Kirche samt Papst und allen Bischöfen absetzen will.«

»Jan Želivský, ein radikaler Prediger, der die Massen aufhetzt, dass sie unter der Führung des Johann Žižka von Trocnov die Waffen ergreifen.«

Nun klappte dem Söldner der Mund auf, und er starrte Elisabeth einige Augenblicke sprachlos an.

»Woher weißt du das?«

»Oh, ich habe es mal gehört«, wehrte sie ab.

»Und was weißt du noch alles über die Hussiten und den Krieg dort?«

»Nichts«, beteuerte sie, obwohl eine Stimme in ihrem Kopf von den radikalen Taboriten erzählte – wie sie sich nach ihrer Festung, die sie als Hauptquartier gewählt hatten, nannten –, die unter Žižkas Führung versucht hatten, Prag an sich zu reißen, nach erbitterten Straßenkämpfen jedoch vorerst gescheitert waren und sich dann nach Pilsen gewandt hatten.

»Er nahm die Stadt ein und zerstörte Kirchen und Klöster im Umland.«

»Gar nichts! Erzähl bitte weiter.«

»Kurz darauf wurde Žižkas Truppe von einem ansässigen

Adeligen mit zweitausend Mann Reiterei und Fußvolk angegriffen. Er selbst hatte nur eine kleine Truppe, doch glaubst du, das hätte ihn aus der Ruhe gebracht? Man sagt, er habe nur kalt seine Befehle erteilt, die Wagen als schützendes Bollwerk für seine Männer zu Fuß aufstellen lassen und die anstürmende Reiterschar geschlagen. Ungehindert konnte Žižka nach Pilsen zurückkehren. So sehr ich ihn auch verabscheue, er hat das Zeug zu einem großen Kriegsmann, und ich sage dir, mit dieser Taktik wird er noch andere Heere das Fürchten lehren.«

Elisabeth hörte die Stimme des jungen Adelsmannes in ihrem Kopf erklingen, an dessen Namen sie sich immer noch nicht wieder erinnern konnte. Dann sprach Stefan Spießhemmer weiter und verdrängte die Erinnerung.

»Jedenfalls waren es für mich alles Tschechen, und auch der König hat einmal gesagt, er gäbe ganz Ungarn darum, wenn es in Böhmen keine Tschechen mehr gäbe!« Elisabeth nickte nur. Die Stimme in ihrem Kopf lenkte sie schon wieder ab.

»Wir zogen also mit drei gewaltigen Haufen nach Böhmen. Eines der Heere wurde vom Herzog von Sachsen angeführt, der Bischof Ott von Trier befehligte die Truppen aus Bayern, dem Rheinland und das Kontingent der freien Städte. Wir, das heißt die Männer unseres Bischofs Johann von Brunn, standen mit den anderen aus Franken unter dem Oberbefehl des Markgrafen von Brandenburg und des Burggrafen von Nürnberg. Wir stießen in Schlesien zueinander, und König Sigismund rückte an der Spitze des ganzen großen Heeres mit uns nach Böhmen vor. Der König war guter Stimmung. Feurig ritt er auf Königgrätz zu, das uns kaum Widerstand leistete. Die deutschen Bürger jubelten uns zu. Aber auch auf die Prager Burg hatten sich viele Deutsche geflüchtet. Sie zu stürmen wäre ein harter Brocken gewesen, ja, vermutlich hätten wir sie auf die althergebrachte Weise aushungern müssen, doch wir hatten Glück. Der Kommandant der Burg Čenek wandte sich von den Ketzern ab und übergab dem König seine Burg. Es gab noch einen heißen Tanz mit den Pragern, die dem nicht tatenlos zusehen wollten, bei dem mein Schwert richtig Arbeit bekam!«

»Du musst dich nicht wundern, dass Čeneks Verrat diese Volkswut entfesselt hat – immerhin hat auch er das Manifest gegen den König unterschrieben. Sei froh, dass du das nicht gesehen hast. Ohne an die Verluste zu denken, haben sich die Prager Bürger in ihrem ersten Zorn gegen die Burg geworfen. Es wundert nicht, dass sie so blutig zurückgeschlagen wurden. Jetzt brennen sie Klöster nieder und verwüsten die Kleinseite.«

»Wir belagerten die Stadt, die sich nicht ergeben wollte, doch das Heer dieses Žižka war uns ein drohender Speer im Rücken. Der König forderte bedingungslose Unterwerfung, die Prager aber wollten ihre Waffen behalten und ihren Kelch beim Abendmahl, wie der Hus es sie gelehrt hatte. Der König wütete. Seine gute Laune war verflogen. Ich kann dir sagen, seine Stimmungen wechselten wie die rasch ziehenden Gewitterwolken, und wehe, man kam ihm in der falschen in die Quere. Und außerdem war ihm die fehlende Disziplin in unserem Kreuzfahrerhaufen ein Dorn im Auge. Unrecht hatte er darin nicht. Ich muss zugeben, dass es selbst mir manches Mal zu viel wurde – und ich bin in der Beziehung kein Weichling. Aber diese Kerle schlugen in ihrer Wut auf alles ein, was tschechisch sprach. Sie fingen sich Frauen und Kinder, und keiner konnte sie zügeln. Du musst bedenken, es waren zwanzigtausend Mann, und von denen hatten nur wenige als Kriegsknechte Erfahrung. Sie waren außer Rand und Band. Eine Belagerung waren sie nicht gewohnt, der Hass auf die Hussiten war auf dem Zug genährt worden, und so war auch die Langeweile mit schuld.«

Er erzählte weiter, doch Elisabeth war in ihren eigenen Gedanken gefangen. Dieses Mal war es nicht die Stimme des jungen Junkers oder auch nur sein Bild. Sie war selbst dort! In der Burg von Prag und im Feldlager vor der Stadt. Sie sah Žižka heranziehen, dessen Heer inzwischen auf neuntausend Mann angewachsen war. Da kamen sie in einem nicht enden wollenden Strom von bewaffneten Menschen. Es war vor allem Fußvolk mit Spießen, Dreschflegeln und Partisanen. Doch sie führten auch eine große Zahl an Wagen mit schweren Büchsen heran. Der König war noch immer zuversichtlich, ja fast übermütig in seiner Stimmung und führte sich wie ein Sieger auf, obwohl er die Stadt noch immer nicht hatte einnehmen können. Er schickte sein Heer los, um Žižkas so viel kleineren Haufen den Weg zu verlegen. Elisabeth sah das stolze Kreuzfahrerheer abziehen – und nur wenige Stunden später zerstreut, verstört und mit unzähligen Verwundeten in ungeordneter Flucht zurückkehren. Sie lief zwischen den Männern umher und suchte nach *ihm*. Überall schrien und jammerten die Verwundeten. Blut färbte das zertrampelte Gras zwischen den Zelten. Da stand er plötzlich vor ihr – mit Dreck und Blut verschmiert – und griff nach ihrem Arm.

»Was tust du hier? Ich habe dir gesagt, du sollst auf der Burg bleiben. In Gottes Namen, nun gehorche doch endlich einmal, bevor du deinen Kopf verlierst!«

»Ich habe mir Sorgen um dich gemacht. Ich musste dich einfach finden. Was ist geschehen? Der König hat gesagt, es wird eine Kleinigkeit, diese ketzerischen Rebellen aufzuhalten!«

»Hat er das?« Der junge Ritter wischte die blutige Schneide seines Schwertes sauber. *»Dann hat er sich getäuscht.«*

»Wie konnten sie euch in die Flucht schlagen? Das riesige Heer?« Sie hörte das Drängen in ihrer Stimme.

»Wir zogen zu dem Dorf Pořič, um ihnen den Weg nach Prag zu verstellen, doch Žižka verschanzte sich mit seinem Haufen auf einer Anhöhe und ließ alles auf uns herabprasseln, was seine Büchsen und Schleudern hergaben! Ich sah die Männer um mich herum fallen – tot oder verstümmelt. Und dann kamen die Böhmen mit ihren Spießen und Prügeln über uns wie eine Seuche Gottes. Uns blieb nichts anderes als die Flucht. Aber nun komm zur Burg zurück. Von ihren Mauern kannst

du in Sicherheit zusehen, wie Žižka siegreich in die Stadt einzieht!«

»Was ist mit dir?«

Das Lager mit den geschlagenen Kämpfern verblasste, und Elisabeth sah in ein bärtiges Gesicht mit einer Narbe.

»Was ist los? Du stöhnst und schlägst um dich, als wärst du eins der tschechischen Weiber, die sich der Sieger zu Recht ein wenig rannimmt.«

Das Frauenhaus – der Kriegsknecht Stefan Spießhemmer. Jetzt erst bemerkte Elisabeth, dass sie nicht mehr mit ihm am Tisch saß, sondern mit gespreizten Beinen auf ihrer Matratze lag.

»Also, was ist mit dir los? Gibt es ein Problem?« Er nestelte an seinen Bändern und ließ die ausgeleierten Beinlinge heruntergleiten. Seine Beine waren muskulös und dicht behaart. Elisabeth spürte den Blick der Meisterin auf sich ruhen.

»Nein, alles in Ordnung. Es war nur deine Erzählung von dem Feldzug, die mich ein wenig durcheinandergebracht hat. So viel Blut, Gewalt und Tod.« Ein Schauder lief durch ihren Körper. Der Söldner grinste und tätschelte ihr die Wange.

»Ach, wie empfindsam die Weiber manches Mal sind – wobei ich nicht erwartet hätte, eine solch verzagte Seele ausgerechnet hier unter dem Dach der Eselswirtin zu finden.«

Er schüttelte ungläubig den Kopf, kniete sich zwischen ihre Beine und stieß dann zu, stürmisch und ein wenig grob, wie Elisabeth es nicht anders erwartet hätte.

Als alle Gäste gegangen waren und die Frauen unter ihren Decken lagen und dem Schlaf der Erschöpfung entgegendämmerten, kam der Traum zurück. Erst dachte sie, es wäre jener mit dem dunklen Gang, der verschlossenen Tür mit dem Lichtstrahl am Ende und den wispernden Stimmen, denn auch jetzt lief sie einen steinernen Gang entlang. Aber es schwang kein Rocksaum um ihre Knöchel. Elisabeth trug enge Hosen und Stiefel, und die Stimmen, die sie hörte, waren nicht leise und wispernd. Männer brüllten einander etwas zu. Sie hörte Kinder weinen und Frauen rufen. Endlich erreichte sie das Ende des Ganges und trat ins helle Sonnenlicht hinaus. Es roch nach Frühling, die Bäume schimmerten in hellem Grün, doch die Stimmung hätte nicht weniger passend sein können. Elisabeth eilte eine steinerne Treppe hinauf. Immer mehr Stufen, sie wanden sich im Kreis. Es wurde wieder düster um sie, dann traf sie das grelle Sonnenlicht ins Gesicht, und sie musste blinzeln.

»*Was ist los?*«, rief sie, doch keiner wollte ihr antworten. Endlich sah sie einen Knaben im Gewand eines Knappen, der ihr bekannt erschien, und packte ihn am Ärmel. »*Was ist hier los?*«

»*Es reicht Žižka nicht mehr, nur die Wälle und Gräben der Stadt zu sichern. Sieh vom Turm herab! Sie haben uns eingeschlossen. Sie wollen uns aushungern!*«

Elisabeth fühlte, wie sie bleich wurde. *Er* hatte sie gezwungen, in der Burg Schutz zu suchen. Würden sich die Mauern der Burg nun als Falle herausstellen? Wie lange würden sie hier drinnen ausharren können, von jedem Nachschub an Wasser und Essen abgeschnitten? Es waren so viele Flüchtlinge in der Burg. All die deutschen Familien Prags, die es rechtzeitig geschafft hatten, vor dem Zorn der aufgehetzten Masse zu fliehen. Und dann noch die Burgbesatzung von Čenek von Wartenberg und die Männer des Königs, die dieser zurückgelassen hatte. Das waren zu viele. Viel zu viele!

Im Moment blieb ihnen nur zu warten. Einen Ausfall wagte der Kommandant nicht. Zu sehr fürchtete er, er könne den Hussiten eine Möglichkeit bieten, das Tor zu erobern. So wurden die täglichen Portionen und das Wasser rationiert. Unruhig ging Elisabeth die Wehrgänge der riesigen Burganlage auf und ab. Unter ihr lag die Stadt, die nun in der Hand des radikalen Aufständischen lag. Elisabeth eilte über den alten Graben zum Ostende des Hradschiner Bergsporns, wo sich einst die älteste Burg erhoben hatte. Wo war *er*? Würde er kommen und sie holen? Irgendwo dort draußen musste er doch sein – zusammen mit ihrem Vater!

Elisabeth war verwirrt, als sie am Morgen erwachte.

Ich habe in die falsche Richtung gespäht, dachte sie: Die Rettung kam von Westen. Dort hat der König sein Heer zusammengezogen und den Kampf aufgenommen, um den Belagerungsring zu durchbrechen. Dann drängte sich ein anderer Gedanke in ihren Sinn. Was waren das für Träume? Sie wirkten so echt und eindringlich. Sie konnte hören, riechen und schmecken. Sie erlitt die Qualen – noch einmal? Konnten das ihre Erinnerungen sein? Wie war das möglich? Wie war sie nach Prag und zwischen die Fronten dieser Heere geraten? Und wer war der junge Ritter, dessen Stimme sie immer und immer wieder vernahm? – Und wer war ihr Vater, nach dem sie von den Mauern der Prager Burg so sehnsüchtig Rettung erfleht hatte? Elisabeth lauschte in den erwachenden Morgen, der ihr keine Antwort brachte.

Zwei Wochen später war der Kriegszug gegen die Hussiten – zumindest vorläufig – beendet. Die Männer strömten nach Franken zurück und brachten Geschichten über ihre Abenteuer und auch die Namen der Getöteten mit. Die Liste war erfreulicherweise erstaunlich kurz, und bald schon schwirrten Berichte über den unrühmlichen Zug gegen die Hussiten durch die Stadt.

»Man sagt, sie seien nicht einmal bis Prag gekommen!«, berichtete der Henker, der es sich an diesem Nachmittag an Elses Tisch gemütlich gemacht hatte.

»Seine Frau hat ihn vermutlich rausgeworfen, um Großreinemachen zu halten. Ich hab gehört, die Verwandtschaft kommt zur Tauffeier«, raunte Jeanne Elisabeth zu und versuchte, nicht zu kichern. Die beiden Frauen rückten auf die Bank gegenüber, um seinen Worten zu lauschen. Auch der einarmige Söldner Stefan Spießhemmer lungerte wieder einmal vor dem Frauenhaus herum und ließ sich nicht zweimal bitten, sich dazuzusetzen.

»Ich hätte nicht gedacht, dass ein Zug noch unrühmlicher

enden könnte als der unsere«, bekannte der Spießhemmer ungewohnt offen. Wenn er getrunken hatte, brüstete er sich lieber der Heldentaten, die damals begangen worden waren.

»Sie haben die Mauern von Prag nicht einmal von Weitem zu Gesicht bekommen, und dabei soll das Kreuzfahrerheer dieses Mal über einhunderttausend Köpfe gezählt haben!«, bestätigte der Kriegsknecht.

»Ja, vermutlich war gerade das das große Problem«, wandte der Henker ein. »Ich will nicht behaupten, dass ich etwas von der Führung eines Heeres verstünde, aber ich habe gehört, dass der Brandenburger die Gefahr ebenfalls sah und sich redlich mühte, die Kräfte nicht wieder aufzusplittern und zu vergeuden.«

Zwei Männer traten ein, begrüßten den einarmigen Söldner überschwänglich und setzten sich zu ihm. Dass der Henker mit am Tisch saß, schien sie nicht zu stören.

»Ihr sprecht von unserem großartigen Zug nach Böhmen?« Der Mann lachte und stellte sich als Gilg Egerer vor. Er war groß, schlaksig und hatte kurz geschnittenes braunes Haar und einen verwilderten Bart von gleicher Farbe. Ein Schwert hing an seiner Seite. Über dem Wams trug er ein löchriges Kettenhemd, das sicher schon einige Kriegszüge gesehen hatte.

»Da kommen wir ja gerade zur rechten Zeit, um ein wenig aus erster Hand zu berichten. Was meinst du, Jörg, gegen einen Krug Wein erzählen wir doch gerne, was wir in Böhmen alles erlebt haben, oder nicht?« Der andere war kleiner und dunkler, doch ähnlich gekleidet. Er nickte begeistert und grinste in die Runde.

Die Frauen der Eselswirtin rückten auf der Bank zusammen oder zogen sich einen Schemel heran und sahen ihre Meisterin bittend an. Die machte ein saures Gesicht. Etwas zu verschenken gehörte zu den Dingen, die sie am meisten verabscheute. Anderseits war natürlich auch sie neugierig darauf, Geschichten aus erster Hand zu hören.

»Else, du kommst garantiert nicht in den Himmel, denn du

würdest selbst den Herrn Jesu von deiner Tür weisen, wenn er um ein Stückchen Brot bäte«, sagte der Henker zwischen Ärger und Belustigung schwankend.

»Erstens sind das ganz ordinäre Kriegsknechte, und zweitens haben sie meinen Wein verlangt«, gab die Wirtin zurück.

Meister Thürner lachte. »Gut, dann geht der Krug auf meine Rechnung. Ich sagte gerade, dass Friedrich von Brandenburg vergeblich riet, die Kräfte beisammen zu halten, doch dass er die Zersplitterung auch dieses Mal nicht verhindern konnte.«

Die Züge der Meisterin entspannten sich. Sie ging sogar selbst, den Krug zu füllen, und schenkte den Männern großzügig die Becher voll. Alle Augen richteten sich gespannt auf die beiden Kriegsknechte. Jörg ergriff das Wort.

»Das ist richtig, Meister Thürner. Der Brandenburger wollte sich auf einen Angriff auf Prag konzentrieren, und in meinen Augen wäre das auch richtig gewesen. Es hätte der Schlange das Haupt abgetrennt, doch dazu kam es nicht. Ich bin nur ein einfacher Mann und kann nicht sagen, was in den Köpfen der hohen Herren vorgeht, jedenfalls verzichteten sie darauf, einen Feldhauptmann zu ernennen, der den Oberbefehl über das ganze Heer übernehmen würde. Man musste ja die vier Kontingente aus Nürnberg, Sachsen, Schlesien und Österreich unter einen Hut bekommen und ihnen sagen, wer sich welches Ziel vornehmen sollte, aber nichts geschah. Es wurde von einem geistlichen und einem weltlichen Oberhaupt gesprochen, nach dem man suchen werde, aber keiner wurde benannt.« Der Kriegsknecht hob ratlos die Schultern.

»Ich weiß nicht, wie die Herren sich dachten, dass dieser Zug funktionieren sollte, wenn sie uns nicht einmal sagten, wohin wir marschieren oder was wir angreifen sollten!«

»Wart ihr denn in gar keine Kämpfe verwickelt?«, fragte Elisabeth verwundert.

»Ja, was habt ihr die vielen Wochen seit dem Frühling getan?«, wollte Gret wissen. »Euch nur im Lager vergnügt? Herumgehurt und gewürfelt und euch die Hucke vollgesoffen?«

Gilg hob abwehrend die Hände. »Oh nein, dies sollte ja ein heiliger Krieg sein, und uns wurde befohlen, uns dementsprechend zu benehmen. Es durften keine Frauen im Tross mitreisen, Spiele waren bei Pranger oder Spießrutenlauf verboten und Fluchen natürlich auch. Einmal in der Woche sollten wir beichten und so häufig wie möglich die Messe besuchen!«

Die Frauen sahen einander an und prusteten dann los.

»Was gibt es da zu lachen?«, empörte sich Jörg.

Auch der Henker schmunzelte. »Das war sicher ein sehr lustiger Zug!«

»Nein, war es nicht«, brummte Gilg. »Selbst mit dem Wein waren sie knausrig.«

Stefan schlug sich mit der verbliebenen Hand auf den Schenkel und lachte vergnügt. »Da muss ich den Werbern ja richtig dankbar sein, dass sie mich nicht haben wollten. Früher hat es bei einem Kriegszug noch Spaß gegeben. Es scheint so, als hätte ich mich hier besser amüsiert.« Er zwinkerte Elisabeth zu.

»Und was habt ihr sonst getan, als den Herren bei ihren Beratungen zuzusehen und euch gut zu benehmen?«, fragte der Henker.

»Nun, wir langweilten uns wirklich sehr, bis es dann doch endlich losging. Man sagte uns, der Erzbischof Otto von Trier und Friedrich von Brandenburg seien nun unsere Hauptleute und unsere Abteilung würde gegen Luditz ziehen. Wir haben die Stadt dann auch ohne große Schwierigkeiten eingenommen. Dann belagerten wir mit den anderen zusammen Mies, oder Stříbro – Silber, wie die Tschechen sie wegen ihrer alten Silberminen nennen. Alle, außer dem Brandenburger, der war mit seiner Truppe noch nicht da. Ja, und dann saßen wir wieder nur herum. Die Herren schickten Boten hin und her und hielten Konferenzen, während wir die Mauern von Mies von außen betrachteten. Ein paar halbherzige Versuche haben wir schon unternommen, die Stadt einzunehmen, aber die Eingeschlossenen setzten sich tapfer und einfallsreich zur Wehr, das muss man ihnen lassen. Dabei hat die Stadt Žižka und seinen Hussiten lange widerstanden und ist erst vor Kurzem in seine Hände gefallen. Dann aber hat er sie in eine seiner Hochburgen verwandelt. Und das war sie auch – nicht von ihren Mauern her, aber von der inneren Stärke ihrer Verteidiger!«

»Ja, da hört man so einiges«, sagte der Henker nachdenklich. »Man fragt sich zuweilen schon, ob es der Teufel ist oder vielleicht doch Gott selbst, der ihnen ihre Stärke eingibt.«

Die beiden Kriegsknechte warfen Meister Thürner einen erstaunten Blick zu, fuhren aber mit ihrer Schilderung fort.

»Im Juli traf dann endlich der Brandenburger ein. In unserem Lager vor Ort gab es bis zu dieser Zeit erstaunliche Veränderungen. Es war ein Kommen und Gehen – und bald mehr ein Gehen! Immer mehr Männer und Zelte verschwanden einfach.«

Jörg mischte sich wieder ein. »Wir dachten jedenfalls, jetzt, da der Brandenburger endlich da ist, geht es los, aber wieder getäuscht! Die kleinlichen Streitereien gingen weiter. Eifersucht und Machtgerangel, aber keine Entscheidung! Das ist nun nicht meinem einfachen Hirn entsprungen. Ich habe mich mit einem der Pagen ein wenig angefreundet, der während der Verhandlungen im Zelt der Herren bediente, und der hat mir so manches erzählt. Jedenfalls war von einem Marsch gegen Prag gar nicht mehr die Rede, und der Sturm auf die Mauern von Mies wurde immer weiter rausgeschoben.«

»Und warum sitzt ihr euch nicht immer noch vor dem böhmischen Städtchen den Hintern platt?«, wollte die Eselswirtin wissen. »Es ist erst August. Bis zum Einbruch des Winters hättet ihr die Belagerung noch fortsetzen können.«

Gilg zog eine Grimasse. »Danke für den Hinweis, Frau Wirtin. Vielleicht war das der Fehler, dass wir die schlauen, freien Weiber nicht mitnehmen durften. Wer weiß, vielleicht wäre der Zug dann anders verlaufen.«

»Aber sicher!«, rief Jeanne übermütig. »Wir hätten Mies genommen und Prag noch obendrein. Wir wären genauso tapfer wie die Hussitenweiber gewesen, von denen man sich hier Geschichten erzählt.«

Gilg prostete ihnen zu. »Aber sicher. Wir nehmen euch nächstes Mal mit, dann könnt ihr Prag sehen und die wundervolle Burg – die größte im ganzen Kaiserreich, sagt man.«

»Ja, sie ist unglaublich«, hauchte Elisabeth, doch keiner beachtete sie.

»Aber lasst mich weiter berichten, denn Unruhe kam im Lager auf, als uns die Nachricht erreichte, eine riesige Streitmacht von Hussiten sei auf dem Weg, angeführt von Andreas Prokop dem Kahlen, einem ihrer fanatischen Geistlichen, der sich zu einem Heerführer der Taboriten aufgeschwungen hat und schon recht große Erfolge vorzuweisen hatte. Man beschloss also, die Belagerung von Mies abzubrechen und Prokop entgegenzuziehen. Ich weiß nicht, wer das entschieden hat, jedenfalls wurden die Belagerungsmaschinen abgezogen und ein Teil des Lagers in Brand gesetzt.«

»Vielleicht konntet ihr nicht alles mitnehmen, und euer Heerführer wollte den Hussiten nichts Verwendbares zurücklassen«, warf der Henker ein. Jörg hob die Schultern.

»Kann sein, jedenfalls hätten sie gut daran getan, die Männer zu unterrichten. Verwirrung und Angst liefen wie eine Welle durch das Lager. In größter Hast rafften die Männer ihre Habseligkeiten zusammen und zogen in größter Unordnung ab. Ja, die Unruhe steigerte sich zu einer Panik, in der ganze Scharen nach allen Richtungen flohen. Die Herren konnten nur hilflos zusehen.«

»Was für ein tapferes Kreuzheer!«, rief Else und leerte ihren Becher. Sie war von der Erzählung in solch aufgekratzter Stimmung, dass sie nun sogar noch einen Krug auf ihre eigene Rechnung herausrückte.

»Die meisten liefen in Richtung Tachau. Jörg und ich auch. Wir waren sehr beunruhigt, glaubten wir Prokops Hussitenheer doch schon ganz in der Nähe. Ich muss zugeben, nach dem wochenlangen Hin und Her verspürten wir und die anderen Männer unseres Fähnleins auch keine große Lust mehr, uns in eine Schlacht zu werfen und unseren Kopf zu verlieren. Unser Kampfgeist war Stück für Stück zermürbt worden und dann erloschen. Es entstand so eine Art Wettlauf zwischen der Reiterei und den verstreuten Fußtruppen, die alle der Heerstraße nach Tachau zuzogen. Ein großer Teil des Heeres machte sich auf Nimmerwiedersehen in den Böhmerwald davon. Selbst die Verstärkung, die uns entgegenkam, machte auf dem Absatz kehrt und floh mit den anderen. Einige Kontingente konnte der Kardinallegat bei Tachau allerdings einholen und überreden, sich der Schlacht zu stellen. Wir wurden beauftragt, eine Wagenburg auf dem Hügel zu bauen, so wie es die Hussiten so oft getan haben. Dann sollten wir ihnen am anderen Morgen entgegenziehen. Als es Tag wurde, hatte sich unsere Streitmacht noch einmal deutlich verkleinert. Auch viele Wagen fehlten. Natürlich hatten wir den Abzug bemerkt, und auch den Herren sind die Bewegungen der Nacht nicht verborgen geblieben, aber sie konnten nichts dagegen tun. Da stand der Herr Kardinallegat und hob die Fahne des Gekreuzigten, um uns Mut für die Schlacht zu machen. Doch statt uns nun mutig mit erhobener Fahne voranzugehen, begannen die edlen Herren zu streiten, wem die Fahne zustehe! Der Brandenburger lag bereits seit Tagen krank in Tachau, und so überreichte der Legat die Fahne dem Pfalzgrafen von Neumarkt. Der warf sie vor unseren Augen wütend in den Schmutz. Ich kann euch nicht sagen, warum es für ihn und ein paar andere Fürsten eine Schmach war, oder worüber sich die anderen ereiferten. Ich hatte bei dem Gezänk der wechselnden Parteien schon lange den Überblick verloren. Jedenfalls war das für die meisten von uns das Signal, dass alles verloren war. In der Ferne sahen wir von Mies her Staubfahnen aufsteigen. Das konnte nur die Reiterei des Prokop sein. Wir hatten endgültig genug! Unser Bischof Johann von Brunn hatte sich mit den meisten seiner Ritter schon lange davongemacht. Der Kardinallegat brach in Tränen aus, doch das kümmerte uns nicht mehr. Wir wollten nur noch zusehen, dass wir dieses vermaledeite Böhmen mit heiler Haut hinter uns ließen!«

»Mit anderen Worten, ihr habt die Beine in die Hand genommen«, sagte der Henker trocken.

Jörg und Gilg nickten. »Und keine Stunde zu früh, kann ich euch sagen. Schon bald hatten die vordersten Linien der Hussiten diejenigen, die zu lange gezögert hatten, eingeholt. Sie haben ihr Zaudern mit dem Leben bezahlt! Prokops Männer haben sie niedergemetzelt. Das machte uns Beine, kann ich euch versichern. Wie ein Strom wälzten sich die letzten Kontingente des versprengten Kreuzheeres über die Hügel herab, bis der Böhmerwald uns schützend umgab. Für uns war dieser Zug zu Ende, und wir machten uns auf den Heimweg.«

Elisabeth, die mit gesenktem Kopf wie erstarrt dagesessen und zugehört hatte, hob den Blick und sah die beiden abwechselnd an: »Und was ist dann in Böhmen geschehen? Wenn ich es recht verstanden habe, war die Stadt Tachau in der Hand des Königs.«

Die Söldner nickten. »Ja, das stimmt. Viele sind in die Stadt geflohen, und dorthin wandte sich nun auch Prokop mit seinen Männern. Er befahl die Belagerung der Stadt. Sie sollten die Mauern untergraben und die Häuser in Brand schießen. Alle Straßen, die in die deutschen Lande führten, waren bereits versperrt. Der kluge Brandenburger hat sich noch rechtzeitig in Sicherheit gebracht, doch für alle deutschen Reichsleute, die sich hierher geflüchtet hatten, wurde die Stadt zur Falle. Die Hussiten erstürmten die Stadt und ließen nur die Frauen und Kinder am Leben.« Jörg schwieg und trank seinen Becher leer.

»Verfluchte Hussiten«, sagte sein Kumpan Gilg. »Möge der Ketzer Jan Hus auf ewig in der Hölle schmoren!«

»Im irdischen Feuer des Scheiterhaufens wurde er ja bereits geschmort«, entgegnete der Henker bissig. »Ich vermute eher, dass er vom Himmel aus fassungslos zusieht, wie die Lage auf Erden immer mehr zum höllischen Inferno gerät.«

Jörg sprang auf und zog seinen Dolch. »Henker, du bist ein elender Hussit!«

Meister Thürner blieb ruhig sitzen, den tönernen Becher mit beiden Händen umfasst.

»Ich bin kein Anhänger dieser radikalen Umstürzler in Böhmen, doch ich bin dafür, Jan Hus Gerechtigkeit widerfahren zu lassen. Wenn ich mir das Verhalten unserer Bischöfe, Päpste und Gegenpäpste so ansehe, dann wundert es mich, dass nicht noch mehr die Frage stellen: Können diese Männer wirklich die Nachfolger unseres Herrn Jesu Christ sein? Hat der Herr so etwas gewollt? Nein! Hus hat sich gegen den Missbrauch gewandt, der an allen Ecken und Enden bis zum Himmel stinkt. Gegen faule Pfarrer und Prälaten, die ihren Schäfchen das Fell über die Ohren ziehen und ihnen für jedes Wort der Gnade den letzten Heller auspressen. Wenn jeder, der dagegen seine Stimme des Protests erhebt, ein Ketzer ist, dann bin ich auch einer. Und ich sage, der König und seine weltlichen und kirchlichen Fürsten sollten sich schämen, dass ihre freien Geleitbriefe nicht einmal das Pergament wert sind, auf dem sie geschrieben stehen. Freies Geleit hat König Sigismund ihm zugesichert, als Hus freiwillig zum Konzil nach Konstanz ging, und dann hat er keinen Finger gerührt, als seine Häscher ihn in den Kerker warfen und ein Theaterstück von einem Prozess aufführten! Nein, ich befürworte keinen Aufstand gegen unseren König und unsere althergebrachte Tradition, aber ich würde es begrüßen, wenn sich nicht nur der kleine Mann an die von den Herren erdachten Gesetze halten müsste! – Und wenn die Geistlichkeit ihre Kraft und Zeit dafür einsetzen würde, wofür der Herr sie uns gegeben hat: dem einfachen Menschen im harten Los des irdischen Lebens Trost zu spenden und Gottes Wort zu verkünden!«

Alle schwiegen und starrten den Henker an. Der stellte seinen Becher auf den Tisch, legte ein paar Münzen daneben, erhob sich und ging davon.

»Er ist ein guter Mann«, sagte Elisabeth leise. »Besser hätte er den schwärenden Unwillen in meiner Seele nicht in Worte fassen können.«

Jeanne nickte. »Ja, wer hätte so etwas von unserem Meister Thürner gedacht?«

Kapitel 9

Es war ein herrlicher Tag. Die Sonne brannte heiß vom sommerlich blauen Himmel. Die Bewohnerinnen des Frauenhauses hatten sich ihre schönsten Gewänder angezogen und wollten hinüber in die Stadt, um sich die Prozession anzusehen. Sie war zu Ehren des Bischofs und zum Dank für seine unversehrte Rückkehr vom heiligen Kreuzzug ausgerufen worden. Und natürlich auch zu Ehren seiner tapferen Männer, die mit ihm nach Böhmen gezogen waren.

Obwohl Elisabeth sich an diesem Tag nicht wohl fühlte, folgte sie den anderen Frauen, nachdem Jeanne ihr keine Ruhe gelassen und sie am Morgen sicher schon ein Dutzend Mal gefragt hatte.

»Du musst hinaus in die Sonne; du bist viel zu blass«, sagte sie und zog die Freundin hinter sich her.

»Ihre Blässe sieht aber schön vornehm aus«, meinte Anna. »Nicht so bäurisch wie wir!« Sie grinste und ließ ihre schlechten Zähne sehen.

»Vornehm?«, nahm Gret das Wort auf und betrachtete Elisabeth kritisch. »Ich finde, sie sieht eher kränklich aus. Ein Ausflug in die Domgasse wird ihr jedenfalls nicht schaden.«

»Und vielleicht bekommt sie so hübsche Sommersprossen wie du«, lästerte Anna und kicherte.

Gret zog an der Haarsträhne, die sich aus ihrer Haube gelöst hatte. »Wage es nicht, so über mich herzuziehen«, fauchte sie in gespieltem Zorn und imitierte Marthes Tonfall. »Und binde dir deine Haube ordentlich! Heute ist ein hoher Feiertag.«

Anna zog eine Grimasse, ließ sich aber von Jeanne das Haar neu aufdrehen und die Haube sorgfältig darüber binden.

Da das Judentor schon seit langer Zeit vermauert war, betraten die Frauen die Stadt durch das innere Pleichacher Tor unten am Main. Sie folgten am Holztor vorbei der Gasse, in der die Kärrner wohnten und auf Arbeit warteten. Schon ragte das Karmeliterkloster vor ihnen auf und dahinter der Turm des Grafeneckarts, des alten Adelssitzes, der nun den Stadtoberhäuptern als Rathaus diente. Je näher sie der Domgasse kamen, die in gerader Linie vom Westportal bis zur Brücke über den Main führte, desto dichter wurde das Gedränge in der Gasse. Endlich erreichten sie die breite Straße, durch die die Prozession führen würde. Drüben auf der anderen Seite, am Platz vor dem Münzhaus, standen die Menschen noch nicht so dicht, sodass die Frauen beschlossen, von dort aus den Zug zu betrachten. Die meisten der Bürger beachteten sie nicht, nur ein paar Männer grinsten ihnen zu oder deuteten spöttisch eine Verbeugung an. Eine Frau im einfachen Gewand der Beginen starrte die Frauen an, bekreuzigte sich und ging dann rasch weiter.

»Heuchlerin«, zischte Marthe. »Die sollen gar nicht so heilig tun. Die meisten von ihnen sind Ketzerinnen. Wartet es nur ab, wir werden noch einige brennen sehen!«

Anna riss die Augen auf. »Bist du sicher? Glaubst du wirklich, der Bischof würde sie auf den Scheiterhaufen schicken?«

Jeanne zuckte mit den Schultern. »Bei uns daheim haben sie viele Ketzer verbrannt, und von den Beginen hört man immer wieder, dass ihre Häuser geschlossen und die Frauen vertrieben werden, weil sie es mit der reinen Lehre nicht so eng sehen.«

»Aber sie gleich verbrennen?«, flüsterte Anna.

Gret tätschelte ihr die Schulter. »Reg dich nicht auf, Kind, uns jedenfalls kann nichts passieren, so fromm und gottesfürchtig wie wir sind!«

Jeanne prustete los, und auch Elisabeth konnte sich ein Lächeln nicht verkneifen.

»Dann können wir ja froh sein, unter der strengen Fuchtel

unserer Meisterin zu leben, statt in irgendeinem sündigen Beginenhaus«, sagte Mara.

Die Frauen lachten herzlich, ohne sich um die missbilligenden Blicke zu kümmern, die so mancher Bürger ihnen ob ihrer unangemessenen Heiterkeit an einem ernsten Feiertag zuwarf.

Plötzlich stieß Jeanne Elisabeth in die Rippen. »Sieh mal die Frau dort drüben, wie sie zu uns herüberstarrt. Als seien wir Dämonen, die die Hölle plötzlich vor ihren Füßen ausspuckt.«

»Oder Engel, die vom Himmel gefallen sind«, gluckste Anna.

Elisabeth sah zur anderen Straßenseite hinüber. Sie wusste gleich, wen Jeanne meinte. Vor dem Rathaus hatten sich wie immer die ratsfähigen Familien versammelt, um die Prozession zu sehen und voll Stolz auf die Ratsherren in ihrer Familie zu blicken, die mit dem Zug laufen würden. Etwas links erkannte sie Otilia Maintaler und drei kleinere Kinder. Die streng dreinblickende Frau, die sie in der Vorratskammer überrascht hatte, war auch dabei. Sie war einfach gekleidet, das Haar unter einer streng gebundenen Haube verborgen, und stand ein wenig im Hintergrund. Also war sie wohl doch eine langjährige Magd der Familie, die sich der Erziehung der Kinder angenommen hatte. Elisabeths Blick wanderte weiter zu der Person, die Jeanne gemeint hatte. Ungefähr in der Mitte stand eine groß gewachsene, blonde Frau, die sich sehr gerade hielt. Ihre herben Gesichtszüge waren erstarrt, und ihr Blick fixierte die Bewohnerinnen des Frauenhauses. Ihr Mund war leicht geöffnet, doch sie sprach die Worte nicht aus, die kurz zuvor vermutlich noch ihren Sinn bewegt hatten. Sie wirkte, als sei sie wie Lots Frau zur Salzsäule erstarrt.

»Wer ist denn die?«, fragte Anna und streckt die Zungenspitze heraus.

»Lass das!«, schimpfte Gret. »Sie ist das Eheweib von Ratsherr von Suppan, der mit den Domherren im Oberrat sitzt. Mit solch einer Familie sollte man sich nicht anlegen.«

»Deshalb braucht sie trotzdem nicht so zu uns herüberzustarren«, murrte Anna.

Elisabeth spürte, wie der Blick sie durchdrang. Es war, als würde er auch sie lähmen. Heiße Wellen rannen durch ihren Körper, ihr Kopf fühlte sich an, als sei er mit Daunenfedern gefüllt. Ein junger Mann trat zu der Frau und griff nach ihrem Arm. Anscheinend war ihm ihr seltsames Verhalten aufgefallen, und er erkundigte sich, was mit ihr los sei. Sie hob kraftlos den Arm, als bewege sie sich im Schlaf, und deutete zu den Frauen hinüber. Der Mann hob suchend den Blick, bis er Elisabeths traf. Ein Grinsen huschte über sein noch burschenhaftes Antlitz. Er war nur wenige Jahre älter als sie selbst. Nun erkannte auch Elisabeth ihn wieder. Sie hatte erst vor ein paar Tagen seinen Wünschen gedient und mit ihm eine der Matratzen geteilt. Sie hatte gewusst, dass er der Sohn einer angesehenen Familie in Würzburg war. Nun, wenn sie die Züge mit denen der Frau neben ihm verglich, dann musste er wohl zur Familie von Suppan gehören. Elisabeth las die Frage von den verzerrten Lippen der Ratsherrenfrau.

»Wer ist sie? Kennst du sie?«

Der Sohn zögerte und nickte dann widerstrebend. Als er sich zu der Frau beugte und ihr die Antwort ins Ohr flüsterte, verlor die Ratsherrengattin auch noch den letzten Rest an Farbe. Ihre Wangen wurden totenbleich, ihr Blick schweifte in die Ferne. Noch ehe ihr Sohn ahnen konnte, was seine Worte angerichtet hatten, brach sie ohnmächtig auf dem Straßenpflaster zusammen. Ein kleiner Tumult brachte die Reihen der edlen Familien in Unordnung. Bedächtig – um ihre teuren Gewänder nicht zu beschmutzen – beugten sich Mitglieder anderer Ratsfamilien herab. Helfende Hände schlossen sich um die schlaffe Gestalt. Suchend sah sich der Sohn um und deutete dann zum Rathaus hinüber. Die anderen gafften, während sie die Ohnmächtige durch das Tor des Grafeneckart trugen. Sie achteten nicht mehr auf die Domstraße und auf den getragenen Gesang der Chorknaben, die sich nun näherten.

So verpassten die wichtigen Familien den Beginn der Prozession und den Aufmarsch der Ratsherren, die mit stolz geschwellter Brust vorbeimarschierten.

Auch Anna, Gret und Jeanne beobachteten den Aufruhr vor dem Rathaus. Prozessionen gab es in Würzburg genug!

»Ich wusste ja gar nicht, dass wir solch eine abschreckende Wirkung haben«, kicherte Jeanne.

»Er hat ihr gesagt, dass wir sündige Dirnen sind, und da ist das Leben aus ihr gewichen«, prustete Gret.

Anna verdrehte die Augen, stieß einen theatralischen Seufzer aus und ließ sich gegen Grets Brust sinken. »Das ist zu viel für meine zarten Nerven! Dirnen hier in der Domstraße, und das auch noch am heiligen Feiertag!«

»Hör auf!«, japste Jeanne und hielt sich den Bauch. Die Umstehenden warfen den Frauen missbilligende Blicke zu und rückten ein wenig von ihnen ab.

Elisabeth lachte nicht mit ihnen. Sie starrte noch immer zur anderen Straßenseite hinüber, wo die Frau gestanden hatte. Auch als sich die Zuschauermenge auflöste und die Menschen zu den Verkaufsständen schlenderten oder nach Hause zu einem Feiertagsmahl strebten, folgte Elisabeth ihren Begleiterinnen still, den Kopf gesenkt.

»Lissi, was ist mit dir?«, fragte Jeanne. »Warum siehst du so traurig drein? Es ist ein herrlicher Tag! Wenn du magst, dann kaufe ich uns ein Stück Safrangebäck. Was hältst du davon?«

Anna drängte sich heran. »Wenn Lissi nicht will, ich nehme gern ein Stück!«, sagte sie, und in ihren Augen leuchtete die Gier. Dass sie für Süßigkeiten ihre Seele verkaufen würde, wussten alle.

Gret zwickte sie in ihre speckige Seite. »Das ist uns bekannt, aber dir hat sie es nicht angeboten, also schick dich! – Und außerdem sieht unsere Lissi nicht traurig drein, sondern ist mal wieder weit weg in ihrer Gedankenwelt, nicht wahr? Was treibt dich dieses Mal um?« Sie wartete nicht, bis Elisabeth ihr antwortete. »Es ist die Ratsfrau. Seltsam, nicht?« Gret nickte wissend.

»Warum?«, fragte Anna. »So seltsam war das doch auch wieder nicht. Eher komisch, wie sie so plötzlich in sich zusammengesackt ist.«

»Halt deinen vorlauten Mund, wenn eh nur dummes Zeug rauskommt«, wies sie Gret zurecht. Anna verschränkte schmollend die Arme vor der Brust.

»Du gemeine Ziege«, maulte sie. »Du bildest dir ein, du bist schlau und weißt alles und du könntest mir den Mund verbieten.«

»Schlauer als du bin ich allemal, und außerdem größer und stärker. Und wenn du nicht mit dem Gezeter aufhörst, hast du schneller rote Wangen als du gucken kannst. Du schleichst schon bedenklich nahe an einer Backpfeife entlang. Also strapaziere meine Geduld nicht länger!«

So kabbelten sie sich den ganzen Weg bis zu den Domstufen, wo die Frauen sich Gebäck kauften und dann den Rückweg zum Frauenhaus antraten.

Elisabeth blieb den ganzen Tag über schweigsam und zog sich von den anderen zurück. Heute, an so einem hohen Feiertag, wagten selbst die hartnäckigen Gäste nicht, ins Frauenhaus zu kommen, und so störte sie niemand, um sie zu ihrer Pflicht zu rufen. Elisabeth saß an der Böschung der Kürnach im Gras und starrte ins Wasser. Der Anblick der Frau ging ihr nicht aus dem Sinn. Egal, wie sie es drehte und wendete, ihre heftige Reaktion ließ nur den einen Schluss zu: Die Ratsfrau hatte sie erkannt – oder zumindest geglaubt, sie zu kennen. Und die Erkenntnis, dass Elisabeth zu den Dirnen des Frauenhauses gehörte, hatte ihr solch einen Schreck versetzt, dass sie in Ohnmacht gefallen war. Elisabeth sah auf ihre schmalen Hände herab, die inzwischen rau und rot und nicht mehr weiß und weich wie zu Anfang waren. Im Gegensatz zu den anderen Frauen hier konnte sie lesen und schreiben und sogar rechnen. Sie gehörte nicht hierher! Sie stammte aus einer ehrbaren, vielleicht sogar reichen und mächtigen Familie. Wer war sie? Wieder einmal marterte sie ihren Kopf, um ihm die Erinnerung an ihr vergangenes Leben zu entreißen. Vergeblich. Sie fand nur Schwärze und wirbelnde Nebel.

Elisabeth seufzte. Sie wollte es aber wissen. Sie musste es wissen! Hatte sie nun endlich jemanden gefunden, der ihr weiterhelfen konnte? Aber wie sollte das gehen? Sollte sie, eine Dirne aus der Pleichach, zum prächtigen Hof der von Suppans gehen, die Hausherrin zu sprechen verlangen und sie dann fragen, wer sie sei?

Als Elisabeth am nächsten Morgen erwachte, beschloss sie, genau das zu tun: bei der Familie des Ratsherrn von Suppan vorzusprechen und die Hausfrau zu fragen, ob sie sie erkenne und wie ihr Name sei. Dass die Meisterin davon nichts halten würde, war ihr klar, daher sprach sie nicht einmal mit Jeanne von ihrem Vorhaben. Als Else die Aufgaben für den Tag verteilte, schlug sie vor, mit Jeanne und Ester zu tauschen und an deren Stelle Eier und Milch kaufen zu gehen.

»Ich gehe alleine«, sagte sie und versuchte ihre Stimme nicht drängend klingen zu lassen.

Alle gingen sie gern in die Stadt und genossen es, der Aufsicht der Meisterin für eine Weile zu entkommen, aber Ester nickte gelassen. »Wenn du lieber gehen möchtest, dann helfe ich bei der Wäsche. Soll ich deinen Rock auch einweichen?«

»Du bist zu gut für diese Welt«, sagte Gret und schüttelte den Kopf. »Du lässt dich von jedem ausnutzen.« Sie ging davon.

Elisabeth bedankte sich bei der entstellten Frau mit dem sanften Gemüt und ließ sich den Korb und den Beutel mit den abgezählten Münzen reichen. Jeanne sah sie an.

»Du willst alleine gehen? Und vermutlich soll ich dich nun nicht fragen, warum?«

Elisabeth senkte den Blick. »Nein, wenn es möglich ist. Ich bitte dich, um unserer Freundschaft willen.«

Die Französin seufzte und schüttelte das schwarze Haar. »Na gut, um unserer Freundschaft willen. Wobei ich zu gern wüsste, was du vorhast. Ich kann dich nur beschwören, überlege dir gut, was die Meisterin dazu sagen wird, wenn sie es erfährt. Und glaub mir, sie erfährt am Ende immer alles! Keiner weiß, warum.« Sie senkte die Stimme. »Manche vermuten, sie hat einen unsichtbaren Geist, einen Dämon der Hölle, der ihr dient.« Ein wenig ängstlich sah sie sich um und fuhr dann erschreckt zusammen, als die ärgerliche Stimme der Eselswirtin zu ihr herüberschallte.

»Was gibt es da noch zu tuscheln? Ich habe euch Arbeit zugewiesen, und ich erwarte, dass ihr sie gleich erledigt!«

Die drei Frauen fuhren auseinander. Elisabeth klemmte sich den Korb unter den Arm und wollte den Weg zum Stadttor einschlagen, als Else sie barsch zurückhielt.

»Was hat das zu bedeuten? Wohin gehst du?«

»Eier und Milch kaufen«, antwortete Elisabeth.

»Das habe ich nicht dir aufgetragen.« Sie sah drohend zu Ester und Jeanne hinüber.

»Verzeih, Meisterin, mein Fuß schmerzt wieder«, log Ester. »Deshalb hab ich Elisabeth gebeten, für mich zu gehen. Ich werde für sie waschen.«

»Und du? Welche Ausrede fällt dir ein? Ich dulde es nicht, dass eine von euch alleine durch die Stadt streift.«

Jeanne fiel so schnell keine glaubwürdige Ausflucht ein. Hilfesuchend sah sie zu Elisabeth.

»Gut, dann heb deinen faulen Hintern von der Bank, und geh mit Elisabeth einkaufen!«, befahl die Meisterin.

Jeanne sprang auf und eilte mit der Freundin den Weg an der Kürnach entlang, der sie zum inneren Pleichacher Tor führte.

»Es tut mit leid, Lisa«, sagte Jeanne, als sie außer Hörweite waren. »Ich wollte deine Pläne nicht durchkreuzen. Auch wenn ich gestehen muss, dass ich vor Neugier fast platze. Willst du mir nicht doch verraten, was du ausheckst?«

Elisabeth schüttelte den Kopf und ging so rasch voran, dass Jeanne mit ihren kürzeren Beinen kaum folgen konnte.

»Lissi, das ist nicht nett! Um unserer Freundschaft willen!«

Elisabeth schwieg, bis sie das Tor passiert hatten. »Können wir uns trennen? Du gehst einkaufen, und wir treffen uns später wieder hier am Tor?«

Jeanne wiegte den Kopf hin und her. »Du weißt, dass wir das nicht dürfen! Ich könnte viel besser lügen, wenn ich wüsste, was ich verbergen soll!«

Die Freundin schüttelte seufzend den Kopf. »Deine Neugier wird dir noch einmal zum Verhängnis.«

»Und dir deine Geheimniskrämerei!«, konterte die Französin.

»Nun gut«, gab Elisabeth nach. »Weißt du, in welchem Haus die Ratsfamilie von Suppan wohnt?«

Jeannes Augen wurden groß. »Was willst du denn von diesen Leuten?«

»Der Hausfrau eine Frage stellen.«

»Aber du kannst doch nicht einfach zu einer Ratsfrau gehen«, stotterte die Französin verwirrt. »Wie kommst du auf den Gedanken?« Plötzlich ging ihr ein Licht auf. »Es ist wegen gestern, nicht? Sie hat nicht *uns* so angestarrt, sie hat *dich* gesehen und ist dann in Ohnmacht gefallen!« Jeanne pfiff durch ihre Zahnlücke. Elisabeth nickte.

»Ja, nachdem ihr Sohn ihr zuflüsterte, was ich bin.« Ihr Ton klang bitter.

»Heiliger Herr Jesus, das bedeutet, dass sie weiß, wer du bist – ich meine, wer du früher gewesen bist.«

»Ja, der Gedanke kam mir auch. Und nun werde ich zu ihr gehen, denn ich muss es wissen!«

Langsam gingen sie weiter über den Platz, auf dem die letzten Judenhäuser abgebrochen wurden, vorbei an der noch immer nicht ganz fertigen Marienkapelle. Den stinkenden Rigol querten sie auf einem Holzsteg.

»Aber warum hat sie überhaupt so heftig reagiert?«, dachte

Jeanne laut nach. »Ihr muss einst etwas an dir gelegen haben! Und das bedeutet sicher, dass du nicht irgendeine Magd oder Hintersassin warst.«

Elisabeth schüttelte den Kopf. »Dann wäre sie nicht in Ohnmacht gefallen.«

Jeanne nickte. Sie gingen am Tor des Stifts Neumünster vorbei und dann durch den Schatten der Domtürme.

»Du stammst aus einer vornehmen Familie«, stellte Jeanne fest. »Darum kannst du schreiben und lesen. Vielleicht warst du eine Nonne im Kloster. Kein Wunder, dass es ihr einen Schreck versetzt hat, dich plötzlich unter den Dirnen zu sehen.«

»Vielleicht«, stimmte Elisabeth ihr zu. »Und doch ist ihre Reaktion unbegreiflich, wenn ich nur irgendjemand bin, den sie aus ihren Kreisen kennt!«

Jeanne blieb mitten auf dem Domplatz stehen. »Du meinst, du gehörst zu ihrer Familie? Wenn das wahr wäre! Ich kann es kaum glauben. Du eine feine Bürgerin, und dann noch aus dieser mächtigen Familie?«

Elisabeth zuckte mit den Schultern. »Eine andere Erklärung fällt mir nicht ein.«

»Nun, wir werden es bald wissen«, hauchte Jeanne, und ihre Stimme zitterte vor Aufregung. Sie blieb vor einem prächtigen Portal stehen, das in den Innenhof des Anwesens führte, das der Ratsherr von Suppan sein Eigen nannte. Unschlüssig blieben die Frauen stehen und blickten in den Hof, in dem geschäftiges Treiben herrschte.

»Soll ich hier auf dich warten?«, fragte Jeanne, die nun anscheinend der Mut verließ. »Obwohl es mich schon interessieren würde. Ich war noch nie in einem solch prächtigen Haus. Du musst mir nachher alles genau berichten. Und dass du mir keinen Teppich oder silbernen Becher auslässt!«

Elisabeth lachte nervös auf. Nun, da sie über den Hof gehen und nach der Hausherrin fragen sollte, kam ihr ihr Vorhaben plötzlich nicht mehr so einfach vor. Sie sah an ihrem verwaschenen, unförmigen Kleid herunter. Der gelbe Streifen fiel kaum auf, wenn man nicht so genau hinsah. Was sollte sie sagen, wer sie sei, wenn man sie fragte? Und was für einen Grund konnte sie dafür angeben, dass sie die Hausfrau sprechen wollte? Sie konnte schlecht sagen: Verzeiht, ich bin die Dirne Elisabeth aus dem Frauenhaus in der Pleichacher Vorstadt – obwohl ich vermutlich noch vor einem Jahr jemand anderes war. Eure Herrin ist gestern bei meinem Anblick in Ohnmacht gefallen, daher wüsste ich gern, ob ich ein Mitglied dieser Familie bin oder woher sie mich sonst zu kennen glaubt. Nein, so ging es natürlich nicht.

Stumm standen die beiden Frauen da, brüteten über eine mögliche Lösung ihres Problems und sahen den Männern zu, die im Hof arbeiteten. Zwei beluden einen Wagen mit Weinfässern. Ein anderer schleppte Säcke und Kisten eine Treppe hinunter, die in den Gewölbekeller führte. In einer Ecke saß eine Magd auf einem Hocker und rupfte ein Huhn, das sie wohl auf dem Markt erstanden hatte und nun für das Abendbrot des Ratsherrn und seiner Familie vorbereitete. Ein zweites Tier lag mit abgeknicktem Hals zu ihren Füßen. Einer der Knechte hatte die Frauen am Tor bemerkt und sah nun immer öfter zu ihnen hinüber. Als er das letzte Fass auf den Wagen gewuchtet hatte, zog er ein schmutziges Tuch aus der Tasche, wischte sich Nacken und Stirn trocken und trat auf das Tor zu.

»Was wollt ihr hier?«, fragte er nicht unfreundlich. »Ihr steht schon eine ganze Weile hier herum. Kann ich euch weiterhelfen?«

Elisabeth spürte Jeannes Hand in ihrem Rücken, die sie vorwärtsschob. Die junge Frau knickste. »Ja, vielleicht, ich möchte deine Herrin sprechen. Ist die gnädige Frau von Suppan im Haus?«

Der Mann zögerte. »Ja, das schon. Ich denke, sie ist zu dieser Zeit in der Stube, aber ob du zu ihr darfst, das kann ich nicht sagen.« Er kratzte sich das Kinn und betrachtete Elisabeth. Offensichtlich war sein Blick nicht bis zu ihrem Rocksaum geglitten, denn er sagte: »Hm, wir können zumindest ihre Magd fragen. Komm mit.«

Er ging mit großen Schritten voran. Elisabeth versuchte mit ihm Schritt zu halten, was nicht einfach war, ohne den Rock zu raffen. Er ging auf eine kunstvoll geschnitzte Tür zu, stieß sie auf und trat in die Halle. Elisabeth folgte ihm und sah sich staunend um. In diese Halle mit ihren beiden steinernen Treppenaufgängen hätte das gesamte Frauenhaus dreimal hineingepasst!

»Maria!«, rief der Mann so laut, dass Elisabeth zusammenzuckte. Irgendwo schlug eine Tür, dann kam eine Frau in mittleren Jahren die Treppe heruntergelaufen. Ihr Gewand war grau, über einem weißen Hemd, doch aus gutem Stoff fein geschnitten und so sauber, dass sich Elisabeth ganz schmierig vorkam. Selbst die Haube der Frau war blütenweiß, so als habe sie sie eben erst aus den Händen der Näherin entgegengenommen.

»Johann, was schreist du denn so? Du weißt doch, dass die Gnädige an Krämpfen leidet!«

Der Knecht brummte etwas über die Herrin in seinen Bart, das er sicher besser nicht laut aussprach. »Das Mädchen hier will die gnädige Frau sprechen«, sagte er dann und trat zur Seite, dass Maria die Besucherin betrachten konnte. Auch die Magd des Hauses musterte sie kritisch. Elisabeth ließ ihr leichtes Umschlagtuch so über ihren Armen auf den Boden herabhängen, dass Maria den Rocksaum nicht sehen konnte.

»Wer ist sie, und was will sie?« Das klang schon weniger freundlich als die Frage des Knechts.

»Keine Ahnung«, sagte dieser und zuckte mit den Schultern. »Ich muss jetzt wieder an die Arbeit.« Und damit entzog er sich der schwierigen Entscheidung, ob man die Besucherin nun melden sollte oder nicht.

»Nun?« Die Magd hob das Kinn und sah die junge Frau abschätzend an.

»Ich heiße Elisabeth. Ich habe deine Herrin gestern gesehen, als sie – nun ja, als sie plötzlich in Ohnmacht fiel.«

»Ja, und?«

»Sie… sie hat etwas verloren, das ich ihr wiedergeben möchte«, endete Elisabeth.

Die Magd streckte die Hand aus. »Dann gib es mir. Ich werde es ihr bringen, oder bist du auf einen Lohn aus?«

Elisabeth schüttelte den Kopf. »Nein, das nicht, aber ich würde es ihr lieber selbst…« Sie verstummte. Oben trat eine Gestalt ans Geländer.

»Maria, wer ist da? Ich höre Stimmen! Komm her und bring mir ein neues kühles Tuch. Dieses hier ist schon wieder ganz heiß.«

»Ja, gnädige Frau, sofort. Es ist nur, hier ist ein Mädchen, das Euch sprechen will. Sie sagt, sie heißt Elisabeth und hat Euch gestern gesehen, als Ihr gefallen seid, und…«

»Die aus dem Haus in der Pleichach?«, schallte die Stimme der Hausherrin herab. Sie hatte einen panischen Klang. Elisabeth nickte zögernd.

»Ja, sie sagt…«

»Ich will sie nicht sehen! Schick sie weg! Was erdreistet sie sich, in ein anständiges Haus zu kommen? Maria! Ich ertrage das nicht!«, kreischte Catharina von Suppan. Der Magd fiel die Kinnlade herab. Sie sah von Elisabeth zu ihrer Herrin hinauf, die sich nun abrupt umdrehte, in die Stube zurücklief und die Tür hinter sich zuschlug.

»Aber was ist denn?«, fragte Maria schwach und sah Elisabeth wieder an, die erstarrt dastand. Sie hörten die Ratsherrengattin oben lamentieren. Eine andere Tür öffnete sich und entließ den ältesten Sohn des Hauses.

»Kann mir einer verraten, was dieser Aufruhr soll?«, wollte Kraft von Suppan wissen. Er blieb vor Elisabeth stehen, stemmte die Hände in die Hüften und sah sie ohne ein Lächeln an.

»Sie wollte Eure gnädige Frau Mutter sprechen, um ihr etwas zurückzugeben, das sie verloren hat – sagt sie.«

»So? Etwas zurückgeben? Was könnte das nur sein, Elisabeth?«, wollte der Sohn des Hauses wissen.

»Kann ich sie bitte sprechen? Bitte, nur für einen Moment. Es ist sehr wichtig!«

»Was könnte es Wichtiges geben, das einer Dirne das Recht gibt, in das Haus eines Ratsherrn einzudringen und zu verlangen, zur Herrin vorgelassen zu werden?«

Bei dem Wort »Dirne« stieß Maria einen erstickten Laut aus und schlug die Hände vor den Mund.

»Ich bin keine Dirne!«, stieß Elisabeth aus.

»Ach nein?« Er schickte Maria weg. Sie entfernte sich nur zögerlich. Sicher hoffte sie, noch mehr von der Unterhaltung hören zu können.

Der junge Hausherr umrundete Elisabeth und betrachtete sie eingehend. »Keine Dirne? Wie seltsam. Dann müssen mich meine Erinnerungen an ein gemeinsames Lager trügen. Und dabei gelte ich gar nicht als vergesslich.«

»Ich meine vorher«, berichtigte Elisabeth. »Ich bin nicht immer das gewesen, wozu ich heute gezwungen werde.«

»Keine wird als Dirne geboren! Doch ist man erst einmal eine, dann bleibt man es, und keiner kann und wird das jemals ändern!«

Elisabeth war es plötzlich kalt. Sie schlang die Arme um ihren Leib und zitterte. »Ihr wisst, dass ich einst jemand anderes war.«

»Nein. Welch merkwürdiger Gedanke. Ich habe dich vor einer Woche im Frauenhaus zum ersten Mal gesehen.«

»Aber Eure Mutter weiß es. Deshalb ist sie in Ohnmacht gefallen!«

Kraft von Suppan machte eine wegwerfende Handbewegung. »Ach, meine Mutter fällt andauernd in Ohnmacht. Das hat nichts weiter zu bedeuten. Sie hat ein unruhiges Gemüt und wird ständig zur Ader gelassen, doch mit ihren Stimmungen wird es nicht besser.«

»Und dennoch glaube ich, dass sie mich wiedererkannt hat und mir sagen kann, woher ich komme. Wenn Ihr mir nur diese eine Frage gestattet, dann schwöre ich, dass ich

Euch nie wieder belästige!« Flehend hob die junge Frau die Hände.

Kraft von Suppan packte sie hart am Oberarm. Seine Miene war kalt.

»Nichts wirst du sie fragen. Du wirst dich von meiner Mutter, ja von unserer ganzen Familie fernhalten, dreckige Hure. Wenn du es wagst, auch nur ein Wort an einen von uns zu richten, dann bist du ein Fall für den Schultheiß! Und glaube nicht, dass ich nicht die Macht dazu hätte. Was meinst du wohl, was passiert, wenn ich ihm sage, du hättest mich bei meinem letzten Besuch im Frauenhaus bestohlen? Wem würden sie wohl Glauben schenken? Dir oder mir? Sei vorsichtig, wenn du nicht ein paar Teile deines Körpers unter dem Henkersbeil verlieren willst!« Er ließ sie los und stieß sie in Richtung Tür. »Und nun mach, dass du fortkommst. Am besten, du bleibst in deiner Pleichacher Vorstadt bei deinesgleichen, wo du hingehörst!«

Blind von Tränen rannte Elisabeth hinaus und stieß fast mit Jeanne zusammen, die ihr entgegentrat. Als sie den Zustand der Freundin bemerkte, griff sie nach ihrer Hand und zog sie mit sich fort. Fast vergaßen sie, dass sie Eier und Milch mitbringen sollten. Zum Glück fiel es Jeanne gerade noch ein, bevor sie das Tor passierten. So kehrten sie also noch einmal um, füllten den Korb und eilten dann zum Frauenhaus zurück.

Wie Jeanne es befürchtet hatte, erwartete die Meisterin sie bereits, und ihre Stimmung stand auf Sturm.

»Könnt ihr mir verraten, wie ihr es schafft, einen ganzen Nachmittag zu brauchen, um ein paar Eier und Milch zu besorgen? Sprecht, es interessiert mich brennend!«

Die beiden Frauen tauschten einen Blick und sahen dann zu Boden.

»Verzeiht, Meisterin«, sagte Jeanne leise, »wir wurden auf der Gasse zweimal angehalten – von Gästen, die uns in eine Unterhaltung zogen, und da wollten wir nicht unhöflich sein.

Das wäre dem Frauenhaus nicht zuträglich. Schließlich wollt Ihr, dass sie gut von uns reden und bald wieder hier einkehren.«

Elisabeth sagte gar nichts. Zu sehr fürchtete sie, die Wirtin könne ihre Lügen durchschauen. Jeannes Geschichte hörte sich glaubwürdig an, dennoch runzelte Else die Stirn.

»Warum nur habe ich das Gefühl, du tischst mir eine Lügengeschichte auf?«, brummte sie, trat einen Schritt vor und schnüffelte. »Wart ihr in einer Weinstube?« Die beiden Frauen schüttelten einmütig den Kopf.

»Nun, das wenigstens scheint zu stimmen. Ich kann keinen Weindunst riechen.« Ohne Vorwarnung schlug sie beide Frauen einmal hart ins Gesicht.

»Dennoch dulde ich kein Trödeln! So, und damit ist die Sache vergessen. Bringt die Eier in mein Haus, und stellt die Milch in der Grube kühl.«

Sie drehte sich um und ging davon. Die Frauen rieben sich die schmerzenden Wangen.

»Es hätte schlimmer kommen können!«, seufzte Jeanne. Sie brachten die Eier in die Küche der Wirtin.

»Und? Hast du was erfahren?«, drängte die Französin ihre Freundin leise. Elisabeth schüttelte den Kopf.

»Sie hat sich geweigert, mich zu empfangen. Und dann kam auch noch ihr Sohn, verriet der Magd, dass ich eine Dirne bin, und drohte mir mit dem Schultheiß, falls ich jemals wieder versuchen sollte, ein Mitglied der Familie anzusprechen.«

»Kein Wunder, dass du außer dir warst, als du aus dem Hof stürmtest«, sagte Jeanne voller Mitleid und streichelte ihren Arm. »Aber eines kann ich dir sagen: Du bist keine Tochter des Hauses!«

»Wie kannst du dir da sicher sein?«, begehrte Elisabeth auf.

»Ich war nicht ganz müßig. Während du im Haus des Ratsherrn versucht hast, etwas zu erfahren, hab ich die Knechte ausgehorcht. Ich fand einen, der schon über dreißig Jahre bei der Familie ist, und ich fragte ihn nach Kindern, die plötzlich gestorben oder verschwunden seien.«

»Einfach so?«, wunderte sich Elisabeth.

»Nun ja, eine kleine Lügengeschichte habe ich ihm schon aufgetischt. Tatsache ist jedenfalls, dass es kein unerklärliches Verschwinden von Kindern gab. Die Hausfrau hat diesen Sohn Kraft vor zweiundzwanzig Jahren geboren, und sie hat noch zwei Töchter von vierzehn und neun Jahren. Zwischen den Geburten der Mädchen sind zwei weitere Kinder in frühem Alter gestorben. Danach war sie wohl aus dem gebärfähigen Alter raus, und es kam kein Kind mehr. Der letzte Todesfall ist jedenfalls elf Jahre her!«

Traurigkeit legte sich über Elisabeths Miene. »Dann hast du wohl recht, und meine Vermutung und meine Hoffnung waren falsch.«

Sie traten zur Milchgrube, hoben den hölzernen Deckel an und stellten die beiden Krüge ins kühle Erdreich.

»Ja, schon«, fügte Jeanne nachdenklich hinzu. »Doch das macht die Reaktion von Mutter und Sohn erst recht unerklärlich.«

Elisabeth nickte müde. »Ja, aber so wie es aussieht, werden wir das Geheimnis nicht lüften.«

»Vielleicht kehrt deine Erinnerung irgendwann zurück«, tröstete Jeanne sie, als sie zum Frauenhaus zurückgingen.

»Ja, vielleicht«, sagte Elisabeth, doch es lag keine Hoffnung in ihrer Stimme.

Kapitel 10

»Oh, Ratsherr Maintaler, welch Freude, Euch wieder einmal begrüßen zu dürfen!« Else überschlug sich förmlich und eilte mit offenen Armen auf den hohen Herrn zu. »Wie geht es der Familie ... äh, ich meine ... den Kindern?« Zu spät fiel ihr auf, dass diese Frage ein Fehler war. Der Ratsherr wechselte die Farbe.

»Danke der Nachfrage«, presste er hervor. Die Meisterin winkte hektisch nach Elisabeth, die zusammen mit Jeanne mit einem der Rückkehrer aus Böhmen am Tisch saß. Sie erhob sich, trat näher und knickste. Erst wirkte er ein wenig verlegen, doch als Elisabeth ihn freundlich willkommen hieß, lächelte er erfreut.

»Schön, dass wir uns wiedersehen. Du bist eine gute Zuhörerin. Lass uns an den hinteren Tisch gehen und ein wenig plaudern – bei einem guten Becher Wein. Ich werde dieses Mal allerdings nicht wieder so viel trinken!«

»Gut, ich werde Euch Einhalt gebieten, wenn Ihr Euch nicht zurückhaltet«, sagte Elisabeth keck.

Erst runzelte der Ratsherr die Brauen, doch dann lachte er. »Du bist nicht nur klug, du bist auch noch vorwitzig! Aber eigentlich habe ich das ja bereits erfahren, nicht wahr?«

Nun, da er auf ihre letzte Begegnung anspielte, wagte Elisabeth sich noch ein Stück weiter vor.

»Ja, manches Mal ist es klug, Menschen zu ihrem Glück ein wenig zu zwingen. Schließlich steht mir nicht der Sinn danach, Euch noch einmal durch die halbe Stadt zu schleppen. Nein, Herr Ratsherr, dazu seid Ihr mir doch eine – sagen wir, zu gewichtige Persönlichkeit.«

Er hob drohend die Hand und ließ sie dann halbherzig auf ihre Röcke klatschen. »Unverschämtes Luder! Zu Hause würde ich solch eine Frechheit mit der Rute vertreiben!« Der Gedanke an sein Heim und die nun halb verwaisten Kinder verjagte das Lächeln aus seinem Gesicht, doch Elisabeth verstand es, ihn abzulenken. Sie führte ihn an den Tisch, schenkte ihm den teuren Wein ein und brachte ihn mehrmals zum Lachen.

Else, die das Gekabbel mit angehört hatte, trat zu Elisabeth.

»Du hast dich erstaunlich gut entwickelt, meine Liebe. Ich habe recht entschieden, dich aufzunehmen, obwohl ich zuerst meine Zweifel hatte!«

Elisabeth war für einen Moment abgelenkt. Die Worte der Meisterin rührten an etwas. Warum hatte sie sie nie darüber befragt? Natürlich würde Else sie abweisen und Ausflüchte suchen, doch vielleicht lohnte es sich, hartnäckig zu sein. Vielleicht würde sie etwas erfahren und ein weiteres kleines Teilchen zu dem noch so löchrigen Mosaik hinzufügen können.

»Hörst du mir überhaupt zu? Lisa! Wo bist du mit deinen Gedanken?« Es klang gekränkt. Der Ratsherr war es nicht gewohnt, ignoriert zu werden.

»Oh, verzeiht, vielleicht bin ich heute ein wenig müde. Es liegt nicht an Euch. Würdet Ihr die letzten Worte noch einmal wiederholen?«

»Ich habe dir von unseren vergeblichen Bemühungen zu Beginn des Frühjahrs berichtet, unter Mithilfe des päpstlichen Legaten mit unserem Herrn Bischof zu einer Einigung zu kommen.«

»Oh ja, mit Heinrich von England. Es gab eine Zusammenkunft in Frankfurt, nicht wahr?«

»Äh, ja, habe ich das schon erwähnt?«

»Bestimmt«, murmelte Elisabeth. Warum nur fielen ihr all diese Dinge der Politik ein, doch nichts über ihr eigenes Leben? Warum nur konnte sie sich nicht an die Namen ihrer

Mutter und ihres Vaters erinnern, an den Ort, an dem sie gelebt hatte, und daran, wer der junge Ritter mit dem schönen Gesicht war?

»Also, da wir zu keinem Ergebnis kamen, schlossen wir mit dem Domkapitel, den Stiften Haug und Neumünster und einigen Städten einen Bund zum gegenseitigen Schutz, da der Bischof seinen geschworenen Verpflichtungen uns allen gegenüber nicht nachgekommen war. Unser Herr Johann von Brunn beschwerte sich daraufhin beim päpstlichen Legaten und sandte ein scharfes Mahnschreiben ans Kapitel. Nun, da der Bischof wieder aus Böhmen zurückgekehrt ist, geht alles so ärgerlich fort, wie es vor seinem Kriegszug gewesen war. Als Erstes hat er zu seiner Rückkehr ein großes Fest ausrufen lassen, mit Turnier und Bankett!«

»Ist das nicht ganz natürlich?«, wagte Elisabeth einzuwenden. »Alle, die heil aus Böhmen zurückgekehrt sind, freuen sich, noch am Leben und wieder bei ihren Familien zu sein.«

»Ja, das schon, aber erstens haben die Truppen des Königs eine schändliche Niederlage gegen die Hussiten eingesteckt und sich wie Straßenräuber davonjagen lassen – was ja wohl keinen Grund zum Feiern ergibt! Und zweitens sind es die Ausmaße dieses Festes! Du kannst dir gar nicht vorstellen, wie viele Gulden der Bischof verschleudert, um sich wie ein König aufzuführen! Es ändert sich nichts, gar nichts. Und nun müssen wir im Rat eine schwere Entscheidung treffen.«

Er sah so düster drein, dass Elisabeth ihn voll Interesse ansah. »Was ist das für eine Entscheidung?«

»Das Domkapitel hat dem Rat der Stadt befohlen, ihnen die Schlüssel der Tore und Türme auszuhändigen.«

Elisabeth war geneigt zu sagen: Den Domherren ein paar Schlüssel geben? Na und? Das hat nichts zu bedeuten. Doch sie las in der Miene des Ratsherrn, wie wichtig die Oberhoheit über die Mauern und Türme für die Stadt war.

»Ja, die Schlüssel sollen wir ihnen geben und nur ihnen gewärtig und gehorsam sein!«

»Die Stadt soll dem Domkapitel huldigen?« Elisabeth keuchte. Ihr war klar, was das bedeutete. Das war nicht nur ein Schutzbündnis untereinander gegen äußere Feinde. Das war ein Bund gegen ihren eigenen Herrn, den Bischof Johann von Brunn, der in seiner Festung auf dem Marienberg über der Stadt thronte!

Elisabeth schluckte. »Wie wird der Bischof reagieren, wenn er davon erfährt?«

»Nun, ein paar der Herren im Domkapitel erhoffen sich, dass er zur Einsicht kommt, ja so etwas wie eine Erleuchtung hat und von nun an ein Leben führt, wie es sich für einen Bischof der heiligen Kirche geziemt. Dann werden wir ihm alle bei gegebener Zeit wieder huldigen und ihm brav unseren Zehnt, alle Zölle und Steuern bezahlen, damit er das Bistum aus seiner Umklammerung drückender Schulden führt.«

»Aber Ihr glaubt nicht daran«, stellte Elisabeth fest.

»Nein! Was glaubst du denn? Du bist auch eine Bewohnerin dieser Stadt und nicht auf den Kopf gefallen.«

»Ich weiß von solchen Dingen nichts«, wehrte Elisabeth ab, doch Ratsherr Maintaler bestand auf eine Antwort. Die junge Frau überlegte. Wieder begannen Stimmen in ihrem Kopf zu summen. Ein ganzes Ratskollegium schien sich hinter ihrer Stirn versammelt zu haben.

»Nun, wenn ich der Bischof wäre, dann würde ich dies als Verrat ansehen und auf keinen Fall dulden«, sagte sie langsam. »Es gab schon zu viele Briefe, Beschwerden und Vermittlungen.« Sie hob ihren Blick und sah dem Ratsherrn in die Augen. »Wenn ich der Bischof wäre, dann würde ich meiner abtrünnigen Stadt und dem Kapitel meine Macht zeigen – so, dass sie es nicht so schnell wieder vergessen!«

Hans Maintaler nickte. Tiefe Besorgnis stand in seinem Blick. »Ja, das ist genau das, was ich befürchte.«

»Meisterin, ich kann heute nicht arbeiten«, jammerte Jeanne, die – vom heimlichen Gemach herkommend – mit schweren, unsicheren Schritten zum Tisch herüberstakste und sich neben Elisabeth auf die Bank fallen ließ.

Sie sah wirklich schlecht aus. Das Haar fiel ihr strähnig ins Gesicht. Die Haut wirkte fleckig. Unter den Augen hatten sich dunkle Ringe eingegraben.

Else Eberlin hob den Blick und betrachtete sie, ohne die Miene zu verziehen. »Bauchschmerzen und Brennen beim Wasserlassen?«, fragte sie.

»Nicht mehr als seit Wochen«, gab Jeanne zurück. »Es ist mal besser und dann wieder schlechter. Die Salbe des Baders drängt den Ausschlag und die juckenden Fisteln immer wieder zurück.«

»Dann kannst du auch arbeiten. Das haben alle hin und wieder, und manche bekommen es ein Leben lang nicht los.«

Jeanne stieß einen Klagelaut aus. »Mein Kopf will mir zerplatzen und jedes Stückchen meines Körpers schmerzt. Mir ist so kalt, und meine Beine sind ganz schwach. Ich kann nicht!«

Else erhob sich langsam von ihrem Platz und kam auf Jeanne zu. Ihr ganzer Körper drückte die Drohung aus. Ja, es war, als schwebe sie noch in einer unsichtbaren Aura um die Meisterin. Die anderen duckten sich unwillkürlich, als Else an ihnen vorbeiging, obwohl ihre Augen fest auf Jeanne gerichtet waren.

»Was bildest du dir ein? Glaubst du, du kannst mir so kommen? Deine Arbeit verweigern?« Sie hob die Hand und schlug Jeanne hart ins Gesicht, sodass sie gegen Elisabeth fiel.

»Muss ich dich daran erinnern, wie viel Geld du mir noch schuldest? Wenn du alles bezahlt hast, kannst du von mir aus herumjammern und dich auf die faule Haut legen. Aber bis dahin gehörst du mir und wirst mir gehorchen!«

Jeanne richtete sich mühsam wieder auf. Nun war ihre linke Wange noch tiefer gerötet als die andere. Sie nickte stumm. Ein Schauder fuhr durch ihren Körper, dass es sie schüttelte. Elisabeth konnte hören, wie ihre Zähne aufeinanderschlugen. Die Meisterin betrachtete sie mit zusammengekniffenen Augen.

Wieder hob sie die Hand. Jeanne zuckte zusammen, doch dieses Mal erhielt sie keinen Schlag. Else legte ihr die Hand auf die andere Wange und dann auf die Stirn. Zwei steile Falten bildeten sich über ihrer Nasenwurzel, als sie Jeannes Arm umfasste.

»Komm mit raus. Ich muss dich bei hellem Licht sehen.«

Jeanne ließ sich nach draußen führen. Die anderen Frauen folgten neugierig.

»Zieh dein Hemd aus!«

Jeanne schlang sich die Arme um den Leib. »Nein, mir ist so kalt.«

»Zieh es aus!« Sie riss ihr grob das Hemd über den Kopf. Zitternd vor Kälte – obwohl der Sommermorgen durchaus angenehm warm war – stand Jeanne im Morgenlicht. Auf ihrem Körper hatten sich rote, erhabene Flecken gebildet. Manche schimmerten gar bläulich. Die Meisterin sog scharf die Luft ein und gab Jeanne ihr Hemd zurück. Für einige Augenblicke überlegte sie still, den Blick gesenkt, dann sah sie in die Runde.

»Jeanne, du gehst sofort wieder ins Bett. Legt die schmale Matratze in die Ecke und stellt den Wandschirm so, dass nur hinten ein kleiner Spalt bleibt. Jeanne wird die nächsten Tage alleine schlafen. Lisa, du kannst mit auf Annas Matratze. Sie ist breit genug. Werft Jeannes alte Decken und Laken in einen Eimer mit Lauge, und lasst sie bis morgen dort. Ich wünsche, dass ihr euch alle von Jeanne fernhaltet – nein, ich befehle es euch!«

»Aber wer wird sich um sie kümmern?«, fragte Elisabeth, die nach dem Arm der schwankenden Jeanne griff. »Sie kann vermutlich nicht einmal mehr alleine zum heimlichen Gemach, so fiebrig, wie sie sich anfühlt.«

»Du wirst nicht zu ihr gehen! Ich verbiete es. Stellt ihr einen Eimer ans Bett.«

»Und wer gibt ihr zu essen?«, wandte Ester ein. »Oh bitte, Meisterin, ich kümmere mich gerne um Jeanne.«

Else Eberlin überlegte. Sie wiegte den Kopf hin und her, dann sagte sie: »Gut, einverstanden. Aber dann hältst du dich am besten auch ein wenig von den anderen fern. Und von euch anderen erwarte ich, dass ihr härter arbeitet als sonst, um die beiden zu ersetzen. Es darf dem Frauenhaus kein Schaden entstehen. Deshalb sprecht auch nicht darüber! Was geht es die Gäste an? Es wird sie ohnehin nicht interessieren.«

Ester legte Jeanne den Arm um die Taille. Noch immer bebte sie vor Kälte, obwohl sie sich ihr Hemd wieder übergezogen hatte und ihre Haut glühte.

»Komm mit. Ich bring dich in dein Bett. Schlaf, so lange du willst, dann wirst du bald wieder gesund sein. Es ist nur ein kurzes Sommerfieber, das bald vergeht.«

Die Meisterin schnaubte bei den Worten. Elisabeth sah zu ihr hinüber. Die steilen Falten standen noch immer auf ihrer Stirn. Die Hände in die Hüften gestützt sah sie Ester und Jeanne nach.

»Soll ich den Bader holen?«, bot Elisabeth an. »Er kann uns vielleicht sagen, was für ein Fieber es ist, und ihr einen Trank bereiten.«

»Nein!«, sagte Else barsch. »Das ist nicht nötig. Er muss sie nicht sehen. Ich habe noch einen Kräutersud, der das Fieber vertreiben wird. Ester soll ihn ihr geben.«

»Aber der Bader hat größere Erfahrung mit solchen Krankheiten«, widersprach Elisabeth.

Die Meisterin beugte sich drohend nach vorn, dass ihre Nasen sich beinahe berührten. »Hast du nicht gehört, was ich dir gesagt habe? Keiner holt den Bader!«

»Und wenn wir ihn selbst bezahlen?«, wagte Elisabeth einen letzten Vorstoß. »So teuer kann das doch nicht sein.«

»Nein! Noch ein Wort, und du wirst meinen Gürtel spüren!«

Mit hängendem Kopf schlich Elisabeth ins Frauenhaus zurück. Die anderen hatten inzwischen die Matratze an die Wand geschoben, Jeanne unter die Decken geholfen und den Wandschirm um sie aufgestellt. In gedrückter Stimmung setzten sich die Frauen wieder an ihre noch halb vollen Musschalen. Die Meisterin kam nicht wieder an den Tisch. Sie verschwand in ihrem eigenen Häuschen. Später brachte sie den Fiebertrank vorbei. Dann ging sie fort, ohne den Frauen zu sagen, wohin und wann sie wiederkommen würde. Am Abend war sie wieder da, doch in noch grimmigerer Stimmung als gewöhnlich. Sie gab nur kurze Befehle und teilte die Frauen ihren Kunden zu. Sonst sprach sie nicht viel und unterhielt sich auch nicht mit den Gästen. Sie schien es kaum erwarten zu können, dass das Haus sich leerte. Kaum hatte der letzte der Männer die Schwelle überquert, schloss sie das Frauenhaus von außen ab.

»Sie war heute sehr seltsam«, sagte Gret, als die Frauen im Dunkeln lagen und den sich rasch entfernenden Schritten der Wirtin lauschten.

»Natürlich, sie ist wütend, dass Jeanne nutzlos in der Ecke liegt, sich in ihr Fieber hineinsteigert und nicht arbeitet«, erklang Marthes Stimme aus der Dunkelheit.

»Sie ist wirklich sehr krank«, verteidigte Ester die Leidende. »Das Fieber ist so stark geworden, dass sie wirres Zeug redet.«

»Jeanne ist sehr krank«, bestätigte Elisabeth. »Und die Meisterin macht sich Sorgen. Ja, sie fürchtet sich gar vor etwas. Deshalb ist sie so barsch. So kommt es mir zumindest vor.«

»Da könntest du recht haben«, sagte Gret. Die Frauen schwiegen, doch Elisabeth fand noch lange keinen Schlaf. Sie hoffte, dass sich ihr Verdacht schon am Morgen zerschlagen würde. Aber was sollte geschehen, wenn nicht? Wenn es die fürchterliche Wahrheit wäre?

Trotz Esters liebevoller Pflege und dem Fiebertrank der Meisterin ging es Jeanne immer schlechter. Ihre Haut glühte. Sie war nun kaum mehr bei Bewusstsein, warf sich nur unruhig von einer Seite auf die andere, murmelte unverständliche Worte und schrie manches Mal auf. Ester wich kaum von ihrer Seite.

»Sie kann nur schwer atmen und ringt immer wieder nach Luft«, teilte Ester den anderen mit.

»Ich möchte nicht wissen, was sie uns da eingeschleppt hat«, schimpfte Marthe und malträtierte einen Brotlaib mit dem großen Messer.

Ester trat erschöpft an den Tisch und nahm sich einen Kanten Brot. »Sie sieht so furchtbar aus, dass in mir wieder die schrecklichen Bilder von vor drei Jahren aufsteigen, als im Herbst die Pestseuche begann.« Sie schüttelte sich. Die grauenvollen Erinnerungen spiegelten sich in ihrer Miene.

»Überall die Toten in der Stadt und die Kreuze an den Türen. Der Gestank und die Angst. Meister Thürner sagte, es waren mehr als vierzig Leichen, die die Abdecker und Kloakenreiniger jeden Tag aus der Stadt zu schaffen hatten. Bald waren nicht einmal mehr genug gesunde Mägde und Knechte da, die Ernte einzubringen. Getreide verdarb, der Wein blieb an den Stöcken. Es waren grauenhafte Monate.«

Mara nickte. »Ja, erst starben die Ratten und dann die Menschen. Die Pest hat sich meine Eltern, die Großmutter und alle Geschwister geholt. Ich blieb alleine zurück. Mein Vater war als Seifensieder erst vor wenigen Monaten mit uns nach Würzburg gezogen.« In ihrem Blick stand Verzweiflung. »Der Besitzer des Hauses sagte, alleine und ohne Geld könne ich nicht bleiben. Was blieb mir anderes übrig, als zur Eselswirtin zu gehen und hier zu arbeiten?«

»Warum bist du nicht dorthin zurück, woher deine Familie kam? Gab es dort nicht noch Verwandte?«, wollte Anna wissen.

Mara hob die Schultern. »Wir haben Köln nicht im Guten verlassen. Es gab … Ärger und Verdächtigungen, die aber jeder Grundlage entbehrten! Nein, zurück konnte ich nicht. Auch hätte ich mich nicht auf die Landstraße getraut«, fügte sie leise hinzu. »Es ist ein so langer Weg. So ganz allein.«

Ester legte den Arm um sie. »Ich habe viel über das Rätsel nachgedacht, warum die Pest den einen holt und den anderen verschont. Ein paar wurden sogar wieder gesund. Aber das waren nicht viele.« Sie schwieg und sah traurig zu Boden.

Elisabeth und Gret tauschten ernste Blicke. Das schreckliche Wort war ausgesprochen worden. Die Pest! War sie nach Würzburg zurückgekehrt, um noch einmal wütend um sich zu greifen und sich wahllos Frauen und Männer und vor allem Kinder und Greise zu holen?

Ester erhob sich, um wieder nach Jeanne zu sehen, und auch die anderen machten sich an ihre tägliche Hausarbeit. Gret und Elisabeth fegten die schmutzigen Binsen zusammen und brachten sie in hölzernen Wannen zur Latrinengrube hinter das Haus.

»Meinst du, es ist möglich, dass die Pest zurückgekommen ist?«, fragte Gret, als keine der anderen Frauen sie hören konnte.

»Die Meisterin jedenfalls scheint es zu befürchten«, gab Elisabeth zurück. Besorgnis schwang in ihrer Stimme. »Ich denke, deshalb lehnt sie es ab, den Bader zu holen. Er soll Jeanne nicht sehen – und der Henker auch nicht. Hat sie das Haus nicht gestern geschlossen, bevor er auf seiner Runde vorbeikam? Das kommt nicht häufig vor.«

»Nein, kommt es nicht.«

Die leere Wanne zwischen sich, standen die Frauen am Rand der stinkenden Grube. Eine Ratte spazierte in aller Ruhe vorbei, erhob sich auf die Hinterbeine, schnüffelte interessiert und setzte dann ihren Weg fort. Zwischen den Binsen gab es sicher noch Reste von etwas Essbarem.

»Glaubst du, sie hat die Pest?«, wollte Gret wissen.

Elisabeth hob die Schultern. »Ich weiß es nicht. Ich kann mich nicht erinnern, schon einmal einen Pestkranken gesehen zu haben. Ich weiß nur, dass die Meisterin ein gefährliches Spiel begonnen hat!«

»Ja, wenn es die Pest ist, dann wird Jeanne ohne die Hilfe eines Baders oder Medicus sterben.«

»Wenn es die Pest ist, dann stirbt sie vermutlich so oder

so. Aber was ist mit uns allen und mit den Gästen, die jeden Abend ein und aus gehen? Keiner weiß, nach welchen Merkmalen sich die Pest ihre Opfer sucht. Manche sagen, Gott schickt sie zur Strafe für unseren sündigen Lebenswandel. Das mag ja sein, doch ich glaube nicht, dass er sich jeden Kranken einzeln aussucht. Es sterben die Verdorbenen *und* die Reinen! Nein, es muss einen anderen Weg geben. So wie bei einem einmal entfachten Feuer. Steht ein Haus in Flammen, dann greift es auf das nächste über, wenn es zu nah herangebaut wurde, und bald schon brennt eine ganze Stadt. Hör dir die Vorschriften an, die immer und immer wieder verlesen werden. Die Gassen sollen verbreitert, steinerne Mauern zwischen den Bauten errichtet werden.«

Gret sah sie aufmerksam an. »Deshalb wurden die Pesthäuser markiert und verschlossen. Und die Helfer, die mit den Kranken zu tun hatten, trugen lange Gewänder und diese Masken mit irgendwelchen Essenzen zum Einatmen.«

»Ja, und wenn wir weiterhin mit Jeanne zusammen sind, dann könnten auch wir bald mit dem schwarzen Fieber darniederliegen, und dann die Männer, die bei uns gelegen haben und ihre Familien …«

Grets Augen weiteten sich. »Aber was können wir tun? Willst du, dass sie auf einen Karren geworfen und ins Siechenhaus gebracht wird? Willst du ihr das antun? Was, wenn es gar nicht die Pest ist? Dann wird das Siechenhaus sie umbringen!«

Elisabeth zögerte. »Nein, ich will nicht, dass sie noch mehr leiden und vielleicht unter Fremden sterben muss. Ich habe sie sehr gern und sorge mich um sie – aber auch um uns und die ganze Stadt. Jemand, der sich mit der Pest auskennt, muss sie sich ansehen!«

»Du weißt, dass die Meisterin genau das bei schwerer Strafe verboten hat. Und sie versteht es zu strafen! Wenn sich unser Verdacht bestätigt, dann müssen wir damit rechnen, dass das Frauenhaus geschlossen wird und keine Gäste mehr kommen dürfen, um ihre Münzen bei uns auszugeben. Dann Gnade uns Gott!« Gret wirkte nicht sehr erschrocken. Ihre Miene drückte eine feierliche Entschlossenheit aus.

»Das ist es vermutlich, was die Meisterin befürchtet und was sie verhindern will. Und es könnte noch schlimmer kommen! Wenn der Rat es bestimmt, dann werden sie uns hier einschließen. Die Tür vernageln und erst wieder öffnen, wenn die Krankheit besiegt ist – oder wir alle tot sind«, gab Elisabeth zu bedenken.

»Und trotzdem willst du, dass wir sie jemandem zeigen.«

Es war keine Frage, dennoch nickte Elisabeth. »Ja, denn das ist das Richtige! Ich weiß nur nicht, wem. Dem Bader oder Meister Thürner?«

»He, wo bleibt ihr?«, hörten sie plötzlich die erboste Stimme der Eselswirtin. »Wie lange braucht ihr, um einen Korb auszuleeren?«

Die beiden Frauen hasteten mit der leeren Wanne zum Haus zurück, um ihre Arbeit fortzusetzen. Später nahm Gret Elisabeth noch einmal beiseite.

»Wenn wir das wirklich machen wollen, dann müssen wir Pater Antonius aufsuchen. Ich habe Ester vorhin ein wenig ausgefragt. Sie sagt, er hätte sich unermüdlich um die Pesterkrankten gekümmert, als die meisten Ärzte die Stadt bereits verlassen hatten. Und unter seiner Fürsorge hätten mehr Kranke überlebt als sonstwo. Ihn müssen wir suchen!«

»Danke, aber ich werde alleine gehen. Es reicht, wenn sich eine den Zorn der Meisterin auf ihr Haupt lädt.«

Gret öffnete den Mund, um zu widersprechen, doch dann hielt sie inne und lächelte Elisabeth an. »Du bist wirklich mutig! Weißt du, am Anfang habe ich dich ein wenig verachtet. Immer diese Miene der Traurigkeit und Verzweiflung, dass Gott ausgerechnet dir diese Ungerechtigkeit aufgebürdet und dich mit solch einem Leben beschwert hat. Gott war zu vielen ungerecht! Nicht nur zu dir. Meinst du, wir hätten es verdient, hier zu leben und Tag für Tag den Launen der Männer und der

Meisterin ausgesetzt zu sein? Aber wir jammern nicht und tun unser Bestes, um mit allem zurechtzukommen. Nun weiß ich, auch in dir steckt eine Kämpferin. Das gefällt mir.«

Elisabeth beugte sich vor und küsste die sommersprossige Wange. »Danke. Und wo finde ich diesen Pater Antonius?«

»Im Kloster der Franziskaner.«

Kapitel 11

Elisabeth wartete, bis die Meisterin am Nachmittag das Haus verlassen hatte, ehe sie davonschlüpfte und in die innere Stadt eilte. Sie querte die belebte Domstraße und folgte ein paar verwinkelten Gässchen, bis die Klostermauern vor ihr aufragten. Sie klopfte erst zaghaft und dann energischer. Endlich hörte sie Schritte, und ein kleines Fensterchen öffnete sich im großen Tor. Sie konnte nur ein paar graue Augen mit einem Kranz von Falten sehen und eine schmale, hakenförmige Nase.

»Was willst du, Mädchen?«

»Dürfte ich mit Pater Antonius sprechen? Ich bräuchte seine Hilfe.«

»Warum?«

»Das möchte ich mit ihm lieber selbst besprechen. Es geht um seine Erfahrung mit Kranken. Bitte, Bruder, könnt Ihr ihn nicht herholen, dass er selbst entscheiden kann, ob er mir helfen will?«

Der Portner schnaubte unwillig und ließ die Klappe wieder zufallen. »Warte hier«, hörte sie seine Worte undeutlich durch das dicke Holz. »Ich werde den Bruder Infirmarius fragen.«

Sie musste eine ganze Weile warten, ehe das Fensterchen wieder aufgeschoben wurde. Dieses Mal waren die Augen, die sie musterten, braun. Elisabeth trug ihre Bitte noch einmal vor.

»Willst du mir nicht genau sagen, worum es geht? Wer ist krank, und um was für eine Krankheit handelt es sich? Und warum kommst du ausgerechnet zu mir? Gibt es keine Bader oder Chirurgen mehr in der Stadt?«

Elisabeth sah die Gasse hinauf und hinunter, auf der die Menschen ihren täglichen Geschäften nachgingen. Dann kehrte ihr Blick zu dem braunen Augenpaar zurück.

»Das würde ich gerne mit Euch unter vier Augen besprechen, Pater. Wenn das möglich ist.«

Sie hielt seinem forschenden Blick stand. Er hob fragend die Augenbrauen, dann wandte er sich ab und gab dem Portner die Anweisung, das Tor zu öffnen. Die Arme in den weiten Ärmeln seiner Kutte verschränkt, trat er auf die Gasse hinaus.

»Lass uns auf den Friedhof gehen«, schlug er vor. »Dort sind wir ungestört.« Er ging neben ihr her und öffnete ihr dann die schmiedeeiserne Gittertür, die sie auf den kleinen Friedhof des Klosters führte. Der wurde von drei Seiten von einer Mauer umschlossen, die vierte grenzte an die Kirche.

»Nun, was ist das für ein besonderer Krankheitsfall, der dich annehmen lässt, er bedürfe ausgerechnet meiner Hilfe? Ich bin ein einfacher Bettelmönch der Franziskaner, der die meiste Zeit seines Lebens hinter diesen Mauern verbracht hat.«

Elisabeth senkte den Blick auf einen einfachen Grabstein. »Vor drei Jahren wart Ihr nicht hinter diesen Mauern, sondern habt in der Stadt viel Gutes getan. Die Kranken besucht und gepflegt, die alle anderen bereits aufgegeben hatten, und viele von ihnen gerettet. Die Leute erinnern sich noch gut an Euren unermüdlichen Einsatz!«

»Vor drei Jahren, sagst du?« Sie nickte und sah, wie das Erschrecken über seine sonst unbewegte Miene huschte.

»Wir haben nicht so viel Erfahrung wie Ihr mit dieser Krankheit, daher möchte ich Euch bitten, mit mir zu kommen, um Euch die Leidende anzusehen – und uns zu sagen, ob unsere schlimmsten Befürchtungen zutreffen.«

Der Mönch sah an ihr herab. »Ich bin nicht oft in der Stadt unterwegs, doch gehe ich recht in der Annahme, dass dieser gelbe Saum bedeutet, dass du vom Frauenhaus am Judenfriedhof sprichst?«

Elisabeth nickte. »Ja, das ist richtig, und ich weiß, dass es in Euren Augen ein schlimmer Ort der Sünde sein muss. Dennoch bitte ich Euch, mit mir zu kommen.«

Der Mönch hob die Schultern. »Ist nicht auch unser Heiland an den Ort der Sünde gegangen, um die frohe Botschaft zu verkünden? Wer bin ich, dass ich mich davor scheuen könnte? Ich möchte mir nur ein paar Utensilien mitnehmen. Warte hier. Ich bin gleich zurück.« Er eilte davon.

Elisabeth musste nicht lange auf seine Rückkehr warten. Eine Ledertasche über die Schulter gehängt, trat er aus dem Tor und folgte ihr in die Vorstadt Pleichach. Als sie die letzten Häuser erreichten, blieb Elisabeth stehen.

»Bitte wartet hier, bis ich Euch hole. Ich muss erst sehen ob … ja, also ob unsere Meisterin noch unterwegs ist.«

Der Mönch hob die Augenbrauen. »Dann hat sie dich also nicht beauftragt, mich zu holen?«

»Nein, sie hat sogar ausdrücklich verboten, die Kranke irgendjemand zu zeigen. Ich habe das allein entschieden und werde die Folgen dafür auf mich nehmen.«

Sie glaubte so etwas wie Mitgefühl in seinen Augen zu entdecken.

»Dann hat sie also den gleichen Verdacht wie du«, schloss der Mönch. »Und sie hat Angst davor, was mit ihrem Haus geschieht, sollte hier wirklich die Pest ausgebrochen sein.« Elisabeth zuckte zusammen.

»Es macht die Sache nicht besser, wenn man sich scheut, den Schrecken bei seinem Namen zu nennen!«

»Nein, sicher nicht. Und doch bereitet allein das Wort mir Übelkeit.«

»Mir auch«, gestand der Mönch. »Mir auch!«

Elisabeth lief davon und kam schon bald darauf wieder zurück, um ihm zu melden, dass die Luft rein wäre. Pater Antonius folgte ihr hinein, nickte den erstaunt dreinblickenden Frauen zu und trat hinter den Wandschirm.

»Könnte ich ein wenig mehr Licht haben?«

Gret und Elisabeth beeilten sich, ihm zwei Lampen zu entzünden. Eine ganze Weile stand er reglos vor der Matratze und sah auf Jeanne herab. Sie hatte zwar die Augen geöffnet, schien ihre Umgebung jedoch nicht wahrzunehmen. Ab und zu warf sie wild den Kopf hin und her. Dann wieder hustete sie krampfhaft und schnappte nach Luft.

»Hat sie Beulen an den Leisten?«, fragte der Mönch schließlich.

Ester trat zu ihnen. »Ich habe sie gepflegt und ihr den Schweiß abgewaschen. Ja, es sind Knoten in ihren Leisten und unter den Armen.«

Der Mönch seufzte. »Ich würde sie gerne sehen. Könnte ihr jemand das Hemd ausziehen?«

Ester sprang sofort vor und beeilte sich, seine Wünsche auszuführen. Jeannes abgemagerter Körper wurde von den beiden Lampen erhellt. Die Haut war fleckig, und in den Leisten konnte Elisabeth eine deutliche Schwellung sehen.

»Ich sollte sie berühren«, sagte der Mönch und sah zu Elisabeth hinüber. Diese nickte ihm zu. Er kniete sich neben das Lager, betrachtete erst die Haut von Gesicht, Brust und Bauch, fühlte ihr die Stirn und die Schläfen und berührte dann vorsichtig die Verdickungen unter den Armen und in den Leisten. Dann erhob er sich wieder. Die Frauen um ihn herum sahen ihn voller Erwartung, aber auch voller Furcht an.

»Ihr könnt sie wieder ankleiden und zudecken«, sagte der Mönch.

»Was habt Ihr festgestellt?«, drängte Elisabeth. »Ist es die Pest?«

Pater Antonius schüttelte den Kopf. »Nein. Ich bin mir ziemlich sicher, dass es nicht die Pest ist, die vor drei Jahren in Würzburg wütete und so viele Opfer gefordert hat.« Die Frauen umarmten einander stumm. Ester hatte Tränen der Erleichterung in den Augen.

»Dennoch ist es ein ernsthaftes Fieber, dem sie nicht mehr lange trotzen kann, wenn es nicht wirksam bekämpft wird.«

»Wird sie sterben?«, fragte Ester zaghaft.

»Ich weiß es nicht. Sie ist vermutlich näher am Tod als am Leben«, gab der Mönch widerstrebend zu.

»Gibt es denn gar kein Mittel, um ihr zu helfen?«, drängte Elisabeth.

Pater Antonius zögerte. »Es gibt eine Medizin, die ich schon häufig erfolgreich bei solch schwerem Fieber angewandt habe, aber sie muss bei uns im Kloster oder von einem Apotheker zubereitet werden. Sie ist nicht billig.«

Elisabeths Miene wurde hart. »Sie wird nicht sterben, weil die Medizin zu teuer ist! Sagt mir, wie viel sie kostet.«

»Wenn ich dir einen Brief mitgebe, könntest du sie für einen Gulden bekommen.«

»Ein ganzer Goldgulden?« Die anderen Frauen keuchten.

»Das geht nicht«, sagte Ester und streichelte traurig Jeannes fiebergerötetes Gesicht. »Nein, das geht nicht. Nicht einmal, wenn wir all unsere Münzen zusammenlegen.«

Auch die anderen Frauen schüttelten die Köpfe und sahen den Pater betreten an.

»Eure Meisterin hat sicher so viel Geld«, gab er sich überzeugt.

»Sie wird es nicht für eine Medizin ausgeben«, sagte Gret. Ihr Tonfall ließ keinen Zweifel zu.

»Ich könnte im Kloster fragen, ob der Guardian einverstanden ist, dass ich euch die Medizin überlasse. Leider geht das auch nicht umsonst. Ich muss die Zutaten auf dem Markt kaufen. Das macht sicher zwei Pfund Pfennige.« Er sah in die Runde.

»Dann ist das abgemacht, Pater. Wann kann ich die Medizin abholen?«, erkundigte sich Elisabeth.

»Ich versuche die Zutaten noch heute zu bekommen. Dann kannst du das Fläschchen morgen früh an der Pforte abholen.«

»Gut. Wartet hier Pater. Ich bringe Euch das Geld.« Elisabeth ging hinaus. Gret lief ihr hinterher.

»Ich hoffe, du weißt, was du da tust. Woher willst du so viel Geld bekommen?«

»Ich nehme es aus der Schatulle der Meisterin.«

Gret blieb wie angewurzelt stehen. Sie wurde so blass, dass man ihre Sommersprossen kaum mehr sehen konnte. »Das meinst du nicht ernst! Du bist tot, wenn du das tust! Was nützt es uns, dass wir Jeanne retten, wenn die Meisterin dich dafür tötet?«

»Sei nicht albern!« Elisabeths Lachen klang ein wenig unsicher. »Sie wird mich strafen, ja. Ich bin bereit, das auf mich zu nehmen. Aber sie wird mich nicht totschlagen.«

Gret schüttelte den Kopf. »Darauf würde ich nicht wetten. Du kennst sie nicht so gut wie ich. Ihr ist jede ihrer Münzen ein Heiligtum.«

Elisabeth setzte ihren Weg zur Hütte der Meisterin fort. »Es gibt kein Zurück. Der Pater wartet auf sein Geld, und Jeanne braucht die Medizin. Geh zurück zu den anderen. Es hilft niemandem, wenn wir beide ihren Zorn auf unser Haupt laden.«

Gret zögerte, doch dann nickte sie, machte kehrt und ging ins Frauenhaus zurück. Elisabeth öffnete die Tür zu Elses Häuschen. Sie holte einmal tief Luft, dann trat sie ein. Ihr Herz klopfte wild. Es war wie in jener Nacht, als sie den langen Gang entlanggeschritten war, auf die geschlossene Tür zu. Ein goldenes Lichtband schien die Tür mit dem Boden zu verbinden. Ihr Herz klopfte stürmisch, als sie Schritt für Schritt näher kam. Zuerst konnte sie nur murmelnde Stimmen hören. Ihre Hände glitten über das Holz. Ihr Ohr näherte sich dem Schlüsselloch. Die ersten Worte verbanden sich zu Satzfetzen. Ihr Atem setzte aus.

Ein Geräusch ließ Elisabeth herumfahren. Sie musste sich konzentrieren und rasch handeln! Die Eselswirtin konnte jeden Augenblick zurückkommen. Elisabeth lugte um die Flechtwand in die Schlafecke der Meisterin. Das breite Bett weckte keine angenehmen Erinnerungen! Schnell wandte sie ihren

Blick ab und richtete ihn auf die Truhe. Hier bewahrte sie sicher ihre Münzen auf. Und wenn nicht? Elisabeth schob die Zweifel beiseite, kniete sich hin und hob den Deckel. Zaghaft schob sie Elses Kleider beiseite, bis ihre Hand einen kleinen Beutel fühlte. Zu klein für die Geldbörse. Dennoch zog Elisabeth den Beutel heraus und öffnete ihn. Eine Kette aus kühlen Metallgliedern fiel in ihre Hand. Ihre Finger ertasteten ein mit einem geschliffenen Stein und Perlen verziertes Medaillon. Wieder glitten ihre Gedanken in die Vergangenheit, versuchten die verschlossenen Türen der Erinnerung aufzustoßen. Ein Glücksgefühl durchströmte sie. Eine ferne, tiefe Stimme sprach liebevolle Worte. Elisabeth schüttelte die Erinnerung ab. Dies war nicht der richtige Ort und nicht die richtige Zeit, sich in Tagträume zu verlieren. Sie legte das Schmuckstück zurück. Wer konnte sagen, wie wertvoll es war? Außerdem wollte der Pater sicher lieber Münzen in der Hand, die er den Anbietern seiner Ingredienzen geben konnte. Elisabeth suchte weiter. Sie hob ein hölzernes Kästchen aus der Truhe. Sein Inhalt klirrte verdächtig. Elisabeth klemmte es sich unter den Arm und trug es auf die andere Seite der Flechtwand zu dem einzigen mit Pergament bespannten Fenster. Vorsichtig hob sie den Deckel an und sah auf einen Berg von Münzen. Heller und Pfennige, aber noch mehr Schillinge und sogar ein paar Goldgulden! Elisabeth nahm sich genau die Anzahl an Schillingen, die zwei Pfund Pfennigen entsprachen, wie der Pater es gefordert hatte. Dann schloss sie das Kästchen wieder und brachte es an seinen Platz zurück. Elisabeth ordnete die Kleider wieder so, wie sie sie vorgefunden hatte, ehe sie Else Eberlins Häuschen wieder verließ. Pater Antonius wartete vor der Tür des Frauenhauses auf sie. Elisabeth eilte zu ihm und streckte ihm die Hand mit den Münzen entgegen.

»Ich danke dir und werde die Nacht über nicht ruhen, bis ich den Fiebertrank fertig habe. Außerdem habe ich der Frau, die sich Ester nennt, noch ein paar Empfehlungen zur Pflege der Leidenden gegeben. Es wird ihre Atemnot erleichtern und sie schneller wieder zu Kräften kommen lassen, wenn ... ja wenn die Medizin wirkt und das böse Fieber aus ihrem Körper vertreibt.«

»Wir werden alles versuchen. Ich danke Euch Pater, von ganzem Herzen.«

»Ein gutes, mildtätiges Herz, würde ich sagen.«

»Und dennoch ein sündiges. Täuscht Euch da nicht, Pater«, widersprach sie. Röte schoss in ihre Wangen, und sie senkte beschämt den Blick. Sie hatte gerade ihre Meisterin bestohlen! Wenn auch, um Jeanne zu retten. Ein Diebstahl war es dennoch, und wenn die Meisterin beschloss, sie dafür dem Schultheiß zu übergeben, dann drohte ihr weit mehr als ein paar schmerzhafte Schläge.

»Der Herr wird einst über uns richten. Überlass es ihm, die guten von den schlechten Seelen zu unterscheiden«, sagte Pater Antonius. Er wandte sich gerade zum Gehen, als Elisabeth die Meisterin mit einem schweren Korb unter dem Arm über die Wiese auf sie zukommen sah. Der Pater grüßte sie mit einem Kopfnicken und ging langsam davon.

»Was wollte der denn um diese Zeit?« Verwundert sah ihm die Meisterin nach. Elisabeth wusste nicht, was sie sagen sollte, daher schwieg sie.

»Wollte er euch bekehren und von eurem sündigen Lebensweg abbringen?«, fragte sie mit einem sarkastischen Unterton in der Stimme. Elisabeth schüttelte stumm den Kopf.

Die Meisterin sah ihm immer noch nach. »Er ist keiner, der hier schon einmal unsere Dienste in Anspruch genommen hat, und dennoch kenne ich ihn. Es ist schon eine Weile her, aber ich bin ihm bereits begegnet.« Ihre Stirn legte sich in Falten. »Wann und wo war das?« Elisabeth stand wie erstarrt neben ihr und wagte nicht, sich zu rühren.

Plötzlich holte die Meisterin tief Luft. »Pater Antonius!«, rief sie, dass ihre Stimme über die Wiese schallte. Offensichtlich hatte der Mönch sie gehört, denn er drehte sich um, grüßte noch einmal und setzte seinen Weg dann fort.

Else Eberlin wandte sich Elisabeth zu und sah sie mit unbewegter Miene an.

»Pater Antonius wird von manchen Leuten fast wie ein Heiliger verehrt, denn im Jahr des Schwarzen Todes verließ er die Mauern seines Klosters, um den Kranken und Sterbenden zu helfen. Aber das ist dir vermutlich bereits bekannt, nicht wahr?«

Elisabeth spürte, wie sich ihre Schultern verkrampften. Ihre Kehle war ausgetrocknet. Sie war nicht sicher, ob sie überhaupt ein Wort herausbekommen würde, daher nickte sie nur.

»Du willst mir jetzt aber nicht etwa erzählen, er wäre rein zufällig vorbeigekommen?«, fuhr die Wirtin fort. Ihre Stimme wurde zunehmend grimmiger. Elisabeth schüttelte den Kopf.

»Dann möchte ich jetzt von dir hören, was er hier zu suchen hatte. Es drängt sich mir nämlich der Verdacht auf, dass ich bei dir genau richtig bin mit dieser Frage!«

Elisabeth räusperte sich und zwang sich, der Meisterin in die Augen zu sehen. »Nein, ein Zufall war es nicht. Ich habe Pater Antonius geholt, damit er sich Jeanne ansieht und uns sagt, ob es die Pest ist.«

Else Eberlin holte tief Luft. »Du hast was? Diesen Pestheiligen in mein Haus geholt, obwohl ich jeden Besuch ausdrücklich verboten habe?«

Elisabeth nickte. »Ja, und es war gut so. Du musst dich nicht mehr um dein Haus und deine Gäste sorgen. Der Pater sagt, es ist nicht die Pest, die Würzburg vor drei Jahren heimsuchte. Jeanne hat ein anderes schweres Fieber.«

Die Meisterin schien ihr kaum zuzuhören. »Du hast uns alle in Gefahr gebracht«, rief sie aufgebracht und schlug ihr rechts und links ins Gesicht. »Was würde jetzt passieren, wenn es die Pest wäre? Kein Kunde würde mehr zu uns kommen dürfen. Der Rat würde das Haus schließen – ja, uns vermutlich hier einsperren, bis wir alle tot wären oder die Pest überwunden hätten. Dein Leichtsinn hätte uns fast ruiniert!«

Elisabeth nahm all ihren Mut zusammen, um der wütenden Meisterin zu widersprechen. »Wenn wir es verschwiegen hätten und es wirklich die Pest wäre, dann hätte sie sich unbemerkt verbreiten können und nicht nur wir wären davon betroffen gewesen. Unsere Kunden könnten sie durch die ganze Stadt tragen! Keiner weiß genau, wie sich die Pest verbreitet, aber die Erfahrung sagt, dass Menschen, die eng beieinander liegen, die ohne Schutz die Luft atmen, die durch den kranken Körper geströmt ist, oder die Geschwüre berühren, ebenfalls krank werden. Wolltest du wirklich solch ein Elend über die Stadt bringen?«

Else ohrfeigte sie noch einmal, dieses Mal jedoch nicht ganz so kräftig. »Dennoch war es nicht an dir, das zu entscheiden und selbstständig zu handeln.«

»Nein, Meisterin. Es tut mir leid, dass ich gegen deine Anweisungen handeln musste – ich kann aber nicht bereuen, dass ich den Pater geholt habe.«

Else holte tief Luft und plusterte sich drohend auf. »Was für Unverschämtheiten muss ich mir von dir noch bieten lassen?«

»Ist es dir lieber, wenn ich dich anlüge?«, gab Elisabeth ruhig zurück.

»Nein. Du sollst mir gehorchen und alle Entscheidungen mir überlassen! Das verlange ich von dir, und das ist mein gutes Recht als deine Meisterin. Also glaube nicht, dass diese Sache damit schon erledigt und vergessen ist!«

Sie wandte sich ab und stieß die Haustür auf. Sie war schon einen Schritt im Haus, als sie sich noch einmal zu Elisabeth umdrehte.

»Und was ist es für ein Fieber? Hat der Pater gesagt, ob sie durchkommen wird?«

Elisabeth schloss ihre Hände zu Fäusten und atmete tief durch. Jetzt musste sie es der Meisterin sagen.

»Mit Gottes Hilfe wird sie wieder gesund – und mit Hilfe einer Medizin, mit der Pater Antonius gute Erfahrungen gemacht hat. Er hat angeboten, sie selbst für uns herzustellen.«

»Und was soll diese Medizin kosten?«, wollte Else wissen.

»Da Pater Antonius sie selbst braut, will er nur, was er für die Kräuter und anderen Ingredienzen bezahlen muss.«

»Wie viel?«, wiederholte die Meisterin ungeduldig.

»Zwei Pfund Pfennige«, sagte Elisabeth leise.

Die Meisterin schnappte nach Luft. »Zwei Pfund Pfennige? Niemals! Ich will gar nicht daran denken, wie lange Jeanne arbeiten müsste, um das wieder hereinzubekommen. Wir können ja nicht einmal sicher sein, dass der Trank wirklich hilft. Was, wenn sie dennoch stirbt? Sie ist in keinem guten Zustand. Dann wäre das ganze Geld verschwendet! Nein, schlag dir das aus dem Kopf. Nichts wird mich dazu bringen, dem Pater so viel Geld für ein Fläschchen Medizin zu geben.«

Eine Welle von Zorn schwappte in Elisabeth hoch, und plötzlich war es ihr gleichgültig, wie die Meisterin reagieren würde.

»Das macht nichts, denn der Pater hat die geforderten Münzen bereits in Händen und wird sich sofort auf die Suche nach den Zutaten machen.«

Die Meisterin starrte sie verwirrt an. »Und woher hat er sie bekommen? Von euch hat keine so viel Geld!«

»Ich habe es ihm gegeben. – Ich habe es aus deiner Schatulle genommen«, fügte sie schnell hinzu, so als wollte sie, dass es ausgesprochen war, ehe sie vielleicht der Mut verließ.

Zuerst sagte Else gar nichts. Sie schien wie zur Salzsäule erstarrt. Die Meisterin war sprachlos. Leider musste dieser Zustand irgendwann enden. Sie holte tief Luft und betrachtete Elisabeth aus zusammengekniffenen Augen.

»Du warst in meiner Abwesenheit in meiner Hütte und hast aus meiner Truhe Geld gestohlen. Wie viel hast du dir genommen?«

»Die zwei Pfund Pfennige, die der Pater für die Medizin verlangt hat.«

»Und wie oft hast du deine schmutzigen Finger sonst noch nach meinem Geld ausgestreckt, du liederliche kleine Diebin?«

Elisabeth war schockiert. »Niemals, Meisterin! Ich stehle nicht – nicht für mich. Es war nur, weil ich keine andere Möglichkeit sah, Jeanne vor dem Tod zu retten.«

Die Eselswirtin beugte sich ein wenig vor und zischte zwischen den Zähnen hervor: »Es ist ganz allein Gottes Entscheidung, wen er zu sich nimmt und wen er genesen lässt, aber ganz bestimmt nicht deine.«

Elisabeth öffnete den Mund, um zu protestieren. Wozu gab es dann überhaupt Ärzte und Chirurgen? Wozu wurde an den Universitäten Medizin gelehrt, wenn alles allein Gottes Entscheidung sein sollte? Die Meisterin schnitt ihr das Wort ab.

»Genug jetzt! Du hast für heute wirklich mehr als genug angerichtet.« Noch immer klang ihre Stimme ruhig und kalt, was Elisabeth mehr erschreckte, als wenn die Eselswirtin sie angeschrien hätte.

»Ich sollte dich dem Henker ausliefern. Er weiß gut mit Dieben umzugehen. Glaube mir, ein paar Wochen in Gesellschaft all des anderen Gesindels im Faulturm kann Wunder wirken. Oder er nimmt seine Axt und schlägt dir deine diebische Hand gleich ab.«

»Nicht für das erste Mal!«, protestierte Elisabeth schwach.

»Nein? Bist du dir da so sicher? Auch nicht, wenn ich ihm sage, dass es sich um einen besonders schweren Fall handelt?«

Elisabeth schüttelte den Kopf. »Hab ein Einsehen! Es war nur, um Jeanne zu retten. Der Henker wird das verstehen!«

»Darauf würde ich mich nicht verlassen«, konterte die Eselswirtin. »Das Gesetz fragt nicht, warum du gestohlen hast. Aber gut. Ich will Meister Thürner nicht in die Sache hineinziehen. Komm mit in mein Haus. Ich werde dir die Botschaft mit meinem Gürtel einbläuen, bis du sie verstanden hast und sie nie wieder vergisst!«

Und das tat sie dann auch. Sie riss Elisabeth das Hemd herunter und schlug unbarmherzig zu, bis die junge Frau glaubte, keinen Fetzen Haut mehr auf dem Rücken zu haben. Die Meisterin begann zu schwitzen und zu keuchen, aber sie gab nicht nach. Endlich ließ sie den Gürtel sinken.

»So, ich glaube, das genügt«, sagte sie außer Atem. »Zieh dich wieder an, und dann geh mir aus den Augen! Und glaube ja nicht, du könntest dich heute Nacht vor der Arbeit drücken.«

Elisabeth schlüpfte vorsichtig in ihr Hemd und richtete sich so gerade auf, wie es der Schmerz zuließ.

»Und was wird nun aus Peter Antonius und der Medizin für Jeanne, die ich morgen in aller Frühe abholen soll?«

»Daran lässt sich ja wohl nichts mehr ändern. Außer ich wollte dem Mönch nachlaufen und ihm mein Geld wieder entreißen – wenn er es nicht schon ausgegeben hat. Nein, uns bleibt nichts anderes übrig, als den Dingen ihren Lauf zu lassen. Du wirst den Trunk morgen abholen und Jeanne geben – und dann will ich hoffen, dass sie für so viel Geld auch gesund wird und ihre Arbeit wieder aufnehmen kann.«

»Danke, Meisterin«, würgte Elisabeth hervor und wankte steifbeinig, aber mit hoch erhobenem Haupt zum Frauenhaus zurück.

In der Nacht fand sie kaum Schlaf. Nicht nur, dass ihr Rücken schmerzte, obwohl Ester ihr versicherte, es sei nicht so schlimm, wie es sich im Moment anfühle. Die wenigen blutigen Striemen seien nicht tief und würden verheilen. Auch ihre Sorge um Jeanne trieb Elisabeth ein paar Mal aus dem Bett zu Ester, die neben ihrem Lager kauerte, eine Lampe vor sich auf dem Boden.

»Wie geht es ihr?«

Ester schüttelte den Kopf. »Sie wird nicht mehr klar und bekommt nur schwer Luft. Ich fürchte, wenn das Mittel des Paters nicht ein Wunder wirkt, geht es bald mit ihr zu Ende.« Elisabeth setzte sich neben Ester.

»Geh doch zurück in dein Bett und schlafe. Wir können ihr gerade eh nicht helfen. Und du hast bereits mehr als genug für sie getan!«

»Ich kann nicht schlafen. Da kann ich dir genauso gut Gesellschaft leisten«, widersprach Elisabeth. »Und außerdem tut es im Sitzen am wenigsten weh.«

So saßen sie beieinander. Meist schwiegen sie und beobachteten hilflos Jeannes Kampf mit dem Fieber.

Als das erste Grau des Morgens das Pergament der Fenster erhellte, erhob sich Elisabeth steif und machte sich auf den Weg zum Kloster der Franziskaner. Pater Antonius hatte Wort gehalten, und das Fläschchen stand schon für sie bereit. Sie dankte dem Portner, der nur unwillig brummte, und eilte zurück zum Frauenhaus. Sie flößten Jeanne zwei Löffel des Tranks und ein wenig Brühe ein, wie der Pater es gesagt hatte. Dann blieb ihnen nur zu warten. Am Abend gab es noch keine Veränderung. Wieder zwangen sie Jeanne, die Medizin zu sich zu nehmen. Sie schrie und wehrte sich, fiel aber dann apathisch auf ihr Bett zurück, sodass nur noch ihr röchelnder Atem zu hören war. Am Morgen verkündete Ester, sie glaube, das Fieber sei ein wenig gefallen. In den nächsten Stunden schwitzte Jeanne so, dass die Frauen dreimal die feuchte Decke wechselten. Dann am Abend, bevor die ersten Gäste erschienen, erwachte Jeanne. Mit klarem Blick sah sie sich um, bis sie Ester erkannte.

»Ich bin so durstig«, krächzte sie mit heiserer Stimme. Ester sprang auf und umarmte Jeanne.

»Aua, du tust mir weh«, beklagte sich diese. »Bring mir Wein!«

Ester lachte mit Tränen in den Augen. »Suppe bekommst du, hat der Pater gesagt, und Milch. Sie wird dich kräftigen. Ach Jeanne, wir hatten dich schon fast aufgegeben, aber ich glaube, nun hast du es geschafft.«

»Mich aufgegeben«, brummelte sie. »Das könnte euch so passen!« Sie lächelte schwach. Ohne Protest trank sie die warme

Brühe. Dann schlief sie ein. Ihr Atem war ruhiger geworden. Der Husten ließ nach.

Mit jedem Tag wurde Jeanne kräftiger, und am Samstag verließ sie zum ersten Mal auf wackeligen Beinen das Bett, um sich zu den anderen draußen im Schatten eines Baumes ins Gras zu setzen. Am Abend trat Elisabeth zu Else und sprach sie an. Seit dem Zwischenfall hatte sie jedes direkte Wort mit der Meisterin gemieden, doch nun brach sie das Schweigen.

»Meisterin, dürfte ich dich um ein kleines Blatt Papier, eine Feder und ein wenig Tinte bitten?«

»Wozu?«, entgegnete sie knapp. Offensichtlich hatte sie ihr den Diebstahl und ihr eigenmächtiges Handeln noch nicht verziehen. Wobei Elisabeth vermutete, dass der Diebstahl für die Meisterin schwerer wog.

»Ich möchte Pater Antonius schreiben, ihm von Jeannes Genesung berichten und ihm für seine Hilfe danken.«

»Hm.« Die Meisterin starrte sie an.

»Bitte. Ohne seine Medizin wäre Jeanne sicher gestorben.«

»Das können wir nicht wissen«, wehrte Else ab. »Aber vermutlich ist das schon richtig«, gab sie dann doch widerstrebend zu. Elisabeth sah, wie sie mit sich rang. Alle Ausgaben schmerzten sie, und wie viel mehr solche, die in ihren Augen unnötig waren!

»Ich will das Blatt auch bezahlen.«

»Nun gut, wenn du unbedingt willst. Folge mir!« Elisabeth ging hinter der Meisterin zu deren Häuschen. Den ganzen Weg über schimpfte Else Eberlin leise vor sich hin.

»So etwas Unnötiges«, hörte Elisabeth sie sagen. »Verschwendung von teurem Papier« und: »Gefühlsduselei«. Doch Elisabeth tat so, als würde sie nichts hören.

»Setz dich«, sagte die Meisterin barsch und wies auf den Hocker am Tisch. Sie stellte ein Fass mit Tinte vor Elisabeth, holte eine Feder mit ausgefranstem Kiel, ein Messer und ein etwas angerissenes, fleckiges Stück Papier. Sie spitzte die Feder mit dem Messer an und legte sie vor Elisabeth auf den Tisch.

»Danke!«

»Hm.« Die Wirtin ließ sich ihr gegenüber nieder.

Elisabeth tauchte die Feder in die Tinte und begann zu schreiben. Schöne, schwungvolle Buchstaben begannen das Blatt zu bedecken. Elisabeth schrieb schnell und flüssig und hielt nur inne, um die Feder wieder in die Tinte zu tauchen. Die Miene der Wirtin verhärtete sich zunehmend mit jedem weiteren Wort, das in schöner Schrift das Blatt zierte. Endlich legte Elisabeth die Feder aus der Hand. Sie wartete, bis die Tinte vollständig getrocknet war, dann faltete sie das Blatt zusammen und schrieb nach einem kurzen Zögern noch »Pater Antonius« auf die Außenseite.

»Darf ich den Brief gleich zum Kloster bringen?«, bat sie die Meisterin.

»Von mir aus. Nimm Gret mit, und kauft auf dem Rückweg Brot und Käse für heute Abend. Und trödelt nicht unnötig herum!«

Elisabeth sah sie mit gleichmütiger Miene an. »Nein, natürlich nicht, Meisterin.« Sie erhob sich und ging hinaus. Else Eberlin sah ihr nach. Sie schüttelte langsam den Kopf.

»Ich weiß nicht, was das ist, aber manches Mal habe ich das Gefühl, dass sie mir entgleitet. Ich werde ein achtsames Auge auf sie haben müssen!«

Kapitel 12

Die Männer ritten schweigend durch die Nacht. Der Mond verbarg sich hinter den Wolken, sodass sie nur langsam vorwärtskamen, wollten sie nicht, dass sich die Pferde in einem Kaninchenbau die Beine brachen. Fackeln zu entzünden hatte der Graf ihnen untersagt. In einigem Abstand folgten die einfachen Männer zu Fuß, streng in Gruppen je einem Weibel zugeteilt. In der Nacht waren die Farben auf den Fahnen nicht zu erkennen, doch zeichneten sich die Umrisse der Wappen ab. Es waren die Zeichen mächtiger Herren: Zuerst das Wappen des Bischofs von Speyer und des Markgrafen Hans von Brandenburg. Ihnen folgten die Männer der Grafen von Henneberg, der Herren von Castell und Wertheim, von Hanau und Solms. Zum Schluss stieß Konrad von Weinsberg mit seinen Männern zu dem Haufen. Sie hielten an. Die Pferde schnaubten und scharrten ungeduldig mit den Hufen, während die Männer in Rüstung und Waffen versuchten, ihre Unruhe nicht zu zeigen.

Die hohen Herren trafen sich unter den Ästen einer uralten Eiche, um sich zu beraten, dann kehrte jeder zu seinem Trupp zurück und gab die Anweisungen flüsternd an die Hauptleute weiter. Der Zug setzte sich wieder in Bewegung. Bald trennten sich die kleinen Haufen der Herren von Wertheim, Solm und Hanau vom großen Heer – sie mussten den Main überqueren –, dann winkte Konrad von Weinsberg seinen Rittern und einfachen Männern, ihm am Bach entlang zur Mühle zu folgen. Alles kam darauf an, dass die Überraschung glückte. In den Schatten der späten Nacht verborgen wartete Konrad von Weinsberg, bis die Männer des Markgrafen und des Bischofs ihren Posten vor der Stadtmauer bezogen. Sicher hatten die anderen bereits die Klöster Zell und Himmelspforte erreicht.

Als das erste Grau des Morgens den Horizont erhellte, besetzten die Weinsberger Männer die Schlüpferleinsmühle. Der völlig überrumpelte Müller und seine Helfer leisteten keinen Widerstand. Die beiden Klöster gingen ebenfalls ohne den Verlust eines Menschenlebens in die Hand der fremden Eindringlinge über. Die Brüder von Zell ergaben sich kampflos in ihr Schicksal. Auch die Zisterzienserinnen des Klosters Himmelspforte, kaum einen Steinwurf vom Bruderkloster entfernt, fügten sich in ihr Los. Die Blicke gesenkt, die Hände in den weiten Ärmeln verborgen, huschten sie durch den Kreuzgang und versammelten sich unter ängstlichem Getuschel im Refektorium, wo sie unter die Bewachung einiger Bewaffneter gestellt wurden. Nur die Mutter Oberin trat dem Ritter, der den Befehl führte, entgegen.

»Was habt Ihr mit uns vor? Gott wird Euch strafen, wenn Ihr Euch auf diesem geheiligten Boden an uns versündigt!«

Graf Michael von Wertheim winkte ab. »Es geht hier um mehr als um Euer Haus und Eure Schwestern, Mutter Oberin. Im Augenblick habt Ihr von mir und meinen Männern nichts zu befürchten. Richtet Euren Blick auf ›Unser Frauenberg‹ und die Mauern der Stadt zu ihren Füßen, denn in Würzburg und auf der Festung wird sich das Schicksal aller entscheiden. Die Stadt und das Domkapitel haben den Bogen überspannt und ihrem Bischof einmal zu viel die Stirn geboten!«

»Dann gnade uns Gott«, murmelte die Oberin und bekreuzigte sich.

»Das werdet ihr nicht glauben!«, rief Anna, die mit wehenden Haaren über die Wiese gerannt kam. Ihr folgte Mara, die gleichfalls recht aufgelöst wirkte. Es war gerade erst hell geworden, doch die Frauen saßen bereits draußen beim Frühmahl zusammen, wie sie es nun immer taten, seit der späte August mit seinen heißen Tagen anhielt.

»Es war ein Fehler, die beiden zu schicken«, brummte die Wirtin unwillig und herrschte die jungen Frauen an: »Was werden wir nicht glauben? Und wo ist die Milch, die ihr für Jeanne besorgen solltet?«

»Oh!« Anna blieb unvermittelt stehen und drehte sich hilfesuchend zu Mara um. »Das haben wir in der Aufregung ganz vergessen.«

Die Meisterin fragte nicht lange nach, sie ohrfeigte beide Frauen. »Man könnte meinen, euch ist es egal, ob Jeanne wieder gesund wird oder ob sie elendig krepieren muss.«

Anna schossen Tränen in die Augen. »Aber nein, Meisterin, das darfst du nicht von uns denken. Jeanne ist uns lieb und teuer, aber jetzt steht vielleicht unser aller Leben auf dem Spiel!«

»Was? Was redest du da für einen Unsinn?«, schimpfte die Meisterin.

»Doch, es ist wahr«, rief Mara dazwischen. »Die Mauerwächter reden ganz aufgeregt davon. Heute Nacht ist ein großes Heer vor der Stadt aufgezogen mit einer Menge Ritter und Fußvolk, um unsere Mauern zu belagern.«

»Unsinn!«, wiederholte die Meisterin. »Der Rat hätte längst die Sturmglocken geläutet.«

»Drunten in der Vorstadt Sand tun sie das längst, seit sie das Heer von Süden her haben anrücken sehen.« Wie um Maras Worten Gewicht zu verleihen, begannen nun auch die Glocken des Doms, des Neumünsters und der anderen Kirchen der inneren Stadt Alarm zu läuten. Zuletzt fiel auch die Glocke von St. Gertraud ein. Die Frauen sahen zu dem Kirchturm hinüber, der sich hinter den nahen Häusern der Vorstadt Pleichach erhob. Für einige Augenblicke schwiegen sie. Furcht breitete sich unter ihnen aus, bis sich Else energisch umwandte.

»Ihr bleibt hier, und rührt euch nicht von der Stelle. Ich gehe nachsehen, was das wirklich zu bedeuten hat.« Sie stürmte davon.

»Wir sollen hier in dieser Ungewissheit tatenlos rumsitzen

und warten, während die Angreifer – wer auch immer sie sein mögen – vielleicht schon in die Vorstadt Sand eindringen und den Bürgern die Kehlen durchschneiden? Das kann sie doch nicht von uns verlangen!«, rief Gret aus.

»Was wollen sie hier?«, fragte Mara.

»Man muss den Bischof benachrichtigen. Er muss uns mit seinen Rittern verteidigen«, sagte Anna in jämmerlichem Ton.

»Ach, du meinst, wir sollen zur Festung raufgehen und dem Bischof Bescheid sagen? Das ist ein guter Einfall. Darauf hat er gewartet, dass ein paar Dirnen seine Stadt retten!«, wandte Marthe höhnisch ein.

»Ich habe ja nicht gesagt, dass *wir* das tun müssen«, verteidigte sich Anna. Ihre Wangen glühten.

»Ich denke, er weiß es bereits«, sagte Elisabeth und legte ihr beruhigend die Hand auf den Arm. »Dennoch möchte auch ich wissen, was das bedeutet. – Und außerdem sollen wir doch Milch für Jeanne besorgen, nicht wahr?« Sie warf Gret einen Blick zu. Diese grinste grimmig.

»Ja, das sollten wir unbedingt!« Sie nahm Mara die leere Kanne aus der Hand. »Ihr habt gehört, was die Meisterin gesagt hat. Ihr rührt euch hier nicht von der Stelle!« Ohne sich um die empörten Ausrufe der anderen zu kümmern, hakte Gret sich bei Elisabeth unter und eilte mit ihr davon.

Als Erstes gingen sie, die Kanne füllen zu lassen, doch Cuntz Wirtenberg wusste nur wirre Gerüchte zu berichten.

»Vielleicht wissen die Torwächter mehr«, überlegte Gret laut.

Sie fragten die beiden Männer am inneren Tor zur Stadt, die aber auch nicht mehr wussten. Unzufrieden sahen die beiden Frauen einander an.

»Sollen wir selbst auf die Mauer steigen und hinübersehen, ob sie den Ring um die Stadt schon zugezogen haben?«, schlug Elisabeth vor.

Die Frauen hasteten über den Kirchhof von St. Gertraud zum Kloster St. Marx. Die Mauern des Klosters reichten nicht nur bis an die Stadtmauer heran. Der lange, nach Norden ausgerichtete Hauptbau ragte sogar über den äußeren Stadtgraben hinaus und überspannte ihn auf zwei gewölbten Bögen. Darüber befanden sich die heimlichen Gemächer. In Friedenszeiten war diese Anlage sicher eine gute Sache, im Krieg jedoch nicht ungefährlich. Die Schwestern hatten sich beim Rat verpflichten müssen, diesem in Kriegszeiten zu gestatten, diesen Abschnitt der Mauer ebenfalls mit Männern der Bürgerwehr besetzen zu dürfen.

Die Frauen sahen sich um. Links erhoben sich die beiden kleinen Türme, die das äußere Pleichacher Tor flankierten, dahinter, direkt am Ufer des Mains, ragte der hohe Faulturm auf. Über einen der Haupttürme konnten sie nicht auf den Wehrgang kommen. Die Wachen würden ihnen sicher den Weg versperren.

»Wir nehmen die Treppe am Gartentörlein«, schlug Gret vor. »Dann sind wir auch schneller wieder zurück – nicht, dass die Meisterin unser Fehlen bemerkt.«

Elisabeth nickte. Gret kannte sich hier bestimmt besser aus als sie. So eilten die Frauen am Kloster vorbei und folgten dann der Stadtmauer bis zu dem kleinen Törlein, neben dem eine Treppe auf den Wehrgang hinaufführte. Entlang diesem Mauerabschnitt waren die Türme nur als halbrunde Letzen ausgebaut und normalerweise nicht von Wächtern besetzt. Mit gerafften Röcken hasteten die Frauen die Stufen hinauf. Schwer atmend stürzten sie auf den Wehrgang hinaus und sahen nach Norden über die Wiesen und Weinberge. Zwar hemmten einige Hecken und Obstbäume ihre Sicht, doch soweit sie sehen konnten, war kein Ritter in Kriegsrüstung zu entdecken.

»Vielleicht ist das alles nur ein Scherz«, vermutete Gret. »Ich kann nichts Ungewöhnliches sehen.«

»Ein seltsamer Scherz. Und warum läuten dann die Sturmglocken?«

»Es könnte sich um ein Missverständnis handeln. Ein paar

Ritter auf der Durchreise, auf einem Zug, der uns nicht betrifft und uns nichts angeht«, schlug Gret vor.

Elisabeth war nicht überzeugt. Sie beschirmte die Augen, obwohl die Sonne, die erst tief im Osten stand, sie gar nicht blenden konnte, und ließ den Blick noch einmal schweifen. »Da!«, rief sie. »Siehst du das dort drüben?«

Gret beugte sich ein wenig nach vorn und folgte mit den Augen der angegebenen Richtung. Auf der Straße am Mainufer näherten sich Karren, Bauern mit Vieh und einige Grüppchen von Menschen, die es sichtlich eilig hatten, das Stadttor zu erreichen.

»Das sind keine Ritter. Ja, ich sehe gar keine Bewaffneten. Es sind nur ein paar Bauern mit ihrem Vieh.«

»Und mit ihren Frauen und Kindern«, ergänzte Elisabeth. »Sie haben es ungewöhnlich eilig, das Tor zu erreichen!«

Gret starrte auf den Zug, der sich, eine Staubwolke hinter sich herziehend, der Stadt näherte.

»Du meinst, sie kommen nicht einfach zum Markt? Sie wollen sich hinter den schützenden Stadtmauern in Sicherheit bringen?«

Elisabeth nickte. »Ja, das glaube ich. Sie sind auf der Flucht vor dem Heer, das wir von hier aus nicht sehen können. Das aber irgendwo in der Nähe lagert.«

»Dann ist es also wahr«, sagte Gret noch immer ein wenig ungläubig. »Würzburg wird belagert!«

Die beiden beschlossen, zum Frauenhaus zurückzukehren. Schließlich wollten sie nicht den Zorn der Meisterin auf sich ziehen, und hier würden sie im Moment nicht mehr erfahren. Sie eilten die Treppe hinunter und stießen unten fast mit vier Männern zusammen. Es waren der Bürgermeister Bucke, der Viertelmeister der Vorstadt Pleichach, ein den Frauen unbekannter Wächter – und Meister Thürner, der Henker. Der zog erstaunt die Augenbrauen zusammen, als er die beiden Frauen erkannte.

»Wollt ihr mir nicht verraten, was ihr dort oben auf der Brustwehr zu suchen hattet?«, fragte er.

»Wir haben nach dem Feind Ausschau gehalten, den die Sturmglocken verkünden, doch es ist niemand zu sehen«, gab Elisabeth Auskunft.

»Und dennoch glauben wir, dass er sich dort draußen irgendwo verbirgt«, fügte Gret hinzu. »Die Häcker und Bauern fliehen in die Stadt.«

»Habt Ihr das Heer gesehen? Wer ist es, der Würzburg Böses will? Wie viele Männer hat er mitgebracht?«, drängte Elisabeth.

»Das sind Dinge, mit denen sich unser Herr Bürgermeister, die Viertelmeister und Hauptleute der Stadt beschäftigen müssen, nicht ihr. Weiß Else überhaupt, dass ihr hier seid?« Die beiden Frauen senkten die Köpfe.

»Aha, das habe ich mir gedacht.« Der Henker wandte sich an seine Begleiter. »Ich bringe die beiden rasch zum Frauenhaus zurück und schließe mich Euch am Tor wieder an.«

Gret und Elisabeth waren enttäuscht, wagten dem Henker jedoch nicht zu widersprechen.

»Wollt Ihr uns denn gar nichts verraten, Meister Thürner? Ist es nicht auch unsere Haut, die von den fremden Geharnischten bedroht wird?«, fragte Elisabeth, als sie außer Hörweite der anderen Männer waren.

Der Henker sah sie an. »Da hast du recht, und ich will euch auch nichts vorenthalten. Wir haben die Fahnen des Bischofs Raban von Speyer gesehen, von Markgraf Hans von Brandenburg, den Grafen von Henneberg und Castell, von Wertheim, Hanau und Solms, und die des Konrad von Weinsberg. Er hat die Schlüpferleinsmühle besetzt. Die Klöster Zell und Himmelspforte sind ebenfalls in ihrer Hand. Das große Heer lagert im Holgarten im Süden vor unserer Vorstadt Sand.«

»So viele Herren ziehen gegen uns?«, keuchte Gret.

»Haben wir schon in Erfahrung bringen können, wie viele Berittene und wie viele Bewaffnete zu Fuß sie hergebracht haben?«, wollte Elisabeth wissen. »Führen sie große Büchsen mit sich oder Belagerungstürme?«

Der Henker lächelte ihr zu. »Willst du unseren Hauptleuten ein wenig zur Seite stehen, damit sie ihre Sache richtig machen? Ja, sie haben ihre Männer ausgeschickt, um die Kräfte des Feindes zu zählen. Es sind zusammen wohl an die achttausend Mann!« Elisabeth nickte und machte ein besorgtes Gesicht.

Gret sah die beiden fragend an. »Das sind wohl ziemlich viele, nicht wahr? So große Zahlen sagen mir nichts.«

»Ja, das sind ziemlich viele«, bestätigte der Henker.

»Aber ohne Belagerungsmaschinen und große Büchsen können sie nur versuchen, die Stadt auszuhungern. Wir dagegen haben unsere Pleiden und der Bischof auf seiner Festung eine ganze Anzahl schwerer Geschütze. So schnell werden sie uns also nicht bezwingen können. – Sie haben doch keine großen Mauerbrecher, oder?«, hakte Elisabeth nach.

Der Henker betrachtete sie einige Momente aus zusammengekniffenen Augen, dann schüttelte er den Kopf. »Nein, unsere Kundschafter haben keine gesehen.«

»Die große Frage ist: Was wollen sie von uns?« Elisabeth sah den Henker an. Der zuckte mit den Schultern.

»Ich weiß es nicht. Noch haben sie sich nicht erklärt oder irgendwelche Forderungen gestellt. Wir haben es jedenfalls geschafft, zwei Männer zu ›Unser Frauenberg‹ hinaufzuschicken und den Bischof über jede unserer Beobachtungen in Kenntnis zu setzen. Auch er hat eine ganze Anzahl an Rittern oben auf der Festung. Und die Viertelmeister werden noch in dieser Stunde die Bürgerwehr zusammenrufen. Wir sind nicht wehrlos.«

Haben aber keine achttausend Männer, dachte Elisabeth.

Vor dem Frauenhaus wurden sie bereits erwartet. Else stand an der Tür, die Arme vor der Brust verschränkt, und ihre Miene stand auf Sturm.

»Habe ich euch nicht ausdrücklich gesagt, ihr sollt euch nicht vom Fleck rühren?« Sie hob drohend die Hand. Elisabeth und Gret blieben in einiger Entfernung stehen. Elisabeth hätte sich am liebsten hinter dem breiten Rücken des Henkers versteckt, doch sie unterdrückte den Impuls. Als sie sich auf den Weg gemacht hatten, war ihnen bewusst gewesen, dass sie gegen die Anweisung der Meisterin verstießen. Nun mussten sie die Konsequenzen ertragen. Der Henker konnte ihnen da nicht helfen. Dennoch warfen sich die beiden Frauen Blicke zu und zögerten, in Elses Reichweite zu treten.

»Else, verzeih, es war meine Schuld. Ich habe deine Mädchen mit auf die Mauer genommen, um Ausschau zu halten, ob von den Angreifern schon etwas zu sehen ist.« Gret und Elisabeth versuchten, nicht zu überrascht dreinzuschauen.

Die Eselswirtin schob die Augenbrauen zusammen. »Ach, und dazu hast du die Unterstützung dieser beiden hier benötigt? Ich glaube dir kein Wort. Oder wollt ihr die Verteidigung der Stadt auf dem Erfahrungsschatz zweier Dirnen aufbauen? Dann gnade uns Gott!«

»Nein, nicht ganz, und ›brauchen‹ ist vielleicht auch nicht das rechte Wort«, gab der Henker zu. Er lächelte noch immer.

»Gelöchert werden sie dich haben, dass du ihnen erlaubst, mit dir zu kommen und ihre Neugier zu befriedigen«, vermutete die Meisterin.

»Sagen wir so, ich habe es ihnen angeboten, um ihre Gesellschaft zu genießen, sodass sie nicht abzulehnen wagten. Also, wenn jemandem deine Ohrfeige gebührt, dann bin ich es. Sieh, ich halte dir meine Wange hin. Tu, was du nicht lassen kannst.«

Für einen Moment schien die Meisterin zu erwägen, den Henker wirklich zu ohrfeigen, dann aber ließ sie die Hand sinken.

»Bedankt euch bei Meister Thürner!«, sagte sie. »Ich weiß nicht, warum er diese Farce aufführt, verdient habt ihr es jedenfalls nicht. Und nun lauft rein, und bringt Jeanne ihre Milch, die es erstaunlicherweise auf eurem Weg zur Mauer zu kaufen gab!«

Das ließen sich die Frauen nicht zweimal sagen. Sie schlüpften ins Haus und eilten an Jeannes Lager.

»Ja, und bringt mir einen Schluck Wein«, rief ihnen der Henker nach. »Du willst doch sicher wissen, wie es um die Stadt steht?«

»Ja, das will ich«, bekräftigte Else Eberlin. »Von den Wachen konnte man ja kaum ein vernünftiges Wort erfahren!«

Zu Elisabeths Erleichterung fanden sie Jeanne wach in ihrem Bett und begierig, Neuigkeiten zu erfahren. Ihre Stirn war kühl, sie war aber noch immer so schwach, dass sie die meiste Zeit des Tages in ihrem Bett zubrachte. Jeanne nahm die Milch dankend entgegen und lauschte den Worten der beiden Frauen, die abwechselnd berichteten.

»Ich hoffe, ich kann bald wieder aufstehen«, sagte sie, als Elisabeth und Gret geendet hatten.

»Warum? Willst du von unseren Feinden nicht im Bett angetroffen werden, wenn sie in die Stadt dringen und sich die Früchte ihres Sieges holen?«

»Sprich nicht so«, bat Jeanne. »Du meinst doch nicht wirklich, dass sie unsere Mauern überwinden werden?«

Gret hob die Schultern. »Ich weiß nicht. Das ist die erste Belagerung, die ich mitmache. Viele Festungen und Städte sind in den vergangenen Kriegen gefallen.«

Elisabeth nickte. »Ja, meist durch Verrat! Aber an so etwas wollen wir jetzt nicht denken. Du musst wieder zu Kräften kommen, damit du mit uns feiern kannst, wenn die Gefahr vorüber ist und die fremden Ritter wieder abgezogen sind.«

»Oh ja, das wird eine anstrengende Zeit«, fügte Gret hinzu und schnitt eine Grimasse. »All die Männer im Rausch des Freudentaumels. Das heißt Arbeit für uns. Also, sieh zu, dass du gesund wirst und wir die feiernden Sieger nicht alleine auf dem Hals haben – oder besser gesagt: in unseren Betten!«

Elisabeth schüttelte den Kopf und seufzte. »War es wirklich nötig, ihr das so hart zu sagen?«, fragte sie, als sie sich zu den anderen gesellten, die begierig dem Gespräch zwischen dem Henker und der Meisterin lauschten. »Sie soll sich bemühen, kräftig zu werden, und freudig darauf hinarbeiten!«

»Es ist die Wahrheit!«, entgegnete Gret. »Jeanne ist keine dumme Gans. Sie weiß, dass die Meisterin sie nur umhegt, damit sie schnell wieder ihre Arbeit tun und Münzen für sie verdienen kann. Alles andere ist uninteressant.«

»Ja, die Meisterin muss dafür sorgen, dass genug Geld hereinkommt, aber wir sind doch ihre Freundinnen! Wir stehen gern füreinander ein.«

»Hm, ich weiß nicht.« Gret sah Elisabeth ins Gesicht. Ihre Miene war ernst. »Habe ich Freundinnen oder du? Wie weit würden wir für die anderen gehen oder sie für uns? Ich für meinen Teil kann nur sagen, ich habe keinen Freund auf dieser Welt. Es gibt niemand, der für mich sein Leben geben würde – und ich würde meines auch für keinen opfern.«

Empörung stieg in Elisabeth auf, doch ehe sie ihr Luft machen konnte, sagte Gret in tieftraurigem Ton. »Sei ehrlich zu dir selbst!«

Elisabeth dachte nach. Die Stimmen der anderen wurden zu einem Rauschen. Hatte sie einen Freund? Oder wäre sie bereit, für jemanden ihr Leben zu geben? Für eine der Frauen hier in Else Eberlins Haus? Es fiel schwer, es selbst im Stillen vor sich selbst ehrlich zuzugeben. Nein, sie erwartete es von keiner der Frauen, und sie selbst war ebenfalls nicht bereit, so weit zu gehen. Und in ihrem früheren Leben? Hatte es da jemanden gegeben? Elisabeth schloss die Augen.

Zwei warme Hände schlangen sich um die ihren.

»Was auch geschieht, ich bin immer für dich da. Zögere nicht, mich zu rufen. Mein Schwert und mein Leben gehören dir!«

Seine Stimme war tröstlich und aufwühlend zugleich. Wo war er jetzt? Und warum war er nicht zur Stelle gewesen, als sie ihr Leben verlor, um im Frauenhaus mit einem anderen zu beginnen? Tränen brannten hinter ihren Lidern. Sie zwinkerte und zwang sich zu einem Lächeln. Der Henker hatte sich erhoben und verabschiedete sich gerade von der Meisterin.

»Du hältst uns doch auf dem Laufenden?«, forderte sie. »Wir müssen wissen, wie es um unsere Stadt steht!«

»So wie alle anderen Bürger und Hintersassen auch«, sagte der Henker, nickte ihnen zu und ging dann mit langen Schritten davon.

»Alle Bürger und sonstigen Bewohner Würzburgs laufen zum Grafeneckart, um die Neuigkeiten zu erfahren, die die Boten von ›Unser Frauenberg‹ bringen. Bitte, lass uns hingehen. Wir wollen auch wissen, was es mit der Bedrohung nun auf sich hat und warum diese Männer mit Pferden und Waffen hier vor unseren Mauern stehen!«

Die Frauen hatten es mit Schmeicheln und Bitten versucht, dann schickten sie Elisabeth, um ihre Worte noch einmal in überzeugender Form vorzubringen, doch die Miene der Meisterin war noch immer unbewegt.

»Dann mach du dich bitte auf den Weg, und berichte uns. Wir werden heute Nacht sonst keine Ruhe finden!«

»Das wäre natürlich schrecklich!« Nun endlich teilten sich die Lippen der Eselswirtin zu einem spöttischen Lächeln. »Meint ihr nicht, unsere abendlichen Besucher werden die Neuigkeiten schon mitbringen? Ich denke nicht, dass ihr euch unwissend zur Ruhe legen müsst.« Die Frauen seufzten und murrten. Anscheinend wollte sich die Meisterin mit keinem Argument erweichen lassen.

»Nun gut, kleidet euch anständig. Wir werden alle zusammen zum Grafeneckart gehen und hören, was die Boten zu berichten haben!«

Für einen Moment wagten die Frauen nicht, ihren Ohren zu trauen. Hatte die Meisterin ihnen allen gerade die Erlaubnis gegeben, in die Domstraße zu ziehen?

»Was steht ihr hier noch herum?«

Sie lachten und dankten der Wirtin und beeilten sich, ihre

braven Gewänder anzuziehen, die sich wenig von denen der Mägde und einfachen Handwerkerfrauen unterschieden – vom gelben Saum einmal abgesehen. Bald waren alle vor der Tür versammelt. Sie tuschelten aufgeregt miteinander. Nur Jeanne musste zurückbleiben. Die Meisterin ließ sich nicht einmal durch Tränen und wütende Widerworte erweichen.

»Die anderen können dir berichten. Du bist noch immer schwach, und ich habe keine Lust, dich den ganzen Weg heimzutragen, wenn der Ausflug zu anstrengend für dich wird.«

»Ich schaffe das!«, beteuerte Jeanne unter Tränen, doch die Meisterin stellte sich taub und verließ das Haus.

»Kommt Mädchen, wir wollen rechtzeitig da sein, wenn die Boten vom Bischof zurückkehren.«

»Wir berichten dir jedes Wort, wenn wir zurück sind«, versprach Elisabeth und drückte Jeanne einen Kuss auf die Stirn. Dann eilte sie den anderen hinterher.

Es schien, als würde an diesem Tag in Würzburg keiner seiner geregelten Arbeit nachgehen. Die ganze Stadt war auf den Beinen, und es herrschte eine seltsam überdrehte Stimmung, ähnlich der eines Jahrmarkts, auch wenn da und dort ernste Worte der Besorgnis gewechselt wurden. Die Kinder jedenfalls waren außer Rand und Band. Für sie bedeutete es nur ein großes Abenteuer. Bisher jedenfalls.

Else ging ihren Schützlingen voran und drängte sich durch die Menschenmenge, bis sie einen Blick auf den Platz vor dem *Grünen Baum* werfen konnten. Frauen und Kinder der führenden Ratsfamilien standen beisammen und unterhielten sich lebhaft. Elisabeth erhaschte einen Blick auf Otilia. Ihren Vater und die anderen Ratsherren, die sie kannte, konnte sie nicht entdecken. Sicher berieten sie sich drinnen im Ratssaal. Der Schultheiß Hans eilte von zwei Bewaffneten begleitet herbei und verschwand im Rathaus. Überall sprangen Neuigkeiten und Gerüchte von einer Gruppe der wartenden Menge zur nächsten. Endlich ging ein Raunen durch die Bürger und dann ein Ruf:

»Die Boten kommen zurück! Sie sind schon auf der Brücke.«

Alle reckten die Hälse. Das Stimmengewirr übertönte den Hufschlag. Endlich kamen die Männer in Sicht, die der rasch zusammengerufene Rat am frühen Morgen zur Festung hinaufgeschickt hatte.

»Macht Platz! Geht zur Seite!«, riefen sie und sprengten durch ihre Mitte. Vor dem Tor zum Grafeneckart sprangen sie aus dem Sattel und überließen die Zügel den beiden Wachen vor dem Tor, die eh schon ihre liebe Mühe hatten, sich der unzähligen Fragen zu erwehren und dafür zu sorgen, dass niemand Unbefugtes das Rathaus betrat.

»Sie sind verschwunden, ohne uns auch nur einen Ton zu sagen«, empörte sich Gret.

»Vielleicht haben sie den Bischof gar nicht angetroffen«, sagte Mara. Furcht schwang in ihrer Stimme.

Else und ihre Frauen drängten sich noch näher an den Eingang heran, um ja nichts zu verpassen, wenn denn endlich etwas geschähe.

»Ich kann dir auch nichts Neues berichten«, hörte Elisabeth Otilia zu einem ebenso fein gekleideten jungen Mädchen sagen. »Ich habe meinen Vater seit dem Morgengrauen nicht mehr gesehen, als die beunruhigende Nachricht von Stadtschreiber Peringer überbracht wurde.«

Endlich öffnete sich die große Flügeltür. Bürgermeister Bucke trat gefolgt vom Schultheiß und einigen Ratsherren heraus. Stille senkte sich über den Platz. Jeder wollte hören, was die Männer zu sagen hatten.

»Wie Ihr alle inzwischen sicher erfahren habt, ist heute Nacht ein Heer vor die Mauern unserer Stadt gezogen, achttausend Mann stark, von einigen uns wohl bekannten hohen Herren geführt«, begann der Bürgermeister.

»Das wissen wir!«, schrie ein Mann aus der Menge. »Sind wir nicht deshalb aus unseren Weinbergen hierher geflohen? Was verlangen sie von uns?«

»Ja, warum sind sie hier?«, rief das Weib neben ihm.

»Ruhe!«, verlangten die Ratsherren.

»Diese Frage zu klären, haben wir sogleich Boten zu ›Unser Frauenberg‹ hinaufgeschickt, um den Bischof zu fragen. Es hat eine Weile gedauert, bis er angekleidet war und sein Mahl beendet hatte, ehe er unsere Boten zu empfangen bereit war. Er sagte zu ihnen, die Herren seien vor unsere Mauern gezogen, um uns zu befehden. Ihnen allen sei das Domstift seit Langem viel Geld und Zinsen schuldig, und nun seien sie gekommen, um ihr Gold selbst zu holen. In Frieden oder mit Gewalt, das sei ihnen gleich, doch bezahlt werden müsse jetzt.«

Ein Gewirr von Stimmen brandete über den Platz, wogte bis zu den Häusern gegenüber und schwappte wieder zurück. Die Ratsherren brauchten eine Weile, ehe sie dem Bürgermeister wieder Gehör verschaffen konnten.

»Unser Bischof Johann hat verfügt, dass gleich morgen eine Gesandtschaft aus dem Rat und dem Domstift auf die Festung kommen soll, um mit ihm zu beratschlagen, wie dieses Kriegsheer schnell wieder von unseren Mauern entfernt werden kann.«

Mehr war nicht zu erfahren. Die Männer des Rats zogen sich wieder hinter die Mauern des Grafeneckarts zurück, wohl um zu entscheiden, wer aus ihrer Mitte am nächsten Tag die Bürgerschaft beim Bischof vertreten sollte. Die Menschen warteten noch mehr als eine Stunde, ohne dass etwas geschah. Dann begann sich die Menge zu zerstreuen. Else rief ihre Schützlinge zu sich und machte sich mit ihnen auf den Heimweg.

»Da seht ihr es mal wieder«, schimpfte Marthe. »Die Domherren haben Geld verprasst, das nicht ihres war, und wir einfachen Leute sollen nun den Kopf hinhalten.«

»Es muss eine Menge sein, wenn solch ein Kriegsvolk heranrückt, um es einzutreiben«, sagte Gret verwundert. »Wozu haben sie so viel Geld gebraucht?«

»Man sagt doch immer, die Kirchenherren leben in Saus und

Braus, trinken und schmausen und lassen es sich gut gehen«, erinnerte Mara.

»Ja, das stimmt schon, aber trotzdem erscheint mir das keine Summe zu erklären, die diesen Aufwand rechtfertigen würde«, mischte sich nun die Meisterin ein. »Es ist sehr seltsam.«

»Morgen werden wir es ja erfahren. Wenn die Ratsherren vom Bischof zurückkommen. Und dann ist dieser Spuk sicher bald vorbei.« Anna gab sich zuversichtlich.

»Du bist ja noch naiver als Ester«, schimpfte Marthe.

»Vielleicht sind es gar nicht die Schulden des Stifts«, überlegte Elisabeth laut.

»Nein? Das hat der Bote aber so ausrichten lassen.«

»Man hört viele Klagen über Bischof Johann und seine verschwenderische Hofhaltung. Ich habe Gleiches nie über die Herren des Domkapitels gehört.«

»Das stimmt«, gab die Wirtin widerstrebend zu.

»Von einem der Ratsherren weiß ich, dass sich Bischof Johann zu Beginn seiner Amtszeit von Ritter Hans von Hirschhorn fünfzehntausend Gulden geliehen hat.«

»Fünfzehntausend Gulden?«, rief Else aus. Die unvorstellbare Höhe der Geldsumme verschlug selbst der Meisterin fast die Sprache.

»Ja, fünfzehntausend sagte er. Der Bischof gab vor, mit dem Geld die Stadt Kitzingen auslösen zu wollen, und brachte das Domkapitel und den Rat dazu, den Schuldbrief mit ihm gemeinsam zu siegeln. Als er das Geld dann aber in Händen hielt, verschwendete er es für seine Hoffeste, die Jagden und Turniere. Das Geld ist noch immer nicht zurückgezahlt, und auch die tausend Gulden Zins pro Jahr hat der Bischof nicht beglichen. Und obwohl der Bischof das Geld verprasst hat, kann Ritter von Hirschhorn die Rückzahlung auch von der Stadt und dem Kapitel verlangen! Was wissen wir, ob es nicht noch mehr solche Verschreibungen an all die Herren gibt, die nun mit ihren Kriegsleuten vor der Stadt lagern!« Die Frauen schwiegen ein wenig verwirrt.

»Um wie viel Geld es wohl geht?«, fragte sich Else laut. »Wenn ich so an die vielen Jahre zurückdenke, die ich mit diesem Bischof und seinem Vorgänger erlebt habe, dann sagt mir meine Erfahrung, dass wir, die Bürger und kleinen Leute, es wieder einmal sein werden, die den bitteren Tropfen auszulöffeln haben. Möge Gott uns beistehen und wenigstens dafür sorgen, dass wir mit heiler Haut davonkommen!«

Kapitel 13

Es dämmerte bereits, als sich die Reiter dem Tor zur Vorburg näherten. Die Wächter verbeugten sich tief, als sie die hohen Herren erkannten, und ließen sie passieren. Sie ritten über den Hof. Die Hufe trommelten über die herabgelassene Brücke. Zwei weitere Tore – die Barbakane und das innere Tor – mussten sie noch passieren, ehe sie in den großen Innenhof der Bischofsfestung gelangten. Der Provinzial Arnold hatte wohl am Fuß der Treppe auf sie gewartet, denn er eilte auf sie zu, kaum dass sie zwischen den zahlreichen hölzernen Nebengebäuden auftauchten, die über den Hof verteilt standen. Auch er verbeugte sich und überschüttete die Gäste mit einem Schwall höflicher Worte. Er winkte ein paar Wachtleute heran, die vor der Tür zum Weinkeller herumlungerten, und befahl, die Pferde der Gäste in die Ställe hinauszuführen. Dann richtete er die Grüße des Bischofs aus und bekräftigte, Johann von Brunn würde sich herzlich freuen, die Herren an seiner Tafel begrüßen zu dürfen.

»Folgt mir. Es ist alles angerichtet«, sagte er mit einer letzten Verbeugung und führte die Gäste die breiten Stufen hinauf, die so mancher Besucher auch schon hoch zu Ross erklommen hatte. Oben im großen Saal brannten unzählige Kerzen und hüllten die reich gedeckte Tafel in helles Licht. Bischof Johann kam ihnen mit ausgebreiteten Armen entgegen.

»Ah, wie schön, dass Ihr alle meinem Ruf gefolgt seid. Esst und trinkt und lasst es Euch wohl ergehen. Ich hoffe, Euren Männern in ihren Lagern fehlt es an nichts.«

Die Gäste erwiderten die Begrüßung und verteilten sich auf den bequem gepolsterten Scherenstühlen. Es war schon eine erlauchte Gesellschaft, die Bischof Johann von Brunn an diesem Abend bewirtete: Bischof Raban von Speyer, die Brüder Grafen von Henneberg, Wilhelm von Castell, die Grafen Michael von Wertheim, der älteste Sohn der Herren von Hanau, einer der Gebrüder Solms, Konrad von Weinsberg und nicht zuletzt der Markgraf Hans von Brandenburg.

»Nun, dann wollen wir hoffen, dass Euer Plan gelingt«, sagte dieser mit grimmiger Miene und tat sich mächtig Pastete, Hühnerbrust und schwarze Wurst auf den Teller. »Mir ist es gleich, aus welcher Schatulle die Gulden kommen, wenn ich sie nur endlich zurückbekomme!«

»Das werdet Ihr, Markgraf, das werdet Ihr. Habt Vertrauen! Morgen wird eine Abordnung zu mir kommen, und ich werde sicher nicht lange brauchen, sie zu überzeugen.«

Konrad von Weinsberg schob ein Stück vom fetttriefenden Braten in den Mund und rülpste dann vernehmlich.

»Exzellenz, Ihr seid ein wahrer Mann unserer Kirche!«

»Ich bin der Hirte meiner Herde und wie ein Vater zu ihnen«, gab der Bischof zurück, der den Sarkasmus wohl vernommen hatte. »Muss ein Kind den Vater zuweilen nicht auch fürchten lernen?«

»Nun, wenn Ihr es so seht«, sagte der Weinsberger und ließ sich den Becher füllen. »Dann auf das Gelingen Eures Planes!«

Die Männer der Abordnung trafen sich nach dem Frühmahl. Für diese wichtige Mission hatten sie ihre besten Kleider angelegt. Die Chorherren lange, weite Gewänder aus Brokat, Samt und Seide, mit Goldfäden bestickt oder pelzverbrämt. Die jüngeren der Ratsherren hatten ihre engen, langen Hosen aus Seide angezogen, die oben in einer deutlich betonten Schamkapsel endeten. Ihre Röcke und Wämser waren so kurz, dass die Säume kaum über die Hüften reichten. Die älteren Männer des Rates bevorzugten allerdings noch immer Röcke, die die Oberschenkel bedeckten, und Beinlinge statt Hosen.

Die Amtsdiener führten die Pferde heran und hielten die Steigbügel, bis die Herren sicher im Sattel saßen. Dann ritten sie los, die Domstraße entlang und über die Brücke, dann die Steige hoch, bis zu den Toren der Festung Marienberg. Domherr Günther von Schwarzenburg ließ sich allerdings mit seiner Sänfte hinauftragen. Sein fortgeschrittener Leibesumfang ließ es nicht mehr ratsam erscheinen, ein Pferd zu besteigen. Als die Sänfte endlich am Tor anlangte, ließen sich die Herren melden.

»Die Abordnung der Stadt und des Kapitels ist eingetroffen. Melde unserem Bischof den Dechant Reichard von Masbach, die Chorherren Friedrich Schoder, Johan Hiltmar, Konrad von der Kere, Johann von Malkos, Graf Günther von Schwarzenburg, Hans und Demetrius von Siech und von der Seite des bürgerlichen Rats Hans Maintaler, Seifried Bull, Hans Buck, Sigmund von der Rosen und Hans von Bernheim.«

Der Posten nickte, obwohl er sich sicher nicht alle Namen gemerkt hatte, doch vermutlich wollte der Bischof sie sowieso nicht alle im Einzelnen hören. Es genügte zu sagen, dass die Herren der Stadt angekommen waren, um mit ihm zu beraten, wie man der Belagerung durch das Kriegsheer entgehen konnte.

»Die Abordnung hat die Stadt heute Morgen um die zehnte Stunde verlassen«, bestätigte Meister Thürner, der am Abend beim Frauenhaus vorbeikam. Else Eberlin trat zu ihm vor die Tür und schloss diese hinter sich. Wenn sie Gäste hatte, sah sie es ungern, wenn der Henker mit hereinkam. So manchem Kunden hätte seine Anwesenheit die Lust vergällt.

»Ja und? Was ist dabei herausgekommen? Du willst doch nicht etwa behaupten, die Herren besprechen sich immer noch mit dem Bischof!«

Der Henker hob die Schultern. »So, wie es aussieht, müssen wir das annehmen. Keiner ist bisher zurückgekehrt und auch kein Bote, der uns ihre Entscheidungen oder Befehle übermittelt hätte.«

Else schnaubte durch die Nase. »Was gibt es da so lange zu reden? Sie müssen sich die Forderungen der Belagerer anhören und dann eine Entscheidung treffen!«

»Vielleicht ist das nicht so einfach«, wandte der Henker ein.

»Ich würde einen Schilling darauf verwetten, dass es nur darum geht, wer die Zeche bezahlt, denn es geht den Herren der Truppen doch nur um Geld, oder etwa nicht?«

Meister Thürners Miene verdüsterte sich. »Ja, und dreimal darfst du raten, wer die wenigsten Stimmen dort oben auf dem Frauenberg hat!«

Else seufzte. »Die kleinen Leute! Dazu muss ich nicht dreimal raten.«

»Ja, und es wird ihnen schon noch eine Steuer oder andere Abgabe einfallen, wie sie uns noch mehr unserer Münzen aus der Tasche ziehen können.«

»Ich wünschte, ich hätte die Hoffnung, dass du im Unrecht bist, zum Trost«, sagte Else Eberlin und hob zum Abschied die Hand. »Sag mir Bescheid, wenn du Neuigkeiten hörst.«

»Das werde ich. Ich muss ja um Mitternacht hier noch einmal nach dem Rechten sehen. Das ist schließlich meine Pflicht. Wobei ich allerdings bezweifle, dass wir heute Nacht noch etwas erfahren.«

Der Henker verschwand in der Dunkelheit. Else ging zurück ins Haus. Es war heute ungewöhnlich ruhig, was nicht nur an der geringen Zahl der Gäste lag. Die Stimmung war gedrückt. Ihr fehlte die Ausgelassenheit, in der sich die Männer zu leichtsinnigen Ausgaben verführen ließen.

Diese Belagerung wird mir das Geschäft ruinieren, dachte die Meisterin erbost.

Eine Weile später klopfte es an der Tür. Else öffnete, obwohl auch einige ihrer Frauen müßig am Tisch saßen.

»Ja? Was willst du?« Sie sah das junge Mädchen an, und ihr Kennerblick erkannte sofort, dass sie aus einem guten Stall kam. Sie hatte sie erst kürzlich gesehen. Hatte das Mädchen nicht am

Morgen bei den Ratsfamilien gestanden? Das stimmte, doch Else war sich sicher, dass sie sie noch bei einer anderen Gelegenheit getroffen hatte – bei einer ungewöhnlichen Gelegenheit. Plötzlich fiel es ihr wieder ein. Aber ja, sie gehörte zu den Maintalern und hatte ihren betrunkenen Vater hier am Frauenhaus abgeholt.

»Was kann ich für Euch tun, Jungfer Maintaler?«, fragte Else nun deutlich höflicher.

»Ich möchte Lisa sprechen – bitte«, fügte sie nach einer Weile hinzu. »Kannst du sie hier herausschicken, wenn sie gerade … äh … nicht zu sehr beschäftigt ist?« Das Mädchen begann zu stottern und wurde rot. Sicher hatte es keine genaue Vorstellung davon, was im Innern dieses Hauses vor sich ging, doch dass hier die unkeuschen Dinge geschahen, die die Prediger immer wieder anprangerten und als Sünde verdammten, wusste selbst die unschuldige Tochter aus einer Ratsherrenfamilie.

»Ich will sehen, was ich machen kann«, sagte die Meisterin und war froh, dass Otilia nicht den Wunsch äußerte, mit hineinzukommen. Und Else war natürlich nicht so dumm, sie hereinzubitten! Damit würde sie sich die Sympathie des Ratsherrn und vermutlich einiger Kollegen gründlich verscherzen – wenn sie je von diesem Besuch erführen.

Else rief Elisabeth, die gerade keinen Kunden bediente, zu sich und schickte sie zu dem Mädchen hinaus. Verwundert ging Elisabeth auf sie zu.

»Otilia? Euer Vater ist nicht hier. Ich habe ihn schon ein paar Tage nicht mehr gesehen.«

Das Mädchen nickte. »Ich weiß, dass er nicht hier sein kann. Er ist am Morgen mit der Delegation zum Bischof geritten.«

Nun war Elisabeth noch verwirrter. »Ja aber, was möchtest du dann hier?«

»Ich bin gekommen, um deine Hilfe zu erbitten.«

Elisabeth seufzte. »Ausgerechnet meine Hilfe? Gibt es denn keine Freunde der Familie, an die Ihr Euch wenden könnt?

Euer Vater wird entsetzt sein und vielleicht Euch und mich strafen. Er hat mir bereits das letzte Mal klargemacht – als ich Euch, ohne nachzudenken, vor dem Rathaus gegrüßt habe –, dass er es nicht dulden wird, wenn ich jemanden Eurer Familie auch nur bemerke!«

Otilia seufzte. »Ja, mich hat er auch zur Rede gestellt, und ich musste rüde Worte einstecken. Dennoch kannst nur du mir helfen.« Sie deutete auf die Bank vor dem Haus. »Wollen wir uns setzen? Dann erzähle ich dir, worum es geht und warum ich so beunruhigt bin.«

Elisabeth war sprachlos, setzte sich aber neben Otilia auf die Bank und wartete, was sie zu berichten hatte.

»Ich hatte bereits heute Morgen, als Vater das Haus verließ, ein seltsames Gefühl – so als müsste ich ihn noch ein letztes Mal umarmen, bevor er geht. Den ganzen Tag war ich von Unruhe erfüllt und ging ziellos im Haus und dann vor dem Grafeneckart auf und ab. Der Tag verrann, aber es kam keine Nachricht von der Festung.«

»Die hohen Herren brauchen sicher Zeit, bis sie sich einigen. Es geht um viel Geld«, warf Elisabeth ein.

»Ja, das sagte ich mir auch. Als der Abend nahte und die Kinder nach Vater zu fragen begannen, hielt ich es nicht mehr aus. Ich stieg auf den Frauenberg hinauf und begehrte Einlass, doch die Wachen verspotteten mich. Sie behandelten mich, als sei ich eine … ich meine, also … eine Dirne wie du, und als ich ihre Hände wegstieß und ihnen sagte, wer ich bin, lachten sie und machten seltsame Andeutungen. Ich bekam es mit der Angst zu tun und lief weg. Ich kann da nicht noch einmal hin, und doch muss ich es, um zu erfahren, was dort oben vor sich geht. Deshalb komme ich zu dir. Wenn du mit den Wachen sprichst, dann lassen sie dich vielleicht herein. Dann kannst du in Erfahrung bringen, ob die Delegation wirklich noch tagt – oder ob mein Gefühl mich nicht trügt, dass dort etwas ganz und gar nicht in Ordnung ist.«

Elisabeth überlegte eine Weile, ehe sie antwortete. »Ich kann

Euch nicht helfen. Die Meisterin wird mich nicht gehen lassen, selbst wenn ich sie darum bitte.«

Otilia zog einen Lederbeutel unter ihren Röcken hervor. »Ich bezahle dafür! Dann muss sie dich gehen lassen. Wenn nötig, kann ich ja sagen, ich solle eine Frau für meinen Oheim besorgen.«

Trotz der ernsten Lage musste Elisabeth schmunzeln. »Das wäre ein sehr ungewöhnliches Arrangement. Die Meisterin würde Euch nicht glauben.«

Otilia schob trotzig die Lippe hoch. »Muss sie das? Was hat sie zu interessieren, für was für einen Auftrag ich dich hole, wenn der Preis stimmt? So, wie ich sie einschätze, ist ihr das am wichtigsten.«

Für ein Mädchen ihres Alters, das in einem behüteten Haushalt aufgewachsen war, zeigte sie sich erstaunlich scharfsinnig.

»Da magst du recht haben, dennoch glaube ich nicht, dass wir während der Nacht in die Festung eingelassen werden.«

»Versuche es doch wenigstens! Ich bezahle dir, was du verlangst. Du kannst das Geld gleich bekommen und auch behalten, wenn der Plan fehlschlägt. Was kosten deine Dienste? Zwei Schillinge oder drei? Ich habe genug dabei!«

Das Angebot war verlockend, aber Elisabeth hätte sich geschämt, so viel Geld anzunehmen und die Unwissenheit des Mädchens auszunutzen.

Solche Skrupel kannte Else nicht. »Das hört sich nach einem fairen Angebot an«, hörten sie plötzlich die Stimme der Meisterin. Sie strahlte geradezu, als sie aus dem Schatten der halb geöffneten Tür auf sie zutrat. Wie lange sie dort schon gestanden und der Unterhaltung gelauscht hatte, konnte Elisabeth nicht sagen.

»Ich finde, wir sollten dem Wunsch der verehrten Jungfrau Otilia Folge leisten«, sagte sie und blieb vor dem Mädchen stehen.

»Dann kommst du also mit mir?«, vergewisserte sich Otilia und wog ein paar Münzen in der Hand.

Elisabeth schüttelte den Kopf. »Ich werde gehen und versuchen, so viel wie möglich in Erfahrung zu bringen, und Ihr wartet daheim, bis ich es Euch berichte.«

Otilia protestierte. Die Meisterin jedoch unterstützte Elisabeths Entscheidung. Vermutlich stand ihr deutlich vor Augen, welchen Schaden ein wütender Ratsherr anrichten konnte – und er würde außer sich sein, sollte er von solch einem gemeinsamen nächtlichen Ausflug zur Festung erfahren.

Nach einigem Hin und Her gab Otilia nach. »Du solltest aber nicht alleine gehen. Ich will nicht, dass du in Gefahr gerätst.«

»Ich werde Gret mitnehmen. Sie ist doch gerade frei, nicht wahr? Und es sind sicher nicht mehr viele Kunden heute Nacht zu erwarten.«

Elisabeth erhob sich und sah die Meisterin mit entschlossener Miene an. Sie konnte es hinter deren Stirn arbeiten sehen. Einerseits durfte es ihr nicht schmecken, dass eines ihrer Mädchen selbstständig Entscheidungen traf, andererseits musste sie die Wahrheit der Worte einsehen. Es war für jede Frau nachts alleine gefährlich, selbst für eine Dirne! Außerdem hatte Else stets darauf bestanden, dass keine ihrer Frauen alleine unterwegs war. Nicht einmal bei Tag, und wenn es nur darum ging, zum Bäcker oder Krämer zu gehen.

»Nun gut«, rang sie sich schließlich zu einer Zustimmung durch. »Aber Ihr werdet beide bezahlen müssen.«

»Zwei Schillinge«, sagte Elisabeth schnell und streckte die Hand vor. Otilia gab die Münzen ohne zu zögern. Die Meisterin funkelte Elisabeth zornig an, als sie ihr das Geld übergab. Sicher hätte sie die Notlage der Ratsherrentochter ausgenutzt und einen noch unverschämteren Preis gefordert.

»Gut, wartet hier, ich schicke Gret raus«, sagte sie mit mühsam beherrschter Stimme, fügte dann jedoch noch leise an Elisabeth gewandt hinzu: »Wir sprechen uns noch! Du wirst mir zu aufmüpfig. Ich dachte, der Riemen hätte dir klargemacht, wo dein Platz ist.« Nach dieser unmissverständlichen Drohung rauschte sie davon.

»Schade, dass wir nicht öfter Ratsherrentöchtern in Nöten helfen können – und das für einen ganzen Schilling!«

Gret stapfte neben Elisabeth über die Brücke. Unter ihnen floss der Main in ruhigen Bahnen. Zu dieser Jahreszeit führte er weniger Wasser als sonst. Im Frühling dagegen verwandelte er sich immer wieder in einen reißenden Strom, dessen braunes Wasser bis an die Stadtmauer schwappte und durch die vernagelten Törlein in die tief gelegenen Gassen drang.

»Sieh nur, wie finster die Festung dort oben auf dem Berg thront. Sie kommt mir in der Nacht fast bedrohlich vor.«

Elisabeth nickte. Sie empfand ähnlich, wunderte sich aber, dass die burschikose Gret, die sicher die Mutigste von ihnen war, so etwas aussprach. Ihres Mutes und der unumstößlichen Gleichmut wegen hatte sich Elisabeth Gret zur Begleiterin gewählt. Sie war sicher nicht die beste Auswahl, wenn es darum ging, die Wächter mit weiblichen Reizen zu betören, dazu hätte sie Marthe oder Mara mitnehmen müssen, doch in diesem Fall war ein hübsches Aussehen vielleicht nicht das Wichtigste. Außerdem wäre Marthe sicher nicht mitgegangen, und wenn, so hätte sich Elisabeth nun mit ihrem Gezänk herumplagen müssen.

Schweigend folgten sie der Steige bis zum Tor. Die Wächter wunderten sich, dass die Frauen zu dieser Nachtzeit die Stadt zu verlassen begehrten.

»Wisst ihr denn nicht, dass diese Spitzbuben, die ihr Heer vor die Stadt geführt haben, sich hier überall herumtreiben und die Klöster Zell in ihre Gewalt gebracht haben?«, sagte einer der Wächter.

»Ihr wollt doch nicht etwa zu unseren Feinden überlaufen?«, mutmaßte der andere. Seine Stimme klang drohend.

»Nein, natürlich nicht!«, entrüstete sich Gret.

Elisabeth versuchte sich an einem aufreizenden Lächeln und streckte die Hüfte vor, wie sie es bei Marthe beobachtet hatte. »Nein, wir wurden auf den Frauenberg gerufen. Da gibt es wohl etwas zu feiern, bei dem ein paar Röcke durchaus willkommen sind. Bis ihr die Tore wieder öffnet, ist es zu spät.«

Die Wächter grinsten einander verstehend an. »Ich wusste schon immer, dass es dort oben wie in einem Hurenhaus zugeht. Der Veit, der oben Wachtdienst leistet, hat mir schon wilde Geschichten erzählt.«

Bevor der Wächter beginnen konnte, diese zu wiederholen, drückte ihm Elisabeth die beiden Heller in die Hand, die er für das Öffnen des Törleins normalerweise verlangen durfte. Sie ließ es zu, dass er ihr herzhaft auf den Hintern klatschte und ihnen viel Spaß mit den hohen Herren wünschte, dann schlüpften Gret und Elisabeth aus der Stadt. Sie eilten den Pfad hinauf auf die Festung zu. Bald schon standen sie vor dem geschlossenen Tor und riefen zu den Wachtposten hinauf. Dieses Mal übernahm Gret das Reden. Sie schwindelte ihnen vor, dass sie zur Freude der Wachtmannschaft gerufen worden seien.

Elisabeth hatte nicht viel Hoffnung, dass ihr Versuch zu einem Erfolg führen würde. Sie könnten ja von den Feinden des Bischofs als Lockvögel geschickt worden sein. Wer würde während einer Belagerung mitten in der Nacht so einfach ein Tor öffnen? Doch anscheinend waren die beiden Posten vertrauensseliger oder dümmer, als sie angenommen hatte, denn schon kurz darauf ging eine schmale Nebenpforte auf, und der Posten winkte die Frauen herein. Zur Belohnung küsste ihn Gret ausgiebig und rieb seinen Schritt, dass er zufrieden grunzte.

»Komm jetzt«, drängte Elisabeth, die keine Lust verspürte, dem Kameraden ebenfalls zu Diensten zu sein.

»Sofort!« Sie rieb ein wenig schneller, bis er aufstöhnte, dann ließ sie ihn los, winkte den beiden noch einmal frech zu und zog Elisabeth in den Vorhof.

»Ich war im vergangenen Jahr schon einmal auf der Festung«, raunte Gret ihr zu. »Ein wenig kenne ich mich aus. Dort drüben hinter der Pferdewaschgrube sind die Ställe für die normalen Rösser der Wächter und Vasallen. Und das sind ihre Quartiere. Zumindest ein Teil ist hier draußen untergebracht. Die beiden Gebäude dort drüben sind Scheune und Lager. Das Zeughaus allerdings ist hinter dem Graben nur von der Hauptburg aus zugängig.«

Elisabeth nickte stumm. Ihr war schwindelig und übel. Alles begann sich zu drehen. Was war nur mit ihr los? Sie musste jetzt wach und aufmerksam sein, um die ihr übertragene Aufgabe zu erledigen. Dafür bekam sie von Otilia einen Schilling – bekam Else einen Schilling. Sie holte tief Luft, doch das Rauschen in ihrem Kopf wurde noch stärker. Sie hörte Stimmen, die nichts mit denen um sie herum zu tun hatten. Bilder zuckten durch ihren Geist. Dort hinten in der Scheune gab es ein wundervolles Versteck. Die Wachen rösteten im Herbst Äpfel über dem Feuer. Wenn es fror, konnte man auf blanken Sohlen über die Pferdeschwemme schlittern. Das war ein Spaß! Ein helles Lachen schwebte in der Luft.

»Was ist mit dir?« Gret stieß ihr in die Rippen. »Jetzt ist es zu spät, einen Rückzieher zu machen!«, sagte sie, den Gesichtsausdruck ihrer Begleiterin missverstehend, doch Elisabeth nahm es ohne Widerspruch hin. Sie nahm sich zusammen.

»Also los, wir machen uns an die Wachen vor der Brücke ran. Wenn wir sie überzeugt haben, dann müssen wir noch durch die beiden Tore in der Hauptburg. Die Barbakane ist wie eine eigene kleine Festung angelegt.«

»Du warst auch schon einmal hier oben«, stellte Gret verwundert fest.

Elisabeth nickte nur knapp und marschierte auf die beiden Wachtposten zu, die neben dem Zugang zur Brücke an der Wand lehnten. Hier allerdings sollten sie sich die Zähne ausbeißen. Die beiden waren nicht so leicht zu überzeugen wie ihre Kameraden am Tor zur Vorburg. Und obwohl sie sich die Schmeicheleien und Küsse der Frauen durchaus gefallen ließen, blieben sie hart.

»Es findet kein Fest statt, da müsst ihr etwas missverstanden haben«, beharrte der eine.

»Ihr könnt gerne hierbleiben und eure Dienste anbieten. Ich denke, es wird genug Arbeit in der Vorburg geben.«

»Ja, aber über die Brücke können wir euch ohne Befehl des Hauptmannes nicht lassen!«

Elisabeth dachte schnell nach, dann griff sie seine Worte auf. »Der Hauptmann wird es schon wissen, wenn man uns doch ausdrücklich auf die Burg bestellt hat. Nun schläft er in der Festung den Schlaf des Gerechten, und wir müssen unverrichteter Dinge davonziehen. Irgendjemand dort drinnen wird darüber ganz schön erzürnt sein, und ich sage euch, am Ende wird sich das Donnerwetter über euren Häuptern entladen!«

»Dann fragen wir den Hauptmann am besten«, schlug der eine vor. »Er sitzt dort drüben bei den Männern.«

Das war nicht das, was Elisabeth bezweckt hatte, doch nun blieb ihr nichts anderes übrig, als sich vor den Hauptmann führen zu lassen. Der wirkte ein wenig aus der Fassung gebracht, lauschte aber den Worten seines Postens und schüttelte dann den Kopf.

»Da müsst ihr beide etwas falsch verstanden haben. Gestern hatten wir eine ganze Menge hoher Herren zum Nachtmahl zu Gast. Für heute jedoch wurden keine Frauen bestellt.«

»Aber das Treffen mit der Gesandtschaft«, beharrte Elisabeth. »Es dauert nun schon seit dem Morgen an, und die Herren haben sich sicher zu einem ausführlichen Mahl gesetzt!«

Es war der letzte Versuch, und sie glaubte selbst nicht mehr daran, dass sie es noch bis ins Innere der Festung schaffen würden.

Der Hauptmann sah sie fragend an. »Besprechung? Gesandtschaft?«, wiederholte er. »Wovon sprichst du?«

Die Frauen starrten zurück. »Die Chorherren vom Kapitel und die Herren des bürgerlichen Rats, die heute Morgen zum

Bischof gekommen sind. – Sie sind doch noch hier auf der Festung?«

Ein paar Wächter in der Runde tauschten Blicke und begannen zu lachen. Und auch der Hauptmann schmunzelte. »Ja, das kann man getrost so sagen. Die Herren aus der Stadt drunten sind noch hier.«

»Und sie werden sich auch nicht in der Festung verlaufen«, gluckste ein langer dünner Kerl, neben dem eine Hellebarde auf dem Boden lag.

»Ja, aber Beratung kann man das nicht direkt nennen, was es heute hier gab«, wandte ein kleiner Dicker mit einer Armbrust auf dem Schoß ein.

»Und ein Festessen gab es wohl auch nicht – außer für unseren verehrten Herrn Bischof.«

Die beiden Frauen blickten sich beunruhigt an. Das klang ganz so, als sollten sich Otilias schlimmste Befürchtungen bewahrheiten.

»So, so«, sagte Elisabeth und zwang sich zu einem leichten Tonfall. »Wenn ich euch so zuhöre, dann kommt mir der Verdacht, dass die Herren heute Nacht auch keine Freude an ihren Gemächern haben werden!«

Wieder lachten die Männer. »Ja, das kann man so sagen!«, rief einer.

Der Posten, der an der Brücke Wache halten sollte, wurde von seinem Hauptmann wieder an seinen Platz zurückgeschickt, die beiden Frauen dagegen lud er ein, sich zu ihnen zu setzen. Einer seiner Männer drückte ihnen zwei volle Becher in die Hände.

»Erzählt!«, rief Elisabeth. »Wir sind neugierig und wollen diese ungewöhnliche Geschichte hören.«

Weder der Hauptmann noch seine Männer schienen etwas dagegen einzuwenden zu haben, mit den beiden Dirnen ein Plauderstündchen zu halten und ihnen von den Vorgängen auf der Festung zu berichten.

»Sie kamen so selbstbewusst hier oben an, diese feisten

Herrn des Rates und des Domkapitels, und wurden so kleinlaut, als der Bischof ihnen verriet, wie er sich die Beratung vorstellte!«

Ein anderer nahm den Faden auf. »Ja, sie hatten die Freitreppe zum Saal noch nicht erreicht, da erschien der Bischof oben auf den Stufen und eröffnete den Gesandten, dass er nicht mit ihnen zu beraten gedenke. Er habe ihnen eine andere wichtige Aufgabe zugedacht. Die Männer waren sichtlich verwirrt. Der dicke Günther von Schwarzenburg trat schnaufend wie ein altes Ross vor und wollte wissen, was das zu bedeuten habe und warum sie alle den beschwerlichen Weg auf den Marienberg auf sich genommen hätten.«

Der Hauptmann mischte sich wieder ein und platzierte sich zwischen den beiden Frauen. Offensichtlich wollte er seinen höheren Rang demonstrieren – und seine Vorrechte!

»Ich glaube, unser Herr Bischof hat die Vorstellung genossen. Er rief nach mir. Ich wusste ja bereits von seinem Plan und stand mit meinen Männern bereit. Mit erhobenen Waffen schlossen sie einen Kreis um die erschrockenen Abgesandten. ›Ihr werdet mein Faustpfand sein, damit eure Brüder in der Stadt nicht zaudern und zögern, wenn man etwas Schmerzliches von ihnen verlangt. Und ich sage euch – es wird schmerzlich für die Stadt werden!‹ Er befahl uns, die Männer gefangen zu nehmen und in das Turmverlies zu werfen.«

»Welches Turmverlies?«, fragte Elisabeth rasch.

»Na, in der hohen Warte.«

Elisabeth sah zu dem alten, runden Turm hinüber, der aus der Mitte des Festungshofes aufragte. Der einzige Zugang zu dem wie ein Bergfried gebauten Turm lag in mehr als zehn Schritten Höhe und wurde über eine außen angebaute Treppe erreicht. Von diesem Boden führte innen eine Wendeltreppe bis ganz hinauf. Es gab jedoch auch noch ein rundes Loch im Boden, durch das man Gefangene ins Verlies darunter hinablassen konnte. Einen feuchten, finsteren Raum mit nichts als fauligem Stroh und den stinkenden Hinterlassenschaften anderer. Dort unten saßen nun – sollten die Worte des Hauptmanns der Wahrheit entsprechen – die Herren Gesandten der Stadt Würzburg aus Rat und Kapitel!

»Das war vielleicht ein Spaß!«, rief ein Kleiner mit mausgrauem Haar. »Die Gesichter dieser Gecken hättet ihr sehen sollen! Da standen sie in ihren feinen Gewändern und wurden einer nach dem anderen ins Loch gelassen. Oh ja, sie haben protestiert und gedroht. Manch einer verlor sein gutes Benehmen und verfluchte uns ganz unfein.«

»Doch am besten gefallen hat mir der dicke Domherr«, mischte sich ein Jüngling mit unglaublich vielen Pickeln im Gesicht ein. Die anderen prusteten vor Vergnügen.

»Was war mit ihm?«, begehrte Gret zu wissen.

»Habt ihr ihn schon einmal gesehen?« Die Frauen schüttelten die Köpfe. »Nun ja, viele der feisten Herren sind gar wohl genährt und tragen ihren Wohlstand in einem prächtigen Bauch für alle sichtbar vor sich her, aber der Domherr von Schwarzenburg ist richtig fett!«

»Zu fett«, übernahm sein Kamerad. »Denn als sie ihn durch das Angstloch hinablassen wollten, blieb er stecken! Da war nichts mehr zu machen. Wir haben zu dritt versucht, ihn durch das Loch zu pressen. Es ging nicht! Dann wollten wir ihn wieder herausholen, aber auch das war nicht mehr möglich. Da hing er, schrie und bettelte und beschimpfte uns im Wechsel. Er zappelte wie ein Fisch auf dem Trockenen, doch nichts half. Es ging kein Zoll vor oder zurück.«

Der Pickelige übernahm wieder. »Also beschlossen wir, ihn eine Weile hängen zu lassen. Irgendwann würde er schon so weit abmagern, dass wir ihn herausbekommen könnten.«

»Steckt der Domherr immer noch in dem Loch fest?«, fragte Elisabeth leise. Die Vorstellung jagte ihr einen Schauder über den Rücken. Wie schrecklich musste der Mann sich fühlen! Was hatte er in den vergangenen Stunden erlitten!

»Nein«, sagte der Hauptmann. »Erstaunlicherweise konnten wir ihn bereits nach dem Abendläuten herausziehen. Ich habe ihn in einem anderen Verlies unterbringen lassen, das man über ein paar Stufen und eine richtige Tür erreichen kann.«

Die Männer johlten und schenkten sich wieder die Becher voll. Neue Gespräche flackerten auf. Der Hauptmann beugte sich zu Gret und küsste ihren Hals.

»Was ich nicht begreife, ist, warum der Bischof so etwas tut.« Der Hauptmann ließ Gret los und sah Elisabeth an. »Es sei denn…« Sie stutzte. »Hauptmann, Ihr sagtet, gestern wären wichtige Männer zum Spätmahl geladen gewesen. Wer waren sie?«

»Ich wüsste nicht, was das eine Dirne aus der Stadt angehen würde«, wehrte der Hauptmann ab und wandte sich wieder Gret zu. Elisabeth überlegte fieberhaft. Wer waren die Angreifer? Von welchen Fahnen hatte der Henker gesprochen?

»Waren es vielleicht der Bischof von Speyer? Der Weinsberger und der Henneberger? Markgraf Hans von Brandenburg? Die Herren von Hanau und Solms?«

Der Hauptmann sah sie erstaunt an. »Warum fragst du, wenn du es bereits weißt? Ja, diese und ein paar andere Herren waren an die Tafel geladen.«

Elisabeth nickte. Sie gab Gret ein Zeichen, und sobald sich eine günstige Gelegenheit ergab, machten sich die Frauen davon.

»Es ist doch nicht zu fassen!«, schimpfte Elisabeth, als die beiden Frauen durch die nächtliche Stadt zum Frauenhaus zurückgingen. Sie hatten Otilia aufgesucht und ihr jede Einzelheit berichtet, an die sie sich erinnern konnten. Blass, aber gefasst dankte das Mädchen den beiden Frauen und gab ihnen noch einen Laib Brot und ein Stück Speck mit auf den Weg.

»Ich kann es einfach nicht glauben!« Elisabeth war rasend vor Wut. »Er hat die Feinde zu sich geladen und sich auf ihre Seite geschlagen – gegen seine eigene Stadt!«

Auch Gret schüttelte fassungslos den Kopf. »Ich kann mir das auch kaum vorstellen. Dann wird er uns nicht mit seinen Kanonen zur Seite stehen, wenn es zu einem Angriff kommt?«

Elisabeth schnaubte unfein durch die Nase. »Wir können froh sein, wenn er sie nicht auch noch auf die Stadt richtet!«

Grets Augen funkelten. »Das soll er wagen! Dann werden wir unsere Pleiden einsetzen. Wozu haben wir die großen Wurfmaschinen direkt am Mainufer? Es wäre nicht das erste Mal, dass die Stadt sich gegen einen undankbaren Bischof zu wehren weiß!«

»Ja, nicht umsonst sind die Fenster im Saal zur Stadtseite hin so klein«, murmelte Elisabeth.

Gret starrte sie an, sagte aber nichts mehr, bis sie das Frauenhaus erreichten. Still und dunkel ragte es vor den verfallenen Mauern des alten Judenfriedhofs auf. Die anderen waren schon in ihren Betten, die letzten Gäste – nach Aufforderung des Henkers – längst nach Hause gewankt. Doch auf der Bank vor dem Haus konnten sie eine Gestalt ausmachen. Die Meisterin erhob sich und kam auf sie zu.

»Gut, dass ihr zurück seid. Was habt ihr erfahren?«

Und so mussten Elisabeth und Gret die Geschichte noch einmal berichten, ehe sie erschöpft auf ihre Matratzen fielen.

Kapitel 14

Am Vormittag traf ein Schreiben beim Rat und ein weiteres beim Kapitel ein. Zu Mittag wusste es die ganze Stadt: Bischof Johann von Brunn, ihr Landesfürst und geistlicher Vater, hatte sie verraten! Unter dem Vorwand, sich mit ihnen zu beraten, hatte er eine Delegation von Chorherren und Ratsmitgliedern auf den Frauenberg gelockt und dort in den Kerker geworfen! Und was die Sache noch schlimmer machte, war, dass die Belagerer nun begannen, den Ring um die Stadt zu schließen. Sie sandten Boten zu den Toren, die verkündeten: Niemand, der außerhalb der Mauern ergriffen würde, dürfte mit ihrer Gnade rechnen. Die Würzburger Bürger waren eingeschlossen!

Else Eberlin und ihre Frauen strömten mit den anderen Würzburgern auf den Domplatz, um vielleicht irgendwelche Neuigkeiten zu erfahren. Für sie hatte die Belagerung noch keine Veränderung ihres gewohnten Lebens herbeigeführt. Am vergangenen Abend waren die Kunden wie eh und je ins Frauenhaus gekommen, um zu trinken, zu reden, Karten und Würfel zu spielen und sich ein paar lustvolle Stunden mit den Frauen zu gönnen. Und doch waren die Gespräche ernsthafter geworden, die Mienen sorgenvoller, und so mancher brach unvermittelt auf, so, als mahne ihn plötzlich sein Gewissen, in solch schweren Zeiten kein Geld für Wein und Dirnen zu verschwenden.

Auf dem Domplatz war es so voll wie sonst nur an Jahrmärkten und hohen Feiertagen. Vor allem die Häcker, die nicht zu ihren Weinbergen hinaus konnten, standen in großen Gruppen zusammen. Für sie bahnte sich eine Katastrophe an, wenn die Belagerung länger dauern, und vor allem, wenn die Belagerer –

absichtlich oder auch nicht – die fast reife Ernte zerstören würden. Für die Eigentümer der Weinberge und Felder wäre es sicher ebenfalls ein schmerzlicher Verlust, der den Inhalt der Geldtruhe schmälern würde, die Häcker und ihre Familien jedoch würden hungern müssen. Fünfzehn Pfennige verdiente ein Häcker am Tag, wenn er vom ersten Grau des Morgens bis zum Abend emsig Weinstöcke beschnitt, jätete und die Erde lockerte oder dann die reifen Trauben erntete. Was aber, wenn es keine Trauben mehr zu schneiden gab, keine Stöcke mehr zu hegen und zu pflegen? Natürlich würde man die Weinberge neu bestellen können – im Frühling. Doch zwischen dem Herbst und dem Frühling würde ein langer, harter Winter voll Not und Hunger liegen.

Als sich Else und ihre Frauen dem Platz vor dem Grafeneckart näherten, entdeckte Elisabeth Otilia in der Nähe der anderen Ratsfamilien. Sie stand alleine da. Die grimmig dreinschauende Magd war nicht zu sehen. Wie zufällig ließ sich Elisabeth von den andern Frauen weg- und auf die Ratsherrentochter zutreiben, bis sie einen Schritt von ihr entfernt ein wenig neben ihr stehen blieb.

»Ich grüße Euch, Otilia – nein, dreht Euch nicht zu mir, und seht mich auch nicht an. Es muss keiner bemerken, dass wir miteinander sprechen.«

»Was gibt es?«, fragte Otilia. »Weißt du etwas Neues über meinen Vater und die anderen Abgeordneten?«

»Nein, leider nicht. Ich habe gehofft, Ihr könntet uns etwas berichten. Sind sie noch im Kerker auf der Festung?«

Otilia hob leicht die Schultern. »Ich weiß es nicht. Was sollen wir tun, wenn Vater nicht zurückkommt? Vielleicht wird der Bischof sie alle töten, wenn die Stadt seinen Forderungen nicht schnell genug nachkommt.« Verzweiflung schwang in ihrer Stimme. Elisabeth warf ihr einen Blick aus den Augenwinkeln zu. Die Augen des jungen Mädchens glänzten verdächtig feucht. Elisabeth unterdrückte den Impuls, sie tröstend in die Arme zu nehmen.

»Nein, das glaube ich nicht. Wenn er die Männer tötet, nimmt er sich sein Druckmittel und auch die Hoffnung, jemals wieder mit dem Kapitel und dem Rat in Frieden zusammenleben zu können.«

»Ja, wenn er alle tötet. Aber vielleicht einen oder zwei, um seinen Forderungen Nachdruck zu verleihen? Um zu beweisen, wie ernst er es meint?« Es gelang ihr nur unzureichend, ihr Schluchzen zu unterdrücken.

Elisabeth schwieg. Diese Möglichkeit bestand durchaus, und vermutlich war es für den Bischof leichter, einen Bürgerlichen zu opfern als einen Kirchenmann. Seine Verbündeten würden darüber leichter hinwegsehen.

»So etwas wird er nicht tun«, sagte Elisabeth gegen ihre Überzeugung. »Er ist zwar ein Verschwender, der nicht das Leben führt, das man von einem Bischof und Landesherrn erwarten würde, dennoch ist er kein grausamer Raubritter, der ohne zu zögern mordet, wenn er sich einen Vorteil davon verspricht.«

»Bist du dir sicher? Ich konnte noch keine Unterschiede feststellen. Er ist nicht nur feige und fürchtet sich, gegen dieses Heer zu uns zu stehen. Er hat uns alle verraten und dieses Heer erst hierher geführt! Er hat sie gerufen, um uns in die Knie zu zwingen. Er hat sie hergeführt, damit sie ihm zu seinem Recht verhelfen – was immer er damit auch meinen kann.«

Elisabeth dachte an ihr letztes Gespräch mit Otilias Vater. Ratsherr Maintaler hatte die Gefahr gesehen, und sein ungutes Gefühl gab ihm jetzt recht. Der Bischof nahm es nicht tatenlos hin, dass seine Stadt dem Domkapitel huldigte und ein eigenes Bündnis mit den Landstädten gegen seinen Bischof schloss.

Eine ältere Frau, deren graue Haarsträhnen unter einer reich geschmückten Haube hervorlugten, trat auf Otilia zu. Unauffällig zog sich Elisabeth zurück und gesellte sich wieder zu den anderen aus dem Frauenhaus.

Vier Tage ließen der Bischof und die Belagerer die eingeschlossene Stadt schmoren. Der Henker kam nun zweimal am Tag vorbei, doch viel zu berichten gab es nicht.

»Das Kapitel hat versucht, mit den Führern der Heere Verhandlungen aufzunehmen, doch noch scheinen sie nicht dazu bereit. Sie ziehen den Ring enger und zeigen sich immer häufiger in voller Rüstung unseren Wachen, kommen allerdings nicht so nahe heran, dass unsere Armbrustschützen ihnen etwas anhaben könnten.«

»Was haben sie nur vor?«, fragte Anna und machte ein ängstliches Gesicht. »Wollen sie uns aushungern?«

Marthe lachte abfällig. »Da bist du ja die Letzte, die sich Sorgen machen muss. Du kannst noch lange von deinen Speckschichten zehren, wenn wir bereits verhungert sind.«

»Ich mache mir schließlich nicht nur Sorgen um mich«, verteidigte sich Anna. »Mara und Elisabeth sind so schrecklich dünn! Und selbst ich habe bereits nach einem Tag, an dem ich nichts zu essen bekomme, schrecklichen Hunger und Leibschmerzen«, fügte sie hinzu.

Der Henker schmunzelte. »Nein, darauf lassen sie sich wohl nicht ein. Andererseits, schweres Gerät für einen erfolgreichen Angriff gegen unsere Mauern haben sie bisher auch noch nicht herangebracht. – Sagen unsere Kundschafter.«

»Dann rasseln sie im Moment nur ein wenig mit den Schwertern, um uns einzuschüchtern und uns – in ihrem Sinne – verhandlungsbereit zu machen?« Elisabeth sah den Henker fragend an. Dieser nickte.

»Ja, so würde ich das auch beurteilen. Diesen ersten Kampf besteht nicht der mit den besseren Waffen, sondern der mit Mut, Zuversicht und einem klaren Kopf.«

Endlich, am nächsten Tag, schickten die Belagerer eine Botschaft, dass die Herren von Wertheim und von Weinsberg zu einer Unterredung bereit wären. Durch die Erfahrung mit ihrem Bischof gewarnt, lehnten sowohl das Kapitel als auch der Rat ab, dass die Unterredung im Heerlager der Grafen stattfinden sollte. Wieder wurden Boten hin- und hergeschickt. Der Erzbischof Konrad von Mainz war anscheinend als neutraler Beobachter zu den Belagerern gestoßen und bot an, in seinem Lager die Verhandlungen zu führen. Er versprach freies Geleit, egal wie die Gespräche enden sollten.

»Und darauf vertrauen sie?«, wollte Gret wissen. »Nach dem, was unser eigener Bischof getan hat?«

Der Henker hob die Schultern. »Sie sind bisher keinen Schritt weitergekommen. Das Heer hat eine durchaus ernst zu nehmende Größe, und dann sind da noch die Geiseln in der Hand unseres Bischofs. Sie müssen verhandeln, wenn sie den Streit nicht mit Waffengewalt aus der Welt schaffen wollen, und dass das für die Stadt nicht ratsam wäre, darin sind sich Kapitel und Rat anscheinend einig – und ich stimme dem übrigens auch zu. Einige der Domherren haben Erfahrungen mit dem Erzbischof und sagen, er sei nicht mit unserem Bischof Johann zu vergleichen! Sie meinen, seinem Wort vertrauen zu können.«

»Dann ist es also bald vorbei«, sagte Mara hoffnungsvoll.

»Darauf würde ich mich nicht verlassen«, brummte der Henker. »Wir wollen ja nicht annehmen, dass es ein zweites Konzil von Konstanz wird, das sich wie viele Jahre hingezogen hat? Ich weiß es nicht mehr. Dennoch können solche Verhandlungen auch den Geduldigsten hart auf die Probe stellen.«

»Und so lange sind wir in der Stadt gefangen. Die Häcker können nicht in ihre Weinberge und die Bauern nicht auf die Felder, um die Ernte einzubringen«, sagte Elisabeth.

»Ja, genau so ist es. Die Herren der Stadt werden bald den Druck von allen Seiten zu spüren bekommen, bis sie zu einer Einigung kommen.«

Zwei Tage lang berieten sich beide Seiten. Dann kehrten die Herren des Rats und des Kapitels mit einem gesiegelten Vertrag in die Stadt zurück. Es war Otilia, die die Neuigkeit zum Frauenhaus brachte, noch ehe der Henker an diesem Abend seine Runde drehte. Es war am frühen Abend, noch bevor die warme Abendsonne hinter den Türmen und Dächern von St. Gertraud unterging, als die Tochter des Ratsherrn mit leicht gerafften Röcken über den schmalen Pfad auf das Frauenhaus zuschritt. Elisabeth, die mit den anderen auf der Bank vor dem Haus die letzten Sonnenstrahlen genoss, erhob sich und kam ihr entgegen.

»Ich dachte, du hast ein Recht darauf, es gleich zu erfahren«, begrüßte das junge Mädchen die Dirne der Eselswirtin.

»Das ist sehr nett von Euch, wenn auch nicht gerade klug zu nennen«, erwiderte Elisabeth mit einer leichten Verbeugung.

Otilia lächelte. »Ja, da hast du vermutlich recht, aber ich habe eine gute Ausrede. Die jüngere Schwester meines Vaters ist Gastmeisterin bei den Dominikanerinnen in St. Marx. Ihr muss ich doch die frohe Botschaft bringen, dass der Bischof zugestimmt hat, das Heer abzuziehen und seine Gefangenen freizulassen!«

»Ja, unbedingt«, stimmte ihr Elisabeth mit betont ernster Miene zu, doch sie erwiderte Otilias fröhliches Zwinkern.

»Ich freue mich sehr für Euch, dass Euer Vater bald schon nach Hause zurückkehren wird. Wisst Ihr, welche Bedingungen Bischof Johann und die Führer des Belagerungsheeres genannt haben? Sie haben doch sicher Forderungen gestellt.«

Otilias Miene verdüsterte sich. »Oh ja, das haben sie. Und es fällt mir schwer, sie zu wiederholen, so unglaublich sind sie! Bischof Johann verlangt natürlich, dass der Rat dem Gelübde entsagt, das er dem Kapitel geleistet hat, und seine Huldigung ihm gegenüber erneuert. Das Kapitel muss ihm ebenfalls wieder Gehorsam schwören. Außerdem verlangt der Bischof alle Schlüssel der Stadt zu Toren und Türmen.«

Elisabeth nickte langsam. »Euer Vater hat es vorausgesehen, dass Bischof Johann den Verlust der Schlüsselgewalt an das Kapitel nicht dulden würde. Diese Forderung überrascht mich daher nicht und vermutlich auch keinen aus Rat oder Kapitel.«

»Ja, aber das ist noch nicht alles!«, rief Otilia aufgebracht.

»Das Heer wird erst abziehen, wenn Rat und Kapitel ihnen fünfzigtausend Gulden verschreiben, von denen sie neuntausend sofort in Goldstücken zu liefern haben! Fünfzigtausend Gulden! So viel Geld kann man sich nicht einmal vorstellen! Die Abordnung hat der Forderung zugestimmt, aber woher soll das Geld kommen? Der Dompropst hat gesagt, dass nicht einmal die neuntausend in Würzburg zur Verfügung stünden, und dass man wohl zusehen müsste, einigen Kirchenschmuck in Nürnberg oder anderswo zu verpfänden. Und ich gehe jede Wette ein, dass sich Bischof Johann einen Teil des Geldes für seine Zwecke aushändigen lässt. Schließlich will er auch in Zukunft nicht auf seine Bankette, Turniere und Jagden verzichten müssen. Oder gar darauf, seinen Verwandten und Mätressen neue Anwesen zum Geschenk zu machen.«

Elisabeth sah das Mädchen erstaunt an. »Woher habt Ihr denn so etwas?«

Otilia machte eine wegwerfende Handbewegung. »Du denkst vermutlich, dass wir Töchter aus Bürgerfamilien einfältig und naiv sind und nichts von dieser Welt wissen. Natürlich gibt es viele Dinge, über die unsere Mütter nicht mit uns sprechen, aber das heißt noch lange nicht, dass wir nichts darüber erfahren.«

Elisabeth schmunzelte. »Ihr habt es Euch also zur Gewohnheit gemacht zu lauschen.«

Otilia zuckte mit den Schultern. »Ja, sicher, nur so erfährt man die ganze Wahrheit und nicht nur die zurechtgestutzten Brocken, von denen die Eltern meinen, sie seien für ihre Tochter angemessen.« Sie zog eine Grimasse.

»Jetzt muss ich aber wirklich gehen und meine Tante aufsuchen. Ich hoffe sehr, dass der Vater noch heute nach Hause kommt. Er ist zwar auch streng, wenn es um die Ehre seiner Töchter geht, aber das Regiment, das die alte Margret über uns führt, halte ich keinen Tag länger aus! Jede Minute läuft sie uns hinterher, um uns zu sagen, was sich nicht für eine Ratsherrentochter schickt!«, vertraute sie Elisabeth an und seufzte theatralisch. Wie es ihr dennoch gelungen war, sich alleine in die Vorstadt aufzumachen, verriet sie nicht. Otilia winkte Elisabeth noch einmal zum Abschied zu und eilte dann zum Kloster St. Marx hinüber.

An diesem Abend warteten Otilia und ihre Geschwister vergeblich auf die Rückkehr des Vaters. Der Bischof entließ seine Gefangenen erst am nächsten Morgen, nachdem ein Vertreter des Rats zusammen mit dem Domdechant die erste Rate der Goldgulden übergeben hatte. Vor dem Dom wurden die Heimkehrer in allen Ehren vom Kapitel und Rat, ihren Familien und allerhand Neugierigen willkommen geheißen. Man sah ihnen ihre Hafttage im feuchten Verlies der hohen Warte deutlich an! Der dicke Günther von Schwarzenburg litt noch immer unter dem Schock, beinahe eingeklemmt in einem Loch zwischen Himmel und Hölle schwebend sein Leben beendet zu haben. Grau war er im Gesicht, und er redete wirres Zeug, als ihm zwei Diener aus der Sänfte halfen und ihn die wenigen Stufen zum Kapitelsaal führten. Seine Gewänder waren schmutzig und zerrissen, seine Wangen von grauen Bartstoppeln bedeckt, das Haar verdreckt und ungekämmt. Die anderen Herren sahen nicht besser aus. Ja, Elisabeth fand, dass sie so schmutzig und mit eingefallenen Wangen und Ringen unter den Augen kaum von den Häckern und armen Tagelöhnern der Stadt zu unterscheiden waren – abgesehen davon, dass man hier und dort noch die bunten Farben und edlen Stoffe erahnen konnte, die ihre Gewänder einst ausgemacht hatten.

Elisabeth stand neben Gret und betrachtete die Szenen der Wiedersehensfreude. Ihre Augen suchten Otilia. Da war sie mit ihren Geschwistern und der alten Margret. Ihr Gesichtsausdruck war starr und ohne jede Freude. Elisabeth blickte verwundert zu den schmutzigen Gestalten zurück, die noch ein wenig Zeit und ganz gewiss ein Bad und einen Barbier benötigen würden, um sich wieder in die Respekt einflößenden Domherren und Ratsleute zu verwandeln. Sie ließ ihren Blick ein paar Mal über die Menge gleiten, konnte ihn aber nicht entdecken. Ratsherr Hans Maintaler, den alle den Tuchscherer nannten, war nicht unter den Rückkehrern.

»Heilige Jungfrau! Der Bischof wird ihn doch nicht getötet haben!«, stieß Elisabeth aus.

»Wen?«, wollte Gret wissen.

»Den Ratsherrn Maintaler. Er ist nicht unter ihnen.«

»Otilias Vater?« Elisabeth nickte.

»Das kann nicht sein«, widersprach Gret und stellte sich auf die Zehenspitzen, um besser sehen zu können.

»Aber ja, sieh dir Otilias Gesicht an. Sie kann die Tränen nicht mehr zurückhalten.«

In diesem Moment entdeckte Elisabeth Meister Thürner in der Menge. Es war ein seltsames Bild. Nicht nur, dass der Henker so groß war, dass er die meisten Menschen der Stadt überragte und sein rotes Wams in der Sonne strahlte. Er war wie ein Fels im Fluss, um den das Wasser zu beiden Seiten weichen muss. Doch während sich das Flusswasser nicht darum schert, an einem Fels vorbeizustreichen, wichen die Bürger von Würzburg alle so weit zu einer Seite aus, dass ja nicht die Gefahr bestand, den Henker aus Versehen zu berühren. So sehr sein Wort bei den Viertelmeistern oder auch im Rat respektiert wurde, der Henker gehörte zu den unehrlichen Personen einer Stadt und musste gemieden werden, wollte man nicht riskieren, ebenfalls seine Ehre zu verlieren.

Mit solchen Bedenken brauchten sich die Eselswirtin und ihre Frauen allerdings nicht zu plagen. Sie gehörten ebenfalls zu den Ausgestoßenen mit nur wenigen Rechten, die stets am Rande der Gesellschaft bleiben mussten.

Elisabeth zupfte den Henker am Ärmel. »Meister Thürner, wisst Ihr, was mit dem Ratsherrn Maintaler geschehen ist? Ich kann ihn unter den Freigelassenen aus der Festung nicht entdecken.«

»Das ist verständlich, denn er sitzt immer noch im Kerker unseres geliebten Bischofs«, gab der Henker grimmig zurück.

»Was? Warum denn?«

»Ich nehme einmal an, der Bischof wollte nicht alle seine Druckmittel aus der Hand geben, solange nur eine erste Rate unserer – ich nenne es Brandschatzung, denn nichts anderes ist es – geleistet wurde.«

»Oh je, dann kann eine Weile vergehen, ehe er aus dem Kerker entlassen wird. Es dauert, bis so viele Gulden zusammengetragen sind.«

Der Henker nickte. »Ja, aber wenn es so weit ist, dann kann sich der Herr Bischof zu Recht ins Fäustchen lachen. Dann sind die Schulden getilgt, die er bei den großen Herren gemacht hat, die vor der Stadt lagern, und er kann sich ihrer Freundschaft wieder sicher sein – und neue Schulden machen.«

In den folgenden Tagen wurden nicht nur die neuntausend Gulden vollständig bezahlt, sobald der Gegenwert der verpfändeten Kirchenschätze eintraf. Der Bürgermeister übergab schweren Herzens die Tor- und Turmschlüssel an den Schultheiß, der sie den Sekretären des Bischofs aushändigte. Chorherr Arnold Herwig von Neumünster und Johann Claus zu Haug fanden sich einer schweigenden Menge von Bürgern gegenüber, die mit feindseligen Mienen ihren Weg säumten, als sie auf die Brücke zuritten, um die Schlüssel dem Bischof zu bringen. Endlich zogen die Truppen der Grafen und anderen Herren ab. Die Tore konnten bei Tag wieder geöffnet werden und die Bauern und Häcker, Krämer und Händler ungehindert ein- und ausgehen. Ein Aufatmen lief durch die ganze Stadt. Es waren nur wenige Felder, Wiesen und Weinberge verwüstet, dort, wo die verschiedenen Haufen gelagert hatten. Den Rest hatten sie unberührt gelassen.

»Das hat die Stadt auch schon anders gesehen«, berichtete ein alter Weinbauer, der mit zwei Freunden am Abend das Frauenhaus aufsuchte. »Mein Vater hat es erlebt, dass in einer Fehde alle Weinstöcke abgehackt worden waren. Da half nachher kein Weinen und Jammern. Über Jahre gab es kaum eigenen Wein in Würzburg! Viele Weinbauern waren gezwungen, ihre Felder den Stiftshöfen und Klöstern zu überlassen und sich eine andere Arbeit zu suchen. Sie konnten nicht warten, bis die neuen Stöcke wieder trugen. »Dem heiligen Vinzenz sei gedankt, dass dieser Kelch an uns vorüberging«, sagte er feierlich und hob seinen Becher. Die anderen taten es ihm gleich.

Für ein paar Tage herrschte so etwas wie Feierstimmung in der Stadt – außer im Haus des Ratsherrn Maintaler. Die Domherren beschlossen, keine weiteren Forderungen aus dem erzwungenen Vertrag mehr zu erfüllen und auch nicht zu den Schlichtungsgesprächen zu gehen, die noch offene Streitpunkte mit dem Bischof klären sollten. Er würde sich eh wieder nicht an sein Wort halten. Das hatten sie schon zu oft erlebt! Nun, die neuntausend Gulden würden sie mit der Zeit verschmerzen. Sie hatten sich mit einem blauen Auge aus der gefährlichen Lage gewunden, und das war ein Grund, zufrieden zu sein!

Dieses Gefühl der Zufriedenheit hielt an, bis eine weitere Neuigkeit die Stadt erschütterte: Der Bischof hatte seinen Schwager Raban Hofwart und einen ganzen Haufen Männer geschickt, um das alte Schloss zu besetzen und auszubauen! Schon vor langer Zeit hatte sich Bischof Gerhard an der Südwestecke der Vorstadt Sand am Mainufer ein kleines Schloss bauen lassen. Nun stand es schon lange leer und war dem zunehmenden Verfall preisgegeben, was keinen recht kümmerte. Die Vorstädter nannten das ganze Gelände die Schweinegruben. Nur die beiden Außenmauern am Main und nach Süden zum Stadtgraben hin wurden immer wieder sorgfältig ausgebessert und waren mit der Stadtmauer verbunden. Nun wollte sich also wieder ein Bischof direkt in die Stadt setzen, um von einer eigenen Befestigungsanlage seine Bürger im Zaum zu halten. Wenn die Burg erst einmal fertig gestellt und die großen Büchsen in Richtung der Stadt in Stellung gebracht wären, dann würde kein Ratsherr oder Kapitular dem Bischof auch nur zu widersprechen wagen. Viele Bürger zogen in die Vorstadt, um sich selbst von der Wahrheit dieses Gerüchts zu überzeugen, und sahen mit Schrecken, dass die Geschichte nicht übertrieben war. Ohnmächtig mussten sie mit ansehen, wie Stein um Stein die Mauern wieder aufgebaut und der Schutzwall immer stärker wurde.

»Wir müssen etwas tun. Sofort! Ehe es zu spät ist«, drängte Gret, die ihren Auftrag, mit Elisabeth und Jeanne einzukaufen, dazu nutzte, an der Baustelle vorbeizugehen. Nun standen sie im Schutz der letzten Häuser der Gasse und sahen den emsigen Arbeiten an den Mauern der Burg zu.

»Was sollen wir deiner Meinung nach tun? Uns mit Prügel und Dreschflegel bewaffnen und die Maurer und Wächter in den Main werfen?«, wollte Elisabeth wissen.

Gret nickte. »Ja, genau das meine ich. Jetzt können wir es noch schaffen, wenn alle Würzburger sich zusammentun.«

»Ich würde auch mitkämpfen«, versicherte Jeanne ungewöhnlich wild. »Ich habe schon einmal einen Mann mit einer Heugabel getötet. Ich würde es wieder tun, wenn ich mich verteidigen müsste!«

Elisabeth sah sie an, wollte aber ihre Neugier nicht eingestehen und fragte daher nicht weiter nach. Gret war nicht so zurückhaltend.

»He, das hast du uns noch gar nicht erzählt. Wie kam es dazu? Warum hast du den Mann getötet?«

Jeanne presste ablehnend die Lippen zusammen, begann auf ihrem Rückweg jedoch von sich aus zu erzählen.

»Es war noch zu Hause. Mein Vater bewirtschaftete einen kleinen Pachthof im Süden von… nun, das ist ja egal. Eines Tages kam ein junger Mann vorbei, ein Gaukler und Geschichtenerzähler, und bat, in unserer Scheune die Nacht zubringen zu dürfen. Mein Vater hielt nichts davon und wollte ihn davonjagen, aber ich bettelte so, dass er schließlich nachgab. Er führte uns seine Kunst vor und erzählte wundervoll. Dann zog er sich in die Scheune zurück. Ich schlich in die Küche und stahl etwas zu essen für ihn. In der Scheune fand ich ihn aber nicht, doch von der Rückseite des Stalls hörte ich Geräusche. Leise trat ich näher, und dann packte mich unsagbares Entsetzen. Ich sah den Rücken eines jungen Mannes in einem kurzen Wams, nackte Hinterbacken und Schenkel und heruntergelassene Hosen – und vor ihm meine kleine Schwester, bäuchlings über den Hackklotz gelegt mit erhobenem Rock. Sie wimmerte leise, während er so heftig in sie stieß, als wolle er sie mit einem Schwert durchbohren. Sie war noch nicht einmal sieben Jahre alt! Mich packte eine unbeschreibliche Wut. Ich griff nach der Mistgabel, die an der Stalltür lehnte, rannte los und bohrte sie ihm in den Leib, dass die Spitzen an der Brust wieder zum Vorschein kamen. Er gab nur ein leises Stöhnen von sich und kippte zur Seite. Erst jetzt konnte ich sein Gesicht sehen. Es war nicht der Gaukler, dem wir Unterschlupf gewährt hatten. Er war der Sohn des reichsten Bauern des Dorfes. Seit ich denken konnte, war er der Ortsvorsteher, Richter, Schultheiß – ja der König des Reiches, das ich bis dahin kannte. Und nun hatte ich seinen ältesten Sohn mit der Mistgabel erstochen.«

»Hättest du ihn auch erstochen, wenn du vorher gewusst hättest, wer er war?«, erkundigte sich Gret.

Jeanne hob die Schultern. »Ich weiß es nicht. Diese Frage habe ich mir schon oft gestellt. Vielleicht war es gut, dass ich ihn vorher nicht erkannt hatte. Jedenfalls geriet ich in Panik. Ich half meiner Schwester, sich anzuziehen, und brachte sie zurück ins Haus. Ich ließ sie schwören, niemandem etwas zu sagen. Dann zog ich den Toten bis in den Fluss, der gleich hinter dem Gemüsegarten vorbeifloss. Tja, und dann habe ich noch in derselben Nacht meine Heimat verlassen. Ich war überzeugt, dass meine ganze Familie sonst für meine unbedachte Tat mit ihrem Leben bezahlen müsste. So landete ich also auf der Landstraße und zog immer weiter nach Osten – bis mich unsere Meisterin vor den Toren von Würzburg aufsammelte und hierher mitnahm. Ich sage euch, das Frauenhaus war für mich ein Ort der Ruhe und der Sicherheit. Fast ein neues Zuhause nach zwei Jahren auf der Straße.«

»Weißt du, was aus dem Gaukler geworden ist?«, fragte Elisabeth.

Jeanne schüttelte den Kopf. »Nein, ich habe ihn niemals wiedergesehen. Ich denke, er hat etwas gemerkt und entschieden, dass es besser sei, sich sofort davonzumachen, ehe er als Sündenbock herhalten und für einen anderen seinen Kopf geben muss. Ich kann ihm keinen Vorwurf machen.«

Am Frauenhaus erwartete sie die Meisterin, nahm ihnen den Korb ab und zählte das Wechselgeld zweimal nach. Dann kehrte ihr Blick zu den drei Frauen zurück.

»Was ist los? Ihr schaut so seltsam drein. Was hat euch die Petersilie verhagelt? Heraus mit der Sprache!«

Gret schnaubte durch die Nase. »Diese Burg in unserer Stadt ist mehr als nur Hagel im Kräuterbeet! Unermüdlich arbeiten sie mit einem Heer an Maurern und Knechten, während ein paar Bewaffnete um die Baustelle patrouillieren. Sie tun gut daran, Wache zu halten. Aber es wird ihnen nichts nützen! Die Bürger werden es sich nicht gefallen lassen. Sie werden sich wehren. Sie müssen sich wehren, ehe es zu spät ist und der Bischof seine Büchsen mitten unter uns in Stellung bringen kann. Dann kann er uns bedrohen, wann immer es ihm beliebt!« Grets Stimme war stetig lauter geworden, und nun endete sie schwer atmend, als sei sie gelaufen. Die warnenden Blicke, die Jeanne und Elisabeth ihr zuwarfen, ignorierte sie.

»Ihr habt euch also den Baufortschritt angesehen«, sagte die Meisterin und ließ den Blick über die drei Frauen wandern, die widerstrebend nickten. Es jetzt noch zu leugnen, wäre sinnlos. Zu Elisabeths Überraschung nickte die Meisterin nur und machte ein nachdenkliches Gesicht.

»Ja, es ist eine Schande, dass sie alle nur zusehen. Später wird das Gejammer groß sein, wenn der letzte Stein gesetzt ist und der Bischof mit dem Geschenk auch spielen will, das so leicht in seinen Schoß gefallen ist. Aber dann ist es zu spät. Dann können wir nur noch den Kopf einziehen und nachgeben. Ich bin nur froh, dass unser Haus an der Pleichach steht und nicht in der Vorstadt Sand.« Plötzlich kehrte der strenge Blick zurück, den die Meisterin gewöhnlich zur Schau trug.

»Was steht ihr hier noch herum? Macht, dass ihr ins Haus kommt und euch für den Abend richtet. Ihr könnt schon einmal Brot und Käse aufschneiden und die geräucherte Wurst. Die Gäste kommen bald.« Mit einer Handbewegung, mit der man gewöhnlich Katzen verjagt, scheuchte sie die Frauen davon.

Kapitel 15

An einem regnerischen Abend im späten August trat ein Mann ins Frauenhaus und schüttelte sich die Regentropfen von seinem Umhang. Er war unauffällig, aber gut gekleidet und verbeugte sich knapp vor der Wirtin.

»Einen guten Abend«, wünschte sie ihm und sah ihn abschätzend an. Sie kannte ihn nicht, und es fiel ihr schwer, ihn einer der Gruppen, in die sie ihre Gäste einteilte, zuzuordnen. Er war sicher kein armer Häcker oder Tagelöhner, der sich ein Weib wünschte, mit seinem schmalen Lohn die acht Pfennige aber nicht aufbringen konnte. Aber auch kein Handwerker und keiner der reichen Bürger und Ratsherren oder Junker, die hier einen vergnüglichen Abend suchten. Neugierig starrte sie ihn an.

»Was kann ich für Euch tun? Wollt Ihr Wein und schöne Gesellschaft, die Euch die Sorgen des Alltags vergessen lassen?«

Der Mann schüttelte den Kopf. »Ich bin Schreiber und Sekretär im Hause des Domherrn ... äh, nun, ich denke, das tut nichts zur Sache.« Die Wirtin horchte auf. Ein Domherr? Nun, sie hatte viele Geistliche unter ihren Kunden, was zwar verboten war, aber wie konnte sie den Pfarrern, Vikaren oder gar Stiftsherrn ihre Wünsche abschlagen? Das Domkapitel allerdings gehörte nicht zu ihrer Kundschaft. Sie gab sich nicht der Illusion hin, die hohen geistlichen Herren würden sich an ihr Gelübde der Keuschheit halten. Nein, sie hatten nur andere Quellen, aus denen ihre Begleiterinnen stammten.

»Ein Besucher weilt bei meinem Herrn. Nun ja, und mein Herr möchte ihn gern in guter Stimmung sehen, daher sandte er mich hierher, um zu fragen, ob eine deiner Frauen in sein Haus kommen kann.«

Else hätte zu gerne gewusst, was für ein Gast das war. Sicher ging es um eine große Sache, und so dachte sich der Domherr wohl, er könne das Geschäft in seine Richtung lenken, wenn sein Verhandlungspartner – von einem Weib und viel Wein träge geworden – vielleicht ein wenig seiner Vorsicht eingebüßt hatte. Nun, das ging sie nichts an.

»Hat Euer Herr bestimmte Wünsche geäußert?«, wollte sie wissen und ging im Geist ihre Frauen durch, welche für diese Aufgabe wohl den größten Erfolg versprach.

»Sie sollte recht ansehnlich sein und …«, der Bote druckste herum.

»Nur frei heraus«, forderte ihn die Wirtin auf, die Schlimmes zu befürchten begann. Welche seltsamen Vorlieben würde der Gast haben? Sie wollte nicht, dass ihre Frauen Schaden nahmen.

»Der Domherr sagt, sie solle in der Lage sein, einen vernünftigen Satz zu sprechen, und ihm nicht mit ordinärem Verhalten und Geschwätz den Gast vergraulen.«

Ein Lächeln der Erleichterung breitete sich über das Gesicht der Wirtin aus. »Damit kann ich dienen.« Laut rief sie nach Elisabeth, die sofort hinter dem Wandschirm hervortrat und vor dem Gast artig knickste. Der hagere Mann in seinem schwarzen, knielangen Rock sah sie mit zusammengekniffenen Augen von oben bis unten an.

»Ein bisschen mager scheint sie mir«, sagte er. »Mein Geschmack wäre es nicht, aber gut, darüber hat der Herr mir nichts gesagt.« Elisabeth sah die Wirtin fragend an.

»Du sollst mit ihm gehen und einen Gast unterhalten.«

»Hat sie nichts anderes anzuziehen?«, quengelte der dürre Schreiber. »Es muss sich nicht die ganze Stadt das Maul darüber zerreißen, dass ich eine Hure zu Domherr … äh … also zu einem Domherrn führe.«

»Ganz wie Ihr wünscht«, sagte die Wirtin mit betont freundlicher Stimme. »Ich kann ihr ein anderes Gewand geben. Aber wir haben noch nicht über den Preis gesprochen.«

Der Mann wedelte ungeduldig mit der Hand. »Sag, was es üblicherweise kostet. Ich denke, der Domherr wird nicht wegen eines Pfennigs feilschen wollen.«

Elisabeth sah es hinter der Stirn der Wirtin arbeiten. Der Mann kannte die üblichen Preise offensichtlich nicht, andererseits wollte es sich die Meisterin nicht mit seinem Herrn verscherzen.

»Vier Schillinge«, sagte sie schließlich und sah den Schreiber gespannt an, ob er diesen unverschämten Preis schlucken würde. Auch Elisabeth wartete gespannt, ob sie ihm so viel wert sein würde.

»Vier Schillinge? Das kommt mir teuer vor«, sagte der Schreiber prompt.

»Nun, es ist etwas anderes, wenn der Gast ins Haus kommt, hier noch seinen Wein verzehrt und mein Mädchen nach einer Stunde wieder frei ist, den nächsten zu bedienen, oder ob Ihr sie mir aus dem Haus nehmt!«, verteidigte sich die Wirtin.

»Nun gut«, stimmte der Schreiber zu, »wenn er zufrieden mit ihr ist, wenn nicht, dann nur die Hälfte. Und nun beeile dich, die Herren sitzen bereits zu Tisch!«

Else nickte huldvoll und zog Elisabeth mit in ihre Kammer. Sie riss den Deckel der Truhe auf und wühlte in den Kleidungsstücken, bis sie das Gewand fand, das ihr für diese Gelegenheit passend erschien. Sie hob einen schweren, dunkelroten Rock hoch und lächelte zufrieden. Er wäre einer reichen Ratsherrenfrau angemessen gewesen!

»Du hast ihn gehört«, mahnte sie Elisabeth. »Er muss zufrieden sein, sonst will er nur zwei Schillinge bezahlen.«

Die Wirtin verzichtete auf den Hinweis, dass Elisabeth an den meisten Abenden gerade einmal acht Pfennige für sie einbrachte. Sie zog ihr ungeduldig ihre Kleider aus und half ihr dann in ein bodenlanges Hemd und den roten Rock. Er lag unter dem Busen eng an und fiel dann in weiten Falten herab. Vorn war er geschlitzt, sodass bei jedem Schritt das seidige Hemd zum Vorschein kam. Mit raschen Bewegungen steckte

Else ein paar von Elisabeths Locken auf. Sie kramte noch einmal in der Truhe und nahm einen weit schwingenden Tasselmantel aus dunkelblauer Wolle mit Kapuze heraus. Als sie ihn um Elisabeths Schultern legte, rutschte etwas aus seinen Falten und fiel zu Boden. Elisabeth bückte sich und hob ein schweres Medaillon an einer Goldkette hoch. Der tropfenförmige Rubin warf feurige Facetten an die Wand. Die Perlen schimmerten seidig im Licht der Lampe.

»Es ist so wunderschön«, hauchte Elisabeth und legte das Medaillon zögernd in die vorgestreckte Handfläche der Meisterin. Einen Augenblick wog Else es zögernd in der Hand, dann trat sie zu Elisabeth und befestigte die Kette um ihren Hals. Das Medaillon blieb am bestickten Rand des Hemdes zwischen den sich wölbenden Ansätzen ihrer Brüste liegen.

»Ja, das ist gut«, murmelte Else und betrachtete ihr Werk. »Du siehst aus wie ein Edelfräulein, also benimm dich auch so. Und wage es nicht, meinen Schmuck zu verlieren. Du würdest deines Lebens nicht mehr froh werden!«

Elisabeth ließ die Fingerspitzen zitternd über die Goldfläche gleiten. Es war ihr, als habe ein Fieber sie befallen. Ihr ganzer Leib war plötzlich in Aufruhr. War es, weil sie in das Haus eines Domherrn gerufen wurde, oder konnte es die Angst sein, Elses Kleinod zu verlieren? Am liebsten hätte sie ihr die Kette gleich zurückgegeben. Andererseits schien ihr der Gedanke, das Medaillon überhaupt irgendwann weggeben zu müssen, unerträglich.

Else packte sie am Handgelenk. »Und nun komm, ehe der Gast es sich anders überlegt.« Mit gerafften Röcken eilten sie den Trampelpfad zum Frauenhaus zurück, wo der Schreiber unruhig auf und ab ging.

»Ah!«, sagte er und nickte wohlwollend mit dem Kopf. »Ja, das wird gehen. Der Domherr wird zufrieden sein. Mädchen, komm mit mir, und trödle nicht.« Er gab Else die ersten beiden Schillinge als Vorschuss und winkte Elisabeth, ihm zu folgen.

»Ihr habt *was?*« Die Stimme des Mannes, der sich mit dem Gastgeber in flüsterndem Ton unterhalten hatte, wurde lauter.

»Sch…!«, mahnte der Dompropst. »Ich sagte, ich habe ihm eine Dirne besorgt.«

Domherr Hans von Grumbach hustete. Es hätte aber auch ein unterdrücktes Lachen sein können. »Und Ihr meint, das könnte der Sache dienlich sein? Er ist ein päpstlicher Legat!«

Nun war es an Anthoni von Rotenhan zu schnauben. »Ja, und? Wenn er es gewohnt ist, sich wie sein Herr aufzuführen, hätte ich ihm ein Dutzend Jungfrauen und ein paar Knaben dazu besorgen müssen!«

Domherr von Grumbach hob die Augenbrauen. Solche Reden war er aus dem Mund des Dompropstes nicht gewohnt.

»Auch mir sind die wilden Geschichten seines Vorgängers Johannes – ich meine natürlich einen der *drei* Vorgänger in diesem Durcheinander von Päpsten und Gegenpäpsten – zu Ohren gekommen. Sagt man nicht, er habe bereits im ersten Jahr seines Pontifikats zweihundert verheiratete Frauen, Jungfrauen und Nonnen verführt? Von Martin V. jedoch kenne ich keine solchen Verfehlungen.«

Anthoni von Rotenhan machte eine wegwerfende Handbewegung. »Das tut jetzt nichts zur Sache. Jedenfalls weiß ich, dass der Legat weiblicher Gesellschaft nicht abgeneigt ist.«

»Und wo habt ihr das… äh… Wesen seines Vergnügens herbekommen, wenn ich so neugierig fragen darf?«

»Ich habe meinen Sekretär zur Eselswirtin geschickt.«

Der Domherr sah ihn nur stumm an.

»Das Frauenhaus der Stadt, draußen beim Judenfriedhof«, fügte der Propst hinzu, der die Reaktion missdeutete.

Hans von Grumbach holte tief Luft und sagte dann so ruhig wie möglich: »Meint Ihr denn, dass eine von Else Eberlins Dirnen – mit der sonst Handwerker und Söldner zugange sind – die rechte Gesellschaft für einen päpstlichen Legaten ist?«

Der Propst sah ihn erschrocken an. »Meint Ihr nicht? Der Schreiber fand an dem Mädchen nichts auszusetzen.«

Domherr von Grumbach verdrehte die Augen und schickte ein stummes Gebet um Geduld gen Himmel.

»Ich habe ihm auch extra aufgetragen, darauf zu achten, dass sie ein vernünftiges Wort herausbekommt und sich entsprechend höflich verhält.«

»Na, dann können wir ja hoffen, dass Euer Einfall nicht die gegenteilige Wirkung haben wird. Habt Ihr das Mädchen gesehen?«

»Nur flüchtig. Aber sie erschien mir recht hübsch und sittsam.«

Domherr von Grumbach lachte kurz auf. »Sittsam! Das ist ein schönes Wort. Ihr habt mich neugierig gemacht. Vielleicht werde ich später einmal einen Blick auf Eure sittsame Dirne werfen!«

»Tut das, doch sagt mir, wie habt Ihr Euch in der Sache unseres Bischofs entschieden?«, wechselte Anthoni von Rotenhan das Thema.

»Auf welcher Seite steht Euer Bruder Niclas?«, gab Hans von Grumbach zurück, um die Antwort vielleicht noch ein wenig hinauszuzögern.

»Wenn der Herr im Himmel nicht noch ein Wunder geschehen lässt, nicht auf der unseren. Ich verstehe ihn einfach nicht. Wie kann er nur so verblendet sein?«

Domherr von Grumbach dachte, dass so manche Verblendung eher eine Blendung war, die ein Lichtschein auf einem Berg Münzen erzeugte, doch er hütete sich, das zu sagen. Zum Glück kehrte in diesem Moment der Legat von seinem Besuch des heimlichen Gemachs zurück und setzte sich wieder an den Tisch, um den nächsten Gang des edlen und üppigen Mahls und natürlich auch den teuren Wein zu genießen. Für private Gespräche zwischen den Domherren bot sich keine Gelegenheit mehr.

Elisabeth ging in dem prächtig eingerichteten Gemach unruhig auf und ab. Wie spät mochte es inzwischen wohl sein? Die elfte

Stunde war längst schon ausgerufen worden, doch noch immer hatten sich die Herren nicht von ihrem Mahl erhoben. Zumindest hatte sich der Gast, für den sie bestimmt war, noch nicht blicken lassen. Je länger sie auf ihn warten musste, desto nervöser wurde sie. Längst hatte sie sich das schwere Himmelbett angesehen, auf dem prall gefüllte Kissen und eine mit Federn gefüllte Decke lagen, alles mit rotgoldenem Brokat bezogen. Ein massiver Sekretär stand unter einem der beiden Fenster, unter dem anderen eine gepolsterte Bank. Eine geöffnete Truhe, kaum kleiner als Elses, stand neben der Tür. Sie enthielt anscheinend das Reisegepäck des Gastes. Ein samtenes Wams lag obenauf, und an der Seite lugten weiße Seidenbeinlinge hervor, doch Elisabeth wagte nicht, etwas zu berühren, um noch mehr von ihrem Inhalt betrachten zu können. Sie schritt noch einmal durch den Raum und sah durch die grünen, runden Scheiben hinaus in den Hof, der rundherum von einer hohen Mauer eingefasst und von einem schweren Tor verschlossen wurde. Drüben, in dem anderen Teil des Hauses, brannten Kerzen hinter einem Fenster. Vielleicht saßen dort die Männer zum Mahl. Wie lange würde sie noch warten müssen?

Mit einem Seufzer trat Elisabeth an das Wandbord neben dem Bett und betrachtete die Bücher, die dort neben einem Silberbecher und einer zierlichen Karaffe standen. Fünf dicke Bände waren es. Sie zog einen davon heraus, trug ihn zum Sekretär und schlug die gelblichen Seiten vorsichtig auseinander. Anscheinend hatte ein Mann namens Konrad von Würzburg das Werk geschrieben. Elisabeth überflog ein paar der mit gleichmäßigen steilen Buchstaben bedeckten Seiten. Es ging um einen Mann namens Loherangrin, Sohn von Parzival und Cundwiamurs. Während ihre Augen über die Zeilen huschten, schloss sich ihre Hand um das Medaillon, das auf ihrer Brust ruhte. Es war ein schönes Gefühl, so vertraut. Ihre Fingerspitzen strichen über das glatte Metall, ertasteten den Rubin in seiner Fassung und die Perlen. Wie selbstverständlich schob sich ihr Fingernagel in eine Vertiefung über der obersten Perle.

Elisabeth spürte einen leichten Widerstand, dann sprang das Medaillon auf.

Ihr Herz klopfte plötzlich stürmisch. Parzifal und Loherangrin lösten sich in Nebelschwaden auf. Mit zitternden Fingern hielt sie die an einem kaum sichtbaren Scharnier verbundenen Hälften in der Hand. Bilder huschten durch ihren Sinn.

Ein kleines Mädchen kniete in einem prächtigen Gemach auf einem flachen Schemel. Blonde Locken fielen ihr über die Schultern bis auf die noch flache Brust herab. Ein Mann stand vor ihr, in einem langen, prächtig bestickten Gewand, das ihm bis über die Füße reichte. Er war nicht mehr jung. Sie konnte seine faltigen Hände sehen. Er hielt eine Kette in den Händen mit einem wundervollen Medaillon an ihrem Ende.

»Das ist für dich«, sagte er und legte das Geschmeide um ihren Hals. War das die Stimme ihres Vaters? *»Es soll dich immer daran erinnern, wer du bist und dass ich dich liebe!« Er beugte sich vor und berührte mit seinen Lippen ihr Gesicht.*

Die Tür ging auf. Elisabeth fuhr erschreckt zusammen. Sie hatte die Schritte nicht kommen hören. Hastig schob sie den Stuhl zurück und sprang auf. Mit einem leisen Klicken verschmolzen die Hälften wieder miteinander. Ehe sie einen Blick hatte hineinwerfen können. Elisabeth ließ das Medaillon los, dass es zurück zwischen den Ansatz ihrer Brüste fiel. Sie griff nach dem Buch, aber es war längst zu spät, es zu seinem Platz zurückzubringen. Ängstlich richtete sie ihren Blick auf die beiden fremden Männer, die das Gemach betraten. Der Schreiber, der sie abgeholt hatte, war nicht dabei.

Der Linke der beiden musste der Hausherr sein. Er war groß und hager und hatte nur noch einen dünnen Kranz weißer Haare um seinen von Altersflecken übersäten Schädel. Sein besticktes Gewand aus Samt und Damast umschlackerte den dünnen Körper bis zu den Füßen. Auch der andere hatte die sechzig sicher schon überschritten, doch ihm sah man an, dass er nichts von Askese hielt. Seine Wangen waren feist und rot, die Nase von geplatzten Äderchen durchzogen. An seinen kurzen, dicken Fingern prangten klobige Edelsteine in Goldfassung. Sein Gewand war vermutlich noch wertvoller und verbarg ebenfalls die Beine bis zu den Knöcheln. Dies und das Käppchen auf seinem Hinterkopf zeigten ihr, dass auch der Gast dem geistlichen Stand angehörte. Nicht, dass dies Elisabeth gewundert hätte. Sie hatte schon zu viele Pfarrer und Vikare im Frauenhaus ein- und ausgehen gesehen, um noch daran zu glauben, dass das Keuschheitsgelübde ernsthaft eingehalten werden wollte. Und so, wie alle über den Bischof sprachen, ging dieser ja mit schlechtem Beispiel voran!

Der Hausherr hob den Arm und ließ den Gast vor ihm eintreten. »Hier ist Euer Gemach. Ich hoffe, es sagt Euch zu und Ihr werdet friedlich ruhen. Ich hoffe, wir haben alles, was Ihr Euch wünscht, für Eure Bequemlichkeit bereitgestellt. Euer Leibdiener ist nebenan. Ihr braucht nur zu rufen oder dort an dem Klingelzug zu ziehen, wenn Ihr ihn benötigt. Ansonsten wünsche ich eine gesegnete Nacht und erwarte Euch morgen mit einem kleinen Imbiss, bevor wir gemeinsam in den Dom zur Messe gehen.«

Der Gast nickte erfreut, wobei sich sein Doppelkinn in noch mehr Falten legte. »Ja, das gefällt mir. Wen haben wir denn da?« Er zwinkerte der jungen Frau zu, die noch immer mit dem Buch in der Hand stumm dastand. Nun knickste sie und senkte die Lider, dennoch war ihr der verwirrte Blick des Hausherrn nicht entgangen, der sie vermutlich zum ersten Mal, seit sie hier war, richtig angesehen hatte. Er zwinkerte, und sein Mund öffnete sich in Erstaunen, dann aber schüttelte er den Kopf, als sei die Erscheinung, die er gehabt hatte, wieder verflogen. Er lächelte arglos.

»Wie heißt du denn, mein Kind?«, fragte er.

»Elisabeth«, sagte sie und knickste noch einmal.

»Ah, ein schöner Name. Die heilige Elisabeth von Thüringen. Obwohl sie mit dem Landgrafen vermählt wurde, war sie von tiefster Frömmigkeit, und ihre aufopfernde Nächstenliebe kannte keine Grenze. Nach dem frühen Tod ihres Gatten trat sie in den Dritten Orden ein und lebte in Keuschheit für die Armen und Kranken.«

Er brach ab. Offensichtlich bemerkte er erst jetzt, wie zunehmend unwohl sich der Legat bei seinen Worten fühlte.

»Ja … äh … dann wünsche ich jetzt eine gute Nacht!«, fügte der Hausherr noch hinzu und verließ fluchtartig das Gemach. Die Tür schlug hinter ihm zu. Elisabeth musterte noch immer den dicken Legaten des Papstes, der nun langsam näher trat.

»Ja, eine gute Nacht wünsche ich uns auch. Du kannst doch bis zum Morgen bleiben, nicht wahr?«

Elisabeth nickte. Schließlich hatte die Meisterin gesagt, sie solle den Gast des Domherrn zufriedenstellen.

Er legte seine speckigen Finger um ihre Unterarme. »Ein wenig dünn bist du ja schon, aber ansonsten recht hübsch. Seine Finger wanderten hoch zu ihren Schultern und dann bis zu ihrem Hals. Er schob die Rüschen beiseite, beugte sich vor und küsste den Ansatz ihrer Brüste, wobei er sich kaum bücken musste. Wenn sie aufrecht standen, dann überragte sie den Legaten um einen halben Kopf.

»Hm, du riechst nicht schlecht. Komm, wir wollen uns gemeinsam unter der dicken Decke wärmen. Findest du es hier drinnen nicht auch ein wenig kühl?«

Sie nickte, obwohl es ihr eher warm vorkam. Es war Sommer, und die massiven Mauern hielten den Nachtwind ab.

»Ja, wir sollten zu Bett gehen«, wiederholte er und begann ungeschickt an ihren Bändern zu nesteln. Dabei bemerkte er das Buch, das sie noch immer in den Händen hielt.

»Was hast du denn da?«

Sie reichte ihm den teuer gebundenen Band. Der Legat warf einen Blick auf die aufgeschlagene Seite.

»Parzifal und Loherangrin? Das hast du gelesen?«

Elisabeth nickte. »Ja, verzeiht, wenn es unrecht war. Ich wusste nicht, wie lange ich auf Euch würde warten müssen, und da sah ich diese Bücher und konnte nicht widerstehen. Die Suche nach dem heiligen Gral. Ich habe diese Geschichte schon immer gemocht. – Ich habe das Buch ganz vorsichtig angefasst«, fügte sie atemlos hinzu.

»Du hast das gelesen«, wiederholte er. »Das ist erstaunlich. Wo hast du Lesen gelernt? Und dann die Geschichte über den Gral? Wer hat sie dir erzählt?«

»Ich weiß es nicht mehr«, wehrte Elisabeth ab. Ihr war klar, er würde das für eine Ausflucht halten, aber ihr war nicht danach, ihm von dem leeren Raum in ihrem Geist zu erzählen, der sich nur langsam mit kleinen und größeren Bruchstücken füllte, daher lenkte sie seine Aufmerksamkeit lieber wieder auf die Daunenkissen und die wärmende Decke, die über das Bett gebreitet war. In diesem Bett hätte sie mit Jeanne und Gret und den anderen Frauen zusammen Platz gefunden!

Ungeschickt begann er sie zu entkleiden, sodass Elisabeth mit Hand anlegen musste. Sein Atem wurde schneller, seine Wangen noch röter. Er versuchte vergeblich, sich seines Gewandes zu entledigen.

»Du musst mir helfen«, keuchte er. »Sonst muss ich meinen Leibdiener rufen.«

»Das wird nicht nötig sein«, gurrte sie in dem Tonfall, der ihr noch immer Übelkeit verursachte. »Ich helfe Euch mit allem, was wichtig ist.«

»Ja, das werde ich brauchen«, seufzte er, und sie sah schnell, was er damit meinte. Seine Männlichkeit hing schlaff und verschrumpelt in ihrem Nest aus grauem Kraushaar. Der päpstliche Legat ließ sich rückwärts ins Bett plumpsen und streckte ihr seine geschwollenen Beine entgegen, damit sie sie von seinen engen Lederschuhen und den Seidenbeinlingen befreite. Er seufzte, als das teure, aber sicher unbequeme Schuhwerk zu Boden fiel. Schwerfällig wälzte er sich in die Mitte des Bettes. Da lag er nun bleich und aufgedunsen wie eine Wasserleiche. Nur sein Gesicht glühte.

»Nun komm, du musst mir mit deinen Händen behilflich sein. So einfach geht das nach so vielen Jahren Sorgen und harter Arbeit für das Wohl der Mutter Kirche nicht mehr.«

Eher nach so vielen Jahren der Völlerei und Trinkerei, dachte Elisabeth, ließ sich aber rittlings über ihn ziehen, sodass sie über seinem gewölbten Bauch kniete. Seine fetten Hände legten sich um ihre Pobacken.

»Sie sind wie zwei pralle Melonen«, sagte er. »Kleine Melonen, aber recht hübsch. Auch wenn ich sonst nichts gegen einen weichen, ausladenden Hintern habe.«

Elisabeth brummte etwas Unverständliches und machte sich an die Arbeit, dem schlaffen Fleisch unter ihren Händen Leben einzuhauchen. Es war gar nicht so einfach. Da gelang es ihr ja schneller, die besoffenen Wächter und Gesellen auf Trab zu bringen! Und selbst der dicke Ratsherr Seiler spurte unter ihren flinken Fingern. Elisabeth versuchte an etwas anderes zu denken. Wie ging die Geschichte von Parzifal und Loherangrin weiter? Sie musste sich erinnern! Ihr Kopf schien wie ein Bienenkorb zu summen, als sie suchend durch die Leere eilte. Wenigstens konnte sie sich ein wenig von den weichen Fettwülsten unter ihr ablenken. Elisabeth hatte sich in den vergangenen Monaten an vieles gewöhnt, doch dieser Mann verursachte ihr Ekel bis zur Übelkeit. Endlich regte sich etwas in ihren Händen. Rasch schlüpfte sie über ihn und bewegte sich hastig, bis er zufrieden grunzte und seine Hände von ihren Pobacken glitten. Elisabeth stieg von ihm herunter. Es war nicht mehr sie selbst, die sich neben ihn kauerte, ihn noch einmal streichelte und auf die gespitzten Lippen küsste, ihm irgendwelchen Unsinn ins Ohr raunte.

Wie war die Sache mit dem Schwan? War er verzaubert gewesen? Warum hatte er Loherangrin über das Meer getragen? Oder hatte es sich um einen großen See gehandelt?

Der Legat schlug die Decke zurück und wälzte sich zwischen die Daunenkissen.

»Komm, mein Täubchen, leg dich zu mir. Lass mich heute Nacht deine Jugend fühlen. Es ist alles so vergänglich hier im irdischen Leben. Wenn ich deine straffe Haut fühle, macht es mich glücklich und traurig zugleich. Doch will uns der Herr nicht ständig ermahnen, dass wir hier auf Erden nur Gast sind, dass wir unser Ende nicht aus dem Auge verlieren?«

»An dem wir dann alle nach unseren Taten von ihm gerichtet werden«, ergänzte Elisabeth.

Dieser Gedanke schien dem Legaten nicht zu gefallen. Sie küsste ihn rasch auf den Mund, worauf sich die Falten auf seiner Stirn wieder glätteten. Er schlang seinen Arm um sie und zog sie eng an seine Brust. Die warme Daunendecke hüllte sie beide ein, und Elisabeth hatte das Gefühl, sie müsse ersticken. Der letzte Gedanke geisterte ihm anscheinend immer noch durch den Kopf. Er gähnte herzhaft und murmelte dann schlaftrunken:

»Mach dir keine zu großen Sorgen, mein Kind. Noch bist du jung und hast Zeit, umzukehren und deinem sündigen Lebenswandel abzuschwören. Der Herr ist gnädig und wird dir verzeihen. Wenn du möchtest, kann ich dir morgen die Beichte abnehmen.«

Elisabeth klappte der Mund auf. Sie war sprachlos. Doch der Legat erwartete gar keine Antwort. Sein Atem wurde regelmäßiger und ging dann in ein tiefes Schnarchen über. Elisabeth wand sich aus seiner Umarmung und rutschte so weit von ihm ab, dass sich ihre und seine Haut nicht mehr berührten.

Endlich sank sie in einen unruhigen Schlaf. Sie träumte von Loherangrin, der von den Gralsrittern gesandt wurde, Elsam, der Tochter des Herzogs von Brabant, zu Hilfe zu eilen. Ein Schwan zog sein Schifflein und versorgte ihn mit Fisch, bis sie nach fünf Tagen die Ufer von Brabant erreichten, wo Elsam ihm ihre Bedrängnis schilderte. Friedrich von Telramund drängte sie zur Ehe und behauptete, sie, die einzige Tochter und Erbin des toten Herzogs, habe sich ihm versprochen. Nur in einem Gotteskampf könne ein Held ihre Freiheit erstreiten – so lautete der Richtspruch des Kaisers. Parzivals Sohn war freudig bereit, sein Leben für Elsam zu wagen. Elisabeth hörte wieder die vertraute Stimme.

Er las ihr die Verse vor. Sie hatte sich auf ein Ruhebett geku-

schelt, die Knie bis an die Brust gezogen, und lauschte atemlos.

Natürlich gewann der Ritter des Grals den Zweikampf, Friedrich gestand die Lüge und wurde hingerichtet. Der Schwanenritter aber bekam die holde Jungfrau, die ihn längst aus ganzem Herzen liebte. Doch er warnte sie, ehe er mit ihr vor den Altar trat. Nie sollte sie ihn nach seiner Herkunft fragen, sonst müsse er sie verlassen.

»Und, hat sie ihn gefragt?«, hörte Elisabeth ihre eigene Stimme durch ihren Traum klingen.

»Was glaubst denn du? Die Neugier ließ sie nicht ruhen, bis sie ihr eigenes Glück zerstörte! Sie drang ihn, ihr zu verraten, aus welchem Land er gekommen sei. Und das alles nur, weil ein paar andere Weiber in ihrer Eifersucht geklatscht und ihn als ihres Adelsstandes nicht ebenbürtig angesehen hatten! Da verkündete Loherangrin allen, dass er Parzivals Sohn sei und von Gott gesandt. Er rief seinen Schwan und entschwand auf Nimmerwiedersehen. Elsam brach zusammen. Zu spät sah sie ein, dass sie mit ihrer Neugier alles verspielt hatte. Sie war eben ein Weib!«

Elisabeth nahm eines der weichen Kissen und warf es nach ihm. »Was bist du nur für ein Scheusal! Du willst behaupten, die Neugier würde uns Weiber ins Unglück treiben?«

»Aber ja, das kannst du nicht abstreiten. Auch du musst immer fragen und bohren, bis du eine Antwort findest, und redest stets, bevor du darüber nachgedacht hast, was deine Worte für einen Schaden anrichten könnten.«

»Das ist nicht wahr!«, protestierte sie.

»Doch, mein Goldlöckchen«, sagte er mit einem Lachen in der Stimme. Seine Hand strich zärtlich über ihren Kopf. »Doch, und wenn du nicht Acht gibst, dann kostet dich deine schnelle Zunge oder deine neugierige Nase noch einmal Kopf und Kragen!«

Die Bilder und Stimmen verschwammen. Er hatte recht behalten, dachte Elisabeth, noch ehe sie in einen neuen Traum eintauchte.

Kapitel 16

Der päpstliche Legat schlief ungerührt in den Tag hinein. Elisabeth erwachte bereits beim Morgengrauen. Sie zog sich an und ging unruhig im Zimmer auf und ab. Was sollte sie tun? War sie nun entlassen? Sie beschloss, sich davonzumachen. Er hatte nur von ihr verlangt, dass sie die Nacht über bei ihm bleiben sollte, und das hatte sie getan. Die beiden fehlenden Schillinge hatte sie sich jedenfalls verdient. Und da war sie bei ihrem zweiten Problem. Wie sollte sie an ihr Geld kommen? Der päpstliche Legat musste für sein Gastgeschenk sicher nicht selbst aufkommen. Ob der Schreiber schon im Haus war? Und wenn ja, wo?

Elisabeth öffnete die Tür und spähte auf den Gang hinaus. Es war kein Mensch zu sehen oder zu hören. Sie warf einen letzten Blick zum Bett zurück, wo sich der Legat nun mit einem Seufzer auf die andere Seite wälzte, dann schlüpfte sie hinaus und schloss die Tür wieder leise hinter sich. Sie trat auf einen breiten, hellen Flur. Die großen Fenster zeigten zur Straße hinaus. Im Winter waren sie sicher mit Pergament verschlossen und mit dicken Stoffen verhängt, doch nun im Sommer drang das Morgenlicht ungehindert herein und schien auf die prächtigen Wandteppiche auf der anderen Seite. Elisabeth huschte den Gang entlang bis zu der Treppe, die man sie heraufgeführt hatte. Unten angelangt, blieb sie zögernd stehen. Rechts führte der Weg in die große Halle und dann zur Tür. Sie war vermutlich nicht verschlossen, aber Elisabeth wollte sich lieber nicht ausmalen, wie die Meisterin sie empfangen würde, sollte sie ohne die zwei Schillinge zurückkehren. Oder hatte sie abgesprochen, das Geld auf andere Weise zu empfangen? Wie dumm von ihr, die Meisterin vor ihrem Aufbruch nicht gefragt zu haben! Nun, einen Versuch wollte sie jedenfalls wagen. Elisabeth wusste nicht, wohin sie der Gang auf der linken Seite führen würde. Sie öffnete ein paar Türen zu Räumen mit Tischen, Ruhebetten und Sekretären, traf aber auf keinen Menschen. Der Gang machte einen Bogen und mündete in einem großen Speisezimmer. Der Tisch war für ein üppiges Frühmahl gerichtet, zwei Teller waren bereits benutzt. Ein großer Braten lag angeschnitten auf einem Brett, zwei gebratene Hühner in der Schüssel daneben. Es gab auch süße, eingelegte Früchte und Honig, Käse und Würste, eine hübsch mit Blüten garnierte Pastete, weißes Brot und eine Reisspeise mit Mandeln. Das Wasser lief ihr im Mund zusammen, als ihr Blick über die wundervollen Speisen glitt. Wie gerne hätte sich Elisabeth etwas genommen, doch das wagte sie nicht. Das würde ihr noch fehlen. Im Haus dieses Domherrn des Diebstahls bezichtigt zu werden!

»Du hast dich wohl verlaufen!« Eine wohlklingende Stimme ließ sie herumfahren. Elisabeth sah den Mann an, der auf leisen Sohlen unbemerkt in das Speisezimmer getreten war. Sie kannte ihn nicht. Es war weder der Hausherr noch der Sekretär, der sie hergebracht hatte. Seiner Haltung und der Kleidung nach zu urteilen, gehörte er aber eher zu den Domherren als zu den Schreibern oder Sekretären.

»Bei allen Heiligen, wo kommst du her, und was tust du hier?«

Er starrte sie an und wich sogar zwei Schritte zurück, als wäre der Leibhaftige plötzlich vor ihm aufgetaucht. Vielleicht war es für ihn ein Schock, eine Dirne im Haus eines so hohen Kirchenmannes vorzufinden. Gehörte er gar zu den wenigen Kirchenmännern, die ihr Gelübde von Keuschheit ernst nahmen? Doch konnte er wirklich so naiv sein zu glauben, die anderen würden die Gebote streng befolgen? Solch einen leichtgläubigen Eindruck machte er gar nicht. Ihr Herz begann zu rasen.

»Verlaufen?«, nahm sie seine erste Frage auf und knickste tief. »Ja, Herr, so kann man es wohl nennen. Ich bin eigentlich auf dem Weg, das Haus zu verlassen, wollte aber noch – nun ja, eine Kleinigkeit zuvor regeln.«

Nun teilte ein Lächeln seine Lippen und erhellte sein Gesicht. Er war bestimmt mehr als ein Dutzend Jahre jünger als der Hausherr, im besten Mannesalter, könnte man sagen, das Gesicht harmonisch geschnitten, das Haar dunkel und dicht, die Augen von tiefem Blau.

»Das hört sich recht geheimnisvoll an. Ich liebe Geheimnisse! Willst du mir deines nicht verraten?«

Sie trat ein wenig verlegen von einem Fuß auf den anderen. »Ja, eigentlich habe ich nach dem Sekretär des Herrn gesucht, dem dieses prächtige Haus gehört, da er mir noch zwei Schillinge geben sollte. Ihr habt ihn nicht zufällig gesehen?«, fügte sie hoffnungsvoll hinzu.

Ein Hauch von Erkenntnis huschte über das einnehmende Gesicht des Mannes. Er nickte. »Ah, dann bist du die nächtliche Freude des Herrn Legaten, der vermutlich oben in seinem Gemach noch immer den Schlaf des Gerechten genießt und seinen Rausch ausklingen lässt.«

Ein Kichern stieg in ihrer Kehle auf. »Ja, so könnte man das ausdrücken.«

»Du kommst also aus dem Frauenhaus am Judenfriedhof?«, forschte der Fremde weiter.

Elisabeth errötete, nickte aber. »Ja, und ich bekomme noch zwei Schillinge. So war es vereinbart. Ihr könnt den Legaten gerne selbst fragen, ob er mit meinen Diensten zufrieden war.« Etwas trotzig schob sie das Kinn vor.

Der Besucher hob abwehrend die Hände. »Der Himmel bewahre mich davor, mit einem päpstlichen Legaten über dessen nächtliche Sünden sprechen zu müssen. Ich glaube dir und muss dich bitten, meine Neugier zu befriedigen. Warst du schon öfter hier im Haus des Dompropstes oder bei einem der anderen Chorherren?«

Des Dompropstes? Dann hatte also der Propst persönlich sie holen lassen?

Elisabeth schüttelte den Kopf. »Nein, und ich glaube auch keine der anderen Frauen. Die Meisterin wirkte über den Besuch des Sekretärs sehr überrascht.«

Der Besucher nickte. Unentschlossen schweifte sein Blick über die junge Frau und dann zum gedeckten Tisch hinüber.

»Vielleicht sollte ich jetzt gehen und später noch einmal wiederkommen«, schlug Elisabeth vor. »Ihr wisst nicht zufällig, wann der Sekretär wieder hier anzutreffen sein wird?«

Der Herr schüttelte den Kopf. »Nein, aber wenn du noch ein wenig warten willst, dann kannst du dich mit mir hier an den Tisch setzen und derweil etwas essen.«

Elisabeth schrak zurück. »Ihr macht Euch über mich lustig. Das schickt sich ganz und gar nicht!«

Er seufzte. »Nein, da hast du sicher recht, dennoch frage ich mich, welche Sünde in den Augen des Herrn wohl schwerer wiegt. Die, zu dessen Zweck du in dieses Haus gekommen bist, oder meine, wenn ich dich hier an meinem Frühmahl teilnehmen lasse? Ich setze große Hoffnung darauf, dass mir die meine verziehen wird, also setz dich hierher, und greif zu. Du hast doch Hunger, nicht wahr?«

Das konnte Elisabeth nicht bestreiten. Sie rutschte auf den gepolsterten Stuhl und ließ sich vorsichtig auf der Kante nieder. Nach kurzem Zögern nahm sie sich eine der kleineren Würste und brach sich ein Stück Brot ab.

»Nur nicht so schüchtern. Hier, probier die Pastete. Und diese Süßspeise wird dir sicher auch schmecken. Ich bin übrigens Domherr Hans von Grumbach.«

Er legte ihr auch noch ein Stück Braten auf den Teller und schenkte ihr Wein ein.

»Ich habe keine Ahnung, wo sich die Diener des Propstes wieder herumtreiben, aber in diesem Fall ist es vielleicht ganz gut so. Da kannst du mir ganz in Ruhe über dich erzählen.«

Ihr Herz schlug ganz unangemessen rasch. Es sprang sogar

in unregelmäßigem Rhythmus und klopfte ihr im Hals, der sich seltsam eng anfühlte. Was wollte ein Domherr von einer Dirne hören?

»Da gibt es nichts Interessantes zu berichten«, wehrte sie ab.

»Mich interessiert es aber, wie das Leben jenseits unserer aufstrebenden Kirchenmauern und Herrenhöfe dort draußen in der Vorstadt aussieht. Wie bist du dorthin geraten? Woher kommst du? Nun zier dich nicht so. Ich verspreche dir auch, dir die Schillinge zu geben, wenn der Schreiber bis zum Ende deines Mahls noch nicht aufgetaucht ist.«

Elisabeth ließ sich noch ein wenig Wein nachschenken und sprach dann von den Tagen und Nächten im Frauenhaus, wobei sie sich redlich mühte, den Domherrn nicht mit unschönen Details zu schockieren. Als ihr Teller geleert war, schob sie ihn weg und erhob sich.

»Jetzt muss ich aber wirklich gehen.«

»Wenn du meinst.« Domherr von Grumbach begleitete sie bis zur Haustür und reichte ihr dann die versprochenen Schillinge.

»Hast du vor, länger im Frauenhaus ... äh ... zu arbeiten?«

Sie sah ihn erstaunt an. »Ja, was bleibt mir anderes übrig?«

»Nun ja, darüber lohnt es sich nachzudenken. Ich wohne übrigens in dem linken Hof zwischen Dom und Katzenwicker. Es ist nicht zu verfehlen. Nur falls ... ja, falls du meinst, dass die Situation es erfordert, dann kannst du nach mir fragen.« Er hob die Hand und strich über das Medaillon um ihren Hals. »Sehr hübsch!«

Sie sah ihn überrascht an. Was konnte er mit diesen Worten meinen? Warum nannte er ihr sein Haus? Sie knickste noch einmal und ging dann davon. Vielleicht war er doch nicht so keusch, wie sie bei seinem ersten Anblick gedacht hatte. War es eine versteckte Aufforderung gewesen, ihm zu Diensten zu sein?

Tief in Gedanken machte sich Elisabeth auf den Heimweg. Den Kopf gesenkt, starrte sie auf ihre Schuhspitzen, die bei jedem Schritt ein wenig unter ihrem Rock hervorlugten, und dachte an die vergangene Nacht und an die Worte, die der Domherr am Morgen mit ihr gewechselt hatte. Fast hätte sie die vier Männer übersehen, die mit ausgreifenden Schritten auf die Stufen zustrebten, die zum Westportal des Doms führten. Elisabeth stoppte abrupt, um sie passieren zu lassen. Sie wandten nicht einmal den Blick. Sicher hatten sie sie gar nicht bemerkt. Sie war nur eine junge Frau, die nicht zu ihren Kreisen gehörte! Elisabeth sah ihnen nach. Drei von ihnen waren sicher noch jung, so, wie sie sich bewegten, und von hohem, schlankem Körperbau. Der vierte trug das lange, kostbare Gewand der Chorherren, war klein und eher rundlich. Er hinkte ein wenig den drei jungen Männern hinterher, die nun die erste Stufe erklommen.

»Willkommen! Herzlich willkommen«, hörte Elisabeth eine Stimme, die ihr bekannt vorkam. Im offenen Portal waren noch drei Domkapitulare erschienen. Der mittlere, der gesprochen hatte, war ihr Gastgeber gewesen, der Dompropst. Sie hatte ihn bisher nur kurz bei Kerzenschein gesehen. Nun ergriff sie die Gelegenheit, den obersten Herrn des Domkapitels genauer zu betrachten. Er streckte die Hände aus und ging den vier Männern entgegen. Sie tauschten höfliche Nichtigkeiten aus. Zwei der drei jüngeren Männer, die Elisabeth noch immer den Rücken zuwandten, schienen von einer Reise zurückzukehren. Sie waren wie Junker gekleidet, trugen Waffenröcke und Schwerter an ihren Seiten. Ihre Beine steckten in Jagdhosen und staubigen Stiefeln. Der dritte dagegen gehörte zu den Chorherren, seinem langen Gewand nach zu urteilen. Elisabeth verlor das Interesse an den Männern und wandte sich ab. Sie gähnte herzhaft. Wenn sie im Frauenhaus anlangte, würde sie sich noch ein wenig hinlegen.

Elisabeth hatte gerade einen Schritt getan, als sie wie erstarrt stehen blieb. Diese Stimme! Sie hatte Elisabeth durch ihre nächtlichen Träume verfolgt und ihr auch bei Tag keine Ruhe gelassen. Erst war nur die Stimme aus der Finsternis ihrer verlorenen Erinnerungen aufgetaucht, dann sein Gesicht und seine Gestalt. Doch heute war es kein Traum, kein Nebelfetzen aus längst Vergangenem, der in ihrem Geist auftauchte. Sie konnte seine Stimme hören! Die Worte rauschten an ihrem Ohr vorbei, ohne dass sie ihren Sinn erfasste. Sie hörte nur den Klang, der ihr durch so viele einsame Nächte geholfen hatte.

War das die Erlösung? Hatte sie sich und ihr altes Leben wiedergefunden?

Er sprach noch immer, doch Elisabeth war nicht in der Lage, sich umzudrehen, ja überhaupt nur ein Glied ihres Körpers zu bewegen.

Nun stiegen die Männer zusammen die Stufen hinauf. Gleich würde der Dom sie verschluckt haben. Sie musste sich bewegen und handeln. Jetzt! Ehe der Augenblick vorbei und ihre Chance für immer vorüber war. Doch wie konnte sie zu ihm laufen und hoffen, dass alles wieder so werden könnte, wie es einmal gewesen war? Wie sollte sie dem Mann aus ihrem früheren Leben ohne Scham in die Augen sehen, wenn der Dompropst neben ihm stand und die Dirne der vergangenen Nacht mit Verachtung musterte? Was konnte sie ihm sagen? Verzeih, ich habe heute Nacht den alten päpstlichen Legaten befriedigt und in den vergangenen Monaten unzähligen Männern in ihrer Lust gedient, aber jetzt möchte ich mein altes Leben zurück. Du bist der Schlüssel dazu. Dich habe ich in meinen Träumen gesehen. Also nimm mich mit, und führe mich in das Leben, das das meine war, bevor – ja, bevor was? Wusste er, was geschehen war? Was sie ihres Lebens und ihrer Erinnerung beraubt hatte? Würde er es ihr sagen? Und was dann? Würde das Wissen die Qual mildern oder sie gar noch vergrößern? – Danke, lieber Freund aus besseren Tagen, nun weiß ich, was man mir genommen hat, und kehre mit noch viel größerer Qual ins Frauenhaus zurück, wohin ich nun gehöre. Denn dies ist ein Ort, an dem man stranden, den man aber nicht wieder verlassen kann.

Die schweren Türen des Portals schlugen zu. Drinnen begann die Orgel zu spielen. Die Stimmen der Chorknaben erhoben sich. Mit gesenktem Kopf und schweren Schritten setzte Elisabeth ihren Weg fort und versuchte sich einzureden, dass ihr Geist ihr nur einen Streich gespielt hatte. Vielleicht war es gar nicht seine Stimme gewesen? Vielleicht hatte sie zu oft von ihm geträumt und an ihrem Klang Trost gefunden. Vielleicht waren das gar keine echten Erinnerungen.

Als sie das Frauenhaus erreichte, ging sie direkt auf ihr Lager zu, legte sich angezogen auf ihr Bett und zog die Decke bis über den Kopf. Doch der erlösende Schlaf wollte nicht kommen.

Sie sah sich über eine Brücke laufen, die Röcke gerafft. Auf dem Hof waren viele Menschen versammelt. Da kam er auf seinem Rappen durch das Tor geprescht und sprang aus dem Sattel. Sie hörte sein Lachen und die warme Stimme, die sie begrüßte.

Tränen rannen über ihre Wangen. Es war vorbei. Der Traum löste sich auf. Für einen Moment war es, als würde sie zurücktreten und den ganzen Hof und die Gebäude rundherum betrachten. Moment. Diesen Ort kannte sie. War das nicht …?

»Was ist denn geschehen?« Eine Hand griff nach ihrer Decke und hob sie hoch. Jeannes Gesicht schwebte mit besorgter Miene über ihr. »Warum weinst du? Was haben sie dir getan?« Jeanne ließ sich auf der Kante des Bettes nieder und streichelte Elisabeths Wange.

»Willst du es mir nicht erzählen?« Jeanne musterte sie aufmerksam. »Hat er dich geschlagen?«

Elisabeth schüttelte den Kopf und wischte sich die Tränen von der Wange. »Nein, er war alt und fett und hat keine großen Ansprüche gestellt. Man musste … nun ja … sogar ein wenig Hand anlegen, um ihn zu wecken.«

Jeanne lächelte. »Ja, das kommt vor. Wer war er? Ein hoher Kirchenmann, der sich lieber nicht bei uns im Haus zeigt?«

Elisabeth nickte und verriet Jeanne, dass der Dompropst

persönlich sie für einen päpstlichen Legaten hatte kommen lassen. »Als Gastgeschenk, könnte man sagen.«

Jeanne schüttelte nur den Kopf. »Es ist doch überall das Gleiche. Sie predigen Wasser und trinken selber Wein. Das habe ich schon als Kind bei unserem Vikar erleben dürfen. Er war nicht nur der dickste Mann im ganzen Dorf. Es war auch allgemein bekannt, dass er die Absolution bei schönen Mädchen an gewisse Bedingungen knüpfte. Aber was soll man sich Illusionen machen. Wir brauchen ja nur zur Festung hinaufzusehen, die über unserer Stadt thront. Dann sehen wir, was die Männer der Kirche aus den Lehren des Heilands machen!«

So redeten sie noch eine Weile. Jeanne kam nicht mehr auf ihre Frage zurück, warum Elisabeth geweint hatte, und Elisabeth war dankbar dafür. Sie wusste nicht, ob sie darüber hätte sprechen können – und eine Lüge wollte sie Jeanne auch nicht auftischen. War ihr Leben nicht so schon falsch und lügnerisch genug?

Kapitel 17

Es wurde Herbst. Der Himmel verdüsterte sich, und der Wind jagte dunkle Wolken von Westen heran, die ihre Regengüsse auf Würzburg herabprasseln ließen. Bald würden die Tage vorbei sein, an denen die Frauen draußen auf der Bank vor dem Haus ihr Frühmahl genießen oder den kleinen täglichen Pflichten nachgehen konnten. Der Wind pfiff zwischen den Häusern von St. Gertraud hindurch und fegte dann über die Wiese und über den alten Judenfriedhof hinweg. Nun saßen sie mit ihren Näh- und Flickarbeiten neben dem rauchigen Feuer beim Schein einer Lampe beisammen, denn durch die mit Pergament verschlossenen Fenster drang auch bei Tag nur wenig Licht. Die Frauen begannen, dicke Strümpfe zu tragen und sich warme Tücher um die Schultern zu legen – zumindest wenn gerade keine Gäste im Haus waren. Jeanne, die von allen stets am schnellsten fror, überließ es gern den anderen, die täglichen Besorgungen auf dem Markt oder beim Krämer zu erledigen.

»Wie kannst du da nur hinaus wollen?«, fragte Jeanne mit einem Schauder. »Es windet ganz fürchterlich und wird jeden Moment wieder regnen. Ich glaub, ich höre schon den Donner in der Ferne rollen. Frierst du denn gar nicht?«

Elisabeth legte sich ein dickes Wolltuch um und wickelte sich dann noch einen Schal um den Hals. »Natürlich friere ich, wenn es kalt ist, aber hier drinnen meine ich zu ersticken. Die Dunkelheit und die rauchige Luft drücken auf mein Gemüt, dass ich ganz trübsinnig werde. Einmal am Tag muss ich unter dem hohen Himmel gehen, und sei er auch noch so sturmverhangen.«

»Mir geht's genauso«, stimmte Gret ihr zu, die gerade hereinkam, die Wangen und die Nase gerötet. Sie schnäuzte sich in ihren Rocksaum. »Ein scheußliches Wetter, das muss man sagen. Dennoch begleite ich dich gern, wenn du möchtest.«

Elisabeth lächelte sie an. »Das hat nicht zufällig etwas damit zu tun, dass ich den Flickschuster in der Sander Vorstadt aufsuchen soll?«

»Doch«, nickte Gret. »Es hat sehr wohl etwas damit zu tun. Ich muss doch mal wieder meinen Zorn auffrischen. Der wärmt mich für Stunden, wenn ich nur einen einzigen Blick auf die Neuenburg geworfen habe, wie der Herr Bischof sie nun nennen lässt. Sie wächst und gedeiht, und wir sehen nur zu und legen die Hände in den Schoß.«

»Ah, das ist dein Geheimnis«, spottete Elisabeth. »Du lässt dich von deiner Wut wärmen statt von Mantel und Schal.«

»Was sie aber nicht vor einem Schnupfen bewahrt hat!«, mischte sich Jeanne ein, die schon wieder näher an die Glut heranrückte.

»Das ist wahr«, gab Elisabeth zu. Gret sagte gar nichts. Sie musste sich schon wieder schnäuzen. Lachend gingen die Frauen hinaus, als Gret dann auch noch einen Niesanfall bekam.

So schritt der Herbst voran. Die letzte Ernte wurde eingebracht, und in allen Gassen gab es neuen Wein zu kaufen. Die Weinausrufer liefen eifrig auf und ab, um die Kunden zu ihrem Wirt zu locken, und übertönten einander, so gut sie konnten.

»Nach altem Brauch vierundsechzig Maße im Eimer«, fügten sie zu den Preisen und dem Versprechen hinzu, dass man keinen besseren Wein als ihren im Umkreis finden könne.

»Dass sie das immer dazusagen«, wunderte sich Elisabeth.

»Ja, so langsam wissen wir, dass der Bischof tatsächlich einmal einen Fehler zugegeben hat«, stimmte ihr Gret zu.

»Was? Wieso? Das verstehe ich nicht.«

»Ich weiß es auch nur, weil die Meisterin es mir erzählt hat.

Es muss schon weit mehr als ein Dutzend Jahre her sein. Du warst zu der Zeit sicher noch ein kleines Mädchen. Bischof Johann war erst wenige Jahre im Amt, da beschloss er, eine neue Steuer zu erheben. Quellen neuer Einnahmen sind ihm ja stets eine helle Freude. Ich glaube, er erhob einen Groschen auf jeden Eimer Wein, der ausgeschenkt wurde. Der Wein, der zu Hause getrunken wurde, bekam eine andere Steuer. So genau habe ich mir das nicht gemerkt. Jedenfalls, um dem Ganzen die Krone aufzusetzen, verkleinerte er die Größe der Eimer, sodass ein Eimer nun vier Maß weniger hatte und dadurch die Steuer auf Wein noch höher wurde. Du kannst dir vorstellen, dass er sich damit nicht nur bei den Wirten keine Freunde gemacht hat. Fünf Jahre galten diese neuen, kleineren Maße, dann wurden auf Beschluss des Domkapitels die alten Eimer zu vierundsechzig Maß wieder eingeführt. Ja, und seitdem dürfen die Ausrufer nicht vergessen, dies auch zu erwähnen.« Sie lächelte Elisabeth verschmitzt an. »Du siehst, schon damals haben die Parteien nach besten Kräften gegeneinander gearbeitet.«

»Und das Domkapitel war auf unserer Seite«, fügte Elisabeth hinzu.

Gret wiegte den Kopf hin und her. »Darauf würde ich nichts geben. Ich denke, das sind die Kapitelherrn nur, solange sie sich einen Vorteil davon versprechen. Die Bürger und anderen Bewohner liegen ihnen nicht wirklich am Herzen.«

»Du denkst nicht wirklich gut von unserem Domkapitel.«

Gret schüttelte heftig den Kopf. »Nicht vom Domkapitel und auch nicht von den anderen reichen Stiftsherrn. Sie rühren keinen Finger für die einfachen Leute, wenn sie nicht mit klingender Münze gelockt werden. Was verlangen sie für jede Beichte, für jede Taufe und jedes Begräbnis? Wer nicht zahlt, dessen Seele hat eben Pech gehabt. Nur unter den Bettelmönchen habe ich anderes kennengelernt. Bei ihnen finden sich Männer, die man noch Nachfolger Christi nennen kann, ohne unseren Heiland damit zu beleidigen.«

Auf einen nassen und stürmischen Herbst folgte der Winter mit den ersten Schneestürmen im November. Nun wurden auch Elisabeth und Gret gezwungen, ihre täglichen Ausflüge zu verkürzen. Zu schnell weichten ihre Schuhe und Strümpfe durch, und die Zehen verwandelten sich in Eisklumpen, die nur unter Schmerzen am Feuer wieder auftauten. Noch immer wurde an der Neuenburg fleißig gemauert.

»Bis zum Sommer ist sie fertig, wenn sie so den Winter über weiterarbeiten«, prophezeite Gret, die den Baufortschritt noch immer genau beobachtete. Im Gegensatz zu Gret hatten sich viele Bewohner der Stadt offensichtlich mit dem Fremdkörper an ihrem Rand abgefunden. Eine gelassene, ja fast heitere Stimmung herrschte vor den Weihnachtsfeiertagen. Die Auseinandersetzungen der Politik fanden hinter verschlossenen Türen statt und wurden nur unter den Ratsfamilien besprochen. Die kleinen Leute kümmerten sich lieber darum, was über den Winter auf den Tisch kommen würde und ob genug Geld für Brennholz und Kleider da war. Alle Familien freuten sich auf das große Fest zum Tag der Geburt des Heilands. – Alle, bis auf eine.

Es war noch eine Woche bis zum Fest, als Elisabeth Otilia auf dem Markt traf. Die Ratsherrentochter ließ ihre Geschwister und die Magd ein wenig vorausgehen und kam dann unauffällig neben Elisabeth zu stehen.

»Ich grüße Euch, Otilia«, sagte sie herzlich. »Ich hoffe, Ihr und Eure Familie seid wohlauf so kurz vor den Festtagen.«

»Meine Geschwister und ich schon«, sagte sie düster.

Elisabeth sah sie verwirrt an. »Und Euer Vater? Geht es dem Ratsherrn nicht gut? Ich habe ihn gar nicht mehr gesehen, seit seiner…« Sie brach ab und schlug sich die Hand vor den Mund. »Heilige Jungfrau! Er ist doch zurückgekehrt?«

Otilia schüttelte den Kopf. Tränen glänzten in ihren Augen. »Nein, er ist nicht zurückgekehrt, und ich habe ihn seit dem Tag im August, an dem der Bischof diesen unverzeihlichen Verrat an uns begangen hat, nicht mehr zu Gesicht bekommen.«

»Aber er ist doch noch am Leben, nicht wahr?«, drängte Elisabeth mit einem Anflug von schlechtem Gewissen. Das Schicksal des eingekerkerten Ratsherrn war ihr ganz entfallen. Ein paar Mal hatte sie sich gewundert, dass er das Frauenhaus gar nicht mehr aufsuchte, doch auf den Gedanken, er könne noch immer auf der Festung in einem Kerker sitzen, war sie nicht gekommen.

»Das haben sie uns gesagt. Doch wie lange kann er das noch durchstehen, bei dieser Kälte in dem Loch dort unten?«

»Otilia, wie schrecklich. Ihr habt mein ganzes Mitgefühl. Habt Ihr versucht, ihm Essen und Decken zu bringen? Der Henker lässt es zu, wenn die Familien sich um die Eingesperrten in den Stadttürmen kümmern. Ja, er verlangt es sogar, damit die Stadt die Kosten nicht tragen muss.«

Das junge Mädchen seufzte. »Ich habe es einmal versucht, aber die Wachen waren so schrecklich zu mir. Sie haben rüde Dinge über mich gesagt – die natürlich nicht stimmen!« Sie errötete. »Und dann haben sie mir den Korb abgenommen. Ich denke nicht, dass mein Vater etwas davon zu sehen bekommen hat.«

»Wart Ihr alleine am Tor?«, wollte Elisabeth wissen.

Otilia nickte. »Ja, ich habe die Gelegenheit genutzt, als Margret unterwegs war.«

»Vielleicht hättet Ihr Margret mitnehmen sollen. Ganz alleine habt Ihr auf die Wachen, nun ja, einen leichtfertigen Eindruck gemacht«, sagte Elisabeth behutsam.

»Ja, kann sein, aber Margret wollte nicht mitkommen. Und ich musste es einfach versuchen!«

Elisabeth nickte nachdenklich. »Es muss doch einen anderen Weg geben«, begann sie. Sie dachte an einen Onkel oder einen anderen Ratsherrn, der dem Maintaler vielleicht in Freundschaft verbunden war, doch Otilia strahlte die Dirne an.

»Ja, der Gedanke ist mir gekommen, als ich dich hier entdeckt habe. Bitte, es ist bald Weihnachten. Da soll er nicht frieren und hungern. Kannst du nicht zur Festung hinaufgehen?

Du wirst mit den Wachen sicher fertig. Bitte! Du warst schon einmal oben und kennst dich aus.«

Elisabeth hub zu Widerspruch an, doch Otilia schnitt ihr das Wort ab. »Ja, ich weiß, du kannst nicht ohne die Erlaubnis deiner Meisterin gehen, und die will sicher erst wieder Münzen sehen, ehe sie ihre Zustimmung gibt. Aber das ist mir egal, wenn der Korb dieses Mal sein Ziel erreicht. Dafür gebe ich das Geld gerne aus – und ich denke, Vater würde mir zustimmen.«

In diesem Punkt war sich Elisabeth nicht so sicher. Der Ratsherr würde sehr wohl etwas einzuwenden haben, wenn er wüsste, dass seine Tochter mit dem Frauenhaus Geschäfte machte. Auch wenn diese etwas anders gelagert waren als die dort üblichen Aufträge.

»Otilia! Wo bleibst du denn?« Die alte Magd war stehen geblieben und sah sich suchend um. Elisabeth tauchte hinter einen der Marktstände, um nicht entdeckt zu werden. Margret durfte sie nicht erkennen. Das würde sonst ein Geschrei geben!

»Ich melde mich bei dir«, hauchte ihr Otilia zu, dann eilte sie davon.

»Ja, ich bin hier. Ich habe mir nur die … äh … die Fische dort auf der Theke angesehen.«

»Die Fische?« Das Misstrauen in der Stimme der alten Magd war nicht zu überhören. »Seit wann interessierst du dich für tote Fische? Erzähl mir keine Märchen. Wirst den jungen Männern wieder unzüchtige Blicke zugeworfen haben!«

»Wenn du es sagst«, erwiderte Otilia heiter und ließ den Schwall an Ermahnungen ohne Widerrede über sich ergehen.

Elisabeth dachte schon, Otilia hätte sich die Idee doch wieder aus dem Kopf geschlagen, als sie am Tag vor Weihnachten spätnachmittags im Frauenhaus auftauchte. Es war so kalt, dass das junge Mädchen seine Bedenken überwand und ins Haus trat. Neugierig sah sich Otilia um und stellte ihren sichtlich schweren Korb auf dem Tisch ab. Die Frauen scharten sich neugierig um sie, um keinen Aspekt dieses ungewöhnlichen Auftrags zu verpassen.

»Ich habe hier unten zwei Decken und ein frisches Hemd«, sagte Otilia und begann den Korb auszupacken. »Ein paar warme Strümpfe und einen gefütterten Wams. Und dann hier das Brot, Honiggebäck und fetten Käse, Schinken und rote Wurst und natürlich den Krug Wein. Da sind getrocknete Pflaumen und Nüsse drin. Den zweiten Krug kannst du den Wächtern überlassen, wenn sie ihren Anteil fordern. Aber bitte nicht den mit dem teuren Wein. – Und der zweite Schinken ist für euch. Ein gesegnetes Weihnachtsfest wünsche ich allen.«

Sie legte den enormen geräucherten Schinken auf den Tisch. Die Frauen waren sprachlos. So etwas war ihnen noch nicht passiert. Elisabeth vergaß alle Konventionen und umarmte Otilia. Das Mädchen strahlte und schien nichts dabei zu finden. Selbst Else Eberlin rang sich ein Lächeln ab und dankte. Was sie jedoch nicht abhielt, auch dieses Mal zwei Schillinge zu verlangen. Jeanne bat die Meisterin, mit auf die Festung gehen zu dürfen, aber Else blieb hart und bestimmte wieder Gret zu Elisabeths Begleiterin.

»Ich bin aber viel hübscher als Gret«, maulte Jeanne und streckte der Rothaarigen die Zunge heraus.

»Das mag schon stimmen«, gab ihr die Wirtin recht. »In diesem Fall kommt es aber eher darauf an, was in deinem Kopf ist. Was, wie ich zugebe, in unserem Haus nicht sehr häufig vorkommt. Sie müssen ihre Worte mit Bedacht wählen und rasch entscheiden, welche Taktik von Vorteil ist. Jeanne, du bist nicht gerade bekannt dafür, dass du erst nachdenkst, bevor du redest oder handelst.«

Nun grinste Gret und gab die Geste zurück.

»Außerdem ist Lisa schön genug für beide«, fügte die Meisterin hinzu und beendete damit das Streitgespräch.

Am nächsten Morgen machten sich Elisabeth und Gret auf den Weg zur Festung. Der Weihnachtsmorgen war klar und kalt. Weiß stieg ihr Atem dem blauen Himmel entgegen. Die beiden Frauen hatten sich in dicke Umhänge gehüllt und trugen den Korb zwischen sich, sodass jede wenigstens eine Hand unter dem Umhang wärmen konnte. Das erste Tor passierten sie ohne Schwierigkeiten. Die Männer grüßten sie ausgelassen und wünschten ihnen einen schönen Weihnachtstag. Ihre gute Stimmung ließ vermuten, dass ihr Herr beim Verteilen des traditionellen heißen Gewürzweines nicht kleinlich gewesen war.

Der Vorhof war noch voller, als sie es bei ihrem letzten Besuch erlebt hatten. Edel gekleidete Gäste kamen und gingen, ließen sich die Steigbügel halten und ihre Rösser versorgen und in den Ställen unterbringen. Mägde und Knechte eilten mit Eimern und Schüsseln auf und ab. Elisabeth lugte in die Kisten und Wannen, die über die Brücke in die Burg gebracht wurden.

»Wir müssen uns beeilen«, keuchte eine junge Magd mit roten Wangen. »Der Küchenmeister wird uns umbringen, wenn wir die Zutaten nicht rechtzeitig bringen. Der Tag verrinnt, und die Gäste des Bischofs treffen bereits ein.«

Elisabeth und Gret setzten selbstbewusste Mienen auf und drängten sich hinter den Mägden über die Brücke. Zuerst fielen sie nicht auf, doch der Wächter am innersten Tor war wohl noch nüchterner und aufmerksamer als seine Kameraden. Er trat den beiden Frauen in den Weg und sah sie streng an.

»Euch beide kenne ich ja gar nicht. Seid ihr neu hier?«

Gret zögerte nicht und nickte. »Aber ja, sonst müssten wir dich ja bereits kennen, oder? Du scheinst mir kein Mann, den man gleich wieder vergisst, wenn man ihn einmal getroffen hat.«

Er lächelte geschmeichelt, ließ sich aber nicht beirren. »Was ist in eurem Korb?« Er zog das Tuch beiseite.

»Na, gute Dinge zu essen«, sagte Gret und verdrehte die Augen. »Was erwartest du? Heute ist Weihnachten, und der Bischof hat viele edle Gäste!«

Elisabeth konnte nur staunen, wie geschickt Gret ihm antwortete. Bisher hatte sie nicht gelogen.

Der Wächter hob den Käse an und zog die warmen Strümpfe hervor. »Ach, und die sind auch für die Gäste des Bischofs? Sie scheinen ein wenig groß, um für eure Füße bestimmt zu sein.«

Elisabeth beschloss, dass es nun Zeit sei, ihm reinen Wein einzuschenken.

»Nein, die sind für die sicher kalten Füße des Ratsherrn, der hier seit vielen Wochen unrechtmäßig im Turm festgehalten wird. Es ist Weihnachten, und seine Familie hat das Recht, ihm Kleider und Essen zu schicken. Also lass uns durch. Ist er noch im Verlies der hohen Warte?«

»Ja«, gab der Wächter zögernd zu, »aber es ist nicht an mir zu entscheiden, ob er das alles bekommen darf. Ihr müsst den Hauptmann von Saunsheim fragen.«

»Und wo finden wir den?«

»Ich führe euch hin.« Der Wächter winkte einen Kameraden heran, der gerade durch das Tor hereinkam, und bat ihn, seinen Posten für ein paar Augenblicke zu übernehmen. Die beiden Frauen folgten ihm zwischen einem Gewirr niederer Holzgebäude hindurch am Fuß des großen Turmes vorbei, der aus der Mitte des Hofes aufragte. Begrenzt wurde der rechteckige Hof von einer Reihe Steinbauten, von denen der Ostflügel der prächtigste war. Er war der Palas der Burg. Hier wohnte der Bischof, und hier befand sich auch der große Festsaal. Direkt hinter den Steinbauten verlief der Wehrgang um die Burg, die dann noch von einem Zwinger und der Zwingermauer mit ihren niederen Türmen umschlossen wurde.

Der Wächter passierte mit den beiden Frauen im Schlepptau die Basilika mit ihrem Kuppeldach und wandte sich dann nach links. Laute, fröhliche Stimmen schlugen ihnen entgegen, Wärme und der Geruch nach heißem Gewürzwein. Sie stiegen ein paar Stufen hinab in einen großen, überwölbten Saal mit langen Tischen und Bänken, an denen mehrere Dutzend Männer und ein paar wenige Frauen saßen. In der großen Hofstube wurden die beiden warmen Mahlzeiten an Wächter und Dienstboten ausgegeben. Hier trafen sich diejenigen, die gerade keinen Dienst hatten und nicht schliefen. Der Wächter trat auf einen Mann zu, der etwas abseits an einem kleineren Tisch saß, grüßte knapp und erklärte in wenigen Worten, was es mit den beiden Frauen auf sich hatte.

Der Hauptmann erhob sich und ging einmal um sie herum. »Wer seid ihr? Gehört ihr zur Familie des Tuchscherers?« Er starrte sie an, legte die Stirn in Falten und schüttelte ungläubig den Kopf.

Er war nicht der Hauptmann, den sie bei ihrem letzten Besuch auf der Burg angetroffen hatten. Für diesen Posten wirkte er ungewöhnlich jung. Gret und Elisabeth verneinten.

»So seht ihr auch nicht aus. Aber ihr kommt mir bekannt vor. Vor allem du!« Er deutete auf Elisabeth. »Hier stimmt doch irgendetwas nicht!« Mit einem schnellen Griff schob er den Umhang auf, sodass nun die gelben Säume zu sehen waren.

»Zwei Dirnen!«, rief er aus. »Mein Gefühl hat mich nicht getrogen. Was wollt ihr wirklich hier?«

»Seine Tochter schickt uns«, sagte Elisabeth schnell. »Otilia Maintaler. Sie will, dass ihr Vater diesen Korb bekommt und wenigstens zu Weihnachten ein wenig Freude erleben darf.« Elisabeth holte den Weinkrug heraus und reichte ihn dem Hauptmann. »Und der ist für Euch. Mit den besten Empfehlungen der Familie und guten Wünschen für das Weihnachtsfest.«

»Die Familie schickt zwei Dirnen? Das kann ich nicht glauben!«

Elisabeth sah ihn ernst an. »Ja, denn als die Tochter des Hauses es selbst versuchte, wurde sie von Euren Wachen rüde behandelt und in ihrem Schamgefühl verletzt!«

»Was versteht denn eine wie du davon?«, gab der Hauptmann zurück, schien sich aber nicht recht wohl zu fühlen.

»Ich muss nichts davon verstehen«, sagte Elisabeth und musterte ihn kühl. »Es reicht, wenn die Tochter des Ratsherrn sich unschicklich behandelt und beleidigt fühlt und lieber uns damit beauftragt, sich mit Euren Wächtern herumzuschlagen, als sich solch einer Lage noch einmal auszusetzen!«

»Wie sprichst du denn mit mir?«, empörte sich der Hauptmann, forderte die Frauen aber auf, ihm zu folgen. Sie traten an den Fuß des mächtigen, runden Turms heran. Ein hagerer Mann mit einer Ledermappe unter dem Arm eilte auf sie zu.

»Der Bischof wünscht Euch zu sprechen, Hauptmann von Saunsheim«, richtete er aus. Dann musterte er die beiden Frauen. »Was wollen die denn hier?«

Bereitwillig gab der Hauptmann Auskunft, vergaß allerdings die zweifelhafte Herkunft der Frauen zu erwähnen. Der Sekretär – zumindest sah er wie einer aus – zog eine saure Miene.

»Das sollte der Bischof wissen und erst sein Einverständnis dazu geben!«

»Warum?«, begehrte der Hauptmann nun auf und reckte das Kinn. Er wirkte plötzlich stärker und bedrohlicher als der schmächtige Schreiber. »Ich bin auf der Festung der Hauptmann, und auch die Gefangenen unterstehen meiner Gewalt.«

Der Sekretär plusterte sich auf, wirkte neben dem kampferprobten Mann aber eher kläglich. »Der Bischof alleine hat Gewalt über alles und jeden auf seiner Festung ›Unser Frauenberg‹ – und auch der Gefangene ist sein! Und nur er hat zu entscheiden, was mit ihm geschieht und wie er behandelt wird.«

Die beiden Frauen sahen von einem zum anderen und beobachteten den Schlagabtausch der beiden Männer, die einander offensichtlich nicht ausstehen konnten.

»Ich gehe zum Bischof, und ich werde ihm erzählen, wie Ihr sein Vertrauen missbraucht!« Der Schmächtige wich ein wenig zurück, so, als fürchte er einen Schlag, doch Hauptmann von Saunsheim lachte nur.

»Nun gut, ich komme mit. Diese Gelegenheit zu erleben, wie Ihr eine Abfuhr einstecken müsst, lasse ich mir nicht entgehen. – Wartet hier auf mich«, wies er die Frauen an und ging mit dem Sekretär davon.

Eine Weile rührten sich die Frauen nicht vom Fleck. Dann umrundeten sie den Fuß des Turmes. Elisabeth fühlte sich schwach und krank. Ihr war so übel, dass sie glaubte, sich jeden Moment übergeben zu müssen. In ihrem Kopf hämmerte es. Verwirrende Bilder rasten durch ihren Geist. Stimmen übertönten einander und vermischten sich zu einem unverständlichen Wirrwarr.

»He! Was ist mir dir? Ich hab dich was gefragt?«

Elisabeth zwinkerte und schüttelte heftig den Kopf, um die Schatten zu verscheuchen. »Was? Es ist nichts, nein wirklich! Was hast du gesagt?«

»Ich habe mich bei dir beschwert, dass es so lange dauert, und überlegt, ob wir die streitenden Männer nicht einfach vor vollendete Tatsachen stellen sollen.«

»Du willst, dass wir dort hinaufgehen und dem Ratsherrn einfach seinen Korb hinunterlassen?« Elisabeth keuchte.

Gret beäugte das halbrunde Nebentürmchen, auf das Elisabeth zeigte, das sich über zwei Stockwerke an den Hauptturm schmiegte.

»Wenn du meinst, dass wir von dort zum Verlies des Ratsherrn kommen, ja!«

Elisabeth schluckte. »Ich weiß nicht, ob wir uns die Männer dadurch zu Freunden machen.«

»Und du weißt auch nicht, wer von den beiden als Sieger aus dem Streit hervorgeht. Ich wette, dass der verkniffene Sekretär uns den Korb nicht übergeben lässt, wenn er nachher die Nase vorn hat!«

»Da magst du Recht haben«, würgte Elisabeth hervor. Allein die Erinnerung an seine Stimme verstärkte ihre Übelkeit bedenklich.

»Dann komm!« Gret packte den Korb und schlüpfte durch

die schmale Tür ins Innere des Türmchens. Eine enge Wendeltreppe führte bis zur ersten Plattform. Von ihr aus gingen schmale Holztreppen bis ganz hinauf zu dem Laufsteg, den sie von außen gesehen hatten und der einmal um den ganzen Turm führte. Ein Wächter und der Turmbläser vertrieben sich dort oben die Zeit, hielten nach Feinden Ausschau und verkündeten in Zeiten des Friedens mit dem Horn das Ende der Nachtruhe, wann das Essen bereit war oder die Wächter und Dienstboten sich am Abend zu Bett zu begeben hatten.

Im untersten steinernen Boden der hohen Warte, den die Frauen nun betraten, befand sich der einzige Zugang zum Turmverlies. Elisabeth deutete mit zitternder Hand auf das runde Loch im Boden. »Hier ist es.«

Gret kniete sich nieder und beugte sich vor. »Ich kann nichts erkennen. Hol mal die Lampe von der Wand. Elisabeth atmete einmal tief durch, dann reckte sie das Kinn und brachte die brennende Lampe zu dem Loch.

»Ratsherr Maintaler? Seid Ihr dort unten?«, rief sie.

Eine Weile blieb es still, dann hörten sie seine ungewöhnlich dumpf klingende Stimme. »Ja, ich bin hier. Wo sollte ich auch hingegangen sein?«, fügte er düster hinzu. »Wer bist du?«

»Ich bin Elisabeth, und Gret ist hier neben mir.«

»Elisabeth?«, wiederholte er ungläubig.

»Ja, Elisabeth, die Lisa aus dem Frauenhaus am Judenfriedhof. Erinnert Ihr Euch nicht mehr?«

»Natürlich erinnere ich mich an dich, aber was tust du hier?«

»Wir haben Euch ein paar Dinge mitgebracht, die Eure Gefangenschaft erleichtern sollen. Heute ist Weihnachten, wisst Ihr das nicht?«

Gret hatte ein Seil entdeckt und war schon dabei, es am Henkel des Korbes zu verknoten. Langsam ließen die beiden Frauen den Korb durch das Angstloch hinunter, bis er den Grund erreichte.

»Weihnachten«, wiederholte der Ratsherr. Es drang nur wenig Licht in das Verlies, doch es kam Elisabeth so vor, als habe er sehr viel an Gewicht verloren. Seine Kleider schienen nicht mehr als Lumpen zu sein. Mit bebenden Händen packte er Essen, Wein, Kleider und Decken aus.

»Bist du ganz sicher, dass ihr keine Engel seid, die der Herr mir gesandt hat, um mir Mut zu machen?«

Elisabeth lachte. »Nein, keine Engel, das wisst Ihr doch. Eure Familie schickt Euch die Geschenke, doch es schien ihnen – ja, zu gefährlich, sie selbst zur Festung zu bringen.«

Der Ratsherr schluchzte auf, während er sich rasch das frische Hemd, den Wams und die Strümpfe überzog.

»Wir müssen gehen«, drängte Gret und zog den leeren Korb wieder hoch. »Es wäre nicht gut, wenn sie uns hier finden. Womöglich nehmen sie ihm die Sachen dann wieder weg.«

Elisabeth nickte widerstrebend. »Ich wünsche Euch alles Gute und Gottes Segen zum heiligen Fest. Wir werden dafür beten, dass der Bischof ein Einsehen hat und Euch bald wieder freilässt.«

»Ja, tut das«, stimmte ihr der Ratsherr zu. »Und sagt meinen Kindern, sie sollen den Mut nicht verlieren. Ich liebe sie, und ich werde zu ihnen zurückkehren!«

Die Frauen sandten noch ein paar Abschiedsworte in den finsteren Kerker hinunter, dann eilten sie die Wendeltreppe hinab. Unter der Eingangstür stieß Elisabeth unvermittelt mit dem Hauptmann zusammen.

»Oh, Verzeihung!«

»Was tut ihr denn hier drinnen?«

Er trat zurück, und die beiden Frauen folgten ihm ins Freie. Sie bemühten sich, keine Anzeichen von Schuldbewusstsein zu zeigen. Gret verbarg den leeren Korb hinter ihrem Rock. Der Hauptmann war nicht alleine gekommen. Von dem verkniffenen Schreiber war zwar keine Spur zu sehen, dafür hatte er vier Bewaffnete mitgebracht.

Was sollte das bedeuten? Wollte er sie verhaften und zu dem Ratsherrn ins Verlies hinabwerfen? Sie hatten nichts Unrechtes getan! – Oder zumindest nichts, von dem er wissen konnte und das solch einen Übergriff rechtfertigen würde!

»Unser Bischof Johann von Brunn hat in seiner unendlichen Gnade beschlossen, den Ratsherrn Maintaler aus seiner Haft zu entlassen.«

»Was?«, riefen die Frauen gleichzeitig und starrten den Hauptmann ungläubig an. Wollte er grausame Scherze mit ihnen treiben?

Doch er nickte mit ernster Miene und streckte ihnen eine versiegelte Urkunde entgegen. »Es ist Weihnachten! Das Fest der Liebe, der Gnade und der Vergebung. Wie unser Heiland, so will auch unser Bischof das Fest nutzen, um der Stadt zu zeigen, dass er ihr barmherziger Herr ist und dass sie sich zu Unrecht von ihm abgewandt hat.«

»Ich glaub, mir wird schlecht«, sagte Gret kaum hörbar.

Elisabeth trat ihr auf den Fuß. Sie hatte zwar auch ihre Meinung über den Gerechtigkeitssinn und den Großmut ihres Bischofs, aber dies war nicht der rechte Moment, dieses für ihn nicht sehr vorteilhafte Urteil im Hof der bischöflichen Festung kundzutun.

»Wann wird er freigelassen?«, erkundigte sich Elisabeth.

»Jetzt gleich. Ich bin mit meinen Männern gerade auf dem Weg in den Turm, um ihn heraufziehen zu lassen. Wenn ihr wollt, könnt ihr hier warten.«

Elisabeth nickte. »Ja, wir werden ihn in die Stadt zurückbegleiten.«

Sie mussten nicht lange warten, dann führten die Wachtleute den Ratsherrn aus dem Turm. Blinzelnd blieb Hans Maintaler stehen. Nun, im hellen Sonnenlicht des klaren Wintertages, sah er noch erbärmlicher aus, als Elisabeth es im Verlies hatte erahnen können. Obwohl er nun ein frisches Hemd und ein neues Wams trug, war ihm die Tortur der Kerkerhaft deutlich anzusehen. Seine Wangen waren eingefallen und schmutzig, Haar und Bart vermutlich seit August nicht mehr gestutzt oder gewaschen. Seine Kleider schlotterten um seinen nun abgemagerten Leib. Die Haut hatte eine ungesunde, gelbliche Färbung angenommen, die man an den wenigen Stellen, die nicht mit Schmutz bedeckt waren, erahnen konnte. Mit unsicheren Schritten kam Hans Maintaler auf die beiden Frauen zu, die Entlassungsurkunde mit beiden Händen an die Brust gepresst.

»Ich weiß nicht, wie ihr das geschafft habt, doch dafür wird Gott im Himmel euch belohnen«, sagte er mit einem Schluchzen in der Stimme.

Elisabeth fing ihn auf, als er stolperte. Wie leicht er geworden war!

»Wir haben nichts weiter getan. Der Bischof hat euch begnadigt.«

»Geht nun«, sagte der Hauptmann barsch. Er warf einen Blick auf den Gefangenen in seinem sauberen Hemd und dann auf den abgedeckten Korb, der seltsam leicht wirkte, sagte aber nichts dazu.

Das ließen sich die Frauen nicht zweimal sagen. Sie hakten sich zu beiden Seiten bei Hans Maintaler unter und führten ihn nach Würzburg zurück. Erst als sie vor seinem Haus ankamen, traten sie zurück.

»Gottes Gnade geht manches Mal seltsame Wege, die wir nicht immer verstehen«, sagte er. Seine Augen waren feucht. »Heute hat er sich zweier gefallener Engel bedient. Ich danke euch von Herzen und werde es nicht vergessen.« Er zögerte. Sein Blick huschte zur Haustür. »Wir werden hier Abschied nehmen, ihr versteht das, nicht wahr?«

Elisabeth und Gret nickten. »Aber ja. Wir wünschen Euch und Euren Lieben ein fröhliches Fest.«

»Das werden wir haben. Ja, das werden wir!«, sagte er und lachte befreit auf.

Kapitel 18

Niemand konnte später sagen, wie die Geschichte entstanden und woher sie gekommen war – wie das bei Gerüchten ja oft der Fall ist –, aber plötzlich war sie in der Luft, und schon bald wusste jeder in der Stadt davon.

»Er macht es schon wieder, ich sage es euch!«, rief Gret und warf die Arme vor Empörung in die Luft. »Dieses Mal soll das Heer noch größer sein, das er gerufen hat, um seine ungerechten Forderungen durchzusetzen. Ihr werdet sehen, es dauert nicht mehr lange, bis wir von den Wehrgängen aus die Rüstungen in der Sonne blitzen sehen können.«

»Es ist die Schuld des Kapitels«, sagte Anna. »Sie haben den Vertrag nicht erfüllt und lediglich die ersten neuntausend bezahlt. Und zu den Versöhnungsgesprächen in Kitzingen sind sie auch nicht erschienen.«

»Du gibst dem Kapitel die Schuld? Vermutlich auch gleich noch dem Rat?«, ereiferte sich Marthe. »Wer hat denn die Schulden bei den Grafen und anderen Herrn der Nachbarschaft gemacht und das Geld für seine ausschweifenden Feste vergeudet? Das war doch wohl der Bischof, oder nicht? Er hat es nicht nötig, Zinsen zu bezahlen oder gar das geliehene Geld zurückzugeben. Nein, diese Last bürdet er uns mit einem erpressten Vertrag auf! Das Kapitel hat Recht, jede weitere Zahlung zu verweigern!«

Elisabeth wiegte den Kopf hin und her. »Von dieser Seite aus betrachtet, stimmt das natürlich. Dennoch haben die Herren von Rat und Kapitel den Belagerern gegenüber einen Vertrag gesiegelt, den sie nun nicht einlösen wollen. Von deren Seite her ist es verständlich, wenn sie kommen, und die Stadt daran erinnern, was sie zugesagt hat.«

»Pah!«, rief Marthe nur und blitzte Elisabeth böse an.

Gret sprang von ihrem Hocker auf. »Lasst uns in die Domstraße gehen und hören, ob es irgendwelche Neuigkeiten gibt.«

Sieben Augenpaare wandten sich bittend der Meisterin zu, die ein wenig abseits saß und an einem Becher Met nippte. Widerstrebend stimmte sie zu. Es war erst kurz vor Mittag, und die Frauen hatten ihre häuslichen Pflichten bereits erledigt. Es gab keinen Grund, sie zurückzuhalten. Außerdem war Else ebenfalls begierig, Neuigkeiten zu hören, und sie wusste aus Erfahrung, wie bockig ihre Frauen werden konnten, wenn man sie zu lange im Haus einsperrte. Natürlich hätte sie ihren Gehorsam auch erzwingen können, aber lieber war es ihr, wenn das Geschäft florierte und die Gäste sich wohl fühlten, ohne dass sie mit Strafen drohen musste.

»Gut, dann geht, aber kommt nicht zu spät!«

Die Frauen sprangen auf und griffen nach ihren Umhängen. Zwar war bereits die vierte Fastenwoche angebrochen und die ersten Blumen wetteiferten in ihrer Farbenpracht miteinander, dennoch wehte der Wind noch eher winterlich kalt über den Main herüber, und immer wieder brachen Schauer aus den rasch ziehenden Wolken. Schwatzend eilten die Frauen durch die Vorstadt, passierten das Tor und folgten dann den zahlreichen Bürgern, deren Ziel anscheinend ebenfalls die Domstraße war.

»Dieses Mal wollen sie sich nicht auf Verhandlungen einlassen«, hörten die Frauen einen Gerbergesellen sagen, der häufig im Frauenhaus zu Gast war. Seinen Begleiter kannten sie ebenfalls. Er war Leinenweber und kam nur, wenn er jemanden fand, der ihn zumindest zu einem Krug Wein einlud.

»Woher weißt du das?«, wollte der Weber wissen. »Haben sie denn schon einen Boten mit ihren Forderungen geschickt?«

»Nein, davon weiß ich nichts. Aber mein Bruder kennt den Viertelmeister Wagenknecht und den Ratsherrn Span, also wird das schon stimmen. Dieses Mal kommen sie, um unsere Stadt zu erobern und zu plündern!«

Der Weber fluchte lästerlich, und auch Elisabeth war danach zumute. Konnte das stimmen? Wenn ja, wie lange würde die Stadt widerstehen können?

Sie sah zu Gret hinüber, die den Worten ebenfalls aufmerksam gelauscht hatte.

»Das würde passen«, sagte sie. »Der Frühling beginnt, und sie hätten Zeit für eine lange Belagerung. Der August war dafür nicht so günstig.«

»Gebe Gott, dass wir uns irren«, seufzte Elisabeth.

»Wir werden sehen, ob sie dieses Mal mit schwerem Gerät anrücken, mit Mauerbrechern und Pleiden, mit Rammböcken und Belagerungstürmen«, sagte Gret mit grimmiger Miene.

»Ich will es gar nicht sehen«, gab Anna kläglich zurück.

»Nein, ich auch nicht«, stimmte ihr Elisabeth zu.

Sie erreichten die Domstraße und ließen sich von der Menge zum Platz vor dem Rathaus treiben. Ein paar Männer, die wie Handwerker aussahen, hatten zwei Gestalten in den langen Gewändern der Kirchenmänner gepackt und schleppten sie rüde zum Grafeneckart.

»Das sind die Verräter«, schrie einer und schwang drohend die Fäuste.

»Sie sind die Spione des Bischofs in unserer Mitte«, rief ein anderer.

»Kannst du sehen, wen sie da haben?«, wollte Elisabeth wissen.

Gret stellte sich auf die Zehenspitzen. »Es sind die Sekretäre des Bischofs: Chorherr Herwig von Neumünster und der Hauger Stiftsherr Claus.«

Der Bürgermeister und ein paar seiner Amtskollegen traten den Aufgebrachten entgegen und versuchten sie zu beschwichtigen.

»Sie stecken mit unseren Feinden unter einer Decke! Sie werden ihnen heimlich die Tore öffnen, wenn wir nicht vorher etwas unternehmen!«, sagte ein Mann in einer bemehlten Schürze, der einen der Chorherren am Arm gepackt hielt.

»Wir können es nicht riskieren, sie hier frei herumlaufen zu lassen!«, drängte er.

»Ist es nicht schlimm genug, dass wir uns seit Jahren kaum trauen können, uns von Würzburgs Mauern zu entfernen, wenn wir nicht riskieren wollen, von den Gläubigern des Bischofs gefangen genommen und geschatzt zu werden?«, beschwerte sich ein Kaufmann. »Nun müssen wir auch noch fürchten, dass diese scheinheiligen Kirchenmänner uns mit List an die Klingen unserer Feinde liefern.«

»In den Turm mit ihnen!«, riefen einige Frauen. Andere forderten gar, sie gleich aufzuhängen.

Der Bürgermeister erhob seine Stimme und gebot Ruhe. »Bürger und Bewohner Würzburgs, beruhigt euch. Auch wir haben die Gerüchte vernommen und werden sie prüfen. Wir werden uns mit dem Domkapitel besprechen und euch dann zusammenrufen, um zu verkünden, was wir beschlossen haben und wie wir unsere Stadt schützen werden.«

Er befahl, die beiden Sekretäre in die Ratsstube zu bringen und sie dort zu bewachen, bis eine Entscheidung gefällt worden war. Dann hastete er mit seinen Ratskollegen zum Dom hinüber, um eine Versammlung des Oberrats mit den Domherren zusammen zu erreichen. Der Schultheiß folgte ihnen und redete auf Hans Bucke ein.

»Bürgermeister Bucke, das könnt Ihr nicht machen. Die Sekretäre des Bischofs gefangen halten? Was glaubt Ihr, was der Bischof dazu sagen wird? Ihr müsst sie sofort freilassen!«

»Erst wenn wir diese ungeheuerlichen Vorwürfe geklärt haben!«, gab der Bürgermeister zurück.

»Ihr wisst, dass ich das melden muss«, beharrte der Schultheiß. »Ich bin meinem Herrn zur Rechenschaft verpflichtet, und mein Herr seid nicht Ihr oder das Kapitel!«

Hans Bucke blieb unvermittelt stehen, fuhr herum und packte den Schultheiß am Wams.

»Ich weiß ganz genau, wem Eure Loyalität gilt. Ich weiß, dass Ihr in jeder Ratssitzung mit offenen Ohren dasitzt und Euren Schreiber Notizen machen lasst, um sie auf schnellstem Wege dem Bischof überbringen zu lassen, dass er auch ja stets Bescheid weiß, wie hoch die Wellen der Unzufriedenheit in seiner Stadt schlagen. Aber dieses Mal läuft es anders. Ich werde zu verhindern wissen, dass Ihr zur Festung hinauflauft und alles weitererzählt, was Ihr hier gesehen und gehört habt!«

»Ach, und wie wollt Ihr das anstellen?«, fragte der Schultheiß mit Verachtung in der Stimme. »Ihr nennt Euch Ratsherr, Bürgermeister gar, aber Ihr habt nicht mehr Macht als diese Häcker und Tagelöhner dort hinten. Ist Euch noch nicht aufgefallen, dass hier nur der obere Rat entscheidet? Und dessen Mitglieder hat der Bischof sorgfältig aus ihm treu ergebenen Bürgern und Stiftsherren gewählt. Der Oberrat und ich als Vertreter unseres Bischofs führen die Zügel!«

»Der Oberrat macht mir keine Sorgen. Ihr und seine beiden Sekretäre seid die Feinde in unserer Mitte, und daher werdet Ihr nun auch deren Schicksal teilen«, bestimmte der Bürgermeister. »Wir verzichten bei dieser Unterredung gerne auf Eure Anwesenheit!«

»Was? Das könnt Ihr nicht. Ich habe das Recht, bei allen Zusammenkünften des Rats dabei zu sein.«

»Ja, aber diese vier Wächter hier werden das zu verhindern wissen!« Er winkte die Scharwächter herbei, die seinem Ruf sofort folgten.

»Bringt den Schultheiß zu den anderen in die Ratsstube. Passt auf, dass ihm nichts geschieht, aber auch, dass er sich nicht vom Fleck rührt!«

Die Männer grinsten und zwinkerten einander zu. Der Schultheiß schrie und wehrte sich, als sie ihn zu binden versuchten, bis Meister Thürner hinzutrat und seine Hand schwer auf die Schulter des Schultheiß fallen ließ.

»Verhaltet Euch ruhig«, riet ihm der Henker, »dann wird Euch nichts geschehen.« Der Schultheiß schnappte nach Luft und starrte den Henker fassungslos an. Diese Pause nutzten die Wächter, ihm die Hände zu fesseln. An einem Strick führten sie ihn zum Rathaus zurück. Meister Thürner wich nicht von seiner Seite. Die Menge jubelte und folgte dem gefangenen Schultheiß, während die Ratsherren ihren Weg zum Dom fortsetzten.

Die Menschen auf den Plätzen und in den Gassen warteten. Die Anspannung wurde immer deutlicher spürbar. Unruhe breitete sich aus.

»Wie lange sollen wir denn noch warten?«

»Wer weiß, wie viel Zeit uns noch bleibt?«

Ein paar junge Männer stürmten mit Piken bewaffnet auf den Platz vor das Rathaus. »Nehmen wir die Sache endlich selbst in die Hand, solange wir noch die Herren unserer Stadt sind!«, riefen sie und schwangen ihre Waffen.

»Wir haben zwar die Verräter unter den Stiftsherren und den Schultheiß festgesetzt, doch was ist mit dem Schwager des Bischofs und seiner Mannschaft auf der Neuenburg? Meint ihr nicht, sie werden ihr Türlein in der Mauer öffnen, sodass die Belagerer seelenruhig in die Stadt marschieren können?«

Ein Aufschrei wogte durch die Menge. Wut und Angst verwoben sich zu einer gefährlichen Mischung.

»Endlich wachen sie auf«, frohlockte Gret. »Du wirst sehen, heute wird Großes geschehen!«

»Ich weiß nicht, ob das gut ausgehen wird«, wagte Elisabeth zu bezweifeln.

»Nicht für die Männer auf der Neuenburg!«, behauptete Gret voller Zuversicht.

»Bürger von Würzburg, greift zu den Waffen und folgt uns!«, brüllten die jungen Männer, und die Menge fiel in ihren Schlachtruf ein. Schon kamen Unzählige mit Spießen und Heugabeln, mit Dreschflegeln und schweren Prügeln bewaffnet und schlossen sich den jungen Männern an. Der ein oder andere schwang sogar ein Schwert oder trug eine Armbrust über der Schulter. Leitern wurden herangetragen. Die Menschen verbanden sich zu einem wogenden Strom, der durch die Gassen bis vor die Tore der Neuenburg schwappte. Die Bewacher der Burg waren längst gewarnt und hatten ihre Tore bereits verbarrikadiert, als die wütende Menge in der Vorstadt Sand ankam. Es war ihnen sogar gelungen, einen Boten zur Festung hochzuschicken, den einige schnelle Läufer unter den jungen Recken vergeblich einzuholen versuchten. Vorläufig begnügten sich die Bürger, Raban Hofwart und seine Männer zu beleidigen und ihnen zu drohen. Der Schwager des Bischofs ließ den Turm und die Wehren besetzen, gab aber noch nicht den Befehl, auf die Würzburger zu schießen.

Gret tauchte erhitzt und mit roten Wangen neben Elisabeth auf. Irgendwoher hatte sie einen Spieß aufgetrieben und schwang diesen nun wie die anderen Belagerer, und sie fiel in ihren Ruf nach Vergeltung ein. Da begannen die Glocken des Doms zu läuten. Das Volk horchte auf.

»Lasst uns hören, was der Rat und das Kapitel beschlossen haben«, schlug der Viertelmeister der Vorstadt Sand vor. Die Bürger waren einverstanden. Während eine große Anzahl von Bewaffneten vor der Neuenburg Wache hielt, eilten die anderen zum Domplatz zurück, um sich die Entscheidung anzuhören.

»Meinst du, er wird sich dieses Mal an den Vertrag halten?«, fragte Mara.

Die Belagerung der Neuenburg war am nächsten Tag ohne Blutvergießen zu Ende gegangen, die Bürger waren nach Hause gezogen. Bischof Johann hatte Konrad von Weinsberg und zwei andere seiner Ritter zu Verhandlungen in die Stadt geschickt. Sie versicherten, dass an dem Gerücht, ein Kriegsheer würde sich nähern, nichts dran sei und dass der Bischof sich gern wieder mit seiner Stadt und seinem Kapitel vertragen würde.

Der Rat der Bürger und die Domherren waren sich einig, dass sie erst nachgeben würden, wenn alle ihre Forderungen verbrieft und gesiegelt wären. Dem Rat war es wichtig, die Schlüssel zu allen Türmen und Toren zurückzuerhalten und die Neuenburg überantwortet zu bekommen, um sie mit Wachen aus den Reihen der Bürger zu besetzen. Der Schultheiß sollte seines Amtes enthoben und mit seiner Familie der Stadt verwiesen werden. Ein neuer Schultheiß würde vom Rat vorgeschlagen werden, sollte aber in Zukunft nicht mehr an den Ratssitzungen teilnehmen. Dafür war der Rat bereit, die Gefangenen gegen einen Urfehdeeid aus dem Turm zu entlassen.

Gret bezweifelte, dass man sich dieses Mal auf das Wort des Bischofs würde verlassen können. Elisabeth dagegen hoffte, der Streit würde endlich beigelegt werden.

»Wir werden sehen, was passiert, wenn die Gefangenen heute Abend entlassen werden!«

Nicht nur die Frauen der Eselswirtin warteten gespannt auf den Abzug der Besatzung der Neuenburg und auf den Boten, der die Schlüssel der Stadt bringen sollte, doch nichts geschah. Stattdessen erschienen Briefe des Bischofs bei den Viertelmeistern der Stadt, in denen er beteuerte, im Recht zu sein, und die Bürger an ihre Pflichten und Treueschwüre, die sie ihm geleistet hatten, gemahnte. Es wurde mehr als deutlich, dass er – nun, da die drei Gefangenen frei und in Sicherheit waren – gar nicht daran dachte, die zugesicherten Punkte des Vertrags zu erfüllen.

Die Bürger schäumten vor Wut, und wie so oft waren es die Häcker, die sich als Erste bewaffneten. Die jungen Handwerkersöhne und Gesellen folgten ihnen. Bald mischten sich auch die Kaufleute, Wirte und Meister unter sie, und auch einige Mägde griffen nach etwas, das man als Waffe benutzen konnte. Dieses Mal versuchten die Ratsherren und Viertelmeister nicht, die Menge zur Besonnenheit aufzufordern. Wenn sie die Burg in ihre Hand bekommen wollten, dann mussten sie jetzt handeln! Dass der Bischof den Vertrag doch noch erfüllen und die Neuenburg den Bürgern kampflos übergeben würde, daran glaubte niemand mehr.

Gret hielt einen langen Spieß in der einen, ein Messer in der anderen Hand. Die Kampfeslust stand ihr ins Gesicht geschrieben.

»Macht ihr nun mit oder nicht?«, wollte sie wissen. Die Frauen blickten einander unbehaglich an.

»Ich will auch kämpfen«, sagte Anna und erntete von Gret ein Lächeln.

»Gut, ich weiß, wo wir eine Waffe für dich herbekommen. – Und ihr anderen? Versteht ihr denn nicht, wie wichtig das ist? Noch haben sie erst ein paar leichte Kanonen auf der Burg, und die Befestigung ist noch nicht beendet. Es gibt Schwachstellen in der Mauer, durch die man eine Bresche schlagen könnte. Wenn wir sie den Bau zu Ende bringen lassen, dann können wir mit unseren Spießen und Äxten nichts mehr ausrichten. – Vor allem, solange der Hauptmann der Neuenburg die Schlüssel zu den anderen Stadttürmen in Verwahrung hat, auf der unsere Büchsen stehen!«

Sie kennt sich gut aus und hat einen klaren Verstand, dachte Elisabeth. Und sie weiß, wie man Menschen überzeugt und begeistert. Nun stellten sich auch Jeanne und Mara an ihre Seite. Jeanne reckte die Faust in die Luft.

»Wir siegen oder wir sterben ehrenvoll auf dem Schlachtfeld!«

Was für heroische Worte! Sie wurden häufig vor einer Schlacht gesprochen, und dann kam das große Sterben, und es war nichts Ehrenvolles dabei! Nur Elend, Gestank, Blut und Verzweiflung. Und diese Schreie, die man niemals wieder vergessen konnte. Hatte eine der Frauen schon einmal eine Schlacht erlebt? Hatten sie eine Ahnung, wovon sie sprachen? Elisabeth starrte Gret an, die den Blick erwiderte.

»Du willst uns nicht folgen?«, wollte Gret wissen.

»Was wird die Meisterin dazu sagen?«, gab Elisabeth zurück. Etwas anderes konnte und wollte sie nicht einwenden.

»Dass das eine gute Rede war, Gret«, erklang Elses Stimme von der Tür her. Zu Elisabeths Erstaunen trug die Meisterin ein altes Kettenhemd über einem gefütterten Wams und brachte gleich drei Spieße und eine Pike mit.

»Es gibt Zeiten, in denen man Ruhe und Frieden bewahren sollte. Aber es gibt auch Zeiten, da man sich entscheiden muss, was wichtig ist – so wichtig, dass man bereit ist, auch seine eigene Haut zu Markte zu tragen!« Sie reichte Jeanne, Mara und Anna je einen Spieß.

»Ich kann es nicht glauben«, schimpfte Marthe. »Sind denn jetzt alle übergeschnappt? Überlasst das lieber den Männern, die zu kämpfen gelernt haben. Was könnt ihr schon ausrichten? Vor den Mauern zornig herumschreien und mit euren Spießen winken? Wollt ihr wirklich dort rausgehen, um den Armbrustbolzen und Kanonenkugeln ein einfaches Ziel zu bieten? Denn das werdet ihr sein. Ihr spielt keine Rolle bei der Entscheidung, ob die Bürger siegen oder die Männer des Bischofs. Ihr werdet nur dazu beitragen, die Zahl der Opfer zu vergrößern, wenn es zum Blutvergießen kommt!«

Elisabeth sah Marthe erstaunt an. Es kam nicht oft vor, dass sie einer Meinung mit ihr war, doch diese Worte erstaunten sie. War Elisabeth doch nicht die einzige unter den Frauen, die wusste, was eine Schlacht bedeutete?

Die Meisterin trat auf Marthe zu, den Schaft der Pike fest umklammert. »Ich sage nicht, dass deine Gedanken falsch sind. Wir Frauen alleine können nichts ausrichten. Aber wenn alle so denken, dann haben wir schon verloren. Wenn wir uns als Teil dieser Stadt sehen – und sei er auch noch so klein und unbedeutend – und mit all den anderen kleinen Teilen zur Neuenburg ziehen, dann sehen sich diese wenigen Dutzend Verteidiger einer Macht gegenüber, die ihren Mut vielleicht kühlen und ihren Kampfgeist erlahmen lässt. Und dann kommt die Stunde unserer Männer, die bereits Schlachten geschlagen haben, die Bresche zu nehmen.« Sie wandte sich abrupt um und schritt auf die Tür zu.

»Kommt Mädchen, wir haben in der Vorstadt Sand heute etwas zu erledigen.«

Auch Ester entschied sich mitzugehen, obwohl sie bisher keine Waffe hatte.

Unter der Tür wandte die Meisterin noch einmal den Kopf. »Falls ihr beide es euch doch noch anders überlegt, dann wendet euch an unseren Viertelmeister. Er kann euch vielleicht noch eine Waffe verschaffen.« Dann gingen sie davon. Die Meisterin voran, die Frauen mit ihren Spießen hinter ihr her.

»Narren«, sagte Elisabeth mit einem Seufzer. Sie trat an den Kasten, der neben der Feuerstelle stand, und nahm ein langes Messer heraus, mit dem sie sonst Fleisch und Speck schnitten. Ein zweites hielt sie Marthe entgegen.

»Mit einem Spieß weiß ich sowieso nicht umzugehen. Dennoch hoffe ich, dass ich es nicht brauchen werde.«

Marthe zögerte, dann nahm sie das Messer und wog es in der Hand. »Du willst wirklich mitkämpfen? Ich dachte, du seist ein wenig vernünftiger als die anderen.«

Elisabeth schüttelte den Kopf. »Nein, kämpfen will ich nicht. Das Messer wäre wohl für mich selbst gefährlicher als für meinen Gegner. Ich will nur wissen, was dort draußen vor sich geht. Ich fürchte, ich halte es nicht aus, nur hier zu sitzen und zu warten, bis sie zurückkehren oder irgendjemand einen Fetzen Neuigkeit vorbeibringt.«

Marthe lächelte spöttisch. »Ah, die Neugier treibt dich an. Keine Kampfeslust oder der Drang, die Stadt zu retten! Na, das ist wenigstens ehrlich – und neugierig bin ich auch.« Sie steckte das Messer in den Gürtel.

»Gehen wir! Wir wollen das Spektakel ja nicht verpassen – auch wenn ich vorhabe, es von einem der hinteren Plätze zu betrachten.«

Als Elisabeth und Marthe am Ausgang der Pfistergasse anlangten, bot sich ihnen ein unglaubliches Bild, das auf die Besatzung der Neuenburg durchaus Eindruck machen konnte.

Anders als beim ersten Auflauf vor der Festung versuchten nun die Viertelmeister eine Art Heeresordnung in die aufgebrachte Menge zu bringen. Sie hatten ihre Kontingente der Bürgerwehr in Gruppen aufgestellt und mühten sich nun, dem Rest der bewaffneten Bewohner eine Stellung und eine Aufgabe zuzuweisen. Der Büchsenmeister sammelte zwei Dutzend starke Kerle um sich und wies sie an, ihm zu den Türmen zu folgen.

»Wir brechen die Türen auf und holen uns die Büchsen«, schrie er ihnen über den Lärm der wogenden Menge zu.

»Ihr ladet die Kugeln auf Wagen, und seht zu, dass genug Pulver, Werk und Lunten vorhanden sind.«

Es würde nicht leicht werden, die schweren Kanonen von den Plattformen der Türme herabzuschaffen, aber die Männer wirkten wild entschlossen. Elisabeth kletterte auf ein Fass und ließ den Blick schweifen. Der Viertelmeister der Vorstadt Sand sammelte gerade eine kleine Gruppe Männer um sich, die einen kampferprobten Eindruck machten.

»Ihr macht die Pleiden fertig und richtet sie auf die Festung aus. Der Bischof soll merken, dass auch er nicht unantastbar ist!«, hörte Elisabeth seine Worte. Die Männer nickten und eilten davon. Bald schon schleuderte die große Wurfmaschine, die auf einer Plattform am Flussufer aufgebaut war, ihr erstes Geschoss zur Festung hoch. Der Kampf war eröffnet.

»In Deckung!«, kreischte Marthe und riss Elisabeth von ihrem Aussichtsposten, dass sie fast der Länge nach in den Straßenschmutz gefallen wäre. Schon sirrten Pfeile und Armbrustbolzen von den Wehrgängen der Neuenburg herab. Die Belagerer schrien auf und drängten sich zurück in Deckung. Die Schützen der Bürgerwehr legten auf den Ruf ihres Weibels an und schossen zurück. Die Burgverteidiger gingen in Deckung und gaben den Würzburgern die Gelegenheit, sich zurückzuziehen. Zwei Ratsherren in Helm und Brustpanzer eilten herbei und riefen den Menschen zu, sie sollten Barrikaden errichten, hinter denen sie vor den Pfeilen Deckung suchen konnten. Zimmerleute, Kärrner und Knechte wurden losgeschickt, Bretter, Tische, Karren und was sonst noch taugte heranzuschleppen. Dann krachte die erste Kanone, und eine Eisenkugel durchschlug die Häuserwand über Elisabeth und Marthe. Holzsplitter, Lehm und Farbe regneten herab. Geduckt zogen sich die Frauen ein Stück weit in die Gasse zurück.

»Wo sind die anderen? Ich kann sie nicht entdecken«, stieß Elisabeth zwischen zwei Hustenanfällen hervor.

Als sich der Pulverdampf ein wenig gelegt hatte, lugten sie wieder um die Ecke. Der Schuss aus der Büchse hatte keinen großen Schaden angerichtet, aber von den Armbrustbolzen hatten einige ein Ziel gefunden. Mit Kettenhemden oder Brustpanzer gerüstete Männer zogen die Verletzten in den Schutz der Gassen zurück, während die anderen Bürger eifrig an den Barrikaden bauten.

»Dort drüben sind sie«, sagte Marthe. »Ich kann Grets Feuerschopf sehen. Und neben ihr steht Anna.«

Elisabeth warf einen Blick zu den Burgmauern und reckte dann ein wenig den Kopf, um in die angedeutete Richtung zu sehen. Ja, dort drüben waren die anderen, ein Stück weiter in Richtung Sandertor. Und so, wie es schien, waren noch alle wohlauf.

Es trat eine Pause ein. Die Bürger bezogen im Schutz der aufgetürmten Bretter und Möbelstücke ihre Posten, während die Belagerten auf den Wehrgängen sich ihrerseits bemühten, den Schützen der Stadt kein Ziel zu bieten. Unter Anleitung des Büchsenmeisters brachten seine Männer die ersten Kanonen, die sie von den Türmen geholt hatten, in Stellung. Karren mit Munition wurden herangerollt, allerdings so in den Gassen positioniert, dass sie nicht etwa von der Burg aus in Brand geschossen werden konnten. Die Viertelmeister teilten sich die zu bewachenden Abschnitte der Burg auf. Zwei Kontingente verließen die Stadt und verschanzten sich auf der Außenseite des Grabens vor dem Törlein mit dem Steg. Über ihn hätte die

Burgbesatzung die Stadt direkt verlassen oder aber Verstärkung erhalten können. Eine gespannte Ruhe legte sich über den Süden der Stadt. Einer der Stadtschreiber kam zu Bürgermeister Bucke gelaufen.

»Der Dompropst bittet Euch und die anderen Ratsherren, sofort zu ihm in den Kapitelsaal zu kommen«, rief er atemlos.

»Was ist geschehen?«, wollte der Bürgermeister wissen. In seiner glänzenden Rüstung sah er fast aus wie ein Junker.

»Der Weinsberger ist gekommen und der Bebenburger. Bischof Johann schickt sie, um zu verhandeln. Das Domkapitel ist bereits vollständig versammelt. Ich soll Euch zur Besonnenheit mahnen, sagt der Propst.«

»Besonnenheit!«, rief Hans Maintaler, der mit seiner Gruppe Männer gleich nebenan stand. »Natürlich wollen sie uns wieder hinhalten, uns überreden, die Waffen niederzulegen und Verträge zu unterschreiben, die der Bischof niemals vorhat einzuhalten. Was kommt als Nächstes? Will er uns zu den Tor- und Turmschlüsseln auch noch unsere Waffen wegnehmen? Seine Ritter durch die Gassen patrouillieren lassen? Nein! Es ist genug! Er muss endlich lernen, dass wir uns nicht alles gefallen lassen!«

»Sei ruhig, Hans«, beschwichtigte ihn der Bürgermeister. »Wir werden uns nicht wieder vorführen lassen.«

Ratsherr Maintaler plusterte sich auf. Die Spuren seiner Kerkerhaft waren getilgt. Seine Wangen waren wieder rot, der Umfang des Leibes hatte – trotz der Fastenzeit – wieder deutlich zugenommen und spannte sein lederbeschlagenes Wams.

»Ich soll ruhig sein? Ich habe sehr deutlich am eigenen Leib gespürt, was vom Wort dieses Bischofs zu halten ist! Er hat unsere Abordnung, die zu Verhandlungen kam, ohne mit der Wimper zu zucken, in seinen Kerker geworfen, um ein Druckmittel zu haben!«

»Ich weiß, Hans, ich weiß.«

»Ich hatte viele Wochen in seinem stinkenden Verlies Zeit,

um über die Vertrauenswürdigkeit unseres Bischofs nachzudenken. Vielleicht sollten wir den Weinsberger und den Bebenburger in den Faulturm werfen? Dann können sie am eigenen Leib erfahren, wie das ist!«

Die Miene des Bürgermeisters verhärtete sich. »Nein, das werden wir nicht tun. Ich kann deine Gefühle verstehen, Hans, aber wir werden den Bischof nicht unnötig reizen. Gerade weil er sich mehr von seinem Temperament als von Aspekten der Vernunft und der Weitsicht leiten lässt. Wir werden auf unsere berechtigten Forderungen bestehen und sie dieses Mal durchsetzen, aber nicht mehr! Halte du hier die Stellung, und übernimm meine Männer, während ich nicht da bin. Ich regle das mit dem Kapitel.«

Bürgermeister Bucke wandte sich ab und folgte dem Schreiber, der schon ungeduldig von einem Fuß auf den anderen trat.

»Komm, wir gehen zu den anderen«, schlug Elisabeth vor. Hier schien im Moment nichts zu passieren. Allerdings vermieden es die Frauen sorgfältig, von den Mauern aus ins Schussfeld zu geraten. Sie zogen sich in die Gasse zurück und bogen dann in die Sanderstraße ein, die zum nun geschlossenen und streng bewachten Tor führte. Von hier näherten sie sich über eine Seitengasse den anderen Frauen, die bei Else Eberlin warteten.

Der Nachmittag verstrich. Später kam es noch einmal zu einem kurzen Schusswechsel. Der Büchsenmeister ließ das Feuer erwidern und schoss zwei schrittgroße Löcher in die neue Mauer. Durchschlagen konnte er sie natürlich nicht. Dafür hätte er schon größere Kaliber benötigt. Von Bürgermeister Bucke war nichts zu sehen.

»Wir müssen gehen«, bestimmte die Meisterin, als die Sonne hinter der Stadtmauer versank.

»Das ist eine Belagerung!«, schimpfte Gret. »Wir können nicht einfach unsere Spieße nehmen und nach Hause gehen.«

»Doch, das können wir«, entgegnete die Wirtin in einem

Ton, der nicht zu Widerspruch riet. »Es gibt Arbeit für euch. Auch in Kriegszeiten wird gegessen, getrunken, geschlafen und gehurt. Wenn diese Belagerung länger andauert, müssen wir Bewohner uns sowieso aufteilen. Jeder wird seine Schicht übernehmen. Was glaubst du, wie schnell sie uns überrumpeln könnten, wenn wir hier alle ausharren und wachen würden, bis wir erschöpft zusammenbrechen? Das wäre keine gute Kriegstaktik!«

Obwohl Elisabeth vermutete, dass es der Meisterin vor allem um ihre Münzen ging, die die Frauen in der Nacht für sie verdienen mussten, waren ihre Worte durchaus klug. Gret zog eine Grimasse, schulterte aber wortlos ihren Spieß und folgte den anderen zum Frauenhaus zurück.

Kapitel 19

»Es wird Zeit für einen Sieg«, brummte Else Eberlin missmutig. Die Belagerung dauerte nun schon vier Tage und drei Nächte an, und die Anzahl der Gäste war stetig zurückgegangen. Nun war es bereits dunkel, und noch kein Kunde hatte sich im Frauenhaus gezeigt. Nur der Henker war vorbeigekommen, um zu berichten, dass die Dinge noch unverändert standen. Zweimal hatten die Boten des Bischofs mit dem Kapitel und einigen Ratsherren verhandelt, ohne dass ein Fortschritt erreicht worden war. Die Domherren rieten zu einer friedlichen Einigung und redeten eindringlich auf Hans Bucke und seine Ratsmitglieder ein, aber die Bürgerlichen blieben hart. Der Bischof hatte ihnen die Neuenburg und die Schlüssel der Stadt vertraglich zugesichert, und nun sollte er sich auch daran halten! Unverrichteter Dinge waren die Herren von Weinsberg und Bebenburg zur Festung zurückgekehrt, um dem Bischof vom Fehlschlag ihrer Mission zu berichten. Nun standen sich die beiden Parteien abwartend gegenüber. Seit zwei Tagen war kein Schuss mehr gefallen. Dennoch mussten sich die Belagerten in der Neuenburg im Klaren darüber sein, dass sie in einer Mausefalle saßen, aus der es kein Entrinnen gab, sollte ihnen von außen keine Hilfe zuteil werden. Ohne ihre schützenden Mauern um sich wäre es den Würzburgern ein Leichtes gewesen, sie zu entwaffnen und aus der Stadt zu werfen. Und nun belauerten beide Seiten einander und warteten darauf, was passieren würde.

Der fünfte Tag brach an. Die Bürger, die von den Viertelmeistern eingeteilt worden waren, hielten ihre Posten. Auch Elisabeth, Gret, Jeanne und Anna hockten hinter einer der Barrikaden. Der Vormittag verstrich ereignislos. Anna gähnte. Sie hatte in dieser Nacht nicht viel geschlafen, da ein später Gast ihre Dienste beansprucht und sich dann auch noch als recht anspruchsvoll erwiesen hatte. Nun wickelte sie ihren Umhang enger um sich, lehnte sich gegen die Platte eines aufgestellten Tisches und schloss die Augen. »Ich wusste nicht, dass eine Belagerung so langweilig ist. Weckt mich, wenn etwas passiert!«

Sie musste nicht lange warten. Plötzlich erschien Raben Hofwart, der Kommandant der Neuenburg, auf dem Wehrgang. Zwei Geharnischte standen mit Schilden an seiner Seite und sahen sich aufmerksam um, falls einer der Würzburger es wagen sollte, einen heimtückischen Schuss auf ihn abzufeuern.

»Ich möchte mit demjenigen sprechen, der hier den Oberbefehl inne hat und Entscheidungen treffen kann. Holt Bürgermeister Bucke oder Dompropst von Rotenhan – oder beide, falls sie nur gemeinsam entscheiden.«

Viertelmeister Wagenknecht trat in seiner alten Rüstung vor, die sicher schon manchen Kampf erlebt hatte.

»Was wollt Ihr von ihnen? Nur um ihre Zeit zu stehlen, werde ich sie nicht durch die Stadt hetzen. Ihr kennt unsere Bedingungen! Seid Ihr bereit, Euch zu ergeben?«

»Das bespreche ich nur mit dem Propst und dem Bürgermeister«, gab der Kommandant zurück. Anna war inzwischen wieder hellwach, und die Frauen verfolgten den Wortwechsel gespannt.

Der Viertelmeister zögerte. »Nun gut, wenn Ihr etwas Wichtiges zu sagen habt, dann will ich die Herren holen lassen, aber ich warne Euch vor jeder Hinterlist! Wir sind schon lange über den Punkt hinaus, an dem wir Spaß verstehen!«

Nach dieser Drohung zogen sich beide Gesprächspartner wieder in den Schutz ihrer Mauern beziehungsweise Barrikaden zurück. Meister Wagenknecht deutete auf zwei seiner Armbrustschützen.

»Heinz, du läufst zum *Grünen Baum* und holst unseren Bürgermeister her. Wenn du ihn dort nicht findest, musst du ihn halt suchen. Sag, der Hofwart will verhandeln. Und du, Gilg, gehst zum Dom. Frag, wen du von den Schwarzröcken als Erstes antriffst, nach dem Propst. Auch er soll herkommen. Wenn er mag, kann er aus dem Kapitel noch ein paar Männer seines Vertrauens mitbringen. Die meisten Ratsherren sind eh hier auf ihren Posten.«

Die Männer nickten knapp, hängten sich die Armbrust über die Schulter und eilten davon. Es verging etwa eine halbe Stunde, obwohl es den Frauen wie eine Ewigkeit erschien, ehe erst der Bürgermeister mit Hans Maintaler und Georg Span als Begleiter erschien und kurz darauf der Propst Anthoni von Rotenham, sein Dechant Reichard von Mosbach und die beiden Chorherren von Grumbach und von Weckmar an seiner Seite. Während die Männer vom bürgerlichen Rat alle in Rüstung erschienen oder zumindest beschlagene Lederwämser trugen, kamen die Herren des Domkapitels in ihren langen, reich bestickten Gewändern. Furchtlos trat der Propst vor. Vor einem Anschlag aus dem Hinterhalt schien er sich nicht zu fürchten. Oder konnte er es sich nicht vorstellen, dass ein einfacher Mann es wagen würde, sich am Leben eines hohen Kirchenherrn zu vergreifen?

»Ich würde niemandem trauen, der diesem Bischof Treue gelobt hat«, raunte Gret, die offensichtlich ähnliche Gedanken wie Elisabeth hegte.

Der Dechant und die Chorherren von Grumbach und von Weckmar folgten ihrem Propst. Während Hans von Grumbach mit seiner geraden Haltung und der hochgewachsenen Gestalt eine eindrucksvolle Erscheinung war, wirkte der kleine, dicke von Weckmar, der zweimal über den Saum seines Mantels stolperte, unbeholfen und ängstlich. Hans von Grumbach schien keine Angst zu kennen. Seine tiefblauen Augen wanderten ruhig umher, fixierten hier und da etwas, das seine Aufmerksamkeit erregte, und wanderten dann zur Mauerbrüstung der Neuenburg und zu ihrem Kommandanten zurück.

Elisabeth war sich sicher, dass der Domherr für einen Moment in ihre Augen gesehen und sie erkannt hatte. Ein Schauder wie Eiswasser erfasste sie und verursachte eine Gänsehaut auf Armen und Beinen.

Nun traten auch die Ratsherren vor, der Bürgermeister mit dem blanken Schwert in der Hand. Die Spitze hielt er allerdings gesenkt.

»Kommandant Raban Hofwart, Ihr habt um eine Unterredung ersucht. Hier sind wir. Also sprecht und lasst uns hören, was Ihr uns zu sagen habt. Stehlt uns aber nicht die Zeit mit Bitten, Drohungen oder Ausflüchten. Ihr kennt unsere Forderungen. Wir werden nicht abziehen, ehe sie erfüllt sind!«

Raban Hofwart räusperte sich, dann sprach er mit lauter Stimme, sodass alle ihn hören konnten.

»Ihr verlangt die Schlüssel der Stadt und die Übergabe der Burg. Nun gut, doch wie sollen wir abziehen, solange Ihr uns von allen Seiten belagert? Glaubt Ihr, wir verlassen unseren Schutz, solange Eure Kanonen und Dutzende gespannte Armbrüste auf uns gerichtet sind? Wir können ja nicht einmal durch das Törlein die Stadt verlassen, denn draußen lagern Eure Männer ja auch und warten nur darauf, dass wir unsere Haut zu Markte tragen. Ihr selbst verhindert, dass wir die Burg verlassen können!«

Die Chorherren und Ratsleute sahen einander an. Die Mienen schwankten zwischen belustigt und empört. Der Bürgermeister stemmte die Hände in die Hüften.

»Wollt Ihr allen Ernstes fordern, dass wir uns zurückziehen und die Belagerung abbrechen, weil Ihr nur dann die Burg verlassen könnt? Für wie einfältig haltet Ihr uns?«

Raban Hofwart schüttelte den Kopf. »Alles, was ich will, ist, dass meine Männer und ich unversehrt und ohne Gefahr aus der Stadt und zur Marienfestung ziehen dürfen – mit unseren Waffen und Rüstungen und allem, was wir am Leib tragen. Dann könnt Ihr die Burg und die Schlüssel haben, die Euch ja so sehr am Herzen liegen!« Die letzten Worte waren stolz und voller Verachtung gesprochen, doch das konnte nicht darüber hinwegtäuschen, dass der Schwager des Bischofs gerade seine Niederlage einräumte. Elisabeth griff nach Grets Hand. Das war der Durchbruch! Nun würde alles doch noch zu einem guten Ende kommen, ohne dass noch mehr Blut vergossen würde. Nur der Rat und das Kapitel mussten noch zustimmen. Die Frauen stellten sich auf die Zehenspitzen und reckten die Hälse, damit ihnen keine Regung der Verhandelnden entging. Der Propst und der Bürgermeister tauschten einen kurzen Blick, dann wandte sich Hans Bucke wieder an den Kommandanten.

»Das ist ein akzeptables Angebot. Nehmt Eure Pferde und Waffen und was Ihr am Leib tragt, und verlasst durch das Törlein im Süden Stadt und Burg. Wir werden unsere Männer zurückziehen. Sie werden Euren Zug nur beobachten. Es wird kein Schuss fallen! Die Büchsen allerdings lasst, wo sie sind. Ihr werdet keine Karren mit zur Marienfestung führen!«

Ein ärgerlicher Zug huschte über das Gesicht des Kommandanten, doch nach einem kurzen Zögern stimmte er zu.

»Gut, dann zieht Eure Männer zurück. Lasst die Glocke von St. Peter in einer Stunde läuten, dann sind wir zum Abmarsch bereit.«

Hans Bucke schüttelte den Kopf. »Erst übergebt Ihr uns die Schlüssel zu den Türmen und Toren. Wir werden von unseren Schreibern einen Vertrag aufsetzen und von zwei Männern zum Tor bringen lassen. Ihr werdet ihn siegeln und die Schlüssel übergeben. Dann dürft Ihr ungehindert mit allen Männern ziehen.«

Damit war es beschlossen. Als die Glocke zu läuten begann, trat der Kommandant unter das geöffnete Tor, siegelte den Vertrag und übergab die Schlüssel. Er wartete, bis sich die beiden Boten des Rats entfernt hatten, dann gab er das Signal zum Aufbruch. Unter dem Wirbel zweier Trommeln und den – für die Mannschaft des Bischofs – unangebracht lustigen Klängen einer Pfeife zogen die Männer von Kommandant Hofwart ab. Die Fahne des Bischofs stolz in die Luft gereckt, aufrecht im Sattel mit glänzenden Rüstungen, ritten sie in Zweierreihen an den Würzburgern vorbei, die sich, wie versprochen, eine Pfeillänge zurückgezogen hatten. Den Viertelmeistern gelang es, ihre Männer im Zaum zu halten, bis der letzte der Burgbesatzung den Graben hinter sich gelassen hatte, dann jedoch gab es kein Halten mehr. Der Bürgermeister ritt persönlich auf seinem Rappen heran und sperrte das große Tor auf. Jubelnd nahmen die Bürger und Hintersassen die Neuenburg in ihren Besitz.

Es herrschte eine ausgelassene Stimmung in der Stadt, wie Elisabeth sie noch nicht erlebt hatte. An allen Ecken trafen sich die Menschen, um ihre Becher auf den errungenen Sieg gegen den Bischof und seine Mannschaft der Neuenburg zu erheben. Den ganzen Nachmittag drängten die Bürger und ihre Hintersassen mit allerlei Werkzeug bewaffnet in die Vorstadt Sand, um mitzuhelfen, die Burg zu schleifen. Sie sollte für immer zerstört werden. Kein Bischof sollte es mehr wagen, eine Festung direkt in der Stadt sein Eigen zu nennen. Der Büchsenmeister gab unter dem lauten Jubel der Umstehenden noch ein paar Schuss aus seinen Kanonen auf die Mauern der Neuenburg ab. Ein paar Spielleute fanden sich ein. Weinfässer wurden herangerollt. Die ersten Paare fanden sich und tanzten ausgelassen durch die Gasse, während andere im Takt der Musik ihre Hämmer schwangen, um die Mauern zu brechen. Auch Else Eberlins Frauen mischten sich unter das Volk und feierten fröhlich mit.

»Das ist lustiger als der Jahrmarkt!«, jauchzte Anna, die sich bei einem jungen Gerbergesellen und seinem Bruder eingehakt hatte. Ester tanzte mit einem Gewandschneider. Marthe ließ sich gerade von einem Weißbäcker herumwirbeln, dass ihre Röcke hoch aufflogen, während sich Mara und Jeanne an den Mauern zu schaffen machten. Auch Gret hatte schon tatkräftig mit angepackt. Mit hochgeschürzten Röcken, Gesicht und

Hände voller Staub, trat sie zu Elisabeth, um ein wenig Atem zu schöpfen.

»Die ganze Stadt ist versammelt«, stellte Gret fest und grinste. »Was für ein Fest!«

Ganz richtig war das nicht. Obwohl eine ganze Anzahl Mägde zu sehen war und auch viele der Handwerker Frau und Kinder mitgebracht hatten, fehlten die Mädchen und Frauen der Ratsfamilien, und auch die Stiftsherren – bis auf wenige Ausnahmen – beteiligten sich nicht an dem Werk der Zerstörung. Nur zwei jüngere Stiftsherren von Neumünster schwangen Hämmer in den Händen, und ein paar Mönche aus St. Stephan standen etwas abseits, um das Spektakel zu begutachten.

Ein weibliches Mitglied einer Ratsfamilie hatte Elisabeth allerdings ausgemacht. Otilia kletterte gerade mit zwei Jungen ihres Alters über eine halb eingerissene Wand. Ob ihr Vater das gebilligt hatte? Elisabeth bezweifelte, dass er davon wusste.

Die Glocken von St. Peter und St. Stephan schlugen kurz nacheinander. Gret drehte sich zu Elisabeth um.

»Ich glaube, wir sollten gehen. Hast du die Meisterin gesehen?«

Elisabeth schüttelte den Kopf. »Nein, aber ihre Worte waren unmissverständlich. Sie will uns rechtzeitig bei Einbruch der Dunkelheit zurück wissen. Es wird heute sicher eine lange Nacht.«

»Ja, ich denke, wir werden mehr Kunden bekommen als sonst.«

Elisabeth nickte und zog eine Grimasse. »Das fürchte ich auch.«

Sie gingen los, um die anderen aus den Armen ihrer Tänzer zu befreien. Diese machten eine enttäuschte Miene, doch die Frauen herzten und küssten sie zum Abschied und luden sie ins Frauenhaus ein, um dort zünftig weiterzufeiern.

»Ein paar kommen nachher sicher noch vorbei«, vermutete Anna.

Die Meisterin behielt recht! An diesem Abend quoll das Frauenhaus beinahe über. Else teilte Jeanne hintereinander gleich zwei Gäste zu. Auch Elisabeth wurde härter rangenommen, als die Meisterin es üblicherweise tat. Vielleicht hatte sie entschieden, dass ihre Schonzeit nun endgültig abgelaufen war und dass sie nun all das tun musste, was auch die anderen Frauen machten – oder mit sich machen ließen! Der Henker kam vorbei, trank im Stehen einen Schluck und brachte die letzten Neuigkeiten aus der Vorstadt Sand.

»Das Volk zerstreut sich nun. Der neue Schultheiß hat ihnen aber auch deutliche Worte gesagt und angekündigt, er und die Scharwächter würden keine Entschuldigung gelten lassen und alle, die sie später noch auf den Gassen antreffen, in einen der Türme werfen. Ich hoffe, die Drohung hat gewirkt.«

»Sonst wird es eng in deinen Türmen«, sagte die Meisterin mit einem Grinsen.

»Ja, und ich muss noch mehr schimpfende und fluchende Gefangene versorgen als die, die gerade im Faulturm einsitzen und denen ich jetzt noch ihr Wasser und ihre Suppe bringen muss. Also, bis dann, wir sehen uns.« Er gab ihr den leeren Becher zurück und nickte den anderen Frauen zum Abschied zu.

Die elfte Stunde war gerade vorüber, und es war ein wenig ruhiger im Frauenhaus geworden, als zwei neue Gäste ankamen. Viele der Kunden schauten immer wieder vorbei oder man sah sie tagsüber in der Stadt bei ihrer Arbeit, und so kannte Elisabeth die meisten inzwischen. Diese beiden hatte sie allerdings noch nie gesehen. Elisabeth sah, wie die Meisterin sie abschätzend betrachtete und die Stirn runzelte. Offensichtlich waren die Männer auch ihr unbekannt. Einer war groß und kräftig gebaut und trug einen Vollbart. Der andere hatte sich mehr schlecht als recht rasiert. Dünnes, farbloses Haar hing ihm in Strähnen bis auf die Schultern. Beide waren einfach, aber robust gekleidet, trugen Reitstiefel und hatten lange Messer in ledernen Scheiden an der Seite. Wie ehrliche Handwerker sahen sie nicht aus. Eher wie die umherziehenden Waffenknechte, die sich für jeden Händel anboten, wenn ihnen nur genug Sold oder Beute versprochen wurde.

Else trat auf die beiden zu. »Was kann ich für euch tun?«

»Uns eines deiner Weiber geben natürlich, was sonst?«, sagte der Bärtige, der seinen Gefährten fast um eine Hauptes-länge überragte. Sein Kumpan war dünn und hatte ein schiefes Gesicht. Er sah sich nun mit einem Lächeln um, das Elisabeth einen eiskalten Schauder über den Rücken jagte. Sie sah schnell weg und trat zum Tisch, wo noch einige Gäste beim Kartenspiel saßen.

»Was hältst du von der dort drüben?«, fragte er.

Elisabeth duckte sich hinter Ester.

»Was? Das hässliche Narbengesicht? Heinz, bist du irre?«, kommentierte der Bärtige den Vorschlag.

Der Dünne schüttelte unwillig den Kopf. »Doch nicht die. Das Blondschöpfchen dahinter.« Elisabeths Magen krampfte sich zusammen.

»Ja, ganz nett, aber ich würde die dort nehmen.« Er deutete auf Jeanne, die gerade hinter einem der Wandschirme hervorgetreten war.

»Einverstanden«, sagte der Dünne und lächelte wieder auf diese unheilvolle Weise. Elisabeth war froh, so knapp entkommen zu sein, und schämte sich gleichzeitig ihrer Erleichterung. Nun musste Jeanne ihnen zu Diensten sein.

»Wir werden sie mit rausnehmen. Hier drinnen ist es uns zu voll und zu laut«, sagte Heinz. Er warf der Wirtin einen schnellen Blick zu.

Else Eberlin zog eine saure Miene. Das war ihr gar nicht recht! Sie hatte die Kunden und ihre Mädchen lieber unter ihrer Aufsicht. »Ihr seid zu zweit?«

»Wie du siehst«, bestätigte der Bärtige.

»Wenn ihr sie beide haben wollt, dann müsst ihr auch zweimal bezahlen. Außerdem will ich das Geld im Voraus, wenn ihr sie mit hinausnehmt.«

Der Bärtige schimpfte, der Dünne spuckte auf den Boden. »Wenn das so ist, dann nehmen wir uns noch eine mit.«

Die Meisterin nickte und winkte Anna heran, die an diesem Abend bisher die wenigsten Gäste bedient hatte. Else streckte die Hand aus und ließ sich die Pfennige in die Hand zählen. Die Männer steckten ihre Münzbeutel wieder ein und schoben die beiden Frauen ins Freie. Else machte ein unglückliches Gesicht und starrte noch eine ganze Weile auf die Tür, obwohl sie sich längst hinter ihnen geschlossen hatte. Dann gab sie sich einen Ruck und trat an den Tisch, um zu sehen, ob einer ihrer Gäste – deren Drang bereits befriedigt war – vielleicht mehr Wein bräuchte oder etwas zu essen wünschte.

Elisabeth kümmerte sich um den alten Volck, einen Müller, der sich mit seinen zwei Söhnen die Arbeit in der Mühle teilte. Plötzlich war draußen ein Schrei zu hören, der Schrei einer Frau. Schnelle Schritte näherten sich dem Haus. Die Tür wurde aufgerissen, und Anna stürzte herein. Ihr Haar hing ihr wirr ins Gesicht, der Ärmel ihres Hemdes war aufgerissen und ihr Mieder offensichtlich mit einem Messer aufgeschnitten worden. Sie schrie noch einmal und fiel dann, von einem Schluchzen geschüttelt, auf die Knie. Die Frauen und ihre Kunden sprangen auf und starrten das Mädchen an. Else fasste sich als Erste und stürmte auf sie zu. Sie schüttelte sie grob an der Schulter.

»Was ist passiert? Sprich! Ich will genau wissen, was passiert ist.«

Anna schluchzte hysterisch. Sie legte den Kopf in den Nacken. Ihr langes Haar schwang zurück und entblößte ihr Gesicht. Elisabeth und Ester stießen beide gleichzeitig einen Schrei des Entsetzens aus. Ester sprang von der Bank und lief zu Anna. Sie kniete sich neben sie und umschlang sie mit den Armen.

»Ach, meine arme Kleine. Nicht auch noch du«, weinte sie. »Du darfst nicht so leiden müssen wie ich damals!«

Annas linkes Auge war blutunterlaufen und begann bereits

zuzuschwellen. Ihre Nase hatte offensichtlich einen derben Schlag abbekommen, und auch die Lippe war aufgeplatzt. Ein Blutfaden rann aus ihrem Mundwinkel über Kinn und Hals bis in ihr zerrissenes Dekolleté hinab.

»Wo sind diese Bastarde?«, rief die Meisterin. »Was ist mit Jeanne? Sprich!« Sie schüttelte sie, ohne auf Esters Proteste zu achten.

»Drüben auf dem Judenfriedhof. Sie haben Jeanne gefesselt. Alle haben Messer bei sich!«, schluchzte Anna. »Sie haben auch mich angebunden, aber ich konnte mich befreien und weglaufen, weil – sie haben nicht auf mich geachtet. Sie waren bei Jeanne.« Anna weinte hemmungslos. »Meisterin, sie werden Jeanne töten!«

»Das werden sie nicht! Ich hole sie zurück.« Elisabeth hatte die Eselswirtin schon oft wütend erlebt, doch nun zitterte sie vor Zorn. Sie griff sich ihren alten Spieß, der neben der Wand lehnte, und stapfte hinaus. »Das werden sie nicht mit meinem Mädchen machen!«

»Meisterin, nein!«, schrie ihr Anna hinterher. »Es sind vier! Vier Männer!«

Doch Else Eberlin ließ sich nicht aufhalten. Ihr Zorn trieb sie an und führte sie mit festem Schritt auf den Judenfriedhof. Die Frauen drängten sich an der Tür zusammen und sahen ihr mit bangen Mienen nach. Die letzten Gäste nutzten die Gelegenheit, sich still davonzumachen. Die Stimmung war verdorben und der Abend weit fortgeschritten. Es wurde Zeit, zu ihren Familien zurückzukehren und ihr Lager aufzusuchen.

»Sie werden auch unsere Meisterin töten«, schluchzte Anna.

»Wir können sie nicht alleine zu diesen Männern gehen lassen«, rief Elisabeth.

»Und was willst du tun? Mit deinem Brotmesser auf sie losgehen?«, wollte Gret wissen.

»Nein, aber wir sollten zumindest wissen, was passiert.« Ihre Stimme war fest und entschlossen. »Ihr bleibt hier. Ich werde ihr nachgehen und sehen, was passiert.«

»Nein, nicht auch noch du«, rief Anna.

»Ich werde mich im Verborgenen halten und aufpassen, dass sie mich nicht entdecken. Aber wir müssen wissen, was dort draußen vor sich geht!«

Ester weinte leise, Marthe schimpfte etwas von »Dummheit« und »Leichtsinn«, doch Mara und Gret nickten.

»Ich werde mit dir kommen«, sagte Gret. Elisabeth nickte. »Gut. Und ihr anderen kümmert euch um Anna.«

»Du hast uns gar nichts zu befehlen«, maulte Marthe und erntete dafür einen Rippenstoß von Mara.

Die beiden Frauen eilten durch die Dunkelheit. Sie erreichten die bröckelnde Mauer und stiegen an einer niederen Stelle, an der nur wenig Brombeerranken und Brennnesseln wucherten, hinüber. Zwischen Büschen und den wenigen noch erkennbaren Grabsteinen suchten sie sich ihren Weg.

»Hörst du sie? Sie müssen dort hinten irgendwo sein«, wisperte Gret. Elisabeth nickte. Rohes Gelächter drang zu ihnen herüber. Geduckt eilten sie weiter.

»Da drüben, der Lichtschein«, raunte Elisabeth.

Nun hörten sie jemanden stöhnen und ein unterdrücktes Gewimmer. Dann schallte die Stimme der Meisterin durch die Nacht.

»Hört sofort damit auf! Ihr verdammten Schweine. Bindet sie los, und lasst sie gehen!«

Für einen Moment verstummten die Männer, dann begannen sie zu lachen und zu johlen. Gret und Elisabeth pirschten sich noch ein Stück näher. Sie lugten zwischen einem Grabstein und einem Baumstamm hindurch. Nun konnten sie die Männer sehen. – Und Jeanne! Die Männer hatten sie breitbeinig auf einen umgestürzten Grabstein gebunden. Ihre Kleider waren aufgeschlitzt, an Armen und Beinen rann Blut herab. Die Männer hatten ihr ein Stück Stoff in den Mund gesteckt. Jeanne warf den Kopf hin und her, stöhnte und zerrte an ihren Fesseln. Der Dünne, der sie aus dem Frauenhaus mitgenommen hatte, stopfte sich gerade seine erschlaffte Männlichkeit zurück in die Bruech und zog sich dann gemächlich die Hosen hoch. Die anderen hatten sich dem Störenfried zugewandt, der jetzt mit vorgerecktem Spieß auf sie zukam.

»Lasst sie gehen! So viel Geld könnt ihr mir gar nicht bezahlen, dass ich euch das gestatte!«, schrie Else in höchster Wut.

Wieder lachten die Männer. »Du brauchst uns das gar nicht zu gestatten. Wir tun es einfach, weil es uns Spaß macht. Und nun nimm den Spieß runter, und störe uns nicht länger bei unserem Vergnügen. Wir haben noch viel mit dem kleinen Täubchen vor!« Er hob seinen langen Dolch und leckte über die Klinge. Ein anderer zog sein Schwert und kam auf Else zu, der Bärtige nahm sein Messer aus der Scheide und versuchte sich von der anderen Seite zu nähern.

»Was sollen wir tun?«, wisperte Gret. »Sie werden nicht auf die Meisterin hören.«

Elisabeth schüttelte in stummem Entsetzen den Kopf. Schon schlug der Bärtige Else den Spieß aus der Hand und rammte ihr seine Faust ins Gesicht. Der andere gab ihr einen Tritt, dass sie strauchelte.

»Wir müssen ihr helfen!«, drängte Gret, aber Elisabeth packte sie hart am Arm.

»Unbewaffnet, wie wir sind, haben wir keine Chance gegen sie! Wir würden ihnen nicht helfen. Wir würden uns nur auch noch in Gefahr bringen!«

»Ich habe keine Angst«, zischte Gret.

»Das solltest du aber. Nein, wir müssen Hilfe holen. Wirkliche Hilfe. Los komm! Leise!«

Sie zogen sich gebückt zurück, bis sie hofften, nicht mehr entdeckt werden zu können. Dann liefen sie los.

»Wer könnte uns denn in dieser Lage helfen?«, keuchte Gret.

»Meister Thürner«, gab Elisabeth zurück. »Wenn wir Glück haben, ist er noch im Faulturm bei den Gefangenen. Er wird die Kerle zur Besinnung bringen.«

»Das ist ein guter Einfall!«, rief Gret und beschleunigte ihre Schritte noch einmal. Mit gerafften Röcken rannten die Frauen über den Kirchhof, am Tor vorbei auf den Faulturm zu. Elisabeth betete im Stillen, der Henker möge noch da sein. Er würde auf sie hören. Die Wachen am Tor zu überzeugen, würde sicher viel schwerer sein und Zeit brauchen. Und genau die hatten sie nicht, wenn sie Jeanne und die Meisterin lebend aus den Händen dieser brutalen Kerle befreien wollten.

Die beiden Frauen hatten Glück. Gerade als sie um die Ecke bogen, trat der Henker auf die Gasse hinaus und schloss die Tür hinter sich ab. Keuchend kamen sie neben ihm zum Halten.

»Was ist denn los?«, erkundigte sich Meister Thürner.

In abgehackten Satzfetzen berichteten sie, was sich auf dem Judenfriedhof abspielte. Der Henker verstand sofort.

»Dann kommt. Wir wollen keine Zeit verlieren.« Er rief noch die beiden Scharwächter an, die gerade ihren Rundgang in Richtung Gerbergasse fortsetzen wollten, und rannte los. Die beiden Bewaffneten folgten ihm. Gret und Elisabeth liefen den Männern hinterher, doch so außer Atem, wie sie bereits waren, konnten sie nicht mit ihnen Schritt halten und fielen immer weiter zurück.

»Komm, schneller«, keuchte Gret, die sich bereits eine Hand in die schmerzende Seite presste.

»Meister Thürner wird sie schon finden«, gab Elisabeth zurück. »Er braucht uns nicht.«

»Aber ich will sehen, wie er diese Schweine fertig macht!«, rief Gret aus und lief wieder ein wenig schneller.

Elisabeth sagte nichts. Sie benötigte ihren Atem, um nicht noch weiter zurückzufallen. Auch sie wollte dabei sein und sehen, ob die Hilfe noch zur rechten Zeit kam. Schon donnerte die Stimme des Henkers über den Friedhof. »Lass eure Waffen fallen! Ich schwöre euch, sonst werdet ihr alle unter meinem Henkersschwert gevierteilt! Waffen fallen lassen – auch du! Wirf das Messer auf den Boden!«

Keuchend erreichten die beiden Frauen den von einer Lampe erhellten Platz mit dem umgestürzten Grabstein, auf dem Jeanne noch immer gefesselt war. Elisabeth schlug sich die Hand vor den Mund. Inzwischen waren ihre Kleider eher nur noch Stoffstreifen zu nennen, und sie blutete aus mehreren Wunden am Körper und einem Schnitt von der Schläfe bis zum Hals. Else lag ein Stück weiter zusammengekrümmt im Gras und rührte sich nicht.

»Wirf das Messer weg!«, schrie der Henker. Während die beiden Scharwächter zwei der Männer fesselten, ging Meister Thürner mit blankem Schwert auf den Bärtigen los, der noch immer den Dolch erhoben hatte. Es war ein kurzer Kampf, doch der Dünne versuchte die Gelegenheit zu nutzen, um sich davonzumachen. Er lief direkt auf die beiden Frauen zu.

»Das könnte ihm so passen!«, fauchte Gret und warf sich ihm in den Weg, sodass er ins Straucheln kam und der Länge nach in den Dreck fiel. Auch Gret stürzte zu Boden und überschlug sich einmal. Er rappelte sich schneller auf als seine Angreiferin, die sich in ihren Röcken verfing. Der Dünne zog sein Messer. Elisabeth stieß einen Schrei aus und trat ihm so hart gegen den Arm, dass ihm die Klinge aus der Hand geschleudert wurde. Gret und der Dünne hechteten beide nach dem Messer, doch Gret war näher dran und bekam es als Erste zu fassen. Sie hatte die Klinge schon auf ihn gerichtet, als er zugriff und die Schneide zu fassen bekam. Er stieß einen Schrei aus und ließ los. Es hatte ihm fast die Finger abgetrennt. Fassungslos starrte er auf seine Hand, aus der das Blut in Strömen hervorschoss.

»Das ist noch viel zu wenig für diesen Schweinehund«, keuchte Gret und hob die blutige Klinge zum Stoß.

»Lass es sein! Er wird seine gerechte Strafe erhalten.« Meister Thürners hohe Gestalt tauchte hinter dem wimmernden Mann auf. Ohne darauf zu achten, zog er ihn auf die Füße und fesselte ihm grob die Arme auf den Rücken. Nun war auch der letzte Mann überwältigt. Hier wurden die beiden Frauen nicht mehr gebraucht. Gret und Elisabeth stürzten zu dem Grabstein. Jeannes dunkle Augen richteten sich auf sie. Tränen rannen aus ihren Augenwinkeln. Gret schnitt die Fesseln durch, während Elisabeth ihr den Knebel aus dem Mund nahm.

»Oh, meine arme Freundin«, sagte sie und half ihr vorsichtig, sich aufzusetzen. »Was haben sie dir angetan!«

Jeanne sah an sich herunter. Dann fuhr ihre Hand zu ihrem Gesicht. Mit weit aufgerissenen Augen starrte sie auf ihre blutigen Finger.

»Jungfrau Maria, steh mir bei«, weinte sie. »Ich werde so aussehen wie Ester, oh Gott, ich will nicht solche Narben im Gesicht!« Elisabeth schloss sie in ihre Arme.

»Das wirst du nicht, Liebes«, sagte Gret ungewohnt sanft. »Es ist nur ein Schnitt im Gesicht. Sieh mich an! Ja, das ist gut. Wenn du dein Haar offen trägst und es ein wenig nach vorne fällt, wird niemand etwas bemerken.«

Meister Thürner trat zu ihnen. »Lasst mich sehen, wie tief die Schnitte sind.« Die beiden Frauen traten ein wenig zur Seite, hielten aber noch immer Jeannes Hände, während der Henker ihre Verletzungen untersuchte.

»Die beiden müssen wir sofort verbinden, sonst verliert sie zu viel Blut.« Er riss ein paar Streifen von Jeannes zerfetztem Rock und begann erstaunlich geschickt die Wunden zu verbinden. Seine Bewegungen waren ruhig und überlegt, ja fast sanft.

»Was ist mit der Meisterin?«, fragte Elisabeth, als er den letzten Knoten zuzog. »Ist sie tot?«

Der Henker schüttelte den Kopf. »Nein, unsere Else hat einen harten Dickkopf. Ich denke, sie wird bald wieder zu sich kommen.«

Wie um seinen Worten beizupflichten, begann Else Eberlin zu stöhnen und sich zu regen. Der Henker beugte sich über sie und half ihr, sich aufzurichten. Ihr Blick schweifte verwirrt ein paar Mal hin und her, dann schien sie sich zu erinnern.

»Wie kommst du denn hierher? Wie ich sehe, hast du diese Dreckskerle in Gewahrsam genommen.«

Der Henker nickte in Grets und Elisabeths Richtung. »Die beiden haben gesehen, was mit euch geschehen ist, und rasch gehandelt. Sie haben mich am Faulturm erwischt, und so kam ich mit Gilg und Hannes, die gerade ihre Runde durch St. Gertraud gedreht haben.«

»Danke«, sagte die Wirtin und sah dann zu ihren Frauen hinüber. Elisabeth duckte sich ein wenig unter ihrem Blick. Sie hatte schon einmal eigenmächtig gehandelt und dafür den Zorn und die harte Hand der Meisterin erfahren. Else hatte ihnen befohlen, im Haus zu bleiben! Würde Elisabeth nun noch einmal ihren Gürtel zu spüren bekommen? Elisabeth wurde ganz kalt bei dem Gedanken. Die Meisterin wusste wohl zuzuschlagen!

»Habe ich euch nicht ausdrücklich gesagt, ihr sollt euch nicht vom Fleck rühren? Dass das hier zu gefährlich für euch ist? Antwortet!«

»Ja, Meisterin«, sagten Gret und Elisabeth im Chor, doch sie senkten nicht ihre Blicke. Ein leichtes Lächeln erhellte die geschundenen Züge der Eselswirtin.

»Wie gut, dass ihr nicht gehorcht habt. Meister Thürner zu holen war der richtige Einfall. Ihr habt Jeanne und mich gerettet. Danke! – Das heißt aber nicht, dass ich es in Zukunft dulden werde, wenn ihr meine Anweisungen missachtet! Wagt es nicht, sonst werdet ihr meinen Gürtel erleben!«

»Ja, Meisterin«, sagten sie noch einmal.

»Lass gut sein, Else«, meinte der Henker und half ihr beim Aufstehen. Er befahl den Scharwächtern, die Gefangenen zum Faulturm zu führen.

»Ja, lasst uns nach Hause gehen!«, stimmte Else ihm zu. Sie stützte sich auf seinen Arm und humpelte auf das Frauenhaus zu, wo sie ängstlich erwartet wurden. Else forderte den Vikar, der bei Marthe am Tisch saß, harsch zum Gehen auf. Er sah sie genauso entgeistert an wie die anderen Frauen. So etwas hatte es bei Else Eberlin noch nie gegeben! Einen zahlenden Kunden verjagte man nicht. So lautete das oberste Gebot.

Doch in diesem Augenblick dachte nicht einmal die Meisterin an die Münzen in ihrer Schatulle.

»Geht, Herr Vikar«, wiederholte der Henker. »Es ist nicht die Stunde, da Ihr Euch hier noch herumtreiben solltet – falls es so etwas für einen Mann der Kirche überhaupt gibt«, fügte er leise hinzu. Der Vikar sprang auf. Einen scheuen Blick auf den Henker gerichtet, warf er ein paar Pfennige auf den Tisch und lief dann hinaus. Ja, er rannte geradezu über die Wiese davon auf St. Gertraud zu.

Der Henker ließ Else auf die Bank gleiten. Er schob die Lampe näher und untersuchte ihre Kopfwunde. »Ist dir übel und schwindelig?«

»Ja«, sagte sie und schob ihn unwirsch beiseite. »Nichts, was kalte Umschläge nicht in ein paar Tagen wieder richten könnten. Sieh lieber nach, wie sehr sie mir meine Jeanne aufgeschlitzt haben, diese dreckigen Bastarde!«

Kapitel 20

In der nächsten Woche erholten sich Else Eberlin und Jeanne von dem Überfall. Wie erwartet, heilten die Wunden der Meisterin schneller. Sie blieb vier Tage im Bett und übertrug Gret derweil die Verantwortung über die anderen und über ihren Beutel mit Geldstücken, dann tauchte sie wieder auf, und nur noch ein paar verkrustete Kratzer in ihrem Gesicht erinnerten an den Vorfall.

Jeannes Genesung ließ länger auf sich warten. Der Henker kam ein paarmal vorbei, brachte Kräutertinkturen, damit die Wunden nicht zu faulen begannen, und überprüfte den Verlauf der Heilung. Einmal ließ Else sogar den Bader kommen, doch dieser riet nur zu verstärktem Aderlass. Als die Meisterin das hörte, jagte sie ihn mit einem Besen in der Hand aus dem Haus.

»Alter Quacksalber!«, schrie sie ihm hinterher. »Du wirst mir mein Mädchen nicht noch vollends zugrunde richten!«

Der Bader hob die Fäuste und schwor, sie würde es noch bereuen, ihn so abgewiesen zu haben. »Sie wird unter deinen Fingern verrecken, und was anderes hast du auch nicht verdient, du geiziges altes Weib!«

Er sollte nicht recht behalten. Vielleicht war es Jeannes junger, starker Körper, vielleicht waren es die Heilkünste des Henkers oder beides zusammen, jedenfalls begannen sich die Schnitte zu schließen, ohne dass die Wunden zu eitern und zu stinken begannen. Elisabeth und Ester teilten sich die Pflege, wann immer die Meisterin sie entbehren konnte. Sogar Marthe kam einmal an Jeannes Lager und bemühte sich, etwas Nettes zu sagen – für ihre Verhältnisse zumindest.

»So schrecklich wie Ester siehst du gar nicht aus. Wenn die Krusten abfallen, kann man das Haar vorkämmen, und du bist wieder recht ansehnlich.«

Jeanne zeigte ein schwaches Lächeln. »Danke für deine Aufmunterung!«

Am Abend stand der Sekretär des Dompropstes unvermittelt vor der Tür und verlangte nach Elisabeth. Er bestand wieder darauf, dass sie sich weniger offenherzig kleiden und einen langen Umhang tragen sollte. Unruhig schritt er vor dem Frauenhaus auf und ab und vermied es, den kommenden und gehenden Gästen in die Augen zu sehen, während die Meisterin Elisabeth in ihrem Häuschen für den hohen Kunden vorbereitete.

»Darf ich das schöne Medaillon wieder tragen?«, bat Elisabeth.

Else Eberlin zögerte. Sie nahm das wertvolle Schmuckstück aus ihrer Truhe und ließ es im Lampenschein hin- und herschwingen. Der Feuerschein ließ die Perlen und den Rubin aufblitzen.

»Es ist mir sehr viel wert. Ich könnte es nicht verschmerzen, wenn du es verlierst«, sagte sie ablehnend.

Elisabeth streckte die Hand nach dem Medaillon aus. Es zog sie magisch an. Sie wollte es berühren und sich an die Brust drücken. Else reichte es ihr widerstrebend. Welch tröstliches Gefühl war es, das kleine Kunstwerk aus Gold und Edelsteinen zu berühren. Elisabeth umschloss es vorsichtig mit ihren Händen, als würden sie einen jungen Vogel in sich bergen.

»Ich werde gut auf diesen Schatz Acht geben. Ich verspreche es dir. Er liegt mir selbst so am Herzen, dass allein der Gedanke, ihn nicht mehr ansehen zu können, mich traurig stimmt.«

Zu ihrer Überraschung wurde Else über diese Worte noch ungehaltener. »So ein dummes Gerede«, schimpfte sie und zog die Bänder von Elisabeths Rock mit einem Ruck so fest, dass die junge Frau nach Luft schnappte. Als Else sich abwandte, um den Mantel zu holen, legte sich Elisabeth schnell die Kette um den Hals, ehe die Meisterin zu der Überzeugung gelangte, es wäre besser, das Schmuckstück wieder in ihrer Truhe zu verbergen.

In einen unauffälligen dunklen Umhang gehüllt, folgte Elisabeth dem Sekretär zum Haus des Propstes. Er sprach kein Wort mit ihr, warf ihr ab und zu nur einen missbilligenden Blick zu. Offensichtlich konnte er ihren Besuch gar nicht gutheißen. Er führte sie wieder in das Zimmer, in dem sie das letzte Mal gewesen war, und ließ sie dann alleine.

Dieser zweite Besuch glich überhaupt sehr dem ersten in diesem Haus. Wieder war sie lange allein in dem prächtigen Gemach und vertrieb sich die Zeit mit Lesen. Und es war der gleiche alte päpstliche Legat, der nachher ihre Dienste forderte und wünschte, dass sie anschließend in seinem Bett schlief. Warum er wieder nach Würzburg gereist war und was er mit dem Domkapitel zu besprechen hatte, das erfuhr Elisabeth natürlich nicht. Sie war freundlich zu ihm und erfüllte seine bescheidenen Wünsche, wie bei ihrem ersten Treffen. Dieses Mal hatte sie allerdings darauf bestanden, dass man ihr das ihr zustehende Geld gleich aushändigte, damit sie nicht den nächsten Vormittag damit verbringen musste, nach ihrem Auftraggeber zu suchen, damit er sie bezahlte.

»Es wäre für den Herrn Propst sicher nicht angenehm, wenn ich ihm bis in den Dom nachlaufen müsste, um die Bezahlung für meine nächtlichen Dienste einzufordern!«, sagte sie zu dem Sekretär, als er sie die Treppe hinaufführte, und sah ihn herausfordernd an. Der zog ein Gesicht, als habe er auf ein Stück Zaunrübe gebissen.

»Nein, dazu solltest du dich nicht erdreisten!«, gab er empört zurück. »Es wäre ein Eklat, eine Beleidigung, ein unglaublicher Akt der Verderbnis!«

Elisabeth verzichtete darauf, sich auf ein Streitgespräch einzulassen, wer sich hier der größeren Verfehlung schuldig machte – der Propst und sein kirchlicher Würdenträger, die sich eine Dirne bringen ließen, oder sie, die das ihr zugesagte Geld einforderte. Jedenfalls zählte der Sekretär ihr die Münzen in die Hand, ehe er sie in dem Gemach zurückließ – drohte ihr aber noch einmal, dass es furchtbare Folgen für sie haben werde, sollte sie sich nun weigern, ihrer Pflicht nachzukommen, oder den Gast etwa respektlos behandeln.

In den frühen Morgenstunden machte sich Elisabeth auf den Heimweg. Die Sonne war noch nicht aufgegangen, und in der Stadt waren erst wenige Menschen unterwegs. Elisabeth genoss die frische Morgenluft, die klar und sauber war. Sie selbst kam sich immer beschmutzt vor und wusch sich beinahe jeden Tag, was von den anderen Frauen belächelt oder mit einem verständnislosen Kopfschütteln bedacht wurde. Elisabeth hatte ihr neues Leben immer noch nicht vollständig angenommen. Zumindest nicht so wie die anderen sechs Frauen der Eselswirtin.

Als Elisabeth im Frauenhaus ankam, schliefen die anderen noch. Die vertraute Mischung von Geräuschen schlug ihr entgegen, aber auch der stets modrige Geruch des alten Hauses, vermischt mit dem von Wein, Schweiß, verschiedenen Duftwassern und anderer Körpersäfte, der am Morgen noch klebrig in der Luft hing. Erst im Lauf des Tages, wenn sie die Tür lange genug weit offen stehen ließen, verwehten die Gerüche ein wenig.

Elisabeth zog sich aus und legte sich neben Jeanne auf ihr gemeinsames Lager. Das goldene Medaillon mit der Hand fest umschlossen, schlief sie ein.

Der Tag verlief ruhig. Die Meisterin ließ sich von Elisabeth als Erstes die Münzen in die Hand zählen und das Medaillon zurückgeben. Zusammen mit den geliehenen Kleidern trug Else alles zu ihrer Truhe. So ruhig der Tag verlief, so anstrengend wurde der Abend. Es kamen viel mehr Gäste als gewöhnlich, sodass die Wirtin Mühe hatte, alle zufriedenzustellen. Die Frauen kamen nicht einmal dazu, die Männer, die am Tisch saßen, sich unterhielten oder Karten spielten, mit Wein, Brot und Käse zu versorgen. So eilte die Meisterin hin und her, trug Krüge und Becher heran, scherzte mit den Gästen und behielt dabei stets ihre Frauen im Auge. Elisabeth verbrachte fast den ganzen Abend mit Junker von Thann, der sich sichtlich freute, sie wiederzusehen. Er hatte eine seltsame Bindung zu ihr aufgebaut und verlangte stets nach ihr, obwohl ihre erste Begegnung alles andere als angenehm für ihn ausgefallen war. Was Elisabeth über ihn dachte, konnte die Meisterin nicht sagen. Ob sie sich freute, ihn zu sehen oder ihn verabscheute? Beides war möglich. Die Gefühle der anderen Frauen waren ein offenes Buch für die Wirtin, in dem sie besser lesen konnte als in den geschriebenen Werken. Elisabeth jedoch war ihr in dem ganzen Jahr, das sie nun schon im Frauenhaus lebte, ein Rätsel geblieben. Sie war meist gehorsam und tat, was die Meisterin verlangte, war höflich zu den Gästen und scherzte mit ihnen, wenn es angebracht war. Doch Else kam es so vor, als erreiche ihr Lachen nicht ihre Augen. Diese blickten stets ernst und ein wenig bekümmert drein. Nur wenn sie mit Jeanne zusammen war oder mit Gret, dann war sie manches Mal für Momente heiter und gelöst.

Else Eberlin beobachtete Elisabeth noch eine Weile, wie sie auf dem Schoß des jungen Ritters saß und ihn mit Speckwürfeln fütterte, dann musste sie bei den anderen wieder nach dem Rechten sehen.

Als der Henker bereits seine zweite Runde am Frauenhaus vorbei gemacht und die letzten Gäste mit Nachdruck zum Heimgehen aufgefordert hatte, fühlte sich Else fast erleichtert. Ohne vorher die Tische abzuräumen, schickte sie die Frauen sofort zu Bett. Gähnend wünschten sie einander eine gesegnete Nacht und fielen auf ihre Matratzen. Jeanne und Mara nahmen sich nicht einmal mehr die Zeit, aus den Miedern zu schlüpfen und ihre Röcke auszuziehen. Sie lockerten gerade mal die Bänder der Schnürung, zogen sich die Decken bis über die Ohren und schliefen ein.

Else ließ den Blick noch einmal schweifen, dann verschloss sie die Tür und schlurfte zu ihrem Häuschen. Ihre Augen brannten, und ihre Lider waren schwer vor Müdigkeit, als sie sich auf ihr Lager fallen ließ. Dennoch erhob sie sich nach einer Weile noch einmal, zündete die Öllampe an und öffnete ihre Truhe. Es war ihr schon zu einer lieben Gewohnheit geworden, das goldene Medaillon vor dem Schlafengehen noch einmal herauszuholen und mit den Fingern über die kühle Metalloberfläche, den Rubin und die Perlen zu streichen. Der Gedanke, es irgendwann zu verkaufen, fiel ihr immer schwerer. Zu sehr hatte sie das Schmuckstück inzwischen lieb gewonnen. Nie vorher in ihrem Leben hatte Else so etwas Prächtiges besessen! Sie nahm die Kette zwischen zwei Finger und ließ das Medaillon hin und her schwingen. Sie genoss den Anblick, und es kam ihr vor, als ließen Anspannung und Müdigkeit nach.

Plötzlich stutzte sie. Geschickt fing sie das Medaillon mit der Rechten und beugte ich darüber, bis sie es fast mit der Nase berührte. Ihre Erschöpfung schien verflogen Sie drehte es vor und zurück, sodass der Lichtschein sich über den gebogenen Rand schob. Was war das? Sie versuchte einen ihrer schmutzigen langen Fingernägel in die Kerbe am Rand der größten Perle zu schieben. Er war zu dick. Nichts geschah. Hastig kramte Else in ihrer Truhe, bis sie ein winziges Messer mit einer dünnen Schneide fand. Vorsichtig schob sie die Spitze der Klinge in die Vertiefung. Sie konnte das kaum hörbare Klicken unter ihren Fingern spüren. Ein zufriedenes Lächeln teilte ihre Lippen.

»Ich wusste es!«

Else zog die Lampe näher und betrachtete die beiden winzigen Gemälde und die Inschrift im Innern des Schmuckstücks. Ihr Lächeln erstarb. Ihr ganzer Körper fühlte sich an, als sei er in Eiswasser getaucht worden. Ihr Haar sträubte sich.

»Heilige Jungfrau«, stöhnte sie und schloss gequält die Augen. Dann riss sie sie wieder auf und starrte noch einmal auf das geöffnete Medaillon, so, als bestünde noch Hoffnung, sie könne sich getäuscht haben. Nein, ihre Augen hatten sie nicht getrogen.

»Else, was hast du getan?«, flüsterte sie. »So weit hat deine Gier dich nun gebracht!« Warum nur? Wegen ein bisschen Kleidung und Essen! Warum nur hatte sie das getan? Sie hätte sie dem Schultheiß übergeben können oder dem Henker noch in derselben Nacht, als er im Frauenhaus vorbeigesehen hatte, um nach dem Rechten zu sehen und sie zu mahnen. Bei dem Gedanken an den Henker musste sie schlucken. Wie schwer es ihr fiel. Wie eng es plötzlich um ihren Hals wurde. Else Eberlin klappte das Medaillon zu und warf es zwischen die Kleidungsstücke in der Truhe, als habe sie sich daran verbrannt. Wenn es jemand fand, dann war sie mit Sicherheit ein Fall für den Henker! Sie musste es loswerden, bald schon! Welch ein Glück, dass sie nicht versucht hatte, es zu verkaufen. Die Vorstellung ließ es ihr abwechselnd heiß und kalt werden. Fast wäre sie in ihr Verderben gelaufen!

»Ich wusste es nicht!«, schimpfte die Wirtin leise vor sich hin. »Ich bin unschuldig! Kann man mich dafür strafen? Woher hätte ich das wissen sollen, wo sie sich doch an nichts erinnern kann?«

Sie wusste, dass ihr diese Ausflüchte nichts nützen würden. Eine Stimme flüsterte boshaft in ihrem Kopf: *Und außerdem bist du nicht so unschuldig, wie du jetzt tust. Du hast gewusst, dass sie nicht in solch ein Haus gehört, lange bevor es zu spät war. Du hast ihre Hände gesehen und sie sprechen gehört, du wusstest, dass sie lesen und schreiben und sogar rechnen kann. Danke es deiner Habgier, dass sie dich ins Verderben geschickt hat!*

Ruhelos schritt die Eselswirtin in ihrer Hütte auf und ab. Sie musste etwas tun! Jeden Tag konnte jemand auftauchen, der sie erkannte, dann wäre es um Else Eberlin geschehen.

Sie könnte sich der gefährlichen jungen Frau auf die gleiche Weise entledigen, wie diejenigen es versucht hatten, die sie nackt im Stadtgraben zurückgelassen hatten. Es wäre ja nicht einmal ihre Tat. Sie würde nur das fortführen, was die anderen begonnen und nicht zu Ende geführt hatten. Der Gedanke schmeckte bitter in ihrer Kehle. Else seufzte. Sie war kein böser Mensch, und die Vorstellung schreckte sie – selbst wenn sie nicht selbst Hand anlegen, sondern den Auftrag weitergeben würde. Jemanden zu finden, der ihr diese Bitte für ein paar Münzen ausführte, würde nicht schwer sein. Doch sie scheute sich, ihre Hände und ihre Seele mit Blut zu beflecken. Außerdem gäbe es dann immer noch die Möglichkeit, dass ihre Tat aufgedeckt würde. Und dann dürfte sie nicht einmal mehr auf einen schnellen Tod hoffen.

Stundenlang ging die Wirtin auf und ab. Als der Morgen graute, hatte Else Eberlin einen Entschluss gefasst. Es fiel ihr nicht leicht, doch es musste sein. Es war ihre Pflicht, an die Sicherheit der anderen Frauen zu denken – und an ihre eigene! Sie würde noch an diesem Morgen handeln.

Die Eselswirtin wartete, bis die Frauen aufgestanden waren, sich angezogen hatten und das Mus, das eine von ihnen gekocht hatte, gegessen war. Heute war Mara an der Reihe, dafür musste Jeanne die Schalen spülen und Gret Wasser vom Brunnen holen.

»Lisa«, sagte die Meisterin beiläufig, obwohl es ihr schwer fiel, ihre Stimme wie immer klingen zu lassen. Die junge Frau, die sich gerade auf ihr Bett gesetzt hatte, um einen Riss in ihrem Strumpf zu nähen, sprang auf.

»Ja, Meisterin? Was wünschst du?«

»Komm mit in mein Haus. Ich habe dir etwas zu sagen – dir alleine!«, fügte sie hinzu, als sich Jeanne ebenfalls erhob.

Elisabeth zog erstaunt die Augenbrauen hoch. Es kam nicht oft vor, dass eine von ihnen aufgefordert wurde, die Hütte der Eselswirtin zu betreten. Die Meisterin verteidigte ihr kleines Reich und mochte es nicht, wenn die Frauen zu ihr hinüberkamen. Und dies klang nicht danach, als wolle sie sie zum Krämer oder Bäcker schicken. Es musste sich um etwas Wichtiges handeln.

Fragend sah Elisabeth die anderen an, aber die zuckten nur mit den Schultern. Hatte sie einen Fehler gemacht? Wollte die Meisterin sie wieder einmal bestrafen? Aber dazu musste sie sie nicht mit hinausnehmen. Else kannte keine Hemmungen, ihre Frauen vor den Augen der anderen zu züchtigen. Beunruhigt betrachtete Elisabeth die grimmige Miene der Meisterin. Etwas Angenehmes würde es jedenfalls nicht werden. Dennoch folgte sie ihr mit durchgedrücktem Rücken und hoch erhobenem Haupt.

Else Eberlin hielt Elisabeth die Tür auf. »Komm herein und setz dich!«, forderte sie sie auf. Die Meisterin mühte sich ein Lächeln ab. »Nun schau nicht so verschreckt. Es ist nichts Schlimmes! Ich möchte nur mit dir sprechen und dir einen Vorschlag machen.«

Das wurde ja immer geheimnisvoller! Elisabeth rutschte auf die rohe Bank, faltete die Hände auf der Tischplatte und sah die Meisterin erwartungsvoll an.

Else starrte auf die züchtig gefalteten Hände. Wie viel sie verrieten, wenn man darauf achtete. Sicher war das der jungen Frau nicht bewusst. Es war eine Haltung, die in sie eingeprägt war, viele Jahre lang geübt und nun nicht mehr auszutreiben, selbst wenn der Rest all ihres Wissens und ihrer Erinnerungen im Finstern verschwunden sein mochte. Keine der anderen Bewohnerinnen des Frauenhauses hätte jemals diese Haltung eingenommen!

Else rang um eine freundliche Miene und ließ sich ihr gegenüber auf einen Hocker sinken. »Du weißt, warum ich dich … nun ja, dazu angehalten habe, für mich zu arbeiten.«

Gezwungen!, dachte Elisabeth, nickte aber nur.

»Ich hatte … ja, Ausgaben für dich, deine Kleider und das Essen. Du weißt, dass ich keine reiche Frau bin, die Almosen geben kann!«

Wieder nickte Elisabeth. Sie konnte sich nicht vorstellen, wohin dieses Gespräch führen sollte. Offensichtlich jedoch hatte die Meisterin nicht vor, sie zu schlagen, und es wartete auch nicht schon wieder ein besonderer Kunde auf sie. Vor allem nicht zu dieser Tageszeit!

»Ich habe dir gesagt, dass ich alle Schulden notiere und die Münzen, die ich von deinem Lohn einbehalte, davon wieder abziehe. Ich habe heute Nacht noch einmal gerechnet.« Nun sah sie Elisabeth an und lächelte breit. »Du hast deine Schulden bei mir bezahlt –, und sieh, es sind sogar noch ein paar Pfennige übrig.« Sie schob einige Münzen über den Tisch. Elisabeth starrte ungläubig auf sie herab.

»Nimm sie, sie gehören dir! Das heißt, was ich dir sagen wollte, ist: Du bist jetzt frei.«

Elisabeth schob die Münzen zu sich heran. Sie blinzelte verwirrt. »Frei?«

»Ja, du musst nicht länger für mich arbeiten. Nun, genauer gesagt, solltest du weiterziehen.«

»Du schickst mich fort?« Obwohl es ihr keine Freude bereitete, den Männern zu Diensten zu sein, ja, es sie bei manchen gar anwiderte, erschreckten sie die Worte der Wirtin.

»Ich habe keinen Platz für dich. Du weißt selbst, wie beengt die Mädchen drüben wohnen. Es ist jetzt an der Zeit, dass du Würzburg verlässt. Geh in eine andere Stadt. Wenn du kein anderes Auskommen findest, dann kannst du sicher in einem anderen Frauenhaus unterkommen. Jedenfalls rate ich dir, zumindest ein paar Tagesreisen hinter dich zu bringen, ehe du dich niederlässt, und nicht nach Würzburg zurückzukehren.«

Elisabeth schwieg und starrte auf ihre Hände, die nun wieder gefaltet auf dem Tisch lagen. Else Eberlin fühlte sich schlecht, aber auch erleichtert, dass sie es hinter sich gebracht hatte. Die Stille dehnte sich in die Länge, bis die Eselswirtin es nicht mehr aushielt.

»Nun mach nicht so ein Gesicht! Das ist nicht das Ende der Welt. Du bist noch jung und hast das Leben vor dir.«

Elisabeth antwortete noch immer nicht. Ihre Gedanken überschlugen sich. Warum wollte die Meisterin sie wegschicken? Warum riet sie ihr, nicht nach Würzburg zurückzukehren? Wie konnte Elisabeth plötzlich ihre Schulden abgearbeitet haben, wo die Meisterin doch erst vor ein paar Tagen betont hatte, sie werde ihr noch lange zu Diensten sein müssen? Alles ließ nur den Schluss zu, dass sich etwas ereignet hatte, das die Eselswirtin zu diesem ungewöhnlichen Verhalten trieb. Aber was?

»Willst du mir nicht sagen, was geschehen ist?«

»Wie? Was meinst du?«, stotterte Else und wurde blass.

»Bitte nenn mir den wahren Grund, warum du mir rätst, die Stadt zu verlassen. Hat der Legat sich über mich beschwert, oder der Propst? Ich habe alles getan, was sie wollten. Sie haben keinen Grund, nicht mit mir zufrieden zu sein.«

»Nein, es gibt keine anderen Gründe als die, die ich dir genannt habe«, polterte die Frauenhauswirtin, doch Elisabeth spürte die Unsicherheit hinter dem gespielten Zorn.

»Geh jetzt zu den anderen, und fang nicht an, mich zu ärgern. Heute Nacht kannst du noch hier schlafen, aber morgen packst du dein Bündel. Du solltest mir für meine Großzügigkeit dankbar sein, statt mich der Lüge zu bezichtigen und mir Vorwürfe zu machen!«

»Dankbar?«, sagte Elisabeth leise. »Dafür, dass du mich auf die Landstraße schickst, ohne jeden Schutz? Wo jeder Strauchdieb sich meiner bedienen kann, ohne dass ihm jemand Einhalt gebietet oder er dafür bezahlen müsste? Das Leben hier ist nicht einfach, aber im Frauenhaus gibt es die Wirtin und den Henker, die die schlimmsten Schurkereien verhindern. Auf der Landstraße gibt es nur Männer, die stärker sind als eine Frau. Jeanne wäre jetzt tot, wenn es dich und den Henker nicht gegeben hätte!«

Elisabeth wandte sich ab und ging hinaus. Else sah ihr nach, wie sie zum Frauenhaus hinüberging. Eine große, schlanke Frau, stolz und hoch aufgerichtet wie die Edelfrauen und reichen Bürgerinnen der Stadt. Else seufzte. Sie ließ sich wieder auf ihren Hocker fallen und barg das Gesicht in den Händen. Das ungute Gefühl in ihr wuchs. Sie stand auf, holte Wein und trank drei Becher leer, aber das Gefühl von Schuld blieb und quälte sie.

»Was? Du bist frei? Du hast bei der Meisterin keine Schulden mehr?« Gret konnte es nicht fassen. »Ich kann mich nicht erinnern, dass das schon einmal vorgekommen wäre.« Die anderen Frauen schüttelten einmütig die Köpfe.

»Jedenfalls nicht, solange ich hier bin«, fügte Jeanne hinzu.

»Ach, ist das herrlich!«, rief Ester. »Du kannst jetzt gehen, wohin du willst. Du bist frei!«

»Und wo soll sie hin, du einfältiges Schaf?«, widersprach Gret. »Wir sind ja nicht hier, weil wir uns zwischen den vielen wunderbaren Möglichkeiten, die uns das Leben bietet, nicht entscheiden konnten! Wer von uns hatte denn eine andere Wahl?«

Marthe zog schmollend die Lippe hoch. »Ich glaube das einfach nicht! Lisa soll nach nur einem Jahr keine Schulden mehr haben? Und wir arbeiten hier seit Jahren und hören immer nur die gleiche Leier, dass wir der Meisterin dankbar sein sollten, dass sie uns die Gelegenheit gibt, unsere Schulden bei ihr abzuarbeiten, die ja so schrecklich hoch sind, weil unser Leben hier sie eine Menge kostet. Und dabei hat Lisa der Meisterin auch noch Geld aus der Truhe gestohlen!«, ereiferte sie sich. Ihre Stimme wurde schriller. Marthe stampfte mit dem Fuß auf. Tränen des Zorns standen in ihren Augen.

»Wie kann man nur so neidisch und missgünstig sein«, ereiferte sich nun Jeanne. »Wir sollten uns für Lisa freuen. Außerdem hat sie das Geld für meine Medizin genommen und nicht für sich selbst. Sicher hat die Meisterin es auf meinem Schuldenblatt eingetragen, und das ist auch richtig so!«

»Dennoch ist es ungerecht«, sagte Mara. »Da hat Marthe schon recht. Die Meisterin hat Lisa von Anfang an bevorzugt. Wir haben viele Nächte mehr und härter gearbeitet. Hat sie je einen von diesen schrecklichen Burschen bedienen müssen, denen es nur Spaß macht, wenn sie den Schmerz in unseren Augen sehen?«

»Du warst von Anfang an eifersüchtig auf Lissi, genauso wie Marthe, weil sie Angst hatte, nun nicht mehr die Schönheit des Hauses zu sein«, mischte sich Jeanne wieder ein. »Ich jedenfalls freue mich für sie, auch wenn es mir das Herz bricht, sie zu verlieren. Sie ist mir eine teure Freundin geworden!« Sie legte Elisabeth den Arm um die Schulter.

Die Frauen saßen alle draußen in der Frühlingssonne. Nur die Meisterin fehlte. Sie hatte sich nach dem Gespräch mit Elisabeth ohne eine Erklärung davongemacht.

»Was willst du jetzt tun?«, erkundigte sich Ester mit ihrer sanften Stimme.

»Wollen? Keiner wird sie fragen, was sie *will*. Wir müssen überlegen, was sie jetzt tun *kann*«, sagte Gret. »Viele Möglichkeiten hat sie sicher nicht. Hast du schon eine Idee?« Sie sah Elisabeth fragend an.

»Die Meisterin sagt, ich soll möglichst viele Tagesreisen zwischen mich und Würzburg bringen.«

»Was?« Die Frauen waren schockiert.

»Sie hat dir aber nicht vorgeschlagen, dass du dich alleine auf die Landstraße begibst?«, fragte Jeanne vorsichtig. »Davon würde ich dir entschieden abraten. Ich wünsche niemandem – nicht einmal unserer charmanten Marthe –, das zu erleben, was ich mitgemacht habe.«

»Bleib doch einfach bei uns«, schlug Anna vor, die bisher geschwiegen hatte. »Ich glaube nicht, dass du es woanders viel besser triffst, und hier bist du wenigstens mit uns zusammen.«

Elisabeth stieß ein bitteres Lachen aus. »Oh, die Meisterin hat nicht gesagt, dass ich fortgehen *kann*. Sie hat gesagt, dass ich fortgehen *muss*! Eine Nacht lässt sie mich hier noch schlafen, dann muss ich mein Bündel schnüren und verschwinden. Sie will, dass ich Würzburg für immer verlasse!«

Die Frauen schwiegen verblüfft. Endlich sagte Gret: »Was hat das zu bedeuten? Was ist zwischen dir und der Meisterin vorgefallen?«

Elisabeth hob die Schultern. »Nichts, das mir so ein Verhalten erklären würde.«

»Sie muss etwas Schreckliches angestellt haben«, beharrte Marthe. »Vielleicht hat sie die Meisterin wieder bestohlen oder gar den geheimnisvollen Domherrn, zu dem sie gestern Nacht gerufen wurde!«

»So ein Unsinn«, rief Jeanne. »Lisa würde so etwas nicht tun!«

»Und wenn, dann würde die Meisterin sie vermutlich dem Henker oder dem Schultheiß übergeben und sie nicht einfach aus der Stadt schicken«, sagte Gret.

Fragend sahen die Frauen Elisabeth an, doch sie konnte ihnen keine Erklärung geben. Es war für sie genauso rätselhaft.

So waren die Frauen der Eselswirtin an diesem Tag recht bedrückt. Als der Abend nahte, band Elisabeth die wenigen Wäschestücke zu einem Bündel zusammen. Sie trug das einfache Kleid, das sie an Sonntagen anhatte, oder wenn sie für die Meisterin auf den Markt gegangen war. Die farbigen Gewänder, die den Männern Gefallen bereiten sollten, ließ sie auf dem Bett liegen. Elisabeth band sich ihr Haar zu einem Knoten und verbarg es unter einer Leinenhaube.

»Du willst jetzt gleich aufbrechen?«, fragte Jeanne entsetzt.

Elisabeth nickte. »Ja, morgen fällt es mir auch nicht leichter, von dir Abschied zu nehmen. Warum soll ich dann heute Nacht noch einmal für die Meisterin den Männern gefällig sein?«

Jeanne fiel ihr in die Arme. »Ach Lisa, ich werde dich vermissen! Die Tage und Nächte werden grau und leer sein.« Tränen rannen über ihre Wangen. Elisabeth wischte sie ihr zärtlich mit einem Tuch ab. Mit dem Zeigefinger fuhr sie den fast verheilten Schnitt entlang.

»Pass auf dich auf, und sage Nein, wenn dich dein Gefühl warnt. Es ist besser, die Meisterin zu verärgern und ein paar Schläge einzustecken, als sich noch einmal in Todesgefahr zu begeben. Vertraue auf deine Instinkte! Du hast viel Erfahrung mit den Männern gesammelt, du kannst sie einschätzen.«

Jeanne nickte unter Tränen. Dann verabschiedete sich Elisabeth von den anderen. Auch Ester weinte und drückte sie immer wieder an sich. Gret klopfte ihr auf den Rücken.

»Du schaffst das! Du bist eine starke Frau, die niemals hierher gehört hat. Ich spüre es, der Herr im Himmel hat noch viel mit dir vor!«

»Danke Gret. Gib du auf die anderen Acht. Sie sind manches Mal wie Kinder und haben nicht deinen scharfen Verstand und deinen Mut.«

Sie lächelten einander zu. Dann verließ Elisabeth das Frauenhaus und ging bis zum Kirchplatz von St. Gertraud, ohne sich noch einmal umzudrehen.

Kapitel 21

Seit zwei Stunden wanderte Elisabeth ziellos durch die Stadt, doch sie hatte noch immer keine Vorstellung davon, was sie jetzt anfangen sollte, ja nicht einmal davon, wo sie in der kommenden Nacht würde schlafen können! Am Tag schien die Frühlingssonne zwar schon recht warm, doch die Nächte waren noch immer empfindlich kalt. Außer ihrem Umhang, einem zweiten Hemd und Strümpfen zum Wechseln hatte sie nichts bei sich. Nicht einmal eine Decke, in die sie sich wickeln hätte können. Sie zog die Münzen hervor, die die Meisterin ihr gegeben hatte, und zählte die wenigen Pfennige. Weit würde sie damit nicht kommen.

»Du dumme Gans«, schimpfte sie sich selber. Wie hatte sie nur so unvorbereitet davonlaufen können? Was wäre dabei gewesen, noch einmal einem Mann zu Diensten zu sein und dafür mit den Frauen zu essen und eine Nacht in der Wärme zu verbringen?

»Dann würdest du morgen eben an diesem Punkt angelangt sein«, sagte sie sich. Doch zumindest würde dann im Augenblick nicht ihr Bauch vor Hunger rumoren. Sollte sie sich ein Brot kaufen und jetzt schon ihr weniges Geld angreifen? Elisabeth starrte auf die Münzen in ihrer Hand hinab. Nein, wer konnte schon sagen, wozu sie sie irgendwann noch dringender brauchen würde? Sie steckte sie in ihr Bündel zurück. Vielleicht war es an der Zeit, eine Gefälligkeit einzufordern!

Elisabeth folgte den Gassen, bis sie vor der schweren Eichentür stand. Natürlich war sie verschlossen. Es wurde ja bereits dunkel. Elisabeth klopfte und hörte gleich darauf Schritte. Es war weder der Klang von schweren Männerstiefeln noch der schnelle, leichte Tritt eines jungen Mädchens. Elisabeths Mut sank. Noch ehe der Riegel zurückgezogen worden war und die sich öffnende Tür einen Blick auf die Gestalt zuließ, wusste Elisabeth bereits, in wessen Gesicht sie blicken würde.

»Einen guten Abend wünsche ich, Margarete.« Die Miene war noch verkniffener, als Elisabeth sie sich vorgestellt hatte.

»Margret«, korrigierte sie. »Obwohl ich nicht wüsste, was mein Name dich angeht. Was willst du? Du hast hier nichts zu suchen!«

»Ist Ratsherr Maintaler im Haus?« Sie fragte nicht, ob er für sie zu sprechen sei, denn das hätte die Magd ganz sicher verneint.

»Nein, er ist nicht da«, sagte sie barsch und versuchte die Tür wieder zu schließen, doch Elisabeth lehnte sich rasch mit der Schulter dagegen.

»Bitte, ich muss mit ihm sprechen. Wo ist er jetzt? Wann wird er hier erwartet?«

»Ich wüsste nicht, was das eine wie dich angeht«, gab die Magd zurück.

Sie sind die Schlimmsten, dachte Elisabeth. Die einfachen Frauen, die sich mit harter Hände Arbeit ihren kargen Lohn verdienen und die der kleinste Hauch des Schicksals aus ihrer Bahn werfen kann. Es trennt uns nur so wenig! Vielleicht reagieren sie gerade dieses Wissens wegen so ablehnend und voller Hass auf die, die bereits gefallen sind.

Margret startete einen neuen Versuch, die Tür zu schließen, als hinter ihr Otilias Stimme erklang.

»Wer ist es denn Margret? Sag, wer hat geklopft?«

Elisabeth hörte ihre weichen Lederschuhe auf dem Steinboden der Halle. Widerstrebend öffnete die Magd die Tür noch ein Stück weiter.

»Oh, Lisa, du bist es. Welch eine Freude. Geht es dir gut? Was machst du hier um diese Zeit?«

»Nichts Rechtes jedenfalls«, brummte die Magd.

Otilia warf ihr einen strafenden Blick zu. »Du kannst jetzt

gehen und nach den Kindern sehen«, sagte sie bestimmt. Der Machtkampf dauerte nur ein paar Augenblicke, dann gab die Magd nach. Sie sandte Elisabeth noch einen vernichtenden Blick, dann ging sie betont langsam davon. Otilia zog Elisabeth ins Haus und schloss die Tür.

»Was gibt es? Du bist doch nicht etwa in Schwierigkeiten?«

Elisabeth lächelte ein wenig schief. »Vielleicht könnte man es so sagen. Daher wollte ich Euren Vater etwas fragen. Ich habe das Frauenhaus verlassen – mit Erlaubnis der Meisterin.«

Otilia klatschte in die Hände. »Das ist gut! Es war kein Ort für dich. Was wirst du jetzt tun? Wo gehst du hin?«

»Das ist ja gerade mein Problem. Ich weiß es nicht. Ich habe nicht einmal für heute Nacht einen Platz zum Schlafen.«

Das Lächeln verschwand aus Otilias Gesicht. »Das ist nicht gut. Hier jedenfalls kannst du nicht bleiben. Um Margret würde ich mir keine Gedanken machen, aber der Vater würde es auch nicht erlauben – denke ich.«

Elisabeth nickte. »Das ist mir klar.«

»Ich könnte dich ja verstecken, für eine Weile jedenfalls, und dir Essen bringen und so, aber für immer geht das nicht.«

»Das würde ich auch nicht von Euch verlangen wollen.«

Otilia unterbrach sie. »Hast du heute Abend überhaupt schon etwas gegessen?«

»Nein, aber …«

»Du willst doch nicht etwa behaupten, du hättest keinen Hunger?«

Elisabeth schwieg. Das zu sagen wäre leichtsinnig gewesen.

»Gut, ich hole dir etwas. Willst du in die Stube hinaufkommen?«, fügte sie zögernd hinzu.

Elisabeth lehnte ab und entschied, in der Halle zu warten, was Otilia mit sichtlicher Erleichterung annahm. Das Mädchen raffte die Röcke und lief in die Küche. Es kam gerade mit beiden Armen voller Köstlichkeiten in die Halle zurück, als die Haustür sich öffnete und Hans Maintaler eintrat. Sein Blick wanderte von seiner Tochter zu Elisabeth und wieder zurück.

»Oh, einen gesegneten Abend, Papa«, grüßte Otilia atemlos. Elisabeth blieb stumm.

»Wollt ihr mir nicht verraten, was das zu bedeuten hat?«, fragte der Ratsherr. Elisabeth konnte keinen Zorn in seiner Stimme hören, und so trat sie auf ihn zu und erzählte, warum sie gekommen war.

»Otilia, lass uns alleine«, befahl ihr Vater. Das Mädchen machte ein enttäuschtes Gesicht.

»Ihr werdet ihr doch helfen, nicht wahr, Papa? Sie hat Euch aus dem Kerker befreit. Und ihr Leben riskiert, um Euch Eure Geschenke zu Weihnachten zu bringen!«, erinnerte sie ihn.

»Geh!«

»Darf ich ihr Essen dalassen?«, wagte Otilia einen letzten Versuch.

»Ja. Leg die Sachen auf den Tisch dort drüben, und dann geh! Strapaziere meine Geduld nicht länger!«

Otilia gehorchte, nicht aber ohne Elisabeth demonstrativ zu umarmen, ehe sie die Treppe hinaufstieg und in der Stube verschwand. Ihr Vater seufzte.

»Du hast einen schlechten Einfluss auf sie, auch wenn es nicht deine Schuld ist«, sagte er.

»Das tut mir leid, und ich wäre auch nicht gekommen, wenn mir nur eine Möglichkeit eingefallen wäre, wohin ich gehen könnte. Ich weiß, dass ich hier nicht bleiben kann«, fügte sie hinzu, ehe der Ratsherr es sagen konnte. »Ich bin auch nicht auf der Suche nach Almosen. Ich möchte mir meinen Lebensunterhalt verdienen – mit ehrlicher Arbeit.«

Der Ratsherr stöhnte. Mitleid stand in seinen Augen. »Wie stellst du dir das vor? Aus solch einem Leben gibt es kein Zurück.«

»Ich habe es nicht freiwillig gewählt!«, rief Elisabeth. »Es hat mich keiner gefragt!«

»Ach, Mädchen, wer hat diesen Weg schon freiwillig gewählt? Ich gehöre nicht zu den Verblendeten, die Dirnen für von Geburt an verdorbene Weiber halten, deren Wollust sie sich in die Arme der Männer werfen lässt. Ich weiß, du bist ein guter Mensch, dennoch kann ich dir nicht helfen. Du willst eine ehrliche Arbeit? Dafür brauchst du Empfehlungen, die dir bescheinigen, dass du ein anständiges, sittsames Leben geführt hast. Solch eine Lüge kann ich nicht zu Papier bringen. Ich würde meine Glaubwürdigkeit aufs Spiel setzen, meine Position als Ratsherr und das Ansehen meiner Familie in der Stadt. Meine Kinder müssten für diesen Fehler später bezahlen.«

Elisabeth senkte den Kopf und blinzelte. Sie wollte nicht vor ihm weinen.

»Jetzt bist du von mir enttäuscht und hältst mich für undankbar.«

»Nein«, sagte sie mit erstickter Stimme. »Enttäuscht ja, aber nicht von Euch. Vermutlich würde ich an Eurer Stelle auch so handeln.« Sie wandte sich zur Tür.

»Vergiss dein Abendessen nicht!« Hans Maintaler deutete auf den kleinen Berg, den Otilia auf dem Tisch aufgetürmt hatte. Er sah sich um, griff sich einen Korb und legte Obst, Brot, Käse und Schinken hinein.

»Gibt es noch einen Wunsch, den ich erfüllen kann?«

Elisabeth nahm den Korb entgegen. »Vielleicht eine alte Decke?«

»Aber ja, das ist kein Problem.« Er schien erleichtert, dass ihr Wunsch so klein ausfiel. Hans Maintaler rief nach Margret und schickte sie, eine Decke zu holen. Während sie brummelnd die Treppe hinaufstieg, nahm der Ratsherr eine lederne Börse vom Gürtel und holte eine ganze Anzahl Schillinge heraus.

»Nimm! Sie gehören dir. Ich weiß wohl, was du für mich getan hast, und will nicht undankbar sein.«

Ihr Stolz verbot es ihr, die Münzen anzunehmen, ihre Not jedoch ließ sie zugreifen. »Danke.«

»Ich danke dir und wünsche dir, dass du einen Weg findest.«

Der Ratsherr begleitete sie durch die Halle und öffnete ihr die Tür. »Ich bin dir gut gesinnt, bitte glaube mir, dennoch möchte ich, dass du nicht mehr mit Otilia sprichst. Kann ich mich darauf verlassen? Sie ist noch so jung und unbesonnen, und ich möchte nicht, dass auch nur der kleinste Schatten auf ihre Tugend fällt. Kannst du das verstehen?«

Elisabeth seufzte. »Ja, Her Ratsherr, ich kann Eure Gefühle als Vater verstehen. Ich wünsche Euch und Eurer Familie alles Gute und Gottes Segen.«

Elisabeth trat auf die inzwischen finstere Gasse hinaus und ging in Richtung Dom davon.

Die Domuhr schlug elf. Elisabeth saß auf den verlassenen Stufen vor dem Portal, auf denen sich bei Tag die Devotionalienhändler drängten, um Besuchern und Pilgern Bildchen von Heiligen, Kerzen oder andere Heilsbringer zu verkaufen. Zweimal hatten die Scharwächter die Domgasse bereits gekreuzt, doch keiner war gekommen, um sie zu verjagen. Elisabeth hatte ein Stück Brot und einen Apfel gegessen. Den Rest wollte sie sich für den nächsten Tag aufheben, von dem sie nicht wusste, was er ihr bringen würde. Die Decke des Ratsherrn um die Schultern gelegt, saß sie auf den Stufen und wartete. Worauf? Sie wusste es nicht. Auf den Morgen oder darauf, dass irgendetwas geschehen möge. Ein paarmal versuchte sie zu beten, wusste aber nicht so recht, an wen sie sich mit ihrem Anliegen wenden sollte. Und was war überhaupt ihr Anliegen? Schließlich bat sie die Muttergottes, dass alles gut werden möge.

Die Turmuhr schlug Mitternacht. Schritte näherten sich. Nun hatten die Scharwächter sie also entdeckt und würden sie verjagen. Oder in eine Zelle stecken? Vielleicht würde sie dort ja schlafen können. Inzwischen wäre ihr sogar der Turm willkommen.

Elisabeth sah nicht auf, als die Beine und Schuhe in ihr Blickfeld kamen. Der Mann blieb kurz vor ihr stehen und setzte sich dann neben sie.

»Willst du mir nicht verraten, was du hier machst?«, fragte Meister Thürner mit beiläufiger Stimme, als wäre es nichts Besonderes, sie hier mitten in der Nacht auf diese Weise anzutreffen.

»Hat die Meisterin es Euch nicht gesagt? Sie hat mich davongejagt – nein, freigelassen! Ich weiß nicht, ob es einen Unterschied gibt.«

»Aha, wie ungewöhnlich«, sagte der Henker und ließ sich die Geschichte berichten, doch auch er konnte sich keinen Reim darauf machen.

»Und wie geht es nun weiter?«, fragte Meister Thürner. »Auf den Domstufen wirst du nicht wohnen können.«

Er erntete nur ein schwaches Lächeln. »Sagt Ihr es mir. Ich weiß mir keinen Rat. Die Meisterin hat gesagt, ich solle Würzburg verlassen und weit, weit weggehen, doch die einsame Landstraße schreckt mich.«

Der Henker stieß einen ärgerlichen Laut aus. »Das sollte sie auch. Das ist kein Ort für dich. Ich werde mit Else reden. Das ist sonst gar nicht ihre Art. Mich würde interessieren, was da in sie gefahren ist.«

»Ja, fragt sie. Es ist alles so seltsam. Ich weiß gar nicht, worauf ich hoffen soll. Habe ich mir nicht immer gewünscht, den Fesseln des Frauenhauses zu entfliehen? Und nun ist alles viel schlimmer, und ich sollte mir wünschen, dorthin zurückkehren zu dürfen.«

Der Henker hob die Brauen und sah sie fragend an. »Du solltest?«

Elisabeth nickte. »Ja, und dennoch frage ich mich, ob Gott nicht noch etwas anderes mit mir und meinem Leben vorhat. Ob sein Fingerzeig die Meisterin in ihrer Entscheidung gelenkt hat.«

Der Henker schnaubte. »Ich habe bisher noch nicht erlebt, dass Gott sich in die Belange der kleinen Leute einmischt, um ihr Los zu verbessern. Aber wenn du meinst, du wärst etwas Besonderes, dann kannst du gerne daran glauben.«

»Was nützt mir der Glaube, wenn ich den nächsten Schritt nicht erkenne?«

Der Henker erhob sich. »Gut, dann werde ich dir deinen nächsten Schritt sagen. Du kommst mit mir und wirst in unserer Scheune schlafen. Und ich werde morgen mit Else reden.«

Elisabeth erhob sich steif und reckte die kalten Glieder. »Danke!«

»Nicht der Rede wert«, wehrte der Henker ein wenig verlegen ab. »Ich kann dich nur in die Scheune lassen, und es wäre mir recht, wenn du dich ruhig verhieltest …« Er brach ab.

»Keine Sorge«, versicherte sie ihm. »Es wird mich niemand hören oder sehen.«

Sie ahnte, dass seine Bedenken mit seinem burschikosen Eheweib zusammenhingen, über die sie die anderen Frauen hatte spotten hören. Elisabeth konnte sich vorstellen, dass selbst die Frau des städtischen Henkers es nicht gerne sah, wenn der Gatte eine Dirne mit nach Hause brachte – aus welchen Gründen auch immer.

So verbrachte sie den Rest der Nacht auf einem Strohsack in der Scheune des Henkers. Zwei gefleckte Katzen und ein kleiner, struppiger Hund leisteten ihr Gesellschaft, wohl in der Hoffnung, ein Stück der Wurst zu ergattern, die Meister Thürner ihr mit einem Krug Wein und einem halben Brot hinausbrachte, ehe er sein eigenes Lager aufsuchte. Erschöpft schlief Elisabeth ein, obwohl sie im Frauenhaus oft viel später erst zur Ruhe gekommen war.

In ihren Träumen verfolgten sie düstere Schatten. Angst lähmte ihren Schritt und fesselte sie an den Boden, der zu zähem Sumpf zu werden schien. Dann hörte sie Stimmen. Mehrere männliche Stimmen. Wortfetzen wehten zu ihr herüber. Sie erkannte seine geliebte Stimme sofort. Er war bei ihnen. Wenn sie ihn rufen würde, käme er an ihre Seite geeilt und würde sie retten. Elisabeth schrie aus Leibeskräften, während der Morast gierig nach ihr griff und sie immer tiefer hinabzog, doch kein Laut kam aus ihrem Mund. Die Stimmen der Männer entfernten sich und verklangen. Die Finsternis schlug über ihr zusammen.

Der Henker war am Morgen schon früh auf den Beinen und brachte ihr eine Schale mit warmem Mus. »Warte hier«, gebot er ihr. »Ich bin bald zurück.«

Elisabeth war sich nicht sicher, ob es ihrem Anliegen nicht schaden würde, die Meisterin bereits so früh am Morgen aus dem Schlaf zu reißen, doch sie wollte dem Henker keine Ratschläge erteilen. Also saß sie im Heu, streichelte die Katzen, die sich wohlig räkelten, und wartete.

Sie sah es Meister Thürner bereits an, als er durch die Tür trat, dass seine Mission nicht den Erfolg gehabt, den er sich erhofft hatte. Er wirkte gar völlig verwirrt.

»Sie wird mich nicht zurücknehmen«, nahm ihm Elisabeth die Worte aus dem Mund. Sie versuchte zu ergründen, was sie bei seinem Kopfnicken empfand. Enttäuschung war es nicht, aber auch keine Erleichterung.

»Ich verstehe nicht, was vorgefallen ist, jedenfalls scheint sie fast panisch zu sein«, sagte der Henker. »Sie will unbedingt, dass du die Stadt verlässt, es war jedoch nicht aus ihr herauszubringen, weshalb.«

Eine dunkle Ahnung schwebte am Rand ihres Bewusstseins, doch ehe Elisabeth danach greifen konnte, vertrieb die Stimme des Henkers sie wieder.

»Ich habe gute Verbindungen nach Nürnberg. Ich werde herumfragen, ob du dich nicht einer Gruppe von Reisenden anschließen könntest, und ich könnte dir vielleicht ein Schreiben mitgeben.« Er sah sie an.

Elisabeth nickte zögernd. Was würde das für sie bedeuten? Eine neue Stadt mit dem gleichen Leben wie unter Else Eberlins harter Hand. Aber hatte sie denn eine Wahl?

Draußen erklang die Stimme einer Frau. Der Henker zuckte ein wenig zusammen. Sie rief nach ihm. Ja, sie befahl ihm, sofort zu erscheinen.

»Ich komme gleich wieder«, versicherte Meister Thürner und

eilte hinaus. Elisabeth folgte ihm bis in den Schatten der Tür. Sie konnte genug von der Unterhaltung hören, um zu verstehen, dass es um sie ging. Die Hausherrin hatte offensichtlich mitbekommen, wer in ihrer Scheune zu Gast war, und überschüttete den Henker nun mit Vorwürfen. Der Mann, der sonst Herr über Leben und Tod war und vor dem selbst Else Eberlin Respekt hatte, konnte sich ihrer Flut von Beschimpfungen nicht erwehren. Ja, sie ließ ihn kaum zu Wort kommen. Elisabeth unterdrückte einen Seufzer. Der Ausgang dieses Gefechts war offensichtlich. Hier würde sie nicht bleiben können. Sie bückte sich, strich den beiden Katzen noch einmal über den Rücken, hob ihr Bündel auf und machte sich ungesehen davon.

Wieder stand Elisabeth vor einer geschlossenen Tür, deren eiserner Beschlag verriet, dass der Besitzer dieses Hauses zu den angesehenen und reichen Persönlichkeiten der Stadt gehörte. Genau genommen war es nicht nur ein einzelnes Haus. Es war eines jener Anwesen, das mit seinen verschiedenen Gebäuden und der umlaufenden Mauer einer kleinen Burg glich. Nur der Wehrgang und die Wachtürme fehlten. Die Stadt beherbergte viele solcher Anwesen, von denen die meisten seit alters im Besitz des Domkapitels waren. Dieser hier war der prächtigste der kirchlichen Höfe in der Stadt, obwohl er nicht dem Dompropst gehörte. Elisabeth wusste, dass die Domherren daneben auch noch Weinberge und Felder besaßen und eine Anzahl an Mägden, Knechten und Handwerkern, die nicht nur die Ernte einbrachten, sondern auch Wein, Brot und allerlei Dinge für den täglichen Gebrauch herstellten, die sie dann ohne Steuern und andere Abgaben viel billiger verkaufen konnten als die Wirte, Bäcker und Handwerker der Stadt. Dass dies den Unmut der Bürger erregte, konnte nicht wundern. Immer wieder hatte Elisabeth die zornigen Reden der Gäste im Frauenhaus mit angehört, wenn zu fortgeschrittener Stunde diese zum Himmel schreiende Ungerechtigkeit wieder einmal zur Sprache kam.

Warum durften die Kirchenmänner und ihre Eigenleute in der Stadt leben, ihre Annehmlichkeiten und den Schutz ihrer Mauern und Türme genießen, mussten sich aber nicht an den Kosten beteiligen, keinen Wachdienst leisten und keinerlei Steuern bezahlen? Wie sehr drückte dagegen die Steuerlast auf den Schultern der Bürger! Und bald jedes Jahr dachte sich der Bischof neue Abgaben aus.

Doch dieser Streitpunkt war Elisabeth im Augenblick gleichgültig. Die Frage, die sie beschäftigte, war: Erinnerte sich der hohe Kirchenmann noch an seine so leichtfertig dahingesagten Worte? Und selbst wenn, würde er zu ihnen stehen?

Elisabeth war den ganzen Tag wieder durch die Stadt gestreift. Nun, da die Nacht nahte, brachte sie es nicht über sich, Meister Thürner noch einmal aufzusuchen. Vielleicht war es dumm von ihr, die einzige helfende Hand nicht zu ergreifen, aber alles in ihr sträubte sich gegen den Weg nach Nürnberg, der sie nur in ein anderes Frauenhaus führen würde.

Aber führte der Weg, den sie nun eingeschlagen hatte, überhaupt irgendwo hin? Oder war er eine Sackgasse – eine sehr kurze Sackgasse, die an diesem eisenbeschlagenen Tor endete? Es wurde Zeit, dies herauszufinden! Elisabeth hob den eisernen Klopfer und ließ ihn gegen das Holz fallen. Sie lauschte dem dumpfen Dröhnen, und als nichts geschah, klopfte sie noch einmal. Der Mann, der ihr öffnete, war nach seiner Kleidung zu schließen einer der Knechte des Domherrn.

»Ja? Was willst du?«

»Ich möchte mit Domherrn von Grumbach sprechen.«

Elisabeth hatte nicht erwartet, dass es leicht werden würde, zu dem hohen Kirchenmann vorgelassen zu werden, doch nun redete und bettelte sie schon eine Ewigkeit, und keine der Dienstmägde und keiner der Knechte, die sich inzwischen um sie versammelt hatten, wollte sie auch nur bis zur Schwelle des Hauses vorlassen, in dem der Herr seine Privatgemächer hatte.

»Bitte, der Herr hat gesagt, ich dürfe bei ihm vorsprechen!«, beharrte Elisabeth.

»Jetzt ist es aber genug!«, ereiferte sich eine ältliche Magd.

Der Knecht, der ihr geöffnet hatte, versuchte, ihr die Tür vor der Nase zuzuschlagen, doch Elisabeth trat beherzt einen Schritt vor.

»Was ist denn das für ein Aufruhr?« Die Stimme ließ alle herumfahren. Elisabeth fühlte, wie sich die feinen Härchen an ihren Armen und Beinen aufrichteten. Sie unterdrückte einen Schauder. Langsam wichen die Mägde und Knechte zur Seite und gaben Elisabeth den Weg frei. Wie in Trance trat sie auf den Domherrn zu, der sie mit unbeweglicher Miene ansah. Wie groß er war. Wie gerade er sich hielt. Wie edel seine Gesichtszüge waren. Seine tiefblauen Augen schienen ihr bis in die Seele sehen zu können. Wieder rann ein Schauder über sie hinweg, und es war ihr, als müsse sie auf der Stelle kehrtmachen und davonlaufen, so weit sie ihre Füße trugen. Wer konnte vor diesem Blick bestehen? Dennoch ging sie Schritt für Schritt weiter, obwohl es ihr vorkam, als würde sie durch Honig waten. Noch immer sprach er kein Wort. Nur seine linke Augenbraue wanderte ein wenig nach oben. Elisabeth fühlte plötzlich Zorn in sich, und der gab ihr den Mut zu sprechen.

»Domherr von Grumbach, als wir uns begegnet sind, sagtet Ihr, ich könne nach Euch fragen, wenn es die Situation erfordert.«

»Ich weiß, was ich gesagt habe«, erwiderte er kühl.

»Nun, die Situation erfordert es!«, stieß Elisabeth hervor und sah trotzig zu ihm auf. Die Augenbraue wanderte noch ein Stück weiter nach oben.

»So? Nun, dann komm herein, und berichte mir über diese Situation, die dich hierhergeführt hat. Mein Interesse ist geweckt!«

Der Domherr kümmerte sich nicht um die erstaunten Gesichter ringsherum. Er schien sie nicht einmal zu bemerken, als er vor Elisabeth zum Haus zurückschritt.

»Und was hast du dir nun vorgestellt?«, fragte der Domherr, als sie ihre Geschichte beendet hatte.

Elisabeth hob die Schultern und ließ sie wieder fallen. »Ich habe einfach keinen Ausweg gesehen, und da fielen mir Eure Worte ein.«

»Und du kannst dir nicht erklären, woher der plötzliche Sinneswandel deiner Meisterin rührt? Scheue dich nicht, mir alles zu sagen! Ich werde dich nicht verurteilen, was du auch angestellt hast!«

Elisabeth schüttelte den Kopf. »Nein, ich habe nichts getan! Der Legat war sicher wieder zufrieden mit mir. Jedenfalls hat er keine Wünsche geäußert, die ich ihm nicht erfüllt hätte. Die Eröffnung der Meisterin kam wie aus heiterem Himmel.«

Sie saß mit dem Domherrn alleine in einem kleinen, aber erlesen eingerichteten Schreibzimmer. Nun sprang Hans von Grumbach auf und begann ruhelos auf und ab zu gehen.

»Und sie hat gesagt, du sollst die Stadt verlassen?«

»Ja, das schien ihr wichtig zu sein. Das hat sie auch noch einmal zu Meister Thürner gesagt.«

»Ach? Der Henker weiß Bescheid? Deine Meisterin hat mit ihm darüber gesprochen?« Er blieb stehen und sah Elisabeth so eindringlich an, dass sie den Blick senken musste.

»Gesprochen ja, aber erfahren hat er nichts. Er steht genauso vor einem Rätsel wie ich selbst. Meister Thürner hat mir versichert, solch einen Fall bei der Eselswirtin noch nicht erlebt zu haben.«

Hans von Grumbach nahm seine Wanderung wieder auf. Elisabeth dagegen saß mit geradem Rücken auf dem Stuhl, die Hände im Schoß gefaltet. Nur ihr Blick folgte aufmerksam dem Domherrn. Unvermittelt blieb er vor ihr stehen und beugte sich herab.

»Wer bist du? Wo kommst du her?«

»Ich weiß es nicht! Das habe ich Euch bereits gesagt. Ich kann mich an nichts erinnern, was vor dem Tag im vergangenen Frühjahr liegt, an dem ich im Frauenhaus bei Meisterin Else aufgewacht bin.«

»An nichts? Wirklich gar nichts?« Forschend sah er sie an.

Für einen Moment erwog Elisabeth, ihm von ihren Träumen und dem schönen, jungen Ritter zu erzählen, dessen Stimme sie auf dem Domplatz wiedererkannt hatte. Aber sie verwarf den Gedanken und schüttelte stattdessen den Kopf.

»An gar nichts!«

»Außer an deinen Namen. Oder hat die Eselswirtin ihn dir gegeben?«

Elisabeth überlegte. »Sie nannten mir einige Namen, doch diese haben mir nichts bedeutet. Bei Elisabeth schien eine Saite in mir zu klingen. Es war mehr ein Gefühl als eine Erinnerung, und dann sagten sie, das würde passen, wäre das Haus doch einst zur Hilfe bedürftiger Frauen errichtet und Elisabethenhaus genannt worden.«

»So war das also«, sagte der Domherr und richtete sich wieder auf.

»Und was geschieht nun?«, wollte Elisabeth wissen. »Die Nacht ist hereingebrochen, und ich muss mir einen Platz zum Schlafen suchen.«

»Ich weiß. Deshalb bist du doch hergekommen, oder? Ich kann dir noch nicht sagen, wie es mit dir weitergehen soll. Ich muss erst darüber nachdenken. Bis dahin werde ich dir eine Kammer und zu essen geben lassen. Komm mit. Ich führe dich.«

Zwei Treppen mussten sie hinaufsteigen, ehe sie die Kammer unter dem Dach erreichten. Dennoch war sie größer und bequemer eingerichtet, als Elisabeth es erwartet hätte. Sie schien eher für Gäste als für Dienstboten gedacht, wenn auch sicher nicht für Domherren oder päpstliche Legate.

»Bleibe hier, bis ich dich rufen lasse. Du findest hier alles, was du brauchst. Ein Diener wird dir dein Essen bringen.«

Mit diesen Worten ließ er sie allein. Elisabeth sah sich um. Das Bett war breit, hatte eine gute Matratze und war mit Daunenkissen und sauberen Decken belegt. Unter dem Fenster stand eine Truhe und gegenüber auf der anderen Seite eine schwere Kommode. Auf den Brettern, die darüber an der

Wand befestigt waren, standen einige Teller und Zinnbecher. Ein Mann brachte ihr zu essen und einen Wasserkrug, doch offensichtlich hatte er die Anweisung, nicht mit Elisabeth zu sprechen. Sie betrachtete den kleinen Mann mit den krummen Beinen. Sein Gesicht war schmal, die Vorderzähne ungewöhnlich lang. Der Ausdruck in seinen Augen gefiel Elisabeth nicht. Er hatte etwas Lauerndes, Verschlagenes. So wie der Mann sie musterte, erinnerte er sie an eine Ratte. Unwillkürlich zog sich Elisabeth bis an die Wand zurück, als er ihr Tablett auf der Truhe abstellte.

»Danke. Hat der Herr Domherr gesagt, wie es nun weitergeht?«, zwang sie sich zu fragen, obwohl sie sich nur wünschte, er würde das Zimmer verlassen. Der Knecht schüttelte stumm den Kopf.

»Wie heißt du?«, fragte sie, als er schon zur Tür ging.

»Fritz Hase«, sagte er. »Und ich bin der persönliche Diener und Vertraute des Herrn«, fügte er stolz hinzu, um ihr seine Wichtigkeit vor Augen zu führen. Elisabeth bezweifelte, dass dies der Domherr ebenso sah. Fritz Hase schloss die Tür hinter sich. Seine Schritte verklangen. Elisabeth setzte sich auf das Bett. Sie aß und trank, ohne recht zu merken, was sie verzehrte. In ihrem Kopf kreiste nur die eine Frage: Wie würde er sich entscheiden? Ihr Gefühl sagte ihr, dass sie an einem Wendepunkt angelangt war. Doch in welche Richtung würde der neue Weg sie führen?

»*Vom Fegefeuer direkt in die Hölle*«, flüsterte eine gehässige Stimme in ihrem Kopf, die sich nur schwer zum Schweigen bringen ließ.

Kapitel 22

Zwei Tage vergingen, ohne dass sich der Domherr sehen ließ. Eine Magd begleitete nun Fritz Hase. Sie starrte Elisabeth voll Neugier an, wagte aber in Anwesenheit des rattengleichen Dieners offensichtlich nicht, den ungewöhnlichen Gast anzusprechen. So brachte sie ihr nur stumm das Essen und leerte ihr Nachtgeschirr, ansonsten blieben Elisabeth nichts als ihre wirren Gedanken und Gefühle. Und die Ängste, die wie Unkraut zu wuchern begannen.

Am dritten Abend kam Fritz Hase wieder alleine zu ihr und verkündete, sein Herr habe ihm aufgetragen, ihr zu sagen, dass sie hier wohnen bleiben würde, sich aber nicht vom Hof entfernen dürfe. Am besten bliebe sie in ihrer Kammer, fügte er hinzu und wollte schon wieder gehen, doch Elisabeth griff nach seinem Ärmel. Entrüstet machte er sich los.

»Ich kann nicht nur in dieser Kammer sitzen! Ich muss mich mit etwas beschäftigen. Bitte, ich kann arbeiten. Warum lässt er mich nicht den Mägden zur Hand gehen?« Der Blick, den er über sie wandern ließ, war ihr unangenehm, aber sie senkte nicht die Lider.

»Davon hat der Herr nichts gesagt«, sagte Fritz Hase brüsk.

Er schloss die Tür und ließ sie allein zurück. Elisabeth schwankte zwischen Wut und Verzweiflung. Was bildete sich der Domherr ein? Sie war nicht seine Gefangene! Er konnte sie nicht ewig in diesem Zimmer einschließen. Nun ja, streng genommen hatte er sie nicht eingeschlossen. Es blieb ihr frei, die Tür zu öffnen und hinauszugehen.

Wenn du dich nicht nach seinen Wünschen richtest, dann

ist es das gute Recht des Hausherrn, dich auf die Straße zurückzuschicken, mahnte eine Stimme.

Wünsche? – Befehle!, wütete eine andere dagegen.

Du bist eine Ehrlose, eine Ausgestoßene, die nicht zu dieser Gesellschaft Würzburgs gehört. Warte wenigstens ab, was er dir anbietet!

Was konnte das schon sein? Ein Leben wie eine Gefangene. Versteckt in einer Kammer. Dann lieber die Straße!

Bist du sicher? Das ist leicht gesagt, wenn man satt und warm auf einem Federkissen liegt!

So wogten die Gedanken und Gefühle hin und her, während zwei weitere Tage verstrichen. Endlich ließ der Domherr sie holen. Mit bangen Gefühlen folgte Elisabeth dem krummbeinigen Diener, der sie in das Gemach des Domherrn führte und dann die Tür von außen schloss. Hans von Grumbach saß an seinem Sekretär und schrieb etwas. Es war ihm in keiner Weise anzumerken, dass er Elisabeth überhaupt bemerkt hätte. Sie wartete eine Weile, dann räusperte sie sich.

»Zu dir komme ich gleich«, sagte er, ohne in seinem Schreiben innezuhalten. Endlich setzte er seinen Namen unter den Brief, streute etwas Sand darüber und versiegelte das Schreiben. Dann erst schob er seinen Stuhl zurück und wandte sich zu Elisabeth um, die versuchte, ihre Ungeduld zu verbergen.

»Ich habe über dich nachgedacht und eine Entscheidung gefällt«, sagte der Domherr. »Zieh dich aus!«

»Was?«

»Du sollst deine Kleider ausziehen!«

Die Worte kamen so unerwartet, dass Elisabeth meinte, sich verhört zu haben. So war das also. Was hatte sie erwartet? Sie war eine Dirne und als solche würde er sie auch behandeln. War das nicht ein guter Tausch, diesem edlen Herrn zu dienen, statt jeden Abend einem anderen schmutzigen Wächter oder Handwerker? Und dennoch fühlte sich die Enttäuschung wie ein plötzlicher Schlag in den Magen an. Dabei sah er gar nicht aus wie ein Mann, dessen Blut vor Lust in Wallung geraten war, so kalt und unbeweglich seine Miene noch immer erschien. Langsam begann Elisabeth die Bänder zu lösen, schob die Ärmel herab und ließ den Rock zu Boden gleiten. Als sie ihr Hemd über den Kopf ziehen wollte, hob er plötzlich die Hand, um ihr Einhalt zu gebieten.

»Das kannst du anlassen. Die anderen Sachen stopfe in den Sack dort auf dem Tisch.«

»Warum?«

»Um sie zu verbrennen«, sagte der Domherr, als wundere er sich über ihre Frage. »Ich halte es nicht für gut, wenn du in meinem Haus das Zeichen der Schande so offen zur Schau trägst. Dort drüben in der Truhe findest du einige Kleider, die dir hoffentlich zusagen werden. Wähle dir eines aus, und zieh es an. Die anderen kannst du mit auf dein Zimmer nehmen.«

»Ich soll Euch nicht zu Diensten sein? Ich meine jetzt – hier?«

Domherr von Grumbach sah sie verständnislos an. Dann folgte er ihrem Blick zu seinem Himmelbett hinüber.

»Nein, das sollst du nicht«, sagte er grimmig. »Ich möchte lediglich vermeiden, gelben Bändern in meinem Haus zu begegnen.«

Elisabeth öffnete die Truhe und nahm sich das oberste Gewand heraus. Es war ein gut geschnittenes Kleid aus dickem, weinrotem Tuch, das mit ein wenig mehr Spitze oder Schmuck einer reichen Bürgersfrau angemessen gewesen wäre. Rasch schnürte sie die Bänder und nahm dann eine passende Haube mit einem Samtband und einem Silbernetz aus der Truhe. Sie band ihr Haar auf und verstaute es in dem Netz. Als sie fertig war, trat sie zwei Schritte auf ihn zu und knickste. Der Domherr schluckte und starrte sie aus großen Augen an. Dann schüttelte er unwillig den Kopf, so als müsse er einen unangenehmen Gedanken vertreiben. »Sehr schön. Das wäre vorläufig alles.«

Elisabeth blieb stehen. »Ich wollte …«

»Du brauchst mir nicht zu danken. Geh in dein Zimmer. Ich habe noch zu tun.«

Sie rührte sich nicht von der Stelle. »Ich wollte Euch gar nicht danken. Ich meine, das natürlich auch, aber ich möchte Euch um noch einen Gefallen bitten.«

»So?« Wieder dieser strenge, unergründliche Blick, der ihr eisige Schauder über den Rücken jagte. Am liebsten wäre sie wie ein kleines Mädchen davongelaufen, doch sie unterdrückte die Nervosität und krallte ihre Finger in den roten Stoff.

»Was kann ich denn noch für dich tun?«

»Es ist so schrecklich eintönig, den ganzen Tag in der Kammer zu verbringen. Ich arbeite gern für alles, was Ihr mir Gutes tut! Ich möchte mich nicht nur in Eure Schuld begeben. Sagt mir, wo ich zur Hand gehen kann.«

»Das ist nicht nötig.«

»Bitte! Dann lasst mich wenigstens in Büchern lesen oder Handarbeiten verrichten – und ab und zu die Sonne sehen.«

»Wäre das dann alles?« Wieder dieser leicht spöttische Ton.

»Ja, das wäre alles.« Sie knickste tief.

»Ich werde sehen, was ich tun kann, und nun geh bitte wieder auf dein Zimmer!«

Mehr blieb nicht zu sagen. Also nahm Elisabeth die restlichen Kleider aus der Truhe und verließ das Gemach des Domherrn. Fritz Hase erwartete sie vor der Tür und führte sie zu ihrer Kammer zurück.

Der Domherr ließ ihr nicht nur Bücher geben, auch einen Stickrahmen und farbige Seidengarne brachte ihr der krummbeinige Diener in ihre Kammer. Elisabeth machte sich an die Arbeit. Sie ging ihr leicht von der Hand. Offensichtlich war sie darin geübt, auch wenn ihr die Stickerei keine Freude bereitete. Die Lektüre dagegen verschlang sie geradezu und bat bald darauf um neue Bücher. Ab und zu ging sie in den Hof hinunter und sah den Mägden und Knechten bei ihrer Arbeit zu, doch nie ging sie weiter als bis zum Tor, den Wunsch – oder den Befehl – des Domherrn respektierend. Ab und zu sprach Hans von Grumbach mit ihr. Meist wollte er mehr von ihrem Leben im Frauenhaus hören – und von ihrer Vergangenheit. Doch sie blieb dabei, dass sie sich an nichts erinnerte. Was gingen ihn ihre sehnsuchtsvollen Träume von einem jungen Ritter an? Und vielleicht waren sie ja nichts anderes als nur Träume.

Rede dir nichts ein! Du weißt, dass es ihn gibt und dass dies Erinnerungen sind! Du hast ihn getroffen und seine Stimme erkannt.

Und ich habe die Chance vertan, dachte sie traurig. Nun in ihren wohlanständigen Kleidern hätte sie es wagen können, ihn anzusprechen.

Ach ja? Bist du jetzt keine Dirne mehr, nur weil deinen Rock kein gelber Saum mehr ziert? Meinst du, du kannst den Schmutz einfach so in einer Wanne heißen Wassers abwaschen?

Es gelang ihr nicht, die gehässige Stimme in ihr zum Schweigen zu bringen. Wenn sie nur einen Menschen zum Reden an ihrer Seite hätte! Das Leben im Haus des Domherrn war gut, warm, satt und sicher, und dennoch breitete sich eine kalte Leere in ihr aus. Sie vermisste Jeanne und Gret und die anderen Frauen, ja selbst Marthes scharfe Zunge und die barschen Befehle der Meisterin. Wäre sie sogar bereit, ins Frauenhaus zurückzukehren und wieder für Else zu arbeiten?

Die Frage stellt sich nicht!, wies sie sich selbst zurecht. *Sie hat dich weggeschickt! Hast du das schon vergessen?*

Nein! Wie könnte sie.

»In so grüblerischer Stimmung? Bist du denn nicht zufrieden?«

Elisabeth erschrak. Sie hatte Hans von Grumbach gar nicht kommen hören. Nun trat er über den sonnigen Hof auf sie zu.

»Doch, schon, es ist nur …« Sie verstummte. Wie konnte der Domherr ihre widerstreitenden Gefühle und Sehnsüchte verstehen?

Ein energisches Pochen erklang. Einer der Knechte ließ die

Axt und den Holzscheit, die er gerade in Händen gehalten hatte, fallen und eilte zum Tor, um es zu öffnen.

»Oh!«, stieß Elisabeth aus, als sie den Besucher erkannte. Der Dompropst Anthoni von Rotenhan und zwei weitere Domherren, die Elisabeth nicht kannte, traten in den Hof. Der Hausherr ging auf sie zu, um sie zu begrüßen, doch der Propst starrte nur Elisabeth an. Dann wanderte sein Blick zu Hans von Grumbach.

»Ich kenne sie! Ist das nicht das Mädchen von ... ich meine, die ich kommen ließ ...?«

Hans von Grumbach unterbrach ihn hastig. »Ich weiß nicht, wovon Ihr sprecht. Doch nun kommt herein. Wir haben einiges zu beraten. Was sich der Bischof nun wieder geleistet hat, können wir ihm nicht durchgehen lassen.«

Er dirigierte die Gäste zur Haustür, doch der Propst wandte immer wieder den Kopf und sah zu Elisabeth hinüber. Sie spürte, wie Röte in ihre Wangen schoss, und wandte den Blick ab.

Am nächsten Abend ließ Hans von Grumbach Elisabeth wieder in sein Gemach rufen und wartete, bis der Diener sich entfernt hatte, ehe er zu sprechen begann.

»Ich hoffe, du fühlst dich hier wohl«, sagte er.

Ihr war klar, dass diese Frage nicht der Grund sein konnte, weshalb er sie in sein Gemach gerufen hatte. »Ja«, sagte sie gedehnt. »Ich danke Euch für Eure Güte.«

»Nun ja, mit der Güte ist das so eine Sache«, fuhr er fort. »Nur selten ist einer immer der Gebende und der andere stets der Nehmende. Meist ist jede Beziehung ein Geschäft.«

Elisabeth horchte auf. Was mochte er von ihr wollen? Konnte und wollte sie seine Forderung erfüllen? Ihr Blick wanderte zu seinem Bett. Hans von Grumbach, der das offensichtlich bemerkt hatte, lachte kurz auf.

»Du bist nicht auf den Kopf gefallen. Ja und nein, lautet die Antwort. Ich möchte, dass du einen Auftrag für mich erfüllst. Es geht um deine ... hm ... bisherige Arbeit, aber nicht ich möchte sie in Anspruch nehmen.«

Obwohl Elisabeth mit so etwas hätte rechnen müssen, fühlte sie einen Stich. Er hatte sie so gar nicht wie eine Dirne behandelt und auch nicht wie eine gekleidet, sodass sie selbst schon begonnen hatte zu glauben, sie wäre keine mehr. Doch dies war keine Arbeit, die man ablegen und so einfach durch eine neue ersetzen konnte!

»Du bist gekränkt?« Er verstand in ihrem Mienenspiel zu lesen. »Auch wenn du dazu keinen Grund hast, glaube ich zu verstehen, was in dir vorgeht. Dennoch bitte ich dich, dir meine Worte anzuhören und mir dann zu sagen, ob du diesen Auftrag erledigen wirst.«

»Ich habe eine Wahl?«, stieß Elisabeth hervor.

»Hat man die nicht immer? Ich kann dich schlecht zwingen – mit Prügel und Kerker etwa? Was denkst du!«

»Aber Ihr werdet mich wegschicken, wenn ich mich nicht füge«, vermutete Elisabeth laut.

»Nein, das werde ich nicht. Aber ich hoffe, dass du darüber nachdenkst und mir dann dein Einverständnis gibst. Setz dich!«

Elisabeth ließ sich auf der Stuhlkante nieder und lauschte den Worten, die der Domherr ihr zu sagen hatte.

»Hast du alles verstanden?«

Elisabeth nickte und erhob sich. »Ja, und ich werde es tun.«

»Gut, dann zieh dich um. Hier liegen deine Kleider.«

Ein wenig befangen machte sie sich daran, die Gewänder zu tauschen. Der Domherr blieb in seinem Stuhl sitzen und beobachtete sie. Wie immer verriet seine Miene nicht, was er dachte. Als sie fertig war, nickte er anerkennend.

»Und denk an den Schleier!«, mahnte er sie, als er sie zur Tür begleitete. Bevor er ihr in die Kutsche half, die bereits im Hof wartete, legte er ihr ein Geschmeide um den Hals. Elisabeth griff danach und fühlte die vertraute Form des Medaillons in ihren Händen.

»Woher habt Ihr das?«, rief sie erstaunt. Sie konnte sich

das nicht erklären. Hatte sie das Schmuckstück nicht zuletzt in den Händen der Eselswirtin gesehen, nachdem sie es ihr nach ihrem Besuch bei dem päpstlichen Legaten zurückgegeben hatte?

»Ich habe so meine Quellen und nicht gerade geringe Möglichkeiten«, sagte der Domherr sanft und schloss den Schlag. »Ich wünsche gutes Gelingen!«, sagte er noch. Dann hob er die Hand, und der Kutscher fuhr an.

Die Kutsche ratterte durch die Nacht. Elisabeth schob den Vorhang ein wenig beiseite, um hinaussehen zu können. Die Räder holperten über die Brücke. Dann verlangsamten die Pferde ihren Schritt, um ihre Last die Steige hinaufzuziehen. Gemächlich zockelten die beiden Rösser dahin. Elisabeth konnte bereits die Silhouette der Festung ausmachen, die sich schwarz gegen den Nachthimmel abhob. Ein seltsames Kribbeln hatte sich ihrer bemächtigt und breitete sich nun von den Fingern und Zehen her über den ganzen Körper aus.

Was war das für ein Spiel, das Domherr von Grumbach mit ihr trieb – oder war dies ein Einfall des Propstes? Es kam ihr nicht zum ersten Mal der Verdacht, der Auftrag habe etwas mit seinem Besuch vor zwei Tagen zu tun. Hatte der Propst Domherr von Grumbach dazu überredet, seine Dirne für diesen Plan herzugeben? Möglich. Dennoch verstand Elisabeth nicht, was der Propst sich davon versprach. Der Auftrag war denkbar einfach – für eine Dirne, die nicht nur Erfahrung mit Handwerksburschen hatte! Ein Spiel der Leidenschaft im Dunkeln. Nun gut, wenn es dem Herrn gefiel, sollte er es haben. Aber warum? Sie wusste, dass sowohl Domherr von Grumbach als auch der Propst und ein Dutzend anderer Domherren nicht auf der Seite des Bischofs standen und ihn mit allen ihnen zur Verfügung stehenden Mitteln bekämpften. Seine Lebensart, seine Raffgier, all das hatte das Fass schon vor langer Zeit zum Überlaufen gebracht. Die Domherren wollten mit Unterstützung der Bürger und des Rates ihre Interessen durchsetzen und Würzburg und das Stift von den bedrückenden Schulden befreien. Auf der anderen Seite war es dem Bischof gelungen, einige Männer des Kapitels auf seine Seite zu ziehen. Selbst der Bruder des Propstes sollte unter diesen Domherren zu finden sein. Es waren weniger als in der Partei von Bischof Johanns Gegnern, doch bereits erschreckend viele, wie Domherr von Grumbach es formuliert hatte. Dass die neue Loyalität mit klingender Münze erkauft war, daran ließ er keinen Zweifel. Genauso wenig wie an seiner Abscheu dem Bischof gegenüber. Und genau deshalb konnte Elisabeth nicht begreifen, was gerade vor sich ging. Wollten der Propst und seine Anhänger den Bischof durch dieses Geschenk milde stimmen? So einfältig konnten sie nicht sein. Er würde es nehmen, vielleicht ein Wort des Dankes verlieren, aber dem Domkapitel nicht den kleinsten Schritt entgegenkommen! Überhaupt, was war das für ein Geschenk? Sie wusste von der Unmoral des Bischofs, seinen Mätressen und unehelichen Kindern, doch dies war nichts, das man öffentlich anmerken oder worauf man sich berufen konnte. Warum also fuhr sie nun in einer Kutsche in den Hof der Festung »Unser Frauenberg« ein?

Der Kutscher wechselte ein paar Worte mit den Wachtleuten, dann winkten sie ihn weiter über die Brücke und durch die beiden Tore in den inneren Hof. Mit einem Ruck kam die Kutsche vor den breiten Stufen, die zum Festsaal hinaufführten, zum Stehen. Der Kutscher sprang auf den Boden und öffnete Elisabeth den Schlag. Sie fühlte sich ganz schön durchgeschüttelt und schob die Übelkeit und das Stechen hinter ihren Schläfen auf die Fahrt. Bequem war die Reise in einer Kutsche jedenfalls nicht!

Wie angewiesen, zog sich Elisabeth den Schleier bis über das Kinn und ließ sich dann von einem Dienstboten, der sie bereits erwartete, zu den privaten Gemächern führen. Es brannten nur zwei Kerzen. Das Feuer im Kamin war zu einem Häufchen Glut zusammengefallen. Neugierig sah sich Elisabeth um. Dies war also das Schlafgemach Bischof Johanns II.

von Brunn. Wie edel und prächtig alles trotz des trüben Lichts aussah. Sie berührte eine vergoldete Porzellanfigur auf dem Kaminsims. Ihre Übelkeit verstärkte sich. Ihr Kopf begann zu dröhnen. Dann fühlte es sich an, als würden ihr heiße Nadeln durch die Stirn gestochen. Elisabeth krümmte sich zusammen. Was war nur mit ihr los? Sie würde sich doch nicht etwa über die Brokatdecken des Bischofs erbrechen? Was würde Domherr von Grumbach sagen? Es war ihr, als könne sie seinen kalten Blick auf sich spüren. Nein! Er hatte so viel für sie getan. Ohne ihn wäre sie längst in Nürnberg in einem anderen Frauenhaus oder irgendwo auf der Landstraße verloren und vergessen worden. Sie musste diesen Auftrag für ihn erledigen. Anständig erledigen! Elisabeth ließ sich auf eine gepolsterte Bank sinken und schloss die Augen. Sie versuchte tief ein- und auszuatmen und die Verkrampfung in ihrem Magen zu lösen. Nun wurde sie der Gerüche gewahr. Seltsam fremde und doch vertraute Gerüche, die eine Flut unzusammenhängender Bilder heraufbeschworen. Elisabeth schwankte. Ihr wurde schwindelig. Hilfe suchend umklammerte sie das Medaillon um ihren Hals. Es gab ihr Trost und beruhigte die flatternden Nerven. Ihre Finger rieben über den geschliffenen Edelstein. Ihr Fingernagel schob sich in die Vertiefung.

Draußen waren Schritte zu hören. Elisabeth fuhr auf. Sie hatte ganz vergessen, die Kerzen zu löschen und sich auszuziehen. Für das Zweite war es jetzt zu spät! Sie eilte zu dem Kerzenhalter und blies die Flammen aus. Elisabeth hatte gerade noch Zeit, die Haube mit dem Schleier abzunehmen und ihr aufgestecktes Haar zu lösen, als sich die Tür öffnete und eine männliche Gestalt einließ. Ein schwacher Lichtstrahl flutete durch das Gemach. Elisabeth erhaschte die Silhouette eines massigen Mannes in roten Lederschuhen, gelben Strümpfen und einem pelzverbrämten Gewand aus besticktem Samt. Noch ehe sie sein Gesicht wahrnehmen konnte, schloss sich die Tür mit einem Klicken und hüllte das Gemach in Dunkelheit. Nur der Schimmer der Glut ließ noch ein paar Umrisse erahnen. Elisabeth richtete sich auf, die Hände nervös hinter dem Rücken verschränkt, und wusste nicht, was sie tun oder sagen sollte. Was erwartete ein Bischof von ihr?

Er ist auch nur ein Mann, der geherzt und aus seinen körperlichen Zwängen befreit werden will.

Zögernd trat sie auf ihn zu. Inzwischen mussten sich seine Augen ebenfalls an die Dunkelheit gewöhnt haben, denn er wandte sich in ihre Richtung und kam ihr entgegen. Schwer legten sich seine Hände auf ihre Oberarme.

»Sie haben mir eine ganz besondere Überraschung versprochen«, wisperte er heiser. Sie spürte seinen raschen Atem, der sicher nicht nur von der Anstrengung, die wenigen Treppenstufen zu erklimmen, beschleunigt wurde.

Er tastete über ihr Haar, ihr Gesicht hinab zu ihrem Dekolleté und dann über die Taille und Hüfte.

»Ah, welch schönes Haar, welch straffe Haut. Du bist jung und schlank wie ein Reh. Und auch ein wenig scheu? Weißt du, ich liebe Rehe. Der Blick aus ihren Augen berührt mich, wenn sie erkennen, dass ihr Ende gekommen ist. Ich würde dir auch gern in die Augen sehen. Sind sie braun wie die der Rehe? Sag es mir. Ich möchte es wissen.«

Elisabeth sagte nichts. Sein heißer Atem verstärkte ihre Übelkeit wieder, und sie fürchtete, jeden Augenblick das Bewusstsein zu verlieren. So schlimm war es nicht einmal bei Junker von Thann gewesen, und er hatte ihr die Jungfräulichkeit genommen!

»Du schweigst? Gehört das auch zu dem Spiel? Nun gut, dann werde ich dich hinterher betrachten und mich an deinem Anblick weiden. Nun komm, und hilf mir aus diesen Kleidern. Meine Lust drückt mich schmerzlich. Ich verzehre mich nach deinem jungen Fleisch!«

Mit zitternden Fingern begann sie ihn zu entkleiden, während der Bischof sie unbeholfen tätschelte. Dann schlang er die Arme um sie und zog sie so stürmisch an sich, dass sie beide aufs Bett fielen. Er stöhnte und versuchte sie aus ihren Kleidern zu befreien, als das Medaillon in seine Hand glitt. Er hielt mitten in der Bewegung inne. Elisabeth versuchte, sich von ihm herunterzuwälzen, doch seine zweite Hand krallte sich in ihren Arm.

»Was ist das?«, fragte er mit normal lauter Stimme. »Ich glaube, ich kenne dieses Schmuckstück! Woher hast du das?«

Die Wogen, die sich am Rand ihres Bewusstseins aufgeschaukelt hatten, seit die Kutsche die Zugbrücke überquert hatte, schlugen mit aller Macht über ihr zusammen. Elisabeth stieß einen Schrei aus, der selbst in ihren eigenen Ohren schmerzte. Mit ungeahnten Kräften riss sie sich los. Das Medaillon entglitt seiner Hand. Sie fiel vom Bett, rappelte sich auf und taumelte noch immer schreiend zurück.

»Beim Herrn im Himmel, was hast du denn?«, rief der Bischof, doch Elisabeth schrie weiter. Sie lief zur Tür, riss sie auf und rannte den Gang entlang davon.

Kapitel 23

Elisabeth rannte Gänge entlang, Treppen hinauf und hinunter. Zwei junge Ritter standen in einer Nische und starrten sie entgeistert an, stellten sich ihr aber nicht in den Weg. Ein Teil ihres Geistes sagte ihr, dass sie sie kannte und dass ihre Namen Seitz von Kere und Bernhard von Seckendorf waren. Elisabeth konnte nicht stehen bleiben. Sie wollte nicht stehen bleiben! Längst hatte sie aufgehört zu schreien, denn die Luft brauchte sie, um weiterzulaufen. Mit einer Hand umkrallte sie das Medaillon, die andere streckte sie nach vorn, um mögliche Hindernisse zur Seite zu stoßen. Sie kam an offenen Türen vorbei, passierte Diener, die ihr erstaunt nachsahen. Niemand versuchte sie aufzuhalten. Doch so schnell sie auch lief, den Erinnerungen, die plötzlich über sie hereinbrachen, entkam sie nicht. Die Fluten brachen den Damm und überschwemmten ihren Geist mit Bildern von Orten und Menschen, mit Gesprächsfetzen und Gefühlen. Ihr keuchender Atem wurde zu einem Schluchzen. Elisabeth musste das Schmuckstück nun nicht mehr öffnen, um zu wissen, was es enthielt. Sie sah die beiden Bilder vor sich. Winzige Portraits. Auf der linken Seite war ihr eigenes Gesicht abgebildet, wie es vor fünf Jahren ausgesehen hatte, und auf der rechten Seite prangte das Konterfei des Bischofs Johann von Brunn. Auch die Inschrift, die beide Bilder umrahmte, stand ihr klar vor Augen: »Möge der Herr meine geliebte Tochter beschützen.«

Die Tochter des Bischofs!, hämmerte es in ihrem Kopf, doch es wollte keine Freude aufkommen. Das böse Zischen war wieder da und rief: *Die Dirne des Bischofs!* Herr im Himmel!

Elisabeth musste fliehen, von der Festung verschwinden, ehe sie jemand erkannte. Nun wurde ihr so einiges klar. Die Meisterin musste es irgendwie herausgefunden haben. Hatte sie das Medaillon geöffnet? So wurde ihre Reaktion plötzlich verständlich.

Und Domherr von Grumbach? Wusste er ebenfalls Bescheid? Aber hätte er sie wissentlich auf die Festung in die Arme ihres eigenen Vaters geschickt?

Der Bischof mit seiner eigenen Tochter in unzüchtiger Vereinigung! Die Kirche mochte über viele Dinge hinwegsehen, über Prunk und Verschwendungssucht, Mätressen und Bastarde, doch Unzucht mit dem eigenen Kind war nichts, das der Papst mit einem Augenzwinkern hinnehmen würde. Vor allem jetzt, da die Zeit der Gegenpäpste vorbei und der sündhafte Alexander Vergangenheit war. Die Kirche war dabei, sich zu erneuern, und strebte Reformen an.

Das war es! Elisabeth blieb unvermittelt stehen. Das war die Erklärung. Natürlich hatte er sie erkannt, vermutlich schon bei ihrer ersten Begegnung im Haus des Propstes. Hans von Grumbach hatte mehr Phantasie bewiesen als der alte Propst, der nicht einmal auf den Gedanken gekommen wäre, in der Dirne aus dem Frauenhaus die verschwundene Tochter des Bischofs wiederzufinden. Hans von Grumbach jedoch hatte einen scharfen Blick und einen noch schärferen Verstand. Schon an jenem ersten Morgen war ihm das Medaillon aufgefallen. Er hatte geschickt seine Fragen gestellt, bis er sicher sein konnte. Und als der Zufall Elisabeth in seine Hände spielte, hatte er die Waffe wohl verwahrt, bis sich die rechte Gelegenheit fand, sie einzusetzen.

Elisabeth setzte ihren Weg langsamer fort. Sie bemerkte, dass sie wieder in dem Korridor war, der zur großen Freitreppe führte. Sollte sie es wagen oder war das Risiko zu groß, dort jemanden anzutreffen, der versuchen würde, sie aufzuhalten? Sie sah an sich herunter. Nichts an ihrer Kleidung ließ den Zweck ihres Besuchs vermuten. Leider lag der Schleier noch im Gemach des Bischofs. Egal. Sie würde es versuchen. Je schneller sie die Festung verließ, desto besser. Hoffentlich würden sich die Wachen an den Toren ihr nicht in den Weg stellen. Was danach mit ihr geschehen würde, darüber machte sie sich vorerst keine Gedanken. Zuerst musste sie weg von diesem Ort, der sie mit seinen Erinnerungen überschüttete.

Elisabeth bog auf den Treppenabsatz ein und raffte gerade die Röcke, um die Stufen hinunterzueilen, als zwei Männer vom großen Saal her ebenfalls auf den Absatz hinaustraten.

»Elisabeth?« Ungläubiges Erstaunen lag in der Stimme. Dann schien er sich sicher. »Elisabeth!«

Sie erkannte die Stimme des jungen Ritters sofort, der nun auch wieder einen Namen hatte: Graf Albrecht von Wertheim.

»Das ist doch nicht möglich!«, rief sein älterer Bruder Johann, der neben ihm aus dem Saal getreten war.

Da der Boden sich nicht vor ihren Füßen auftat, um sie in ihrer Scham zu verschlingen, wandte Elisabeth den Kopf zur Seite und lief weiter. Sie stolperte und wäre auf der Treppe fast gefallen, fing sich aber im letzten Augenblick wieder und hastete weiter. Zwischen Basilika und der hohen Warte hindurch, immer das Tor vor Augen. Sie wusste, dass sie sich die schnellen Schritte hinter sich nicht einbildete. Er lief ihr hinterher. Wie sollte sie diesen Wettlauf gewinnen?

»Elisabeth! So bleib doch stehen!«

Er war schon ganz nah. Sie versuchte, noch schneller zu laufen, aber ihre Brust schmerzte so sehr. Da umfing sie sein Arm und riss sie beinahe von den Füßen.

»Elisabeth! Kann es denn wahr sein?« Er drehte sie zu sich herum und betrachtete sie im Schein der Fackel, die neben dem Eingang zur hohen Warte befestigt war.

»Mehr als ein Jahr ist ohne ein Wort von dir vergangen. Willst du es mir nicht erklären?«

Auch sie betrachtete sein Gesicht. Die schönen, edlen Züge. Ja, er sah genauso aus wie in ihren Träumen. Diese Güte und Liebe in seinem Blick. Sie unterdrückte ein aufsteigendes Schluchzen.

Ritter Albrecht von Wertheim, dachte sie, dem ich mich in Liebe und Treue verschrieben habe.

»Komm mit in die Halle. Du zitterst ja am ganzen Leib. Die Nächte sind noch kalt. Nicht, dass du krank wirst.«

Er legte ihr den Arm um die Schulter und führte sie zur Treppe zurück und dann hoch in den Saal, der inzwischen leer war. Das Mahl war beendet. Die Gäste gegangen. Nur ein paar Diener trugen noch die letzten Teller und Krüge hinaus.

Albrecht schob Elisabeth auf einen Stuhl und schickte einen Knecht nach Wein und Bechern, dann ließ er sich neben ihr nieder und ergriff ihre Hand.

»Ein Jahr! Ich hatte die Hoffnung bereits aufgegeben, du könntest es dir noch einmal überlegen und das Kloster wieder verlassen.«

»Kloster?«, stieß Elisabeth hervor, doch er achtete nicht auf ihre erstaunte Miene.

»Dein Vater hat es mir gesagt, als ich von dem Zug gegen die Hussiten zurückkehrte. Ach Elisabeth, ich war so voller Freude, dich wiederzusehen.«

»Ich war in Prag«, sagte sie ein wenig verwirrt. »Ich war selbst dort auf dem Zug. Ich war in der Burg, als sie eingeschlossen wurde, und im Feldlager, als die Verwundeten zurückkehrten.«

»Ja, ich weiß, das war mein erster Zug vor acht Jahren. Ich hatte gerade den Ritterschlag erhalten, und dein Vater befahl mir, auf dich aufzupassen. Du warst noch ein Kind, und ich war wütend auf ihn. Ich fühlte mich so stolz und erwachsen und wollte in der ersten Reihe kämpfen.«

»Ja, du warst bei mir«, sagte sie und lächelte.

Nun wirkte er ein wenig verwirrt. »Ja, ich glaube, schon damals habe ich mich in dich verliebt, und als du heranwuchst, hast du meine Gefühle erwidert.«

Elisabeth zog die Nase kraus. »Du bist noch einmal weggegangen.«

Er nickte. »Du warst so unglücklich, dass dein Vater mich mit ins Feld beorderte. Du hast getobt und ihm manche Szene gemacht, aber er blieb dieses eine Mal hart und befahl mich an seine Seite und dir, auf der Festung zurückzubleiben.«

Elisabeth nickte. »Ich erinnere mich. Wir trafen uns und …«, sie brach ab und sah errötend zu Boden.

»Wir haben uns einander versprochen, ja, so war es«, führte er fort. »Du versprachst, auf mich zu warten und mich zu heiraten, wenn ich von diesem Feldzug zurückkehren würde.«

Elisabeth schwieg. Was war dann geschehen? Warum war sie nicht mehr auf der Festung gewesen, als die Kämpfer aus Böhmen heimkehrten? Warum war sie ohne eine Erinnerung im Frauenhaus erwacht?

»Dein Vater, der schon früher zurückgereist war, empfing mich und brachte mir die Botschaft, du hättest dich in ein Kloster der Zisterzienserinnen zurückgezogen und würdest von nun an dem weltlichen Leben entsagen. Auch er war von dieser Botschaft überrascht und drängte mich, ihm zu sagen, was vorgefallen sei. Ich war so verzweifelt. Das Leben wurde grau und leer. Dein Vater gab mir die Schuld für deine Entscheidung und wollte mich nicht länger unter seinen Rittern sehen. Aber wie konnte mein Verhalten Schuld sein? Wir hatten nichts getan! Daher frage ich mich seit diesem Tag: Was ist geschehen, das dich zu diesem Schritt trieb? Und warum bist du nun zurückgekommen, ohne das Kleid einer Nonne?«

Sie schwieg. Er griff nach ihren Händen.

»Elisabeth, ich weiß, dass du deinen Vater sehr liebst und dich, seit deine Mutter zu ihrem Gatten in die Stadt zurückgekehrt ist, noch enger an ihn gelehnt hast, dennoch darfst du nicht blind für seine Fehler sein! Wir haben uns von ihm abgewandt und uns zusammengeschlossen, um seinem Treiben ein Ende zu setzen. Er ist kein guter Landesherr und kein guter Hirte, das musst auch du einsehen. Das Kapitel steht auf der richtigen Seite! Hast du deshalb mit mir gebrochen, ohne auch nur ein Wort der Erklärung?«

Was sollte sie ihm antworten? Es gab so viele offene Fragen.

Die Rückkehr seines älteren Bruders Johann, der, wie sie wusste, seit einigen Jahren Mitglied des Domkapitels war, gab ihr für ihre Antwort ein wenig Aufschub. Er trat näher, begrüßte sie und musterte sie neugierig, doch Elisabeth begnügte sich mit ein paar höflichen Worten. Plötzlich fiel ihr etwas auf. Sie sah von Johann von Wertheim in seinem langen Gewand der Domherren zu seinem jüngeren Bruder, der ähnlich gekleidet war. Kein Ritter würde in diesen Zeiten noch mit solch einem langen Rock herumlaufen! Elisabeth keuchte und entzog ihm ihre Hände.

»Du hast das Schwert gegen das Kreuz getauscht?«

Albrecht von Wertheim nickte. »Ja, dein Vater wollte mich nicht mehr unter seinen Rittern sehen, als er merkte, dass ich mit der Partei seiner Gegner sympathisiere, und du hattest dich in ein Kloster zurückgezogen und unser Verlöbnis gelöst. Was lag näher, als dem Weg meines Bruders zu folgen?«

»Dann gehörst du jetzt auch zum Domkapitel?«

»Ja, obgleich ich noch am Anfang meiner Studien bin.«

Elisabeth wusste genug über Politik und Ämter, um zu ahnen, dass dies irgendjemanden – vermutlich den alten Grafen von Wertheim – eine Menge Geld gekostet haben musste.

Sie gab ein unsicheres Lachen von sich. »Dann gehörst du nun zum geistlichen Stand.« Er nickte gequält.

Sie versuchte sich einzureden, dass dies gut sei. Es gab kein Zurück in ihr altes Leben! Sie war nicht ein Jahr im Kloster gewesen, um zu beten und sich über ihren Lebensweg im Klaren zu werden. Sie war niedergeschlagen und dabei fast getötet worden. Sie hatte sich ein Jahr lang im Frauenhaus verkauft! Nur mühsam blinzelte Elisabeth ihre Tränen weg.

»Bedeutet dein farbiges Gewand, dass du nicht mehr ins

Kloster zurückgehst?«, fragte er mit Hoffnung in der Stimme und griff wieder nach ihren Händen.

»Ich weiß es nicht! Ich bin noch so durcheinander. Dränge mich nicht.«

Ein Kloster. Wäre das nicht der rechte Ort, um sich zurückzuziehen? Seine Wunden zu lecken und die Sünden zu bereuen? – *Zu denen sie dich gezwungen haben!*, widersprach eine trotzige Stimme in ihr. Ihr Vater könnte es sicher arrangieren.

Ihr Vater, mit dem sie beinahe Unzucht getrieben hätte! Der Gedanke ließ sie würgen. Er war so widerlich wie ein brünstiges Tier gewesen. Wie alle Männer, wenn der Trieb in ihren Lenden ihr Handeln bestimmte. – Aber er war ihr Vater! Ja, der Bischof Johann von Brunn, der wegen seiner leichtfertigen Lebensweise, der Verschwendungssucht und der zahlreichen Mätressen sein Land verpfändete und seine Bürger und das Kapitel ausbluten ließ. Albrecht hatte Recht, von ihm zu sagen, er sei kein guter Landesherr und kein guter Hirte, und dennoch lösten die Worte Widerspruch in Elisabeth aus.

Hatte sie die Makel ihres Vaters früher nicht gesehen oder sie nicht sehen wollen?

Johann beendete das Schweigen, das sich zwischen ihnen ausbreitete.

»Ich möchte dich ja nicht drängen, kleiner Bruder, aber wir sollten uns auf den Heimweg machen. Der Bischof wird uns sicher nicht mit Freuden ein Nachtlager anbieten – und wenn, könnte es das unbequeme sein, in das er im vergangenen Jahr einige unserer Brüder und Räte der Stadt geworfen hat!«

In Elisabeth formten sich die Worte, dass ihr Vater nie so etwas Niederträchtiges tun würde, doch sie lösten sich in Nichts auf, noch ehe sie sie hätte aussprechen können. Er hatte so etwas getan! Er hatte die Delegation, die von ihm zu Verhandlungen auf die Festung geladen worden war, in den Kerker werfen lassen, um die Stadt zu erpressen. Er hatte den Ratsherrn

Maintaler ohne Grund monatelang unter der hohen Warte im tiefsten Kellergelass schmachten lassen.

Plötzlich kam ihr ein Gedanke. »Warum seid ihr überhaupt hier auf der Burg, wenn ihr zu den Gegnern des Bischofs zählt?« Sie brachte die Worte »meines Vaters« nicht über die Lippen.

»Wir waren zusammen mit unserem Propst von Rotenhan, dem Dechant von Masbach und den Domherren Voit und von Weckmar hier, um den Bischof zur Einsicht zu bringen. Ich weiß nicht, ob du davon gehört hast, dass er den letzten Vertrag, den er mit Rat und Kapitel geschlossen hatte, nun wieder einmal gebrochen hat. Er hat Briefe an die Viertelmeister geschickt und alle Schuld von sich gewiesen! So geht das nicht weiter. Die Bürger getrauen sich kaum mehr, den Schutz der Stadtmauern zu verlassen, da ihnen an den Grenzen die Gläubiger des Bischofs auflauern und sie in ihre Burgen verschleppen, um so wenigstens ihre Zinsen einzutreiben, die der Bischof nach wie vor nicht zu bezahlen bereit ist.«

»Und wie ist euer Gespräch verlaufen?«, wollte Elisabeth wissen.

»Oh, er war freundlich und ließ uns ein üppiges Mahl auftragen. Der großzügige Gastgeber! Er ließ uns reden, doch ich sage dir, er hat nicht einmal zugehört. Seine Gedanken waren ganz woanders. Er lächelte, wiegelte ab und sagte, alles wäre nicht so schlimm und würde sich finden. Wir sollten versuchen, in Frieden mit ihm auszukommen und uns an unser Treuegelöbnis erinnern!« Albrechts Wangen glühten vor Zorn. »Und kaum war das letzte Gericht abgetragen, erhob er sich, obwohl der Propst mit seiner Rede noch nicht zu Ende war, sprach irgendetwas von einem wichtigen Geschenk, um das er sich nun kümmern müsse, und ging davon!«

Elisabeth senkte den Kopf, damit er die Röte nicht sah, die in ihren Wangen aufflammte. Sie wusste genau, was für ein »Geschenk« den Bischof von seiner Tafel fortgelockt hatte. Die Brüder von Wertheim dagegen schienen davon keine Ahnung zu haben. Sie wussten nichts von der Falle, in die der Bischof gelockt werden sollte! War es allein Domherr von Grumbachs Werk? Oder doch eine Sache des Propstes?

»Was blieb uns also anderes übrig, als unsere Becher zu leeren und zur Stadt zurückzukehren? In dem Wissen, dass wir wieder nichts erreicht haben.«

»Wir waren die Letzten und wollten eben gehen, als Albrecht dich unvermittelt vor sich sah«, schloss sein Bruder Johann. »Und nun komm«, sagte er zu seinem Bruder. »Ich möchte nicht in Schwierigkeiten geraten. Du weißt, seine Stimmungen sind unberechenbar. Vielleicht sucht er sich heute Nacht noch etwas anderes zum Spielen, wenn ihm sein geheimnisvolles Geschenk nicht so zusagt wie erwartet.«

Elisabeth schloss für einen Moment die Augen und unterdrückte ein Stöhnen. Er konnte nicht wissen, wie recht er mit seinen Worten haben könnte. Elisabeth erhob sich.

»Ich begleite euch noch bis zum inneren Tor.«

Albrecht wollte ihre Hand gar nicht loslassen. »Darf ich morgen vorsprechen und dich sehen?«

Nein!, wollte sie rufen. Wer konnte schon sagen, wo sie sich morgen befinden würde? Bereits auf der Landstraße nach Nürnberg? Auf der Flucht vor dem Domherrn und vor ihrem eigenen Vater?

»Gerne«, sagte sie stattdessen und brachte ein gequältes Lächeln zustande.

Auf dem Weg zum Tor sprachen sie kein Wort. Albrecht umarmte sie zum Abschied. Johann verbeugte sich vor ihr. Dann verschwanden die beiden Brüder von Wertheim in der Nacht.

»Du bist es also wirklich!«

Elisabeth fuhr herum. Sie hatte im Schatten verborgen gewartet, bis die Brüder von Wertheim die Brücke überquert und im Vorhof ihre Pferde bestiegen hatten. Nun wollte auch sie die Burg verlassen, als sie die seltsam vertraute Stimme hörte.

»Elisabeth!«

»Vater?«

Der Bischof hatte sich wieder angekleidet und stand nun hoch aufgerichtet vor ihr. Er war ein großer Mann, der früher sicher einmal stattlich zu nennen gewesen war. Nun war sein Haar gelichtet, Wangen und Kinn in Falten gelegt, und ein mächtiger Bauch wölbte sein Gewand.

»Du hast es dir also anders überlegt«, sagte er. »Willst du mir nicht sagen, warum du das Kloster so plötzlich wieder hinter dir lässt und warum du überhaupt erst dort hingegangen bist? Und vor allem, was diese Maskerade dort oben in meinem Gemach sollte!«, fügte er mit Schärfe in der Stimme hinzu.

Elisabeth hob die Arme. »Das ist eine sehr lange Geschichte, die ich selbst noch nicht ganz verstehe.«

»Ich habe Zeit, und ich möchte sie von Anfang bis zum Ende hören!«, sagte der Bischof und griff nach ihrem Arm. »Komm mit. Hier ist nicht der rechte Ort, über solche Dinge zu reden.«

Elisabeth ließ sich zurück zum Ostflügel und in die Gemächer des Bischofs führen. Was blieb ihr anderes übrig? Auf ihrem Weg überlegte sie fieberhaft, was sie ihm erzählen und was besser verschweigen sollte. Doch dann saß sie ihrem Vater in einer üppig ausgestatteten Stube gegenüber und sah in sein Gesicht, das normalerweise gutmütig wirkte, nun aber streng zu ihr herüberblickte.

»Du kannst beginnen!«

Elisabeth schwieg und suchte nach Worten.

»Nun? Ich warte! Wir werden dieses Zimmer nicht eher verlassen, bis du mir alles gesagt hast. Wenn du Hunger oder Durst verspürst, kann ich dir etwas bringen lassen.«

Elisabeth schüttelte den Kopf. »Nein, danke, es ist nur… der Anfang liegt im Nebel verborgen. Ich weiß ihn selbst nicht! Jedenfalls habe ich mich nie entschlossen, mich in ein Kloster zurückzuziehen, und ich war das vergangene Jahr auch nicht bei den Zisterzienserinnen.«

Der Bischof starrte sie verblüfft an. »Nein? Aber deine Nachricht, die ich ausgehändigt bekam, als ich von meinem Zug nach Böhmen zurückkehrte?«

»Ich habe sie nicht geschrieben – oder kann mich zumindest nicht daran erinnern. Es gibt überhaupt einige Dinge, die meinem Gedächtnis noch immer entfallen sind. Es sind weniger geworden. Viel weniger. Vor ein paar Stunden wusste ich nicht einmal mehr, wer ich bin, wie ich heiße und wo ich aufgewachsen bin. Ich wusste nicht, dass Ihr mein Vater seid!«

»Was? So etwas gibt es doch gar nicht!«, polterte der Bischof.

»Mir ist es aber so geschehen«, sagte Elisabeth schlicht. »Mein Gedächtnis reichte nur bis zu einem Tag des vergangenen Frühjahrs zurück, als mich zwei betrunkene Männer aus der Kürnach zogen und zum Frauenhaus trugen, wo ich erwachte. Nicht nur mein Körper war nackt. Auch mein Geist hatte alles verloren, was er einst besessen hatte.« Der Bischof sackte in seinen Polstern zusammen, sagte aber nichts.

»Die Wirtin des Frauenhauses, Else Eberlin, sagt, ich hätte einen bösen Schlag auf den Kopf bekommen, der mich hätte töten können. – Ja, vermutlich hätte töten sollen! Es war sicher nicht geplant, dass ich noch einmal erwache.«

»Ich verstehe das nicht«, sagte der Bischof und barg sein rotes Gesicht in den Händen. »Wer hätte dir das antun sollen und warum dich in die Kürnach werfen? Warst du denn in der Vorstadt unterwegs?«

Elisabeth hob die Schultern. »Ich weiß es nicht, kann es mir aber nicht vorstellen. Was hätte ich dort nachts zu suchen gehabt?«

»Ja, das würde mich auch interessieren!«, hakte der Bischof nach, nun ganz der gestrenge Vater.

Da Elisabeth darauf keine Antwort wusste, erzählte sie weiter, woran sie sich erinnern konnte. »Da weder ich noch eine der Bewohnerinnen wussten, wer ich war und woher ich kam, beschloss die Wirtin, dass ich bei ihnen wohnen bleibe.«

Der Bischof richtete sich kerzengerade auf. »Einen Moment. Was? Soll das heißen, du hast im Frauenhaus gewohnt?«

Elisabeth senkte den Blick. Es kostete sie ihren ganzen Mut, die nächsten Worte laut auszusprechen. »Ich habe im Frauenhaus gewohnt und gearbeitet, wie die anderen Frauen auch.«

»Heilige Jungfrau im Himmel, sag, dass das ein böser Scherz ist«, seufzte der Bischof und fiel wieder in sich zusammen.

»Ja, ich habe meine Unschuld und meine Ehre verloren und ein Jahr in Sünde gelebt, weil es keinen anderen Weg gab«, fügte Elisabeth noch hinzu. Wollte sie sich selbst oder ihn damit quälen?

Ihr Vater schluckte und räusperte sich. »Und wie kommst du dann heute hierher auf die Burg? Der junge Ritter Seitz von Kere, der sich mit seiner Familie überworfen hat, hat mir von der ›Überraschung‹ in meinem Gemach erzählt. – Ja, eine Überraschung war es wirklich!«

»Die Wirtin hat mich weggeschickt – oder freigelassen, wie man das nun sehen will. Jedenfalls wusste ich nicht wohin, und da nahm mich Domherr von Grumbach bei sich auf.«

»Was? Der von Grumbach? Er muss dich erkannt haben. Er war so häufig bei uns zu Gast. Ob er unser Freund oder Feind ist, kann ich nicht sagen. Er versteht es trefflich zu verbergen, was in seinem Kopf vor sich geht und auf was er aus ist.«

»Ich glaube auch, dass er mich erkannt hat. Gesagt hat er es mir allerdings nicht. Er ließ mich in meiner Unwissenheit. Vor zwei Tagen kamen der Propst und zwei andere Domherren zu Besuch. Ja, und heute schickte mich Domherr von Grumbach hierher – um dem Bischof zu Gefallen zu sein«, schloss sie schnell.

Johann von Brunn sprang auf und begann ruhelos auf und ab zu gehen. »Der Propst und das Kapitel. Ich wusste es. Ihnen ist kein Mittel zu grausam oder verdorben, um es gegen mich ins Feld zu führen. Sie wollen mir das Rückgrat brechen, aber das wird ihnen nicht gelingen! Ich werde ihre machthungrigen Pläne zu vereiteln wissen! Diese ehrlosen und raffgierigen

Männer, die mir alles neiden und mit hungrigen Augen der Geier darauf warten, meinen Kadaver zu zerfleddern!«

Elisabeth fühlte Widerspruch in sich. Die Worte schienen ihr übertrieben und ungerecht. Andererseits war sie unwissend zu ihrem Vater geschickt worden, um ihn zu kompromittieren. Das war eine unverzeihliche Tat und passte gar nicht in das Bild, das sie sich vom Domkapitel gemacht hatte.

Der Bischof unterbrach seine Wanderung. »Wie hast du deine Erinnerungen wiedererlangt?«

»Ich glaube, es war der Klang Eurer Stimme, als Ihr nach dem Medaillon fragtet. Plötzlich war alles wieder da – ich meine, bis auf den einen Tag, an dem ich verschwunden bin. Ich erkannte Euch als meinen Vater und bin weggelaufen.« Die Erinnerung an diese Situation ließ ihr abwechselnd heiß und kalt werden. Ihr ganzer Leib bebte. Der Bischof trat zu ihr und legte ihr die Hand auf die Schulter.

»Vergiss es! Es ist nicht deine Schuld. Ich werde dafür sorgen, dass niemand davon erfährt. – Und auch vom Rest der Geschichte. Wir bleiben dabei, dass du das Jahr im Kloster verbracht hast. Daran kann keiner Anstoß nehmen.« Er sah sie eindringlich an. »Du darfst niemandem auch nur ein Wort von dieser unglaublichen und sehr unerfreulichen Geschichte erzählen. Versprich mir das!«

Elisabeth sah in die Augen, die die gleiche Farbe hatten wie die ihren. »Auch nicht Albrecht von Wertheim?«

»Ihm vor allem nicht!«, rief der Bischof und wirkte erzürnt. »Er hat sich auf die Seite meiner Feinde geschlagen. Er und sein Bruder intrigieren gegen mich und meine Verbündeten, wie sie nur können. Am besten, du gibst dich gar nicht mehr mit ihm ab.«

Elisabeth zögerte, nickte dann aber, ohne ihrem Vater in die Augen zu sehen. Sie musste Albrecht von Wertheim wenigstens noch einmal sprechen. Es gab noch zu viele Fragen. Über ihr Gelöbnis, das sie einander gegeben hatten, brauchten sie allerdings nicht mehr zu reden. Mit seinem Schritt ins Kapitel der Domherren hatte sich Albrecht gegen ein Leben mit Ehe und Familie entschieden. Nun gehörte er der Kirche. Der Gedanke schmerzte tief.

Was macht es schon, ob er ein Chorherr ist oder nicht? So bekommt ihn schon keine andere! Oder wolltest du dich ihm etwa als die keusche Jungfrau, die ein Jahr im Kloster verbracht hat, an den Hals werfen? Männer sind so einfältig. Er würde es schon nicht bemerken!

Nein! Natürlich würde ich das nicht! Elisabeth wollte die gehässige Stimme in ihr zum Schweigen bringen.

Ich könnte ihm die Wahrheit sagen und ihn entscheiden lassen.

Nein, das könntest du nicht, denn du hast gerade deinem Vater geschworen, niemandem etwas zu sagen, auch nicht Albrecht!

Der Bischof trat zurück und rieb sich die Hände. »Es ist spät geworden, mein Kind. Du solltest zu Bett gehen. Ich lasse eine Magd rufen, die dir behilflich sein kann.«

»Wo soll ich denn schlafen?«, fragte Elisabeth.

»In deinem Bett natürlich. In deinem Gemach! Ich habe alles so gelassen, wie es am Tag deiner Abreise… äh… deines Verschwindens zurückgeblieben ist.«

Elisabeth wünschte ihrem Vater eine gesegnete Nacht, ließ es zu, dass er ihre Wangen tätschelte, und folgte dann einem jungen Mädchen, das sie nicht kannte, den Gang entlang und eine Treppe höher. Hier lagen die beiden Räume, die sie bewohnt hatte. Ein großes Gemach mit Blick in den Hof und zur hohen Warte hinüber und eine kleine Ankleidekammer, in der ihre persönliche Leibdienerin geschlafen hatte.

»Ist Maria noch hier?«, fragte sie das Mädchen, das Thea hieß.

»Maria? Die Euch früher gedient hat? Nein, die ist nach ein paar Wochen gegangen. Ich glaube, zum Hof ihrer Eltern zurück. Aber so genau weiß ich das nicht. Ich bin ja erst seit Martini hier.«

Stumm verrichtete sie ihre Arbeit. Sie war noch ein wenig ungeschickt, und aus ihrem ängstlichen Blick sprach Unsicherheit. Elisabeth wartete, bis sie ihr in ein Nachtgewand geholfen und die Decke zurückgeschlagen hatte.

»Danke, das ist alles, du kannst jetzt gehen.«

»Soll ich dort drin schlafen, falls Ihr heute Nacht etwas braucht?«, fragte das Mädchen.

»Nein, das ist nicht nötig. Du kannst zu den anderen Mägden zurückkehren. Wie wir es in Zukunft handhaben, muss ich mir noch überlegen.«

Das Mädchen knickste und verließ das Gemach. Elisabeth setzte sich im Schneidersitz auf ihr Bett und legte das Kinn in die Hände. Was für ein unglaublicher Tag. Heute Morgen war sie noch die aus dem Frauenhaus vertriebene Dirne gewesen und heute – heute war sie die Tochter von Bischof von Brunn und von Catharina Suppan. Auch der Name ihrer Mutter war ihr wieder eingefallen. Sie hatte einige Jahre hier auf der Festung Marienberg gelebt, obwohl sie mit dem Ratsherrn Suppan verheiratet war und ihm bereits einen Sohn geschenkt hatte. Dennoch lebte sie fast wie ein Eheweib mit dem Bischof zusammen und gebar ihm drei Kinder: einen älteren Sohn, der gestorben war, dann ein Mädchen, das sie Elisabeth taufen ließen, und ein Jahr später einen Jungen, den sie Georg nannten. Wo er jetzt wohl sein mochte? Sie würde ihren Vater fragen. Sein lachendes Gesicht stand ihr nun ganz deutlich vor Augen.

Elisabeth dachte an ihre Mutter. Acht Jahre hatte sie auf der Burg gewohnt, dann plötzlich hatte sie beschlossen, zu ihrem Ehemann in die Stadt zurückzukehren. Elisabeth war gerade einmal fünf Jahre alt gewesen. Doch es hatte ihr nicht viel ausgemacht. Die Mutter war nicht gerade fürsorglich zu ihren Kindern gewesen und hatte ihre Betreuung der alten Barbe überlassen. An sie erinnerte sich Elisabeth mit Zärtlichkeit.

Sie hätte diese Lüge nicht so leicht geschluckt, dachte Elisabeth. Nicht wie alle anderen: ihr Vater, ihr Verlobter, all die

Männer und Frauen, die sie jeden Tag gesehen hatten. Warum hatte sich keiner darüber gewundert, dass sie, ohne jemanden einzuweihen, in ein Kloster gegangen sein sollte? Warum hatte keiner im Kloster nachgefragt? Warum war keiner gekommen, sie dort zu besuchen? Nicht einmal Albrecht. Der Gedanke schmerzte sie.

Wäre es nicht seine Pflicht gewesen, sie zumindest noch einmal zum Abschied zu sprechen? Dann wäre bekannt geworden, dass sie nicht in jenem Kloster gewesen war. Dann hätten sie mit der Suche begonnen und sie befreit. Wenn Barbe noch lebte, dann hätte sie keine Ruhe gegeben, bis die Wahrheit ans Licht gekommen wäre.

Ein ungutes Gefühl machte sich in ihr breit. Wer wollte schon, dass diese schändliche Wahrheit ans Licht kam? Ihr Vater jedenfalls nicht! Und Elisabeth wollte es auch nicht. Doch konnte sie mit der Last solch eines Geheimnisses leben? Immer in der Angst, doch noch als die Dirne erkannt und bloßgestellt zu werden?

»Dir wird gar nichts anderes übrig bleiben«, sagte sie zu sich. »Was für einen anderen Ausweg gibt es denn? Das Frauenhaus in Nürnberg?«

Elisabeth kuschelte sich in ihre Daunenkissen und zog die wunderbar duftende Decke bis ans Kinn. Nein, die Landstraße war keine Alternative, die man in Betracht ziehen sollte.

Kapitel 24

Sie trafen einander im Vorhof bei der Pferdeschwemme und beschlossen, ein wenig vor dem Tor spazieren zu gehen, um den neugierigen Blicken zu entgehen, die sich auf sie richteten.

»Ich bin noch so verwirrt«, gestand Elisabeth. »Es ist, als wäre ich in einem schönen Traum, aus dem ich jeden Moment erwache.«

»Ja, das war sicher ein anderes Leben im Kloster der Zisterzienserinnen«, sagte der junge Chorherr. »Ein Bettelorden im Tausch gegen den prunkvollen Hof deines Vaters.«

»Zu prunkvoll«, seufzte Elisabeth.

»Ja, viel zu prunkvoll für einen Bischof – und gar für einen in solch prekärer Geldnot! Und dann seine nun immer häufiger wechselnden Mätressen!« Er hielt inne und sah bestürzt drein. »Oh, das hätte ich nicht sagen sollen. Es ist nur, ja, so offensichtlich. Dennoch ist das keine Entschuldigung, vor deinen Ohren solche Reden zu führen und dein Schamgefühl zu verletzen. Verzeih mir!«

»Ja, sicher«, sagte sie mit einer Spur von Ungeduld in der Stimme. Um ihr Schamgefühl zu verletzen, brauchte es weit mehr als die Erwähnung des Wortes »Mätresse«! War ihre Mutter nicht selbst nur eine Geliebte in Sünde gewesen? War Elisabeth nicht ein Bastard des Bischofs? Eines Kirchenmannes, der das Zölibat versprochen hatte? Doch darüber schien keiner nachzudenken. Der Bastard eines Bürgers oder Landmannes wurde geächtet und von den anderen Kindern verspottet. Ein König oder Herzog, ja, und auch ein Bischof konnte es sich leisten, seine Kinder der Schande in den Kreisen der Junker anerkennen zu lassen, dass sie ihnen mit Achtung begegneten. Moral war etwas Seltsames. Sie war nicht absolut. Sie war eng mit Macht und Reichtum verbunden.

»Habe ich dich mit meinen Worten verstimmt?«

»Aber nein«, wehrte sie ab. »Hältst du mich für so zimperlich? Das war ich nie. Denke an unseren gemeinsamen Zug nach Prag!«

»Ja, aber nun warst du ein Jahr bei den Nonnen.«

Albrecht von Wertheim blieb stehen und sah sie aufmerksam an. Er hob die Hand und strich ihr eine Haarsträhne aus dem Gesicht.

»Wie dünn du geworden bist. Es war sicher kein leichtes Leben. Haben sie dir nicht genug zu essen gegeben?«

»Ich musste nicht hungern«, wich Elisabeth aus.

»Und deine Hände! Wie sehen deine Hände aus?« Er griff nach ihnen und drehte die Handflächen nach oben. »Ganz rau und rot. Sie haben dich harte Arbeit verrichten lassen!«

Elisabeth zog ihre Hände zurück. Wenn er sie gesehen hätte, als sie das Frauenhaus verlassen hatte! Nun waren die stärksten Schwielen und die Risse vom Wäschewaschen bereits am Abklingen. Im Haus des Domherrn hatte sie nicht mehr als einen Stickrahmen oder ein Buch gehalten!

»So schlimm war das gar nicht«, wehrte sie ab. Eine Weile gingen sie schweigend nebeneinander her. Dann fragte er:

»Was wird nun werden?«

»Mit mir?« Elisabeth hob die Schultern. »Vorläufig bleibe ich bei meinem Vater auf der Festung. Denk nur, er hat in meinem Gemach nichts verändert! Alles ist noch da: meine Kleider, mein Schmuck, die Bücher und Handarbeiten.«

»Ja, deine Bücher!« Albrecht von Wertheim lachte. »Dein Vater hielt dich für verrückt, und der Kaplan wohl auch, aber du hast ihm immer wieder in den Ohren gelegen, dass dein Vater dir noch mehr Bücher besorgen sollte. Ich höre noch seine Worte: Seine Nase zwischen Buchseiten vergraben? Das ist was für Mönche und Pfaffen – und glaube mir, selbst ich habe mir während meiner Studien nie etwas daraus gemacht. Aber für ein Mädchen? – Natürlich hast du deinen Kopf durchgesetzt. Wie immer. Er war einfach zu vernarrt in dich. Und er hat sich nie gescheut, für die, die ihm wichtig sind, Himmel und Hölle in Bewegung zu setzen und große Geldsummen auszugeben.« Die letzten Worte sagte er mit Bitterkeit.

»Und darunter müssen seine Bürger in Würzburg und alle Menschen im ganzen Bistum leiden«, ergänzte Elisabeth.

»Ja, so ist es. Und deshalb werden wir uns das nicht länger gefallen lassen!«, stieß er leidenschaftlich hervor.

»Wir? Wer ist wir?«

»Das Domkapitel, die anderen Stifte in Würzburg, der Rat und die Bürgerschaft, die anderen Landstädte und Gemeinden und die Junker, bei denen der Bischof hoch verschuldet ist und die inzwischen ebenfalls jede Geduld mit ihm verloren haben. Wir haben einen Bund geschlossen.«

Ein ungutes Gefühl stieg in Elisabeth auf. Das alles kam ihr bekannt vor. Und wie hatte es geendet? »Er wird das nicht so einfach hinnehmen«, sagte sie.

»Ihm bleibt gar keine Wahl!«

Elisabeth stemmte die Hände in die Hüften. »So? Und wie ist es das letzte Mal gelaufen, als der Rat und das Kapitel ihm den Gehorsam aufgekündigt haben? Seine Gläubiger haben die Stadt bedroht und belagert! Ihnen war es egal, wer die Zeche bezahlt, Hauptsache, sie bekommen ihre Gulden. Die Bürger mussten zittern vor Angst. Und dann hat er auch noch die Abgesandten, die er selbst zu Verhandlungen auf die Burg gebeten hatte, in den Turm geworfen, um den Druck noch weiter zu erhöhen.« Tränen standen ihr in den Augen. Elisabeth sagte »er«, denn sie brachte es nicht über sich, ihn »mein Vater« zu nennen. »Ratsherr Maintaler hat er gar über Monate im Verlies der Warte festgehalten – einfach so. Ohne einen Grund!« Sie brach ab, als sie das wachsende Erstaunen in seinen Zügen sah.

»Du weißt gut Bescheid. Ich hätte nicht gedacht, dass die

Nachrichten aus Würzburg so ungehindert durch die Klostermauern dringen.«

Elisabeth wandte den Blick ab und sagte nichts. Es war gar nicht so einfach, eine Lüge aufrechtzuhalten. Sie musste vorsichtiger mit dem sein, was sie sagte, wollte sie das Versprechen, das sie ihrem Vater in der Nacht gegeben hatte, nicht schon am heutigen Tag brechen.

Sie spazierten langsam zum Tor zurück. »Ich muss dich nun leider verlassen. Ich sollte nicht zu spät kommen. Der Propst hat eine außerordentliche Versammlung des Kapitels einberufen. Ein päpstlicher Legat ist angekommen, der uns anscheinend in unserer Sache Unterstützung bringt.«

Eine Welle von Übelkeit schwappte durch ihren Körper. Elisabeth hatte das dumpfe Gefühl, dass ihr der Legat aus Rom nicht unbekannt war. Sie konnte nur hoffen, dass sie ihm nicht noch einmal begegnete – und wenn doch, dass er sie nicht als seine Bettgenossin wiedererkennen würde!

»Gut, dann wünsche ich euch Erfolg bei euren Verhandlungen«, sagte sie und reichte ihm zum Abschied beide Hände.

Albrecht von Wertheim machte ein ernstes Gesicht. »Ja, das wünsche ich uns auch. Aber weißt du, was es für dich bedeutet, wenn wir wirklich Erfolg haben?«

»Sage es mir!«

»Du wirst dich entscheiden müssen zwischen deinem Vater und – ja, und dem, was wir für das Bistum Würzburg und all seine Bewohner für gut und richtig halten.«

»Was habt ihr vor? Wollt ihr ihn ermorden lassen und mich gleich mit dazu, wenn ich mich an seine Seite stelle?«, fragte sie mit einem nervösen Auflachen. Die Worte rührten an etwas, das noch immer tief in der Finsternis vor ihrem Bewusstsein verborgen schlummerte.

»Unsinn! Natürlich nicht!«, wehrte der junge Mann empört ab. »Wir sind die Vertreter des Rechts und wollen, dass Recht und Ordnung wieder in Würzburg Einzug halten. Ein Mord würde uns ins Unrecht setzen.«

»Schön. Da sind wir ja gleicher Meinung«, sagte sie spitz.

Er legte ihr die Hände auf die Oberarme und sah sie eindringlich an. »Elisabeth, hier geht es um eine große Sache, die nicht nur sein Leben grundlegend ändern wird. Er wird seine Macht verlieren und seinen Einfluss. Dann kann er seine schützende Hand nicht mehr über seine Verwandtschaft und Freunde halten, über seine Mätressen und ihre Kinder – und auch nicht mehr über dich! Es wird kein Geld mehr für euch da sein. Kein Platz auf einer Bischofsburg. Das musst du dir klarmachen.«

Sie kniff die Augen ein wenig zusammen und sah ihn kampflustig an. »Und was rätst du mir? Soll ich zum Schwert greifen und gemeinsam mit meinem Vater unsere Pfründe verteidigen? Oder soll ich lieber zu den Guten gehören und mich für den Rest meines sündigen Lebens in ein Kloster zurückziehen?«

»So meine ich das nicht«, sagte er unglücklich. »Du warst nur immer so blind den Fehlern deines Vaters gegenüber. Ich möchte nur, dass du ihn so siehst, wie er wirklich ist. Und dass du dich nicht aus falscher Tochterliebe zu einer, sagen wir, dummen Tat verleiten lässt.«

»Gut, ich verspreche, keine dumme Tat zu begehen. Und dann? Was passiert dann? Was schlägst du vor?«

Er hob die Schultern. »Ich weiß es noch nicht. Deine Rückkehr kam so überraschend. Aber ich werde mir etwas ausdenken. Ich verspreche es dir. Dein Vater hat mir einst, als wir nach Prag zogen, dein Leben anvertraut, um es mit dem meinen zu schützen. Ich weiß nicht, ob er mich der Aufgabe jemals enthoben hat. Ich kann mich nicht erinnern.«

Albrecht von Wertheim beugte sich vor und hauchte ihr einen Kuss auf die Wange. »Hab Vertrauen. Es wird alles gut.«

Er wandte sich ab, trat in den Vorhof und bestieg sein Pferd. Dann ritt er den Pfad hinunter, der ihn zum Zeller Tor führen würde.

»Ah, mein liebes Kind. Da bist du ja!«, rief der Bischof aus, als Elisabeth zaghaft um die Ecke in den kleinen Speisesaal lugte.

»Komm herein, und setz dich zu uns. Ich lass frisches Brot und Braten auftragen. Was willst du noch? Früchte in Honig? Eine süße Mandelspeise? Sag es mir. Du kannst alles haben, was dein Herz begehrt!«

Es war bereits Mittag, doch der Bischof schien sich eben erst von seinem Lager erhoben zu haben und war nun dabei, sein verspätetes Frühmahl zu genießen. Ein üppiges Frühmahl, das mit seinen erlesenen Speisen eher an ein abendliches Bankett erinnerte. Mit ihm saßen eine junge Frau, vier Ritter und zwei Kapläne an der Tafel und ließen es sich schmecken.

»Danke, Vater, ich habe bereits vor einigen Stunden mein Morgenmus gegessen«, wehrte Elisabeth ab.

»Mus?« Der Bischof verzog das Gesicht. »Wie kann man so etwas essen? Ich habe hier Heringe und Aal. Oder lieber ein wenig Hirschkeule? Ich habe ihn selbst mit der Armbrust geschossen!«

Elisabeth schüttelte den Kopf, setzte sich jedoch dem Bischof gegenüber auf einen Stuhl. Neben ihm saß eine Frau mit einem freizügigen Dekolleté, das hier am Mittag in einer Bischofsburg ein wenig fehl am Platz wirkte. Ansonsten waren ihre Gewänder jedoch aus teurem Stoff, und auch der Schmuck, den sie an den Armen und im Haar trug, war sicher sehr kostbar. Sie warf Elisabeth einen abschätzenden Blick zu und schlang dann ihre Arme um den Hals des Bischofs. Ihre mit Edelsteinen besetzten Armreife klirrten. Sie küsste ihn auf die Wange und schob ihm dann eine reife Erdbeere in den Mund. Die Frau war noch recht jung, kaum älter als Elisabeth, und sah mit ihrem dunklen Teint und dem langen, schwarzen Haar recht verführerisch aus.

Das war also die Geliebte, die der Bischof im Augenblick aushielt. Oder eine der Mätressen. Elisabeth erinnerte sich, dass ihr Vater in den vergangenen Jahren seine Mätressen immer häufiger gewechselt hatte und dass es nicht selten mehr als eine Frau auf der Burg gab, der er seine Gunst schenkte und die die Nächte in seinem Gemach verbrachte – und das, obwohl er nun bald auf sein siebzigstes Lebensjahr zuging!

War ihre Mutter deshalb zu ihrem Ehemann zurückgekehrt? Weil sie alleine dem Bischof nicht mehr genügte? Elisabeth dachte an ihren entsetzten Gesichtsausdruck, als sie ihre Tochter in der Stadt im Gewand der Dirne erkannt hatte. Doch auch so hatte sie abgehärmt und verbittert ausgesehen.

»Dann nimm doch wenigstens von der Mandelspeise, die du immer so geliebt hast. Bernhard, reicht meiner Tochter bitte die Schale. Ich weiß nicht, wo diese vermaledeiten Diener sich wieder herumtreiben.«

Ritter Bernhard von Seckendorf, der über Eck zwei Stühle weiter saß, tat wie ihm geheißen. Er nickte dem Bischof zu und gab Elisabeth die Schale mit der süßen Speise. Ihre Worte des Dankes blieben Elisabeth fast im Hals stecken. Für einen Moment glaubte sie Hass in seinen Augen lesen zu können. Was hatte das zu bedeuten? Doch dann war der Ausdruck verschwunden, und sie fragte sich, ob sie sich das nicht nur eingebildet hatte. Weshalb sollte der junge Ritter sie hassen? Sie suchte in ihren Erinnerungen, bis ihr Kopf zu schmerzen begann, konnte aber nichts finden. Sie hatte den vagen Verdacht, er könne versucht haben, ihr den Hof zu machen, aber das war Unsinn. Schließlich hatte sie stets nur Augen für Albrecht von Wertheim gehabt, und das wusste schließlich jeder.

Ihr Blick wanderte zu dem jungen Ritter neben ihm. Seitz von Kere war im Gegensatz zu Bernhard eine Augenweide, nach der sicher nicht wenige junge Fräulein Ausschau hielten. Während Bernhard mit seiner untersetzten Statur und den zu kurzen Beinen immer etwas ungeschickt wirkte, war Seitz groß und muskulös gebaut, hatte gepflegtes, nackenlanges Haar in einem dunklen Braunton und ebenso braune Augen. Er erwiderte ihren Blick so intensiv, dass Elisabeth ihm kaum standhalten konnte.

»Eine keusche Jungfrau müsste nun verschämt den Blick senken!«, raunte er ihr über den Tisch hinweg zu. Die anderen waren gerade in ein Gespräch vertieft und achteten nicht auf sie.

Elisabeth sah ihn weiter trotzig an. »So? Müsste sie? Es ist aber auch von Euch nicht besonders höflich, mich so anzustarren«, gab sie zurück.

»Nein, ist es nicht. Es ist Ausdruck meines Erstaunens, Euch so unerwartet wieder hier anzutreffen. Hat es Euch bei den Nonnen nicht gefallen? Es müssen ja seltsame Sitten bei den Zisterzienserinnen herrschen, wenn sich ihre Novizinnen so störrisch entwickeln.«

Elisabeth entgegnete nichts. Stattdessen schöpfte sie sich Mandelspeise auf ihren Teller und nahm sich eine Hand voll Erdbeeren.

»Nun, es ist ja bekannt, dass es nicht in allen Klöstern so keusch und heilig zugeht, wie es die Regel vorsieht. Manche sollen so verlottert sein, dass sie gar Hurenhäusern gleichen!«

Elisabeth sah rasch auf, doch er hatte seine Aufmerksamkeit bereits wieder dem Hirschbraten auf seinem Teller zugewandt. Ihr Herz begann rascher zu schlagen. Hatte der Ritter die Worte nur so dahingesagt, oder wollte er ihr damit andeuten, er wisse Bescheid? Sie wusste es nicht, fühlte sich aber in seiner Gegenwart zunehmend unwohler. Um nicht unnötig aufzufallen, löffelte sie schweigend ihre Mandelspeise. Auf die neugierigen Fragen des ältlichen Kaplans an ihrer Seite gab sie nur einsilbige Antworten. Natürlich wollte er wissen, wie das Leben im Kloster für sie gewesen war. Elisabeth unterdrückte einen Seufzer. Wie lange konnte sie das Lügengebäude aufrechterhalten, bis es mit Getöse über ihr zusammenbrechen würde?

Ihr Vater war am Abend guter Stimmung. Obwohl noch immer Schonzeit herrschte, war er am Nachmittag mit seinen Rittern und Kaplänen auf die Jagd geritten und hatte danach noch seine Falken und Habichte fliegen lassen, die die abendliche Tafel immerhin um zwei Fasane bereichert hatten. Seine Basilika hatte der Bischof dagegen nicht einmal betreten. Nun saßen alle im großen Saal, lauschten den Klängen der Spielleute und ergötzten sich an frechen und frivolen Erzählungen eines Geschichtenerzählers. Zum Schluss tanzten zwei dunkelhäutige Frauen, die Elisabeth für Zigeunerinnen hielt, über den Tisch, dass ihre Röcke hoch flogen und man ihre schlanken Beine bewundern konnte, jedoch ohne dass nur ein Teller oder Becher zu Bruch ging. Der Bischof klatschte begeistert Beifall. Er rief die Frauen am Ende der Vorführung zu sich, steckte ihnen einige Münzen in den Ausschnitt und tätschelte ihre Brüste. Sie dankten und kicherten und zogen sich dann zurück. Der Bischof ließ sich seinen Becher noch einmal mit schwerem, rotem Wein von den Südhängen über Würzburg füllen, rülpste vernehmlich und ließ sich in seinen bequem gepolsterten Stuhl zurücksinken.

»Was für ein guter Tag«, seufzte er. Die Ritter stimmten ihm zu und hoben ihre Becher. Auch die Kapläne und Vikare schienen nichts am Ablauf des Tages auszusetzen zu haben und strichen sich zufrieden ihre Bäuche, die die langen Gewänder wölbten.

Elisabeth sah stumm auf den Rest ihrer Fasanenkeule herab. War das Leben hier schon immer so gewesen? War sie wirklich so blind gewesen, dass es sie nicht im Mindesten gestört hatte? Jetzt jedenfalls regte sich zunehmend Ablehnung in ihr. Einige der Männer waren schlimmer betrunken als die Gäste im Frauenhaus! Und viel anders führten sie sich auch nicht auf, musste Elisabeth feststellen. Sie sah zu der drallen Magd hinüber, die einer der Vikare auf seinen Schoß gezogen hatte. Ritter Johann von Malkos herzte ebenfalls ein Mädchen, das Elisabeth nicht kannte, das aber bestimmt nicht sein Eheweib war. Das saß vermutlich mit den Kindern in der heimischen Burg. Endlich erhob sich der Bischof und gestattete auch seinen Gefolgsleuten, sich nun zurückzuziehen. Die Schwarzhaarige klammerte sich schon wieder an ihn und warf Elisabeth herausfordernde Blicke zu. Wenn das so weiterging, würde ein Machtkampf zwischen den beiden Frauen nicht zu vermeiden sein. Vielleicht sollte sie gleich beginnen, die Grenzen aufzuzeigen. Elisabeth trat zu ihnen.

»Nun, mein Kind?«, fragte der Bischof freundlich und lächelte sie an. »Zu schade, dass du nicht mit auf die Jagd geritten bist. Das hast du doch früher immer getan, und du warst eine couragierte Reiterin!«

Elisabeth ging nicht auf seine Worte ein. Stattdessen bat sie ihn um eine Unterredung unter vier Augen. Wie erwartet begann die Schwarzhaarige zu quengeln. Sie drängte sich noch dichter an den Bischof und umschlang ihn wie eine Efeupflanze einen Baumstamm.

»Wollten wir uns nicht in Eure Gemächer zurückziehen? Gespräche, immer nur Gespräche! Hat das nicht Zeit bis morgen?« Der säuselnde Ton ließ Elisabeth die Fäuste ballen.

Bist du vielleicht eifersüchtig? Dass sie die Aufmerksamkeit bekommt, die du gerne von ihm hättest?

Unsinn! Außerdem ist diese Art von Aufmerksamkeit das Letzte, was ich mir wünsche!

»Geradina, mein schwarzes Lämmlein, nun hör auf zu schmollen.« Er tätschelte ihr den Hintern. Elisabeth dachte, ihr müsse schlecht werden, ihren Vater so reden zu hören.

»Meine Tochter möchte etwas mit mir bereden, und wenn sie das sofort tun möchte, dann nehme ich mir auch die Zeit. Und nun marsch ins Bett. Ich möchte dich dort nachher in den warmen Daunen vorfinden, wenn ich mich zur Ruhe lege. Meine Schultern und meine Beine schmerzen noch von dem schnellen Ritt am Nachmittag, und irgendetwas stimmt mit meinem Hals nicht. Du musst dich um mich kümmern und mir Linderung verschaffen!«

Elisabeth sah, wie es in Geradina arbeitete. Sollte sie sich weiter störrisch zeigen und auf ihre Stellung pochen? Oder sollte sie dem Bischof beweisen, dass sie ihm jeden Wunsch von den Augen ablesen und ihm keinesfalls Scherereien bereiten würde oder ihn mit ernsten Gesprächen zu später Stunde langweilen wie seine Tochter? Geradina entschied sich für die zweite Möglichkeit. Sie blinzelte verführerisch und strich ihr langes Haar zurück.

»Aber sicher, mein lieber Herr und Meister. Ich werde immer für Euch da sein und Euch Erleichterung für alle Eure Beschwerden verschaffen.«

Sie warf Elisabeth einen Blick zu und lächelte kalt. Dem Bischof schienen ihre Worte peinlich zu sein, denn er wehrte hastig ab.

»Schon gut, schon gut, wir sehen uns dann später. Nun aber fort mit dir!«

Er wirkte fast erleichtert, als sich Geradina mit wiegenden Hüften entfernt hatte.

»Manches Mal empfinde ich sie als ein wenig anstrengend«, sagte der Bischof mehr zu sich, und Elisabeth verzichtete darauf, ihre Meinung zu seiner Mätresse kundzutun.

Sie folgte ihm in den gemütlichen Raum, in dem sie auch das letzte Mal mit ihm gesprochen hatte. Der Bischof lehnte sich in einem rotsamtenen Ruhebett zurück, streifte seine Schuhe ab und streckte seine in Seidenstrümpfen steckenden Füße der Glut im Kamin entgegen. Obwohl der Frühling bereits in den Sommer überzugehen begann, ließ der Bischof in seinen privaten Gemächern am Abend noch alle Feuerstellen bestücken.

»Nun, meine Tochter, was kann ich für dich tun?«

Obwohl Elisabeth zu dem Gespräch gedrängt hatte, wusste sie nun nicht, wie sie beginnen sollte. Welche Worte würden die richtigen sein? Gab es überhaupt die richtigen Worte, um das auszudrücken, was sie ihm sagen wollte?

»Ich bin in Sorge«, sagte sie schließlich. »Die Bürger in der Stadt und die Herren des Kapitels sind erzürnt.«

Johann von Brunn machte eine wegwerfende Handbewegung. »Das sind sie schon seit meiner Wahl zum Bischof. Ich, ein Elsässer, habe den Thron eingenommen. Dabei hat jede

Partei versucht, ihren Kandidaten auf den Bischofsstuhl zu hieven. Es kam zum Patt, das nur gelöst werden konnte, indem sie einen ›Ausländer‹ wählten. Sie dachten, ich komme aus einer wenig bedeutenden Familie und habe hier keine Unterstützung, daher bliebe mir nichts anderes übrig, als nach ihrer Pfeife zu tanzen. Sie haben sich getäuscht! Und so zürnen sie mir, seit sie bemerkt haben, dass ich nicht von ihrer Gnade lebe. Das ist nichts, worüber du dir Sorgen machen solltest.«

Elisabeth überlegte. »Das mag so gewesen sein, das will ich nicht bestreiten. Dennoch ist das nicht der alleinige Grund, weshalb das Kapitel Euch so feindlich gesinnt ist. Und vor allem die Bürger! Sie sind am Parteiengezänk nicht interessiert. Sie wollen Sicherheit und Frieden und von ihrer Arbeit ihre Familie ernähren können. Doch das habt Ihr mit Euren hohen Steuern und immer neuen Abgaben fast unmöglich gemacht. Mühlen, Dörfer, ja ganze Landstädte sind verpfändet. Das Bistum fällt auseinander, weil es an allen Ecken und Enden an Geld fehlt.«

Der Bischof seufzte. »Wem sagst du das. Die Knappheit meiner Mittel hat mich meine ganze Amtszeit schon belastet. Mein Vorgänger hat mir das Bistum nicht gerade in einem guten Zustand übergeben.«

»Ja, ich weiß, aber Ihr habt es noch viel, viel schlimmer gemacht!«, rief Elisabeth leidenschaftlich aus.

Die Miene des Bischofs verdüsterte sich. »Ich glaube, das ist kein Thema, das ich mit meiner Tochter besprechen muss. Der Geist einer Frau ist nicht für die Politik und Geldgeschäfte gemacht. Du kannst die Führung des Bistums getrost mir überlassen.«

»Ich weiß, dass ich mich nicht einmischen sollte«, lenkte Elisabeth in versöhnlichem Ton ein. »Aber ich sorge mich um Euch!«

»Du machst dir Sorgen um mich?« Der Bischof schien gerührt. »Das musst du nicht, meine liebe Tochter. Genieße einfach das Leben, das ich dir hier auf der Burg bieten kann. Es gibt keinen Grund, sich schwere Gedanken zu machen.«

Elisabeth ließ nicht locker. »Doch, die gibt es. Ihr wisst nicht, was in der Stadt vor sich geht. Sie werden Euch absetzen, wenn Ihr nicht guten Willen zeigt, Euer Leben zu ändern. Es ist nicht nur das Geld. Es ist auch – nun ja, der Mangel an Moral und Anständigkeit, der hier auf der Bischofsburg herrscht.« Sie sah, wie sich seine Miene wieder verdüsterte, und konnte seinen Ärger spüren, dennoch sprach sie schnell weiter.

»Eure Feste sind zu üppig, Eure Jagden und Turniere eines Königshofes angemessen, aber keines Bischofsstuhls! Und die Frauen, die hier tanzen und die Männer umgarnen, Ritter wie Kapläne und Vikare! Und auch Ihr selbst. Es macht keinen guten Eindruck, wie Geradina Euch in aller Öffentlichkeit herzt und Ihr sie. Es steigert nur die Wut Eurer Untertanen und des Kapitels und ihre Entschlossenheit, sich gegen Euch zu verbünden und Euch durch einen neuen Bischof ihrer Wahl zu ersetzen.«

Der Bischof plusterte sich auf. »Ausgerechnet du mahnst mich zu Moral und Anständigkeit? Überdenke deine Worte noch einmal! Ist dir entfallen, wo du dich das vergangene Jahr aufgehalten und was du dort getan hast?« Er hob abwehrend die Hand. »Ich will keine Einzelheiten hören. Doch glaubst du nicht, dass diese Dinge verderbter waren als alles, was hier auf meiner Festung je vorgefallen ist?«

So viele Worte kamen Elisabeth in den Sinn. Empörung wallte in ihr auf. Sie hatte sich nicht freiwillig in diese Lage begeben und den Weg ins Frauenhaus nicht gewählt! Wie konnte er diese beiden Dinge vergleichen? Wie konnte er sie an diese demütigende Zeit erinnern?

»Du sagst nichts? Gott hat mich an diese Stelle gesetzt, und wenn es ihm nicht gefallen würde, wie ich lebe und was ich tue, würde er mich sicher dafür strafen. Ich fürchte mich nicht davor, am Tag des Jüngsten Gerichts vor meinen

Schöpfer zu treten, wenn er meine Taten gegeneinander abwägt.«

Elisabeth schüttelte den Kopf und erhob sich steif. Sie wusste, dass keine ihrer Worte Gehör finden würden. Er sah die Dinge mit anderen Augen und war sich anscheinend keiner Verfehlung bewusst. Ihre Warnung war ungehört im Nachtwind verweht. Nun blieb ihr nichts anderes als abzuwarten, wie sich die Dinge entwickeln würden.

Kapitel 25

Eine Woche lang geschah nichts. Das Leben auf der Burg des Bischofs ging weiter seinen unbeschwerten Gang. Albrecht von Wertheim ließ sich nicht blicken, und auch von den anderen Domherren oder dem bürgerlichen Rat war nichts zu hören. Zumindest Elisabeths Ohren erreichten keine Neuigkeiten, obwohl sie stets aufmerksam aufhorchte, wenn die Männer zu den Themen der Politik übergingen.

Am Sonntag begab sich der Bischof zum ersten Mal in die Basilika, um eine Messe zu hören. Geradina saß neben ihm und flüsterte ihm unablässig ins Ohr. Elisabeth, die auf der anderen Seite ihres Vaters saß, konnte sich kaum auf die Worte des Generalvikars konzentrieren. Neben ihr hatten die Ritter von Kere und von Seckendorf Platz genommen. Elisabeth rückte ein wenig von ihnen ab. Sie spürte, wie sich ihre Nackenhaare aufstellten und ihr Atem flacher ging. Es war ihr, als drücke ein schweres Gewicht auf ihre Brust.

Sei nicht albern, dachte sie. Du kannst die beiden nicht leiden, obwohl sie offensichtlich in der Gunst deines Vaters stehen, na und? – Oder gerade deshalb? Sie sind verwegene Reiter und Jäger, leichtfertige Spieler und verstehen es, einen Weinkrug zu leeren. Gerade nach des Vaters Geschmack.

Ach, die Befindlichkeit der zarten Frauen. Kaum lässt sich das Fräulein wieder mit Jungfrau Elisabeth ansprechen, sind ihr die rauen Sitten der Ritter schon zuwider!

Nein, das war es nicht. Vielleicht lag es an der Art, wie sie sie manches Mal anblickten. Ja, beobachteten. Und wie Bernhard von Seckendorf die Worte »Jungfrau Elisabeth« betonte, wenn er sie begrüßte. Es lag ein Unterton darin, der sie schaudern ließ.

Während der Vikar seinen monotonen lateinischen Singsang fortsetzte, begannen Elisabeths Gedanken abzuschweifen. Plötzlich war der Einfall da. Er war unsinnig, unmöglich in die Tat umzusetzen. Dennoch ließ er sich nicht mehr verdrängen. Er klammerte sich fest und nagte mit zunehmender Heftigkeit an ihr. Vielleicht würde es ja doch gehen? Elisabeth wälzte die Gedanken hin und her. Bis sich alle erhoben, um die Basilika zu verlassen, war ihr klar geworden, dass ihr Vater ihr helfen musste. Alles in ihr sträubte sich dagegen, doch ihr fiel keine andere Lösung ein.

Oh ja, tu das! Das wird ein schöner Auftritt, nachdem du ihn das letzte Mal so für seine Verschwendungssucht gerügt hast. Er wird seine Freude daran haben!

Die gehässige Stimme peinigte sie. Elisabeth wand sich und bewegte die Gedanken noch zwei weitere Tage in ihrem Sinn, bis sie sich endlich dazu durchrang, sich an ihn zu wenden.

»Was gibt es denn?«, fragte der Bischof freundlich.

Elisabeth hatte es endlich geschafft, ihn von seiner verspäteten Frühmahlgesellschaft und der anhänglichen Geradina zu trennen.

»Ich möchte Euch um Hilfe bitten, Vater.«

»Nur zu! Was kann ich für dich tun, mein Kind?«

Elisabeth wand sich, doch sie hatte sich längst entschieden, daher gab es kein Zurück. »Ich bitte Euch um Geld«, stieß sie endlich hervor. Sie spürte, wie ihr die Röte ins Gesicht stieg. Auch der Bischof sah sie überrascht an. Sicher dachten sie beide an Elisabeths leidenschaftliche Vorwürfe, die sein verschwenderisches Leben anprangerten.

»Was brauchst du denn? Ein paar neue Kleider oder Schmuck?«

»Nein danke, meine Truhen sind auf das Vortrefflichste gefüllt.«

Der Bischof betrachtete sie neugierig. »Was ist es dann, was dein Herz begehrt?«

»Das möchte ich nicht sagen«, stieß sie hervor.

»So? Und an wie viel Geld hast du gedacht?«

Elisabeth blickte zu Boden. »Ich weiß es nicht genau, aber ein paar Goldgulden könnten es schon werden.«

Der Bischof betrachtete seine Tochter nachdenklich, dann lächelte er. »Aber sicher. Komm mit in meine Schreibstube, dann kann ich dir das Geld gleich geben. Elisabeth folgte ihm. Der Bischof zählte ihr ein Dutzend Goldgulden in die Hand.

»Wird das reichen?«

»Ich denke schon. Ich danke Euch.«

Er machte eine wegwerfende Handbewegung. »Du kannst den Rest behalten – und falls es nicht reicht, scheue dich nicht, es mir zu sagen.«

Elisabeth dankte ihm noch einmal und steckte die Münzen in ihren Beutel. Sie schwankte zwischen Erleichterung und einem schlechten Gewissen.

»Gibt es sonst noch etwas?« Sie schüttelte den Kopf.

»Gut, dann werde ich zu meinen Gästen zurückkehren. Graf von Henneberg will mir ein paar prächtige neue Pferde zeigen, die ich in mein Gestüt mit aufzunehmen gedenke. Möchtest du auch noch ein Pferd? Vielleicht eine seiner feurigen Fuchsstuten?«

Ein Gedanke der Begehrlichkeit blitzte in Elisabeth auf. Die Erinnerung an Ritte im schnellen Galopp über grüne Wiesen flutete durch ihr Gedächtnis. Sie musste sich zwingen, den Kopf zu schütteln. »Nein, danke, Vater. Ich bin mit meinen beiden Pferden ganz zufrieden.«

Der Bischof zuckte mit den Schultern. »Nun, wenn du nicht willst. Geradina jedenfalls hat mir aufgetragen, ihr einen Schimmel und einen Rappen zu besorgen. Als ob es alleine auf die Farbe des Fells ankäme!« Kopfschüttelnd ging der Bischof hinaus. Elisabeth sah ihm nach. Es gelang ihr nur mühsam, ihre Wut zu unterdrücken. Diese habgierige Schlange hatte ihren Vater wirklich im Griff! Zumindest, wenn es um Wünsche ging, die mit Geld zu befriedigen waren. Wie Elisabeth wusste, gab der Bischof gern und großzügig, was er von seinen Untertanen abgepresst oder von anderen Junkern geliehen hatte. Ein wenig schuldbewusst sah Elisabeth auf die zwölf Goldgulden in ihrer Hand herab.

Elisabeth wartete, bis die Ritter im Gefolge des Bischofs die Burg verlassen hatten, dann brach auch sie auf. Sie hatte sich entschieden, zu Fuß zu gehen. Das war weniger auffällig, als auf dem Rücken eines ihrer edlen Pferde in die Stadt hinunterzureiten. Außerdem wollte sie keinen der Knechte oder Wachmänner mitnehmen. Es würde hinterher für ihn irgendwann sicher zu verlockend sein, vor seinen Kameraden etwas von ihrem Ausflug verlauten zu lassen, und das wollte sie auf keinen Fall riskieren. Und jemanden, dem sie völlig vertraute, gab es auf der Burg nicht. Nicht mehr, seit Barbe gestorben war.

Elisabeth hatte ein teures, aufwändig besticktes Gewand gewählt und kostbaren Schmuck angelegt. Die ganze Pracht verbarg sie nun unter einem dunklen, langen Mantel mit Kapuze, der viel zu warm für den schönen Frühsommertag war. Dennoch erfüllte er seinen Zweck und ermöglichte ihr, unerkannt bis in die Pleichacher Vorstadt zu gelangen. Die Brust wurde ihr ein wenig eng, als sie den wohlvertrauten Pfad betrat, der von den um St. Gertraud gescharten Gebäuden über eine Wiese zu dem windschiefen Haus führte, das sich vor der Mauer des alten Judenfriedhofs erhob. Das Dach hing bereits bedenklich durch. Wie vielen Wintern würde es wohl noch trotzen können?

Elisabeths Schritte wurden immer zögerlicher. Wollte sie das wirklich? Sie gab sich einen Ruck. Sie war es ihnen schuldig! Bis sie die Tür erreichte, hatte sie ihren Mut wiedergefunden, und so klopfte sie energisch an. Schritte näherten sich. Elisabeth schob die Kapuze zurück und öffnete den Mantel, um die ganze Pracht ihrer Gewänder zu präsentieren. Es war Marthe, die die Tür öffnete und nach ihrem Begehr fragte. Fast blieben ihr die Worte der Begrüßung im Hals stecken, als sie Elisabeth erkannte.

»Du? Was willst du hier? Uns mit dem Reichtum deiner Kleider blenden? Wie überaus freundlich! Eine Dirne, die sich wie eine Junkerin fühlen will. Eine vortreffliche Farce!«

Elisabeth ignorierte die gehässigen Worte. »Ich grüße dich, Marthe. Ich hoffe, du und die anderen befinden sich wohl.« Marthe brummte nur unwillig.

»Ich möchte bitte mit der Meisterin sprechen.«

»Wenn es sein muss«, murmelte sie und verschwand im Haus. Elisabeth musste nicht lange warten, bis die Meisterin über die Schwelle trat. Else Eberlin musterte sie von oben bis unten.

»So, du hast es also herausgefunden und bist in Gnaden wieder aufgenommen worden«, stellte sie mit unbeweglicher Miene fest.

»Ja, ich habe es herausgefunden – so wie du vorher! Deshalb hast du mich doch weggeschickt, nicht wahr?«

Else hob entschuldigend die Arme. »Dich zu behalten, war viel zu gefährlich. Was hätte ich denn anderes tun sollen? Dir sagen, du solltest einmal auf ›Unser Frauenberg‹ vorsprechen, ob der Bischof eine Tochter vermisst? Vielleicht hätte ich dich direkt in die Arme deines Mörders getrieben, der dann das zu Ende gebracht hätte, mit dem er das letzte Mal gescheitert war.«

»Danke für deine Besorgnis, doch bisher hat noch keiner auf der Burg versucht, sich an mir zu vergreifen«, sagte Elisabeth spitz.

»Dann hast du mehr Glück, als ich angenommen habe«, gab die Meisterin ungerührt zurück. Dann fragte sie: »Warum bist du gekommen? Willst du mir drohen oder mich irgendwie strafen? Vergiss nicht, wenn ich dich nicht aufgenommen hätte, wärst du vermutlich noch in derselben Nacht gestorben.«

Elisabeth betrachtete die Meisterin, wie sie mit gerecktem Kinn vor ihr stand. Sie konnte keinen Groll gegen sie empfinden.

»Ich möchte dir weder drohen noch dich strafen. Ich bin gekommen, um einen Vorschlag zu unterbreiten.«

»Dann lass uns in mein Haus gehen«, schlug Else Eberlin vor.

Elisabeth schüttelte den Kopf. »Das geht alle an, daher möchte ich, dass sie alle dabei sind. Die Wirtin sah sie misstrauisch an, nickte dann aber und hielt ihr die Tür auf. Mit widerstreitenden Gefühlen betrat Elisabeth das Frauenhaus. Es war der Geruch, der die Bilder durch ihren Geist fluten ließ. Energisch drängte sie sie beiseite und richtete ihre Aufmerksamkeit auf die sechs Frauen, die am Tisch saßen, und sie erfreut, neugierig oder misstrauisch musterten. Jeanne sprang auf, lief auf Elisabeth zu und umarmte sie herzlich. Gret grinste breit und nickte ihr anerkennend zu.

»Dein Rauswurf scheint dir bekommen zu sein. Du siehst gut aus.«

»Gut?«, rief Jeanne. »Sie sieht unglaublich aus! Was für wundervolle Kleider. Und erst der Schmuck! Sag mir, wer dir diese Sachen verehrt hat. Wessen Gunst hast du gewonnen?« Sie zog Elisabeth neben sich auf die Bank und schob ihr einen Becher mit Met hin.

»Die des Bischofs«, sagte die Meisterin trocken und ließ sich neben den Frauen auf die Bank fallen. Diese stießen Rufe des Erstaunens aus.

Elisabeth hob abwehrend die Hände. »Es ist nicht so, wie ihr denkt.«

»Was sie denken, ist ohne Belang. Sag endlich, was du zu sagen hast, und dann kehre in deine Welt zurück, bevor wir Ärger bekommen.«

»Wer bekommt Ärger?«, erklang eine Stimme von der Tür her. Alle fuhren erschrocken herum. Sie hatten die Gestalt in der noch offenen Tür gar nicht bemerkt. Der Henker trat näher und betrachtete Elisabeth mit hochgezogenen Augenbrauen, sagte aber nichts.

»Niemand bekommt Ärger. Lisa hat nur beschlossen, uns einen Besuch abzustatten. Es besteht für dich also kein Grund zu bleiben.«

Der Henker zog eine Grimasse. »Meine liebe Else, wenn ich dich nicht so gut kennen würde, käme mir jetzt vielleicht nicht der Verdacht, du wolltest mich loswerden, weil du etwas zu verbergen hast.«

»Unsinn!«, sagte sie unwirsch.

»Wenn es Unsinn ist, dann hast du ja sicher nichts dagegen, dass ich mich ein wenig zu euch setze.« Er rutschte neben Gret auf die Bank und griff ungefragt nach einem Becher. Gret schenkte ihm ein.

»Nun, fahr fort, Lisa. Ich bin gespannt zu hören, was du zu sagen hast«, forderte der Henker sie auf.

Elisabeth räusperte sich. »Ich wollte euch alle fragen, ob ihr euch vorstellen könntet, das Frauenhaus und die Meisterin zu verlassen und einer ehrlichen, wenn auch manches Mal sicher harten Arbeit als Magd nachzugehen.«

Else Eberlin stieß einen unterdrückten Schrei aus, der Henker verschluckte sich an seinem sauren Wein und hustete. Die anderen starrten Elisabeth nur an, als habe sie einen schlechten Scherz gemacht.

»Ach, du meinst, wir sollen die neue Dame bedienen, ihr die Kleider säubern und die Asche aus dem Ofen kehren?«, fragte Marthe mit Abscheu in der Stimme.

»Das ist eine Möglichkeit, aber nicht die einzige. Es gibt viel Arbeit auf einer Burg – auf der Bischofsfestung ›Unser Frauenberg‹.«

Die anderen sahen sie voll Staunen an. Gret stieß einen Pfiff aus, doch Marthe wehrte ab.

»Vielen Dank auch. Ich falle auf so etwas nicht herein.«

Jeanne dagegen strahlte und schlang die Arme um Elisabeths Taille. »Ich folge dir überall hin! Ich wasche auch nicht nur deine Kleider und säubere den Ofen. Ich mache alles, was du von mir willst!«

Elisabeth umarmte sie gerührt, während Marthe verächtlich schnaubte.

»Ach ja? Und ich habe wohl kein Wort mitzureden?«, rief die Meisterin empört. Sie sprang von ihrem Schemel auf, beugte sich vor und stützte die Arme auf den Tisch. Elisabeth ließ sich nicht einschüchtern.

»Du kannst sie nicht gegen ihren Willen hierbehalten«, sagte sie in ruhigem Ton.

»Ach nein? Und was ist mit ihren Schulden, die sie bei mir haben? Wenn sie gehen, ohne mir mein Geld zurückzugeben, dann sind sie ein Fall für den Henker, nicht wahr?« Sie sah Meister Thürner an, der sich sichtlich unwohl fühlte.

»Seine Schulden muss man schon begleichen«, sagte er widerstrebend.

Die Eselswirtin warf Elisabeth einen triumphierenden Blick zu. »Da hörst du es. Du kannst nicht einfach hier eindringen und meine Frauen gegen mich aufhetzen!«

Elisabeth seufzte. »Else, ich bin nicht gekommen, um irgendjemanden gegen dich aufzubringen. Doch ich möchte den Frauen, die ein neues Leben anfangen wollen, die Möglichkeit dazu bieten. Natürlich werde ich dazu ihre Schulden bei dir begleichen. Sie bekommen eine anständige Arbeit und müssen danach sehen, dass sie ihr Leben in ihre eigenen Hände nehmen.«

»Ja, das möchte ich!«, rief Jeanne und drückte Elisabeth an sich. »An deiner Seite. Auch wenn wir jetzt keine Freundinnen mehr sein können, so sind wir doch zusammen.«

»Natürlich können wir Freundinnen sein«, entrüstete sich Elisabeth und unterdrückte die Stimme, die fragte: *Wirklich? Eure Welten sind nun nicht mehr dieselben.*

Elisabeth ließ den Blick in die Runde schweifen. Ester schlug die Augen nieder. »Ich bin zu alt und für alle Zeiten gezeichnet. Nein, ich getraue mich nicht.«

Auch Anna und Mara lehnten ab. Marthe hatte ihre Meinung ja schon lautstark kundgetan und wollte von ihr nicht mehr abweichen.

»Und du, Gret?«

Gret sah verträumt zu den rußgeschwärzten Dachbalken hinauf. »Eine große, herrschaftliche Küche. Ich würde gerne in der Küche der Burg arbeiten, wenn das möglich ist.«

»Ich denke, das wird gehen. Ich freue mich so, dass auch du mit mir kommst.«

Gret erhob sich, ging zu ihrem Lager und raffte die wenigen Dinge zusammen, die sie ihr Eigen nannte. Mit einem kleinen Bündel trat sie an den Tisch zurück. »Ich bin fertig. Von mir aus können wir gehen.«

»Halt, halt, so schnell geht das nicht. Noch habe ich dich nicht aus meinen Diensten entlassen«, warf die Wirtin ein. Ihre Stimme klang ungewöhnlich schrill.

»Dann bitte ich dich, die Schuldblätter von Gret und Jeanne zu holen, damit wir das erledigen können«, sagte Elisabeth.

Else Eberlin blickte Hilfe suchend zu Meister Thürner, doch der hob nur die Schultern. »Wenn Lisa die Schulden bezahlt, kannst du die beiden nicht halten.«

»Ach ja? Und was ist mit ihrer Vergangenheit? Ihrem sündigen und unehrlichen Leben in dieser Stadt? Kann man das so einfach auslöschen und anständige Mägde aus ihnen machen? Ist das recht?«

»Nein, das ist es eigentlich nicht«, gab der Henker mit sichtlichem Unbehagen zu. »Aber wenn Lisa ihnen einen guten Leumund gibt und sich für ihre Ehrlichkeit verbürgt, willst du, Else Eberlin, dann zu ihrer Anklägerin werden und sie der Unehrlichkeit bezichtigen? Ich werde es jedenfalls nicht tun! Ich halte meine Augen und Ohren in diesem Fall geschlossen, es sei denn, jemand zwingt mich, den Fall zur Kenntnis zu nehmen.«

Elisabeth lächelte den Henker an. »Danke, Meister Thürner. Das ist sehr großherzig von Euch.«

»Es ist großherzig von dir«, gab er zurück. »Ich hoffe, du bist dir im Klaren, dass so etwas auch für dich Schwierigkeiten bedeuten könnte.«

Elisabeth nickte. »Ich bin bereit, die Gefahr auf mich zu nehmen. Auch mein eigenes Geheimnis kann mich jederzeit in den Schmutz zurückwerfen. Warum dann nicht für die, die mir am Herzen liegen, etwas wagen?«

Der Henker erhob sich. »Dann gehe ich jetzt und gebe dir die besten Wünsche mit auf den Weg. Möge der Herr ihn segnen.«

»Danke, Meister Thürner«, sagte Elisabeth bewegt.

Unter der Tür traf er mit der Wirtin zusammen, die mit den beiden Schuldbögen zurückkehrte. Sie schob sie zu Elisabeth hinüber. Diese kniff die Augen ein wenig zusammen und ließ den Blick die Zahlenreihen entlangwandern.

»Hier hast du dich verrechnet – und dort auch. Kannst du mir Feder und Tinte geben?«

Else Eberlin zog eine Miene, als habe sie auf eine Zaunrübe gebissen, holte aber das Gewünschte. Flink rechnete Elisabeth die Listen nach und schrieb dann schwungvoll das Ergebnis darunter. Bei beiden Frauen hatte sich Else mehrfach zu ihren Gunsten verrechnet. Ob die Aufstellung ansonsten korrekt war und die Frauen die aufgeführten Kleidungsstücke und anderen Kleinigkeiten wirklich erhalten hatten, konnte Elisabeth nicht sagen, und es war ihr auch gleichgültig. Die Gesamtsumme war weit niedriger als die Anzahl der Gulden in ihrem Beutel. Elisabeth zählte fünf Goldstücke auf den Tisch.

»Das ist mehr als genug, um Jeanne und Gret auszulösen.« Sie sah das gierige Funkeln in Elses Augen, als sie nach dem Geld griff.

»Ist gut. Dennoch ist es nicht richtig von dir, mir meine Frauen abspenstig zu machen«, sagte die Meisterin barsch.

Jeanne sprang auf, packte rasch auch ihr Bündel und stellte sich neben Gret. Ihre Wangen glühten vor Aufregung.

»Ich bin bereit«, sagte sie. Anne, Mara und Ester umarmten

die beiden herzlich. Marthe prophezeite ihnen, dass sie sich als Mägde nur krumme Rücken holen würden, reichte ihnen aber zum Abschied die Hand. Elisabeth gesellte sich zu ihnen. »Gehen wir?«

»Es war ein unglücklicher Tag für mich, an dem die Männer deinen reglosen Körper hierher gebracht haben«, sagte die Meisterin.

»Es war auch nicht mein bester Tag«, entgegnete Elisabeth.

Die beiden Frauen starrten einander an, ohne dass eine bereit gewesen wäre, den Blick zu senken. Plötzlich teilte ein Lächeln die dünnen Lippen der Frauenhauswirtin. »Ja, das kann ich mir denken. Aber du hast deine zweite Chance bekommen.«

»Und ich meine, dass jeder eine verdient«, ergänzte Elisabeth.

»Dein Wort in Gottes Ohr«, brummte die Meisterin, doch es klang nicht mehr verärgert. Sie trat zu Gret und Jeanne und legte ihnen ihre Hände auf die Schultern.

»Möge die heilige Jungfrau auf euch herabsehen und euren neuen Weg behüten, auf dass ihr diesen Schritt nie bereuen müsst.«

»Das wünschen wir uns auch«, stimmte Jeanne ihr zu. »Euch allen auch alles Gute.« Tränen standen ihr in den Augen. »Lebt wohl.«

Elisabeth schlang ihren Mantel wieder über ihr in der Vorstadt zu auffälliges Gewand und kehrte mit Jeanne und Gret zur Festung »Unser Frauenberg« zurück.

Wie es sich Gret gewünscht hatte, besorgte ihr Elisabeth eine Arbeit in der großen Burgküche. Der Küchenmeister war ein einschüchternder Mann, aber Elisabeth war zuversichtlich, dass sich Gret gegen ihn würde behaupten können. Auf dem Rückweg zur Festung hatten sie sich einfache Lebensgeschichten für die beiden Frauen ausgedacht, falls sie jemand fragen sollte. Bei der Frage, wo sie geboren waren und ihre Familien lebten, konnten sie durchaus bei der Wahrheit bleiben. Allerdings mussten sie einige Jahre mit ehrlicher Arbeit erfinden. Ihre Zeit im Frauenhaus jedenfalls durften sie auf keinen Fall erwähnen.

»Und wenn uns jemand erkennt?«, fragte Jeanne.

»Dann bleibt bei eurer Geschichte«, riet Elisabeth. »Ich gebe euch ein gutes Leumundszeugnis. Ich denke, niemand auf der Burg wird es wagen, dem zu widersprechen.« Zumindest nicht, solange mein Vater der Herr des Landes ist, fügte sie im Stillen hinzu.

»Ich glaube nicht, dass uns jemand erkennt«, meinte Gret und zupfte ein paar Fäden von ihrem Rocksaum, wo sie das gelbe Band abgetrennt hatte, das sie als Dirne auswies. »Soviel ich weiß, waren unter unseren Gästen keine, die zu den Burgleuten gehörten.«

»Ja, und die Stadt solltet ihr vielleicht für eine Weile meiden«, schlug Elisabeth vor.

Gret grinste sie an. »Ich vermute, dass wir sowieso nicht allzu viel freie Zeit für uns haben werden, um über die Domstraße zu flanieren.«

Elisabeth sah sie entschuldigend an. »Nein, das vermute ich auch nicht. Die Arbeit der Mägde und Knechte ist hart und dauert von Sonnenaufgang bis Sonnenuntergang. Ich hoffe nur, ihr werdet eure Entscheidung nicht bereuen.«

Gret legte den Arm um ihre Schulter. »Da mach dir mal keine unnötigen Gedanken. Du hast uns ein Angebot gemacht, und wir haben uns entschieden, es anzunehmen. Es ist unser Leben, und es war in diesem Fall unsere freie Entscheidung. Jetzt liegt es in unserer eigenen Verantwortung.«

»Dennoch könnt ihr mir jederzeit alles sagen«, beharrte Elisabeth. »Wenn es Schwierigkeiten gibt oder die Arbeit zu hart ist. Ich werde dann sehen, was ich tun kann.«

»Manches Mal fürchte ich, du wirst es nicht sehr weit bringen und in deinem Leben noch viel leiden müssen«, sagte Gret ernst. »Du bist zu gut!«

»Nein, sie ist genau richtig!«, widersprach Jeanne. »Lisa ist ein Engel, den Gott auf die Erde geschickt hat und den er bei seiner Rückkehr reichlich belohnen wird.«

»Ich habe nichts anderes behauptet. Auf der Erde erwartet solche Menschen nur selten gerechter Lohn.«

Wie Elisabeth es angenommen hatte, wusste sich Gret vor dem Küchenmeister wohl zu behaupten. In den ersten Tagen schnitt sie Gemüse für die Suppe, knetete unzählige Brotlaibe und schrubbte Töpfe bis spät in die Nacht. Dennoch machte sie einen zufriedenen Eindruck, wenn Elisabeth sie ab und zu auf dem Hof traf. Sie erzählte über die Mägde und anderen Helfer in der Küche, mit denen sie ab und zu einen deftigen Streit vom Zaun brach, sich aber sonst prächtig verstand. Gret war ehrgeizig und wollte so schnell wie möglich in der komplizierten Hierarchie der Burgküche aufsteigen.

»Ich sage dir, noch ehe es Weihnachten geworden ist, lege ich Hand an meine erste Süßspeise«, sagte sie zu Elisabeth.

»Das musst du mir unbedingt sagen. Dann werde ich sie für mich ganz alleine beanspruchen!« Sie lächelte Gret an, die so gesund und sprühend vor Leben wirkte.

»Nur, wenn sie mir gelungen ist«, gab Gret zurück und erwiderte das Lächeln.

Jeanne ersetzte das junge Mädchen, das Elisabeth in den ersten Tagen in ihren Gemächern behilflich gewesen war. Mit Eifer machte sie sich daran, die Räume zu säubern, immer ein Feuer am Brennen zu halten und Elisabeth mit Leckereien aus der Küche zu versorgen. Außerdem machte sie es sich zur Aufgabe, die Kleidertruhen in Ordnung zu halten. Keine andere Magd auf der Burg sollte mehr Hand an Elisabeths Sachen legen! Da Jeanne allerdings keine Erfahrung mit den teuren Stoffen hatte, ruinierte sie ein Gewand aus blauem Samt mit weißer Spitze beim Waschen. Jeanne weinte und war untröstlich, doch Elisabeth rügte sie nicht.

»Es war mein eigener Fehler. Woher hättest du es wissen sollen? Wie gedankenlos von mir, das zu übersehen.« Sie wischte Jeanne die Tränen aus dem Gesicht und ließ nach der ältesten der Waschfrauen schicken, die hier auf der Burg arbeitete, seit Elisabeth zurückdenken konnte. Sie gab Jeanne in ihre Obhut und bat sie, ihre Erfahrung mit der jungen Frau aus Frankreich zu teilen.

»Aber gern, Jungfrau Elisabeth«, sagte die Alte und nickte Jeanne aufmunternd zu, die noch immer vom Weinen verquollene Augen hatte. Elisabeth zuckte bei dieser Anrede noch immer ein wenig zusammen, bemühte sich aber, sich nichts anmerken zu lassen. Für Jeanne schien der Wandel ihrer Freundin von der Dirne zur Tochter des Bischofs ganz natürlich.

»Ich wusste immer, dass du nicht so bist wie wir«, sagte sie schlicht.

Nun folgte sie der alten Magd zur Tür. Dort drehte sich die Waschfrau noch einmal um.

»Es ist gut, dass Ihr wieder da seid. Es geht mich ja nichts an, aber die Sitten hier werden immer schlimmer. Es ist wie ein Strudel, der uns zu verschlingen droht. Seht Euch nur das Weib an, das sich wie die Herrin der Burg aufführt! Haare, schwarz wie der Teufel, und ich wette, ihre Seele ist genauso dunkel.«

Elisabeth öffnete den Mund, doch die Alte wehrte ab.

»Ich bin ja schon ruhig. Ich weiß, so soll ich nicht über die Herrschaften sprechen, aber in meinen Augen gehört die gewiss nicht dazu! Jedenfalls würde ich deren Magd nicht unter meine Fittiche nehmen!« Mit schweren Schritten stapfte sie hinaus und ließ eine nachdenkliche Elisabeth zurück.

An manchen Abenden, wenn Elisabeth sich frühzeitig von dem üblichen abendlichen Bankett davonmachen konnte, traf sie sich mit Jeanne und Gret im Vorhof. Von Weitem sahen sie den Wächtern zu, die gerade frei hatten, wie sie um kleine Feuer herumsaßen und ihre Wein- oder Metbecher kreisen ließen. Aus den weit geöffneten Stalltüren erklang das Schnauben und

Wiehern der Pferde. Die drei Frauen spazierten ein wenig umher und unterhielten sich leise. Das war für Elisabeth die schönste Zeit des Tages, und sie war froh und dankbar, diese beiden Freundinnen an ihrer Seite zu wissen. Denn nicht alle Menschen auf der Festung waren ihr wohlgesinnt.

Als Jeanne und Gret gerade vier Tage auf der Festung waren, trafen sie auf die beiden jungen Ritter Seitz von Kere und Bernhard von Seckendorf, als die beiden Frauen mit Elisabeth über den Hof schlenderten.

Die Ritter blieben kurz stehen, begrüßten Elisabeth, ignorierten jedoch die Mägde in ihrem Gefolge. Als sie weitergingen, blieb Jeanne stehen und sah ihnen nach.

»Er ist so schön, der junge Ritter von Seckendorf. Er ist mir gleich am ersten Tag aufgefallen.«

»Schön?«, griff Gret ihre Worte auf. »Mag sein, aber genauso widerlich wie der von Kere.«

Elisabeth sah sie überrascht an. »Warum sagst du das? Ist er dir irgendwie zu nahe getreten?«

Gret schüttelte den Kopf. »Nein, aber ich mag es nicht, wie sie überall herumschnüffeln. Sie kommen in die Küche, inspizieren und probieren die Speisen des Bischofs und spielen sich groß auf.«

»Ich glaube, der Herr Bischof vertraut ihnen«, sagte Jeanne. »Wenn ich ihn sehe, sind sie immer in seiner Nähe.«

»Ja, er hat sie zu seinen ›wachenden Engeln‹ ernannt, wie er es nennt«, stimmte Elisabeth zu.

»Was ist das?«, wollte Jeanne wissen.

»Er sucht immer zwei seiner Ritter aus, deren Aufgabe es dann ist, für ein Jahr über ihn zu wachen. Es ist eine Ehre, und er bestimmt immer diejenigen, die sich ihm besonders ehrerbietig oder nützlich gezeigt haben. Meist sind es Söhne verbündeter Grafen oder Freiherren, die hier auf der Festung als Ritter dienen. Im vergangenen Jahr waren es die Junkersöhne Hans von Henneberg und Georg von Castell.«

»Und dann müssen sie Tag und Nacht in seiner Nähe sein,

um sein Leben zu schützen, und sogar seine Speisen vorkosten?«, fragte Jeanne ungläubig.

Elisabeth nickte.

»Ist ja gut und schön, wenn der Bischof den beiden vertraut«, sagte Gret. »Ich jedenfalls halte nicht viel von ihnen, und sollte einer der beiden mir zu nahe kommen, wüsste ich mich wohl zu wehren.« Sie zog ein langes Küchenmesser zwischen den Falten ihres Rockes hervor.

Jeanne sah sie mit großen Augen an. »Meinst du, das brauchst du hier auf der Bischofsburg? Du scheinst zu vergessen, dass wir nicht mehr im Haus der Eselswirtin sind.«

»Oh nein, wie könnte ich das vergessen. Gerade deshalb kann es nicht schaden! Ich habe Augen und Ohren im Kopf. Es liegt eine seltsame Spannung in der Luft; bald wird es ein heftiges Gewitter geben. Ich kann noch nicht sehen, wo wir dann am Ende stehen.«

»Du hast feine Sinne und ein gutes Gespür«, sagte Elisabeth leise.

Jeanne legte den Kopf in den Nacken und sah zu dem klaren Sommerhimmel auf. »Ich kann nicht die kleinste Wolke am Himmel entdecken. Du meinst wohl keinen Sturm, der von dort oben über uns hereinbricht.«

Gret schüttelte den Kopf. »Nein, ich könnte mir denken, dass er sich jenseits des Mains in der Stadt zusammenbraut.« Ihr Blick wanderte zu den beiden jungen Rittern, die nun im Schatten des Tores mit einem Mann zusammenstanden, der trotz des warmen Wetters eine Kapuze über den Kopf gezogen hatte, sodass sie seine Züge nicht erkennen konnten.

»Seht sie euch nur an. Ich kann geradezu riechen, dass mit denen was nicht stimmt.«

»Mir schaudert auch immer ganz unangenehm, wenn sie mir nahe kommen«, gab Elisabeth zu. »Ich habe es aber auf meine überspannten Sinne geschoben.«

Gret sah sie ernst an. »Tu das niemals! Vertraue deinem Gespür, denn es gibt etwas in uns, das schlauer ist als unser

Verstand, und das warnt uns vor Gefahren. Ich kann dir nur raten, sei vorsichtig! Dir ist schon einmal übel mitgespielt worden, und du hast keine Ahnung, wie das gekommen ist.«

Erst als Elisabeth versprochen hatte, wachsam zu sein, machte sich Gret auf den Weg zur Küche, und Jeanne kehrte in die Gemächer im Westflügel zurück, um Elisabeths Gewand für den Abend bereitzulegen und warmes Wasser für ihren Waschkrug zu holen. Elisabeth blieb noch eine Weile alleine im Hof zurück. Ihre Gedanken wanderten zu Albrecht. Wo war er? Was tat er, und warum hatte er sich seit zwei Wochen nicht bei ihr gemeldet? Er hatte nicht so geklungen, als wären seine Gefühle für sie erloschen.

Er ist jetzt ein Domherr und gehört der Kirche, erinnerte sie ihre innere Stimme.

Aber war das ein Grund, nicht mehr mit ihr zu sprechen und gar nichts mehr von sich hören zu lassen?

Er wird beschäftigt sein, rechtfertigte Elisabeth sein Schweigen. Und außerdem ist er hier auf der Burg nicht mehr gern gesehen. Ob sie in die Stadt gehen und ihn aufsuchen sollte? Doch war es ratsam, in die heiligen Hallen des Domkapitels einzudringen? Die Gesichter des Domherrn von Grumbach und seines ekelhaften Dieners Fritz Hase stiegen in ihr auf. Was würde geschehen, wenn sie ihnen über den Weg liefe? Würde der Domherr sie als Dirne bloßstellen? Sie stellte sich Hans von Grumbach mit seiner ernsten Miene vor, in der sie nicht zu lesen verstand. Sie konnte es nicht sagen. Allerdings war sie sich sicher, dass Fritz Hase Gehässigkeiten aller Art liebte und sich die Gelegenheit nicht entgehen lassen würde, sie vor dem ganzen Kapitel und vor allem vor Albrecht von Wertheim als sündhafte Lügnerin zu entlarven. Es blieb ihr also nichts anderes übrig, als zu warten, ob er sich bei ihr melden würde. Mit einem Gefühl der Trostlosigkeit ging sie zu ihrem Gemach zurück. Als sie dort anlangte, erwartete Jeanne sie mit leuchtenden Augen.

»Sieh, dieses Schreiben hat ein Bote für dich abgegeben und

mich schwören lassen, dass ich es dir persönlich und unter vier Augen gebe.«

Elisabeth erkannte das Siegel mit dem Adler und den drei Rosen auf dem winzig zusammengefalteten Stück Pergament. Es war das Wappen der Grafen von Wertheim. Rasch brach sie das Siegel und entfaltete den Brief. Es standen nur wenige Worte darauf:

Es dauert nicht mehr lange. Der Stein ist ins Rollen gekommen. Nimm Abschied, und halte dich von ihm fern. Du musst seinen Weg nicht teilen! Ich bin an deiner Seite. Hab Vertrauen! A.

Kapitel 26

In einem Zustand fieberhafter Erwartung verbrachte Elisabeth die nächsten beiden Tage, aber nichts Ungewöhnliches geschah. Immer wieder faltete sie das Stückchen Pergament auseinander, um Albrechts Worte zu lesen. Immer wieder fragte sie sich bang, was für einen Weg es für sie geben könnte, wenn sie des Schutzes ihres Vaters beraubt werden würde. Albrecht wollte an ihrer Seite bleiben. Ein Mann der Kirche? Wie stellte er sich das vor? Wollte er sie irgendwo vor den Augen der Öffentlichkeit verborgen als seine Mätresse halten? Er war nicht der Bischof, dem man seine sündhaften Verhältnisse nachsah und der die Frauen an seiner Seite doch zumindest mit Höflichkeit behandelte. Und auch seine Kinder konnte ein Bischof in einen Stand erheben, der dem eines Junkers ebenbürtig war. Doch war dieses Gebäude von Dauer? Oder würde es einstürzen, sobald der Bischof entmachtet wurde? Es hing alles an der Macht. Wer Macht hatte, der durfte sich über Regeln und Moral hinwegsetzen. Wie viel Macht hatte ein junger Domherr von Wertheim? Gab Albrecht sich einer Illusion hin? Würde Elisabeth am Ende die Leidtragende seiner naiven Träume sein?

Es dämmerte. Jeanne ging lautlos durch das Gemach und entzündete die Kerzen. Endlich blieb sie vor Elisabeth stehen.

»Was ist mit dir? Du sitzt hier seit einer Ewigkeit mit deiner Stickarbeit im Schoß und hast keinen einzigen Stich getan.«

Elisabeth versuchte sich an einem Lächeln. »Es ist nichts. Ich habe nur nachgedacht.«

Jeanne nickte. »Über den Brief. Ich weiß. Seitdem bist du ganz verändert.«

Elisabeth war versucht, es abzustreiten, sagte dann aber: »Ja, der Brief und das, was er für uns bedeuten könnte.«

Jeanne fragte nicht. »Wir nehmen es so, wie es kommt, und machen das Beste für uns draus«, sagte sie nur, als sie Elisabeth das Gewand für den Abend auf ihr Bett legte. Jeanne hatte in ihrem Leben schwere Jahre erduldet und freute sich nun sichtlich an ihrer neuen Arbeit auf der Burg. Dennoch war ihr offensichtlich klar, dass sie jederzeit in ihr altes Leben zurückgeworfen werden konnte. Sie schien jedoch keine Angst davor zu haben. Beschämt musste Elisabeth vor sich zugeben, dass sie sich vor der Veränderung fürchtete, die über der Festung auf dem Marienberg heraufzog.

»Willst du dich nicht umkleiden?«, fragte Jeanne, nachdem Elisabeth keine Anstalten machte, sich von ihrem Platz in der Fensternische zu erheben. »Das Essen wir sicher gleich aufgetragen.«

»Nein, eigentlich will ich nicht, und Hunger verspüre ich auch nicht. Dennoch werde ich gehen, um mit meinem Vater zusammen zu speisen.« Wer weiß, wie lange mir das noch vergönnt ist, fügte sie im Stillen hinzu. Jeanne half ihr beim Umziehen und legte ihr zum Schluss ihr Seidentuch um die Schultern.

»Brauchst du mich dann noch? Ich meine, bevor du dich zur Ruhe begibst?«

»Nein, warum? Du hast doch nicht etwa eine Verabredung mit einem Mann?«, scherzte Elisabeth.

Jeanne machte eine wegwerfende Handbewegung. »Nein, danke, von Männern habe ich noch eine ganze Weile genug. Gret wartet unten im Hof. Sie darf sich bis zum Spülen nach dem Mahl von der Küche entfernen. Also, wenn du nichts dagegen hast, würde ich sie gerne treffen.«

»Aber ja, mach, dass du in den Hof kommst«, sagte Elisabeth mit einem Lächeln, doch dann seufzte sie. »Ich würde lieber mit euch im Hof spazieren gehen, als wieder einen langen Abend in Geradinas Gesellschaft und der von Ritter von Kere und von Seckendorf zu ertragen.«

Sie traten in den Gang hinaus. Jeanne wandte sich nach rechts. Elisabeth folgte ihr, obwohl der direkte Weg zum großen Saal in die andere Richtung gewesen wäre.

»Ich will Gret wenigstens begrüßen. Ich habe sie seit zwei Tagen nicht gesehen. Mir wird im großen Saal schon nichts entgehen. Mein Vater kommt meist ebenfalls später.«

Sie folgte Jeanne über den Steg in luftiger Höhe zum Südostturm hinüber, den man auch den Randesackerturm nannte. Die Frauen folgten der Wendeltreppe hinunter, vorbei an dem gut gesicherten steinernen Gelass, in dem der Bischof seine Schätze verwahrte, und dem Archiv für alle wichtigen Urkunden. Jeanne hatte den nächsten Treppenabsatz schon hinter sich gelassen, als Elisabeth plötzlich innehielt. Jeanne drehte sich um. »Was ist?«

Elisabeth legte einen Finger auf die Lippen. »Es ist nichts. Geh schon mal vor. Ich komme gleich.«

Gebannt starrte sie durch die halb geöffnete Tür den Gang entlang, der zu den Quartieren der Ritter im Südflügel führte. Wie die Treppe war auch er nur schwach erleuchtet. Eine der Fackeln, die in eisernen Haltern an den Wänden steckten, war am Erlöschen und glühte nur noch schwach. Elisabeth spürte, wie ihr das Atmen plötzlich schwerfiel. Ihr Herz schlug immer schneller. Es war, als zwinge eine fremde Macht sie, die Tür weiter aufzuschieben und in den Gang zu treten. Sie ahnte die Silhouette eines Mannes, eines Ritters, nach dem kurzen Wams zu schließen, der vor einer geschlossenen Tür stand. Er hob die Faust und klopfte in einem Rhythmus gegen das Holz, der Elisabeth unheimlich vertraut vorkam. Die Tür öffnete sich. Er schlüpfte hinein und schloss sie dann sorgfältig hinter sich. Die Frau am anderen Ende des Korridors hatte er offensichtlich nicht bemerkt.

Mit hölzernen Schritten ging Elisabeth auf den Lichtschein zu, der unter der Tür eine goldene Linie zeichnete. Es war, als wate sie durch Wasser. Mit jedem Schritt fiel es ihr schwerer, doch sie musste diesen Weg gehen, wieder und wieder, wie in ihren Träumen. Doch was wartete am Ende auf sie? Elisabeth wusste es nicht. Das hatte keiner der Träume ihr verraten. Sie begann zu ahnen, dass sie es heute endlich erfahren würde.

Die Fackel an der Wand neben ihr erlosch mit einem leisen Zischen. Elisabeth tastete sich weiter, bis sie vor der geschlossenen Tür anlangte. Sie konnte Stimmen erahnen. Sie näherte ihr Ohr dem Holz und presste es dagegen.

Warum nur kam es ihr so vor, als müsse sie einem unbekannten Plan folgen, von dem sie nicht aus eigener Kraft abweichen konnte? Elisabeth bemühte sich, langsam und leise zu atmen. Nun verstand sie die Worte hinter der Tür.

»Hast du mit ihm gesprochen? Ist es endlich so weit?«, drängte eine männliche Stimme. War das nicht der Ritter von Kere?

»Ja, ich habe mit ihm gesprochen. Und wir müssen uns noch ein wenig gedulden«, antwortete die Stimme des Ritters von Seckendorf. Elisabeth nickte. Das würde zu der Gestalt passen, die sie gesehen hatte.

»Geduld, Geduld«, schimpfte der von Kere. »Wir haben jetzt mehr als ein Jahr Geduld bewiesen. Manches Mal denke ich, er will gar nicht Bischof werden.«

»Natürlich will er das, aber er hat keine Garantie, dass er gewählt wird, wenn wir dem Alten von Brunn einfach den Schädel einschlagen, auch wenn das die einfachste aller Übungen wäre. Das haben wir doch alles schon ein Dutzend Mal besprochen.«

Das Rauschen in Elisabeths Kopf wurde zu einem Dröhnen. Die Erinnerung tröpfelte durch den brüchig gewordenen Damm. Die Worte glichen denen, die sie schon einmal gehört hatte, auf erschreckende Weise. Damals war es darum gegangen, erst einmal das Vertrauen des Bischofs zu gewinnen, um nahe genug an ihn heranzukommen. Jetzt waren die beiden Ritter, die ihn töten wollten, zu den »schützenden Engeln« des Bischofs ernannt worden. Welche Ironie!

»Wir werden in wenigen Tagen zuschlagen. Er sagt, in der

Stadt und im Kapitel gehe etwas vor sich, dem er erst Herr werden müsse. Dann könnten wir beginnen. Wir folgen dem Plan, den wir besprochen haben.«

»Welchem? Dem des Selbstmords oder dem eines natürlichen Todes?«, erkundigte sich Ritter von Kere. In seiner Stimme schwang so etwas wie freudige Erwartung.

»Der beste Weg wäre der unauffällige! Das heißt, wir müssen ihn erst dazu bewegen, das Dokument aufzusetzen, in dem er seinen Nachfolger beruft. Dann können wir ihn töten. Ich habe hier ein schnell wirkendes Gift, das ihn so aussehen lässt, als habe ihn der Schlag getroffen.«

»Was bei seinem Lebenswandel keinen wundern würde«, ergänzte Ritter von Kere und lachte gehässig. »Zu viel Sauferei und Hurerei in seinem Alter! Das muss ja Folgen haben.«

Ein unbändiger Zorn stieg in Elisabeth auf. Wie konnte er es wagen, so über ihren Vater zu sprechen, den Bischof von Würzburg! Mit jedem Wort konnte Elisabeth den Ritter von Kere deutlicher verstehen, doch sie begriff zu spät, was das zu bedeuten hatte. Erst als die Tür aufgerissen wurde und sie in hellen Lichtschein tauchte, wurde ihr der Fehler klar. Und es wurde Elisabeth mit einem Schlag bewusst, dass dies das zweite Mal war! Wie eine Welle kehrte die Erinnerung an jene Nacht zurück. Wie sie die Treppe hinuntergestiegen war und die Gestalt des jungen Ritters, der noch nicht lange auf der Burg weilte, vor sich in dem Gang hatte verschwinden sehen. Wie die Neugier sie trieb, ihm zu folgen. Der lange, schwach beleuchtete Korridor, der Lichtstreif unter der Tür, der sie wie magisch anzog.

Gleich am ersten Tag hatte der Ritter von Seckendorf begonnen, ihr den Hof zu machen und sie mit Komplimenten zu überschütten. Albrecht hatte kein gutes Haar an ihm gelassen. Verständlich. Der Neue war gut aussehend und ein geschickter Kämpfer. Wie sollte Albrecht gleichmütig bleiben, wenn er mit ansehen musste, wie der von Seckendorf um seine Braut herumschlich? Doch auch Elisabeth hatte der junge

Mann nicht behagt. Von Anfang an hatte sie sich in seiner Gesellschaft nicht wohl gefühlt. Und wie ausgeliefert kam sie sich erst vor, als Albrecht und ihr Vater zu ihrem Zug gegen die Hussiten aufgebrochen waren und sie in der Obhut der Ritter von Kere und von Seckendorf zurückbleiben musste.

Den beiden hatte es ebenso wenig geschmeckt. Immer wieder hatten sie den Bischof gebeten, ihn begleiten und ihm ihre Treue beweisen zu dürfen, doch er hatte abgelehnt.

»Ihr könnt mir Eure Treue beweisen, indem Ihr das Wertvollste schützt, was ich hier auf der Festung zurücklasse: meine Tochter Elisabeth!«

Nein, gern hatten die beiden Ritter diese Aufgabe nicht übernommen, und an jenem Tag im dunklen Gang vor der geschlossenen Tür wurde Elisabeth auch klar, warum! Sie hatten über ihren Plan gesprochen, den Bischof zu umgarnen, sein Vertrauen zu gewinnen und dann zuzuschlagen und seinem Leben auf unauffällige Weise ein Ende zu setzen. In Panik war Elisabeth vor der Tür erstarrt, unfähig zu entscheiden, was sie nun tun sollte, als die Tür aufgeflogen war und sie in die erstaunten Gesichter der beiden jungen Ritter gestarrt hatte. – So wie jetzt in diesem Augenblick auch. Seitz von Kere öffnete in sprachlosem Erstaunen den Mund. Bernhard von Seckendorf fasste sich schneller.

»Warum nur kommt es mir vor, als hätte ich genau diese Situation schon einmal erlebt? Vielleicht, weil es Menschen gibt, die nicht aus ihren Fehlern lernen und eine zweite Chance nicht zu nutzen wissen? Auch gut. Dann bringen wir heute das zu Ende, was uns das letzte Mal nicht gelungen ist.«

Das war die Stelle, an der sie kehrtmachen und den Gang hinunter fliehen sollte. Elisabeth sah sich, wie sie damals die hinderlichen Röcke gerafft hatte und in panischem Entsetzen durch den Gang geflohen war. Die schnellen Schritte hinter ihr kamen rasch näher. Auch ohne sich umzusehen, wusste sie, dass sie gegen diese beiden jungen Männer in Hosen und Stiefeln keine Chance zu entrinnen hatte. Wenn sie nur die Treppe erreichen könnte. Vielleicht war dort jemand unterwegs, der ihr zu Hilfe eilen würde.

Ihre Hand hatte den Türknauf beinahe erreicht, als sie grob zurückgerissen wurde. Sie taumelte und schlug gegen die Wand. Rote Blitze zuckten durch ihren Kopf. Eine Hand griff nach ihren Haaren und riss ihren Kopf zurück. Eine andere umschloss ihren Hals. Sie sah in Bernhard von Seckendorfs schönes Gesicht, das nun von Hass entstellt wurde.

»Das war ein Fehler, den du bereuen wirst!« Sie konnte nur stöhnen.

Seitz von Keres Gestalt tauchte in ihrem Gesichtsfeld auf. Er hob etwas Großes in die Höhe und ließ es dann auf ihre Stirn zusausen. Sie fühlte noch den Schmerz vom Kopf durch ihren Körper schießen. Sie fiel. Dann hatte Elisabeth das Bewusstsein verloren.

Nun, mehr als ein Jahr später, blickte Elisabeth wieder in Bernhard von Seckendorfs Gesicht, fand aber statt des Hasses ein überlegenes Lächeln. Er war sich sicher, dass er es dieses Mal zu Ende bringen würde. Endgültig!

Elisabeth wusste, dass sie ihnen nicht entkommen konnte, dennoch fuhr sie herum, um davonzulaufen. Doch dieses Mal waren die Ritter gewarnt und ergriffen sie, noch ehe sie den ersten Schritt gemacht hatte. Sie wurde an beiden Armen gefasst und zurückgerissen. Elisabeth taumelte in das Zimmer. Sie stolperte über den Saum ihrer Röcke und fiel auf die Knie. Zwei Hände legten sich um ihren Hals und schlossen sich immer enger.

»Ich mache niemals den gleichen Fehler zweimal«, raunte der Ritter von Seckendorf in ihr Ohr.

Elisabeth strampelte und schlug um sich, bis Seitz von Kere ihre Arme einfing und die Handgelenke umschloss. Der Druck um ihren Hals verstärkte sich. Der Schmerz wurde unerträglich. Sie konnte nicht mehr atmen. Die Lunge brannte und begann zu zittern, ihr Kopf wollte bersten. Elisabeth fühlte, wie das Leben aus ihr wich. Das Bild vor ihren Augen wurde trüb.

Es war das Letzte, was sie auf dieser Welt sehen sollte. Ritter Seitz von Kere in seinem Gemach, der ihre Arme festhielt, während sein Freund darauf wartete, dass ihre Seele entwich und ihr Körper erschlaffte.

Doch dann nahm Elisabeth mit ihren schwindenden Sinnen am Rand ihres Blickfeldes eine rasche Bewegung wahr. Die Tür wurde aufgestoßen, und eine Gestalt in einem einfachen grauen Gewand stürzte herein. Elisabeth sah eine lange Klinge aufblitzen, ehe sie dem Ritter von Seckendorf in den Rücken fuhr. Sie konnte den Ruck spüren, der durch seinen Körper lief. Er stieß ein Stöhnen aus. Der Griff um ihren Hals lockerte sich. Luft drang in ihre Lungen. Elisabeth bäumte sich auf. Die Finger rutschten ab, und sie sog gierig frische Luft in sich ein, bis sich ihr Brustkorb spannte. Mit einem dumpfen Schlag fiel der Körper des Ritters zu Boden. Nach einem weiteren Atemzug begann sich das Bild um sie herum zu klären. Elisabeth sah Jeanne, die eine Fackel aus dem Halter riss und auf den Ritter von Kere zustürmte. Er ließ Elisabeths Arme los, um sich gegen den Angriff zu wehren, doch schon stieß Jeanne ihm die brennende Fackel ins Gesicht. Er heulte auf und riss sein Schwert aus der Scheide. Elisabeth schrie. Von der Seite stürmte Gret heran und warf sich gegen den Ritter. Sein Schwertstreich verfehlte Jeanne um eine Handbreit. Die Fackel fiel zu Boden und erlosch.

Elisabeth rappelte sich auf. Ihr war schwindelig und übel, doch dafür hatte sie nun keine Zeit. Sie zog sich an der Lehne eines Scherenstuhls hoch. Was konnte sie tun? Seitz von Kere versuchte Gret abzuschütteln, die sich nun an seinen Rücken klammerte, während Jeanne seiner fahrig geführten Schwertklinge auswich. Beide waren unbewaffnet. Grets Küchenmesser steckte im Rücken des von Seckendorf, der sich nicht mehr rührte. Vermutlich war er tot. Seitz von Kere schlug den Schwertgriff auf Grets Hand, die sich in seinen linken Arm gekrallt hatte. Sie schrie auf und ließ ihn los. Mit einer raschen Bewegung schüttelte er sie vollends ab, dass sie nach hinten gegen das Bett taumelte. Jeanne stand völlig schutzlos vor der Truhe unter dem Fenster. Der Ritter hob das Schwert. Elisabeth blieb keine Zeit nachzudenken. Wenn sie handeln wollte, dann musste sie es jetzt tun. Sofort! Ein Schritt zum Kamin genügte. Sie fühlte den Schürhaken in der Hand. Das Schwert fuhr herab. Jeanne warf sich zur Seite, dennoch musste er sie erwischt haben. Sie schrie auf. Elisabeth konnte nicht nach ihr sehen. Den Schürhaken erhoben sprang sie vor und ließ ihn auf den Kopf des Ritters herabsausen. Es gab ein hässlich knirschendes Geräusch, das ihr unangenehm bekannt vorkam. Der Ritter hielt mitten in der Bewegung inne. Ganz langsam drehte er den Kopf und sah Elisabeth an. Diese wartete nicht, bis das Leben in seine Glieder zurückkehrte. Sie schlug noch einmal zu. Ritter Seitz von Kere taumelte zwei Schritte zurück und fiel dann mit einem dumpfen Schlag nach hintenüber. Bewegungslos blieb er liegen.

»Habe ich ihn getötet?«, rief Elisabeth panisch.

»Ich kann es für ihn nur hoffen!«, knurrte Gret und beugte sich über ihn. »Dann hat er Glück gehabt und einen unverdient leichten Tod bekommen.«

Elisabeths Blick wanderte zu Jeanne, die leise stöhnend auf der Truhe zusammengesunken war. Blut färbte die ungebleichte Wolle ihres Gewandes und rann über ihren Arm herab.

»Heilige Jungfrau, er hat dich erwischt!« Elisabeth stürzte zu ihr.

»Ist, glaube ich, nicht so schlimm«, stieß Jeanne zwischen den Zähnen hervor. Elisabeth war bereits bei ihr und löste behutsam die blutigen Finger, die ihren linken Oberarm umklammerten. Der Stoff darunter war aufgeschlitzt. Eine tiefe Wunde klaffte im Fleisch. Elisabeth entfuhr ein Schluchzen.

»Das wird wieder«, sagte Gret, die neben Elisabeth trat und die Wunde betrachtete. »Jeanne hat schon Schlimmeres überstanden. Wir müssen nur dafür sorgen, dass es nicht fault. Und als Erstes muss die Blutung aufgehalten werden.«

Gret sah sich im Zimmer um und riss dann von einem Hemd, das achtlos über der Lehne eines Stuhls hing, einige Streifen ab, um den Arm zu verbinden. Die Frauen waren so in ihr Tun vertieft, dass sie weder die Schritte hörten, die sich näherten, noch den Lichtschein bemerkten, der den Gang entlang auf das Zimmer zukam. Erst als die Tür vollends geöffnet wurde und der Mann, der als Erster eintrat, einen Ruf der Überraschung ausstieß, fuhren sie herum und starrten in die Gesichter des Bischofs, eines jungen Kaplans und der Ritter Hans von Henneberg und Georg von Castell.

»Was um alles in der Welt ist hier los?«, verlangte der Bischof zu wissen, der fassungslos von den beiden reglosen Körpern am Boden zu den drei Frauen und dann wieder zu seinen beiden Rittern sah.

»Sie sind beide tot«, meldete Georg von Castell, der sich nacheinander über sie gebeugt und jedem prüfend seine Hand an den Hals gelegt hatte.

Elisabeth richtete sich auf und überließ es Gret, die blutende Wunde vollends zu verbinden. Sie trat auf ihren Vater zu. Ihre Stimme klang zu ihrer Überraschung fest, als sie zu sprechen begann.

»Ich beantworte Euch jede Frage, so ausführlich, wie Ihr es wünscht – später in Eurem Gemach, wenn wir alleine beisammensitzen. Jetzt sei so viel gesagt: Die Wölfe haben sich unter Lämmerpelzen versteckt, um Euer Vertrauen zu gewinnen, doch ihr Ziel war stets Euer Tod! Ich selbst habe ihre Worte gehört. Und als sie mich entdeckten, versuchten sie mich für immer zum Schweigen zu bringen, damit ich ihren finsteren Plan nicht verrate. Meine treuen Mägde Jeanne und Gret haben mich im letzten Moment gerettet.«

Der Bischof sah auf die beiden Leichen herab und schluckte trocken. »Das ist unglaublich.«

»Und dennoch ist es die Wahrheit und die Erklärung für viele offene Fragen.«

Der Bischof starrte seine Tochter an. Sie sah die Erkenntnis über sein Gesicht huschen. »Dann hatten sie das also von Anfang an geplant? Bereits vor mehr als einem Jahr, als sie zu mir auf die Burg kamen und in meine Dienste treten wollten?«

Elisabeth nickte. »Ja, und schon damals wäre ihr Plan beinahe enttarnt worden.« Der Bischof nickte verstehend.

»Doch damals war ich alleine und konnte nicht auf die Hilfe treuer Seelen zählen«, fügte sie leise hinzu.

Johann von Brunn schloss seine Tochter in die Arme. »Ich bin ja so froh, dass dir nichts geschehen ist«, murmelte er. Dann wandte er sich an Jeanne und Gret, die die Wunde inzwischen verbunden hatte.

»Ich stehe in eurer Schuld und danke euch von Herzen. Scheut euch nicht, euch an mich zu wenden, wenn ihr Hilfe braucht oder etwas begehrt. Solange ich Herr dieses Landes bin, werde ich meine schützende Hand über euch halten.«

Gret und Jeanne verbeugten sich und dankten ihm. Der Bischof nickte ihnen noch einmal zu und legte seiner Tochter den Arm um die Schulter.

»Und nun komm, mein Kind. Das Essen ist aufgetragen. Nach diesem Schreck musst du Hunger haben.«

Der Kaplan und die beiden Ritter folgten ihm in den Gang hinaus. Der Kaplan drängte sich neben den Bischof und hüstelte.

»Und was soll nun mit den beiden Toten werden?«

»Oh!« Vermutlich hatte der Bischof sie bereits vergessen. »Das waren ja meine ›wachsamen Engel‹.« Er überlegte kurz und wandte sich dann an seine beiden Ritter, die ihm folgten.

»Dann müsst Ihr diese Aufgabe noch einmal übernehmen. Ritter Hans, begleitet mich in den Saal. Ritter Georg, sorgt dafür, dass die Toten weggebracht werden. Lasst sie begraben, oder schickt sie ihren Familien zurück. Das ist mir gleich. Ich will nichts mehr von diesem Vorfall hören. So etwas kann einem das ganze Mahl verderben.«

Er tätschelte Elisabeth die Hand und lächelte sie aufmunternd an. »Was möchtest du heute essen? Du wirst dich freuen –

ich habe heute Abend eine Überraschung für dich, aber die werde ich dir noch nicht verraten. Es ist ein Gast, der eine ganz spezielle Kunst beherrscht, so viel sei gesagt.«

Gut gelaunt machte sich der Bischof auf den Weg zum Saal. Elisabeth folgte ihm, obwohl sie im Augenblick weder Hunger verspürte noch Lust auf einen Gaukler oder Possenreißer empfand.

Kapitel 27

Es war fast Mittag, bis sich Elisabeth endlich von ihrem Lager erhob und in den Saal ging, um ein wenig Mus oder Mandelspeise zu essen. Etwas anderes würde sie ganz sicher nicht hinunterbekommen. Ihr Hals schmerzte, und das Schlucken tat entsetzlich weh. Auch äußerlich waren die Spuren des Angriffs nun deutlich zu sehen. Hässliche blaue Male verunstalteten die weiße Haut ihres Halses. Elisabeth betrachtete die Flecken in dem kleinen Spiegel, den ihr Vater ihr geschenkt hatte. Ein sehr wertvolles Geschenk!

Jeanne trat neben sie und fuhr zart mit den Fingerspitzen über die verfärbte Haut. »Es sind Geisterfinger. Noch berührt der Ritter dich aus seinem Grab heraus und lässt die Abdrücke schmerzen. Doch der Tod zieht ihn mit sich hinab, und bald werden auch seine letzten Spuren verblasst sein.«

Sie reichte Elisabeth einen Seidenschal und half ihr, ihn so umzulegen, dass die Male verdeckt wurden. Jeanne hantierte ungeschickter als sonst, denn ihr Arm war dick verbunden und schmerzte sie sicherlich. Dennoch wollte Jeanne nichts davon wissen, Elisabeths Wohl – wenn auch nur vorübergehend – in die Hände einer anderen Magd zu legen. Elisabeth fügte sich, verbot ihr aber jegliche schwere Arbeit, bis die Wunde an ihrem Arm sich vollständig geschlossen hatte.

»Du wirst keine Wäsche waschen und auch kein Brennholz herauftragen! Haben wir uns verstanden?«, sagte Elisabeth streng.

Jeanne senkte den Kopf und versprach Gehorsam. Ihre Stimme war voller Demut, aber in ihren Augen blitzte etwas, das gar nicht dazu passte.

»Ich werde das kontrollieren«, fügte Elisabeth hinzu, hatte aber den Verdacht, diese Ankündigung mache auf Jeanne keinen besonderen Eindruck. Sie griff nach Jeannes Händen und sah die Freundin an.

»Jeanne, es ist mir sehr ernst damit. Du und Gret seid meine einzigen richtigen Freunde auf der Burg, die alles von mir wissen. Auch meine dunkelsten Stunden und meine Sünden, die im Himmel vergeben werden können, nicht aber von den Menschen auf der Erde. Es wäre für mich schrecklich, wenn ich dich verlieren würde. Darum bitte ich dich von Herzen, dich zu schonen, denn in die Kunst der Bader und Chirurgen setze ich kein Vertrauen.«

»Nein, ich auch nicht. Und nun mach, dass du in die Halle kommst. Dein Vater wartet sicher schon auf dich. Ich verspreche dir auch, dass ich in der Zwischenzeit keine schweren Eimer schleppe oder sonst etwas tue, was meiner wertvollen Gesundheit schaden könnte.« Jeanne lächelte verschmitzt. Elisabeth umarmte sie und verließ dann das Gemach.

Es wunderte sie nicht, ihren Vater und seine Ritter zu dieser Zeit bei ihrem verspäteten Frühmahl anzutreffen. Es waren ungewöhnlich viele Ritter anwesend: Ein paar der Männer waren ihr fremd, doch Elisabeth erkannte die Söhne der Grafen von Solms und Büdingen und den Bruder des Grafen von Hanau. Selbst Konrad von Weinsberg war heute anwesend. Auch zwei der Kapläne und der Generalvikar saßen noch bei Fleisch und Pasteten und großen Krügen Wein. Zwei Plätze neben dem Generalvikar hatte der alte Ritter von Saunsheim Platz genommen, den sicher nicht alle gern hier sahen. Viele nannten ihn schlicht einen Raubritter. Hatte er nicht erst vor Kurzem mit seinen Männern die Stadt Schwarzach überfallen? Zumindest hatte er es versucht, doch sein Plan war in letzter Minute vereitelt worden. Bischof Johann hatte die Stadt gegen zweitausend Gulden an die Edlen von Seckendorf verschrieben, und das passte dem Saunsheimer nicht. Schließlich hatte auch er noch Forderungen an die Stadt. Die Art, wie er diese zu begleichen suchte, musste jeden aufrechten Ritter empören. Der Bischof jedoch lud ihn nach wie vor an seine Tafel. Immerhin war sein Sohn der bischöfliche Hauptmann. Und der hatte im Auftrag seines Herrn vor einiger Zeit vier Mitglieder des Domkapitels gefangen genommen, als diese von einer Reise nach Schweinfurt zurückkehrten. Der Streit zwischen Bischof und Kapitel hatte sich wieder verschärft, und so nahm der Bischof mal wieder zu dem bewährten Mittel der Erpressung Zuflucht, indem er einige wichtige Männer des Gegners in seine Gewalt brachte.

Der Vorfall lag erst wenige Wochen zurück, und doch schien er aus einem anderen Leben zu stammen. Damals hatte Elisabeth noch im Frauenhaus gelebt und sich zusammen mit den anderen Frauen und der Meisterin über die Ruchlosigkeit ihres Bischofs ereifert. Sie hatten ihn und seine Bosheit beschimpft und ihm ein schnelles und schlimmes Ende gewünscht. – Und nun war der böse Bischof Johann von Brunn ihr Vater, den sie stets geliebt und verehrt hatte!

Der Bischof winkte ihr zu, als er seine Tochter entdeckte, und forderte den Ritter von Henneberg auf, ihr den Platz an seiner Seite zu überlassen. Geradina, die auf seiner anderen Seite saß, zog eine saure Miene. Hans von Henneberg dagegen lächelte sie an und verbeugte sich, ehe er sich einen Platz auf der anderen Seite des Tisches neben dem Generalvikar suchte. Johann von Brunn strahlte seine Tochter an.

»Wie geht es dir, meine Liebe? Ich hoffe, der Vorfall hat dir keine schlechten Träume bereitet.«

»Danke, mir geht es gut, Vater«, sagte Elisabeth. Ihre Stimme hörte sich rau an. Sie griff nach der Mandelspeise und begann zu essen. Elisabeth achtete nicht auf die Gespräche um sie hierum. Natürlich wurden die Ereignisse des Vorabends immer wieder zum Thema. So oft kam es nicht vor, dass Leibwächter planten, ihren Bischof zu ermorden. Oder war es eher die Tatsache, dass zwei Mägde und eine Tochter der Sünde zwei Ritter erstochen und erschlagen hatten?

Elisabeth hielt dem Diener ihren Becher hin und wollte ihn gerade bitten, ihn mit warmem Met zu füllen, als draußen auf der Treppe plötzlich laute Stimmen zu hören waren. Schnelle Schritte näherten sich. Die Tür zur Halle wurde aufgestoßen, dass die beiden Flügel gegen die Wand krachten. Spätestens jetzt starrten alle Anwesenden zur Tür. Es war der junge Hauptmann von Saunsheim, der mit zwei seiner Wachtleute in die Halle stürmte. Der Bischof runzelte unwillig die Stirn. Er liebte Störungen während seines Mahls überhaupt nicht, und er konnte sich vermutlich keinen Grund denken, der solch ein rüdes Eindringen rechtfertigen würde.

»Hauptmann«, sagte der Bischof barsch, »erklärt Euch!«

Der Hauptmann verbeugte sich, schien aber nicht verunsichert. »Exzellenz, es tut mir leid, dass ich Euch stören muss, doch es geht etwas Ungewöhnliches vor. Eine Delegation hat sich von der Stadt aus aufgemacht und wird jeden Augenblick auf der Burg eintreffen.«

»Ja und? Dann sollen diese Bittsteller eben warten, bis ich mein Mahl beendet habe.«

Der Hauptmann straffte die Schultern. »Ich denke nicht, dass es sich um Bittsteller handelt. So wie der Bausback, den Ihr in der Stadt postiert habt, uns gerade gesagt hat, sind das ganze Kapitel und der gesamte bürgerliche Rat der Stadt unterwegs sowie einige Vertreter der anderen Stifte, die Viertelmeister und Vertreter Eurer Landstädte. Selbst ein päpstlicher Legat soll bei ihnen sein. Es sind mehrere Dutzend Männer!«

Der Bischof schien nicht beunruhigt. Er leerte seinen Becher und sah in die Runde. »Wie mir scheint, wird mir eine großartige Möglichkeit zu Füßen gelegt, die Verhältnisse mit einem Schlag grundlegend zu ändern. Welch wunderbare Fügung.«

Elisabeth erschrak. Hatte sie seine Worte eben richtig verstanden? Gab es eine andere Möglichkeit, sie zu deuten? Sie sah in die Gesichter der Ritter am Tisch, der Verbündeten und Vertrauten ihres Vaters, und konnte auch in ihren Mienen Entsetzen lesen.

»Exzellenz, werdet Ihr sie empfangen?«, fragte der Hauptmann Hermann von Saunsheim nun doch ein wenig nervös. »Der Bausback ist zwar schnell geritten, doch ich vermute, dass sie jeden Moment das äußere Tor erreichen werden.«

»Ja, lasst sie herein. Wenn wir sie erst einmal hier im Hof zwischen unseren hohen Mauern haben, dann sehen ihre Forderungen gleich ganz anders aus.«

»Sie haben einige Bewaffnete dabei«, gab der Hauptmann zu bedenken.

Johann von Brunn winkte ab. »Was macht das schon? Ja, lasst sie kommen – und ruft alle unsere Männer zu den Waffen. Sie sollen sich bereithalten.« Zufrieden rieb sich der Bischof die Hände und griff dann nach einem besonders großen Stück fettigen Bratens.

Das Unbehagen stand nun deutlich im Gesicht des Hauptmanns, doch er wagte den Befehl nicht laut in Zweifel zu ziehen. Hermann von Saunsheim neigte nur den Kopf und eilte dann mit seinen beiden Begleitern davon, um die Befehle des Bischofs weiterzugeben.

Konrad von Weinsberg räusperte sich. »Exzellenz, Ihr wollt doch nicht etwa das ganze Kapitel und den Rat gefangen nehmen?«

»Warum nicht?«, gab der Bischof launig zurück. »Ihr meint, dann ist niemand mehr übrig, der sie auslösen könnte? Das ist ein berechtigter Einwand.«

Konrad von Weinsberg sah nicht drein, als hätte er diese Bedenken gehegt.

»Andererseits wäre das doch mal etwas«, fuhr der Bischof fort, der sich für seinen Einfall zunehmend zu erwärmen schien. »Vielleicht könnte ich dann Männer einsetzen, die meiner Sache mehr gewogen wären und mir nicht mit ihrem ständigen Genörgel die Tage verdürben.«

Elisabeth starrte ihren Vater fassungslos an. Das konnte er nicht ernst meinen. Das durfte er nicht ernst meinen! Dann war er nicht besser als die zahllosen Raubritter im Reich, die der König mit so viel Einsatz und doch nur wenig Erfolg zu bekämpfen suchte.

Ach, ist er denn jemals besser gewesen? Du naives Dummchen hast es nur nicht gesehen. Nicht sehen wollen!

Der Bischof schien den Blick zu spüren, denn er wandte sich seiner Tochter zu.

»Liebes, was starrst du mich so an?« Er tätschelte ihre eiskalte Hand. »Natürlich werde ich sie nicht alle in den Kerker werfen lassen.«

Elisabeth spürte, wie sie sich ein wenig entspannte.

»Nein, ich habe unter den Domherren durchaus Verbündete gewonnen. Der junge Niklas von Rothenhan ist mir sehr zugetan, und auch die Herren von Thann, Malkos und Kere, von Beningen und beide Brüder von Siech stehen auf meiner Seite.«

Weil sie der Verlockung des Geldes erlegen sind. Der Bischof wird auch bei seinen Bestechungen nicht knausrig sein!

Aus dem Hof drangen nun viele Stimmen in den Saal hinauf. Offensichtlich war die Abordnung eingetroffen. Der Bischof wischte sich den Mund ab und erhob sich.

»Gehen wir, meine Herren?«, fragte er mit einem breiten Lächeln. »Das scheint ein interessanter Tag zu werden.«

Elisabeth blickte in die Runde. Außer Geradina, die sicher zu dumm war zu begreifen, was hier vor sich ging, sah sie nur ernste und besorgte Gesichter. Keiner der Ritter und Kirchenleute konnte die entspannte Stimmung des Bischofs teilen. Seine beiden »wachenden Engel« an der Seite, schritt der Bischof auf die große Freitreppe hinaus und ließ den Blick über die Versammelten schweifen. Der Hauptmann hatte nicht übertrieben. Es waren bestimmt sechs Dutzend Männer, von denen nicht wenige bewaffnet waren. Elisabeth sah den Ratsherrn Hans Maintaler, der bei seinen Ratskollegen stand. Er hatte heute ein besonders prächtiges Gewand gewählt und ein Schwert an seine Seite gegürtet. Plötzlich wurde Elisabeth bewusst, dass er sie erkennen könnte. Und hatte der Hauptmann nicht gesagt, es sei ein päpstlicher Legat unter ihnen? Sie reckte den Hals, konnte den alten Kirchenmann zum Glück jedoch nicht unter den Männern der Delegation entdecken. Dafür kreuzte sich ihr Blick mit dem des Domherrn von Grumbach. Sie fuhr zusammen. Er hatte sie erkannt, kein Zweifel. Er hob die Augenbrauen ein wenig und deutete kaum merklich ein Nicken an. Überraschung konnte sie in seiner Miene nicht erkennen. Oder hielt er sie gar für die neue Mätresse? Elisabeth konnte das nicht glauben. Vielmehr war sie in ihrem Verdacht bestärkt, der Domherr habe von Anfang an Bescheid gewusst und ihren Vater auf eine entwürdigende Weise in eine Falle zu locken versucht.

Der Bischof hat es ihm mit seiner ausschweifenden Lebensart ja auch nicht gerade schwer gemacht. Ein Kirchenmann, der sein Zölibat achtet, kann nicht in so eine Falle tappen.

Hans von Grumbach trat vor und neigte den Kopf. Wie immer war in seiner Miene nur schwer zu erahnen, was er dachte, als sein Blick über den Bischof und sein Gefolge glitt.

»Da das Domkapitel mich zu ihrem neuen Propst ernannt hat, ist es wohl an mir, die einleitenden Worte zu sprechen«, sagte er mit seiner angenehmen tiefen Stimme.

Er hatte Propst Anthoni von Rothenhan abgelöst! Dennoch schien es Elisabeth, als sei er nicht zufrieden.

»Eure Exzellenz Bischof Johann von Brunn, wir sind gekommen, weil sich nun endlich etwas ändern muss. Schon lange – ja, schon seit Ihr zu unserem Bischof gewählt worden seid – liegt vieles im Bistum Würzburg im Argen, und Ihr habt nicht gerade dazu beigetragen, die Lage zu verbessern.«

Bischof Johann machte ein gelangweiltes Gesicht, unterbrach den neuen Dompropst aber nicht.

»Ihr habt viele Verträge unterzeichnet und Versprechen gegeben, dass Ihr Euren Lebenswandel bessern und das Bistum nicht weiter in Schulden treiben werdet, doch nichts ist geschehen. Nun haben wir uns zusammengetan, um dem endgültig ein Ende zu setzen.«

Er winkte zwei Männern zu, die neben ihn traten. Der erste

war Elisabeth fremd. Handelte es sich um den päpstlichen Legaten? Vermutlich. Er war jünger und wirkte energischer als der, den Elisabeth im Haus des nun abgesetzten Propstes kennen gelernt hatte. Den zweiten Mann kannte Elisabeth sogar sehr gut. Es war Domherr Johann von Wertheim, Albrechts älterer Bruder. Nun entdeckte sie auch Albrecht unter den Männern, wagte jedoch nicht, ihm zuzuwinken.

»Ihr wollt dem ein Ende setzen?«, wiederholte der Bischof. »Da bin ich aber neugierig, was Ihr Euch dieses Mal ausgedacht habt.«

Noch immer wirkte er amüsiert. Einige der Abgesandten murmelten ärgerlich vor sich hin. Es gefiel ihnen nicht, dass der Bischof sie offensichtlich nach wie vor nicht ernst nahm. Dompropst von Grumbach dagegen ließ sich nicht anmerken, ob das Verhalten des Bischofs ihn ebenfalls erzürnte. Ruhig sprach er weiter.

»Wir haben uns lange besprochen. Die Vertreter des Kapitels und der anderen Stifte, der bürgerliche Rat von Würzburg und die Vertreter der Landstädte. Ja, auch zahlreiche Junker der umliegenden Länder und Eure Amtsbrüder in Speyer und Mainz haben wir zu Rate gezogen – und nicht zuletzt einen Boten zum Heiligen Vater gesandt, der uns seinen Vertreter hier mit einer Antwort schickte.« Er deutete auf den Legaten an seiner Seite.

Die Ritter des Bischofs wechselten unbehagliche Blicke. Wie sie bereits geahnt hatten, war diese große Abordnung nicht gekommen, um sich etwas zu erbitten.«

»Wir alle sind zu dem Schluss gekommen, dass Ihr für das Land und seine Menschen nicht länger tragbar seid. Weder in weltlichen noch in geistlichen Dingen kommt Ihr Euren Pflichten nach. Das Volk hat ein Anrecht darauf, einen Landesvater zu haben, der diesen Namen auch verdient!«

»Schön gesprochen, Domherr von Grumbach«, sagte der Bischof, seinen neuen Rang ignorierend. »Seid Ihr nun endlich fertig?«

»Ja, ich bin fertig. Ich muss Euch nur noch bitten, die von

uns vorbereitete Urkunde zu unterzeichen, in der Ihr die Regierungsgeschäfte niederlegt und sie auf den von uns bestellten Pfleger Domherr Johann von Wertheim übertragt. Ihr werdet die Burg ›Unser Frauenberg‹ verlassen und Euch auf den Zabelstein zurückziehen.«

»Was?« Der Bischof starrte Hans von Grumbach einige Augenblicke sprachlos an, ehe er etwas erwidern konnte. »Ihr beliebt zu scherzen! Ich denke, wir kehren nun in den Saal zurück, und Ihr und Eure Begleiter verlasst meine Burg, ehe ich mich über diese Frechheit ereifere und Euch alle in meine Kerker werfen lasse. Oder soll ich meinen Armbrustschützen befehlen, Euch alle niederzuschießen?«

Er sah zu seinen Rittern, fand aber keine Zustimmung. Elisabeth spürte, wie einige von ihm abrückten.

»Exzellenz, überlegt, was Ihr da sagt«, mahnte der Ritter von Castell.

Hans von Heneberg schüttelte nur stumm den Kopf.

»Wenn selbst der Papst einen Pfleger vorschlägt, wie können wir den Befehl ignorieren?«, fragte Konrad von Weinsberg. Nur der alte Erkinger von Saunsheim machte ein grimmiges Gesicht der Entschlossenheit und legte die Hand auf den Griff des mächtigen Schwerts an seiner Seite.

Würde sein Sohn als Hauptmann der Wachen einen Angriffsbefehl des Bischofs an seine Männer weitergeben? Elisabeth versuchte in seiner Miene zu lesen, die nun Ablehnung und Unsicherheit zeigte. Auch ein paar der jüngeren Ritter zogen sich nun unauffällig ein Stück von ihrem Bischof zurück. Geradina gab einen winselnden Laut von sich und huschte in die Halle zurück.

Elisabeth straffte den Rücken und stellte sich neben ihren Vater. Sie sah, wie Albrecht kaum merklich den Kopf schüttelte. Etwas an ihm war heute anders. Elisabeth kniff die Augen zusammen und betrachtete ihn, wie er da mit ernster Miene zwischen den Männern der Stadt und den verbündeten Junkern stand. Was war es nur? Die beiden Männer vor ihm rückten ein wenig beiseite, sodass sie ihn nun vom Kopf bis zu den Stiefeln sehen konnte.

Stiefel?

Elisabeth stutzte. Nun begriff sie, was sich an ihm verändert hatte. Er stand nicht nur bei den Junkern, statt bei den Chorherren. Er trug auch das kurze Wams und die engen Beinlinge eines Ritters. An seine Hüfte war ein Schwert gegürtet.

Vielleicht hatte er ihren Blick gespürt, denn er wandte den Kopf ein wenig und sah zu ihr hinauf. Ein Lächeln voller Zärtlichkeit erhellte sein Gesicht. Seine Lippen formten ihren Namen. Für eine Weile bekam Elisabeth nicht mit, was der neue Dompropst sagte. Jedenfalls lösten sich noch ein paar Männer aus der Versammlung und kamen mit dem Probst und dem Legaten die Treppe hinauf. Albrechts Bruder war natürlich auch dabei, außerdem der Bürgermeister und zwei weitere Ratsherren. Sie begleiteten den Bischof Johann von Brunn zurück in die Halle. Hans von Heneberg ließ mehr Stühle an den Tisch schieben und schickte die Diener nach Wein.

Elisabeth wollte den Männern gerade folgen, als eine Stimme dicht hinter ihr sie aufhielt.

»Nicht! Das solltest du dir nicht antun.«

Elisabeth fuhr herum. »Warum nicht? Es geht um das Schicksal meines Vaters und um meines!«

Albrecht seufzte. »Es geht um das Schicksal eines Bischofs, der seine Macht als Herrscher über dieses Bistum zwei Jahrzehnte lang für seine eigene Bequemlichkeit und Belustigung missbraucht hat.«

Elisabeth wusste nicht, woher der unbändige Zorn in ihr kam. »Das habe ich nicht bestritten. Dennoch ist er mein Vater, und mein Platz ist dort drin an seiner Seite.«

Traurig schüttelte Albrecht den Kopf. »Das wäre nicht klug. Dieses Mal wird er nicht davonkommen. Unser Bündnis gegen ihn ist nun stark genug. Du kannst ihm nicht helfen. Wenn du dich jetzt dort drinnen auf seine Seite stellst, dann reißt das Schicksal auch dich mit hinab.«

»Das Schicksal? Nein! Ihr, seine Untertanen, die sich gegen ihn erheben!«, rief Elisabeth dazwischen, doch Albrecht ignorierte den Einwurf und fuhr fort:

»Und keiner möchte von dir verlangen, dass du dich öffentlich gegen ihn stellst. Glaube mir, es ist besser, wenn du hier bleibst und mit uns die Entscheidung abwartest.«

Mit vor Wut blitzenden Augen blieb Elisabeth auf dem Treppenabsatz stehen. Albrecht legte ihr sanft die Hand auf den Arm.

»Ich kann deinen Zorn verstehen. Wir lieben unsere Eltern, egal, wie sie sind, denn Gott hat dies so gewollt. Doch jetzt ist es an der Zeit, dass du dich von deinem Vater löst und Abschied nimmst.«

Tränen standen in ihren Augen. »Was werdet ihr mit ihm machen? Ihm den Kopf abschlagen? Oder ihn in seinem eigenen Verlies verrotten lassen?«

Albrecht lächelte. »Du hältst uns für Barbaren! Nein, er muss seine Regierungsgewalt niederlegen und sie seinem Pfleger übergeben – Johann, meinem Bruder. Dann darf er seine persönlichen Sachen packen und sich auf Burg Zabelstein zurückziehen. Er bekommt sogar eine Leibrente von dreitausend Gulden jährlich zugesprochen.«

»Das ist großzügig«, gab Elisabeth widerstrebend zu.

»Wir wollen das Land retten, nicht deinen Vater mit den gleichen Mitteln strafen, die er seinen Gegnern zuteil werden ließ.«

Beschämt senkte Elisabeth den Kopf. »Mein Geist sagt mir, dass ihr im Recht seid, aber mein Herz weint, obwohl es all seine Fehler kennt.«

Albrecht legte den Arm um ihre Schulter. »Komm, lass uns ein wenig spazieren gehen, bis die Verhandlungen beendet sind. Das kann eine Weile dauern.«

Widerstrebend folgte ihm Elisabeth durch den Hof in die Vorburg und dann zum Tor hinaus. Erst als sie das letzte Tor hinter sich gelassen hatten, blieb Albrecht stehen. Er trat einen Schritt zurück und sah Elisabeth mit ernster Miene an.

»Vielleicht ist es dir schon aufgefallen, dass ich heute nicht das Gewand der Chorherren trage.« Sie nickte.

»Du hast vorhin gesagt, das Schicksal deines Vaters würde auch das deine sein, aber das muss es nicht. Sieh, ich habe dir einst versprochen, mein Leben für dich zu geben, wenn es nötig ist, und das meine mit dir zu teilen, so lange es Gott im Himmel gefällt. Ich sage dir, auch heute würde ich nichts lieber tun! Daher habe ich mein Anliegen im Kapitel vorgebracht und darum gebeten, dass sie mich aus meiner Pflicht dem Domkapitel und der heiligen Mutter Kirche gegenüber entlassen. Das ist natürlich nicht so einfach und muss von höchster Stelle bestätigt werden, aber in nur wenigen Wochen bin ich wieder der Ritter, der dich liebt und sein Versprechen, das er dir gegeben hat, einlösen möchte.«

Elisabeth umarmte ihn stumm. Es fielen ihr keine Worte ein, die sie hätte sagen können.

Später, schwor sie sich, *in der ersten, ruhigen Stunde, die wir finden, werde ich dir alles sagen, ob du es hören willst oder nicht, denn es soll keine Geheimnisse zwischen uns geben und keine dunklen Flecken der Vergangenheit, die das Licht und die Wärme der Liebe zu überschatten vermögen. Dann, und erst dann, wenn du noch immer zu deinem Versprechen stehen willst, sage ich gerne Ja!*

Die Verhandlungen zogen sich bis zum Abend hin. Die geistlichen und weltlichen Abgeordneten redeten auf den Bischof ein, doch der blieb stur und wollte nicht einsehen, mit welchem Recht sie sich gegen ihn stellten. Immer mehr seiner Ritter und selbst die Vikare und Kapläne rückten von ihm ab und rieten ihm, den Vertrag zu unterschreiben. Konrad von Weinsberg stellte sich neben den neuen Propst und appellierte an die Vernunft des Bischofs. Als selbst seine Ritter Hans von Heneberg und Georg von Castell ihm ins Gewissen redeten, sich zu beugen, und ihn baten, sie von ihren Treueversprechen zu entbinden, fiel der Widerstand in ihm zusammen. Bischof Johann

II von Brunn ließ sich Feder und Tinte geben und unterzeichnete den Vertrag seiner Abdankung, den der päpstliche Legat ihm vorlegte. Als er sein Siegel in das Wachs drückte, standen ihm Tränen in den Augen, seine Stimme aber blieb fest.

»Den wollt Ihr mir nun sicher auch nehmen«, sagte er und zog mit Mühe den Siegelring von seinem dicken Finger. Er warf ihn auf das unterschriebene Pergament. »Schachmatt, könnte man sagen, nicht wahr? Zumindest für diese Partie.«

»Es wird keine weitere geben, Johann«, sagte der Dompropst von Grumbach, als er Ring und Vertrag an sich nahm.

»Warten wir es ab«, entgegnete Johann von Brunn. Statt Tränen stand nun ein kampflustiges Blitzen in seinen Augen.

Erleichtert verließ die Delegation am Abend die Burg »Unser Frauenberg«. Zurück blieben einige Ritter und zwei Schreiber, um die Lage auf der Festung zu überwachen. Sie gaben dem Bischof Zeit, seine Sachen zu packen und Abschied zu nehmen. Drei Kutschen würde er beladen dürfen und drei Pferde aus seinem Stall aussuchen, um sie mit auf den Zabelstein zu nehmen. Auch zwei Leibdiener sollten ihn begleiten. Ob auch einige seiner Ritter an seiner Seite bleiben würden, war noch nicht abzusehen. Jeder überlegte, was in dieser Situation für ihn selbst am besten wäre. So war es an diesem Abend im Saal ruhiger als sonst. Jeder hing seinen Gedanken nach, und die Stimmung war gedrückt.

»Nur drei Kutschen stellen sie mir zur Verfügung!«, beschwerte sich Johann von Brunn bei seiner Tochter. »Wie soll ich selbst meine wichtigsten Dinge in nur drei Kutschen unterbringen?«

Geradina fiel in das Gejammer ein, erntete aber von Johann von Brunn einen missmutigen Blick. »Sei still. Das Geheule eines Weibes ist das Letzte, was ich heute noch ertragen kann«, sagte er barsch. Beleidigt schloss Geradina den Mund und erhob sich.

»Dann gehe ich jetzt packen.«

»Weshalb?«, fragte der abgesetzte Bischof erstaunt. »Wirst du die Burg so schnell verlassen? Wo willst du hin?«

Irritiert blieb Geradina stehen. »Mit Euch auf den Zabelstein, wohin sonst? Mein Platz ist an Eurer Seite!«

Johann von Brunn schüttelte den Kopf. »Mich kannst du nicht begleiten. Meinst du etwa, in meinen drei Kutschen ist auch noch Platz für dich und deinen unnützen Weiberkram?«

Geradina zuckte zusammen. Ihr Gesichtsausdruck zeigte sprachloses Entsetzen. Zum ersten Mal empfand Elisabeth so etwas wie Mitleid mit der Mätresse ihres Vaters.

»Dann ist das das Ende?«, presste sie hervor.

»Falls du einen anderen Weg findest, gut, dann magst du zu mir auf den Zabelstein kommen«, sagte Johann von Brunn. Mit einer wegwerfenden Handbewegung entließ er sie und widmete sich wieder seiner Wildpastete.

Es wurde spät. Nach und nach verließen die Ritter und Geistlichen den Saal, obwohl Johann von Brunn noch am Tisch saß. Schon jetzt bekam er deutlich zu spüren, dass er nicht mehr der Bischof und Landesherr war. Er tat so, als bemerke er es nicht, doch Elisabeth sah die steile Falte auf seiner Stirn, als er mit betont fröhlicher Stimme nach mehr Wein rief. Ehe er sich völlig betrank, verabschiedete sich Elisabeth für die Nacht, um sich in ihr Gemach zurückzuziehen, als ihr Vater nach ihrer Hand griff und sie zurückhielt.

»Wirst du mich auf den Zabelstein begleiten?«

Elisabeth zögerte einen Moment, dann fasste sie sich ein Herz. »Nein, Vater. Nicht, um mit dir dort zu leben. Ich werde heiraten.« *Nachdem ich meinem zukünftigen Gatten all meine Sünden gebeichtet habe und er mir verziehen hat, fügte sie in Gedanken hinzu. Vor ihrem Vater sagte sie das lieber nicht.*

Johann von Brunn fragte nicht weiter. Er ließ ihre Hand los und murmelte nur: »Dann muss ich dir wohl Glück wünschen.«

Dann griff er nach seinem Becher, der mit schwerem, rotem Wein gefüllt war, und leerte ihn in einem Zug.

Epilog

Die Chorknaben begannen zu singen. Unter ihren hellen, jubilierenden Stimmen, die sich wie die von Engeln bis unter das hohe Gewölbe des Doms erhoben, zogen die Chorherren in ihren festlichen Gewändern ein. Ihnen voran der neue Propst Hans von Grumbach. Der Schein der unzähligen Kerzen ließ Gold- und Silberstickereien aufleuchten. Die schweren Kreuze aus edlem Metall und Edelsteinen, die die Domherren um den Hals trugen, schimmerten.

Elisabeth saß neben Albrecht auf der Kirchenbank, daneben folgten die Hauptleute und Ratgeber des neuen Pflegers des Bistums Würzburg, der heute feierlich in sein Amt eingeführt wurde. Johann von Wertheim sah gut aus, wie er dort vorn in seinem prächtigen Gewand mit ernster Miene den Feierlichkeiten beiwohnte. Als sei er ein König, der heute gekrönt werden sollte.

Elisabeths Blick wanderte wieder zu Hans von Grumbach, der wie auf der Festung oben nicht so recht zufrieden wirkte, obwohl er nun der Erste unter den Domherren des Kapitels war. Was hätte er noch wollen können?

Die Chorknaben schwiegen, die Domherren nahmen ihre Plätze ein. Der Propst trat vor und begann zu sprechen.

Die Erkenntnis durchfuhr Elisabeth wie ein Blitz. Sie konnte nur mit Mühe einen Aufschrei unterdrücken.

Diese Stimme! Deshalb war es ihr bei ihrem Klang jedes Mal heiß und kalt geworden, deshalb hatte sie sich in seiner Gegenwart stets so unsicher gefühlt.

Was konnte er mehr wollen? Es war plötzlich alles so offensichtlich. Den Platz des Bischofs einnehmen! Er war der Auftraggeber der Ritter von Kere und von Seckendorf gewesen. Er hatte ihren Vater töten lassen wollen, um seinen Platz einzunehmen!

Hans von Grumbach trat beiseite und überließ seinen Platz dem Pfleger des Bistums. Während Johann von Wertheim sich erhob und zu sprechen begann, ließ der Propst den Blick über die Menschen wandern, die sich heute im Dom versammelt hatten, bis er an Elisabeth hängen blieb.

Vermutlich war ihr das Entsetzen des unvermittelten Erkennens noch ins Gesicht geschrieben. Hans von Grumbach verstand. Seine Lippen teilten sich zu einem kalten Lächeln. Lautlos formte er ein paar Worte. Elisabeth ahnte, was sie bedeuteten. Sie waren ein Versprechen. Das nächste Mal würde er siegen, und dann würde Hans von Grumbach sich Bischof von Würzburg nennen.

Ein Schauder rann durch Elisabeths Körper, und sie fröstelte. Albrecht von Wertheim wandte sich ihr zu.

»Was ist? Ist dir kalt? Du hast eine Gänsehaut.« Er rückte ihr sorgfältig ihr Seidentuch zurecht und nahm ihre eisigen Hände in die seinen, um sie zu wärmen.

»Nachher bekommst du einen heißen Gewürzwein. Da wird dir schnell wieder warm.«

»Ja, sicher«, stimmte sie ihm zu.

Warum auch nicht? Hans von Grumbach würde seine Pläne, noch mehr Macht an sich zu reißen, nicht aufgeben, doch das würde sie und ihr Leben nicht mehr berühren. Ihr Vater war vermutlich bereits auf dem Weg zur Burg auf dem Zabelstein und konnte sie nicht mehr beschützen. Albrechts Bruder würde die Regierung und Verwaltung des Bistums übernehmen. Doch sie bedurfte der schützenden Hand ihres Vaters nicht mehr. Sie hatte nun Albrecht an ihrer Seite und würde mit ihm zusammen in Sicherheit leben. Elisabeth hob die Lider und erwiderte den Blick des Propstes mit einem trotzigen Lächeln.

Dieses wiederholte sie, als sie einige Stunden später beim anschließenden Bankett zufällig mit ihm zusammentraf.

»Ich darf dir wohl gratulieren, Elisabeth«, sagte er und schnurrte dabei wie ein Kater.

»Danke, Herr Dompropst. Ich gebe die Glückwünsche gern zurück – auch wenn es nicht ganz das ist, was Ihr Euch erhofft habt!«

Seine Augen wurden schmal. »Ah, die Erinnerung ist zurückgekehrt. Dann habe ich deinen Blick vorhin im Dom also richtig gedeutet. Nun, bei großen Plänen gibt es immer Opfer. Keiner hat dir gesagt, du sollst Dinge erlauschen, die dich nichts angehen.«

»Ich sehe, das schlechte Gewissen drückt Euch nicht sonderlich«, sagte Elisabeth.

»Nein, das ist richtig«, gab der Propst zu. »Außerdem hattest du deine Rache bereits. Die, die dich niedergeschlagen haben, sind tot. Erstochen und erschlagen von Weiberhand, wenn meine Informationen stimmen?«

»Ja, wir haben sie getötet, um unser eigenes Leben zu retten. Und ich weiß nun, dass es die beiden Ritter waren, die mich verfolgten, nachdem sie mich entdeckten, und die mich niederschlugen. Aber ich erinnere mich auch daran, dass ich noch einmal erwachte und Schritte hörte. Dass ein dritter Mann herantrat, den die beiden Ritter fragten, was sie denn nun mit mir machen sollten. Ich habe Eure kalte Stimme im Ohr, wie Ihr ihnen befehlt, mich zu töten. – *Zieht ihr noch eine über den Schädel, dann hat sich das Problem erledigt, und verscharrt ihre Leiche an einem Ort, an dem sie niemals gefunden wird.* – Das waren Eure Worte!«

Der Dompropst neigte höflich den Kopf. »Jetzt, da deine Erinnerung zurückgekehrt ist, beweist du ein erstaunlich gutes Gedächtnis.«

Elisabeth war noch nicht fertig. »Ihr habt überlegt, und dann kam Euch ein teuflischer Einfall. – *Ich habe zwei Handlanger, denen ihr das Paket übergeben könnt. Aus Sicht der Mutter Kirche ist sie ein Kind der Sünde, das ein Grab in geheiligter Erde nicht verdient. Ich finde, der geeignete Platz für diesen Körper ist der alte Judenfriedhof in der Pleichacher Vorstadt. Gibt es einen verfluchteren Ort?«*

»Das ist alles richtig. Nur frage ich mich, was schiefgegangen ist, dass du stattdessen im Haus der Eselswirtin aufgetaucht bist. Nun gut, es ist so gelaufen, und es interessiert mich auch nicht wirklich. Du bist keine Gefahr mehr für meine Pläne – oder denkst du etwa, du könntest mich dafür zur Rechenschaft ziehen? Sei nicht albern, Kind. Dein Vater ist entmachtet und weit weg, und sonst würde dir niemand glauben – oder sich überhaupt für diese Lappalie interessieren.«

Elisabeth unterdrückte die Wut, die sie zu überschwemmen suchte, und entgegnete ruhig: »Für Euch mag es eine Lappalie sein, mein Leben fast zerstört zu haben. Ich finde die Tat durchaus wert, Euch dafür zu strafen, doch ich weiß, dass ich außer meinem Wort nichts in der Hand habe. So bleibt mir nur die Erleichterung, dass es für mich einen Weg zurück in mein eigenes Leben gab, und die Gewissheit, dass sich unsere Lebenswege nicht mehr kreuzen werden und Ihr meinem Glück nie wieder im Weg steht.«

Dompropst Hans von Grumbach lächelte. »Wir werden sehen. Die Wege des Herrn sind manches Mal verschlungen, doch sie führen stets zum Ziel. – Zu meinem Ziel!«

Wichtige Personen

Elisabeth: Eine schöne, junge Frau ohne Gedächtnis, die der Frage nachgeht: Wer bin ich, und woher komme ich? Und was ist mit mir geschehen?

Else Eberlin: Auch Eselswirtin genannt. Frauenhauswirtin und Meisterin über die sechs Dirnen des städtischen Frauenhauses.

Gret: Dirne, groß und knochig mit roten Haaren und Sommersprossen. Gret ist intelligent und nicht auf den Mund gefallen, und sie ist auch bereit, gegen Ungerechtigkeit zu kämpfen.

Jeanne: Dirne, eine mollige Französin mit schwarzem Haar und dunklen Augen. Sie bewundert Elisabeth vom ersten Tag an und verteidigt sie eifersüchtig.

Marthe: Dirne, schön, blond, mit üppigem Busen und einem bösen Mundwerk. Marthe lässt keine Gelegenheit für eine bissige Bemerkung aus.

Ester: Dirne, die älteste der sechs Frauen, groß, knochig und mit einem häss-

	lich vernarbten Gesicht. Ester ist die gute Seele, lieb und ein wenig naiv, und lässt sich immer wieder ausnutzen.
Anna:	Dirne, ist die Jüngste im Frauenhaus, sie ist klein, dick und hat schlechte Zähne. Anna ist einfältig, weiß aber schon ihre Pfründe zu verteidigen.
Mara:	Dirne, zierliche Frau mit kastanienbraunem Haar. Mara ist stets neugierig und ein wenig selbstgerecht.
Meister Thürner:	Henker der Stadt, der auch die Oberaufsicht über das Frauenhaus hat und dort nach dem Rechten sehen muss.
Philipp von Thann:	Junker, Elisabeths erster Kunde im Frauenhaus.
Stefan Spießhemmer:	Söldner, der bei einem Zug gegen die Hussiten die rechte Hand verloren hat.
Hans Maintaler:	Genannt Tuchscherer, Ratsherr, ein Witwer, der im Frauenhaus Trost sucht und dem der Bischof übel mitspielt.
Otilia Maintaler:	Tochter von Hans Maintaler. Ein junges Mädchen, das schon sehr genau weiß, was es will.
Catharina Suppan:	Ehefrau des Ratsherrn Hans Suppan, die vielleicht mehr über Elisabeth weiß, als sie zugeben will.

Johann II. von Brunn:	Bischof von Würzburg, der das Leben in allen Zügen auskostet und mit seiner Verschwendungssucht für viel Ärger sorgt.
Hans von Heneberg:	Ritter im Gefolge Bischof Johanns. Ehemaliger Leibwächter, auch »wachender Engel des Bischofs« genannt.
Georg von Castell:	Ritter im Gefolge Bischof Johanns. Ehemaliger Leibwächter, auch »wachender Engel des Bischofs« genannt.
Seitz von Kere:	Junger Ritter im Gefolge des Bischofs. Wird zum Leibwächter ernannt und löst Georg von Castell ab.
Bernhard von Seckendorf:	Junger Ritter im Gefolge des Bischofs. Wird zum Leibwächter ernannt und löst Hans von Heneberg ab.
Hermann von Saunsheim:	Ritter und Hauptmann bei Bischof Johann. Sein Vater Erkinger ist als Raubritter bekannt.

Anthoni von Rotenhan:	Dompropst des Kapitels.
Hans von Grumbach:	Domherr mit großen Plänen.
Fritz Hase:	Diener des Domherrn Hans von Grumbach.
Johann von Wertheim:	Domherr.
Albrecht von Wertheim:	Domherr, jüngerer Bruder Johanns von Wertheim, früher Ritter im Gefolge des Bischofs.

Glossar

Altreuß: Alter Handwerksberuf, Flickschuster.

Angstloch: Loch im Gewölbescheitel der Verliesdecke. Einziger Zugang zu der unteren Gefängniszelle in den Stadttürmen.

Bader: Unehrlicher Beruf, Inhaber einer öffentlichen Badestube. Der Bader vermietete die Badewannen, war aber meist auch noch Barbier und Chirurg.

Barbakane: Tor einer mittelalterlichen Burg, das dem eigentlichen Tor vorgelagert ist und als zusätzliches Verteidigungswerk dient.

Begine: Frau, die in einer klosterähnlichen Frauengemeinschaft lebt. Es gab jedoch keine so strengen Regeln. Die Beginen wohnten meist in der Stadt und kümmerten sich um Kranke und Arme. Sie waren keinem Orden angeschlossen, aber meist den Franziskanern und ihren Regeln verbunden. Solange sie in der Gemeinschaft lebten, unterwarfen sie sich auch der Ehelosigkeit, der Keuschheit und dem Gehorsam.

Beinlinge: Lange Strümpfe, die an der Bruech (Unterhose) angenestelt (angebunden) wurden. Später hat sich zusammen mit einer Schamkapsel die Hose daraus entwickelt.

Bergfried:	Schutz- und Wachturm einer Burg. Höchster Turm und letzte Rückzugsmöglichkeit der Burgbewohner bei einem Angriff. Daher liegt der einzige Zugang meist in acht oder zehn Metern Höhe und kann nur über eine leichte Holzaußentreppe erreicht werden, die bei Gefahr entfernt werden kann.
Binsenlicht:	Kleine Lampe.
Brandschatzen:	Erpressung eines Geldbetrags unter Androhung von Brandstiftung bei Widerstand. Eine Schatzung ist eine Steuer.
Brokat:	Gemustertes Gewebe aus Seide, zu dessen Musterbildung auch Gold- und Silberfäden dienen.
Bruech:	Unterhose.
Büttel:	Niedere Angestellte der Stadt, die als Hilfskräfte für den Schultheiß auf den Gassen für Ordnung sorgen mussten.
Damast:	Webtechnischer Ausdruck für ein Seiden-, Leinen- oder Wollgewebe, dessen Muster durch den Wechsel von Kett- und Schussbindungen zustande kommt.
Devotionalien:	Gegenstände zur religiösen Andacht, wie Heiligenbilder, Kreuze, Rosenkränze und Spruchtafeln. Zentren des Devotionalienhandels waren Wallfahrtsorte.
Fehde:	Regelung von Rechtsbrüchen direkt zwischen Verursacher und Geschädigten. Eine Fehde musste formell angekündigt werden, nur dann waren z.B. kriegerische Akte toleriert.
Fibel:	Brosche oder Nadel, ähnlich des Fürspans.
Flecken:	Wecken, halb so groß wie Wastel, 1,75

	Pfund, kostet zwei Pfennige, ein Malter Mehl ergeben 96 Flecken.
Frauenhaus:	Städtisches Freudenhaus.
Freie Weiber:	Prostituierte, Dirnen.
Fürspan:	Gewandspange aus Metall, um den Schlitz des Hemdes oder der Cotte zu schließen.
Häcker:	Arbeiter in den Weinbergen, dessen Hauptaufgabe es während des Jahres war, das Unkraut um die Weinstöcke zu entfernen und den Boden zu lockern und im Herbst die Trauben zu ernten.
Häfner:	Alter Handwerksberuf, stellt Geschirr aus Ton her, auch Töpfer genannt.
Haube:	Kopfbedeckung von Männern und Frauen. Bei Frauen entwickelte sich die Haube aus dem Gebende, Rise und Schleier. Eine Haube war für verheiratete Frauen vorgeschrieben.
Heimliches Gemach:	Toilette.
Hellebarde:	Etwa zwei Meter lange Hieb- und Stichwaffe mit einer Stoßklinge, einem Beil und einem Haken.
Hintersasse:	Arme Bewohner der Stadt, die meist kein Bürgerrecht hatten und zur Untermiete in einer Dachkammer oder in kleinen Stuben im Hinterhaus wohnten.
Infirmarius:	Klösterliches Amt, für die Krankenpflege zuständiger Bruder.
Junker:	Die Adeligen nannten sich ab dem späten Mittelalter Junker oder Edelmann.
Kärrner:	Mittelalterlicher Transportunternehmer, der einen Karren oder Wagen besaß, auf dem er Güter transportierte.
Kienspan:	Billige, stark rußende Fackel.

Kirchhof:	Der Kirchhof war im Mittelalter auch immer Friedhof, da man so nah wie möglich an der Kirche in geheiligter Erde begraben werden wollte.
Kreuzgang:	Um den Rechteckhof einer Klausur angelegter Gang, in dem Prozessionen mit einem Kreuz abgehalten wurden. Der Kreuzgang bildet mit der Kirche das Kernstück eines Klosters.
Letze:	Grenzbefestigung, in der Stadtmauer meist halbrunde Manteltürme, die nur nach außen hin aus Stein gemauert waren, innen trugen sie Wehrgänge und waren zum Teil mit Brettern vernagelt. Es gab natürlich auch Volltürme, die rund oder rechteckig vollständig gemauert waren, meist an gefährdeten oder besonders wichtigen Stellen.
Nesteln:	Bänder, mit denen Kleidungsstücke aneinander befestigt werden. Beispielsweise die Beinlinge an der Bruech.
Palas:	Wohngebäude auf einer Burg, in dem die Familie des Burgherrn lebt.
Partisane:	Stoßwaffe, eine Form der Hellebarde.
Pleiden:	Wurfmaschinen.
Portner:	Klösterliches Amt, Pförtner.
Refektorium:	Speisesaal im Kloster.
Rock:	Kleidartige Oberbekleidung für Männer und Frauen.
Schamkapsel:	Vergrößerter, modisch betonter Hosenlatz, der als Vorderverschluss der Beinkleider dient.
Scharwächter:	Stadtwächter, die nachts paarweise auf genau festgelegten Wegen durch

	die Stadt und an den Mauern entlangpatrouillierten.
Schenk:	Dieser Titel stammt aus dem frühen Mittelalter, als Truchsess, Kämmerer und Mundschenk die höchsten Beamten des Kaisers waren. Der Schenk durfte dem Kaiser den Wein reichen. Der Titel Schenk wurde dann in dieser Adelsfamilie weitervererbt. Um das Jahr 1450 wurde zwar der Titel Schenk bei der Adelsfamilie von Limpurg noch weitervererbt, doch die Familie gehörte schon lange nicht mehr dem bedeutenden Hochadel an. Bischof Gottfried war in seiner Zeit eine herausragende Ausnahme.
Schultheiß:	Vom Landesherrn eingesetzter höchster Stadtbeamter. Hatte auch die Aufsicht über die Büttel und Wächter, war also auch eine Art Polizeihauptmann.
Tatz / Datz:	Steuer, ursprünglich nur für eine bestimmte Zeitperiode eingeführte zusätzliche Umsatzsteuer, in Würzburg wurde die Tatz allerdings zur Dauereinrichtung.
Unehrlich:	Bestimmte mittelalterliche Berufe oder Tätigkeiten machten unehrlich (= ohne Ehre) oder unrein. Die Menschen wurden von den Bürgern gemieden und konnten meist keine vollständigen Bürgerrechte erlangen. Der Umgang mit ihnen konnte selbst unehrlich machen. Zu den unehrlichen Berufen gehörten vor allem der Henker, Abdecker, Kloakenreiniger, Gassenkehrer und Schäfer,

	zum Teil aber auch der Barbier, Bader und Nachtwächter.
Unreine Tage:	Tage der Periode einer Frau.
Urfehde:	Jeder Verurteilte oder auch Freigesprochene musste schwören, das Urteil anzuerkennen, und versprechen, keinem, der mit dem Prozess zu tun hatte, Schaden zuzufügen.
Verstockte Mensis:	Verzögerte Periode.
Wams:	Obergewand der Männer. Im 14. und 15. Jahrhundert eng anliegend und oft wattiert.
Wastel:	Wecken von 3,5 Pfund, kostet 3 Pfennige, ein Malter Mehl ergeben 48 Wastel.
Weinglocke:	Sperrstunde, nach der Weinglocke durfte niemand mehr ohne Licht in den Gassen unterwegs sein.
Weißbäcker:	Bäcker, der Teigwaren aus Weizenmehl herstellte.
Zehnt:	Zehnprozentige Steuer oder Abgabe, die der Kirche zustand. Es gab beispielsweise den großen Zehnt auf Getreide oder Großvieh oder den kleinen Zehnt auf Geflügel und Gemüse.

Dichtung und Wahrheit

Wie in allen meinen historischen Romanen ist meine Hauptfigur erfunden. Elisabeth, die Tochter des Bischofs, gab es nicht. Ihren Vater Bischof Johann II. von Brunn allerdings schon.

In seiner »Chronik der Bischöfe von Würzburg« beschreibt Lorenz Fries die Streitereien zwischen Domkapitel, Rat und Bischof Johann II. von Brunn. Unzählige Begebenheiten sind von ihm akribisch gesammelt und auf fast 250 Seiten ausführlich dargestellt. Das geht los mit den 15 000 Gulden, die sich der Bischof von Ritter Hans von Hirschhorn geliehen hat und die er dann für seinen teuren Lebenswandel verschwendete. *»Dem Domkapitel spiegelte Johann vor, er wolle mit diesem Anleihen den Antheil des Stiftes an Kitzingen auslösen; in der That geschah aber dieses keineswegs und das Geld wurde ohne Nutzen für das Stift verschwendet.«*

Detailiert geht Lorenz Fries auf die Streitereien mit Stadt und Kapitel und die versuchten Vermittlungen ein, bis der Streit 1428 eskalierte, als Johann II. von Brunn ein Heer vor der Stadt zusammenziehen ließ. Ein Heer seiner Gläubiger, die ihr Geld nun von den Bürgern und dem Stift zurückfordern sollten. Auch die Episode, wie der Bischof die Abgesandten ins Verlies der hohen Warte werfen ließ – ja selbst der dicke Domherr Günther von Schwarzenburg, der im Angstloch stecken blieb – sind dokumentiert.

Der Wiederaufbau der Neuenburg, ihre Besetzung durch den Schwager des Bischofs, die Belagerung durch die Bürger Würzburgs und schließlich die Übergabe und Schleifung geschah in mehreren Schritten von 1427 bis 1432. Ich habe diese Ereignisse gerafft und zusammengefasst.

Bischof Johann II. von Brunn beteiligte sich selbst an drei Hussitenfeldzügen, 1420, 1430 und 1431. Alle drei waren für die Allianz auf Seiten des römischen Reiches alles andere als erfolgreich.

Doch nicht nur seine Verschwendungssucht und seine königliche Hofhaltung mit Turnieren, Tanz, Banketten und Jagden wurden immer wieder vom Domkapitel beklagt. Auch seine Vorliebe für Frauen brachte ihm scharfe Kritik ein.

Lorenz Fries schreibt über Bischof Johann II. von Brunn: *»... auch mit unzüchtigen Weibern und ... Ehefrauen, zuvoraus mit Hanßen Suppans Haußfrauen Catharin g(e)nannt, mit (d)er er etliche Kinder gezeugt, [e]in sch[ä]ndlich [ä]rgerlich Leben zu f[üh]ren ...«*

Bischof Johann kümmerte die Kritik nicht. Er hielt bis ins hohe Alter an seinem ausschweifenden Leben fest und verpfändete und verschuldete das Bistum so sehr, dass es am Ende nur noch wenige Gulden einbrachte.

Auch die Entmachtung des Bischofs zog sich über einen längeren Zeitraum hin. Es wurden immer wieder Bündnisse geschlossen und Verträge ausgehandelt. Der Bischof legte die Regierung nieder, weigerte sich dann aber, den Vertrag zu unterschreiben, den das Domkapitel ihm vorlegte, um einen Stiftspfleger zu ernennen. Stattdessen wandte sich der Bischof auf der Suche nach Unterstützung an die Stadt, in der er einige Geistliche und Bürger auf seine Seite gebracht hatte. So wurden viele Briefe geschrieben und Verträge aufgesetzt, bis 1433 Graf Johann von Wertheim endlich als Pfleger für den entmachteten Bischof Johann II. von Brunn eingesetzt werden konnte.

Hans (bzw. Johann) von Grumbach war ein ehrgeiziger und machtgieriger Mensch, dem jedes Mittel zur Erreichung seiner Ziele recht war. Er musste noch eine ganze Weile warten, bis sein größter Wunsch, Bischof von Würzburg zu werden, in Erfüllung ging. Noch zwei Bischöfe sah er kommen und gehen –

Sigmund von Sachsen 1440–1443 und Gottfried IV. Schenk von Limpurg 1443–1455 –, bis er 1455 endlich zum Bischof gewählt wurde und dann für elf Jahre dieses Amt innehatte. Wer mehr über Hans (Johann) von Grumbach und die Würzburger Intrigen seiner Zeit erfahren möchte, dem empfehle ich meinen Roman »Die Maske der Verräter«.

Das Frauenhaus am alten Judenfriedhof ist dokumentiert. Es wurde ursprünglich unter dem Namen Elisabethenhaus als Stiftung für zehn bedürftige Frauen gegründet. Im 15. Jahrhundert richtete der Rat dort das öffentliche Frauenhaus ein, das »Frauenhaus zum Esel« genannt wurde. Es bestand aus einem einzigen großen Raum. Erst 1497 wurde auf dem Nachbargrundstück ein zweistöckiges Haus mit einer großen Stube mit Tischen und oben sechs Kammern mit Betten gebaut. Die Geselligkeit mit Wein und Spiel war im Frauenhaus ebenso wichtig. 1497 gab es sechs Prostituierte im Frauenhaus in der Pleichacher Vorstadt, später vierzehn.

Von 1494 ist eine Würzburger Kleiderordnung für »unzüchtige Frauen« überliefert, die ihnen prächtige und geschmückte Kleidung, hochgetürmte Schleier, Korallen, Goldstickerei und Silberschmuck verbietet, damit sie sich von den ehrbaren Frauen unterscheiden. In Stadtverordnungen anderer Städte habe ich die Anweisung gefunden, dass sich Prostituierte mit gelben Bändern oder roten Schleiern kenntlich machen müssen.

Überlieferungen über die Frauenhauswirtin und die für sie arbeitenden Frauen in Würzburg gibt es leider nicht, sodass ich die Charaktere der Eselswirtin Else Eberlin sowie der Dirnen Gret, Jeanne, Marthe, Anna, Mara und Ester erfunden habe.

Zum Schluss noch ein paar Worte zu den komplizierten Rechtsverhältnissen im mittelalterlichen Würzburg, in dem sich der Bischof, das Domkapitel und die Bürgerschaft gegenüberstanden und jeder seine Machtbefugnisse auszuweiten versuchte.

Der Bischof war Landesherr und damit der oberste geistliche und weltliche Fürst der Stadt und des Landes, also des Bistums. Er war somit auch Gerichtsherr, erließ Gesetze und empfing Steuern und Abgaben. Die Domherren des Kapitels wählten den Bischof, somit versuchten mögliche Kandidaten schon früh eine Gefolgschaft unter den Domherren hinter sich zu scharen. Die Domherren waren allerdings auch als wesentliche Instanz im Oberrat an der Gesetzgebung beteiligt und wirkten bei Gerichtsverfahren mit. Sie waren mit ihren großen Höfen reich und mächtig und ein bedeutender wirtschaftlicher Faktor in der Stadt, da sie eigene Handwerker, Weinberge und Felder besaßen, jedoch keine Steuern bezahlen mussten. Sie stammten meist aus dem Adel der fränkischen Ritterschaft.

Die Bürger waren im bürgerlichen Rat und auch im Oberrat und stellten den Bürgermeister, der die Stadt bei Rechtsgeschäften vertrat. Der Schultheiß dagegen wurde vom Bischof bestimmt. Die Bürger strebten eine Selbstverwaltung der Stadt an, mit dem höchsten Ziel, eine vom Bischof unabhängige freie Reichsstadt zu werden, was ihnen aber nicht gelang. Der bürgerliche Rat durfte keine Gesetze erlassen und war in seiner Möglichkeit, politisch aktiv zu werden, sehr eingeschränkt. Der Oberrat wurde von den Domherren dominiert. Gericht durfte der bürgerliche Rat nur bei alltäglichen Streitereien zwischen Bürgern halten. Zeitweise war der Rat so machtlos, dass er nicht einmal über seine Tore und Verteidigungsanlagen bestimmen konnte. Der Kampf um die Schlüssel der Stadt war somit auch ein symbolischer, in dem es darum ging, sich gegenüber dem Landesherrn zu behaupten.

Danksagung

Zum zweiten Mal kam ich nach Würzburg, um in seiner Vergangenheit zu kramen. Die schöne Stadt und der Fundus an Geschichten und Intrigen haben es mir angetan, und so war es ein Vergnügen, für einen zweiten Roman vor Ort zu recherchieren. Die Grundlagen hat mir Angelika Riedel von der Würzburger Stadtbücherei besorgt, und Kastellan Stephen Jüngling hat mir die Festung Marienberg nähergebracht. Ihnen danke ich herzlich. Mit Informationen über das Leben Bischof Johanns von Brunn halfen mir Dr. Ulrich Wagner und seine Mitarbeiter im Stadtarchiv Würzburg weiter, in deren Räume ich spannende und arbeitsame Tage verbrachte. Vielen Dank!

Herzlich danken möchte ich auch meinem Agenten Thomas Montasser, der mir die Freiräume schafft, damit ich in Ruhe an meinen Geschichten arbeiten kann, und der mir immer mit Rat und Aufmunterung zu Hilfe eilt, wenn die Phantasie mal nicht fließen will.

Ganz lieben Dank an meinen Mann Peter Speemann, der mir nicht nur meinen Computer am Laufen hält, sondern auch stets erster kritischer Leser ist – und natürlich fürs Krisenmanagement zuständig!

Vielen Dank auch an meine Verlegerin Silvia Kuttny-Walser und an meine Lektorin Linda Walz, die mir bei Blanvalet ein neues Zuhause gegeben haben und mit den Kolleginnen und Kollegen aus den Abteilungen für Pressearbeit, Veranstaltungen, Marketing und Vertrieb dafür sorgen, dass ich mich wohl und umsorgt fühle.